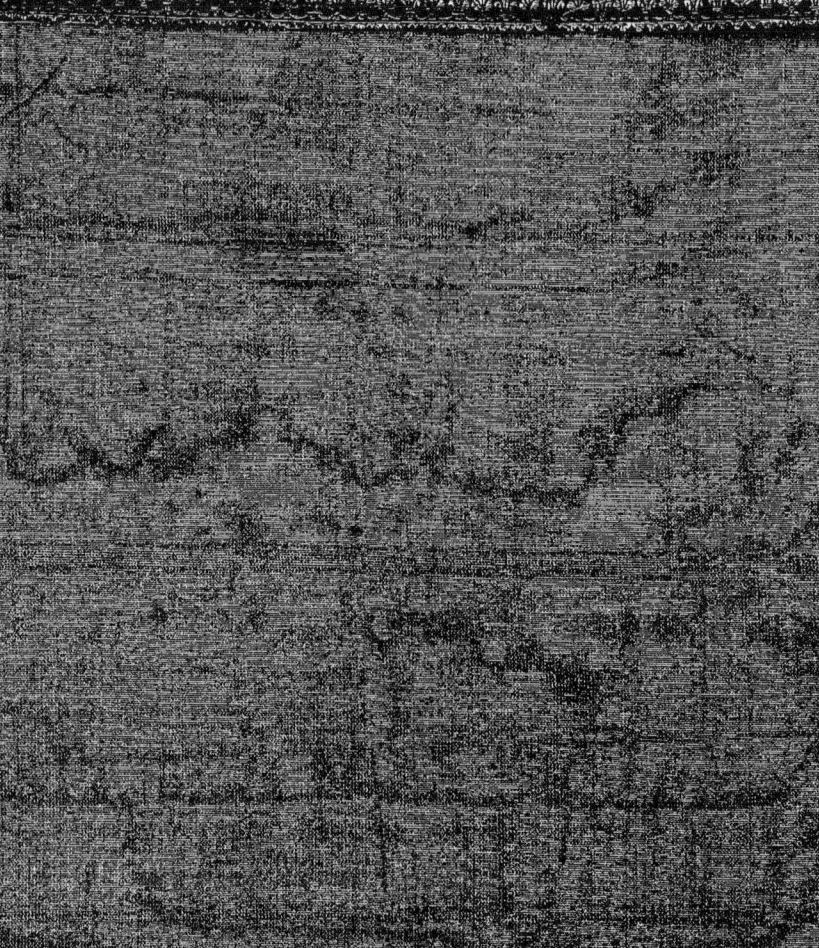

OEUVRES

COMPLETES

DE

VOLTAIRE.

OEUVRES

COMPLETES

DE

VOLTAIRE.

TOME QUARANTE-SEPTIEME.

DE L'IMPRIMERIE DE LA SOCIÉTÉ LITTÉRAIRE-
TYPOGRAPHIQUE.

1 7 8 5.

MELANGES

LITTERAIRES.

AVERTISSEMENT.

QUOIQU'UN difcours à l'académie ne foit d'ordinaire qu'un compliment plein de louanges rebattues ; & furchargées de l'éloge d'un prédéceffeur qui fe trouve fouvent un homme très-médiocre ; cependant, ce difcours, dont plufieurs perfonnes nous ont demandé la réimpreffion , doit être excepté de la loi commune, qui condamne à l'oubli la plupart de ces pièces d'appareil où l'on ne trouve rien. Il y a ici quelque chofe, & les notes font utiles.

DISCOURS

D E

M. DE VOLTAIRE

A SA RECEPTION A L'ACADEMIE FRANÇAISE,

AVEC DES NOTES.

Prononcé le lundi 9 mai 1746.

MESSIEURS,

VOTRE fondateur mit dans votre établiffement toute la nobleffe & la grandeur de fon ame : il voulut que vous fuffiez toujours libres & égaux. En effet, il dut élever au-deffus de la dépendance des hommes qui étaient au-deffus de l'intérêt, & qui, auffi généreux que lui, fefaient aux lettres l'honneur qu'elles méritent, de les cultiver pour elles-mêmes. (*a*) Il était peut-être à craindre qu'un jour des travaux fi honorables ne fe ralentiffent. Ce fut pour les conferver dans leur vigueur, que vous vous fites une règle de

(*a*) L'académie françaife eft la plus ancienne de France ; elle fut d'abord compofée de quelques gens de lettres, qui s'affemblaient pour conférer enfemble. Elle n'eft point partagée en honoraires & penfionnàires ; elle n'a que des droits honorifiques, comme celui des commenfaux de la maifon du roi, de ne point plaider hors de Paris ; celui de haranguer le roi en corps avec les cours fupérieures, & de ne rendre compte directement qu'au roi.

A 2

n'admettre aucun académicien qui ne réfidât dans Paris. Vous vous êtes écartés fagement de cette loi, quand vous avez reçu de ces génies rares que leurs dignités appelaient ailleurs, mais que leurs ouvrages touchans ou fublimes rendaient toujours préfens parmi vous : car ce ferait violer l'efprit d'une loi, que de n'en pas tranfgreffer la lettre en faveur des grands-hommes. Si feu M. le préfident *Bouhier*, après s'être flatté de vous confacrer fes jours, fut obligé de les paffer loin de vous, l'académie & lui fe confolèrent, parce qu'il n'en cultivait pas moins vos fciences dans la ville de Dijon, qui a produit tant d'hommes de lettres, (*b*) & où le mérite de l'efprit femble être un des caractères des citoyens.

Il fefait reffouvenir la France de ces temps où les plus auftères magiftrats, confommés comme lui dans l'étude des lois, fe délaffaient des fatigues de leur état dans les travaux de la littérature. Que ceux qui méprifent ces travaux aimables, que ceux qui mettent je ne fais quelle miférable grandeur à fe renfermer dans le cercle étroit de leurs emplois, font à plaindre! Ignorent-ils que *Cicéron*, après avoir rempli la première place du monde, plaidait encore les caufes des citoyens, écrivait fur la nature des dieux, conférait avec des philofophes ; qu'il allait au théâtre ; qu'il daignait cultiver l'amitié d'*Efopus* & de *Rofcius*, & laiffait aux petits efprits leur conftante gravité, qui n'eft que le mafque de la médiocrité ?

M. le préfident *Bouhier* était très-favant ; mais il ne reffemblait pas à ces favans infociables & inutiles,

---

(*b*) MM. de *la Monnoye*, *Bouhier*, *Lantin*, & furtout l'éloquent *Boffuet*, évêque de Meaux, regardé comme le dernier père de l'Eglife.

qui négligent l'étude de leur propre langue , pour
favoir imparfaitement des langues anciennes ; qui fe
croient en droit de méprifer leur fiècle , parce qu'ils
fe flattent d'avoir quelques connaiffances des fiècles
paffés ; qui fe récrient fur un paffage d'*Efchyle* , &
n'ont jamais eu le plaifir de verfer des larmes à nos
fpectacles. Il traduifit le poëme de *Pétrone* fur la
guerre civile, non qu'il penfât que cette déclamation
pleine de penfées fauffes approchât de la fage &
élégante nobleffe de *Virgile :* il favait que la fatire de
Pétrone, (c) quoique femée de traits charmans, n'eft
que le caprice d'un jeune homme obfcur, qui n'eut
de frein ni dans fes mœurs ni dans fon ftyle. Des
hommes qui fe font donnés pour des maîtres de
goût & de volupté, eftiment tout dans *Pétrone ;* &
M. *Bouhier*, plus éclairé, n'eftime pas même tout ce
qu'il a traduit : c'eft un des progrès de la raifon
humaine dans ce fiècle , qu'un traducteur ne foit
plus idolâtre de fon auteur, & qu'il fache lui rendre
juftice comme à un contemporain. Il exerça fes
talens fur ce poëme, fur l'hymne à *Vénus*, fur *Anacréon* ,
pour montrer que les poëtes doivent être traduits en
vers : c'était une opinion qu'il défendait avec chaleur,

(c) *Saint-Evremont* admire *Pétrone* , parce qu'il le prend pour un grand-
homme de cour , & que *Saint-Evremont* croyait en être un. C'était la manie
du temps. *Saint-Evremont* & beaucoup d'autres décident que *Néron* eft peint
fous le nom de *Trimalcion ;* mais en vérité, quel rapport d'un vieux
financier groffier & ridicule, & de fa vieille femme qui n'eft qu'une
bourgeoife impertinente, qui fait mal au cœur , avec un jeune empereur
& fon époufe la jeune *Octavie* , ou la jeune *Poppée* ? Quel rapport des
débauches & des larcins de quelques écoliers fripons avec les plaifirs du
maître du monde ? Le *Pétrone* auteur de la fatire, eft vifiblement un
jeune homme d'efprit , élevé parmi des débauchés obfcurs , & n'eft pas
le conful *Pétrone.*

& on ne fera pas étonné que je me range à fon fentiment.

Qu'il me foit permis, Meffieurs, d'entrer ici avec vous dans ces difcuffions littéraires ; mes doutes me vaudront de vous des décifions. C'eft ainfi que je pourrai contribuer au progrès des arts ; & j'aimerais mieux prononcer devant vous un difcours utile, qu'un difcours éloquent.

Pourquoi *Homère*, *Théocrite*, *Lucrèce*, *Virgile*, *Horace*, font-ils heureufement traduits chez les Italiens & chez les Anglais? (*d*) pourquoi ces nations n'ont-elles aucun grand poëte de l'antiquité en profe, & pourquoi n'en avons-nous eu encore aucun en vers ? Je vais tâcher d'en démêler la raifon.

La difficulté furmontée, dans quelque genre que ce puiffe être, fait une grande partie du mérite. Point de grandes chofes fans de grandes peines : & il n'y a point de nation au monde chez laquelle il foit plus difficile que chez la nôtre de rendre une véritable vie à la poëfie ancienne. Les premiers poëtes formèrent le génie de leur langue ; les Grecs & les Latins employèrent d'abord la poëfie à peindre les objets fenfibles de toute la nature. *Homère* exprime tout ce qui frappe les yeux : les Français, qui n'ont guère commencé à perfectionner la grande poëfie qu'au théâtre, n'ont pu & n'ont dû exprimer alors que ce qui peut toucher l'ame. Nous nous fommes interdit nous-mêmes infenfiblement prefque tous les objets

(*d*) *Horace* eft traduit en vers italiens par *Palavicini*, *Virgile* par *Hannibal Caro*, *Ovide* par *Anguillara*, *Théocrite* par *Ricolotti*. Les Italiens ont cinq bonnes traductions d'*Anacréon*. A l'égard des Anglais, *Dryden* a traduit *Virgile* & *Juvenal* ; *Pope*, *Homère* ; *Créech*, *Lucrèce*, &c.

que d'autres nations ont ofé peindre. Il n'eft rien que *le Dante* n'exprimât, à l'exemple des anciens ; il accoutuma les Italiens à tout dire : mais nous, comment pourrions-nous aujourd'hui imiter l'auteur des Géorgiques, qui nomme fans détour tous les inftrumens de l'agriculture ? A peine les connaiffons-nous ; & notre molleffe orgueilleufe, dans le fein du repos & du luxe de nos villes, attache malheureufement une idée baffe à ces travaux champêtres, & au détail de ces arts utiles, que les maîtres & les légiflateurs de la terre cultivaient de leurs mains victorieufes. Si nos bons poëtes avaient fu exprimer heureufement les petites chofes, notre langue ajouterait aujourd'hui ce mérite, qui eft très-grand, à l'avantage d'être devenue la première langue du monde pour les charmes de la converfation, & pour l'expreffion du fentiment. Le langage du cœur & le ftyle du théâtre ont entièrement prévalu : ils ont embelli la langue françaife ; mais ils en ont refferré les agrémens dans des bornes un peu trop étroites.

Et quand je dis ici, Meffieurs, que ce font les grands poëtes qui ont déterminé le génie des langues, (*e*) je n'avance rien qui ne foit connu de vous.

(*e*) On n'a pu dans un difcours d'appareil entrer dans les raifons de cette difficulté attachée à notre poëfie ; elle vient du génie de la langue ; car quoique M. de *la Motte*, & beaucoup d'autres après lui, aient dit en pleine académie que les langues n'ont point de génie, il paraît démontré que chacune a le fien bien marqué.

Ce génie eft l'aptitude à rendre heureufement certaines idées, & l'impoffibilité d'en exprimer d'autres avec fuccès. Ces fecours & ces obftacles naiffent, 1. de la définence des termes ; 2. des verbes auxiliaires & des participes ; 3. du nombre plus ou moins grands des rimes ; 4. de la longueur & de la briéveté des mots ; 5. des cas plus ou moins variés ; 6. des articles & pronoms ; 7. des élifions ; 8. de l'inverfion ; 9. de

Les Grecs n'écrivirent l'hiſtoire que quatre cents ans après *Homère*. La langue grecque reçut de ce grand peintre de la nature la ſupériorité qu'elle prit chez tous les peuples de l'Aſie & de l'Europe : c'eſt *Térence* qui, chez les Romains, parla le premier avec une pureté toujours élégante ; c'eſt *Pétrarque* qui,

la quantité dans les ſyllabes : & enfin d'une infinité de fineſſes qui ne ſont ſenties que par ceux qui ont fait une étude approfondie d'une langue.

1. *La déſinence des mots*, comme *perdre*, *vaincre*, *un coin*, *ſucre*, *reſte*, *crotte*, *perdu*, *ſourdre*, *fief*, *coffre* ; ces ſyllabes dures révoltent l'oreille, & c'eſt le partage de toutes les langues du Nord.

2. *Les verbes auxiliaires & les participes*. *Victis hoſtibus*, les ennemis ayant été vaincus. Voilà quatre mots pour deux. *Læſo & invicto militi* ; c'eſt l'inſcription des invalides de Berlin : ſi on va traduire, *pour les ſoldats qui ont été bleſſés*, *& qui n'ont pas été vaincus*, quelle langueur ! Voilà pourquoi la langue latine eſt plus propre aux inſcriptions que la françaiſe.

3. *Le nombre des rimes*. Ouvrez un dictionnaire de rimes italiennes, & un de rimes françaiſes, vous trouvez toujours une fois plus de termes dans l'italien ; & vous remarquerez encore que dans le français il y a toujours vingt rimes burleſques & baſſes pour deux qui peuvent entrer dans le ſtyle noble.

4. *La longueur & la brièveté des mots*. C'eſt ce qui rend une langue plus ou moins propre à l'expreſſion de certaines maximes, & à la meſure de certains vers.

On n'a jamais pu rendre en français dans un beau vers :

> *Quanto ſi moſtra men, tanto è più bella.*

On n'a jamais pu traduire en beaux vers italiens :

> *Tel brille au ſecond rang, qui s'éclipſe au premier.*
>
> *C'eſt un poids bien peſant qu'un nom trop tôt fameux.*

5. *Les cas plus ou moins variés*. Mon père, de mon père, à mon père, *meus pater*, *mei patris*, *meo patri* ; cela eſt ſenſible.

6. *Les articles & pronoms*. *De ipſius negotio ei loquebatur*. Con ello parlava dell' affare di lui ; *il lui parlait de ſon affaire*. Point d'amphibologie dans le latin. Elle eſt preſque inévitable dans le français. On ne

après *le Dante*, donna à la langue italienne cette aménité & cette grâce qu'elle a toujours confervées ; c'eft à *Lopez de Véga* que l'efpagnol doit fa nobleffe & fa pompe ; c'eft *Shakefpeare* qui, tout barbare qu'il était, mit dans l'anglais cette force & cette énergie qu'on n'a jamais pu augmenter depuis, fans l'outrer, & par conféquent fans l'affaiblir. D'où vient ce grand effet de la poëfie, de former & fixer enfin le génie des peuples & de leurs langues ? La caufe en eft bien fenfible : les premiers bons vers, ceux mêmes qui n'en ont que l'apparence, s'impriment dans la mémoire à l'aide de l'harmonie. Leurs tours naturels & hardis deviennent familiers ; les hommes

---

fait fi *fon* affaire eft celle de l'homme qui parle, ou de celui auquel on parle ; le pronom *il* fe retranche en latin, & fait languir l'italien & le français.

7. *Les élifions.*

> *Canto l'arme pietofe , e il capitano.*

Nous ne pouvons dire :

> *Chantons la piété & la vertu heureufe.*

8. *Les inverfions. Céfar cultiva tous les arts utiles ;* on ne peut tourner cette phrafe que de cette feule façon. On peut dire en latin de cent vingt façons différentes :

> *Cæfar omnes utiles artes coluit,*

Quelle incroyable différence !

9. *La quantité dans les fyllabes.* C'eft de-là que naît l'harmonie. Les brèves & les longues des latins forment une vrai mufique. Plus une langue approche de ce mérite, plus elle eft harmonieufe. Voyez les vers italiens, la pénultième eft toujours longue :

> *Capitâno , mâno , fêno , chriſto , acquiſto.*

Chaque langue a donc fon génie, que des hommes fupérieurs fentent les premiers, & font fentir aux autres. Ils font éclorre ce génie caché de la langue.

qui font tous nés imitateurs , prennent infenfiblement la manière de s'exprimer , & même de penfer ,
des premiers dont l'imagination a fubjugué celle des
autres. Me défavouerez-vous donc , Meffieurs, quand
je dirai que le vrai mérite & la réputation de notre
langue ont commencé à l'auteur du Cid & de
Cinna ?

Montagne avant lui était le feul livre qui attirât
l'attention du petit nombre d'étrangers qui pouvaient
favoir le français ; mais le ftyle de *Montagne* n'eft
ni pur, ni correct , ni précis , ni noble. Il eft énergique & familier ; il exprime naïvement de grandes
chofes : c'eft cette naïveté qui plaît ; on aime le
caractère de l'auteur ; on fe plaît à fe retrouver dans
ce qu'il dit de lui-même, à converfer, à changer de
difcours & d'opinion avec lui. J'entends fouvent
regretter le langage de *Montagne* , c'eft fon imagination qu'il faut regretter : elle était forte & hardie ;
mais fa langue était bien loin de l'être.

Marot , qui avait formé le langage de *Montagne* ,
n'a prefque jamais été connu hors de fa patrie ; il a
été goûté parmi nous pour quelques contes naïfs ,
pour quelques épigrammes licencieufes , dont le
fuccès eft prefque toujours dans le fujet ; mais c'eft
par ce petit mérite même que la langue fut long-
temps avilie : on écrivit dans ce ftyle les tragédies ,
les poëmes , l'hiftoire , les livres de morale. Le judicieux *Defpréaux* a dit : *Imitez de Marot l'élégant badinage.* J'ofe croire qu'il aurait dit *le naïf* badinage,
fi ce mot plus vrai n'eût rendu fon vers moins cou-
lant. Il n'y a de véritablement bons ouvrages que
ceux qui paffent chez les nations étrangères , qu'on

y apprend, qu'on y traduit ; & chez quel peuple a-t-on jamais traduit *Marot* ?

Notre langue ne fut long-temps après lui qu'un jargon familier, dans lequel on réuffiffait quelque-fois à faire d'heureufes plaifanteries : mais quand on n'eft que plaifant, on n'eft point admiré des autres nations.

Enfin Malherbe vint, & le premier en France
Fit fentir dans les vers une jufte cadence,
D'un mot mis en fa place enfeigna le pouvoir.

Si *Malherbe* montra le premier ce que peut le grand art des expreffions placées, il eft donc le premier qui fut *élégant*. Mais quelques ftances harmonieufes fuffifaient-elles pour engager les étrangers à cultiver notre langage ? Ils lifaient le poëme admirable de la *Jérufalem*, l'*Orlando*, le *Paftor Fido*, les beaux mor-ceaux de *Pétrarque*. Pouvait-on affocier à ces chefs-d'œuvre un très-petit nombre de vers français, bien écrits à la vérité, mais faibles & prefque fans imagination.

La langue françaife reftait donc à jamais dans la médiocrité, fans un de ces génies faits pour changer & pour élever l'efprit de toute une nation : c'eft le plus grand de vos premiers académiciens, c'eft *Corneille* feul, qui commença à faire refpecter notre langue des étrangers, précifément dans le temps que le cardinal de *Richelieu* commençait à faire refpecter la couronne. L'un & l'autre portèrent notre gloire dans l'Europe. Après *Corneille* font venus, je ne dis pas de plus grands génies, mais de meilleurs écrivains.

Un homme s'éleva, qui fut à la fois plus paſſionné &
plus correct ; moins varié, mais moins inégal ; auſſi
ſublime quelquefois, & toujours noble ſans enflure ;
jamais déclamateur, parlant au cœur avec plus de
vérité & plus de charmes.

Un de leurs contemporains, incapable peut-être
du ſublime qui élève l'ame, & du ſentiment qui
l'attendrit, mais fait pour éclairer ceux à qui la
nature accorda l'un & l'autre, laborieux, févère,
précis, pur, harmonieux, qui devint enfin le poëte
de la raiſon, commença malheureuſement par écrire
des ſatires ; mais bientôt après il égala & ſurpaſſa
peut-être *Horace* dans la morale & dans l'art poëtique :
il donna les préceptes & les exemples ; il vit qu'à la
longue l'art d'inſtruire, quand il eſt parfait, réuſſit
mieux que l'art de médire, parce que la ſatire meurt
avec ceux qui en ſont les victimes, & que la raiſon
& la vertu ſont éternelles. Vous eûtes en tous les
genres cette foule de grands-hommes que la nature
fit naître comme dans le ſiècle de *Léon X* & d'*Auguſte*.
C'eſt alors que les autres peuples ont cherché avide-
ment dans vos auteurs de quoi s'inſtruire : & grâces
en partie aux ſoins du cardinal de *Richelieu*, ils ont
adopté votre langue, comme ils ſe ſont empreſſés de
ſe parer des travaux de nos ingénieux artiſtes, grâces
aux ſoins du grand *Colbert*.

Un monarque illuſtre chez tous les hommes par
cinq victoires, & plus encore chez les ſages par ſes
vaſtes connaiſſances, fait de notre langue la ſienne
propre, celle de ſa cour & de ſes Etats ; il la parle
avec cette force & cette fineſſe que la ſeule étude
ne donne jamais, & qui eſt le caractère du génie :

non-feulement il la cultive , mais il l'embellit quelquefois, parce que les ames fupérieures faififfent toujours ces tours & ces expreffions dignes d'elles , qui
ne fe préfentent point aux ames faibles. Il eft dans
Stockholm une nouvelle *Chriftine*, égale à la première
en efprit, fupérieure dans le refte; elle fait le même
honneur à notre langue. Le français eft cultivé dans
Rome, où il était dédaigné autrefois; il eft auffi familier au fouverain pontife , que les langues favantes
dans lefquelles il écrivit, quand il inftruifit le monde
chrétien qu'il gouverne : plus d'un cardinal italien
écrit en français dans le vatican , comme s'il était né
à Verfailles. Vos ouvrages, Meffieurs , ont pénétré
jufqu'à cette capitale de l'empire le plus reculé de
l'Europe & de l'Afie , & le plus vafte de l'univers ;
dans cette ville qui n'était , il y a quarante ans, qu'un
défert (*f*) habité par des bêtes fauvages : on y repréfente vos pièces dramatiques ; & le même goût naturel
qui fait recevoir dans la ville de *Pierre le grand* , & de
fa digne fille , la mufique des Italiens , y fait aimer
votre éloquence.

Cet honneur qu'ont fait tant de peuples à nos
excellens écrivains, eft un avertiffement que l'Europe
nous donne de ne pas dégénérer. Je ne dirai pas que
tout fe précipite vers une honteufe décadence, comme
le crient fi fouvent des fatiriques qui prétendent en
fecret juftifier leur propre faibleffe , par celle qu'ils
imputent en public à leur fiècle. J'avoue que la gloire
de nos armes fe foutient mieux que celle de nos
lettres : mais le feu qui nous éclairait , n'eft pas

(*f*) L'endroit où eft Pétersbourg n'était qu'un défert marécageux &
inhabité.

encore éteint. Ces dernières années n'ont-elles pas produit le feul livre de chronologie, dans lequel on ait jamais peint les mœurs des hommes, le caractère des cours & des fiècles ? ouvrage qui, s'il était fèchement inftructif, comme tant d'autres, ferait le meilleur de tous, & dans lequel l'auteur (*g*) a trouvé encore le fecret de plaire; partage réfervé au très-petit nombre d'hommes qui font fupérieurs à leurs ouvrages.

On a montré la caufe du progrès & de la chute de l'empire romain dans un livre encore plus court, écrit par un génie mâle & rapide, (*h*) qui approfondit tout en paraiffant tout effleurer. Jamais nous n'avons eu de traducteurs plus élégans & plus fidelles. De vrais philofophes ont enfin écrit l'hiftoire. Un homme éloquent & profond (*i*) s'eft formé dans le tumulte des armes. Il eft plus d'un de ces efprits aimables, que *Tibulle* & *Ovide* euffent regardés comme leurs difciples, & dont ils euffent voulu être les amis. Le théâtre, je l'avoue, eft menacé d'une chute prochaine; mais au moins je vois ici ce génie véritablement tragique (*k*) qui m'a fervi de maître, quand j'ai fait quelques pas dans la même carrière; je le regarde avec une fatisfaction mêlée de douleur, comme on voit fur les débris de fa patrie un héros qui l'a

(*g*) C'eft le préfident *Hénault*. Dans quelques traductions de ce difcours, on a mis en note l'abbé *Langlet*, au lieu de M. *Hénault*; c'eft une étrange méprife.

(*h*) Le préfident de *Montefquieu*.

(*i*) Le marquis de *Vauvenargues*, jeune homme de la plus grande efpérance, mort à vingt-fept ans.

(*k*) M. *Crébillon*, auteur d'Electre & Rhadamifte. Ces pièces remplies de traits vraiment tragiques font fouvent jouées.

défendue. Je compte parmi vous ceux qui ont, après le grand *Molière*, achevé de rendre la comédie une école de mœurs & de bienféance ; école qui méritait chez les Français la confidération qu'un théâtre moins épuré eut dans Athènes. Si l'homme célèbre qui le premier orna la philofophie des grâces de l'imagination, appartient à un temps plus reculé, il eft encore l'honneur & la confolation du vôtre.

Les grands talens font toujours néceffairement rares, furtout quand le goût & l'efprit d'une nation font formés. Il en eft alors des efprits cultivés comme de ces forêts où les arbres preffés & élevés ne fouffrent pas qu'aucun porte fa tête trop au-deffus des autres. Quand le commerce eft en peu de mains, on voit quelques fortunes prodigieufes, & beaucoup de mifère ; lorfqu'enfin il eft plus étendu, l'opulence eft générale, les grandes fortunes rares. C'eft précifément, Meffieurs, parce qu'il y a beaucoup d'efprit en France, qu'on y trouvera dorénavant moins de génies fupérieurs.

Mais enfin, malgré cette culture univerfelle de la nation, je ne nierai pas que cette langue devenue fi belle, & qui doit être fixée par tant de bons ouvrages, peut fe corrompre aifément. On doit avertir les étrangers, qu'elle perd déjà beaucoup de fa pureté dans prefque tous les livres compofés dans cette célébre république, fi long-temps notre alliée, où le français eft la langue dominante, au milieu des factions contraires à la France. Mais fi elle s'altère dans ces pays par le mélange des idiomes, elle eft prête à fe gâter parmi nous par le mélange des ftyles. Ce qui déprave le goût, déprave enfin le langage.

Souvent on affecte d'égayer des ouvrages férieux &
inftructifs par les expreffions familières de la converfation. Souvent on introduit le ftyle marotique dans
les fujets les plus nobles ; c'eft revêtir un prince des
habits d'un farceur. On fe fert de termes nouveaux,
qui font inutiles, & qu'on ne doit hafarder que quand
ils font néceffaires. Il eft d'autres défauts, dont je fuis
encore plus frappé, parce que j'y fuis tombé plus
d'une fois. Je trouverai parmi vous, Meffieurs, pour
m'en garantir, les fecours que l'homme éclairé à qui
je fuccède, s'était donnés par fes études. Plein de la
lecture de *Cicéron*, il en avait tiré ce fruit de s'étudier à parler fa langue, comme ce conful parlait la
fienne. Mais c'eft furtout à celui qui a fait fon étude
particulière des ouvrages de ce grand orateur, & qui
était l'ami de M. le préfident *Bouhier*, à faire
revivre ici l'éloquence de l'un, & à vous parler du
mérite de l'autre. Il a aujourd'hui à la fois un ami à
regretter & à célébrer, un ami à recevoir & à encourager. Il peut vous dire avec plus d'éloquence, mais
non avec plus de fenfibilité que moi, quels charmes
l'amitié répand fur les travaux des hommes confacrés
aux lettres ; combien elle fert à les conduire, à les
corriger, à les exciter, à les confoler ; combien elle
infpire à l'ame cette joie douce & recueillie, fans
laquelle on n'eft jamais le maître de fes idées.

C'eft ainfi que cette académie fut d'abord formée.
Elle a une origine encore plus noble que celle
qu'elle reçut du cardinal de *Richelieu* même ; c'eft
dans le fein de l'amitié qu'elle prit naiffance. Des
hommes unis entre eux par ce lien refpectable, & par
le goût des beaux arts, s'affemblaient fans fe montrer

à

à la renommée ; ils furent moins brillans que leurs successeurs, & non moins heureux. La bienséance, l'union, la candeur, la saine critique si opposée à la satire, formèrent leurs assemblées. Elles animeront toujours les vôtres, elles feront l'éternel exemple des gens de lettres, & serviront peut-être à corriger ceux qui se rendent indignes de ce nom. Les vrais amateurs des arts sont amis. Qui est plus que moi en droit de le dire ? J'oserais m'étendre, Messieurs, sur les bontés dont la plupart d'entre vous m'honorent, si je ne devais m'oublier pour ne vous parler que du grand objet de vos travaux, des intérêts devant qui tous les autres s'évanouissent, de la gloire de la nation.

Je sais combien l'esprit se dégoûte aisément des éloges ; je sais que le public, toujours avide de nouveautés, pense que tout est épuisé sur votre fondateur & sur vos protecteurs : mais pourrais-je refuser le tribut que je dois, parce que ceux qui l'ont payé avant moi ne m'ont laissé rien de nouveau à vous dire ? Il en est de ces éloges qu'on répète, comme de ces solemnités qui sont toujours les mêmes, & qui réveillent la mémoire des événemens chers à un peuple entier ; elles sont nécessaires. Célébrer des hommes tels que le cardinal de *Richelieu*, *Louis XIV*, un *Séguier*, un *Colbert*, un *Turenne*, un *Condé*, c'est dire à haute voix : *Rois*, *ministres*, *généraux à venir*, *imitez ces grands-hommes*. Ignore-t-on que le panégyrique de *Trajan* anima *Antonin* à la vertu ? & *Marc-Aurèle*, le premier des empereurs & des hommes, n'avoue-t-il pas, dans ses écrits, l'émulation que lui inspirèrent les vertus d'*Antonin* ? Lorsqu'*Henri IV*

Mélanges littér. Tome I.   B entendit dans le parlement nommer *Louis XII le père du peuple*, il se sentit pénétré du désir de l'imiter, & il le surpassa.

Pensez-vous, Messieurs, que les honneurs rendus par tant de bouches à la mémoire de *Louis XIV*, ne se soient pas fait entendre au cœur de son successeur, dès sa première enfance ? On dira un jour que tous deux ont été à l'immortalité, tantôt par les mêmes chemins, tantôt par des routes différentes. L'un & l'autre seront semblables, en ce qu'ils n'ont différé à se charger du poids des affaires que par reconnaissance ; & peut-être c'est en cela qu'ils ont été le plus grands. La postérité dira que tous deux ont aimé la justice, & ont commandé leurs armées. L'un recherchait avec éclat la gloire qu'il méritait ; il l'appelait à lui du haut de son trône ; il en était suivi dans ses conquêtes, dans ses entreprises ; il en remplissait le monde ; il déployait une ame sublime dans le bonheur & dans l'adversité, dans ses camps, dans ses palais, dans les cours de l'Europe & de l'Asie ; les terres & les mers rendaient témoignage à sa magnificence ; & les plus petits objets, sitôt qu'ils avaient à lui quelque rapport, prenaient un nouveau caractère, & recevaient l'empreinte de sa grandeur. L'autre protège des empereurs & des rois, subjugue des provinces, interrompt le cours de ses conquêtes pour aller secourir ses sujets, & y vole du sein de la mort, dont il est à peine échappé. Il remporte des victoires ; il fait les plus grandes choses avec une simplicité qui ferait penser que ce qui étonne le reste des hommes, est pour lui dans l'ordre le plus commun & le plus ordinaire. Il cache la hauteur

de fon ame, fans s'étudier même à la cacher ; & il
ne peut en affaiblir les rayons , qui , en perçant
malgré lui le voile de fa modeftie, y prennent un éclat
plus durable.

Louis XIV fe fignala par des monumens admirables, par l'amour de tous les arts , par les encoura-
gemens qu'il leur prodiguait : O vous , fon augufte
fucceffeur , vous l'avez déjà imité , & vous n'attendez
que cette paix que vous cherchez par des victoires ,
pour remplir tous vos projets bienfefans qui demandent des jours tranquilles.

Vous avez commencé vos triomphes dans la même
province où commencèrent ceux de votre bifaïeul,
& vous les avez étendus plus loin. Il regretta de
n'avoir pu dans le cours de fes glorieufes campagnes
forcer un ennemi digne de lui , à mefurer fes armes
avec les fiennes en bataille rangée. Cette gloire qu'il
défira, vous en avez joui. Plus heureux que le grand
Henri , qui ne remporta prefque des victoires que fur
fa propre nation , vous avez vaincu les éternels &
intrépides ennemis de la vôtre. Votre fils , après
vous l'objet de nos vœux & de notre crainte , apprit
à vos côtés à voir le danger & le malheur même fans
être troublé , & le plus beau triomphe fans être
ébloui. Lorfque nous tremblions pour vous dans
Paris, vous étiez au milieu d'un champ de carnage,
tranquille dans les momens d'horreur & de confufion,
tranquille dans la joie tumultueufe de vos foldats
victorieux : vous embraffiez ce général qui n'avait
fouhaité de vivre que pour vous voir triompher; cet
homme que vos vertus & les fiennes ont fait votre
fujet , que la France comptera toujours parmi fes

enfans les plus chers & les plus illuftres. Vous récom-
penfiez déjà par votre témoignage & par vos éloges
tous ceux qui avaient contribué à la victoire; & cette
récompenfe eft la plus belle pour des Français.

Mais ce qui fera confervé à jamais dans les faftes
de l'académie, ce qui eft précieux à chacun de vous,
Meffieurs, ce fut l'un de vos confrères qui fervit le
plus votre protecteur & la France dans cette journée;
ce fut lui qui, après avoir volé de brigade en brigade,
après avoir combattu en tant d'endroits différens,
courut donner & exécuter ce confeil fi prompt, fi
falutaire, fi avidément reçu par le roi; dont la vue
difcernait tout dans des momens où elle peut s'égarer
fi aifément. Jouiffez, Meffieurs, du plaifir d'entendre
dans cette affemblée ces propres paroles, que votre
protecteur dit au neveu (l) de votre fondateur, fur
le champ de bataille : *Je n'oublierai jamais le fervice
important que vous m'avez rendu*. Mais fi cette gloire
particulière vous eft chère, combien font chères à
toute la France, combien le feront un jour à l'Europe,
ces démarches pacifiques que fit *Louis XV* après fes
victoires! Il les fait encore, il ne court à fes ennemis
que pour les défarmer; il ne veut les vaincre que
pour les fléchir. S'ils pouvaient connaître le fond de
fon cœur, ils le feraient leur arbitre, au lieu de le
combattre; & ce ferait peut-être le feul moyen d'obtenir fur lui des avantages. (m) Les vertus qui le font
craindre leur ont été connues, dès qu'il a commandé; celles qui doivent ramener leur confcience,

(l) M. le maréchal duc de *Richelieu*.
(m) L'évènement a juftifié, en 1748, ce que difait M. de *Voltaire*
en 1746.

qui doivent être le lien des nations, demandent plus
de temps pour être approfondies par des ennemis.

Nous, plus heureux, nous avons connu fon ame
dès qu'il a régné. Nous avons penfé comme penfe-
ront tous les peuples & tous les fiècles : jamais amour
ne fut ni plus vrai, ni mieux exprimé ; tous nos
cœurs le fentent, & vos bouches éloquentes en font
les interprètes. Les médailles dignes des plus beaux
temps de la Grèce (*n*) éternifent fes triomphes &
notre bonheur. Puiffé-je voir dans nos places publiques
ce monarque humain fculpté des mains de nos
Praxitèles, environné de tous les fymboles de la félicité publique ! Puiffé-je lire aux pieds de fa ftatue ces
mots qui font dans nos cœurs : *Au père de la patrie !*

(*n*) Les médailles frappées au louvre font au-deffus des plus belles de
l'antiquité ; non pas pour les légendes, mais pour le deffin & la beauté
des coins.

PANEGYRIQUE

DE LOUIS XV,

Fondé fur les faits & fur les événemens les plus intéreſſans, juſqu'en 1749.

PREFACE

DE L'AUTEUR.

L'AUTEUR de ce panégyrique se cacha long-temps, avec autant de soin qu'en prennent ceux qui ont fait des satires. Il est toujours à craindre que le panégyrique d'un monarque ne passe pour une flatterie intéressée. L'effet ordinaire de ces éloges est de faire rougir ceux à qui on les donne, d'attirer peu l'attention de la multitude, & de soulever la critique. On ne conçoit pas comment *Trajan* put avoir ou assez de patience ou assez d'amour-propre pour entendre prononcer le long panégyrique de *Pline* : il semble qu'il n'ait manqué à *Trajan*, pour mériter tant d'éloges, que de ne les avoir pas écoutés.

Le panégyrique de *Louis XIV* fut prononcé par M. *Pélisson*, & celui de *Louis XV* devrait l'être sans doute à l'académie par une bouche aussi éloquente. Il s'en faut beaucoup que l'auteur de cet essai adopte l'avis de M. le président *Hénault*, qui préfère le panégyrique de *Louis XV* à celui de *Louis XIV*. L'auteur ne préfère que le sujet. Il avoue que *Louis XV* a sur *Louis XIV* l'avantage d'avoir gagné deux batailles rangées. Il croit que le système des finances ayant été perfectionné par le temps, l'Etat a

souffert incomparablement moins dans la
guerre de 1741, que dans celle de 1688, &
furtout dans celle de 1701. Il penfe enfin que
la paix d'Aix-la-Chapelle peut avoir un grand
avantage fur celle de Nimègue. Ces deux paix
à jamais célébres ont été faites dans les mêmes
circonflances, c'eft-à-dire après des victoires :
mais le vainqueur fit encore craindre fa puiffance par le traité même de Nimègue, & *Louis XV*
fait aimer fa modération. Le premier traité
pouvait encore aigrir des nations, & le fecond
les réconcilier. C'eft cette paix heureufe que
l'auteur a principalement en vue. Il regarde celui
qui l'a donnée comme le bienfaiteur du genre-
humain. Il a fait un panégyrique très-court,
mais très-vrai dans tous fes points ; & il l'a écrit
d'un flyle très-fimple, parce qu'il n'avait rien
à orner. Il a laiffé à chaque citoyen le foin
d'étendre toutes les idées dont il ne donne ici
que le germe. Il y a peu de lecteurs qui, en
voyant cet ouvrage, ne puiffent beaucoup
l'augmenter par leurs réflexions, & le meilleur
effet d'un livre eft de faire penfer les hommes.
On a nourri ce difcours de faits inconnus
auparavant au public, & qui fervent de preuves.
Ce font-là les véritables éloges, & qui font bien
au-deffus d'une déclamation pompeufe & vaine.
La lettre qu'on rapporte écrite d'un prince au
roi, eft de monfeigneur le prince de *Conti*, du

20 juillet 1744: celle du roi eft du 19 mai 1745: en un mot, on peut regarder cet ouvrage intitulé *panégyrique*, comme le précis le plus fidelle de tout ce qui eft à la gloire de la France & de fon roi ; & on défie la critique d'y trouver rien d'altéré ni d'exagéré.

A l'égard des cenfures qu'un journalifte a faites, non du fond de l'ouvrage, mais de la forme, on commence par le remercier d'une réflexion très-jufte fur ce qu'on avait dit que le roi de Sardaigne choififfait bien fes miniftres & fes généraux, & était lui-même un grand général & un grand miniftre. Il paraît en effet que le terme de miniftre ne convient pas à un fouverain. (*)

A l'égard de toutes les autres critiques, elles ont paru injuftes & inconfidérées ; dans une, on reproche à l'auteur d'avoir écrit un panégyrique dans le ftyle de *Pline* plutôt que dans celui de *Cicéron*, & dans celui de *Boffuet* & de *Bourdaloue*. Il dit que tout eft orné d'antithèfes, *de termes qui fe querellent, & de penfées qui femblent fe repouffer*.

On n'examine pas ici s'il faut fuivre dans un panégyrique *Pline* qui en a fait un, ou *Cicéron* qui n'en a point fait ; s'il faut imiter la pompe & la déclamation d'une oraifon funèbre

(*) M. de *Voltaire* a laiffé fubfifter cette phrafe malgré la critique, qu'il paraît regarder ici comme fondée, & nous croyons qu'il a eu raifon de la conferver.

dans le récit des chofes récentes qui font fi délicates à traiter ; fi les fermons de *Bourdaloue* doivent être le modèle d'un homme qui parle de la guerre & de la paix, de la politique & des finances. Mais on eft bien furpris que le critique dife que tout eft antithèfes dans un écrit où il y en a fi peu. A l'égard *des termes qui fe querellent, & des penfées qui fe repouffent*, on ne fait pas ce que cela fignifie.

Le journalifte dit que le contrafte des quatre rois *François I, Henri IV, Louis XIII, Louis XIV*, & du monarque régnant, n'eft pas affez fenfible. Il n'y a là aucun contrafte ; des mérites différens ne font point des chofes oppofées : on n'a voulu faire ni de contraftes ni d'antithèfes , & il n'y en a pas la moindre apparence.

Il reprend ces mots au fujet de nos alarmes fur la maladie du roi : *après un triomphe fi rare il ne fallait pas une vertu commune.* On ne triomphe, dit-il, que de fes ennemis : peut-il ignorer que ce terme *triomphe* eft toujours noblement employé pour tous les grands fuccès en quelque genre que ce puiffe être ?

Il prétend que ce triomphe n'eft pas rare : En France, dit-il, rien de plus naturel, rien de plus général que l'amour des peuples pour leur fouverain. Il n'a pas fenti que cette critique très-déplacée tend à diminuer le prix de l'amour extrême, qui éclata dans cette occasion par des témoignages si singuliers. Oui, sans doute, ce triomphe était rare, & il n'y en a aucun exemple sur la terre ; c'est ce que toute la nation dépose contre cette accusation du censeur.

A quoi pense-t-il quand il dit que rien n'est plus naturel, plus général qu'une telle tendresse ? où a-t-il trouvé qu'en France on ait marqué un tel amour pour ses rois avant que *Louis XIV* & *Louis XV* aient gouverné par eux-mêmes ? Est-ce dans le temps de la fronde ? est-ce sous *Louis XIII*, quand la cour était déchirée par des factions, & l'Etat par des guerres civiles ? quand le sang ruisselait sur les échafauds ? Est-ce lorsque le couteau de *Ravaillac*, instrument du fanatisme de tout un parti, acheva le parricide que *Jean Châtel* avait commencé, & que *Pierre Barrière* & tant d'autres avaient médité ? est-ce quand le moine *Jacques Clément*, animé de l'esprit de la ligue, assassina *Henri III* ? est-ce après ou avant le massacre de la Saint-Barthelemi ? est-ce quand les *Guises* régnaient sous le nom de *François II* ? Est-il possible qu'on ose dire que les Français pensent aujourd'hui comme ils pensaient dans ces temps abominables ?

Après un triomphe si rare il ne fallait pas une vertu commune : le censeur condamne ce passage, comme s'il fuppofait une vertu commune auparavant.

Premièrement on lui dira qu'il ferait d'un lâche flatteur & d'un menteur ridicule de prétendre que le prince, l'objet de ce panégyrique, avait fait alors d'auffi grandes chofes qu'il en a faites depuis. Ce font deux victoires, c'eft la paix donnée à l'Europe, qui ont rempli ce que fa première & glorieufe campagne avait fait efpérer. En fecond lieu, quand l'auteur dit dans la même période que la crainte de perdre un bon roi, impofait à ce grand prince la néceffité d'être le meilleur des rois, non-feulement il ne fuppofe pas là une vertu commune; mais s'exprimant en véritable citoyen, il fait fentir que l'amour de tout un peuple encourage les fouverains à faire de grandes chofes, les affermit encore dans la vertu, les excite encore à faire le bonheur d'une nation qui le mérite. Penfer & parler autrement ferait d'un miférable efclave, & les louanges des efclaves ne font d'aucun prix, non plus que leurs fervices.

Le cenfeur dit que les Anglais ont été les dominateurs des mers *de fait* & *non pas de droit.* Il s'agit bien ici de droit ; il s'agit de la vérité, & de montrer que les Français peuvent être auffi redoutables fur mer qu'ils l'ont été fur terre.

Il avance que le goût de *differtation s'empare
quelquefois de l'auteur*. Il y a dans tout l'ouvrage
quatre lignes où l'on trouve une réflexion politique très-importante, une maxime très-vraie ;
c'eft que les hommes réufliflent toujours dans
ce qui leur eft abfolument néceffaire , & on en
pourrait donner cent exemples. L'auteur en
rapporte trois en deux lignes, & voilà ce que
le cenfeur appelle differtation. On trouvera,
dit-il, quelque chofe de découfu dans le ftyle.
Ce mot trivial , *découfu* , fignifie un difcours
fans liaifon, fans tranfition , & c'eft peut-être
le difcours où il y en a davantage. *Ce découfu* ,
dit-il , *eft l'effet des antithèfes* , & il n'y a pas deux
antithèfes dans tout l'ouvrage.

Il y a d'autres injuftices auxquelles on ne
répond point ; ceux qui ont été fâchés qu'on ait
célébré dans cet ouvrage les citoyens qui ont
bien fervi l'Etat , chacun dans leur genre ,
méritent moins d'être réfutés que d'être abandonnés à leur baffe envie, qui ajoute encore à
l'éloge qu'ils condamnent.

EXTRAIT D'UNE LETTRE

D E

M. LE PRESIDENT HENAULT.

  ,, CE panégyrique, d'autant plus éloquent qu'il
,, paraît ne pas prétendre à l'éloquence, étant fondé
,, uniquement fur les faits, eft également glorieux
,, pour le roi & pour la nation. Je ne crois pas qu'on
,, puiffe lui comparer celui que *Péliffon* compofa
,, pour *Louis XIV;* ce n'était qu'un difcours vague,
,, & celui-ci eft appuyé fur les événemens les plus
,, grands, fur les anecdotes les plus intéreffantes.
,, C'eft un tableau de l'Europe, c'eft un précis de la
,, guerre, c'eft un ouvrage qui annonce à chaque
,, page un bon citoyen, c'eft un éloge où il n'y a pas
,, un mot qui fente la flatterie ; il devrait avoir été
,, prononcé dans l'académie, avec la plus grande
,, folemnité; & la capitale doit l'envier aux provinces
,, où il a été imprimé. ,,

PANEGYRIQUE

DE LOUIS XV.

LUDOVICO DECIMO-QUINTO,

DE HUMANO GENERE BENE MERITO.

Une voix faible & inconnue s'élève, mais elle fera l'interprète de tous les cœurs. Si elle ne l'eft pas, elle eft téméraire ; fi elle flatte, elle eft coupable ; car c'eft outrager le trône & la patrie, que de louer fon prince des vertus qu'il n'a pas.

On fait affez que ceux qui font à la tête des peuples, font jugés par le public avec autant de févérité qu'ils font loués en face avec baffeffe ; que tout prince a pour juges les cœurs de fes fujets ; qu'il ne tient qu'à lui de favoir fon arrêt, & de fe connaître ainfi lui-même. Il n'a qu'à confulter la voix publique, & furtout celle du petit nombre de juges, qui en tout genre entraîne à la longue l'opinion du grand nombre, & qui feule fe fait entendre à la poftérité.

La réputation eft la récompenfe des rois ; la fortune leur a donné tout le refte : mais cette réputation eft différente comme leurs caractères ; plus éclatante chez les uns, plus folide chez les autres ; fouvent accompagnée d'une admiration mêlée de crainte, quelquefois appuyée fur l'amour ; ici plus

prompte , ailleurs plus tardive ; rarement pure &
univerfelle.

Louis XII, malheureux dans la guerre & dans la
politique , vit les cœurs de fon peuple fe tourner vers
lui , & fut confolé.

François I, par fa valeur, par fa magnificence, &
par la protection des arts qui l'immortalife, reffaifit la
gloire qu'un rival trop puiffant lui avait enlevée.

Henri IV, ce brave guerrier, ce bon prince, ce
grand homme fi au-deffus de fon fiècle, ne fut connu
de tout le monde qu'après fa mort; & c'eft ce que
lui-même avait prédit.

Louis XIV frappa tous les yeux , pendant quarante
ans , de l'éclat de fa profpérité, de fa grandeur, & de
fa gloire , & fit parler en fa faveur toutes les bouches
de la renommée.

Nos acclamations ont donné à *Louis XV* un titre
qui doit raffembler en lui bien d'autres titres; car il
n'en eft pas d'un fouverain comme d'un particulier :
on peut aimer un citoyen médiocre ; une nation
n'aimera pas long - temps un prince qui ne fera pas
un grand prince.

Ce temps fera toujours préfent à la mémoire , où
il commença à gouverner & à combattre ; ce temps
où les fatigues réunies du cabinet & de la guerre,
le mirent au bord du tombeau. On fe fouvient de
ces cris de douleur & de tendreffe , de cette défolation, de ces larmes de toute la France ; de cette foule
confternée , qui fe précipitant dans les temples ,
interrompait, par fes fanglots, les prières publiques ,
tandis que le prêtre pleurait en les prononçant, &
pouvait les achever à peine.

Au bruit de ſa convaleſcence, avec quel tranſport nous paſſâmes de l'excès du déſeſpoir à l'ivreſſe de la joie ! Jamais les courriers qui ont apporté les nouvelles des plus grandes victoires, ont-ils été reçus comme celui qui vint nous dire : *Il eſt hors de danger ?* Les témoignages de cet amour venaient de tous côtés au monarque : ceux qui l'entouraient, lui en parlaient avec des larmes de joie; il ſe ſouleva ſoudain par un effort dans ce lit de douleur où il languiſſait encore : *Qu'ai-je donc fait*, s'écria-t-il, *pour être ainſi aimé ?* Ce fut l'expreſſion naïve de ce caractère ſimple, qui n'ayant de faſte ni dans la vertu, ni dans la gloire, ſavait à peine que ſa grande ame fût connue.

Puiſqu'il était ainſi aimé, il méritait de l'être. On peut ſe tromper dans l'admiration, on peut trop ſe hâter d'élever des monumens de gloire, on peut prendre de la fortune pour du mérite; mais quand un peuple entier aime éperdument, peut-il errer ? Le cœur du prince ſentit ce que voulait dire ce cri de la nation : la crainte univerſelle de perdre un bon roi, lui impoſait la néceſſité d'être le meilleur des rois. Après un triomphe ſi rare, il ne fallait pas une vertu commune.

C'eſt à la nation à dire s'il a été fidelle à cet engagement que ſon cœur prenait avec les nôtres ; c'eſt à elle de ſe rendre compte de ſa félicité.

Il ſe trouvait engagé dans une guerre malheureuſe, que ſon conſeil avait entrepriſe pour ſoutenir un allié qui depuis s'eſt détaché de nous. Il avait à combattre une reine intrépide, qu'aucun péril n'avait ébranlée, & qui ſoulevait les nations en faveur de ſa caufe. Elle avait porté fon fils dans fes bras à un peuple toujours révolté contre fes pères, & en avait fait un peuple fidelle, qu'elle rempliffait de l'efprit de fa vengeance. Elle réuniffait dans elle les qualités des empereurs fes aïeux, & brûlait de cette émulation fatale qui anima deux cents ans fa maifon impériale, contre la maifon la plus ancienne & la plus augufte du monde.

A cette fille des Céfars s'uniffait un roi d'Angleterre, qui favait gouverner un peuple qui ne fait point fervir. Il menait ce peuple valeureux comme un cavalier habile pouffe à toute bride un courfier fougueux, dont il ne pourrait retenir l'impétuofité. Cette nation, la dominatrice de l'Océan, voulait tenir, à main armée, la balance fur la terre, afin qu'il n'y eût plus jamais d'équilibre fur les mers. Fière de l'avantage de pouvoir pénétrer vers nos frontières par les terres de nos voifins, tandis que nous pouvions entrer à peine dans fon île; fière de fes victoires paffées, de fes richeffes préfentes, elle achetait contre nous des ennemis d'un bout de l'Europe à l'autre; elle paraiffait inépuifable dans fes reffources, & irréconciliable dans fa haine.

Un monarque qui veille à la garde des barrières que la nature éleva entre la France & l'Italie, & qui femble, du haut des Alpes, pouvoir déterminer la fortune, fe déclarait contre nous, après avoir autrefois vaincu avec nous. On avait à redouter en lui un politique & un guerrier; un prince qui favait bien choifir fes miniftres & fes généraux, & qui pouvait fe paffer d'eux, grand général lui-même & grand miniftre. L'Autriche fe dépouillait de fes terres en fa faveur ; l'Angleterre lui prodiguait fes tréfors : tout concourait à le mettre en état de nous nuire.

A tant d'ennemis fe joignait cette république fondée fur le commerce, fur le travail, & fur les armes ; cet Etat qui, toujours près d'être fubmergé par la mer, fubfifte en dépit d'elle, & la fait fervir à fa grandeur ; république fupérieure à celle de Carthage, parce qu'avec cent fois moins de territoire, elle a eu les mêmes richeffes. Ce peuple haïffait fes anciens protecteurs, & fervait la maifon de fes anciens oppreffeurs ; ce peuple, autrefois le rival & le vainqueur de l'Angleterre fur les mers, fe jetait dans les bras de ceux mêmes qui ont affaibli fon commerce, & refufait l'alliance & la protection de ceux par qui fon commerce floriffait. Rien ne l'engageait dans la querelle : il pouvait même jouir de la gloire d'être médiateur entre les maifons de France & d'Autriche, entre l'Efpagne & l'Angleterre ; mais la défiance l'aveugla, & fes propres erreurs l'ont perdu.

Ce peuple ne pouvait croire qu'un roi de France ne fût pas ambitieux. Le voilà donc qui rompt la neutralité qu'il a promife ; le voilà qui, dans la crainte d'être opprimé un jour, ofe attaquer un roi puiffant, qui lui tendait les bras. En vain *Louis XV* leur répète à tous : Je ne veux rien pour moi ; je ne demande que la juftice pour mes alliés : je veux que le commerce des nations & le vôtre foit libre ; que la fille de *Charles VI* jouiffe de l'héritage immenfe de fes pères ; mais aufli qu'elle n'envie point la province de Parme à l'héritier légitime ; que Gênes ne foit point opprimée ; qu'on ne lui raviffe pas un bien qui lui appartient, & dont elle ne peut jamais

C 3

abuſer. Ces propoſitions étaient ſi modérées , ſi équitables , ſi déſintéreſſées , ſi pures , qu'on ne put le croire. Cette vertu eſt trop rare chez les hommes; & quand elle ſe montre , on la prend d'abord pour de la fauſſeté , ou pour de la faibleſſe.

Il fallut donc combattre , ſans que tant de nations liguées fuſſent en effet pourquoi l'on combattait. La cendre du dernier des empereurs autrichiens était arroſée du ſang des nations ; & lorſque l'Allemagne elle-même était devenue tranquille , lorſque la cauſe de tant de diviſions ne ſubſiſtait plus , les cruels effets en duraient encore. En vain le roi voulait la paix , il ne pouvait l'obtenir que par des victoires.

Déjà les villes qu'il avait aſſiégées s'étaient rendues à ſes armes : il volé ſous les remparts de Tournai , avec ſon fils, ſon unique eſpérance & la nôtre. Il faut combattre contre une armée ſupérieure , dont les Anglais feſaient la principale force. C'eſt la bataille la plus heureuſe & la plus grande par ſes ſuites qu'on ait donnée depuis *Philippe-Auguſte ;* c'eſt la première depuis *Saint Louis* , qu'un roi de France ait gagnée en perſonne contre cette nation belliqueuſe & reſpectable , qui a toujours été l'ennemie de notre patrie , après en avoir été chaſſée. Mais cette victoire ſi heureuſe, à quoi tenait-elle ? C'eſt ce que lui dit ce grand général à qui la France a des obligations éternelles. En effet, l'hiſtoire dépoſera que, ſans la préſence du roi, la bataille de Fontenoi était perdue. On ramenait de tous côtés les canons ; tous les corps avaient été repouſſés les uns après les autres ; le poſte important d'Antouin avait commencé d'être évacué; la colonne anglaife s'avançait à pas lents, toujours ferme, toujours inébranlable, coupant en deux notre armée, fefant de tous côtés un feu continu, qu'on ne pouvait ni ralentir ni foutenir. Si le roi eût cédé aux prières de tant de ferviteurs, qui ne craignaient que pour fes jours, s'il n'eût demeuré fur le champ de bataille, s'il n'eût fait revenir fes canons difperfés, qu'on retrouva avec tant de peine, aurait-on fait les efforts réunis qui décidèrent du fort de cette journée? Qui ne fait à quel excès la préfence du fouverain enflamme notre nation, & avec quelle ardeur on fe difpute l'honneur de mourir ou de vaincre à fes yeux? Ce moment en fut un grand exemple. On propofait la retraite, le roi regardait fes guerriers, & ils vainquirent.

On ne fait que trop quelles funeftes horreurs fuivent les batailles, combien de bleffés reftent confondus parmi les morts, combien de foldats élevant une voix expirante pour demander du fecours, reçoivent le dernier coup de la main de leurs propres compagnons, qui leur arrachent de miférables dépouilles couvertes de fang & de fange; ceux mêmes qui font fecourus, le font fouvent d'une manière fi précipitée, fi inattentive, fi dure, que le fecours même eft funefte; ils perdent la vie dans de nouveaux tourmens, en accufant la mort de n'avoir pas été affez prompte : mais après la bataille de Fontenoi, on vit un père qui avait foin de la vie de fes enfans; & tous les bleffés furent fecourus comme s'ils l'avaient été par leurs frères. L'ordre, la prévoyance, l'attention, la propreté, l'abondance de ces maifons que la charité élève

avec tant de frais, & qu'elle entretient dans le fein
de nos villes tranquilles & opulentes , n'étaient pas
au-deſſus de ce qu'on vit dans les établiſſemens préparés à la hâte pour ce jour de ſang. Les ennemis pri-
ſonniers & bleſſés devenaient nos compatriotes , nos
frères. Jamais tant d'humanité ne ſuccéda ſi prompte-
ment à tant de valeur.

Les Anglais ſurtout en furent touchés ; & cette
nation, la rivale de notre vertu guerrière , l'eſt devenue de notre magnanimité. Ainſi un prince, un ſeul
homme peut , par ſon exemple , rendre meilleurs
ſes ſujets & ſes ennemis même : ainſi les barbaries de
la guerre ont été adoucies en Europe, autant que le
peut permettre la méchanceté humaine ; & ſi vous en
exceptez ces brigands étrangers, à qui l'eſpoir ſeul du
pillage met les armes à la main , on a vu, depuis le
jour de Fontenoi , les nations armées diſputer de
généroſité.

Il eſt pardonnable à un vainqueur de vouloir tirer
avantage de ſa victoire , d'attendre au moins que le
vaincu demande la paix , & de la lui faire acheter
chèrement ; c'eſt la maxime de la politique ordinaire.
Quel parti prendra le vainqueur de Fontenoi ? Dès le
jour même de la bataille , il ordonne à ſon ſecrétaire
d'Etat d'écrire en Hollande qu'il ne demande que la
pacification de l'Europe : il propoſe un congrès ; il
proteſte qu'il ne veut pas rendre ſa condition meilleure ; il ſuffit que celle des peuples le ſoit par lui.
Le croira-t-on dans la poſtérité ? c'eſt le vainqueur
qui demande la paix , & c'eſt le vaincu qui la refuſe.
Louis XV ne ſe rebute pas ; il faut au moins feindre
de l'écouter. On envoie quelques plénipotentiaires ,

mais ce n'eft que par une formalité vaine; on fe défie de fes offres : les ennemis lui fuppofent de vaftes projets, parce qu'ils ofaient en avoir encore. Toutes les villes cependant tombent devant lui, devant les princes de fon fang, devant tous les généraux qui les affiègent. Des places qui avaient autrefois réfifté trois années ne tiennent que peu de jours. On triomphe à Mêlle, à Rocoux, à Laufelt; on trouve par-tout les Anglais qui fe dévouent pour leurs alliés avec plus de courage que de politique, & par-tout la valeur françaife l'emporte ; ce n'eft qu'un enchaîne-ment de victoires. Nous avons vu un temps où ces feux, ces illuminations, ces monumens paffagers de la gloire, devenus un fpectacle commun, n'attiraient plus l'empreffement de la multitude raffafiée de fuccès.

Quelle eft la fituation enfin où nous étions au commencement de cette dernière campagne, après une guerre fi longue, & qui avait été deux ans fi malheureufe ?

Ce général étranger, naturalifé par tant de victoires, auffi habile que *Turenne*, & encore plus heureux, avait fait de la Flandre entière une de nos provinces.

Du côté de l'Italie, où les obftacles font beaucoup plus grands, où la nature oppofe tant de barrières, où les batailles font rarement décifives, & cependant les reffources fi difficiles, on fe foutenait du moins après une viciffitude continuelle de fuccès & de pertes. On était encore animé par la gloire de la journée des barricades, par l'efcalade de ces rochers qui touchent aux nues, par ces fameux paffages du Pô.

Un chef actif & prévoyant, qui conçoit les plus grands projets, & qui discute les plus petits détails; ce général qui, après avoir sauvé l'armée de Prague, par une retraite digne de *Xénophon*, venait de délivrer la Provence, disputait alors les Alpes aux ennemis, les tenait en alarmes, les avait chaffés de Nice, mettait en sureté nos frontières. Un génie brillant, audacieux, dans qui tout respire la grandeur, la hauteur, & les grâces; cet homme qui serait encore distingué dans l'Europe, quand même il n'aurait aucune occafion de se signaler, soutenait la liberté de Gènes contre les Autrichiens, les Piémontais, & les Anglais. Le roi d'Espagne, inébranlable dans son alliance, joignait à nos troupes ses troupes audacieuses & fidelles, dont la valeur ne s'est jamais démentie. Le royaume de Naples était en sureté. *Louis XV* veillait à la fois sur tous ses alliés, & contenait ou accablait tous ses ennemis.

Enfin, par une suite de l'administration secrète qui donne la vie à ce grand corps politique de la France, l'Etat n'était épuisé ni par les trésors engloutis dans la Bohème & dans la Bavière, ni par les libéralités prodiguées à un empereur que le roi avait protégé, ni par ces dépenses immenses qu'exigeaient nos nombreuses armées. L'Autriche & la Savoie, au contraire, ne se soutenaient que par les subsides de l'Angleterre; & l'Angleterre commençait à succomber sous le fardeau; son sang & ses trésors se perdaient pour des intérêts qui n'étaient pas les siens: la Hollande se ruinait & s'enchaînait par opiniâtreté; des craintes imaginaires lui fefaient éprouver des malheurs réels: & nous, victorieux & tranquilles,

nous regardions de loin, dans le fein de l'abondance, tous les fléaux de la guerre portés loin de nos
provinces.

Nous avons payé avec zèle tous les impôts,
quelque grands qu'ils fuffent, parce que nous avons
fenti qu'ils étaient néceffaires, & établis avec une
fage proportion. Auffi (ce qui peut-être n'était
jamais arrivé depuis plufieurs fiècles) aucun miniftre
des finances n'a excité le moindre murmure, aucun
financier n'a été odieux; & quand, fur quelques
difficultés, le parlement a fait des remontrances à
fon maître, on a cru voir un père de famille qui
confulte, fur les intérêts de fes enfans, les interprètes
des lois.

Il s'eft trouvé un homme qui a foutenu le crédit
de la nation par le fien; crédit fondé à la fois fur
l'induftrie & fur la probité, qui fe perd fi aifément, &
qui ne fe rétablit plus quand il eft détruit. (*) C'était
un des prodiges de notre fiècle; & ce prodige ne nous
frappait pas peut-être affez : nous y étions accoutumés,
comme aux vertus de notre monarque. Nos camps
devant tant de places affiégées, ont été femblables à
des villes policées où règnent l'ordre, l'affluence, & la
richeffe. Ceux qui ont ainfi fait fubfifter nos armées
étaient des hommes dignes de feconder ceux qui nous
ont fait vaincre. (**)

Vous pardonnez, héros équitable, héros modefte,
vous pardonnez fans doute, fi on ofe mêler l'éloge de
vos fujets à celui du père de la patrie? Vous les avez
choifis. Quand tous les refforts d'un Etat fe déploient

(*) M. de *Marmontel*.   (**) M. *Duvernei*.

d'un concert unanime, la main qui les dirige eft celle d'un grand-homme : peut-être cefferait-il de l'être, s'il voyait d'un œil chagrin & jaloux la juftice qui leur eft rendue.

Grâce à cette adminiftration unique, le roi n'a jamais éprouvé cette douleur fi cruelle pour un bon prince, de ne pouvoir récompenfer ceux qui ont prodigué leur fang pour l'Etat.

Jamais, dans le cours de cette longue guerre, le miniftre n'a ignoré ni laiffé ignorer au prince, aucune belle action du moindre officier ; & toutes nombreufes, toutes communes qu'elles font devenues, jamais la récompenfe ne s'eft fait attendre. Mais quel pouvoir chez les hommes eft affez grand pour mettre un prix à la vie ? il n'en eft point ; & fi le cœur du maître n'eft pas fenfible, on n'eft mort que pour un ingrat.

Citoyens heureux de la capitale, plufieurs d'entre vous verront, dans leurs voyages, ces terrains que *Louis XV* a rendus fi célébres, ces plaines fanglantes que vous ne connaiffez encore que par les réjouif-fances paifibles qui ont célébré des victoires fi chère-ment achetées ; quand vous aurez reconnu la place où tant de héros font morts pour vous, verfez des larmes fur leurs tombeaux, imitez votre roi qui les regrette.

Un de nos princes écrivait au roi, de la cime des Alpes, qui étaient fes champs de victoire : *Le colonel de mon régiment a été tué ; vous connaiffez trop, Sire, tout le prix de l'amitié, pour n'être pas touché de ma douleur.* Qu'une telle lettre eft honorable, & pour qui l'écrit, & pour qui la reçoit ! O hommes ! apprenez d'un prince & d'un roi ce que vaut le fang des hommes, apprenez à aimer.

Quel préjugé s'eft répandu fur la terre, que cette amitié, cette précieufe confolation de la vie, eft exilée dans les cabanes, qu'elle fe plaît chez les malheureux! O erreur! l'amitié eft également inconnue, & chez les infortunés occupés uniquement de leurs maux, & chez les heureux fouvént endurcis, & dans le travail des campagnes, & dans les occupations des villes, & dans les intrigues des cours. Par-tout elle eft étrangère : elle eft, comme la vertu, le partage de quelques ames privilégiées ; & lorfqu'une de ces belles ames fe trouve fur le trône, ô Providence, qu'il faut vous bénir! Puiffent ceux qui croient que dans les cours, l'intrigue ou le hafard diftribue toujours les récompenfes, lire quelques-unes de ces lettres que le monarque écrivait après fes victoires! *J'ai perdu*, dit-il dans un de ces billets où le cœur parle, & où le héros fe peint, *j'ai perdu un honnête-homme & un brave officier, que j'eftimais & que j'aimais. Je fais qu'il a un frère dans l'état eccléfiaftique, donnez-lui le premier bénéfice, s'il en eft digne, comme je le crois.*

Peuples, c'eft ainfi que vous êtes gouvernés. Songez quelle eft votre gloire au-dehors, & votre tranquillité au-dedans ; voyez les arts protégés au milieu de la guerre ; comparez tous les temps ; comptez-les depuis *Charlemagne;* quel fiècle trouverez-vous comparable à notre âge ? Celui du règne trop court de l'immortel *Henri IV*, depuis la paix de Vervins ; & encore quel affreux levain reftait des difcordes de quatre règnes ? Les belles & triomphantes années de *Louis XIV;* mais quels malheurs les ont fuivies ? & puiffe notre bonheur

être plus durable! Enfin vous trouverez foixante ans
peut-être de grandeur & de félicité répandues dans
plus de neuf fiècles ; tant le bonheur public eft rare ,
tant le chemin eft lent, qui mène en tout genre à la
perfeétion , tant il eft difficile de gouverner les hommes
& de les fatisfaire.

On s'eft plaint (car la vérité ne diffimule rien , &
nous fommes affez grands pour avouer ce qui nous
manque ,) on s'eft plaint qu'un feul reffort fe foit
rencontré faible dans cette vafte & puiffante machine
fi habilement conduite. *Louis XV*, en prenant à la
fois le timon de l'Etat & l'épée, ne trouva point dans
fes ports , de ces flottes nombreufes , de ces grands
établiffémens de marine , qui font l'ouvrage du temps.
Un effort précipité ne peut en ce genre fuppléer à ce
qui demande tant de prévoyance & une fi longue
application. Il n'en eft pas de nos forces maritimes
comme de ces trirèmes que les Romains apprirent fi
rapidement à conftruire & à gouverner. Un feul
vaiffeau de guerre eft un objet plus grand que les
flottes qui décidèrent auprès d'Aétium de l'empire du
monde. Tout ce qu'on a pu faire , on l'a fait ; nous
avons même armé plus de vaiffeaux que n'en avait la
Hollande , qu'on appelle encore *Puiffance maritime* :
mais il n'était pas poffible d'égaler en peu d'années
l'Angleterre , qui étant fi peu de chofe par elle-
même fans l'empire de la mer , regarde depuis fi
long-temps cet empire comme le feul fondement de
fa puiffance, & comme l'effence de fon gouvernement.
Les hommes réuffiffent toujours dans ce qui leur eft
abfolument néceffaire ; ce qui eft néceffaire à un Etat,
eft toujours ce qui en fait la force. Ainfi la Hollande

a fes navires marchands, la Grande-Bretagne fes armées navales, la France fes armées de terre.

Le miniftre, qui prêtait la main aux rènes du gouvernement dans le commencement de la guerre, était dans cette extrême vieilleffe où il ne refte plus que deux objets, le moment qui fuit, & l'éternité. Il avait fu long-temps retenir comme enchaînées ces flottes de nos voifins toujours prêtes à couvrir les mers, & à s'élancer contre nous. Ses négociations lui avaient acquis le droit d'efpérer que fes yeux, prêts à fe fermer, ne verraient plus la guerre ; mais D i e u, qui prolonge & retranche à fon gré nos années, frappa *Charles VI* avant lui ; & cette mort imprévue, comme le font prefque tous les événemens, fut le fignal de plus de trois cents mille morts. Enfin, la fageffe de ce vieillard refpectable, fes fervices, fa douceur, fon égalité, fon défintéreffement perfonnel méritaient nos éloges, & fon âge nos excufes. S'il avait pu lire dans l'avenir, il aurait ajouté à la puiffance de l'Etat ce rempart de vaiffeaux, cette force qui peut fe porter à la fois dans les deux hémif-phères : & que n'aurait-on point exécuté ? Le héros auffi admirable qu'infortuné, qui aborda feul dans fon ancienne patrie, qui feul y a formé une armée, qui a gagné tant de combats, qui ne s'eft affaibli qu'à force de vaincre, aurait recueilli le fruit de fon audace plus qu'humaine ; & ce prince fupérieur à *Guftave Vafa*, ayant commencé comme lui, aurait fini de même.

Mais enfin, quoique ces grandes reffources nous manquaffent, notre gloire s'eft confervée fur les mers. Tous nos officiers de marine, combattant avec des forces inférieures , ont fait voir qu'ils euffent vaincu s'ils en avaient eu d'égales. Notre commerce a fouf-fert , & n'a jamais été interrompu ; nos grands éta-bliffemens ont fubfifté ; nous avons renverfé ceux de nos ennemis aux extrémités de l'Orient. Nous étions par-tout à craindre , & tout tombait devant nous en Flandre.

Dans ces circonftances heureufes , on vole de la victoire de Laufelt aux baftions de Berg-op-zoom. On favait que les *Requefens* , les *Parme* , les *Spinola* , ces héros de leur fiècle , en avaient tour-à-tour levé le fiége. *Louis XIV* lui-même , dont l'armée victorieufe fe répandit comme un torrent dans quatre provinces de la Hollande , ne voulut pas fe commettre à l'affiéger. *Cohorn* , le *Vauban* hollandais , en avait fait depuis la place de l'Europe la plus forte. La mer & une armée entière la défendaient : *Louis XV* en ordonne le fiége , & nous la prenons d'affaut. Le guerrier qui avait forcé Oczakow dans la Tartarie , déploie ainfi fur cette frontière de la Hollande de nouveaux fecrets de l'art de la guerre ; fecrets au-deffus des règles de l'art. A cette nouvelle conquête , qui répandit tant de confternation chez les ennemis , & qui étonna tant les vainqueurs , l'Europe penfe que *Louis XV* ceffera d'être fi facile ; qu'il fera éclater enfin cette ambition cachée qu'on redoute , & qu'on juftifie en la fuppofant toujours. Il le faut avouer , les ennemis ont fait ce qu'ils ont pu pour la lui infpirer. Ils font heureux , ils n'ont pas réuffi. Il arbore le même olivier fur ces murs écrafés & fumans de fang : il ne propofe rien de plus que ce qu'il offrait dans fes premières profpérités.

Cet

Cet excès de vertu ne perfuade pas encore ; il était trop peu vraifemblable : on ne veut point recevoir la loi de celui qui peut l'impofer ; on tremble , & on s'aigrit : le vaincu eft auffi obftiné dans fa haine , que le vainqueur eft conftant dans fa clémence. Qui aurait jamais cru que cette opiniâtreté eût pu fe porter jufqu'à chercher des troupes auxiliaires dans ces climats glacés , qui naguère n'étaient connus que de nom ? Qui eût penfé que les habitans des bords du Volga & de la mer Cafpienne duffent être appelés aux bords de la Meufe ? Ils viennent cependant ; & cent mille hommes qui couvrent Maftricht, les attendent pour renouveler toutes les horreurs de la guerre. Mais, tandis que les foldats hyperboréens font cette marche fi longue & fi pénible, le général chargé du deftin de la France, confond en une feule marche tant de projets. Par quel art a-t-il pu faire paffer fon armée à travers l'armée ennemie ? comment Maftricht eft-il tout d'un coup affiégé en leur préfence ? par quelle intelligence fublime les a-t-il difperfés ? Maftricht eft aux abois ; on tremble dans Nimègue ; les généraux ennemis fe reprochent les uns aux autres ce coup fatal qu'aucun d'eux n'a prévu ; toutes les reffources leur manquent à la fois ; il ne leur refte plus qu'à demander cette même paix qu'ils ont tant rejetée. Quelles conditions nous impoferez-vous ? difent-ils. Les mêmes, répond le roi victorieux , que je vous ai préfentées depuis quatre années , & que vous auriez acceptées fi vous m'aviez connu. Il en figne les préliminaires : le voile qui couvrait tous les yeux tombe alors ; & les plus fages de nos ennemis s'écrient : Le père de la France eft donc le père de l'Europe !

Mélanges littér. Tome I.   D

Les Anglais furtout, chez qui la raifon a toujours quelque chofe de fupérieur, quand elle eft tranquille, rendent comme nous juftice à la vertu ; eux qui s'irritèrent fi long-temps contre la gloire de *Louis XIV*, chériffent celle de *Louis XV*.

Dans tout ce qu'on vient de dire, a-t-on avancé un feul fait que la malignité puiffe feulement couvrir du moindre doute ? On s'était propofé un panégyrique, on n'a fait qu'un récit fimple. O force de la vérité ! les éloges ne peuvent venir que de vous. Et qu'importe encore des éloges ? nous devons des actions de grâces. Quel eft le citoyen qui, en voyant cet homme fi grand & fi fimple, ne doive s'écrier du fond de fon cœur : Si la frontière de ma province eft en fureté, fi la ville où je fuis né eft tranquille, fi ma famille jouit en paix de fon patrimoine, fi le commerce & tous les arts viennent en foule rendre mes jours plus heureux, c'eft à vous, c'eft à vos travaux, c'eft à votre grand cœur que je le dois !

Il y a toujours des hommes qui contredifent la voix publique. Des politiques ont demandé pourquoi ce vainqueur fe contente de la juftice qu'il fait rendre à fes alliés ? pourquoi il s'en tient à faire le bonheur des hommes ? il pouvait d'un mot gagner plufieurs villes. Oui, il le pouvait fans doute ; mais lequel vaut le mieux pour un roi de France, & pour nous, de retenir quelques faibles conquêtes, inutiles à fa grandeur, en laiffant dans le cœur de fes ennemis des femences éternelles de difcorde & de haine, ou bien de fe contenter du plus beau royaume de l'Europe, en conquérant des cœurs qui femblaient pour jamais aliénés, en fermant ces anciennes plaies que la jaloufie

fefait faigner , en devenant l'arbitre des nations fi
long-temps conjurées contre nous ? Quel roi a fait
jamais une paix plus utile ? Il faut enfin rendre gloire
à la vérité. *Louis XV* apprend aux hommes que la
la plus grande politique eft d'être vertueux. Que nous
refte-t-il à fouhaiter déformais , finon qu'il fe reffemble
toujours à lui-même , & que les rois à venir lui
reffemblent ?

ELOGE FUNEBRE

DES OFFICIERS

Qui font morts dans la guerre de 1741.

UN peuple qui fut l'exemple des nations, qui leur enfeigna tous les arts, & même celui de la guerre, le maître des Romains qui ont été nos maîtres, la Grèce enfin, parmi fes inftitutions qu'on admire encore, avait établi l'ufage de confacrer par des éloges funèbres la mémoire des citoyens qui avaient répandu leur fang pour la patrie. Coutume digne d'Athènes, digne d'une nation valeureufe & humaine, digne de nous! pourquoi ne la fuivrions-nous pas, nous long-temps les heureux rivaux en tant de genres de cette nation refpeçtable? Pourquoi nous renfermer dans l'ufage de ne célébrer après leur mort que ceux qui ayant été donnés en fpeçtacle au monde par leur élévation, ont été fatigués d'encens pendant leur vie?

Il eft jufte fans doute, il importe au genre-humain de louer les *Titus*, les *Trajan*, les *Louis XII*, les *Henri IV*, & ceux qui leur reffemblent. Mais ne rendra-t-on jamais qu'à la dignité ces devoirs fi intéreffans & fi chers quand ils font rendus à la perfonne; fi vains quand ils ne font qu'une partie néceffaire d'une pompe funèbre, quand le cœur n'eft point touché, quand la vanité feule de l'orateur parle à la vanité des hommes, & que dans un difcours compofé, & dans une divifion forcée, on s'épuife en éloges vagues qui paſſent avec la fumée des flambeaux funéraires ? Du moins , s'il faut célébrer toujours ceux qui ont été grands , réveillons quelquefois la cendre de ceux qui ont été utiles. Heureux ſans doute , (ſi la voix des vivans peut percer la nuit des tombeaux,) heureux le magiſtrat immortaliſé par le même organe qui avait fait verſer tant de pleurs ſur la mort de *Marie d'Angleterre* , & qui fut digne de célébrer le grand *Condé* ! Mais ſi la cendre de *Michel le Tellier* reçut tant d'honneurs, eſt-il un bon citoyen qui ne demande aujourd'hui : Les a-t-on rendus au grand *Colbert* , à cet homme qui fit naître tant d'abondance en ranimant tant d'induſtrie , qui porta ſes vues ſupérieures juſqu'aux extrémités de la terre , qui rendit la France la dominatrice des mers , & à qui nous devons une grandeur & une félicité long-temps inconnue ?

O mémoire ! ô noms du petit nombre d'hommes qui ont bien ſervi l'Etat ! vivez éternellement : mais ſurtout ne périſſez pas tout entiers , vous guerriers qui êtes morts pour nous défendre. C'eſt votre ſang qui nous a valu des victoires ; c'eſt ſur vos corps déchirés & palpitans que vos compagnons ont marché à l'ennemi , & qu'ils ont monté à tant de remparts ; c'eſt à vous que nous devons une paix glorieuſe , achetée par votre perte. Plus la guerre eſt un fléau épouvantable , raſſemblant ſous lui toutes les calamités & tous les crimes , plus grande doit être notre reconnaiſſance envers ces braves compatriotes , qui ont péri pour nous donner cette paix heureuſe , qui doit être l'unique but de la guerre , & le ſeul objet de l'ambition d'un vrai monarque.

Faibles & infenfés mortels que nous fommes, qui raifonnons tant fur nos devoirs, qui avons tant approfondi notre nature, nos malheurs, & nos faibleffes, nous fefons fans ceffe retentir nos temples de reproches & de condamnations ; nous anathématifons les plus légères irrégularités de la conduite, les plus fecrètes complaifances des cœurs ; nous tonnons contre des vices, contre des défauts, condamnables il eft vrai, mais qui troublent à peine la fociété. Cependant quelle voix chargée d'annoncer la vertu s'eft jamais élevée contre ce crime fi grand & fi univerfel ; contre cette rage deftructive qui change en bêtes féroces des hommes nés pour vivre en frères ; contre ces déprédations atroces, contre ces cruautés qui font de la terre un féjour de brigandage, un horrible & vafte tombeau ?

Des bords du Pô jufqu'à ceux du Danube, on bénit de tous côtés au nom du même Dieu ces drapeaux fous lefquels marchent des milliers de meurtriers mercenaires, à qui l'efprit de débauche, de libertinage, & de rapine, ont fait quitter leurs campagnes ; ils vont, & ils changent de maîtres ; ils s'expofent à un fupplice infame pour un léger intérêt ; le jour du combat vient, & fouvent le foldat qui s'était rangé naguère fous les enfeignes de fa patrie, répand fans remords le fang de fes propres concitoyens ; il attend avec avidité le moment où il pourra, dans le champ du carnage, arracher aux mourans quelques malheureufes dépouilles qui lui font enlevées par d'autres mains. Tel eft trop fouvent le foldat : telle eft cette multitude aveugle & féroce dont on fe fert pour changer la deftinée des empires, &

pour élever les monumens de la gloire. Confidérés tous enfemble, marchant avec ordre fous un grand capitaine, ils forment le fpectacle le plus fier & le plus impofant qui foit dans l'univers. Pris chacun à part dans l'enivrement de leurs frénéfies brutales, (fi on en excepte un petit nombre) c'eft la lie des nations.

Tel n'eft point l'officier, idolâtre de fon honneur & de celui de fon fouverain, bravant de fang-froid la mort avec toutes les raifons d'aimer la vie, quittant gaiement les délices de la fociété pour des fatigues qui font frémir la nature; humain, généreux, compatiffant, tandis que la barbarie étincelle de rage partout autour de lui; né pour les douceurs de la fociété, comme pour les dangers de la guerre; auffi poli que fier, orné fouvent par la culture des lettres, & plus encore par les grâces de l'efprit. A ce portrait les nations étrangères reconnaiffent nos officiers; elles avouent furtout que lorfque le premier feu trop ardent de leur jeuneffe eft tempéré par un peu d'expérience, ils fe font aimer même de leurs ennemis. Mais fi leurs grâces & leur franchife ont adouci quelquefois les efprits les plus barbares, que n'a point fait leur valeur?

Ce font eux qui ont défendu pendant tant de mois cette capitale de la Bohème, conquife par leurs mains en fi peu de momens; eux qui attaquaient, qui affiégeaient leurs affiégeans; eux qui donnaient de longues batailles dans des tranchées; eux qui bravèrent la faim, les ennemis, la mort, la rigueur inouïe des faifons dans cette marche mémorable, moins longue que celle des Grecs de *Xénophon*, mais non moins

pénible & non moins hafardeufe. On les a vus, fous
un prince auffi vigilant qu'intrépide, précipiter leurs
ennemis du haut des Alpes, victorieux à la fois de
tous les obftacles que la nature, l'art, & la valeur, oppo-
faient à leur courage opiniâtre. Champs de Fontenoi,
rivages de l'Efcaut & de la Meufe, teints de leur fang,
c'eft dans vos campagnes que leurs efforts ont ramené
la victoire aux pieds de ce roi que les nations, conjurées contre lui, auraient dû choifir pour leur arbitre.
Que n'ont-ils point exécuté, ces héros dont la foule
eft connue à peine ?

Qu'avaient donc au-deffus d'eux ces centurions &
ces tribuns des légions romaines ? en quoi les paffaient-
ils, fi ce n'eft peut-être dans l'amour invariable de la
difcipline militaire ? Les anciens Romains éclipfèrent,
il eft vrai, toutes les autres nations de l'Europe, quand
la Grèce fut amollie & défunie, & quand les autres
peuples étaient encore des barbares deftitués de bonnes
lois, fachant combattre, & ne fachant pas faire la
guerre, incapables de fe réunir à propos contre
l'ennemi commun, privés du commerce, privés de
tous les arts & de toutes les reffources. Aucun peuple
n'égale encore les anciens Romains. Mais l'Europe
entière vaut aujourd'hui beaucoup mieux que ce
peuple vainqueur & légiflateur; foit que l'on confidère
tant de connaiffances perfectionnées, tant de nouvelles
inventions; ce commerce immenfe & habile, qui
embraffe les deux mondes; tant de villes opulentes,
élevées dans des lieux qui n'étaient que des déferts
fous les confuls & fous les *Céfars;* foit qu'on jette les
yeux fur ces armées nombreufes & difciplinées, qui
défendent vingt royaumes policés; foit qu'on perce

cette politique toujours profonde, toujours agiffante, qui tient la balance entre tant de nations. Enfin la jaloufie même qui règne entre les peuples modernes, qui excite leur génie, & qui anime leurs travaux, fert encore à élever l'Europe au-deffus de ce qu'elle admirait ftérilement dans l'ancienne Rome, fans avoir ni la force ni même le défir de l'imiter.

Mais de tant de nations en eft-il une qui puiffe fe vanter de renfermer dans fon fein un pareil nombre d'officiers tels que les nôtres? Quelquefois ailleurs on fert pour faire fa fortune, & parmi nous on prodigue la fienne pour fervir; ailleurs on trafique de fon fang avec des maîtres étrangers, ici on brûle de donner fa vie pour fon pays; là on marche parce qu'on eft payé, ici on vole à la mort pour être regardé de fon fouve-rain; & l'honneur a toujours fait de plus grandes chofes que l'intérêt.

Souvent en parlant de tant de travaux & de tant de belles actions, nous nous difpenfons de la recon-naiffance en difant que l'ambition a tout fait. C'eft la logique des ingrats. Qui nous fert veut s'élever, je l'avoue : oui, on eft excité en tout genre par cette noble ambition, fans laquelle il ne ferait point de grands-hommes. Si on n'avait pas devant les yeux des objets qui redoublent l'amour du devoir, ferait-on bien récompenfé par ce public fi ardent quelquefois, & fi précipité dans fes éloges, mais toujours plus prompt dans fes cenfures, paffant de l'enthoufiafme à la tiédeur, & de la tiédeur à l'oubli?

Sibarites tranquilles dans le fein de nos cités florif-fantes, occupés des rafinemens de la molleffe, devenus

infenfibles à tout, & au plaifir même, pour avoir tout
épuifé, fatigués de ces fpectacles journaliers, dont le
moindre eût été une fête pour nos pères, & de ces
repas continuels, plus délicats que les feftins des rois;
au milieu de tant de voluptés fi accumulées & fi peu
fenties, de tant d'arts, de tant de chefs-d'œuvre fi
perfectionnés & fi peu confidérés; enivrés & affoupis
dans la fécurité & dans le dédain, nous apprenons la
nouvelle d'une bataille; on fe réveille de fa douce
léthargie, pour demander avec empreffement des
détails dont on parle au hafard, pour cenfurer le
général, pour diminuer la perte des ennemis, pour
enfler la nôtre. Cependant cinq ou fix cents familles
du royaume font ou dans les larmes ou dans la
crainte : elles gémiffent, retirées dans l'intérieur de
leurs maifons, & redemandent au ciel des frères,
des époux, des enfans. Les paifibles habitans de Paris
fe rendent le foir aux fpectacles, où l'habitude les
entraîne plus que le goût; & fi dans les repas qui
fuccèdent aux fpectacles, on parle un moment des
morts qu'on a connus, c'eft quelquefois avec indifférence, ou en rappelant leurs défauts, quand on ne
devrait fe fouvenir que de leur perte ; ou même en
exerçant contre eux ce facile & malheureux talent d'une
raillerie maligne, comme s'ils vivaient encore.

Mais quand nous apprenons que dans le cours de
nos fuccès, un revers tel qu'en ont éprouvé dans
tous les temps les plus grands capitaines, a fufpendu
le progrès de nos armes, alors tout eft défefpéré;
alors on affecte de craindre, quoiqu'on ne craigne
rien en effet. Nos reproches amers perfécutent jufque
dans le tombeau le général dont les jours ont été

tranchés dans une action malheureufe. (*a*) Et favons-
nous quels étaient fes deffeins, fes reffources? Et
pouvons-nous, de nos lambris dorés, dont nous ne
fommes prefque jamais fortis, voir d'un coup-d'œil
jufte le terrain fur lequel on a combattu? Celui que
vous accufez a pu fe tromper; mais il eft mort en
combattant pour vous. Quoi! nos livres, nos écoles,
nos déclamations hiftoriques, répéteront fans ceffe
le nom d'un *Cinégire*, qui ayant perdu les bras en
faififfant une barque perfane, l'arrêtait encore vainement avec les dents! & nous nous bornerions à
blâmer notre compatriote, qui eft mort en arrachant
ainfi les paliffades des retranchemens ennemis au
combat d'Exilles, quand il ne pouvait plus les faifir
de fes mains bleffées.

Rempliffons-nous l'efprit, à la bonne heure, de
ces exemples de l'antiquité, fouvent très-peu prouvés
& beaucoup exagérés; mais qu'il refte au moins place
dans nos efprits pour ces exemples de vertu, heureux
ou malheureux, que nous ont donnés nos concitoyens.
Le jeune *Brienne* qui, ayant le bras fracaffé à ce
combat d'Exilles, monte encore à l'efcalade en difant:
Il m'en refte un autre pour mon roi & pour ma patrie, ne
vaut-il pas bien un habitant de l'Attique & du Latium?
& tous ceux qui, comme lui, s'avançaient à la mort,
ne pouvant la donner aux ennemis, ne doivent-ils
pas nous être plus chers que les anciens guerriers d'une
terre étrangère? n'ont-ils pas même mérité cent fois
plus de gloire en mourant fous des boulevards inacceffibles, que n'en ont acquis leurs ennemis, qui en

(*a*) Le chevalier de *Belle-Ifle*.

fe défendant contre eux avec fureté, les immolaient fans danger & fans peine ?

Que dirai-je de ceux qui font morts à la journée de Dettingue, journée fi bien préparée & fi mal conduite, & dans laquelle il ne manqua au général que d'être obéi pour mettre fin à la guerre ? Parmi ceux dont l'hiftoire célébrera la valeur inutile & la mort mal-heureufe, oubliera-t-on un jeune *Boufflers*, (*b*) un enfant de dix ans, qui dans cette bataille a une jambe caffée, qui la fait couper fans fe plaindre, & qui meurt de même ; exemple d'une fermeté rare parmi les guerriers, & unique à cet âge ?

Si nous tournons les yeux fur des actions, non pas plus hardies, mais plus fortunées, que de héros dont les exploits & les noms doivent être fans ceffe dans notre bouche ! que de terrains arrofés du plus beau fang, & célébres par des triomphes ! Là s'élevaient contre nous cent boulevards qui ne font plus. Que font devenus ces ouvrages de Fribourg, baignés de fang, écroulés fous leurs défenfeurs, entourés des cadavres des affiégeans ? On voit encore les remparts de Namur, & ces châteaux qui font dire au voyageur étonné : Comment a-t-on réduit cette fortereffe qui touche aux nues ? On voit Oftende, qui jadis foutenait des fiéges de trois années, & qui s'eft rendue en cinq jours à nos armes victorieufes. Chaque plaine, chaque ville de ces contrées eft un monument de notre gloire. Mais que cette gloire a coûté !

O peuples heureux, donnez au moins à des com-patriotes qui ont expiré victimes de cette gloire, ou

(*b*) *Boufflers de Remiancour*, neveu du duc de *Boufflers*.

qui furvivent encore à une partie d'eux-mêmes, les récompenfes que leurs cendres ou leurs bleffures vous demandent. Si vous les refufiez, les arbres, les campagnes de la Flandre prendraient la parole pour vous dire : C'eft ici que ce modefte & intrépide *Luttaux*, (*c*) chargé d'années & de fervices, déjà bleffé de deux coups, affaibli & perdant fon fang, s'écria : *Il ne s'agit pas de conferver fa vie, il faut en rendre les reftes utiles* ; & ramenant au combat des troupes difperfées, reçut le coup mortel qui le mit enfin au tombeau. C'eft là que le colonel des gardes-françaifes, en allant le premier reconnaître les ennemis, fut frappé le premier dans cette journée meurtrière, & périt en fefant des fouhaits pour le monarque & pour l'Etat. Plus loin eft mort le neveu de ce célébre archevêque de Cambrai, l'héritier des vertus de cet homme unique qui rendit la vertu fi aimable. (*d*)

O qu'alors les places des pères deviennent à bon droit l'héritage des enfans ! Qui peut fentir la moindre atteinte de l'envie, quand fur les remparts de Tournai, un de ces tonnerres fouterrains qui trompent la valeur & la prudence, ayant emporté les membres fanglans & difperfés du colonel de Normandie, ce régiment eft donné le jour même à fon jeune fils ; & ce corps invincible ne crut point avoir changé de conducteur. Ainfi cette troupe étrangère devenue fi nationale, qui porte le nom de *Dillon*, a vu les enfans & les frères fuccéder rapidement à leurs pères & à leurs frères tués dans les batailles ; ainfi le brave d'*Aubeterre*, le feul

(*c*) Lieutenant-colonel des gardes, & lieutenant-général.
(*d*) Le marquis de *Fénélon*, lieutenant-général, ambaffadeur en Hollande.

colonel tué au fiége de Bruxelles, fut remplacé par fon valeureux frère. Pourquoi faut-il que la mort nous l'enlève encore ?

Le gouvernement de la Flandre, de ce théâtre éternel de combats, eft devenu le jufte partage du guerrier qui, à peine au fortir de l'enfance, avait tant de fois en un jour expofé fa vie à la bataille de Rocoux. (e) Son père marcha à côté de lui à la tête de fon régiment, & lui apprit à commander & à vaincre; la mort qui refpecta ce père généreux & tendre dans cette bataille, où elle fut à tout moment autour d'eux, l'attendait dans Gènes fous une forme différente; c'eft là qu'il a péri avec la douleur de ne pas verfer fon fang fur les baftions de la ville affiégée, mais avec la confolation de laiffer Gènes libre, & emportant dans la tombe le nom de fon libérateur.

De quelque côté que nous tournions nos regards, foit fur cette ville délivrée, foit fur le Pô & fur le Tefin, fur la cime des Alpes, fur les bords de l'Efcaut, de la Meufe, & du Danube, nous ne verrons que des actions dignes de l'immortalité, ou des morts qui demandent nos éternels regrets.

Il faudrait être ftupide pour ne pas admirer, & barbare pour n'être pas attendri. Mettons-nous un moment à la place d'une époufe craintive, qui embraffe dans fes enfans l'image du jeune époux qu'elle aime, (f) tandis que ce guerrier, qui avait cherché le peril en tant d'occafions, & qui avait été

(e) Le duc de Boufflers, lieutenant-général, s'était mis avec fon fils âgé de quinze ans à la tête du régiment de ce jeune homme ; il avait reçu dix coups de feu dans fes habits : il eft mort à Gènes, & fon fils a eu fon gouvernement de Flandre.

(f) Le marquis de la Faye, tué à Gènes.

bleffé tant de fois, marche aux ennemis dans les environs de Gènes, à la tête de fa brave troupe; cet homme qui, à l'exemple de fa famille, cultivait les lettres & les armes, & dont l'efprit égalait la valeur, reçoit le coup funefte qu'il avait tant cherché, il meurt; à cette nouvelle la trifte moitié de lui-même s'évanouit au milieu de fes enfans, qui ne fentent pas encore leur malheur. Ici une mère & une époufe veulent partir pour aller fecourir en Flandre un jeune héros dont la fageffe & la vaillance prématurée lui méritaient la tendreffe du dauphin, & femblaient lui promettre une vie glorieufe; elles fe flattent que leurs foins le rendront à la vie, & on leur dit : Il eft mort. (g) Quel moment, quel coup funefte pour la fille d'un empereur infortuné, idolâtre de fon époux, fon unique confolation, fon feul efpoir dans une terre étrangère, quand on lui dit : Vous ne reverrez jamais l'époux pour qui feul vous aimiez la vie! (h)

Une mère vole fans s'arrêter en Flandre, dans les tranfes cruelles où la jette la bleffure de fon jeune fils. (i) Déjà dans la bataille de Rocoux elle avait vu fon corps percé & déchiré d'un de ces coups affreux qui ne laiffent plus qu'une vie languiffante; cette fois elle eft encore trop heureufe : elle rend grâce au ciel de voir ce fils privé d'un bras, lorfqu'elle tremblait de le trouver au tombeau.

Ne fuivons ici ni l'ordre des temps ni celui de nos exploits & de nos pertes. Le fentiment n'a point de règles. Je me tranfporte à ces campagnes voifines

(g) Le comte de *Froulai*.
(h) Le comte de *Bavière*.

(i) Le marquis de *Ségur*, depuis miniftre de la guerre.

d'Augsbourg, où le père de ce jeune guerrier dont je
parle, fauvait les reftes de notre armée, & les dérobait
à la pourfuite d'un ennemi que le nombre & la trahifon
rendaient fi fupérieur. Mais dans cette manœuvre
habile nous perdons ce dernier rejeton de la maifon
de *Rupelmonde*, cet officier fi inftruit & fi aimable, qui
avait fait l'étude la plus approfondie de la guerre, &
qui réuniffait l'intrépidité de l'ame, la folidité & les
grâces de l'efprit, à la douceur & la facilité du commerce ; il làiffe dans les larmes une époufe & une
mère dignes d'un tel fils ; il ne leur refte plus de
confolation fur la terre.

Maintenant, efprits dédaigneux & frivoles, qui
prodiguez une plaifanterie fi infultante & fi déplacée
fur tout ce qui attendrit les ames nobles & fenfibles ;
vous qui dans les événemens frappans dont dépend
la deftinée des royaumes, ne cherchez à vous fignaler
que par ces traits que vous appelez *bons mots*, & qui
par-là prétendez une efpèce de fupériorité dans le
monde ; ofez ici exercer ce miférable talent d'une
imagination faible & barbare ; ou plutôt, s'il vous
refte quelque humanité, mêlez vos fentimens à tant
de regrets, & quelques pleurs à tant de larmes : mais
êtes-vous dignes de pleurer ?

Que furtout ceux qui ont été les compagnons de
tant de dangers, & les témoins de tant de pertes, ne
prennent pas dans l'oifiveté voluptueufe de nos villes,
dans la légéreté du commerce, cette habitude trop
commune à notre nation, de répandre un air de
frivolité & de dérifion fur ce qu'il y a de plus glorieux
dans la vie, & de plus affreux dans la mort ;

voudraient-

voudraient-ils s'avilir ainfi eux-mêmes, & flétrir ce qu'ils ont tant d'intérêt d'honorer ?

Que ceux qui ne s'occupent que de nos froids & ridicules romans; que ceux qui ont le malheur de ne fe plaire qu'à ces puériles penfées plus fauffes que délicates dont nous fommes tant rebattus, dédaignent ce tribut fimple de regrets qui partent du cœur : qu'ils fe laffent de ces peintures vraies de nos grandeurs & de nos pertes, de ces éloges fincères donnés à des noms, à des vertus qu'ils ignorent; je ne me lafferai point de jeter des fleurs fur les tombeaux de nos défenfeurs ; j'éléverai encore ma faible voix; je dirai : Ici a été tranchée dans fa fleur la vie de ce jeune guerrier (k) dont les frères combattent fous nos étendards, dont le père a protégé les arts à Florence fous une domination étrangère. Là fut percé d'un coup mortel le marquis de *Beauvau* fon coufin, quand le digne petit-fils du grand *Condé* forçait la ville d'Ypres à fe rendre. Accablé de douleurs incroyables, entouré de nos foldats qui fe difputaient l'honneur de le porter, il leur difait d'une voix expirante : *Mes amis, allez où vous êtes néceffaires, allez combattre, & laiffez-moi mourir.* Qui pourra célébrer dignement fa noble franchife, fes vertus civiles, fes connaiffances, fon amour des lettres, le goût éclairé des monumens antiques enfeveli avec lui ? Ainfi périffent d'une mort violente, à la fleur de leur âge, tant d'hommes dont la patrie attendait fon avantage & fa gloire; tandis que d'inutiles fardeaux de la terre amufent dans nos jardins leur vieilleffe oifive, du plaifir de raconter les premiers ces nouvelles défaftreufes.

(k) Le marquis de *Beauvau*, fils du prince de *Craon*.

Mélanges littér. Tome I.   E

O deftin! ô fatalité! nos jours font comptés ; le moment éternellement déterminé arrive , qui anéantit tous les projets & toutes les efpérances. Le comte de *Biffy* , prêt à jouir de ces honneurs tant défirés par ceux mêmes fur qui les honneurs font accumulés, accourt de Gènes devant Maftricht , & le dernier coup tiré des remparts lui ôte la vie ; il eft la dernière victime immolée , au moment même que le ciel avait prefcrit pour la ceffation de tant de meurtres. Guerre qui as rempli la France de gloire & de deuil, tu ne frappes pas feulement par des traits rapides qui portent en un moment la deftruction! que de citoyens, que de parens & d'amis nous ont été ravis par une mort lente, que les fatigues des marches , l'intempérie des faifons, traînent après elles!

Tu n'es plus , ô douce efpérance du refte de mes jours! ô ami tendre , élevé dans cet invincible régiment du roi, toujours conduit par des héros! qui s'eft tant fignalé dans les tranchées de Prague , dans la bataille de Fontenoi, dans celle de Laufelt où il a décidé la victoire. La retraite de Prague pendant trente lieues de glaces jeta dans ton fein les femences de la mort, que mes triftes yeux ont vu depuis fe développer: familiarifé avec le trépas, tu le fentis approcher avec cette indifférence que les philofophes s'efforçaient jadis ou d'acquérir ou de montrer: accablé de fouffrances au - dedans & au-dehors, privé de la vue, perdant chaque jour une partie de toi-même, ce n'était que par un excès de vertu que tu n'étais point malheureux, & cette vertu ne te coûtait point d'effort. Je t'ai vu toujours le plus infortuné des hommes & le plus tranquille. On ignorerait ce qu'on a perdu en toi, fi le cœur d'un homme éloquent n'avait fait l'éloge du tien dans un ouvrage confacré à l'amitié , & embelli par les charmes de la plus touchante poëfie. Je n'étais point furpris que dans le tumulte des armes tu cultivaffes les lettres & la fageffe : ces exemples ne font pas rares parmi nous. Si ceux qui n'ont que de l'oftentation ne t'impofèrent jamais, fi ceux qui dans l'amitié même ne font conduits que par la vanité, révoltèrent ton cœur, il y a des ames nobles & fimples qui te réffemblent. Si la hauteur de tes penfées ne pouvait s'abaiffer à la lecture de ces ouvrages licen- cieux, délices paffagers d'une jeuneffe égarée à qui le fujet plaît plus que l'ouvrage ; fi tu méprifais cette foule d'écrits que le mauvais goût enfante; fi ceux qui ne veulent avoir que de l'efprit, te paraiffaient fi peu de chofe ; ce goût folide t'était commun avec ceux qui foutiennent toujours la raifon contre l'inondation de ce faux goût qui femble nous entraîner à la déca- dence. Mais par quel prodige avais-tu à l'âge de vingt- cinq ans la vraie philofophie & la vraie éloquence, fans autre étude que le fecours de quelques bons livres? Comment avais-tu pris un effor fi haut dans le fiècle des petiteffes? & comment la fimplicité d'un enfant timide couvrait-elle cette profondeur & cette force de génie? Je fentirai long-temps avec amertume le prix de ton amitié ; à peine en ai-je goûté les charmes; non pas de cette amitié vaine qui naît dans les vains plaifirs, qui s'envole avec eux & dont on a toujours à fe plaindre, mais de cette amitié folide & courageufe, la plus rare des vertus. C'eft ta perte qui mit dans mon cœur ce deffein de rendre quelque honneur aux cendres de tant de défenfeurs de l'Etat, pour élever auffi un monument à la tienne. Mon cœur rempli de toi a cherché cette confolation, fans prévoir à quel ufage ce difcours fera deftiné, ni comment il fera reçu de la malignité humaine, qui à la vérité épargne d'ordinaire les morts, mais qui quelquefois auffi infulte à leurs cendres, quand c'eft un prétexte de plus de déchirer les vivans.

Juin 1748.

N. B. Le jeune homme qu'on regrette ici avec tant de raifon eft M. de *Vauvenargues*, long-temps capitaine au régiment du roi. Je ne fais fi je me trompe, mais je crois qu'on trouvera dans la feconde édition de fon livre, plus de cent penfées qui caractérifent la plus belle ame, la plus profondément philofophe, la plus dégagée de tout efprit de parti.

Que ceux qui penfent, méditent les maximes fuivantes :

La raifon nous trompe plus fouvent que la nature.

Si les paffions font plus de fautes que le jugement, c'eft par la même raifon que ceux qui gouvernent font plus de fautes que les hommes privés.

Les grandes penfées viennent du cœur.

(C'eft ainfi que fans le favoir il fe peignait lui-même.)

La confcience des mourans calomnie leur vie.

La fermeté ou la faibleffe à la mort dépend de la dernière maladie.

(J'oferais confeiller qu'on lût les maximes qui fuivent celles-ci & qui les expliquent.)

La penfée de la mort nous trompe, car elle nous fait oublier de vivre.

La plus fauffe de toutes les philofophies eft celle qui, fous prétexte d'affranchir les hommes des embarras des paffions, leur confeille l'oifiveté.

Nous devons peut-être aux paffions les plus grands avantages de l'efprit.

Ce qui n'offenfe pas la fociété n'eft pas du reffort de la juftice.

Quiconque eft plus févère que les lois eft un tyran.

On voit, ce me femble, par ce peu de penfées que je rapporte, qu'on ne peut pas dire de lui ce qu'un des plus aimables efprits de nos jours a dit de ces philofophes de parti, de ces nouveaux ftoïciens qui en ont impofé aux faibles :

> Ils ont eu l'art de bien connaître
> L'homme qu'ils ont imaginé ;
> Mais ils n'ont jamais deviné
> Ce qu'il eft ni ce qu'il doit être.

J'ignore fi jamais aucun de ceux qui fe font mêlés d'inftruire les hommes, a rien écrit de plus fage que fon chapitre fur le bien & fur le mal moral. Je ne dis

E 3

pas que tout foit égal dans le livre; mais fi l'amitié ne me fait pas illufion, je n'en connais guère qui foit plus capable de former une ame bien née & digne d'être inftruite. Ce qui me perfuade encore qu'il y a des chofes excellentes dans cet ouvrage que M. de *Vauvenargues* nous a laiffé, c'eft que je l'ai vu méprifé par ceux qui n'aiment que les jolies phrafes & le faux bel-efprit. (1)

(1) L'ouvrage dont M. de *Voltaire* parle ici, page 67, eft une épitre de M. de *Marmontel*, production de fa jeuneffe, où l'on trouve une philofophie & des vers dignes de fon maître.

Dans le temps de la mort de M. de *Vauvenargues*, les jéfuites avaient la manie de chercher à s'emparer des derniers momens de tous les hommes qui avaient quelque célébrité; & s'ils pouvaient ou en extorquer quelque déclaration, ou réveiller dans leur ame affaiblie les horreurs de l'enfer, ils criaient au miracle. Un de ces pères fe préfente chez M. de *Vauvenargues* mourant. Qui vous a envoyé ici, dit le philofophe? Je viens de la part de DIEU, répondit le jéfuite. *Vauvenargues* le chaffa; puis fe tournant vers fes amis :

Cet efclave eft venu ;
Il a montré fon ordre, & n'a rien obtenu.

L'ouvrage de M. de *Vauvenargues*, imprimé après fa mort, eft intitulé : *Introduction à la connaiffance de l'efprit humain.*

Les éditeurs, pour faire paffer les maximes hardies qu'il renferme, y ont joint une *méditation* & une *prière* trouvées dans les papiers de l'auteur, qui dans une difpute fur *Boffuet* avec fes amis, avait foutenu qu'on pouvait parler de la religion avec majefté & avec enthoufiafme fans y croire. On le défia de le prouver, & c'eft pour répondre à ce défi qu'il fit les deux pièces qu'on trouve dans fes œuvres.

GABRIELLE EMILIE DE BRETEUIL
MARQUISE DU CHATELET
Morte à Luneville en 1749, âgée de 43 Ans.

Peint par Marie-Ane Loir.   et Gravé par P. G. Langlois. 1786.

ELOGE HISTORIQUE

DE MADAME LA MARQUISE

DU CHATELET. (*)

1 7 5 4.

Cette traduction que plufieurs favans hommes de France devaient faire, & que les autres doivent étudier, une dame l'a entreprife & achevée, à l'étonnement & à la gloire de fon pays. *Gabrielle-Emilie de Breteuil*, époufe du marquis du *Châtelet-Laumont*, lieutenant-général des armées du roi, eft l'auteur de cette traduction, devenue néceffaire à tous ceux qui voudront acquérir ces profondes connaiffances dont le monde eft redevable au grand *Newton*.

C'eût été beaucoup pour une femme de favoir la géométrie ordinaire, qui n'eft pas même une introduction aux vérités fublimes enfeignées dans cet ouvrage immortel ; on fent affez qu'il fallait que madame la marquife du *Châtelet* fût entrée bien avant dans la carrière que *Newton* avait ouverte, & qu'elle poffédât ce que ce grand-homme avait enfeigné. On a vu deux prodiges ; l'un que *Newton* ait fait cet ouvrage, l'autre qu'une dame l'ait traduit & l'ait éclairci.

(*) Cet éloge a paru à la tête d'une traduction des principes de *Newton* par madame la marquife du *Châtelet*.

E 4

Ce n'était pas fon coup d'effai ; elle avait auparavant donné au public une explication de la philofophie de *Leibnitz* , fous le titre d'*Inſtitutions de phyſique adreſſées à ſon fils*, auquel elle avait enfeigné elle-même la géométrie.

Le difcours préliminaire qui eſt à la tête de ces inſtitutions, eſt un chef-d'œuvre de raifon & d'élo-quence : elle a répandu dans le reſte du livre une méthode & une clarté que *Leibnitz* n'eut jamais, & dont fes idées ont befoin, foit qu'on veuille feulement les entendre, foit qu'on veuille les réfuter.

Après avoir rendu les imaginations de *Leibnitz* intelligibles, fon efprit, qui avait acquis encore de la force & de la maturité par ce travail même, comprit que cette métaphyfique fi hardie, mais fi peu fondée, ne méritait pas fes recherches : fon ame était faite pour le fublime, mais pour le vrai. Elle fentit que les monades & l'harmonie préétablie devaient être mifes avec les trois élémens de *Defcartes*, & que des fyſtèmes qui n'étaient qu'ingénieux n'étaient pas dignes de l'occuper. Ainfi après avoir eu le courage d'embellir *Leibnitz*, elle eut celui de l'abandonner ; courage bien rare dans quiconque a embraffé une opinion, mais qui ne coûta guère d'efforts à une ame paſſionnée pour la vérité.

Défaite de tout efprit de fyſtème, elle prit pour fa règle celle de la fociété royale de Londres, *nullius in verba ;* & c'eſt parce que la bonté de fon efprit l'avait rendue ennemie des partis & des fyſtèmes, qu'elle fe donna toute entière à *Newton*. En effet *Newton* ne fit jamais de fyſtème, ne fuppofa jamais rien, n'enfeigna aucune vérité qui ne fût fondée fur la plus fublime géométrie, ou fur des expériences inconteftables. Ses conjectures, qu'il a hafardées à la fin de fon livre, fous le nom de *recherches*, ne font que des doutes; il ne les donne que pour tels, & il ferait prefque impoffible que celui qui n'avait jamais affirmé que des vérités évidentes, n'eût pas douté de tout le refte.

Tout ce qui eft donné ici pour principe eft en effet digne de ce nom; ce font les premiers refforts de la nature, inconnus avant lui; & il n'eft plus permis de prétendre à être phyficien fans les connaître.

Il faut donc bien fe garder d'envifager ce livre comme un fyftème, c'eft-à-dire comme un amas de probabilités qui peuvent fervir à expliquer bien ou mal quelques effets de la nature.

S'il y avait encore quelqu'un affez abfurde pour foutenir la matière fubtile & la matière cannelée, pour dire que la terre eft un foleil encroûté, que la lune a été entraînée dans le tourbillon de la terre, que la matière fubtile fait la pefanteur, pour foutenir toutes ces autres opinions romanefques fubftituées à l'ignorance des anciens, on dirait, cet homme eft cartéfien; s'il croyait aux monades, on dirait, il eft leibnitzien; mais on ne dira pas de celui qui fait les élémens d'*Euclyde* qu'il eft euclydien; ni de celui qui fait d'après *Galilée* en quelle proportion les corps tombent, qu'il eft galiléifte: auffi en Angleterre ceux qui ont appris le calcul infinitéfimal, qui ont fait les expériences de la lumière, qui ont appris les lois de la gravitation, ne font point appelés newtoniens; c'eft le privilége de l'erreur de donner fon nom à une fecte. Si *Platon* avait trouvé des vérités, il n'y aurait point eu de platoniciens, & tous les hommes

auraient appris peu-à-peu ce que *Platon* aurait
enfeigné; mais parce que dans l'ignorance qui couvre
la terre, les uns s'attachaient à une erreur, les autres
à une autre, on combattait fous différens étendards;
il y avait des péripatéticiens, des platoniciens, des
épicuriens, des zénoniftes, en attendant qu'il y eût
des fages.

Si l'on appelle encore en France newtoniens les
philofophes qui ont joint leurs connaiffances à celles
dont *Newton* a gratifié le genre-humain, ce n'eft que
par un refte d'ignorance & de préjugé. Ceux qui
favent peu & ceux qui favent mal, ce qui compofe
une multitude prodigieufe, s'imaginèrent que *Newton*
n'avait fait autre chofe que combattre *Defcartes*, à-
peu-près comme avait fait *Gaffendi*. Ils entendirent
parler de fes découvertes, & ils les prirent pour un
fyftème nouveau. C'eft ainfi que quand *Harvey* eut
rendu palpable la circulation du fang, on s'éleva en
France contre lui : on appela *harvéiftes* & *circulateurs*
ceux qui ofaient embraffer la vérité nouvelle que le
public ne prenait que pour une opinion. Il le faut
avouer, toutes les découvertes nous font venues d'ailleurs, & toutes ont été combattues. Il n'y a pas
jufqu'aux expériences que *Newton* avait faites fur la
lumière, qui n'aient effuyé parmi nous de violentes
contradictions. Il n'eft pas furprenant après cela que
la gravitation univerfelle de la matière ayant été
démontrée, ait été auffi combattue.

Les fublimes vérités que nous devons à *Newton*,
ne fe font pleinement établies en France qu'après une
génération entière de ceux qui avaient vieilli dans

les erreurs de *Defcartes* : car toute vérité, comme tout mérite, a les contemporains pour ennemis.

Turpe putaverunt parere minoribus, & quæ
Imberbes didicere , fenes perdenda fateri.

Madame du *Châtelet* a rendu un double fervice à la poftérité en traduifant le livre des *principes*, & en l'enrichiffant d'un commentaire. Il eft vrai que la langue latine dans laquelle il eft écrit eft entendue de tous les favans ; mais il en coûte toujours quelques fatigues à lire des chofes abftraites dans une langue étrangère. D'ailleurs le latin n'a pas de termes pour exprimer les vérités mathématiques & phyfiques qui manquaient aux anciens.

Il a fallu que les modernes créaffent des mots nouveaux pour rendre ces nouvelles idées ; c'eft un grand inconvénient dans les livres de fciences, & il faut avouer que ce n'eft plus guère la peine d'écrire ces livres dans une langue morte, à laquelle il faut toujours ajouter des expreffions inconnues à l'antiquité, & qui peuvent caufer de l'embarras. Le français, qui eft la langue courante de l'Europe, & qui s'eft enrichi de toutes ces expreffions nouvelles & néceffaires, eft beaucoup plus propre que le latin à répandre dans le monde toutes ces connaiffances nouvelles.

A l'égard du *Commentaire algébrique*, c'eft un ouvrage au-deffus de la traduction. Madame du *Châtelet* y travailla fur les idées de M. *Clairaut*, elle fit tous les calculs elle-même ; & quand elle avait achevé un chapitre, M. *Clairaut* l'examinait, & le corrigeait. Ce n'eft pas tout ; il peut dans un travail fi pénible échapper quelque méprife : il eft très-aifé de fubftituer en écrivant un figne à un autre. M. *Clairaut* fefait encore revoir par un tiers les calculs quand ils étaient mis au net, de forte qu'il eft moralement impoffible qu'il fe foit gliffé dans cet ouvrage une erreur d'inattention ; & ce qui le ferait du moins autant, c'eft qu'un ouvrage où M. *Clairaut* a mis la main ne fût pas excellent en fon genre.

Autant qu'on doit s'étonner qu'une femme ait été capable d'une entreprife qui demandait de fi grandes lumières, & un travail fi obftiné, autant doit-on déplorer fa perte prématurée ; elle n'avait pas encore entièrement terminé le commentaire, lorfqu'elle prévit que la mort allait l'enlever. Elle était jaloufe de fa gloire, & n'avait point cet orgueil de la fauffe modeftie, qui confifte à paraître méprifer ce qu'on fouhaite, & à vouloir paraître fupérieure à cette gloire véritable, la feule récompenfe de ceux qui fervent le public, la feule digne des grandes ames, qu'il eft beau de rechercher, & qu'on n'affecte de dédaigner que quand on eft incapable d'y atteindre.

C'eft ce foin qu'elle avait de fa réputation qui la détermina, quelques jours avant fa mort, à dépofer à la bibliothèque du roi fon livre tout écrit de fa main.

Elle joignit à ce goût pour la gloire une fimplicité qui ne l'accompagne pas toujours, mais qui eft fouvent le fruit des études férieufes. Jamais femme ne fut fi favante qu'elle, & jamais perfonne ne mérita moins qu'on dît d'elle : C'eft une femme favante. Elle ne parlait jamais de fcience qu'à ceux avec qui elle croyait pouvoir s'inftruire, & jamais elle n'en

parla pour fe faire remarquer. On ne la vit point
raffembler de ces cercles où il fe fait une guerre
d'efprit, où l'on établit une efpèce de tribunal, où
l'on juge fon fiècle, par lequel en récompenfe on eft
jugé très-févèrement. Elle a vécu long-temps dans des
fociétés où l'on ignorait ce qu'elle était, & elle ne
prenait pas garde à cette ignorance.

Les dames qui jouaient avec elle chez la reine
étaient bien loin de fe douter qu'elles fuffent à côté
du commentateur de *Newton* : on la prenait pour
une perfonne ordinaire, feulement on s'étonnait quelquefois de la rapidité & de la juftefle avec laquelle
on la voyait faire les comptes & terminer les diffé-
rends ; dès qu'il y avait quelque combinaifon à faire,
la philofophe ne pouvait plus fe cacher. Je l'ai vue
un jour divifer jufqu'à neuf chiffres par neuf autres
chiffres, de tête & fans aucun fecours, en préfence
d'un géomètre étonné qui ne pouvait la fuivre.

Née avec une éloquence fingulière, cette éloquence
ne fe déployait que quand elle avait des objets dignes
d'elle ; ces lettres où il ne s'agit que de montrer de
l'efprit, ces petites fineffes, ces tours délicats que l'on
donne à des penfées ordinaires, n'entraient pas dans
l'immenfité de fes talens. Le mot propre, la précifion,
la juftefle, & la force, étaient le caractère de fon éloquence. Elle eût plutôt écrit comme *Pafcal* & *Nicole*
que comme Mme de *Sévigné :* mais cette fermeté févère,
& cette trempe vigoureufe de fon efprit, ne la rendait
pas inacceffible aux beautés de fentiment. Les charmes
de la poëfie & de l'éloquence la pénétraient, & jamais
oreille ne fut plus fenfible à l'harmonie. Elle favait
par cœur les meilleurs vers, & ne pouvait fouffrir les

médiocres. C'était un avantage qu'elle eut fur *Newton*, d'unir à la profondeur de la philofophie le goût le plus vif & le plus délicat pour les belles-lettres. On ne peut que plaindre un philofophe réduit à la fécherelle des vérités, & pour qui les beautés de l'imagination & du fentiment font perdues.

Dès fa tendre jeuneffe elle avait nourri fon efprit de la lecture des bons auteurs en plus d'une langue. Elle avait commencé une traduction de l'Énéide, dont j'ai vu plufieurs morceaux remplis de l'ame de fon auteur : elle apprit depuis l'italien & l'anglais. Le *Taffe* & *Milton* lui étaient familiers comme *Virgile :* elle fit moins de progrès dans l'efpagnol, parce qu'on lui dit qu'il n'y a guère dans cette langue qu'un livre célébre, & que ce livre eft frivole.

L'étude de fa langue fut une de fes principales occupations. Il y a d'elle des remarques manufcrites, dans lefquelles on découvre, au milieu de l'incertitude & de la bizarrerie de la grammaire, cet efprit philo-fophique qui doit dominer par-tout, & qui eft le fil de tous les labyrinthes.

Parmi tant de travaux que le favant le plus laborieux eût à peine entrepris, qui croirait qu'elle trouvât du temps, non-feulement pour remplir tous les devoirs de la fociété, mais pour en rechercher avec avidité tous les amufemens ? Elle fe livrait au plus grand monde comme à l'étude. Tout ce qui occupe la fociété était de fon reffort, hors la médifance. Jamais on ne l'entendit relever un ridicule. Elle n'avait ni le temps ni la volonté de s'en apercevoir ; & quand on lui difait que quelques perfonnes ne lui avaient pas rendu juftice, elle répondait qu'elle voulait l'ignorer. On lui montra un jour je ne fais quelle miférable brochure, dans laquelle un auteur, qui n'était pas à portée de la connaître, avait ofé mal parler d'elle; elle dit que fi l'auteur avait perdu fon temps à écrire ces inutilités, elle ne voulait pas perdre le fien à les lire: & le lendemain, ayant fu qu'on avait renfermé l'auteur de ce libelle, elle écrivit en fa faveur, fans qu'il l'ait jamais fu.

Elle fut regrettée à la cour de France autant qu'on peut l'être dans un pays où les intérêts perfonnels font fi aifément oublier tout le refte. Sa mémoire a été précieufe à tous ceux qui l'ont connue particuliè- rement, & qui ont été à portée de voir l'étendue de fon efprit & la grandeur de fon ame.

Il eût été heureux pour fes amis qu'elle n'eût pas entrepris cet ouvrage dont les favans vont jouir: on peut dire d'elle, en déplorant fa deftinée, *periit arte fuâ.*

Elle fe crut frappée à mort long-temps avant le coup qui nous l'a enlevée: dès-lors elle ne fongea plus qu'à employer le peu de temps qu'elle prévoyait lui refter, à finir ce qu'elle avait entrepris, & à dérober à la mort ce qu'elle regardait comme la plus belle partie d'elle-même. L'ardeur & l'opiniâtreté du travail, des veilles continuelles, dans un temps où le repos l'aurait fauvée, amenèrent enfin cette mort qu'elle avait prévue. Elle fentit fa fin approcher, & par un mélange fingulier de fentimens, qui femblaient fe combattre, on la vit regretter la vie & regarder la mort avec intrépidité. La douleur d'une féparation éternelle affligeait fenfiblement fon ame; & la philo- fophie dont cette ame était remplie lui laiffait tout

fon courage. Un homme qui s'arrache triftement à
fa famille défolée, & qui fait tranquillement les prépa-
ratifs d'un long voyage, n'eft que le faible portrait
de fa douleur & de fa fermeté ; de forte que ceux qui
furent les témoins de fes derniers momens , fentaient
doublement fa perte par leur propre affliction & par
fes regrets , & admiraient en même temps la force de
fon efprit, qui mêlait à des regrets fi touchans une
conftance fi inébranlable.

   Elle eft morte au palais de Lunéville, le 10 août
1749 , à l'âge de quarante-trois ans & demi, & a été
inhumée dans la chapelle voifine. (1)

_____

   (1) Outre la traduction des principes mathématiques de *Newton*, on a
de madame la marquife du *Châtelet* , 1°. Un volume d'*Inftitutions leibni-
tziennes* , dont les premiers chapitres font un modèle du ftyle qui convient
aux ouvrages philofophiques. Ces inftitutions font adreffées à fon fils ,
depuis ambaffadeur en Angleterre , & colonel du régiment du roi. 2°. Une
pièce fur la nature du feu , dont nous avons parlé dans le volume des
œuvres phyfiques de M. de *Voltaire* (page 257.) 3°. Un traité manufcrit
fur le bonheur , le feul peut-être des ouvrages fur cette queftion qui ait été
écrit fans prétention , & avec une entière franchife.

E L O G E

D E

M. DE CREBILLON.

1 7 6 2.

Monsieur de *Crébillon* avait plus de génie que de littérature, il s'appliqua cependant affez tard à la poëfie dramatique. Il fut dans fa jeuneffe homme de plaifir & de bonne compagnie ; & ce ne fut qu'à l'âge de trente ans qu'il compofa fa première tragédie. Il était né en 1674 à Dijon, ville qui a produit plus d'un homme d'efprit & de génie. Il donna en 1705 fon Idoménée.

I D O M E N É E.

Cette tragédie eut treize repréfentations. On jouait alors les pièces nouvelles plus long-temps qu'aujourd'hui, parce qu'alors le public n'était point partagé entre plufieurs fpeétacles, tels que la comédie italienne & la foire : il fallait environ vingt repréfentations pour conftater le fuccès paffager d'une nouveauté. Aujourd'hui on regarde une douzaine de repréfentations comme un fuccès affez rare ; foit que l'on commence à être raffafié de tragédies, dans lefquelles on a vu fi fouvent des déclarations d'amour, des jaloufies & des

meurtres ; foit parce que nous n'avons plus de ces
acteurs dont la voix noble comme celle de *Baron* ,
terrible comme celle de *Baubourg* , touchante comme
celle de *Dufrefne* , fubjugue l'attention du public ; foit
qu'enfin la multitude des fpectacles faffe tort au
théâtre le plus eftimé de l'Europe.

On trouva quelques beautés dans l'Idoménée ;
mais elle n'eft point reftée au théâtre : l'intrigue en
était faible & commune , la diction lâche , & toute
l'économie de la pièce , trop moulée fur ce grand
nombre de tragédies languiffantes qui ont paru fur
la fcène & qui ont difparu.

A T R É E.

En 1707 , il donna Atrée , qui eut beaucoup plus
de fuccès. On la joua dix-huit fois. Elle avait un
caractère plus fier & plus original. Le cinquième acte
parut trop horrible. Il ne l'eft cependant pas plus que
le cinquième de la Rodogune ; car certainement
Cléopâtre en affaffinant un de fes fils , & en préfentant
du poifon à l'autre , n'ayant à fe plaindre d'aucun
des deux , commet une action bien plus atroce que
celle d'*Atrée* , à qui fon frère a enlevé fa femme. Ce
n'eft donc point parce que la coupe pleine de fang
eft une chofe horrible , qu'on ne joue plus cette pièce ;
au contraire cet excès de terreur frapperait beaucoup
de fpectateurs , & les remplirait de cette fombre &
douloureufe attention qui fait le charme de la vraie
tragédie. Mais le grand défaut d'Atrée , c'eft que la
pièce n'eft pas intéreffante. On ne prend aucune part
à une vengeance affreufe méditée de fang-froid fans

aucune néceffité. Un outrage fait à *Atrée* il y a vingt
ans ne touche perfonne ; il faut qu'un grand crime
foit néceffaire , & il faut qu'il foit commis dans la
chaleur du reffentiment. Les anciens connurent bien
mieux le cœur humain que ce moderne , quand ils
repréfentèrent la vengeance d'*Atrée* fuivant de près
l'injure.

L'auteur tombe encore dans le défaut tant reproché
aux modernes , celui d'un amour infipide. Ce qui a
achevé de dégoûter à la longue de cette pièce , c'eft
l'incorrection du ftyle. Il y a beaucoup de folécifmes
& de barbarifmes, & encore plus d'expreffions impropres. Dès les deux premiers vers il pèche contre la
langue & contre la raifon.

„ Avec l'éclat du jour je vois enfin paraître
„ L'efpoir & la douceur de me venger d'un traître.

Comment voit-on paraître un efpoir avec l'éclat du
jour ? comment voit-on paraître la douceur ? Le plus
grand défaut de fon ftyle confifte dans des vers bour-
foufflés, dans des fentences qui font toujours hors
de la nature.

„ Je voudrais me venger , fût-ce même des dieux;
„ Du plus puiffant de tous j'ai reçu la naiffance;
„ Je le fens au plaifir que me fait la vengeance.

La Fontaine a dit auffi heureufement que plaifam-
ment :

„ Je fais que la vengeance
„ Eft un morceau de roi; car vous vivez en dieux.

F 2

Mais une telle idée peut-elle entrer dans une tragédie ?

Thieſte y raconte un ſonge qui n'eſt au fond qu'un amas d'images incohérentes, une déclamation abſolument inutile au nœud de la pièce : à quoi ſert

>> Une ombre qui *perce la terre?*

un ſonge

>> Qui fuit par un coup de tonnerre!

Ce ſont de grands mots qui étourdiſſent les oreilles. *Les ſonges de la nuit qui ne ſe diſſipent que par le jour qui les ſuit, ſont d'infortunés préſages qui aſſerviſſent ſon ame à de triſtes images.* Tout cela n'eſt ni bien écrit ni bien penſé.

On y voit une foule d'expreſſions vagues, rebattues, & ſans objet déterminé ; comme :

>> Athène éprouvera le ſort le plus funeſte.

>> Au milieu des horreurs du ſort le plus funeſte.

>> Pour venger l'affront le plus funeſte.

>> Allez, que votre bras à l'Attique funeſte.

>> Ne comptez-vous pour rien un amour ſi funeſte?

>> Quoi ! tu peux t'arrêter dans ce ſéjour funeſte !

>> Tes ſoupçons & ta haine funeſte.

>> Puis-je encor m'étonner d'une ardeur ſi funeſte ?

>> Ce billet ſeul contient un regret ſi funeſte.

>> Dans un jour ſi funeſte.

Cette rime oiſeuſe tant de fois répétée n'eſt pas la ſeule qui fatigue les oreilles délicates. Il y a trop de rimes en épithètes : en général la pièce eſt écrite avec dureté. Les vers ſont ſans harmonie, la verſification

négligée comme la langue. La plupart de nos auteurs
tragiques n'ont pas fu toujours bien écrire & faire
dire aux perfonnages ce qu'ils devaient dire. Il eft
vrai que tous ces devoirs font très-difficiles à remplir.
Pour faire une tragédie en vers , il faut favoir faire
des vers ; il faut pofféder parfaitement fa langue , ne
fe fervir jamais que du mot propre, n'être ni ampoulé,
ni faible , ni commun, ni trop fingulier. Je ne parle
ici que du ftyle. Les autres conditions font encore
plus néceffaires & plus difficiles. Nous n'avons aucune
tragédie parfaite ; & peut-être n'eft-il pas poffible que
l'efprit humain en produife jamais. L'art eft trop
vafte, les bornes du génie trop étroites , les règles
trop gênantes, la langue trop ftérile , & les rimes en
trop petit nombre. C'eft bien affez qu'il y ait dans
une tragédie des beautés qui faffent pardonner les
défauts.

E L E C T R E.

ELECTRE, jouée en 1708 , eut autant de repréfentations qu'Atrée ; mais elle eut l'avantage de refter
plus long-temps au théâtre. Le rôle de *Palamède* , qui
fut le mieux joué , était auffi celui qui en impofait le
plus. On s'aperçut depuis que ce rôle de *Palamède* eft
étranger à la pièce , & qu'un inconnu obfcur , qui fait
le perfonnage principal dans la famille d'*Agamemnon* ,
gâte abfolument ce grand fujet en aviliffant *Orefte* &
Electre. Ce roman qui fait d'*Orefte* un homme fabu-
leux fous le nom de *Thidée*, & qui le donne pour fils
de *Palamède* , a paru trop peu vraifemblable. On ne
peut concevoir comment *Orefte* , fous le nom de

F 3

Thidée, ayant fait tant de belles actions à la cour d'*Egifte*, ayant vaincu les deux rois de Corinthe & d'Athènes, comment ce héros connu par fes victoires eft ignoré de *Palamède*.

On a furtout condamné la *partie quarrée* d'*Electre* avec *Itis* fils de *Thiefte*, & d'*Iphianaffe* avec *Thidée*, qui eft enfin reconnu pour *Orefte*. Ces amours font d'autant plus condamnables, qu'ils ne fervent en rien à la cataftrophe. On ne parle d'amour dans cette pièce que pour en parler. C'eft une grande faute, il faut l'avouer, d'avoir rendu amoureufe cette *Electre* âgée de quarante ans, dont le nom même fignifie *fans faibleffe*, & qui eft repréfentée dans toute l'antiquité comme n'ayant jamais eu d'autre fentiment que celui de la vengeance de fon père.

C'eft le peu de connaiffance des bons ouvrages anciens, ou plutôt l'impuiffance de fournir cinq actes dans un fujet fi noble & fi fimple, qui fait recourir un auteur à cette malheureufe reffource d'un amour trivial.

Il y a de belles tirades dans l'Electre de M. de *Crébillon*. On fouhaiterait en géneral que la diction fût moins vicieufe, le dialogue mieux fait, les penfées plus vraies.

Electre commence à s'adreffer à la Nuit comme dans un couplet d'opéra ; elle l'appelle *infenfible témoin de fes vives douleurs, elle ne vient plus lui confier fes pleurs*, & elle lui confie qu'elle aime *Itis* : elle lui dit qu'elle veut tuer *Itis*, parce qu'elle l'aime, *immolons l'amant qui nous outrage* ; & le moment d'après elle avoue à la Nuit que le vertueux *Itis n'en a pas moins trouvé le chemin de fon cœur : mais Arcas ne vient pas*, dit-elle.

Quel rapport cet *Arcas* a-t-il avec cet *Itis* & avec cette Nuit ? Il n'y a là nulle fuite d'idées, nul art, nulle connaiffance de la manière dont on doit fentir & s'exprimer ; *Arcas* lui dit :

ˮ Loin de faire éclater le trouble de votre ame,
ˮ Flattez plutôt d'Itis l'audacieufe flamme ;
ˮ Faites que votre hymen fe diffère d'un jour :
ˮ Peut-être nous verrons Orefte de retour.

Ces vers & prefque tous ceux de la pièce font trop dépourvus d'élégance, d'harmonie, de liaifon. *Itis* fe préfente à *Electre*, & lui dit :

ˮ Ah ! ne m'enviez pas mon amour, inhumaine ;
ˮ Ma tendreffe ne fert que trop bien votre haine.
ˮ Si l'amour cependant peut défarmer un cœur,
ˮ Quel amour fut jamais moins digne de rigueur ?
ˮ Au prix de tout mon fang je voudrais être à vous,
ˮ Si c'était votre aveu qui me fît votre époux.
ˮ Ah ! par pitié pour vous, princeffe infortunée,
ˮ Payez mon tendre amour par un prompt hyménée ;
ˮ Régnez donc avec moi, c'eft trop vous en défendre.

Ce ne font pas là les vers de *Sophocle*. L'auteur écrit mieux quand il imite les beaux morceaux du grec, quand *Electre* dit à fa mère :

ˮ Moi, l'efclave d'Egifte ! ah, fille infortunée !
ˮ Qui m'a fait fon efclave, & de qui fuis-je née ?
ˮ Etait-ce donc à vous de me le reprocher ? &c.

C'était-là le véritable fujet de la pièce ; c'était-là l'unique intérêt qu'il fallait faire paraître.

F 4

On ne peut fouffrir, après ces mouvemens de terreur & de pitié , qu'*Orefte* vienne faire une déclaration d'amour à *Iphianaffe* , & qu'il dife :

” Peut-être à cet honneur aurais-je pu prétendre
” Avec quelque bonheur & l'amour le plus tendre.
” Quels efforts, quels travaux . quels illuftres projets
” N'ont point tenté ce cœur charmé de vos attraits;
” Qui trop plein d'un amour qu'Iphianaffe infpire,
” En dit moins qu'il n'en fent, & plus qu'il n'en doit dire !

Et l'autre lui répond :

” Un amant comme vous, quelque feu qu'il infpire,
” Doit foupirer du moins fans ofer me le dire.

Ces difcours de roman , mis en vers fi lâches & fi faibles , dépareraient trop une pièce, qui ferait d'ailleurs bien faite & bien écrite. Mais quand on voit des vers tels que ceux-ci :

” Ah que les malheureux éprouvent de tourmens !
” D'Electre en ce moment, faible cœur, cours l'apprendre.
” Eft-ce ainfi que des dieux la fuprême fageffe
” Doit braver des mortels la crédule faibleffe !
” J'ai fait peu pour Egifte , & de quelque fuccès
” Sa bonté chaque jour s'acquitte avec excès.
” . . . .
” Ne m'arrêtez donc plus fur l'efpoir des bienfaits.
” Connaiffez-vous enfin ce guerrier redoutable,
” Pour le tyran d'Argos , *rempart impénétrable ?*
” Dans le fein d'un barbare éteindre mes tranfports.

quand on voit , dis-je , tant de vers ou durs , ou dénués de fens , ou languiffans par des épithètes inutiles , ou défigurés par des termes impropres , on prononce avec *Boileau :*

,, Sans la langue, en un mot, l'auteur le plus divin
,, Eft toujours, quoi qu'il faffe, un méchant écrivain.

Que doit-on donc prononcer, quand une verfifica-tion fi vicieufe dans tous les points , n'a guère d'autre mérite que, de foutenir par quelques defcriptions ampoulées un drame plus vicieux encore par la conduite ?

Malgré ces défauts dont il faut convenir, il y avait affez de beautés pour faire réuffir la pièce. Les rôles d'*Eleftre* & de *Palamède* ont des tirades très-impo-fantes. La reconnaiffance d'*Eleftre* & d'*Orefte* fefait un grand effet ; & fi le ftyle en général n'était pas châtié , il y avait des vers d'un grand tragique qui méritaient des applaudiffemens.

D I G R E S S I O N

Sur ce qui fe paffa entre les repréfentations d'Eleftre & de Rhadamifte.

TANDIS qu'après le fuccès d'Atrée & d'Eleftre, il femblait que M. de *Crébillon* pût prétendre à l'aca-démie françaife , il en fut exclus par les deux brigues de *la Motte* & de *Rouffeau.* Il fit contre *la Motte* & contre les amis de cet auteur, qui s'affemblaient fouvent au café de la veuve *Laurent* , une fatire , dans laquelle chacun d'eux était défigné fous le nom de quelque animal. *La Motte* était la taupe, parce qu'il était déjà menacé de perdre la vue. L'abbé de *Pons*, difgracié de la nature par l'irrégularité de fa taille, était le finge. *Danchet*, d'une affez haute ftature, était le chameau. *Fontenelle*, par allufion à fa conduite adroite, était le renard. Cette fatire manquait de grâce & de fel. Il la récitait volontiers chez *Oghières* ; mais je ne crois pas qu'elle ait jamais été imprimée.

Il fit auffi cette épigramme contre *Rouffeau* qui follicitait la place de l'académie :

» Quand poil de Roux fefant la quarantaine,
» De fes poifons le louvre infeftera,
» En tel mépris cetui corps tombera,
» Que Pellegrin y entrera fans peine.

Ce *Pellegrin* avait fait plufieurs pièces de théâtre avec quelque fuccès paffager. Deux prix remportés à l'académie femblaient le mettre à portée de prétendre à cette place.

Pour *Rouffeau*, il n'était encore connu que par quelques odes approuvées des connaiffeurs, & par quelques épigrammes. La carrière du théâtre eft infiniment plus difficile à remplir. Sa comédie du Café & celle du Capricieux avaient été très-mal reçues : celle du Flatteur était froide, & n'eut qu'un fuccès très-médiocre. Ses opéra étaient encore plus mauvais. D'ailleurs fon caractère lui ayant fait beaucoup d'ennemis, *la Motte* eut la place, & *Rouffeau* n'eut que deux voix pour lui.

Tout cela excita la bile de *Rouffeau*, qui fit une fatire intitulée *Epître à Marot*, dans laquelle on trouve de très-jolis vers parmi beaucoup d'autres qui ne font que bizarres, & qui font remplis d'injures groffières & de termes hafardés & impropres. Il traite tous ceux qui allaient au café de maroufles ; & il parle ainfi de *Crébillon* :

   ,, Comment nommer ce froid énergumène,
   ,, Qui d'Hélicon chaffé par Melpomène,
   ,, Me défigure en fes vers oftrogos ,
   ,, Comme il a fait rois & princes d'Argos.

Après cette fatire, *Rouffeau* n'ofa plus remettre les pieds au café de la *Laurent* , où tous les gens de lettres qu'il avait outragés s'affemblaient. Chacun d'eux l'accabla d'épigrammes & de chanfons. Toute cette guerre divertiffait le public aux dépens des parties belligérantes ; & c'était le feul fruit qu'on en pût retirer.

La chofe devint férieufe quand *Rouffeau* eut fait cinq couplets atroces , fur un air d'opéra , contre la plupart de fes ennemis. Ces couplets , qu'il récita imprudemment, devinrent publics. Malheureufement pour lui, un nommé *Debrie*, qui était devenu fon ami & fon confident , lui confeilla de faire de nouveaux couplets, & de les envoyer par des inconnus aux intéreffés mêmes. On ne pouvait donner un confeil plus déteftable ; il femblait même qu'il fût dicté par la haine ; car *Rouffeau* avait fait contre ce *Debrie* les épigrammes les plus violentes , dans lefquelles il l'avait traité de *feffe-Matthieu.* Cependant il eft vrai que *Debrie* haïffant encore plus tous ceux qui lui avaient témoigné du mépris au café de la *Laurent* , & s'étant réconcilié avec *Rouffeau* , auquel même je fais

qu'il prêta quelque argent , non-feulement il lui
confeilla de faire les couplets qui commencent ainfi,

„ Que de mille fots réunis
„ Pour jamais le café s'épure ,
„ Que l'infipide Dionis
„ Porte ailleurs fa plate figure.

mais il en porta lui-même une copie chez *Oghières*,
qui eut la difcrétion de la jeter au feu. C'eft ce qui
m'a été confirmé par un parent de *Debrie* , qui fut
témoin de tout ce fcandale , & qui conjura le fieur
Oghières de n'en parler jamais.

Enfin les derniers couplets parurent. M. de *Crébillon*
y fut attaqué dans fes mœurs d'une manière affreufe,
qui lui fit même affez de tort , & qui ne contribua
pas peu à lui fermer encore long-temps les portes de
l'académie , tant les hommes font injuftes. Il faut
remarquer que *Rouffeau* ayant fu par *Debrie* que le
fuiffe *Oghières*, en jetant au feu les premiers couplets,
avait dit que l'auteur , quel qu'il fût , méritait le
carcan & les galères, plaça *Oghières* lui-même dans les
derniers qui firent tant de bruit. Tout cela eft fi vrai,
que dans le procès criminel que *Rouffeau* ofa intenter
au fieur *Saurin* , géomètre de l'académie des fciences,
au fujet de ces couplets infames , *Debrie* fut le feul
qui accompagna *Rouffeau* devant les juges. Ils pourfuivirent enfemble l'affaire entamée pour perdre les
fieurs *Saurin* & *la Motte* ; & lorfque *Rouffeau* fut
condamné unanimement par le châtelet & par le
parlement, ce *Debrie* lui prêta de l'argent pour fortir
du royaume.

Ce font-là des faits de la vérité la plus inconteftable. Je n'ai jamais pu concevoir comment il s'eft pu trouver quelques perfonnes affez dépourvues de raifon & d'équité , pour foutenir que *la Motte*, *Saurin*, & un joaillier nommé *Malafaire*, avaient fait enfemble tous ces infâmes couplets pour les imputer à *Roulfeau*.

M. de *Crébillon* favait à n'en pouvoir douter que *Roulfeau* était l'auteur de tout ; *Oghières* lui avait enfin avoué que *Debrie* lui avait apporté les premiers.

Il eft indubitable que non-feulement *Roulfeau* fut coupable de cette infamie , mais encore du crime affreux d'en accufer un innocent. La haine l'aveuglait ; c'était fa paffion dominante. Il y joignit l'hypocrifie ; car dans le cours du procès même , il fit une retraite au noviciat des jéfuites fous le père *Sanadon ;* & retiré à Bruxelles, il fit un pélerinage à pied à Notre-Dame de Hall, dans le temps qu'il trahiffait & livrait à fes créanciers le fieur *Medine*, qui l'avait fecouru dans fes plus preffans befoins. Ce font encore des faits dont on a la preuve. Il ne ceffa de faire à Bruxelles des épigrammes , bonnes ou mauvaifes , contre les mêmes perfonnes qu'il avait outragées à Paris ; il en fit contre *Fontenelle* , *la Motte* , *la Faye* , *Saurin* , & contre *Crébillon* , qu'il défigne fous le nom de *Lycophron.*

Il en fit contre l'abbé *d'Olivet* , qui n'avait pas approuvé fes Aïeux chimériques ; & contre l'abbé *Dubos* , fecrétaire perpétuel de l'académie. Tout cela eft imprimé.

Il refte à favoir fi de telles horreurs peuvent être pardonnées en faveur de deux ou trois odes qui ne font que des déclamations de rhétorique, de quelques pfeaumes au-deffous des cantiques *d'Efther* & *d'Athalie* ,

& de quelques épigrammes dont le fond n'eſt jamais de lui , & dont preſque tout le mérite conſiſte dans des turpitudes. Je voudrais ſeulement qu'on lui eût donné le rôle de *Palaméde* & de *Rhadamiſle* à traiter. Il aurait été infiniment au-deſſous de M. de *Crébillon.* Qu'on en juge par toutes ſes pièces de théâtre , & en dernier lieu par les *Aïeux chimériques* & par l'*Hypocondre;* on voit un homme abſolument ſans invention & ſans génie , qui n'avait guère d'autres talens que celui de la rime & du choix des mots. Il n'y a pas un vers dans tous ſes ouvrages qui aille au cœur ; & on peut conclure , par le froid qui règne dans tous ſes drames, qu'il était incapable de faire une ſcène tragique.

Si M. de *Crébillon* avait plus châtié ſon ſtyle , je ne balancerais pas à le placer , malgré ſes défauts, infiniment au-deſſus de *Rouſſeau;* car ſi on doit proportionner ſon eſtime aux difficultés vaincues , il eſt certainement plus difficile de faire une tragédie qu'une ode. Les cantiques d'*Athalie* & d'*Eſther* ſont ce que nous avons de meilleur en ce genre: mais approchent-ils d'une ſeule ſcène bien faite ?

R H A D A M I S T E.

RHADAMISTE eſt la meilleure pièce de M. de *Crébillon.* L'intrigue eſt tirée toute entière du ſecond tome d'un roman aſſez ignoré, intitulé *Bérénice.* Cette pièce fut jouée pour la première fois en 1711 , & eut trente repréſentations. Elle eſt pleine de grands traits de force & de pathétique. On trouva , il eſt vrai , l'expoſition trop obſcure , & l'amour d'*Arſane* trop faible; *Pharaſmane* reſſemblait trop à *Mithridate* , amoureux

d'une jeune perſonne, dont ſes deux fils ſont amoureux auſſi. C'était imiter un défaut de *Racine ;* mais
le rôle de *Pharaſmane* eſt plus fier & plus tragique que
celui de *Mithridate ,* s'il n'eſt pas ſi bien écrit.

Ce que les eſprits ſages condamnèrent le plus dans
cette pièce, ce fut une idée puérile de *Rhadamiſte ,*
qui attribue aux Romains un ridicule dont ils étaient
fort éloignés. Il ſuppoſe qu'il eſt choiſi par eux pour
aller ſous un nom étranger en ambaſſade auprès de
ſon propre père pour ſemer la diſcorde dans ſa famille.
Comment la cour de l'empereur romain aurait-elle
été aſſez imbécille pour imaginer que ce fils ſerait
toujours inconnu à la cour de *Pharaſmane ,* & qu'étant
une fois reconnu, il ne ſe raccommoderait point avec
lui ?

Une telle extravagance n'eſt jamais entrée dans la
tête de perſonne, excepté dans celle de l'auteur du
roman de *Bérénice ,* pour lequel M. de *Crébillon* a
pouſſé trop loin la complaiſance. Il pallie autant qu'il
le peut le vice de cette ſuppoſition , en diſant :

> *Des Romains ſi vantés telle eſt la politique.*

Mais cela même devint comique , parce que tout le
monde ſent aſſez l'abſurdité d'une politique pareille.

C'eſt en partie ce vice capital , joint à l'obſcurité de
l'expoſition & à la verſification incorrecte de l'auteur,
qui fit dire à *Boileau* dans ſa dernière maladie, quand
on lui apporta cette pièce : *Qu'on m'ôte ce galimatias ;
les Pradons étaient des aigles en comparaiſon de ces gens-
ci ; je crois que c'eſt la lecture de Rhadamiſte qui a aug-
menté mon mal.*

La mauvaife humeur de *Boileau* était injufte. *Rha-damifte* valait mieux que les pièces des rivaux de *Racine*, & même que l'Alexandre de *Racine*, auquel *Boileau* avait prodigué autrefois des éloges bien peu mérités ; ce qui aurait pu excufer la bilieufe critique de *Boileau*, c'était le commencement même de la pièce.

Z E N O B I E.

„ Laiffe-moi : ta pitié, tes confeils & la vie
„ Sont le comble des maux pour la trifte Ifménie.
„ Dieu jufte ! ciel vengeur, effroi des malheureux &c.

P H E N I C E.

„ Vous verrai-je *toujours* les yeux baignés de larmes,
„ Par d'éternels tranfports remplir mon cœur d'alarmes!
„ Le fommeil en ces lieux verfe en vain fes pavots;
„ La nuit n'a plus pour vous ni douceur ni repos.
„ Cruelle, fi l'amour vous éprouve inflexible &c.

C'eft ainfi que la pièce débute. Les connaiffeurs devinent aifément combien un homme tel que *Boileau* devait être choqué de voir que *la pitié de Phénice eft le comble des maux pour Zénobie*. Cela n'a pas de fens. Comment la pitié & les confeils d'une confidente, d'une amie, peuvent-ils être le comble des maux ? comment les confeils & la vie font-ils enfemble ? pourquoi *le ciel eft-il l'effroi des malheureux* ? Il l'eft des coupables, & ce font des malheureux dont il eft le confolateur.

Pourquoi *Phénice* appelle-t-elle fa maîtreffe *cruelle*? Cela eft bon dans *Oenone*, à qui *Phèdre* cache fon
fecret.

fecret; mais cette imitation eft ridicule dans *Phénice.*
Un amant de comédie peut appeler fa maîtreffe qui
le refufe, *cruelle;* mais une confidente tragique ne
doit point lui reprocher en mauvais français que
l'*amour l'éprouve inflexible.*

Boileau pouvait-il ne pas condamner une Zénobie
rempliffant toujours d'alarmes, par d'éternels tranfports,
le cœur de fa fuivante? qu'eft-ce qu'*une nuit qui n'a
point de douceur?* quel langage faible & barbare!
Boileau pouvait-il fupporter une femme qui s'écrie:

» Puifque l'amour a fait le malheur de ma vie,
» Quel autre que l'amour peut venger Zénobie?

De telles pointes font-elles tolérables? un homme de
goût approuvera-t-il que *Rhadamifte* dife qu'il *eft criminel fans penchant, vertueux fans deffein?* cela forme-t-il
un fens? On voit bien que *Rhadamifte* veut dire qu'il
eft criminel malgré lui, qu'il aime la vertu fans la
fuivre; mais il faut favoir exprimer fa penfée. Tant
d'expreffions louches, obfcures, impropres, vicieufes,
peuvent rebuter un lecteur inftruit & difficile.

Rhadamifte, prétendu ambaffadeur de Rome auprès
de fon père, veut enlever une inconnue que le jeune
Arfame lui recommande, & il dit:

» D'ailleurs pour l'enlever ne me fuffit-il pas
» Que mon père cruel brûle pour fes appas?

Quoi, il enlève une femme uniquement parce que le
roi fon père en eft amoureux! de plus, comment ne
voit-il pas qu'on la reprendra aifément de fes mains?
Quel ambaffadeur a jamais fait une telle folie? *Rhadamifte* peut-il heurter ainfi les premiers principes de
la raifon, après avoir dit: *D'un ambaffadeur empruntons*

la prudence? Ce vers, tout comique qu'il eft, n'eft-il pas la condamnation de fa conduite ? quelle prudence de violer le droit des gens pour s'expofer aux plus grands affronts !

Un grand défaut de conduite encore, c'eft qu'à la fin de la pièce, *Arfame* voyant fon frère *Rhadamifte* en péril, & pouvant le fauver d'un mot, ne révèle point à *Pharafmane* que *Rhadamifte* eft fon fils. Il n'a qu'à parler pour prévenir un parricide; nulle raifon ne le retient; cependant il fe tait. L'auteur le fait per-fifter une fcène entière dans un filence condamnable, uniquement pour ménager à la fin une furprife qui devient puérile, parce qu'elle n'eft nullement vrai-femblable.

C'eft-là une partie des défauts que tous les connaif-feurs remarquent dans Rhadamifte. Cependant il y a dans cette pièce du tragique, de l'intérêt, des fituations, des vers frappans. La reconnaiffance de *Rhadamifte* & de *Zénobie* plaît beaucoup : le rôle de *Zénobie* eft noble; elle eft vertueufe & attendriffante : en un mot, c'eft la feule de toutes les pièces de cet auteur qu'on croie devoir refter au théâtre.

X E R X E S.

LA tragédie de Xerxès, donnée en 1715, ne fut jouée que deux fois. Il arriva à la première repréfenta-tion une chofe affez fingulière; tout le monde fe mit à rire à ces vers d'un fcélérat, nommé *Artaban*, qui va affaffiner fon maître :

» Amour d'un vain renom, faibleffe fcrupuleufe,
» Ceffez de tourmenter une ame généreufe,

DE M. DE CREBILLON. 99

,, Digne de s'affranchir de vos foins odieux :
,, Chacun a fes vertus, ainfi qu'il a fes dieux.
,, Dès que le fort nous garde un fuccès favorable,
,, Le fceptre abfout toujours la main la plus coupable;
,, Il fait du parricide un homme généreux.
,, Le crime n'eft forfait que pour les malheureux.

Ce n'était pas feulement ce galimatias qui fefait rire,
c'était l'atrocité infenfée de ces déteftables maximes
trop ordinaires alors au théâtre , & que *Cartouche*
n'aurait ofé prononcer. Cette horreur était fi outrée
dans la tragédie de Xerxès, que le public prit le parti
d'en rire au lieu de faire entendre les huées d'indignation. Xerxès eft écrit & conduit comme les pièces de
Cyrano de Bergerac. Cependant on l'a fait imprimer
en 1750 au louvre , aux dépens du roi : c'eft un
honneur que n'ont eu ni Cinna ni Athalie.

S E M I R A M I S.

En 1717, M. de *Crébillon* fit repréfenter Sémiramis;
elle n'eut aucun fuccès , & ne fera jamais reprife. Le
défaut le plus intolérable de cette pièce eft que *Sémi-*
ramis , après avoir reconnu *Ninias* pour fon fils, en
eft encore amoureufe ; & ce qu'il y a d'étrange , c'eft
que cet amour eft fans terreur & fans intérêt. Les
vers de cette pièce font très-mal faits , la conduite
infenfée, & nulle beauté n'en rachète les défauts. Les
maximes n'en font pas moins abominables que celles
de Xerxès. La diction & la conduite font également
mauvaifes ; cependant l'auteur eut la faibleffe de la
faire imprimer.

G 2

Le fieur *Danchet*, examinateur des livres, fut chargé de rendre compte de la pièce ; il donna fon approbation en ces termes :

,, J'ai lu Sémiramis, & j'ai cru que la mort de cette
,, reine, au défaut de fes remords, pouvait faire tolérer
,, l'impreffion de cette tragédie. ,,

Cette fingulière approbation brouilla vivement *Crébillon* & *Danchet*. Celui-ci adoucit un peu les termes de fon approbation, mais *la mort au défaut des remords* fubfifta, & *Crébillon* fut au défefpoir. Il a fait retrancher les approbations dans l'édition qu'il a obtenu qu'on fît au louvre.

P Y R R H U S.

P Y R R H U S eut quelque fuccès en 1729 ; mais ce fuccès baiffa toujours depuis, & aujourd'hui cette tragédie eft entièrement abandonnée. Elle vaut mieux que Sémiramis; mais le ftyle en eft fi mauvais, il y a tant de longueurs & fi peu de naturel & d'intérêt, qu'il n'eft point à croire que jamais elle foit tirée de la foule des pièces qu'on ne repréfente plus.

C A T I L I N A.

M. de *Crébillon* ayant commencé la tragédie de Cromwell, abandonna ce projet, & refondit des endroits des deux premiers actes dans le fujet de Catilina. Enfuite fe livrant au dégoût que lui donnait le malheur attaché fi fouvent à la littérature, il renonça à toute fociété & à tout travail, jufqu'à ce qu'en 1747 une perfonne refpectable, dont le nom doit être cher à tous les gens de lettres, (*) l'engagea par des bienfaits à finir cet ouvrage dont on parlait dans Paris avec les plus grands éloges.

M. de *Crébillon*, reçu enfin à l'académie françaife, y avait récité plufieurs fois fes premiers actes de Catilina qu'on avait applaudis avec tranfport. Il continua la pièce à l'âge de foixante & dix ans paffés. La faveur du public ne fe fignala jamais avec plus d'indulgence. En vain ce petit nombre d'hommes qui va toujours aux repréfentations armé d'une critique févère, réprouva l'ouvrage. Rien ne prévalut contre l'heureufe difpofition du public, qui voulait ranimer un vieillard dont il plaignait la longue retraite, dont les talens avaient trouvé des partifans que le public aimait.

Il eft vrai qu'on riait en voyant *Catilina* parler au fénat de Rome du ton dont on ne parlerait pas aux derniers des hommes; mais après avoir ri, on retournait à Catilina. On l'a joué dix-fept fois. Rien ne caractérife peut-être plus la nation, que cet empreffement fingulier. Il y avait dans cette faveur paffagère une autre raifon qui contribua beaucoup à cet étrange fuccès, & qui ne venait pas d'un efprit de faveur. (**)

Mais après que le torrent fut paffé, on mit la pièce à fa véritable place; & quelque protection qu'elle eût obtenue, on ne put la faire reparaître fur la fcène. Les yeux s'ouvrent tantôt plus tôt, tantôt plus tard. Catilina était trop barbarement écrit. La conduite de la pièce était trop oppofée au caractère des Romains,

(*) Madame de *Pompadour*.

(**) La haine de quelques perfonnes puiffantes contre M. de *Voltaire*, & l'envie des gens de lettres.

G 3

trop bizarre , trop peu raifonnable , & trop peu intéreffante , pour que tous les lecteurs ne fuffent pas
mécontens. On fut furtout indigné de la manière dont
Cicéron eft avili. Ce grand-homme confeillant à fa fille
de faire l'amour à *Catilina*, était couvert de ridicule
d'un bout à l'autre de la pièce.

Lorfque l'auteur récita cet endroit à l'académie
dans une féance ordinaire & non publique , il
s'aperçut que fes auditeurs, qui connaiffaient *Cicéron*
& l'hiftoire romaine , fecouaient la tête. Il s'adreffa
à M. l'abbé d'*Olivet* : *Je vois bien*, lui dit-il, *que
cela vous déplaît. Point du tout*, répondit ce favant &
judicieux académicien , *cet endroit eft digne du refte ,
& j'ai beaucoup de plaifir à voir Cicéron le mercure de fa
fille.*

Une courtifanne , nommée *Fulvie* , déguifée en
homme , était encore une étrange indécence. Les
derniers actes froids & obfcurs achevèrent enfin de
dégoûter les lecteurs.

Quant à la verfification & au ftyle , on fera peut-
être étonné que l'académie, à qui l'auteur avait lu
l'ouvrage , y ait laiffé fubfifter tant de défauts énor-
mes ; mais il faut favoir que l'académie ne donne
jamais de confeils que quand on les lui demande, &
l'auteur était trop vieux pour en demander & pour
en profiter. Ses vers ne furent applaudis dans
les féances publiques que par des jeunes gens ,
fur qui une déclamation ampoulée fait toujours
quelque impreffion. Il arrive fouvent la même chofe
au parterre , & ce n'eft qu'avec le temps qu'on fe
détrompe d'une illufion en quelque genre que ce
puiffe être.

S'il eſt de quelque utilité de faire voir les défauts de détail , en voici quelques-uns que nous tirerons des premières ſcènes :

,, Dis-moi, (fi juſque-là ta fierté peut deſcendre ,)
,, Pourquoi faire égorger *Nonnius cette nuit?*

La fierté de *Catilina* deſcend juſqu'à répondre à *Scipion* qu'il a aſſaſſiné ce ſénateur, l'un de ſes partiſans , pour ſe concilier les autres :

,, Et l'art de les ſoumettre exige un art ſuprême,
,, Plus difficile encor que la victoire même.

Un chef de parti, dit-il,

,, . . . Doit tout rapporter à cet unique objet.
,, Vertueux ou méchant au gré de ſon projet ;
,, Qu'il ſoit cru fourbe , ingrat , parjure , impitoyable ,
,, Il fera toujours grand, s'il eſt impénétrable.
,, Tel on déteſte avant, que l'on adore après. . . . .
,, L'imprudence n'eſt pas dans la témérité.

Enſuite il dit qu'il aime la fille de *Cicéron* par tempérament :

,, C'eſt l'ouvrage des ſens, non le faible de l'ame.

Deux vers après , il dit que cette paſſion

,, Eſt moins amour en lui, qu'excès d'ambition.

Il avoue *qu'il a conquis ce bien.*
Il dit après :

,, . . . Cette flamme où tout mon cœur s'applique,
,, Eſt le fruit de ma haine & de ma politique.

G 4

Ainfi il aime *Tullie* par les fens, par ambition, & par haine.

Il faut avouer qu'il eft plaifant de voir après cela *Tullie* venir parler à *Catilina* dans un temple; d'entendre *Catilina* qui lui dit :

>> Qu'il eft doux cependant de revoir vos beaux yeux,
>> Et de pouvoir ici raffembler tous fes dieux !

A quoi *Tullie* répond *que fi fes yeux font des dieux, la foudre deviendra le moindre de leurs coups.*

Et *Catilina* réplique :

>> Que l'amour *eft* déchu de fon autorité,
>> Dès qu''il veut de l'honneur bleffer la dignité,

C'eft ainfi que prefque toute la pièce eft écrite.

Les étrangers nous ont reproché amèrement d'avoir applaudi cet ouvrage; mais ils devaient favoir que nous n'avons fait en cela que refpecter la vieilleffe & la mauvaife fortune, & que cette condefcendance eft peut-être une des chofes qui fait le plus d'honneur à notre public.

LE TRIUMVIRAT.

IL eft difficile qu'un auteur ne croie pas qu'on lui a rendu juftice quand on a applaudi fon ouvrage. M. de *Crébillon*, encouragé par ce fuccès, fit le Trium-virat à l'âge de 81 ans : mais le temps de la compaffion était paffé. Ce temps eft toujours très-court, & on ne peut obtenir grâce qu'une fois. Le Triumvirat fe fen-tait trop de l'âge de l'auteur ; on ne le fiffla point, il n'y eut ni tumulte, ni mauvaife volonté ; on l'écouta avec patience. Mais bientôt la falle fut déferte. M. de *Crébillon* eut encore la faibleffe de faire imprimer cette malheureufe pièce avec une épître chagrine , dans laquelle il fe plaint de la plus horrible cabale. Il y a quelquefois des cabales en effet : mais quelle cabale peut empêcher le public de revenir entendre un ouvrage, s'il en eft content?

C'eft une chofe affez plaifante que les préfaces des auteurs de pièces de théâtre : tantôt il y a eu une confpiration générale contre leur pièce , tantôt ils remercient le public d'avoir bien voulu avoir du plaifir ; & lorfque cette préface fi remplie de remercîmens eft imprimée , le public a déjà oublié la pièce & l'auteur.

Comme de toutes les productions de l'efprit les dramatiques font les plus expofés au grand jour, ce font celles qui donnent le plus de gloire ou le plus de ridicule. Il n'en eft pas d'une tragédie comme d'une épître, d'une ode. On ne récita point en public l'ode de *Boileau* fur la prife de Namur , ni fes fatires fur l'équivoque & fur l'amour de DIEU , devant deux mille perfonnes affemblées pour approuver ou pour condamner.

Un ouvrage en vers , quel qu'il foit , n'eft guère connu que d'un petit nombre d'amateurs ; il eft d'ordinaire mis au rang des chofes frivoles dont la nation eft inondée ; mais les fpectacles font une partie de l'adminiftration publique ; ils fe donnent par l'ordre du roi, fous l'infpection des officiers de la couronne & des magiftrats ; ils exigent des frais immenfes. C'eft à la fois un objet de commerce, de police, d'étude , de plaifir, d'inftruction, & de gloire. Il raffemble les citoyens, il attire les étrangers, & par-là il devient une chofe importante. Tout cela fait que le fuccès eft plus brillant en ce genre que dans tout autre ; mais auffi la chute eft plus ignominieufe, étant plus éclairée. C'eft un triomphe ou une efpèce d'efclavage. Il s'agit encore d'une rétribution affez honnête pour tirer un homme de la pauvreté ; ainfi un auteur dramatique flotte pour l'ordinaire entre la fortune & l'indigence, entre le mépris & la gloire.

Ce font ces deux puiffans motifs qui ont toujours produit des haines fi vives entre tous ceux qui ont travaillé pour le théâtre depuis *Ariftophane* jufqu'à nous. Ce fut l'unique fource de ces abominables couplets, dans lefquels M. de *Crébillon* fut défigné fi fcandaleufement par *Rouffeau*, qui ne pouvait digérer le fuccès d'Idoménée, d'Atrée, & d'Electre, tandis qu'il voyait tomber toutes fes comédies ; *figulus figulo invidet*, eft un proverbe de tous les temps & de toutes les nations.

Il eft vrai que ce proverbe n'a pas eu lieu entre M. de *Voltaire* & M. de *Crébillon* ; c'eft même une chofe affez fingulière que M. de *Voltaire* ayant traité Sémiramis, Electre, & Catilina, & s'étant ainfi trouvé trois fois en concurrence avec lui, l'ait loué toujours publiquement, & lui ait même donné plufieurs marques d'amitié. Ils n'ont jamais eu aucun démêlé enfemble. Cela eft rare entre gens de lettres qui courent la même carrière.

Fin de l'éloge de M. de Crébillon.

ELOGE FUNEBRE

DE LOUIS XV,

Prononcé dans une académie le 25 mai 1774.

MESSIEURS,

JE ne viens point ici , au milieu d'une pompe lugubre & éclatante , mêler la vanité d'un difcours étudié à toutes ces vanités établies pour faire illufion aux vivans, fous le fpécieux prétexte de la gloire des morts.

Notre affemblée n'eft point une de ces cérémonies faftueufes inventées pour féduire les yeux & les oreilles. Mon difcours doit être fimple & vrai comme l'était le monarque dont nous déplorons la perte.

Quand la grande éloquence commença & finit le fiècle de *Louis XIV*, les oraifons funèbres prononcées par les *Boffuet* & par les *Fléchier*, fubjuguaient la France étonnée. Elles étaient les feuls ornemens qu'on remarquât au milieu de ces fuperbes appareils funéraires. On était tranfporté de ce nouveau genre ; il a diminué de prix dès qu'il eft devenu commun.

Aujourd'hui que la recherche du vrai en tout genre eft devenue la paffion dominante des hommes , ce fard des déclamations, fi impofant autrefois, a perdu fon éclat. Nous fommes heureufement réduits , furtout dans ces affemblées fecrètes , à fuivre la méthode inventée par l'ingénieux *Fontenelle*, & perfectionnée par le marquis de *Condorcet*; méthode qui confifte à faire plutôt le précis de la vie d'un homme que fon éloge ; à ne le louer que par les faits, à raconter fans emphafe les fervices qu'il a rendus ; à laiffer voir fans malignité les faibleffes inféparables de la nature humaine ; à ne chercher enfin pour toute éloquence que des vérités utiles. Les hommes ne fe dégoûteront jamais de ce genre, parce qu'il reffemble à celui de l'hiftoire.

C'était l'ufage des anciens peuples renommés, qui jugeaient les rois après leur mort, & qui par-là enfeignè-rent la juftiçe à la terre. De tels difcours funèbres peuvent avoir fur l'hiftoire même un grand avantage, celui de ne recueillir aucune de ces fables fecrètes que la méchanceté ou la feule envie de parler débite fur un prince de fon vivant, que l'erreur populaire accré-dite, & qu'au bout de quelques années les hiftoriens adoptent en fe trompant eux-mêmes & en trompant la poftérité.

Si l'on ofait être fage, des difcours de ce genre feraient d'une utilité bien plus grande encore. Car également éloignés de la flatterie & de la fatire, ils feraient la leçon de ceux dont un jour on doit faire l'oraifon funèbre. Ce qu'un homme éclairé & jufte prononce-rait fur un roi, devant fon fucceffeur & devant la nation, ferait une impreffion cent fois plus forte & plus durable que tous ces difcours d'oftentation, qui ne font plus regardés que comme une partie des céré-monies qui paffent en un jour.

Nous n'avons rien à dire du premier âge de *Louis XV*; prefque toutes les enfances comme toutes les décrépi-tudes fe reffemblent ; les premières donnent toujours quelque efpérance que les fecondes ôtent entièrement. Son caractère était doux & facile, & l'on a remarqué que dans toute fa vie il ne montra aucun emporte-ment. Ce qu'il apprit le mieux dans fa première jeu-neffe fut la géographie, fcience la plus utile à un roi, foit en guerre foit en paix. Il fit même imprimer au louvre un petit livre *de la géographie par le cours des fleuves*, qu'il compofa en partie fur les leçons de M. de l'*Ifle* , & dont on tira cinquante exemplaires. C'eft cette étude qui le détermina depuis à faire lever des cartes topographiques de toute la France , ouvrage immenfe où l'on n'a trouvé prefque rien d'omis , ni d'inexact.

Ce goût pour la géographie le conduifit naturelle-ment à quelques connaiffances de l'aftronomie & à un peu d'hiftoire naturelle.

Son jugement en toutes chofes était jufte ; mais cette douce facilité de caractère dont nous avons parlé, le porta toujours à préférer l'opinion des autres à la fienne.

C'eft par cette condefcendance qu'il fe réfolut à la guerre de 1741 , malgré le cardinal de *Fleuri* qui s'y oppofait. Car des perfonnes qui avaient alors plus de crédit fur fon efprit que fon miniftre même, l'entraî-nèrent lui & ce miniftre dans cette entreprife qui fut heureufe en Flandre & malheureufe par-tout ailleurs. Ainfi *Louis XV* fit la guerre fans être ambitieux , & donna deux batailles fans être emporté par cette ardeur qui naît de la fougue du tempérament , & que la faibleffe humaine a nommée héroïque.

Son ame était toujours tranquille. Elle le fut même lorfqu'en 1744 il courut à la tête de fon armée délivrer l'Alface inondée d'ennemis. Ce fut alors qu'étant tombé malade à Metz , & prêt de mourir , il reçut de fes peuples ce furnom fi flatteur de *bien-aimé*. Il ne lui fut point donné en cérémonie & par des actes authentiques , comme le furnom de *grand* fut décerné à *Louis XIV* par l'hôtel-de-ville en 1 6 8 0. L'enthoufiafme des Parifiens cherchait un titre qui exprimât fa tendreffe pour fon roi. Un homme de la populace cria , *Louis le bien-aimé*. Bientôt cinq cents mille vòix le répétèrent, tous les calendriers , tous les papiers publics furent ornés de ce nom. L'amour l'avait donné ; & l'ufage le conferva dans les temps orageux où ces mêmès Parifiens, que l'Europe accufe de légèreté, femblèrent démentir pour quelques jours les témoignages de leur tendreffe.

Il mérita cet amour fans doute , lorfque pour tout fruit de fes conquêtes en Flandre, il demandait la paix à la vertueufe *Marie-Thérèfe*. On eût dit qu'il preffentait les obligations que la France aurait un jour à cette fouveraine. Il ne pouvait affez acheter le préfent ineftimable qu'elle nous a fait , & dont nous jouiffons aujourd'hui.

Si même la guerre la plus jufte eft toujours funefte aux nations, celle qu'on fefait à la légitime héritière de tant de céfars n'en pefait que davantage au cœur de *Louis XV*. Il voyait qu'elle n'était pas fondée fur cette juftice évidente dont il avait les principes dans le fond de fon ame. C'eft cette juftice fi rare qui peut feule juftifier la guerre aux yeux des fages.

Sa déférence pour les fentimens d'autrui lui fit encore entreprendre la guerre de 1 7 5 6, qui fut bien

plus malheureufe que la première. La France y perdit beaucoup de fang, encore plus de tréfors, tout le
Canada, fon commerce de l'Inde, fon crédit dans
l'Europe; & il a fallu que la nation toujours induf-
trieufe, toujours agiffante, travaillât douze années
entières pour réparer à peine une partie de ces brèches
immenfes.

Tant de malheurs n'altérèrent point l'ame du
monarque. Les hommes placés dans un rang éminent
veulent tous paraître inébranlables, ils affectent le
calme au milieu du trouble; mais *Louis XV* n'affec-
tait rien ; il ne cherchait point la tranquillité, il la
trouvait dans fon caractère. Ce ferait le plus précieux
don de la nature, s'il pouvait toujours être joint à
l'activité.

Son ame ne fe démentit pas même dans cette horrible & incroyable aventure d'un fanatique de la lie du
peuple, qui ofa porter la main fur fa perfonne facrée.
Et après les premiers momens donnés à l'incertitude
des fuites, il fut auffi ferein que s'il n'avait point été
bleffé.

Cette égalité d'ame, cette fimplicité, il la mettait
dans toutes fes actions, dans le fervice auprès de fa
perfonne, dans les ordres qu'il donnait pour ces
ouvrages publics admirables, dont tout autre aurait
voulu tirer quelque gloire avec juftice. En cela fon
caractère était l'oppofé de celui de *Louis XIV* fon
prédéceffeur.

C'eft fur quoi l'on a demandé fouvent, s'il eft à
défirer qu'un roi recherche la gloire, ou qu'il foit
indifférent pour elle. Peut-être cette indifférence fi

louable ôte quelquefois à l'ame un peu d'énergie. Peut-
être empêcha-t-elle affez long-temps *Louis XV* de fe
faire valoir lui-même en fefant à des officiers bleffés
pour fon fervice, cet accueil prévenant qui confole
la nature humaine & qui eft leur première récompenfe.
Mais ce n'était qu'un défaut d'attention, ce n'était
point un vice de fon cœur. C'en ferait un, s'il était
l'effet de la dureté.

Cette dureté ne peut lui être imputée, puifque tous
fes domeftiques avouent qu'on ne vit jamais un maître plus indulgent, & que tous ceux qui ont travaillé
fous fes ordres fe louent de fon affabilité. On ne peut
pas être toujours roi, on ferait trop à plaindre; il faut
être homme, il faut entrer dans tous les devoirs de la
vie civile, & *Louis XV* y entrait, fans que ce fût pour
lui une gêne & un dehors emprunté.

Il eft vrai que quand un monarque admet fes cour-
tifans dans fa familiarité, il ne faut jamais que le roi
fe venge des petits torts qu'on peut avoir avec l'homme.
On s'eft plaint que *Louis XV* a trop fait fentir quelquefois qu'on avait offenfé le trône quand on n'avait
bleffé que quelques devoirs établis dans la fociété. Un
roi ne doit point punir ce que la loi ne punirait pas.
Autrement il faudrait fe dérober à tous les rois comme
à des êtres trop élevés au-deffus de l'efpèce humaine,
& trop dangereux pour elle; ils fe verraient condam-
nés à n'être que maîtres, & à ne jouir jamais des
faibles confolations qu'on peut goûter dans cette vie
paffagère.

On s'eft étonné que dans fa vie toujours uniforme
il ait fi fouvent changé de miniftres; on en murmu-
rait, on fentait que les affaires en pouvaient fouffrir,

que

que rarement le miniftre qui fuccède fuit les vuᵉs de celui qui eft déplacé; qu'il eft dangereux de changer de médecins, & qu'il eft trifte de changer d'amis. On ne pouvait concevoir comment une ame toujours fereine pouvait dans un repos inaltérable confentir à tant de viciffitudes. C'était le dangereux effet du principe le plus eftimable, de cette défiance de lui-même, de cette condefcendance aux volontés des perfonnes qui avaient moins de lumières & d'expérience que lui, enfin de cette même égalité d'une ame paifible, à laquelle ces grands bouleverfemens ne coûtaient point d'efforts. Tout tenait à cette première caufe. Il lui était égal d'ordonner un monument digne des *Auguftes* & des *Trajans*, ou l'appartement le plus modefte. Son imagination ne lui préfentait pas d'abord les grandes chofes, mais fon jugement les faififfait dès qu'on les lui propofait.

C'eft ainfi qu'il fit ce grand établiffement de l'école militaire, reffource fi utile de la nobleffe, inventée par un homme qui n'était pas noble, & qui fera au-deffus des titres dans la poftérité. C'eft enfin de ce même principe que dépendit fa vie publique & fa vie privée. Sans être tendre & affectueux il était bon mari, bon père, bon maître, & même ami autant que peut l'être un roi.

C'eft furtout à cette férénité qu'il faut rendre grâce de ce qu'il ne fut point perfécuteur. Il ne fonda point l'opinion des hommes pour les condamner. Il ne rechercha point des fautes obfcures pour les mettre au grand jour, & pour fe faire un cruel mérite de les punir. Long-temps fatigué par des querelles fcolaftiques qui troublaient avant lui le royaume, & par

ces divifions entre la magiftrature & quelques portions
du clergé , il voulut toujours donner aux difputans
cette même paix qui était dans fon cœur.

Il favait que dans un Etat où les maximes ont
changé, & où les anciens abus font demeurés , il eft
néceffaire quelquefois de jeter un voile fur ces abus
accrédités par le temps ; qu'il eft des maux qu'on ne
peut guérir, & qu'alors tout ce que l'art peut procu-
rer de foulagement aux hommes, eft de les faire vivre
avec leurs infirmités.

Ne fe point émouvoir, & favoir attendre, ont donc
été les deux pivots de fa conduite. Il a confervé cette
imperturbabilité jufque dans l'affreufe maladie qui l'a
enlevé à la France , ne marquant ni faibleffe , ni
crainte, ni impatience, ni vains regrets, ni défefpoir;
rempliffant des devoirs lugubres avec fa fimplicité
ordinaire ; & dans les tourmens douloureux qu'il
éprouvait, il a fini comme par un fommeil paifible ,
fe confolant dans l'idée qu'il laiffait des enfans dont
on efpérait tout.

Sa mémoire nous fera chère parce que fon cœur
était bon. La France lui aura une obligation éternelle d'avoir aboli la vénalité de la magiftrature , &
d'avoir délivré tant d'infortunés habitans de nos
provinces, de la néceffité d'aller achever leur ruine
dans une capitale où l'on ignore prefque toujours
nos coutumes. Un jour viendra que toutes ces coutumes fi différentes feront rendues uniformes , &
qu'on fera vivre fous les mêmes lois les citoyens de
la même patrie. Les abus invétérés ne fe corrigent
qu'avec le temps. Chaque roi dont defcendait *Louis XV,*

a fait du bien. *Henri IV*, que nous béniffons, a commencé. *Louis XIII* par fon grand miniſtre a bien mérité
quelquefois de la France. *Louis XIV* a fait par lui-
même de très-grandes choſes. Ce que *Louis XV* a
établi, ce qu'il a détruit, exige notre reconnaiſſance.
Nous attendrions une félicité entière de fon ſucceſſeur,
ſi elle était au pouvoir des hommes.

(Comme l'orateur, bien moins orateur que citoyen,
prononçait ces paroles, arriva la nouvelle, que les
trois princeſſes filles du feu roi étaient attaquées de
la petite vérole. Alors il continua ainſi :

Meſſieurs, à nos douloureux regrets ſuccèdent
les plus cruelles alarmes ; nous pleurions & nous
tremblons ; la France doit être en larmes & en prières :
mais que peuvent les vœux des faibles mortels ! On
a invoqué en peu de temps la patrone de Paris pour
les jours du dernier Dauphin, pour fon épouſe, pour
ſa mère ; enfin pour le feu roi. DIEU n'a point changé
ſes décrets éternels. Puiſſe ſa Providence ineffable
avoir ordonné que l'art vienne heureuſement combattre les maux dont la nature accable ſans ceſſe le
genre-humain ! que l'inoculation nous aſſure la con-
ſervation de notre nouveau roi, de nos princes, & de
nos princeſſes. Que les exemples de tant de ſouve-
rains les encouragent à ſauver leur vie par une épreuve
qui eſt immanquable quand elle eſt faite ſur un corps
bien diſpoſé. Il ne s'agit plus ici d'achever l'éloge du
feu roi, il s'agit que ſon ſucceſſeur vive. L'inoculation nous paraiſſait téméraire avant les exemples
courageux qu'ont donnés M. le duc d'Orléans, le
duc de Parme, les rois de Suède, de Danemarck,

H 2

l'impératrice-reine, l'impératrice de Ruffie. Maintenant il ferait téméraire de ne la pas employer. C'eft
notre malheur que les vérités & les découvertes en
tout genre effuient long-temps parmi nous des contradictions ; mais quand un intérêt fi cher parle, les
contradictions doivent fe taire.

VIE

DE MOLIERE,

Avec de petits sommaires de ses pièces.

AVERTISSEMENT.

CET ouvrage était deftiné à être imprimé à la tête du Molière in-4°, édition de Paris. On pria un homme très-connu de faire cette vie & ces courtes analyfes deftinées à être placées au-devant de chaque pièce. M. *Rouillé*, chargé alors du département de la librairie, donna la préférence à un nommé *la Serre* : c'eft de quoi on a plus d'un exemple. L'ouvrage de l'infortuné rival de *la Serre* fut imprimé très-mal à propos, puifqu'il ne convenait qu'à l'édition du Molière. On nous a dit que quelques curieux défiraient une nouvelle édition de cette bagatelle ; nous la donnons malgré la répugnance de l'auteur écrafé par *la Serre*.

V I E

DE MOLIERE.

LE goût de bien des lecteurs pour les chofes frivoles , & l'envie de faire un volume de ce qui ne devrait remplir que peu de pages , font caufe que l'hiftoire des hommes célèbres eft prefque toujours gâtée par des détails inutiles , & des contes populaires auffi faux qu'infipides. On y ajoute fouvent des critiques injuftes de leurs ouvrages. C'eft ce qui eft arrivé dans l'édition de *Racine* faite à Paris en 1728. On tâchera d'éviter cet écueil dans cette courte hiftoire de la vie de *Molière ;* on ne dira de fa propre perfonne que ce qu'on a cru vrai & digne d'être rapporté , & on ne hafardera fur fes ouvrages rien qui foit contraire aux fentimens du public éclairé.

Jean-Baptifte Poquelin naquit à Paris en 1620 dans une maifon qui fubfifte encore fous les piliers des halles. Son père *Jean-Baptifte Poquelin* , valet de chambre & tapiffier chez le roi , marchand fripier , & *Anne Boutet* fa mère , lui donnèrent une éducation trop conforme à leur état , auquel ils le deftinaient : il refta jufqu'à quatorze ans dans leur boutique , n'ayant rien appris , outre fon métier , qu'un peu à lire & à écrire. Ses parens obtinrent pour lui la furvivance de leur charge chez le roi : mais fon génie l'appelait ailleurs. On a remarqué que prefque tous ceux qui fe font fait un nom dans les beaux arts , les ont cultivés malgré leurs parens , & que la nature a toujours été en eux plus forte que l'éducation.

Poquelin avait un grand-père qui aimait la comédie , & qui le menait quelquefois à l'hôtel de Bourgogne. Le jeune homme fentit bientôt une averfion invincible pour fa profeffion. Son goût pour l'étude fe développa; il preffa fon grand-père d'obtenir qu'on le mît au collége , & il arracha enfin le confentement de fon père , qui le mit dans une penfion , & l'envoya externe aux jéfuites , avec la répugnance d'un bourgeois , qui croyait la fortune de fon fils perdue , s'il étudiait.

Le jeune *Poquelin* fit au collége les progrès qu'on devait attendre de fon empreffement à y entrer. Il y étudia cinq années ; il y fuivit le cours des claffes d'*Armand de Bourbon* premier prince de *Conti* , qui depuis fut le protecteur des lettres & de *Molière*.

Il y avait alors dans ce collége deux enfans, qui eurent depuis beaucoup de réputation dans le monde. C'était *Chapelle* & *Bernier :* celui-ci , connu par fes voyages aux Indes; & l'autre célèbre par quelques vers naturels & aifés , qui lui ont fait d'autant plus de réputation qu'il ne rechercha pas celle d'auteur.

L'Huillier , homme de fortune , prenait un foin fingulier de l'éducation du jeune *Chapelle* fon fils naturel; & pour lui donner de l'émulation , il fefait étudier avec lui le jeune *Bernier* , dont les parens étaient mal à leur aife. Au lieu même de donner à fon fils naturel un précepteur ordinaire & pris au hafard , comme tant de pères en ufent avec un fils légitime qui doit porter leur nom , il engagea le célèbre *Gaffendi* à fe charger de l'inftruire.

Gaffendi ayant démêlé de bonne heure le génie dè *Poquelin*, l'affocia aux études de *Chapelle* & de *Bernier*. Jamais plus illuftre maître n'eut de plus dignes difciples. Il leur enfeigna fa philofophie d'*Epicure* , qui , quoiqu'auffi fauffe que les autres , avait au moins plus de méthode & plus de vraifemblance que celle de l'école , & n'en avait pas la barbarie.

Poquelin continua de s'inftruire fous *Gaffendi*. Au fortir du collége, il reçut de ce philofophe les principes d'une morale plus utile que fa phyfique ; & il s'écarta rarement de ces principes dans le cours de fa vie.

Son père étant devenu infirme & incapable de fervir, il fut obligé d'exercer les fonctions de fon emploi auprès du roi. Il fuivit *Louis XIII* dans Paris. Sa paffion pour la comédie , qui l'avait déterminé à faire fes études , fe réveilla avec force.

Le théâtre commençait à fleurir alors : cette partie des belles-lettres , fi méprifée quand elle eft médiocre , contribue à la gloire d'un Etat , quand elle eft perfectionnée.

Avant l'année 1625, il n'y avait point de comédiens fixes à Paris. Quelques farceurs allaient, comme en Italie , de ville en ville. Ils jouaient les pièces de *Hardy*, de *Monchrétien* , ou de *Balthazar Baro*.

Ces auteurs leur vendaient leurs ouvrages dix écus pièce.

Pierre Corneille tira le théâtre de la barbarie & de l'aviliffement, vers l'année 1630. Ses premières comédies , qui étaient auffi bonnes pour fon fiècle qu'elles font mauvaifes pour le nôtre, furent caufe qu'une troupe de comédiens s'établit à Paris. Bientôt après, la paffion du cardinal de *Richelieu* pour les fpectacles mit le goût de la comédie à la mode ; & il y avait plus de fociétés particulières qui repréfentaient alors, que nous n'en voyons aujourd'hui.

Poquelin s'affocia avec quelques jeunes gens qui avaient du talent pour la déclamation ; ils jouaient au faubourg faint-Germain & au quartier faint-Paul. Cette fociété éclipfa bientôt toutes les autres ; on l'appela *l'illuftre théâtre*. On voit par une tragédie de ce temps-là, intitulée *Artaxerxe*, d'un nommé *Magnon*, & imprimée en 1645, qu'elle fut repréfentée fur *l'illuftre théâtre*.

Ce fut alors que *Poquelin* fentant fon génie, fe réfolut de s'y livrer tout entier, d'être à la fois comédien & auteur, & de tirer de fes talens de l'utilité & de la gloire.

On fait que chez les Athéniens, les auteurs jouaient fouvent dans leurs pièces, & qu'ils n'étaient point déshonorés pour parler avec grâce en public devant leurs concitoyens. Il fut plus encouragé par cette idée, que retenu par les préjugés de fon fiècle. Il prit le nom de *Molière*, & il ne fit en changeant de nom que fuivre l'exemple des comédiens d'Italie, & de ceux de l'hôtel de Bourgogne. L'un, dont le nom de famille était *le Grand*, s'appelait *Belleville* dans la tragédie, & *Turlupin* dans la farce ; d'où vient le mot de *turlupinage*. *Hugues Gueret* était connu dans les pièces férieufes fous le nom de *Fléchelles ;* dans la farce il jouait toujours un certain rôle qu'on appelait *Gautier-Garguille*. De même, *Arlequin* & *Scaramouche* n'étaient connus que fous ce nom de théâtre. Il y avait déjà eu un comédien appelé *Molière*, auteur de la tragédie de *Polixène*.

Le nouveau *Molière* fut ignoré pendant tout le temps que durèrent les guerres civiles en France ; il employa ces années à cultiver fon talent, & à préparer quelques pièces. Il avait fait un recueil de fcènes italiennes, dont il fefait de petites comédies pour les provinces. Ces premiers effais très-informes tenaient plus du mauvais théâtre italien, où il les avait pris, que de fon génie, qni n'avait pas eu encore l'occafion de fe développer tout entier. Le génie s'étend & fe refferre par tout ce qui nous environne. Il fit donc pour la province le Docteur amoureux, les trois Docteurs rivaux, le Maître d'école ; ouvrages dont il ne refte que le titre. Quelques curieux ont confervé deux pièces de *Molière* dans ce genre ; l'une eft le Médecin volant ; & l'autre, la Jaloufie de Barbouille. Elles font en profe & écrites en entier. Il y a quelques phrafes & quelques incidens de la première qui nous font confervés dans le Médecin malgré lui ; & on trouve dans la Jaloufie de Barbouille un canevas, quoiqu'informe, du troifième acte de George Dandin.

La première pièce régulière en cinq actes qu'il compofa, fut l'Etourdi. Il repréfenta cette comédie à Lyon en 1653. Il y avait dans cette ville une troupe de comédiens de campagne, qui fut abandonnée dès que celle de *Molière* parut.

Quelques acteurs de cette ancienne troupe fe joignirent à *Molière*, & il partit de Lyon pour les états de Languedoc, avec une troupe affez complète, compofée principalement de deux frères nommés *Gros-René*, de *Duparc*, d'un pâtiffier de la rue faint Honoré, de la *Duparc*, de la *Béjart*, & de la *de Brie*.

Le prince de *Conti*, qui tenait les états de Languedoc à Béziers, fe fouvint de *Molière* qu'il avait vu au collége ; il lui donna une protection diftinguée. Il joua devant lui l'Etourdi, le Dépit amoureux, & les Précieufes ridicules.

Cette petite pièce des Précieufes, faite en province, prouve affez que fon auteur n'avait eu en vue que les ridicules des provinciales. Mais il fe trouva depuis que l'ouvrage pouvait corriger & la cour & la ville.

Molière avait alors trente-quatre ans ; c'eft l'âge où *Corneille* fit le Cid. Il eft bien difficile de réuffir avant cet âge dans le genre dramatique, qui exige la connaiffance du monde & du cœur humain.

On prétend que le prince de *Conti* voulut alors faire *Molière* fon fecrétaire, & qu'heureufement pour la gloire du théâtre français, *Molière* eut le courage de préférer fon talent à un pofte honorable. Si ce fait eft vrai, il fait également honneur au prince & au comédien.

Après avoir couru quelque temps toutes les provinces, & avoir joué à Grenoble, à Lyon, à Rouen, il vint enfin à Paris en 1658. Le prince de *Conti* lui donna accès auprès de *Monfieur* frère unique du roi *Louis XIV* ; *Monfieur* le préfenta au roi & à la reine-mère. Sa troupe & lui repréfentèrent la même année devant leurs majeftés la tragédie de Nicomède fur un théâtre élevé par ordre du roi dans la falle des gardes du vieux louvre.

Il y avait depuis quelque temps des comédiens établis à l'hôtel de Bourgogne. Ces comédiens affiftèrent au début de la nouvelle troupe. *Molière*, après la repréfentation de Nicomède, s'avança fur le bord du théâtre, & prit la liberté de faire au roi un difcours, par lequel il remerciait fa majefté de fon indulgence, & louait adroitement les comédiens de l'hôtel de Bourgogne, dont il devait craindre la jaloufie : il finit en demandant la permiffion de donner une pièce d'un acte, qu'il avait jouée en province.

La mode de repréfenter ces petites farces après de grandes pièces était perdue à l'hôtel de Bourgogne. Le roi agréa l'offre de *Molière;* & l'on joua dans l'inftant le Docteur amoureux. Depuis ce temps l'ufage a toujours continué de donner de ces pièces d'un acte, ou de trois, après les pièces de cinq.

On permit à la troupe de *Molière* de s'établir à Paris ; ils s'y fixèrent, & partagèrent le théâtre du petit Bourbon avec les comédiens italiens, qui en étaient en poffeffion depuis quelques années.

La troupe de *Molière* jouait fur ce théâtre les mardis, les jeudis, & les famedis ; & les italiens les autres jours.

La troupe de l'hôtel de Bourgogne ne jouait auffi que trois fois la femaine, excepté lorfqu'il y avait des pièces nouvelles.

Dès-lors la troupe de *Molière* prit le titre de *la troupe de Monfieur*, qui était fon protecteur. Deux

ans après en 1660 , il leur accorda la falle du palais-
royal. Le cardinal de *Richelieu* l'avait fait bâtir pour
la repréfentation de Mirame tragédie , dans laquelle
ce miniftre avait compofé plus de cinq cents vers.
Cette falle eft auffi mal conftruite que la pièce pour
laquelle elle fut bâtie ; & je fuis obligé de remarquer
à cette occafion , que nous n'avons aujourd'hui
aucun théâtre fupportable ; c'eft une barbarie gothique, que les Italiens nous reprochent avec raifon. Les
bonnes pièces font en France , & les belles falles en
Italie.

La troupe de *Molière* eut la jouiffance de cette falle
jufqu'à la mort de fon chef. Elle fut alors accordée à
ceux qui eurent le privilége de l'opéra , quoique ce
vaïffeau foit moins propre encore pour le chant que
pour la déclamation.

Depuis l'an 1658 , jufqu'à 1673 , c'eft-à-dire en
quinze années de temps , il donna toutes fes pièces ,
qui font au nombre de trente. Il voulut jouer dans
le tragique , mais il n'y réuffit pas ; il avait une volu-
bilité dans la voix , & une efpèce de hoquet, qui ne
pouvait convenir au genre férieux , mais qui rendait
fon jeu comique plus plaifant. La femme d'un des
meilleurs comédiens que nous ayons eu a donné ce
portrait-ci de *Molière*.

　,, Il n'était ni trop gros , ni trop maigre ; il avait
,, la taille plus grande que petite , le port noble ,
,, la jambe belle ; il marchait gravement ; avait
,, l'air très-férieux , le nez gros , la bouche grande ,
,, les lèvres épaiffes, le teint brun , les fourcils noirs
,, & forts , & les divers mouvemens qu'il leur don-
,, nait lui rendaient la phyfionomie extrêmement

,, comique. A l'égard de fon caractère , il était
,, doux , complaifant , généreux ; il aimait fort à
,, haranguer ; & quand il lifait fes pièces aux comé-
,, diens, il voulait qu'ils y amenaffent leurs enfans ,
,, pour tirer des conjectures de leur mouvement
,, naturel. ,,

Molière fe fit dans Paris un très-grand nombre de
partifans, & prefque autant d'ennemis. Il accoutuma
le public, en lui fefant connaître la bonne comédie,
à le juger lui-même très-févèrement. Les mêmes fpectateurs qui applaudiffaient aux pièces médiocres des
autres auteurs , relevaient les moindres défauts de
Molière avec aigreur. Les hommes jugent de nous par
l'attente qu'ils en ont conçue ; & le moindre défaut
d'un auteur célèbre , joint avec les malignités du
public , fuffit pour faire tomber un bon ouvrage. Voilà
pourquoi Britannicus & les Plaideurs de M. *Racine*
furent fi mal reçus ; voilà pourquoi l'Avare, le Mifanthrope , les Femmes favantes , l'Ecole des femmes,
n'eurent d'abord aucun fuccès.

Louis XIV, qui avait un goût naturel & l'efprit
très-jufte , fans l'avoir cultivé , ramena fouvent par
fon approbation la cour & la ville aux pièces de
Molière. Il eût été plus honorable pour la nation, de
n'avoir pas befoin des décifions de fon prince pour
bien juger. *Molière* eut des ennemis cruels , furtout
les mauvais auteurs du temps , leurs protecteurs , &
leurs cabales : ils fufcitèrent contre lui les dévots ;
on lui imputa des livres fcandaleux ; on l'accufa
d'avoir joué des hommes puiffans, tandis qu'il n'avait
joué que les vices en général ; & il eût fuccombé
fous ces accufations , fi ce même roi, qui encouragea

& qui foutint *Racine* & *Defpréaux* , n'eût pas auſſi protégé *Molière*.

Il n'eut à la vérité qu'une penſion de mille livres , & ſa troupe n'en eut qu'une de ſept. La fortune qu'il fit par le ſuccès de ſes ouvrages , le mit en état de n'avoir rien de plus à ſouhaiter ; ce qu'il retirait du théâtre , avec ce qu'il avait placé, allait à trente mille livres de rente ; ſomme qui , en ce temps-là , feſait preſque le double de la valeur réelle de pareille ſomme d'aujourd'hui.

Le crédit qu'il avait auprès du roi paraît aſſez par le canonicat qu'il obtint pour le fils de ſon médecin. Ce médecin s'appelait *Mauvilain*. Tout le monde fait qu'étant un jour au dîné du roi : *Vous avez un médecin* , dit le roi à Molière ; *que vous fait-il ? Sire* , répondit Molière , *nous cauſons enſemble, il m'ordonne des remèdes , je ne les fais point , & je guéris.*

Il feſait de ſon bien un uſage noble & ſage : il recevait chez lui des hommes de la première compagnie, les *Chapelle* , les *Jonſac* , les *Desbarreaux* , &c. qui joignaient la volupté & la philoſophie. Il avait une maiſon de campagne à Auteuil, où il ſe délaſſait ſouvent avec eux des fatigues de ſa profeſſion , qui ſont bien plus grandes qu'on ne penſe. Le maréchal de *Vivonne* , connu par ſon eſprit , & par ſon amitié pour *Defpréaux* , allait ſouvent chez *Molière* , & vivait avec lui comme *Lélius* avec *Térence*. Le grand *Condé* exigeait de lui qu'il le vînt voir ſouvent , & diſait qu'il trouvait toujours à apprendre dans ſa converſation.

Molière

Molière employait une partie de fon revenu en libéralités, qui allaient beaucoup plus loin que ce qu'on appelle dans d'autres hommes *des charités*. Il encourageait fouvent par des préfens confidérables de jeunes auteurs qui marquaient du talent : c'eft peut-être à *Molière* que la France doit *Racine*. Il engagea le jeune *Racine*, qui fortait de Port-Royal, à travailler pour le théâtre dès l'âge de dix-neuf ans. Il lui fit compofer la tragédie de Théagène & Cariclée; & quoique cette pièce fût trop faible pour être jouée, il fit préfent au jeune auteur de cent louis, & lui donna le plan des Frères ennemis.

Il n'eft peut-être pas inutile de dire qu'environ dans le même temps, c'eft-à-dire en 1661, *Racine* ayant fait une ode fur le mariage de *Louis XIV*, M. *Colbert* lui envoya cent louis au nom du roi.

Il eft très-trifte pour l'honneur des lettres, que *Molière* & *Racine* aient été brouillés depuis; de fi grands génies, dont l'un avait été le bienfaiteur de l'autre, devaient être toujours amis.

Il éleva & forma un autre homme, qui par la fupériorité de fes talens, & par les dons finguliers qu'il avait reçus de la nature, mérite d'être connu de la poftérité. C'était le comédien *Baron*, qui a été unique dans la tragédie & dans la comédie. *Molière* en prit foin comme de fon propre fils.

Un jour *Baron* vint lui annoncer qu'un comédien de campagne, que la pauvreté empêchait de fe préfenter, lui demandait quelque léger fecours pour aller joindre fa troupe. *Molière* ayant fu que c'était un nommé *Mondorge*, qui avait été fon camarade, demanda à *Baron* combien il croyait qu'il fallait

Mélanges littér. Tome I. I

lui donner ? Celui-ci répondit au hafard : *Quatre piftoles. Donnez-lui quatre piftoles pour moi*, lui dit *Molière ; en voilà vingt qu'il faut que vous lui donniez pour vous ;* & il joignit à ce préfent celui d'un habit magnifique. Ce font de petits faits, mais ils peignent le caractère.

Un autre trait mérite plus d'être rapporté. Il venait de donner l'aumône à un pauvre. Un inftant après, le pauvre court après lui, & lui dit : *Monfieur, vous n'aviez peut-être pas deffein de me donner un louis d'or, je viens vous le rendre. Tiens, mon ami*, dit *Molière, en voilà un autre ;* & il s'écria : *Où la vertu va-t-elle fe nicher !* Exclamation qui peut faire voir qu'il réfléchiffait fur tout ce qui fe préfentait à lui, & qu'il étudiait par-tout la nature en homme qui la voulait peindre.

Molière, heureux par fes fuccès & par fes protecteurs, par fes amis & par fa fortune, ne le fut pas dans fa maifon. Il avait époufé en 1661 une jeune fille née de la *Béjart* & d'un gentilhomme nommé *Modène*. On difait que *Molière* en était le père : le foin avec lequel on avait répandu cette calomnie, fit que plufieurs perfonnes prirent celui de la réfuter. On prouva que *Molière* n'avait connu la mère qu'après la naiffance de cette fille. La difproportion d'âge, & les dangers auxquels une comédienne jeune & belle eft expofée rendirent ce mariage malheureux; & *Molière*, tout philofophe qu'il était d'ailleurs, effuya dans fon domeftique les dégoûts, les amertumes, & quelquefois les ridicules, qu'il avait fi fouvent joués fur le théâtre. Tant il eft vrai que les hommes qui font au-deffus des autres par les talens, s'en rapprochent prefque toujours par les faibleffes. Car pourquoi les talens nous mettraient-ils au-deffus de l'humanité?

La dernière pièce qu'il compofa fut le Malade imaginaire. Il y avait quelque temps que fa poitrine était attaquée, & qu'il crachait quelquefois du fang. Le jour de la troifième repréfentation, il fe fentit plus incommodé qu'auparavant: on lui confeilla de ne point jouer; mais il voulut faire un effort fur lui-même, & cet effort lui coûta la vie.

Il lui prit une convulfion en prononçant *juro*, dans le divertiffement de la réception du Malade imaginaire. On le rapporta mourant chez lui, rue de Richelieu. Il fut affifté quelques momens par deux de ces fœurs religieufes qui viennent quêter à Paris pendant le carême, & qu'il logeait chez lui. Il mourut entre leurs bras, étouffé par le fang qui lui fortait par la bouche, le 17 février 1673, âgé de cinquante-trois ans. Il ne laiffa qu'une fille, qui avait beaucoup d'efprit. Sa veuve époufa un comédien nommé *Guérin*.

Le malheur qu'il avait eu de ne pouvoir mourir avec les fecours de la religion, & la prévention contre la comédie, déterminèrent *Harlay de Chanvalon* archevêque de Paris, fi connu par fes intrigues galantes, à refufer la fépulture à *Molière*. Le roi le regrettait; & ce monarque, dont il avait été le domef-tique & le penfionnaire, eut la bonté de prier l'archevêque de Paris de le faire inhumer dans une églife. Le Curé de St Euftache, fa paroiffe, ne voulut pas s'en charger. La populace, qui ne connaiffait dans *Molière* que le comédien, & qui ignorait qu'il avait

été un excellent auteur, un philofophe, un grand-
homme en fon genre, s'attroupa en foule à la porte
de fa maifon le jour du convoi : fa veuve fut obligée
de jeter de l'argent par les fenêtres ; & ces miférables
qui auraient, fans favoir pourquoi, troublé l'enterrement, accompagnèrent le corps avec refpect.

La difficulté qu'on fit de lui donner la fépulture,
& les injuftices qu'il avait effuyées pendant fa vie,
engagèrent le fameux père *Bouhours* à compofer cette
efpèce d'épitaphe, qui de toutes celles qu'on fit pour
Molière eft la feule qui mérite d'être rapportée, &
la feule qui ne foit pas dans cette fauffe & mauvaife
hiftoire qu'on a mife jufqu'ici au - devant de fes
ouvrages.

> Tu réformas & la ville & la cour ;
> Mais quelle en fut la récompenfe ?
> Les Français rougiront un jour
> De leur peu de reconnaiffance.
> Il leur fallut un comédien
> Qui mît à les polir fa gloire & fon étude ;
> Mais, Molière, à ta gloire il ne manquerait rien,
> Si parmi les défauts que tu peignis fi bien,
> Tu les avais repris de leur ingratitude.

Non-feulement j'ai omis dans cette vie de *Molière*
les contes populaires touchant *Chapelle* & fes amis ;
mais je fuis obligé de dire que ces contes adoptés par
Grimareft font très-faux. Le feu duc de *Sulli*, le dernier
prince de *Vendôme*, l'abbé de *Chaulieu*, qui avaient
beaucoup vécu avec *Chapelle*, m'ont affuré que toutes
ces hiftoriettes ne méritaient aucune créance.

L'ETOURDI OU LES CONTRE-TEMPS,

Comédie en vers & en cinq actes, jouée d'abord à Lyon en 1653, & à Paris au mois de décembre 1658, sur le théâtre du petit Bourbon.

CETTE pièce est la première comédie que *Molière* ait donnée à Paris : elle est composée de plusieurs petites intrigues assez indépendantes les unes des autres ; c'était le goût du théâtre italien & espagnol, qui s'était introduit à Paris. Les comédies n'étaient alors que des tissus d'aventures singulières, où l'on n'avait guère songé à peindre les mœurs. Le théâtre n'était point, comme il le doit être, la représentation de la vie humaine. La coutume humiliante pour l'humanité, que les hommes puissans avaient pour lors, de tenir des fous auprès d'eux, avait infecté le théâtre ; on n'y voyait que de vils bouffons, qui étaient les modèles de nos *Jodelets ;* & on ne représentait que le ridicule de ces misérables, au lieu de jouer celui de leurs maîtres. La bonne comédie ne pouvait être connue en France, puisque la société & la galanterie, seules sources du bon comique, ne fesaient que d'y naître. Ce loisir dans lequel les hommes rendus à eux-mêmes se livrent à leur caractère & à leur ridicule, est le seul temps propre pour la comédie ; car c'est le seul où ceux qui ont le talent de peindre les hommes aient l'occasion de les bien voir, & le seul pendant lequel les spectacles puissent être fréquentés assidument. Aussi ce ne fut qu'après avoir bien vu la cour & Paris, & bien connu les hommes, que *Molière* les repréfenta avec des couleurs fi vraies & fi durables.

Les connaiffeurs ont dit que l'Etourdi devrait feulement être intitulé, *les Contre-temps*. *Lélie*, en rendant une bourfe qu'il a trouvée, en fecourant un homme qu'on attaque, fait des actions de générofité, plutôt que d'étourderie. Son valet paraît plus étourdi que lui, puifqu'il n'a prefque jamais l'attention de l'avertir de ce qu'il veut faire. Le dénouement, qui a trop fouvent été l'écueil de *Molière*, n'eft pas meilleur ici que dans fes autres pièces : cette faute eft plus inexcufable dans une pièce d'intrigue que dans une comédie de caractère.

On eft obligé de dire (& c'eft principalement aux étrangers qu'on le dit) que le ftyle de cette pièce eft faible & négligé, & que furtout il y a beaucoup de fautes contre la langue. Non-feulement il fe trouve dans les ouvrages de cet admirable auteur, des vices de conftruction, mais auffi plufieurs mots impropres & furannés. Trois des plus grands auteurs du fiècle de *Louis XIV*, *Molière*, *la Fontaine*, & *Corneille*, ne doivent être lus qu'avec précaution par rapport au langage. Il faut que ceux qui apprennent notre langue dans les écrits des auteurs célèbres, y difcernent ces petites fautes, & qu'ils ne les prennent pas pour des autorités.

Au refte, l'Etourdi eut plus de fuccès que le Mifanthrope, l'Avare, & les Femmes favantes, n'en eurent depuis. C'eft qu'avant l'Etourdi on ne connaif- fait pas mieux, & que la réputation de *Molière* ne fefait pas encore d'ombrage. Il n'y avait alors de bonne comédie au théâtre français que le Menteur.

LE DEPIT AMOUREUX,

Comédie en vers & en cinq actes, représentée au théâtre du petit Bourbon en 1658.

LE Dépit amoureux fut joué à Paris immédiate-ment après l'Etourdi. C'eft encore une pièce d'intri-gue, mais d'un autre genre que la précédente. Il n'y a qu'un feul nœud dans le Dépit amoureux. Il eft vrai qu'on a trouvé le déguifement d'une fille en garçon peu vraifemblable. Cette intrigue a le défaut d'un roman fans en avoir l'intérêt; & le cinquième acte, employé à débrouiller ce roman, n'a paru ni vif, ni comique. On a admiré dans le Dépit amoureux la fcène de la brouillerie & du raccommodement d'*Erafte* & de *Lucile*. Le fuccès eft toujours affuré, foit en tragique, foit en comique, à ces fortes de fcènes qui repréfentent la paffion la plus chère aux hommes dans la circonftance la plus vive. La petite ode d'*Horace*, *Donec gratus eram tibi*, a été regardée comme le modèle de ces fcènes, qui font enfin devenues des lieux-communs.

I 4

LES PRECIEUSES RIDICULES,

Comédie en un acte & en profe , jouée d'abord en province , & repréfentée pour la première fois à Paris, fur le théâtre du petit Bourbon , au mois de novembre 1659.

Lorsque *Molière* donna cette comédie, la fureur du bel-efprit était plus que jamais à la mode. *Voiture* avait été le premíer en France qui avait écrit avec cette galanterie ingénieufe , dans laquelle il eft fi difficile d'éviter la fadeur & l'affectation. Ses ouvrages où il fe trouve quelques vraies beautés avec trop de faux-brillans, étaient les feuls modèles ; & prefque tous ceux qui fe piquaient d'efprit n'imitaient que fes défauts. Les romans de mademoifelle *Scudéri* avaient achevé de gâter le goût: il régnait dans la plupart des converfations un mélange de galanterie guindée, de fentimens romanefques & d'expreffions bizarres, qui compofaient un jargon nouveau, inintelligible, & admiré. Les provinces, qui outrent toutes les modes, avaient encore renchéri fur ce ridicule : les femmes qui fe piquaient de cette efpèce de bel-efprit, s'appe-laient *précieufes ;* ce nom, fi décrié depuis par la pièce de *Molière,* était alors honorable ; & *Molière* même dit dans fa préface qu'il a beaucoup de refpect pour *les véritables précieufes ,* & qu'il n'a voulu jouer que les fauffes.

Cette petite pièce, faite d'abord pour la province, fut applaudie à Paris, & jouée quatre mois de fuite.

La troupe de *Molière* fit doubler pour la première fois le prix ordinaire, qui n'était alors que dix fous au parterre.

Dès la première repréfentation, *Ménage*, homme célébre dans ce temps-là, dit au fameux *Chapelain: Nous adorions vous & moi toutes les fottifes qui viennent d'être fi bien critiquées ; croyez-moi, il nous faudra brûler ce que nous avons adoré.* Du moins c'eft ce que l'on trouve dans le *Ménagiana ;* & il eft affez vraifemblable que *Chapelain*, homme alors très-eftimé, & cependant le plus mauvais poëte qui ait jamais été, parlait lui-même le jargon des Précieufes ridicules chez Mme de *Longueville*, qui préfidait, à ce que dit le cardinal de *Retz*, à ces combats fpirituels dans lefquels on était parvenu à ne fe point entendre.

La pièce eft fans intrigue & toute de caractère. Il y a très-peu de défauts contre la langue, parce que lorfqu'on écrit en profe, on eft bien plus maître de fon ftyle ; & parce que *Molière*, ayant à critiquer le langage des beaux-efprits du temps, châtia le fien davantage. Le grand fuccès de ce petit ouvrage lui attira des critiques, que l'Etourdi & le Dépit amoureux n'avaient pas effuyées. Un certain *Antoine Bodeau* fit *les véritables Précieufes ;* on parodia la pièce de *Molière :* mais toutes ces critiques & ces parodies font tombées dans l'oubli qu'elles méritaient.

On fait qu'à une repréfentation des Précieufes ridicules, un vieillard s'écria du milieu du parterre : *Courage, Molière, voilà la bonne comédie.* On eut honte de ce ftyle affecté, contre lequel *Molière* & *Defpréaux* fe font toujours élevés. On commença à ne plus eftimer que le naturel ; & c'eſt peut-être l'époque du bon goût en France.

L'envie de ſe diſtinguer a ramené depuis le ſtyle des Précieuſes ; on le trouve encore dans pluſieurs livres modernes. L'un, (*a*) en traitant ſérieuſement de nos lois, appelle un exploit, *un compliment timbré.* L'autre, (*b*) écrivant à une maîtreſſe en l'air, lui dit: *Votre nom eſt écrit en groſſes lettres ſur mon cœur . . . . Je veux vous faire peindre en iroquoiſe, mangeant une demi-douzaine de cœurs par amuſement.* Un troiſième (*c*) appelle un cadran au ſoleil *un greffier ſolaire;* une groſſe rave, *un phénomène potager.* Ce ſtyle a reparu ſur le théâtre même, où *Molière* l'avait ſi bien tourné en ridicule. Mais la nation entière a marqué ſon bon goût, en mépriſant cette affectation dans des auteurs que d'ailleurs elle eſtimait.

LE COCU IMAGINAIRE,

Comédie en un acte & en vers, repréſentée à Paris le 28 mai 1660.

Le Cocu imaginaire fut joué quarante fois de ſuite, quoique dans l'été, & pendant que le mariage du roi retenait toute la cour hors de Paris. C'eſt une pièce en un acte, où il entre un peu de caractère, & dont l'intrigue eſt comique par elle-même. On voit que *Molière* perfectionna ſa manière d'écrire, par ſon ſéjour à Paris. Le ſtyle du Cocu imaginaire l'emporte beaucoup ſur celui de ſes premières pièces en vers ; on y

(*a*) *Tourcil.*   (*b*) *Fontenelle.*   (*c*) *La Motte.*

trouve bien moins de fautes de langage. Il eſt vrai qu'il y a quelques groſſièretés :

La bière eſt un ſéjour par trop mélancolique,
Et trop mal-ſain pour ceux qui craignent la colique.

Il y a des expreſſions qui ont vieilli. Il y a auſſi des termes que la politeſſe a bannis aujourd'hui du théâtre, comme, *carogne*, *cocu* &c.

Le dénouement que fait *Villebrequin*, eſt un des moins bien ménagés & des moins heureux de *Molière*. Cette pièce eut le ſort des bons ouvrages, qui ont & de mauvais cenſeurs & de mauvais copiſtes. Un nommé *Donneau* fit jouer à l'hôtel de Bourgogne *la Cocue imaginaire*, à la fin de 1661.

DOM GARCIE DE NAVARRE,

OU LE PRINCE JALOUX,

Comédie héroïque en vers & en cinq aĉtes, repréſentée pour la première fois le 4 février 1661.

MOLIERE joua le rôle de dom *Garcie*, & ce fut par cette pièce qu'il apprit qu'il n'avait point de talent pour le ſérieux, comme aĉteur. La pièce & le jeu de *Molière* furent très-mal reçus. Cette pièce, imitée de l'eſpagnol, n'a jamais été rejouée depuis ſa chute. La réputation naiſſante de *Molière* ſouffrit beaucoup de cette diſgrace, & ſes ennemis triomphèrent quelque temps. Dom Garcie ne fut imprimé qu'après la mort de l'auteur.

L'ECOLE DES MARIS,

*Comédie en vers & en trois actes, représentée à Paris
le 24 juin 1661.*

IL y a grande apparence que *Molière* avait au moins
les canevas de ces premières pièces déjà préparés,
puisqu'elles se succédèrent en si peu de temps.

L'Ecole des maris affermit pour jamais la réputation
de *Molière*. C'est une pièce de caractère & d'intrigue.
Quand il n'aurait fait que ce seul ouvrage, il eût pu
passer pour un excellent auteur comique.

On a dit que l'Ecole des maris était une copie des
Adelphes de *Térence :* si cela était, *Molière* eût plus
mérité l'éloge d'avoir fait passer en France le bon
goût de l'ancienne Rome, que le reproche d'avoir
dérobé sa pièce. Mais les Adelphes ont fourni tout
au plus l'idée de l'Ecole des maris. Il y a dans les
Adelphes deux vieillards de différente humeur, qui
donnent chacun une éducation différente aux enfans
qu'ils élèvent ; il y a de même dans l'Ecole des maris
deux tuteurs, dont l'un est sévère, & l'autre indulgent :
voilà toute la ressemblance. Il n'y a presque point
d'intrigue dans les Adelphes ; celle de l'Ecole des
maris est fine, intéressante, & comique. Une des
femmes de la pièce de *Térence*, qui devrait faire le
personnage le plus intéressant, ne paraît sur le théâtre
que pour accoucher. L'*Isabelle* de *Molière* occupe
presque toujours la scène avec esprit & avec grâce,
& mêle quelquefois de la bienséance, même dans les

tours qu'elle joue à son tuteur. Le dénouement des Adelphes n'a nulle vraisemblance; il n'est point dans la nature qu'un vieillard qui a été soixante ans chagrin, sévère, & avare, devienne tout-à-coup gai, complaisant, & libéral. Le dénouement de l'Ecole des maris est le meilleur de toutes les pièces de *Molière*. Il est vraisemblable, naturel, tiré du fond de l'intrigue; &, ce qui vaut bien autant, il est extrêmement comique. Le style de *Térence* est pur, sentencieux, mais un peu froid; comme *César*, qui excellait en tout, le lui a reproché. Celui de *Molière* dans cette pièce, est plus châtié que dans les autres. L'auteur français égale presque la pureté de la diction de *Térence*, & le passe de bien loin dans l'intrigue, dans le caractère, dans le dénouement, dans la plaisanterie.

L E S   F A C H E U X,

Comédie en vers & en trois actes, représentée à Vaux devant le roi au mois d'août, & à Paris sur le théâtre du palais-royal, le 4 novembre de la même année 1661.

*N*icolas *Fouquet*, dernier surintendant des finances, engagea *Molière* a composer cette comédie pour la fameuse fête qu'il donna au roi & à la reine-mère, dans sa maison de Vaux, aujourd'hui appelée *Villars*. *Molière* n'eut que quinze jours pour se préparer. Il avait déjà quelques scènes détachées toutes prêtes,

il y en ajouta de nouvelles, & en compofa cette
comédie, qui fut, comme il le dit dans la préface,
faite, apprife, & repréfentée, en moins de quinze jours.
Il n'eft pas vrai, comme le prétend *Grimareft*, auteur
d'une vie de *Molière*, que le roi lui eût alors fourni
lui-même le caractère du chaffeur. *Molière* n'avait
point encore auprès du roi un accès affez libre : de
plus, ce n'était pas ce prince qui donnait la fête,
c'était *Fouquet ;* & il fallait ménager au roi le plaifir
de la furprife.

Cette pièce fit au roi un plaifir extrême, quoique
les ballets des intermèdes fuffent mal inventés & mal
exécutés. *Paul Péliffon*, homme célèbre dans les lettres,
compofa le prologue en vers à la louange du roi.
Ce prologue fut très-applaudi de toute la cour, &
plut beaucoup à *Louis XIV*. Mais celui qui donna la
fête, & l'auteur du prologue, furent tous deux mis
en prifon peu de temps après. On les voulait même
arrêter au milieu de la fête. Trifte exemple de l'infta-
bilité des fortunes de cour.

Les Fâcheux ne font pas le premier ouvrage en
fcènes abfolument détachées, qu'on ait vu fur notre
théâtre. Les Vifionnaires de *Defmarêts* étaient dans ce
goût, & avaient eu un fuccès fi prodigieux que tous
les beaux-efprits du temps de *Defmarêts* l'appelaient
l'*inimitable comédie*. Le goût du public s'eft tellement
perfectionné depuis, que cette comédie ne paraît
aujourd'hui inimitable que par fon extrême imperti-
nence. Sa vieille réputation fit que les comédiens
ofèrent la jouer en 1719 ; mais ils ne purent jamais
l'achever. Il ne faut pas craindre que les Fâcheux

tombent dans le même décri. On ignorait le théâtre
du temps de *Defmarêts*. Les auteurs étaient outrés en
tout, parce qu'ils ne connaiffaient point la nature.
Ils peignaient au hafard des caractères chimériques.
Le faux, le bas, le gigantefque, dominaient par-tout.
Molière fut le premier qui fit fentir le vrai, & par
conféquent le beau. Cette pièce le fit connaître plus
particulièrement de la cour & du roi ; & lorfque,
quelque temps après, *Molière* donna cette pièce à
S.ᵗ Germain, le roi lui ordonna d'y ajouter la fcène du
chaffeur. On prétend que ce chaffeur était le comte
de *Soyecourt*. *Molière*, qui n'entendait rien au jargon
de la chaffe, pria le comte de *Soyecourt* lui-même de
lui indiquer les termes dont il devait fe fervir.

L'ECOLE DES FEMMES,

*Comédie en vers & en cinq actes, repréfentée à Paris fur
le théâtre du palais-royal, le 26 décembre 1662.*

L E théâtre de *Molière*, qui avait donné naiffance à
la bonne comédie, fut abandonné la moitié de l'année
1661 & toute l'année 1662 pour certaines farces
moitié italiennes, moitié françaifes, qui furent alors
accréditées par le retour d'un fameux pantomime
italien, connu fous le nom de *Scaramouche*. Les mêmes
fpectateurs qui applaudiffaient fans réferve à ces farces
monftrueufes, fe rendirent difficiles pour l'Ecole des
femmes, pièce d'un genre tout nouveau, laquelle,
quoique toute en récits, eft ménagée avec tant d'art
que tout paraît être en action.

Elle fut très-fuivie & très-critiquée, comme le dit la gazette de *Loret* :

> Pièce qu'en plufieurs lieux on fronde,
> Mais où pourtant va tant de monde,
> Que jamais fujet important
> Pour le voir n'en attira tant.

Elle paffe pour être inférieure en tout à l'Ecole des maris, & furtout dans le dénouement qui eft auffi *poftiche* dans l'Ecole des femmes, qu'il eft bien amené dans l'Ecole des maris. On fe révolta généralement contre quelques expreffions qui paraiffent indignes de *Molière*; on défapprouva *le corbillon, la tarte à la crême, les enfans faits par l'oreille*. Mais auffi les connaiffeurs admirèrent avec quelle adreffe *Molière* avait fu attacher & plaire pendant cinq actes, par la feule confidence d'*Horace* au vieillard, & par de fimples récits. Il femblait qu'un fujet ainfi traité ne dût fournir qu'un acte; mais c'eft le caractère du vrai génie, de répandre fa fécondité fur un fujet ftérile, & de varier ce qui femble uniforme. On peut dire en paffant que c'eft-là le grand art des tragédies de l'admirable *Racine*.

LA

LA CRITIQUE

DE L'ECOLE DES FEMMES,

Petite pièce en un acte & en prose, représentée à Paris
sur le théâtre du palais-royal le premier juin 1663.

C'EST le premier ouvrage de ce genre qu'on connaisse au théâtre, C'est proprement un dialogue, & non une comédie. *Molière* y fait plus la satire de ses censeurs, qu'il ne défend les endroits faibles de l'Ecole des femmes. On convient qu'il avait tort de vouloir justifier *la tarte à la crème*, & quelques autres bassesses de style qui lui étaient échappées ; mais ses ennemis avaient plus grand tort de saisir ces petits défauts pour condamner un bon ouvrage.

Bourfault crut se reconnaître dans le portrait de *Licidas*. Pour s'en venger , il fit jouer à l'hôtel de Bourgogne une petite pièce dans le goût de la Critique de l'Ecole des femmes , intitulée : *Le portrait du peintre ,* ou *la Contre-critique.*

L'IMPROMPTU DE VERSAILLES,

Petite pièce en un acte & en profe, repréfentée à Verfailles le 14 octobre 1663, & à Paris le 4 novembre de la même année.

MOLIERE fit ce petit ouvrage en partie pour fe juftifier devant le roi de plufieurs calomnies, & en partie pour répondre à la pièce de *Bourfault.* C'eft une fatire cruelle & outrée. *Bourfault* y eft nommé par fon nom. La licence de l'ancienne comédie grecque n'allait pas plus loin. Il eût été de la bien-féance & de l'honnêteté publique de fupprimer la fatire de *Bourfault* & celle de *Molière.* Il eft honteux que les hommes de génie & de talent s'expofent par cette petite guerre à être la rifée des fots. Il n'eft permis de s'adreffer aux perfonnes que quand ce font des hommes publiquement déshonorés, comme *Rolet* & *Wafp. Molière* fentit d'ailleurs la faibleffe de cette petite comédie, & ne la fit point imprimer.

LA PRINCESSE D'ELIDE,

OU LES PLAISIRS DE L'ILE ENCHANTÉE,

Repréſentée le 7 mai 1664 à Verſailles, à la grande fête que le roi donna aux reines.

LES fêtes que *Louis XIV* donna dans ſa jeuneſſe, méritent d'entrer dans l'hiſtoire de ce monarque, non-ſeulement par les magnificences ſingulières, mais encore par le bonheur qu'il eut d'avoir des hommes célébres en tous genres, qui contribuaient en même temps à ſes plaiſirs, à la politeſſe, & à la gloire de la nation. Ce fut à cette fête, connue ſous le nom de l'*Ile enchantée*, que *Molière* fit jouer la Princeſſe d'Elide, comédie-ballet en cinq actes. Il n'y a que le premier acte & la première ſcène du ſecond qui ſoient en vers : *Molière*, preſſé par le temps, écrivit le reſte en proſe. Cette pièce réuſſit beaucoup dans une cour qui ne reſpirait que la joie, & qui, au milieu de tant de plaiſirs, ne pouvait critiquer avec ſévérité un ouvrage fait à la hâte pour embellir la fête.

On a depuis repréſenté la Princeſſe d'Elide à Paris ; mais elle ne put avoir le même ſuccès, dépouillée de tous ſes ornemens & des circonſtances heureuſes qui l'avaient ſoutenue. On joua la même année la comédie de la mère coquette, du célébre *Quinault* ; c'était preſque la ſeule bonne comédie qu'on eût vue en France, hors les pièces de *Molière*, & elle dut lui

K 2

donner de l'émulation. Rarement les ouvrages faits pour des fêtes réuſſiſſent-ils au théâtre de Paris. Ceux à qui la fête eſt donnée ſont toujours indulgens; mais le public libre eſt toujours ſévère. Le genre ſérieux & galant n'était pas le génie de *Molière;* & cette eſpèce de poëme n'ayant ni le plaiſant de la comédie, ni les grandes paſſions de la tragédie, tombe preſque toujours dans l'inſipidité.

LE MARIAGE FORCÉ,

Petite pièce en proſe & en un acte, repréſentée au louvre le 24 janvier 1664, & au théâtre du palais-royal le 15 décembre de la même année.

C'EST une de ces petites farces de *Molière* qu'il prit l'habitude de faire jouer après les pièces en cinq actes. Il y a dans celle-ci quelques ſcènes tirées du théâtre italien. On y remarque plus de bouffonnerie que d'art & d'agrément. Elle fut accompagnée au louvre d'un petit ballet, où *Louis XIV* danſa.

L'AMOUR MEDECIN,

Petite comédie en un acte & en profe , repréfentée à Verfailles le 15 feptembre 1665, & fur le théâtre du palais-royal le 22 du même mois.

L'AMOUR médecin eft un impromptu fait pour le roi en cinq jours de temps : cependant cette petite pièce eft d'un meilleur comique que le Mariage forcé. Elle fut accompagnée d'un prologue en mufique , qui eft l'une des premières compofitions de *Lulli*.

C'eft le premier ouvrage dans lequel *Molière* ait joué les médecins. Ils étaient fort différens de ceux d'aujourd'hui ; ils allaient prefque toujours en robe & en rabat, & confultaient en latin.

Si les médecins de notre temps ne connaiffent pas mieux la nature, ils connaiffent mieux le monde , & favent que le grand art d'un médecin eft l'art de plaire. *Molière* peut avoir contribué à leur ôter leur pédanterie ; mais les mœurs du fiècle, qui ont changé en tout, y ont contribué davantage. L'efprit de raifon s'eft introduit dans toutes les fciences, & la politeffe dans toutes les conditions.

DOM JUAN,

OU LE FESTIN DE PIERRE,

Comédie en profe & en cinq actes, repréfentée fur le théâtre du palais-royal le 15 février 1665.

L'ORIGINAL de la comédie bizarre du Feftin de Pierre, eft de *Trifo de Molina*, auteur efpagnol. Il eft intitulé : *El Combidado de Piedra* (*le convié de Pierre.*) Il fut joué enfuite en Italie, fous le titre de *Convitato di Pietra*. La troupe des comédiens italiens le joua à Paris, & on l'appela *le feflin de Pierre*. Il eut un grand fuccès fur le théâtre irrégulier ; on ne fe révolta point contre le monftrueux affemblage de bouffonnerie & de religion, de plaifanterie & d'horreur, ni contre les prodiges extravagans qui font le fujet de cette pièce : Une ftatue qui marche & qui parle, & les flammes de l'enfer qui engloutiffent un débauché fur le théâtre d'*Arlequin*, ne foulevèrent point les efprits : foit qu'en général il y ait dans cette pièce quelque intérêt ; foit que le jeu des comédiens l'embellît ; foit plutôt que le peuple à qui le Feftin de Pierre plaît beaucoup plus qu'aux honnêtes gens, aime cette efpèce de merveilleux.

Villiers, comédien de l'hôtel de Bourgogne, mit le Feftin de Pierre en vers, & il eut quelque fuccès à ce théâtre. *Molière* voulut auffi traiter ce bizarre fujet.

L'empreſſement d'enlever des ſpectateurs à l'hôtel de
Bourgogne fit qu'il ſe contenta de donner en proſe
ſa comédie : c'était une nouveauté inouïe alors, qu'une
pièce de cinq actes en proſe. On voit par-là combien
l'habitude a de puiſſance ſur les hommes , & comme
elle forme les différens goûts des nations. Il y a des
pays où l'on n'a pas l'idée qu'une comédie puiſſe réuſſir
en vers ; les Français, au contraire, ne croyaient pas
qu'on pût ſupporter une longue comédie qui ne fût
pas rimée. Ce préjugé fit donner la préférence à la
pièce de *Villiers* ſur celle de *Molière* ; & ce préjugé a
duré ſi long-temps que *Thomas Corneille*, en 1673 ,
immédiatement après la mort de *Molière* , mit ſon
Feſtin de Pierre en vers : il eut alors un grand ſuccès
ſur le théâtre de la rue Guénegaud ; & c'eſt de cette
ſeule manière qu'on le repréſente aujourd'hui.

A la première repréſentation du Feſtin de Pierre de
Molière , il y avait une ſcène entre dom *Juan* & un
pauvre. Dom *Juan* demandait à ce pauvre à quoi il
paſſait ſa vie dans la forêt ? *A prier* DIEU, répondait
le pauvre, *pour les honnêtes gens qui me donnent l'aumône.
Tu paſſes ta vie à prier* DIEU ? diſait dom *Juan : ſi cela
eſt , tu dois donc être fort à ton aiſe. Hélas ! Monſieur , je n'ai
pas ſouvent de quoi manger. Cela ne ſe peut pas*, repliquait
dom *Juan* : DIEU *ne ſaurait laiſſer mourir de faim ceux
qui le prient du ſoir au matin. Tiens , voilà un louis d'or ;
mais je te le donne pour l'amour de l'humanité.*

Cette ſcène convenable au caractère impie de
dom *Juan* , mais dont les eſprits faibles pouvaient
faire un mauvais uſage, fut ſupprimée à la ſeconde
repréſentation ; & ce retranchement fut peut-être cauſe
du peu de ſuccès de la pièce.

Celui qui écrit ceci a vu la fcène écrite de la main de *Molière*, entre les mains du fils de *Pierre Marcaſſus*, ami de l'auteur.

Cette fcène a été imprimée depuis.

LE MISANTHROPE,

Comédie en vers & en cinq actes, repréſentée ſur le théâtre du palais-royal le 4 juin 1666.

L'EUROPE regarde cet ouvrage comme le chef-d'œuvre du haut comique. Le ſujet du Miſanthrope a réuſſi chez toutes les nations long-temps avant *Molière*, & après lui. En effet, il y a peu de choſes plus attachantes qu'un homme qui hait le genre-humain, dont il a éprouvé les noirceurs, & qui eſt entouré de flatteurs dont la complaiſance ſervile fait un contraſte avec ſon inflexibilité. Cette façon de traiter le Miſanthrope eſt la plus commune, la plus naturelle, & la plus fuſceptible du genre comique. Celle dont *Molière* l'a traité eſt bien plus délicate, & fourniſſant bien moins, exigeait beaucoup d'art. Il s'eſt fait à lui-même un ſujet ſtérile, privé d'action, dénué d'intérêt. Son Miſanthrope hait les hommes, encore plus par humeur que par raiſon. Il n'y a d'intrigue dans la pièce que ce qu'il en faut pour faire ſortir les caractères, mais peut-être pas aſſez pour attacher; en récompenſe, tous ces caractères ont une force, une vérité, & une fineſſe, que jamais auteur comique n'a connues comme lui.

Molière eſt le premier qui ait ſu tourner en ſcènes ces converſations du monde, & y mêler des portraits. Le Miſanthrope en eſt plein ; c'eſt une peinture continuelle , mais une peinture de ces ridicules que les yeux vulgaires n'aperçoivent pas. Il eſt inutile d'examiner ici en détail les beautés de ce chef-d'œuvre de l'eſprit, de montrer avec quel art *Molière* a peint un homme qui pouſſe la vertu juſqu'au ridicule, rempli de faibleſſes pour une coquette ; & de remarquer la converſation & le contraſte charmant d'une prude avec cette coquette outrée. Quiconque lit doit ſentir ces beautés, leſquelles même , toutes grandes qu'elles ſont , ne feraient rien ſans le ſtyle. La pièce eſt d'un bout à l'autre à-peu-près dans le ſtyle des ſatires de *Deſpréaux* , & c'eſt de toutes les pièces de *Molière* la plus fortement écrite.

Elle eut à la première repréſentation les applaudiſſemens qu'elle méritait. Mais c'était un ouvrage plus fait pour les gens d'eſprit que pour la multitude , & plus propre encore à être lu qu'à être joué. Le théâtre fut déſert dès le troiſième jour. Depuis , lorſque le fameux acteur *Baron* étant remonté ſur le théâtre, après trente ans d'abſence , joua le Miſanthrope, la pièce n'attira pas un grand concours ; ce qui confirma l'opinion où l'on était , que cette pièce ferait plus admirée que ſuivie. Ce peu d'empreſſement qu'on a d'un côté pour le Miſanthrope, & de l'autre la juſte admiration qu'on a pour lui, prouvent peut-être plus qu'on ne penſe , que le public n'eſt point injuſte. Il court en foule à des comédies gaies & amuſantes, mais qu'il n'eſtime guère ; & ce qu'il admire n'eſt pas toujours réjouiſſant. Il en eſt des comédies comme des jeux :

il y en a que tout le monde joue ; il y en a qui ne font faits que pour les efprits plus fins & plus appliqués.

Si on ofait encore chercher dans le cœur humain la raifon de cette tiédeur du public aux repréfentations du Mifanthrope, peut-être les trouverait-on dans l'intrigue de la pièce, dont les beautés ingénieufes & fines ne font pas également vives & intéreffantes ; dans ces converfations même qui font des morceaux inimitables, mais qui n'étant pas toujours néceffaires à la pièce, peut-être refroidiffent un peu l'action, pendant qu'elles font admirer l'auteur ; enfin, dans le dénouement qui, tout bien amené & tout fage qu'il eft, femble être attendu du public fans inquiétude, & qui, venant après une intrigue peu attachante, ne peut avoir rien de piquant. En effet, le fpectateur ne fouhaite point que le Mifanthrope époufe la coquette *Célimène*, & ne s'inquiète pas beaucoup s'il fe détachera d'elle. Enfin on prendrait la liberté de dire que le Mifanthrope eft une fatire plus fage & plus fine que celles d'*Horace* & de *Boileau*, & pour le moins auffi-bien écrite ; mais qu'il y a des comédies plus intéreffantes ; & que le Tartuffe, par exemple, réunit les beautés du ftyle du Mifanthrope avec un intérêt plus marqué.

On fait que les ennemis de *Molière* voulurent perfuader au duc de *Montaufier*, fameux par fa vertu fauvage, que c'était lui que *Molière* jouait dans le Mifanthrope. Le duc de *Montaufier* alla voir la pièce, & dit, en fortant, qu'il aurait bien voulu reffembler au Mifanthrope de *Molière*.

LE MEDECIN MALGRÉ LUI,

Comédie en trois actes & en profe , repréfentée fur le théâtre du palais-royal le 9 août 1666.

MOLIERE ayant fufpendu fon chef-d'œuvre du Mifanthrope, le rendit quelque temps après au public, accompagné du Médecin malgré lui , farce très-gaie & très-bouffonne, & dont le peuple groffier avait befoin ; à-peu-près comme à l'opéra, après une mufique noble & favante, on entend avec plaifir ces petits airs qui ont par eux-mêmes peu de mérite , mais que tout le monde retient aifément. Ces gentilleffes frivoles fervent à faire goûter les beautés férieufes.

Le Médecin malgré lui foutint le Mifanthrope : c'eft peut-être à la honte de là nature humaine, mais c'eft ainfi qu'elle eft faite ; on va plus à la comédie pour rire que pour être inftruit. Le Mifanthrope était l'ouvrage d'un fage qui écrivait pour les hommes éclairés ; & il fallut que le fage fe déguifât en farceur pour plaire à la multitude.

LE SICILIEN,

OU L'AMOUR PEINTRE,

Comédie en profe & en un acte, repréfentée à Saint-Germain en Laye en 1667, & fur le théâtre du palais-royal le 10 juin de la même année.

C'EST la feule petite pièce en un acte, où il y ait de la grâce & de la galanterie. Les autres petites pièces que *Molière* ne donnait que comme des farces, ont d'ordinaire un fond plus bouffon & moins agréable.

MELICERTE,

PASTORALE HEROIQUE,

Repréfentée à Saint-Germain-en-Laye pour le roi, au ballet des mufes, en décembre 1666.

MOLIERE n'a jamais fait que deux actes de cette comédie ; le roi fe contenta de ces deux actes dans la fête du ballet des mufes. Le public n'a point regretté que l'auteur ait négligé de finir cet ouvrage : il eft dans un genre qui n'était point celui de *Molière*. Quelque peine qu'il y eût prife, les plus grands efforts d'un homme d'efprit ne remplacent jamais le génie.

AMPHITRION,

Comédie en vers & en trois actes, représentée fur le théâtre du palais-royal le 13 janvier 1668.

EURIPIDE & *Archippus* avaient traité ce fujet de tragi-comédie chez les Grecs ; c'eft une des pièces de *Plaute* qui a eu le plus de fuccès ; on la jouait encore à Rome cinq cents ans après lui ; & ce qui peut paraître fingulier, c'eft qu'on la jouait toujours dans des fètes confacrées à *Jupiter.* Il n'y a que ceux qui ne favent point combien les hommes agiffent peu conféquemment, qui puiffent être furpris qu'on fe moquât publiquement au théâtre des mêmes dieux qu'on adorait dans les temples.

Molière a tout pris de *Plaute*, hors les fcènes de *Sofie* & de *Cléantis.* Ceux qui ont dit qu'il a imité fon prologue de *Lucien*, ne favent pas la différence qui eft entre une imitation & la reffemblance très-éloignée de l'excellent dialogue de la Nuit & de Mercure dans *Molière*, avec le petit dialogue de Mercure & d'Apollon dans *Lucien :* il n'y a pas une plaifanterie, pas un feul mot que *Molière* doive à cet auteur grec.

Tous les lecteurs exempts de préjugés favent combien l'Amphitrion français eft au-deffus de l'Amphitrion latin. On ne peut pas dire des plaifanteries de *Molière* ce qu'*Horace* dit de celles de *Plaute.*

Noftri proavi plautinos & numeros &
Laudavere fales, nimium patienter utrumque.

Dans *Plaute*, *Mercure* dit à *Sofie* : *Tu viens avec des fourberies coufues*; *Sofie* répond : *Je viens avec des habits coufus. Tu as menti*, replique le dieu, *tu viens avec tes pieds, & non avec tes habits.* Ce n'eft pas là le comique de notre théâtre. Autant *Molière* paraît furpaffer *Plaute* dans cette efpèce de plaifanterie que les Romains nommaient *urbanité*, autant paraît-il auffi l'emporter dans l'économie de fa pièce. Quand il fallait chez les anciens apprendre au fpectateur quelque événement, un acteur venait fans façon le conter dans un monologue ; ainfi *Amphitrion* & *Mercure* viennent feuls fur la fcène dire tout ce qu'ils ont fait pendant les entr'actes. Il n'y avait pas plus d'art dans les tragédies. Cela feul fait peut-être voir que le théâtre des anciens (d'ailleurs à jamais refpectable) eft par rapport au nôtre ce que l'enfance eft à l'âge mûr.

Mme *Dacier* qui a fait honneur à fon fexe par fon érudition, & qui lui en eût fait davantage, fi avec la fcience des commentateurs elle n'en eût pas eu l'efprit, fit une differtation pour prouver que l'Amphitrion de *Plaute* était fort au-deffus du moderne ; mais ayant ouï dire que *Molière* voulait faire une comédie des *Femmes favantes*, elle fupprima fa differtation.

L'Amphitrion de *Molière* réuffit pleinement & fans contradiction ; auffi eft-ce une pièce faite pour plaire aux plus fimples & aux plus groffiers, comme aux plus délicats. C'eft la première comédie que *Molière* ait écrite en vers libres. On prétendit alors que ce genre de verfification était plus propre à la comédie que les rimes plates, en ce qu'il y a plus de liberté & plus de variété. Cependant les rimes plates en vers alexandrins ont prévalu. Les vers libres font d'autant plus

mal aifés à faire qu'ils femblent plus faciles. Il y a
un rhythme très-peu connu qu'il y faut obferver, fans
quoi cette poëfie rebute. *Corneille* ne connut pas ce
rhythme dans fon Agéfilas.

L' A V A R E,

*Comédie en profe & en cinq aĉes, repréfentée à Paris,
fur le théâtre du palais-royal, le 9 feptembre 1 6 6 8.*

C E T T E excellente comédie avait été donnée au
public en 1667 : mais le même préjugé qui fit tomber
le Feftin de Pierre, parce qu'il était en profe, avait fait
tomber l'Avare. *Molière*, pour ne point heurter de
front le fentiment des critiques, & fachant qu'il faut
ménager les hommes quand ils ont tort, donna au
public le temps de revenir, & ne rejoua l'Avare qu'un
an après : le public qui, à la longue, fe rend toujours
au bon, donna à cet ouvrage les applaudiffemens
qu'il mérite. On comprit alors qu'il peut y avoir de
fort bonnes comédies en profe, & qu'il y a peut-être
plus de difficulté à réuffir dans ce ftyle ordinaire, où
l'efprit feul foutient l'auteur, que dans la verfification
qui, par la rime, la cadence, & la mefure, prête
des ornemens à des idées fimples, que la profe
n'embellirait pas.

Il y a dans l'Avare quelques idées prifes de *Plaute*,
& embellies par *Molière*. *Plaute* avait imaginé le
premier de faire en même temps voler la caffette de
l'Avare, & féduire fa fille ; c'eft de lui qu'eft toute
l'invention de la fcène du jeune homme qui vient

avouer le rapt, & que l'Avare prend pour le voleur.
Mais on ofe dire que *Plaute* n'a point affez profité de
cette fituation, il ne l'a inventée que pour la manquer;
que l'on en juge par ce trait feul : l'amant de la fille
ne paraît que dans cette fcène ; il vient fans être
annoncé ni préparé, & la fille elle-même n'y paraît
point du tout.

Tout le refte de la pièce eft de *Molière*, caractères,
intrigues, plaifanteries; il n'a imité que quelques
lignes, comme cet endroit où l'Avare parlant (peut-
être mal à propos) aux fpectateurs, dit : *Mon voleur
n'eft-il point parmi vous ? Ils me regardent tous, & fe
mettent à rire.* (*Quid eft quod ridetis ? Novi omnes, fcio
fures hîc effe complures.*) Et cet autre endroit encore,
où ayant examiné les mains du valet qu'il foupçonne,
il demande à voir la troifième : *Oftende tertiam.*

Mais fi l'on veut connaître la différence du ftyle
de *Plaute* & du ftyle de *Molière*, qu'on voie les portraits
que chacun fait dans fon Avare. *Plaute* dit :

> *Clamat fuam rem periiffe, feque,*
> *De fuo tigillo fumus fi qua exit foras.*
> *Quin, cum it dormitum, follem obftringit ob gulam,*
> *Ne quid animæ fortè amittat dormiens;*
> *Etiamne obturat inferiorem gutturem ? &c.*

*Il crie qu'il eft perdu, qu'il eft abymé, fi la fumée de fon
feu va hors de fa maifon. Il fe met une veffie à la bouche
pendant la nuit, de peur de perdre fon fouffle. Se bouche-t-il
auffi la bouche d'en-bas ?*

Cependant ces comparaifons de *Plaute* avec *Molière*,
toutes à l'avantage du dernier, n'empêchent pas
qu'on ne doive eftimer ce comique latin qui, n'ayant

pas

pas la pureté de *Térence*, & fort inférieur à *Molière*, a été, pour la variété de fes caractères & de fes intrigues, ce que Rome a eu de meilleur. On trouve auffi à la vérité dans l'Avare de *Molière*, quelques expreffions groffières, comme : *Je fais l'art de traire les hommes;* & quelques mauvaifes plaifanteries comme : *Je marierais, fi je l'avais entrepris, le grand-turc & la république de Venife.*

Cette comédie a été traduite en plufieurs langues, & jouée fur plus d'un théâtre d'Italie & d'Angleterre, de même que les autres pièces de *Molière*; mais les pièces traduites ne peuvent réuffir que par l'habileté du traducteur. Un poëte anglais, nommé *Shadwell*, auffi vain que mauvais poëte, la donna en anglais du vivant de *Molière*. Cet homme dit dans fa préface : *Je crois pouvoir dire fans vanité que Molière n'a rien perdu entre mes mains. Jamais pièce françaife n'a été maniée par un de nos poëtes, quelque méchant qu'il fût, qu'elle n'ait été rendue meilleure. Ce n'eft ni faute d'invention, ni faute d'efprit, que nous empruntons des Français; mais c'eft par pareffe : c'eft auffi par pareffe que je me fuis fervi de l'Avare de Molière.*

On peut juger qu'un homme qui n'a pas affez d'ef-. prit pour mieux cacher fa vanité, n'en a pas affez pour faire mieux que *Molière*. La pièce de *Shadwell* eft généralement méprifée. M. *Fielding*, meilleur poëte & plus modefte, a traduit l'Avare, & l'a fait jouer à Londres en 1733. Il y a ajouté réellement quelques beautés de dialogue particulières à fa nation, & fa pièce a eu près de trente repréfentations; fuccès très-rare à Londres, où les pièces qui ont le plus de cours ne font jouées tout au plus que quinze fois.

GEORGE DANDIN,

OU LE MARI CONFONDU,

Comédie en profe & en trois actes, repréfentée à Verfailles le 15 de juillet 1668; & à Paris le 9 de novembre fuivant.

On ne connaît, & on ne joue cette pièce que fous le nom de *George-Dandin*; & au contraire, le Cocu imaginaire, qu'on avait intitulé & affiché *Sganarelle*, n'eft connu que fous le nom du *Cocu imaginaire*, peut-être parce que ce dernier titre eft plus plaifant que celui du mari confondu. George Dandin réuffit pleinement; mais fi on ne reprocha rien à la conduite & au ftyle, on fe fouleva un peu contre le fujet même de la pièce; quelques perfonnes fe révoltèrent contre une comédie dans laquelle une femme mariée donne un rendez-vous à fon amant. Elles pouvaient confidérer que la coquetterie de cette femme n'eft que la punition de la fottife que fait *George Dandin* d'époufer la fille d'un gentilhomme ridicule.

L' I M P O S T E U R,

O U L E T A R T U F F E,

Joué fans interruption en public le 5 février 1669.

ON fait toutes les traverfes que cet admirable ouvrage effuya. On en voit le détail dans la préface de l'auteur au devant du Tartuffe.

Les trois premiers actes avaient été repréfentés à Verfailles devant le roi le 12 mai 1664. Ce n'était pas la première fois que *Louis XIV*, qui fentait le prix des ouvrages de *Molière*, avait voulu les voir avant qu'ils fuffent achevés; il fut fort content de ce commencement, & par conféquent la cour le fut auffi.

Il fut joué le 29 novembre de la même année à Rainfy, devant le grand *Condé*. Dès-lors les rivaux fe réveillèrent; les dévots commencèrent à faire du bruit; les faux zélés (l'efpèce d'homme la plus dangereufe) crièrent contre *Molière*, & féduifirent même quelques gens de bien. *Molière* voyant tant d'ennemis qui allaient attaquer fa perfonne encore plus que fa pièce, voulut laiffer ces premières fureurs fe calmer : il fut un an fans donner le Tartuffe; il le lifait feulement dans quelques maifons choifies, où la fuperftition ne dominait pas.

Molière ayant oppofé la protection & le zèle de fes amis aux cabales naiffantes de fes ennemis, obtint du roi une permiſſion verbale de jouer le Tartuffe. La première repréſentation en fut donc faite à Paris le 5 août 1667. Le lendemain on allait la rejouer ; l'aſſemblée était la plus nombreuſe qu'on eût jamais vue ; il y avait des dames de la première diſtinction aux troiſièmes loges ; les acteurs allaient commencer , lorſqu'il arriva un ordre du premier préſident du parlement, portant défenſe de jouer la pièce.

C'eſt à cette occaſion qu'on prétend que *Molière* dit à l'aſſemblée : *Meſſieurs, nous allions vous donner le Tartuffe , mais monſieur le premier préſident ne veut pas qu'on le joue.*

Pendant qu'on ſupprimait cet ouvrage qui était l'éloge de la vertu & la fatire de la ſeule hypocriſie, on permit qu'on jouât ſur le théâtre italien Scaramouche ermite , pièce très-froide ſi elle n'eût été licencieuſe , dans laquelle un ermite vêtu en moine monte la nuit par une échelle à la fenêtre d'une femme mariée, & y reparaît de temps en temps en diſant: *Queſto è per mortificar la carne.* On ſait ſur cela le mot du grand *Condé: Les comédiens italiens n'ont offenſé que* DIEU *, mais les Français ont offenſé les dévots.* Au bout de quelque temps , *Molière* fut délivré de la perſécution ; il obtint un ordre du roi par écrit de repréſenter le Tartuffe. Les comédiens ſes camarades voulurent que *Molière* eût toute ſa vie deux parts dans le gain de la troupe, toutes les fois qu'on jouerait cette pièce ; elle fut repréſentée trois mois de ſuite, & durera autant qu'il y aura en France du goût & des hypocrites.

Aujourd'hui bien des gens regardént comme une leçon de morale cette même pièce qu'on trouvait autrefois fi fcandaleufe. On peut hardiment avancer que les difcours de *Cléante*, dans lefquels la vertu vraie & éclairée eft oppofée à la dévotion imbécille d'*Orgon*, font, à quelques expreffions près, le plus fort & le plus élégant fermon que nous ayons en notre langue, & c'eft peut-être ce qui révolta davantage ceux qui parlaient moins bien dans la chaire que *Molière* au théâtre.

Voyez furtout cet endroit :

Allez, tous vos difcours ne me font point de peur;
Je fais comme je parle, & le ciel voit mon cœur :
Il eft de faux dévots, ainfi que de faux braves &c.

Prefque tous les caractères de cette pièce font originaux; il n'y en a aucun qui ne foit bon, & celui du *Tartuffe* eft parfait. On admire la conduite de la pièce jufqu'au dénouement ; on fent combien il eft forcé, & combien les louanges du roi, quoique mal amenées, étaient néceffaires pour foutenir *Molière* contre fes ennemis.

Dans les premières repréfentations l'impofteur fe nommait *Panulphe*, & ce n'était qu'à la dernière fcène qu'on apprenait fon véritable nom de *Tartuffe*, fous lequel fes impoftures étaient fuppofées être connues du roi. A cela près la pièce était comme elle eft aujourd'hui. Le changement le plus marqué qu'on y ait fait eft à ce vers :

O Ciel! pardonne-moi la douleur qu'il me donne.

Il y avait :

O Ciel! pardonne-moi comme je lui pardonne.

Qui croirait que le succès de cette admirable pièce eût été balancé par celui d'une comédie qu'on appelle *la Femme juge & partie*, qui fut jouée à l'hôtel de Bourgogne aussi long-temps que le Tartuffe au palais-royal? *Montfleuri*, comédien de l'hôtel de Bourgogne, auteur de la Femme juge & partie, se croyait égal à *Molière*; & la préface qu'on a mise au devant du recueil de ce *Montfleuri*, avertit que M. de *Montfleuri* était un grand homme. Le succès de la Femme juge & partie, & de tant d'autres pièces médiocres, dépend uniquement d'une situation que le jeu d'un acteur fait valoir. On sait qu'au théâtre il faut peu de chose pour faire réussir ce qu'on méprise à la lecture. On représenta sur le théâtre de l'hôtel de Bourgogne, à la suite de la Femme juge & partie, la Critique du Tartuffe. Voici ce qu'on trouve dans le prologue de cette critique :

Molière plaît assez, c'est un bouffon plaisant,
Qui divertit le monde en le contrefesant;
Ses grimaces souvent causent quelques surprises;
Toutes ses pièces sont d'agréables sottises :
Il est mauvais poëte, & bon comédien;
Il fait rire, & de vrai, c'est tout ce qu'il fait bien.

On imprima contre lui vingt libelles ; un curé de Paris s'avilit jusqu'à composer une de ces brochures, dans laquelle il débutait par dire qu'il fallait brûler *Molière*. Voilà comme ce grand-homme fut traité de son vivant ; l'approbation du public éclairé lui donnait une gloire qui le vengeait assez : mais qu'il est humiliant pour une nation , & triste pour les hommes de génie, que le petit nombre leur rende justice , tandis que le grand nombre les néglige ou les persécute !

MONSIEUR DE POURCEAUGNAC,

Comédie-ballet en prose & en trois actes , faite & jouée à Chambord , pour le roi , au mois de septembre 1 6 6 9 , & représentée sur le théâtre du palais-royal le 1 5 novembre de la même année.

CE fut à la représentation de cette comédie que la troupe de *Molière* prit pour la première fois le titre de *la troupe du roi*. Pourceaugnac est une farce ; mais il y a dans toutes les farces de *Molière* des scènes dignes de la haute comédie. Un homme supérieur , quand il badine, ne peut s'empêcher de badiner avec esprit. *Lulli*, qui n'avait point encore le privilège de l'opéra, fit la musique du ballet de Pourceaugnac ; il y dansa, il y chanta, il y joua du violon. Tous les grands talens étaient employés au divertissement du roi , & tout ce qui avait rapport aux beaux arts était honorable.

On n'écrivit point contre Pourceaugnac : on ne cherche à rabaisser les grands-hommes que quand ils veulent s'élever. Loin d'examiner sévèrement cette

farce , les gens de bon goût reprochèrent à l'auteur
d'avilir trop souvent son génie à des ouvrages frivoles
qui ne méritaient pas d'examen ; mais *Molière* leur
répondait qu'il était comédien aussi-bien qu'auteur ,
qu'il fallait réjouir la cour & attirer le peuple, & qu'il
était réduit à consulter l'intérêt de ses acteurs aussi-
bien que sa propre gloire.

LE BOURGEOIS GENTILHOMME,

*Comédie-ballet en prose & en cinq actes , faite &
jouée à Chambord au mois d'octobre 1670 , &
représentée à Paris le 23 novembre de la même
année.*

L E Bourgeois gentilhomme est un des plus heureux
sujets de comédie que le ridicule des hommes ait
jamais pu fournir. La vanité , attribut de l'espèce
humaine , fait que des princes prennent le titre de
rois , que les grands-seigneurs veulent être princes ;
& , comme dit *la Fontaine* ,

> Tout prince a des ambassadeurs,
> Tout marquis veut avoir des pages.

Cette faiblesse est précisément la même que celle
d'un bourgeois qui veut être homme de qualité.
Mais la folie du bourgeois est la seule qui soit comique, & qui puisse faire rire au théâtre : ce sont les
extrêmes disproportions des manières & du langage

d'un homme , avec les airs & les difcours qu'il veut affecter , qui font un ridicule plaifant. Cette efpèce de ridicule ne fe trouve point dans des princes ou dans des hommes élevés à la cour , qui couvrent toutes leurs fottifes du même air & du même langage ; mais ce ridicule fe montre tout entier dans un bourgeois élevé groffièrement, & dont le naturel fait à tout moment un contrafte avec l'art dont il veut fe parer. C'eft ce naturel groffier qui fait le plaifant de la comédie ; & voilà pourquoi ce n'eft jamais que dans la vie commune qu'on prend les perfonnages comiques. Le Mifanthrope eft admirable, le Bourgeois gentilhomme eft plaifant.

Les quatre premiers actes de cette pièce peuvent paffer pour une comédie ; le cinquième eft une farce qui eft réjouiffante , mais trop peu vraifemblable. *Molière* aurait pu donner moins de prife à la critique , en fuppofant quelque autre homme que le fils du grand-turc. Mais il cherchait par ce divertiffement plutôt à réjouir qu'à faire un ouvrage régulier.

Lulli fit auffi la mufique du ballet , & il y joua comme dans Pourceaugnac.

LES FOURBERIES DE SCAPIN,

*Comédie en profe & en trois acles, repréfentée fur le
théâtre du palais-royal le 24 mai 1671.*

Les Fourberies de Scapin font une de ces farces
que *Molière* avait préparées en province. Il n'avait pas
fait fcrupule d'y inférer deux fcènes entières du Pédant
joué, mauvaife pièce de *Cyrano de Bergerac*. On prétend que quand on lui reprochait ce plagiat, il
répondait : *ces deux fcènes font affez bonnes ; cela m'appartenait de droit ; il eft permis de reprendre fon bien par-tout
où on le trouve.*

Si *Molière* avait donné la farce des Fourberies de
Scapin pour une vraie comédie, *Defpréaux* aurait eu
raifon de dire dans fon art poëtique :

C'eft par-là que Molière illuftrant fes écrits,
Peut-être de fon art eût remporté le prix,
Si moins ami du peuple en fes doctes peintures,
Il n'eût point fait fouvent grimacer fes figures,
Quitté pour le bouffon l'agréable & le fin,
Et fans honte à Térence allié Tabarin.
Dans ce fac ridicule où Scapin s'enveloppe,
Je ne reconnais plus l'auteur du Mifanthrope.

On pourrait répondre à ce grand critique, que
Molière n'a point allié *Térence* avec *Tabarin* dans fes
vraies comédies, où il furpaffe *Térence* ; que s'il a
déféré au goût du peuple, c'eft dans fes farces,

dont le feul titre annonce du bas comique ; & que ce bas comique était néceffaire pour foutenir fa troupe.

Molière ne penfait pas que les Fourberies de Scapin & le Mariage forcé valuffent l'Avare, le Tartuffe, le Mifanthrope, les Femmes favantes, ou fuffent même du même genre. De plus, comment *Defpréaux* peut-il dire que *Molière peut-être de fon art eût remporté le prix*? Qui aura donc ce prix, fi *Molière* ne l'a pas?

P S Y C H É,

Tragédie-ballet en vers libres & en cinq actes, repré- fentée devant le roi, dans la falle des machines du palais des Tuileries, en janvier, & durant le carnaval de l'année 1670, & donnée au public fur le théâtre du palais-royal en 1671.

LE fpectacle de l'opéra, connu en France fous le miniftère du cardinal *Mazarin*, était tombé par fa mort. Il commençait à fe relever. *Perrin*, introduc- teur des ambaffadeurs chez *Monfieur*, frère de *Louis XIV; Cambert*, intendant de la mufique de la reine-mère ; & le marquis de *Sourdiac* homme de goût, qui avait du génie pour les machines, avaient obtenu, en 1669, le privilége de l'opéra; mais ils ne donnèrent rien au public qu'en 1671. On ne croyait pas alors que les Français puffent jamais foutenir trois heures de mufique, & qu'une tragédie

toute chantée pût réuffir. On penfait que le comble
de la perfection eft une tragédie déclamée, avec des
chants & des danfes dans les intermèdes. On ne
fongeait pas que fi une tragédie eft belle & intéreffante, les entr'actes de mufique doivent en devenir
froids; & que fi les intermèdes font brillans, l'oreille
a peine à revenir tout d'un coup du charme de la
mufique à la fimple déclamation. Un ballet peut
délaffer dans les entr'actes d'une pièce ennuyeufe;
mais une bonne pièce n'en a pas befoin, & l'on
joue Athalie fans les chœurs & fans la mufique. Ce ne
fut que quelques années après, que *Lulli* & *Quinault*
nous apprirent qu'on pouvait chanter toute une tragédie, comme on fefait en Italie, & qu'on la pouvait
même rendre intéreffante ; perfection que l'Italie ne
connaiffait pas.

Depuis la mort du cardinal *Mazarin*, on n'avait
donc donné que des pièces à machines avec des
divertiffemens en mufique, telles qu'Andromède &
la Toifon d'or. On voulut donner au roi & à la
cour, pour l'hiver de 1670, un divertiffement dans
ce goût, & y ajouter des danfes. *Molière* fut chargé du
fujet de la fable le plus ingénieux & le plus galant,
& qui était alors en vogue par le roman beaucoup
trop alongé que *la Fontaine* venait de donner en
1669.

Il ne put faire que le premier acte, la première
fcène du fecond, & la première du troifième ; le
temps preffait : *Pierre Corneille* fe chargea du refte
de la pièce ; il voulut bien s'affujettir au plan d'un
autre ; & ce génie mâle, que l'âge rendait fec &
févère, s'amollit pour plaire à *Louis XIV*. L'auteur

de Cinna fit à l'âge de foixante-fept ans, cette déclaration de *Pfyché* à l'*Amour* qui paffe encore pour un des
morceaux les plus tendres & les plus naturels qui
foient au théâtre.

Toutes les paroles qui fe chantent font de *Quinault;*
Lulli compofa les airs. Il ne manquait à cette fociété
de grands-hommes que le feul *Racine*, afin que tout
ce qu'il y eut jamais de plus excellent au théâtre fe fût
réuni pour fervir un roi qui méritait d'être fervi par
de tels hommes.

Pfyché n'eft pas une excellente pièce, & les derniers
actes en font très-languiffans ; mais la beauté du fujet,
les ornemens dont elle fut embellie, & la dépenfe
royale qu'on fit pour ce fpectacle, firent pardonner
fes défauts.

LES FEMMES SAVANTES,

Comédie en vers & en cinq actes, repréfentée fur le
théâtre du palais-royal le 1 1 *mars* 1 6 7 2.

Cette comédie, qui eft mife par les connaiffeurs
dans le rang du Tartuffe & du Mifanthrope, attaquait
un ridicule qui ne femblait propre à réjouir ni le
peuple ni la cour, à qui ce ridicule paraiffait être
également étranger. Elle fut reçue d'abord affez froidement ; mais les connaiffeurs rendirent bientôt à
Molière les fuffrages de la ville ; & un mot du roi lui
donna ceux de la cour. L'intrigue, qui en effet a
quelque chofe de plus plaifant que celle du Mifanthrope, foutint la pièce long-temps.

Plus on la vit, plus on admira comment
Molière avait pu jeter tant de comique fur un fujet
qui paraiffait fournir plus de pédanterie que d'agrément. Tous ceux qui font au fait de l'hiftoire
littéraire de ce temps-là, favent que *Ménage* y eft
joué fous le nom de *Vadius*, & que *Triffotin* eft le
fameux abbé *Cotin*, fi connu par les fatires de
Defpréaux. Ces deux hommes étaient, pour leur
malheur, ennemis de *Molière* ; ils avaient voulu perfuader au duc de *Montaufier* que le Mifanthrope était
fait contre lui ; quelque temps après ils avaient eu
chez Mademoifelle, fille de *Gafton de France*, la fcène
que *Molière* a fi bien rendue dans les Femmes
favantes. Le malheureux *Cotin* écrivait également
contre *Ménage*, contre *Molière* & contre *Defpréaux* ;
les fatires de *Defpréaux* l'avaient déjà couvert de
honte, mais *Molière* l'accabla. *Triffotin* était appelé
aux premières repréfentations *Tricottin*. L'acteur qui
le repréfentait avait affecté, autant qu'il avait pu,
de reffembler à l'original par la voix & par le gefte.
Enfin, pour comble de ridicule, les vers de
Triffotin, facrifiés fur le théâtre à la rifée publique,
étaient de l'abbé *Cotin* même. S'ils avaient été
bons, & fi leur auteur avait valu quelque chofe, la
critique fanglante de *Molière* & celle de *Defpréaux*
ne lui euffent pas ôté fa réputation. *Molière* lui-
même avait été joué auffi cruellement fur le théâtre
de l'hôtel de Bourgogne, & n'en fut pas moins
eftimé : le vrai mérite réfifte à la fatire. Mais *Cottin*
était bien loin de pouvoir fe foutenir contre de
telles attaques : on dit qu'il fut fi accablé de ce
dernier coup qu'il tomba dans une mélancolie qui

le conduifit au tombeau. Les fatires de *Defpréaux* coûtèrent auffi la vie à l'abbé *Caffaigne* : trifte effet d'une liberté plus dangereufe qu'utile, & qui flatte plus la malignité humaine, qu'elle n'infpire le bon goût.

La meilleure fatire qu'on puiffe faire des mauvais poëtes, c'eft de donner d'excellens ouvrages ; *Molière* & *Defpréaux* n'avaient pas befoin d'y ajouter des injures.

LES AMANS MAGNIFIQUES,

Comédie-ballet en profe & en cinq aĉles , repréfentée devant le roi à Saint - Germain , au mois de janvier 1670.

*L*OUIS XIV lui-même donna le fujet de cette pièce à *Molière*. Il voulut qu'on repréfentât deux princes qui fe difputeraient une maîtreffe , en lui donnant des fêtes magnifiques & galantes. *Molière* fervit le roi avec précipitation. Il mit dans cet ouvrage deux perfonnages qu'il n'avait point encore fait paraître fur fon théâtre , un aftrologue & un fou de cour. Le monde n'était point alors défabufé de l'aftrologie judiciaire ; on y croyait d'autant plus qu'on connaif-fait moins la véritable aftronomie. Il eft rapporté dans *Vittorio Siri* qu'on n'avait pas manqué , à la naiffance de *Louis XIV*, de faire tenir un aftrologue dans un cabinet voifin de celui où la reine accouchait. C'eft dans les cours que cette fuperftition règne davantage , parce que c'eft là qu'on a plus d'inquiétude fur l'avenir.

Les fous y étaient auffi à la mode ; chaque prince & chaque grand feigneur même avait fon fou ; & les hommes n'ont quitté ce refte de barbarie qu'à mefure qu'ils ont plus connu les plaifirs de la fociété & ceux que donnent les beaux arts. Le fou qui eft repréfenté dans *Molière*, n'eft point un fou ridicule, tel que le Moron de la princeffe d'Elide, mais un homme adroit, & qui, ayant la liberté de tout dire, s'en fert avec habileté & avec fineffe. La mufique eft de *Lulli*. Cette pièce ne fut jouée qu'à la cour, & ne pouvait guère réuffir que par le mérite du divertiffement & par celui de l'à-propos.

On ne doit pas omettre que dans les divertiffemens des Amans magnifiques il fe trouve une traduction de l'ode d'*Horace* :

Donec gratus eram tibi.

LA COMTESSE D'ESCARBAGNAS,

Petite comédie en un acte & en prose , représentée devant le roi , à Saint-Germain, en février 1 6 7 2 , & à Paris sur le théâtre du palais-royal le 8 juillet de la même année.

C'EST une farce, mais toute de caractères , qui est une peinture naïve , peut-être en quelques endroits trop simple, des ridicules de la province ; ridicules dont on s'est beaucoup corrigé à mesure que le goût de la société , & la politesse aisée qui règne en France, se font répandus de proche en proche.

LE MALADE IMAGINAIRE,

En trois actes , avec des intermèdes , fut représenté sur le théâtre du palais-royal le 1 0 février 1 6 7 3.

C'EST une de ces farces de *Molière* dans lesquelles on trouve beaucoup de scènes dignes de la haute comédie. La naïveté , peut-être poussée trop loin , en fait le principal caractère. Ses farces ont le défaut d'être quelquefois un peu trop basses , & ses comédies de n'être pas toujours assez intéressantes. Mais avec tous ces défauts-là il sera toujours le premier de tous les poëtes comiques. Depuis lui le théâtre français s'est soutenu, & même a été asservi à des lois de décence, plus rigoureuses que du temps de *Molière*. On n'oserait aujourd'hui hasarder la scène où le Tartuffe presse la femme de son hôte ; on n'oserait se servir des termes de *fils de putain*, de *carogne*, & même de *cocu* ; la plus exacte bienséance règne dans les pièces modernes. Il est étrange que tant de régularité n'ait pu lever encore cette tache, qu'un préjugé très-injuste attache à la profession de comédien. Ils étaient honorés dans Athènes où ils représentaient de moins bons ouvrages. Il y a de la cruauté à vouloir avilir des hommes nécessaires à un Etat bien policé, qui exercent, sous les yeux des magistrats, un talent très-difficile & très-estimable. Mais c'est le sort de tous ceux qui n'ont que leur talent pour appui, de travailler pour un public ingrat.

On demande pourquoi *Molière* ayant autant de réputation que *Racine*, le spectacle cependant est désert quand on joue ses comédies, & qu'il ne va presque plus personne à ce même Tartuffe qui attirait autrefois tout Paris, tandis qu'on court encore avec empressement aux tragédies de *Racine* lorsqu'elles sont bien représentées ? C'est que la peinture de nos passions nous touche encore davantage que le portrait de nos ridicules ; c'est que l'esprit se lasse des plaisanteries, & que le cœur est inépuisable. L'oreille est aussi plus flattée de l'harmonie des beaux vers tragiques, & de la magie étonnante du style de *Racine*, qu'elle ne peut l'être du langage propre à la comédie ; ce langage peut plaire, mais il ne

peut jamais émouvoir, & l'on ne vient au fpectacle
que pour être ému.

Il faut encore convenir que *Molière* , tout admirable qu'il eft dans fon genre, n'a ni des intrigues affez
attachantes , ni des dénouemens affez heureux ; tant
l'art dramatique eft difficile.

TRADUCTION

DU POEME

DE JEAN PLOKOF,

CONSEILLER DE HOLSTEIN,

Sur les affaires préfentes.

1 7 7 0.

I.

Aux armes, princes & républiques, chrétiens fi long-temps acharnés les uns contre les autres pour des intérêts auffi faibles que mal entendus, aux armes contre les ennemis de l'Europe. Les ufurpateurs du trône des *Conftantins* vous appellent eux-mêmes à leur ruine ; ils vous crient en tombant fous le fer victorieux des Ruffes : Venez, achevez de nous exterminer.

I I.

Le fardanapale de Stamboul, endormi dans la molleffe & dans la barbarie, s'eft réveillé un moment à la voix de fes infolens fatrapes & de fes prêtres ignorans. Ils lui ont dit : Viole le droit des nations ; loin de refpecter les ambaffadeurs des monarques, commence par ordonner qu'on les mette aux fers, & enfuite nous inftruirons la terre en ton nom que

tu vas punir la Ruffie, parce qu'elle t'a défobéi. Je le
veux, a répondu le lourd dominateur des Dardanelles
& de Marmara. Ses janiffaires & fes fpahis font partis :
& il s'eft rendormi profondément.

I I I.

PENDANT que fon ame matérielle fe livrait à des
fonges flatteurs entre deux géorgiennes aux yeux
noirs, arrachées par fes ennuques aux bras de leurs
mères pour affouvir fes défirs fans amour , le génie
de la Ruffie a déployé fes ailes brillantes : il a fait
entendre fa voix de la Néva au Pont-Euxin , dans
la Sarmatie, dans la Dacie , au bord du Danube ,
au promontoire du Ténare, aux plaines , aux montagnes où regnait autrefois *Ménélas*. Il a parlé , ce
puiffant génie, & les barbares enfans du Turqueftan
ont par-tout mordu la pouffière. Stamboul tremble, la
cognée eft à la racine de ce grand arbre qui couvre
l'Europe, l'Afie, & l'Afrique, de fes rameaux funeftes.
Et vous refteriez tranquilles ! vous , Princes , tant de
fois outragés par cette nation farouche , vous dormi-
riez comme *Muftapha* , fils de *Mahmoud* !

I V.

JAMAIS peut-être on ne retrouvera une occafion
fi belle de renvoyer dans leurs antiques marais les
déprédateurs du monde. La Servie tend les bras au
jeune empereur des Romains , & lui crie : Délivrez-
moi du joug des Ottomans. Que ce jeune prince, qui
aime la vertu & la gloire véritable, mette cette gloire
à venger les outrages faits à fes auguftes ancêtres;
qu'il ait toujours devant les yeux Vienne affiégée

M 3

par un vifir , & la Hongrie dévaftée pendant deux fiècles entiers.

V.

QUE le lion de *St Marc* ne fe contente pas de fe voir avec complaifance à la tête d'un évangile ; qu'il coure à la proie : que ceux qui époufent tranquille-ment la mer toutes les années , fendent fes flots par les proues de cent navires : qu'ils reprennent l'île confacrée à *Vénus* , & celle où *Minos* dicta fes lois oubliées pour les lois de l'Alcoran.

V I.

LA patrie des *Thémiftocles* & des *Miltiades* fecoue fes fers en voyant planer de loin l'aigle de *Catherine;* mais elle ne peut encore les brifer. Quoi donc , n'y aurait-il en Europe qu'un petit peuple ignoré , une poignée de Monténégrins , une fourmillière qui ofât fuivre les traces que cette aigle triomphante nous montre du haut des airs dans fon vol impétueux ?

V I I.

LES braves chevaliers du rocher de Malthe brûlent d'impatience de fe reffaifir de l'île du foleil & des rofes que leur enleva *Soliman* , l'intrépide aïeul de l'imbé-cille *Muftapha.* Les nobles & valeureux Efpagnols qui n'ont jamais fait de paix avec ces barbares ; qui ne leur envoient point de confuls de marchands , fous le nom d'ambaffadeurs , pour recevoir des affronts toujours diffimulés ; les Efpagnols , qui bravent dans Oran les puiffances de l'Afrique , fouffriront-ils que les fept faibles tours de Byfance ofent infulter aux tours de la Caftille ?

VIII.

DANS les temps d'une ignorance groffière , d'une fuperftition imbécille & d'une chevalerie ridicule , les pontifes de l'Europe trouvèrent le fecret d'armer les chrêtiens contre les mufulmans, en leur donnant pour toute récompenfe une croix fur l'épaule & des bénédictions. L'éternel arbitre de l'univers ordonnait , difaient-ils , que les chevaliers & les écuyers , pour plaire à leurs dames , allaffent tout tuer dans le territoire pierreux & ftérile de Jérufalem & de Bethléem ; comme s'il importait à DIEU & à ces dames que cette miférable contrée appartînt à des Francs , à des Grecs , à des Arabes , à des Turcs , ou à des Corafmins.

IX.

LE but fecret & véritable de ces grands armemens était de foumettre l'Eglife grecque à l'Eglife latine , (car il eft impie de prier DIEU en grec ; il n'entend que le latin.) Rome voulait difpofer des évêchés de Laodicée , de Nicomédie & du grand Caire : elle voulait faire couler l'or de l'Afie fur les rivages du Tibre. L'avarice & la rapine déguifées en religion firent périr des millions d'hommes ; elles appauvrirent ceux mêmes qui croyaient s'enrichir par le fanatifme qu'ils infpiraient.

X.

PRINCES , il ne s'agit pas ici de croifades : laiffez les ruines de Jérufalem , de Séparvaïm , de Corozaïm , de Sodome , & de Gomorrhe ; chaffez *Muftapha* , & partagez. Ses troupes ont été battues ; mais elles s'exercent par leurs défaites. Un vifir montre aux janiffaires l'exercice pruffien. Les Turcs revenus de leur étonnement peuvent fe rendre formidables. Ceux qui ont été vaincus dans la Dacie peuvent un jour affiéger Vienne une feconde fois. Le temps de détruire les Turcs eft venu. Si vous ne faififfez pas ce temps, fi vous laiffez difcipliner une nation fi terrible autrefois fans difcipline, elle vous détruira peut-être. Mais où font ceux qui favent prévoir & prévenir?

X I.

LES politiques diront : Nous voulons voir de quel côté penchera la balance, nous voulons l'équilibre : l'argent, ce principe de toutes chofes, nous manque. Nous l'avons prodigué dans des guerres inutiles qui ont épuifé plufieurs nations, & qui n'ont produit des avantages réels à aucune. Vous n'avez point d'argent, pauvres princes! les Turcs en avaient moins que vous quand ils prirent Conftantinople. Prenez du fer, & marchez.

X I I.

AINSI parlait dans la Cherfonèfe cimbrique un citoyen qui aimait les grandes chofes. Il déteftait les Turcs ennemis de tous les arts; il déplorait le deftin de la Grèce; il gémiffait fur la Pologne qui déchirait fes entrailles de fes mains, au lieu de fe réunir fous le plus fage & le plus éclairé des rois. Il chantait en vers germaniques : mais les Grecs n'en furent rien, & les confédérés polonais ne l'écoutèrent pas.

LETTRES

CHINOISES,

INDIENNES ET TARTARES.

A MONSIEUR PAW,

PAR UN BENEDICTIN;

Avec plusieurs autres pièces intéressantes.

LETTRES CHINOISES

ET INDIENNES.

PREMIERE LETTRE.

Sur le poëme de l'empereur Kien-long.

JE prenais du café chez M. *Gervais* dans la ville de Romorantin, voisine de mon couvent : je trouvai, fur fon comptoir un paquet de brochures intitulé : *Moukden par Kien-long.* Quoi ! lui dis-je, vous vendez auffi des livres ? Oui, mon révérend père ; mais je n'ai pu me défaire de celui-ci ; on l'a rebuté comme fi c'était une comédie nouvelle. Eft-il poffible, M. *Gervais*, qu'on foit fi barbare dans une capitale où il y a un libraire & trente cabaretiers ? Savez-vous bien ce que c'eft que ce *Kien-long* qu'on néglige tant chez vous ? apprenez que c'eft l'empereur de la Chine & de la Tartarie, le fouverain d'un pays fix fois plus grand que la France, fix fois plus peuplé, & fix fois plus riche. Si ce grand empereur fait le peu de cas qu'on fait de fes vers dans votre ville, (comme il le faura fans doute, car tout fe fait;) ne doutez pas que dans fa jufte colère il ne nous détache quelque armée de cinq cents mille hommes dans vos faubourgs. L'impératrice de Ruffie *Anne* était moins offenfée quand elle envoya contre vous une armée en 1736 : fon amour-propre n'était

point fi cruellement outragé; on n'avait point négligé
fes vers : vous favez ce que c'eft que *genus irritabile
vatum*.

Hélas ! me dit M. *Gervais* , il y a quatre ans que
j'avais cette brochure dans ma boutique , fans me
douter qu'elle fût l'ouvrage d'un fi grand homme.
Alors il ouvrit le paquet , il vit qu'en effet c'était
un poëme du préfent empereur de la Chine , traduit
par le révérend père *Amiot* de la compagnie de Jéfus;
il ne douta plus de la vengeance ; il fe reffouvenait
combien cette compagnie de Jéfus avait été réputée
dangereufe , & il la craignait encore , toute morte
qu'elle était. Nous lûmes enfemble le commencement de ce poëme. M. *Gervais* a du fens & du goût,
& s'il avait été élevé dans une autre ville , je crois
qu'il aurait été un excellent homme de lettres : nous
fûmes frappés d'un égal étonnement. J'avoue que
j'étais charmé de cette morale tendre, de cette vertu
bienfefante, qui refpire dans tout l'ouvrage de l'empereur. Comment , difais-je , un homme chargé du
fardeau d'un fi vafte royaume , a-t-il pu trouver du
temps pour compofer un tel poëme ? comment a-t-il
eu un cœur affez bon pour donner de telles leçons
à cent cinquante millions d'hommes , & affez de
juftelle d'efprit pour faire tant de vers , fans faire
danfer les montagnes , fans faire enfuir la mer, fans
faire fondre le foleil & la lune? mais comment une
nation auffi vive & auffi fenfible que la nôtre a-t-elle
pu voir ce prodige avec tant d'indifférence ? *Augufte*,
il eft vrai , auffi grand feigneur que *Kienlong* , était
homme de lettres auffi ; il compofa quelques vers ;
mais c'étaient des épigrammes bien libertines , il ne

favait s'il coucherait avec *Fulvie* femme d'*Antoine*, ou avec *Mannius*.

Quid ſi me Mannius oret
Pædicem faciam ? Non puto ſi ſapiam.

Voici un empereur plus puiſſant qu'*Auguſte*, plus révéré, plus occupé, qui n'écrit que pour l'inſtruc-tion & pour le bonheur du genre-humain. Sa conduite répond à ſes vers : il a chaſſé les jéſuites, & il n'a gardé de cette compagnie que deux ou trois mathématiciens : cependant quelque cher qu'il doive nous être, perſonne n'a parlé ſérieuſement de ſon poëme ; perſonne ne le lit, & c'eſt en vain que M. de *Guines* s'eſt donné la peine de le joindre à l'hiſ-toire intéreſſante de Gog & de Magog ou des Huns. Je vois que dans notre petit coin de l'Occident, nous n'aimons que l'opéra comique & les bro-chures.

Mais, répondit M. *Gervais*, ſi on ne lit pas le beau poëme de Moukden compoſé par l'empereur *Kien-Long*, n'eſt-ce pas qu'il eſt ennuyeux ? quand un empereur fait un poëme, il faut qu'il nous amuſe ; je dirais volontiers aux monarques qui font des livres : Sire, écrivez comme *Jules-Céſar*, ou comme un autre héros de ce temps-ci, ſi vous voulez avoir des lec-teurs.

Je répondis à M. *Gervais* que l'empereur de la Chine ne pouvait avoir le bonheur d'être né français & d'avoir été baptiſé à Romorantin ; que la terre, toute petite planète qu'elle eſt par rapport à Jupiter & Saturne, eſt pourtant fort grande en comparaiſon

de la généralité d'Orléans dans laquelle notre ville
eſt enclavée : ſongez , lui dis-je , que la Tartarie
orientale & occidentale ſont des régions immenſes ,
d'où ſont ſortis les conquérans de preſque tout
notre hémiſphère. *Kien-long* le tartaro-chinois eſt
le premier bel-eſprit qui ait fait des vers en langue
tartare. Le ſavant & ſage père *Parennin*, qui demeura
trente ans à la chine , nous apprend qu'avant cet
empereur *Kien-long* , les Tartares ne pouvaient faire
des vers dans leur langue , & que lorſqu'ils voulaient traduire des vers chinois , ils étaient obligés de
les traduire en proſe , (*a*) comme nous feſions du
temps des *Daciers*.

    Kien-long a tenté cette grande entrepriſe ; il y a
réuſſi ; & cependant il en parle avec autant de modeſtie
que nos petits poëtes étalent d'orgueil & d'imperti-
nence. (*b*) *L'application & les efforts ſuppléeront-ils*, dit-
il, *aux talens qui me manquent*? (*c*) Cette humilité n'eſt-
elle pas touchante dans un poëte qui peut ordonner
qu'on l'admire ſous peine de la vie ?

    Sa majeſté impériale s'exprime ſur lui-même
avec autant de modeſtie que ſur ſes vers ; & c'eſt
ce que je n'ai point encore vu chez nous. Voyez
comme au lieu de dire , nous avons fait ces vers
*de notre certaine ſcience , pleine puiſſance , & autorité
impériale* , il eſt dit , page 34 du prologue ou de la préface de l'empereur: ,, L'empire ayant été tranſmis à
,, ma petite perſonne , je ne dois rien oublier pour

<hr>

    (*a*) Voyez le tome IV de la collection du P. du *Halde* , page 85 , édition
de Hollande.

    (*b*) Modeſtie de l'empereur.

    (*c*) *Poëme de Moukden* ou *Mougden* , page 11.

,, tâcher de faire revivre la vertu de mes ancêtres ;
,, mais je crains , avec raifon , de ne pouvoir jamais
,, les égaler. ,,

M. *Gervais* m'interrompit à ces mots que je pro-
nonçais avec une tendreffe refpectueufe. Il gromelait
entre fes dents..... La modeftie de ce fage empereur
ne l'empêche pourtant pas d'avouer ingénument que
fa petite perfonne defcend en ligne directe d'une vierge
célefte , (*d*) fœur cadette de D I E U , laquelle fut groffe
d'enfant pour avoir mangé d'un fruit rouge. Cette
généalogie , ajouta M. *Gervais* , peut infpirer quelque
dégoût.

Cela peut révolter , lui répondis-je , mais non pas
dégoûter ; de pareils contes ont toujours réjoui les
peuples; la mère de *Gengis* était une vierge qui fut
groffe d'un raïon du foleil. *Romulus* long-temps auparavant naquit d'une religieufe fans qu'un homme
s'en mêlât. Que deviendrions-nous , nous autres com-
pilateurs , & où en ferait notre art diplomatique , fi
nous n'avions pas des traits d'hiftoire de cette force à
débrouiller? réduifez l'hiftoire à la vérité , vous la
perdez ; c'eft *Alcine* dépouillée de fes preftiges , réduite
à elle-même. Songez d'ailleurs que le poëme de
Moukden n'a pas été fait pour nous , mais pour les
Chinois.

Hé bien donc , me répondit M. *Gervais*, qu'on le
life à la Chine.

(*d*) *Poëme de Moukden* , page 11.

LETTRE II.

Réflexions de dom Ruinard sur la vierge dont l'empereur Kien-long descend.

JE rendis hier compte de cette conversation au savant dom *Ruinard*, mon confrère, qui me parla ainsi : ,, Vous avez eu tort de nier les couches de la ,, vierge céleste, & de son fruit rouge; vous pourrez ,, bientôt aller à la Chine remplacer les révérends ,, pères jésuites ; vous courez de grands risques si ,, on sait que vous avez douté de la généalogie de ,, l'empereur *Kien-long*. L'aventure de sa grand'mère ,, est d'une vérité incontestable dans son pays; elle ,, doit donc être vraie par-tout ailleurs. Car enfin ,, qui peut être mieux informé de l'histoire de cette ,, dame que son petit-fils? l'empereur ne peut être ,, trompé ni trompeur. Son poëme est entièrement ,, dépourvu d'imagination; il est clair qu'il n'a rien ,, inventé: tout ce qu'il dit sur la ville de Moukden ,, est purement véridique; donc ce qu'il raconte de ,, sa famille est véridique aussi. J'ai avancé dans mes ,, livres des choses non moins extraordinaires : l'his- ,, toire de mes sept pucelles d'Ancire , dont la plus ,, jeune avait soixante & dix ans, condamnées toutes ,, à être violées , approche assez de votre pucelle au ,, fruit rouge. (*e*)

(*e*) Voyez l'histoire des sept vieilles pucelles d'Ancire , du cabaretier *Théodote* , du curé *Fronton* , & du chevalier céleste dans les *actes sincères* de dom *Ruinard*, tome I , page 531 & suivantes. Voyez aussi le jésuite *Bollandus;* & voyez comme tout est de cette force dans ces auteurs sincères.

{*f*} ,, J'ai

(f) ,, J'ai rapporté des prodiges encore plus mer-
,, veilleux, mais je les ai démontrés; car j'ai affirmé
,, les avoir copiés fur des manufcrits qui étaient
,, cachés dans plus d'un de nos couvens au feizième
,, fiècle: or quelques pages de ces manufcrits étaient
,, conformes les unes aux autres ; donc rien n'était
,, plus authentique; *car cela n'était pas fait de concert.*
,, Il y a eu des gens de col roide que je n'ai pu
,, perfuader: ils ont eu l'affurance de dire que ce
,, n'eft pas affez , pour conftater un fait arrivé il
,, y a vingt ou trente fiècles, de le trouver écrit fur
,, un vieux papier du temps de *Rabelais* , dans une
,, ou deux de nos abbayes ; qu'il faut encore que
,, ce fait ne foit pas entièrement abfurde. Un tel
,, raifonnement pourrait introduire trop de pyrrho-
,, nifme dans la manière d'étudier l'hiftoire de l'abbé
,, *Langlet.* On finirait par douter de la gargouille
,, de Rouen , & du royaume d'Yvetot: il y a des
,, opinions auxquelles il ne faut jamais toucher ;
,, & pour vous expliquer en deux mots tout le
,, myftère , il eft abfolument égal, pour la conduite
,, de la vie, qu'une chofe foit vraie , ou qu'elle paffe
,, pour vraie. ,,

Ce difcours de dom *Ruinard* me parut profond
& d'une grande utilité : cependant je fentais qu'il y
a dans le cœur humain un fentiment encore plus
profond qui nous infpire l'averfion d'être trompés.
Qu'un voyageur me raconte des chofes merveilleufes
& intéreffantes , il me fait grand plaifir pour un moment: vient-on me faire voir que tout ce qu'il m'a
dit eft faux , je fuis indigné contre le hableur. Il y

(f) Profonds raifonnemens de dom *Ruinard.*

a des gens à qui je ne pardonnerai de ma vie de m'avoir trompé dans ma jeuneſſe.

Je ſais fort bien qu'il eſt néceſſaire que je ſois trompé à tous les momens par tous mes ſens ; il faut qu'un bâton me paraiſſe courbe dans l'eau, quoiqu'il ſoit très-droit ; que le feu me ſemble chaud, quoiqu'il ne ſoit ni chaud ni froid ; que le ſoleil un million de fois plus gros que notre planète, ſoit à nos yeux large de deux pieds ; qu'il ſemble plus grand à notre horizon qu'au zénith, ſelon les règles données par l'aſtronome *Hook*. La nature nous fait une illuſion continuelle ; mais c'eſt qu'elle nous montre les choſes, non comme elles ſont, mais comme nous devons les ſentir. Si *Pâris* avait vu la peau d'*Hélène* telle qu'elle était, il aurait aperçu un réſeau gris-jaune, inégal, rude, compoſé de mailles ſans ordre, dont chacune renfermait un poil ſemblable à celui d'un lièvre ; jamais il n'aurait été amoureux d'*Hélène*. La nature eſt un grand opéra, dont les décorations font un effet d'optique. Il n'en eſt pas de même dans le faire & dans le raiſonner ; nous voulons qu'on ne nous trompe ni dans les marchés qu'on fait avec nous, ni en hiſtoire, ni en philoſophie, ni en chimie, &c.

Quand j'y penſe, je me défie un peu de dom *Ruinard*, mon confrère, tout ſavant bénédictin qu'il eſt. J'ai même quelque ſcrupule (s'il m'eſt permis de le dire) ſur le Pédagogue chrétien du révérend père d'*Outreman* jéſuite, ſur la Légende dorée du révérendiſſime père en Dieu *Voraginé*, & même ſur les épouvantables prodiges de feu M. l'abbé *Pâris*, & ſur les vampires de dom *Calmet*. J'ai une violente paſſion de m'inſtruire dans ma jeuneſſe ; on dit que cela ſert beaucoup quand on eſt vieux. Si je pouvais voyager, je ferais le tour du monde. Je voudrais m'aller faire mandarin à la Chine comme les jéſuites ; mais les bénédictins diſent qu'ils ſont trop bien chez eux pour en ſortir. Ne pouvant donc prendre cet eſſor, je lis tous les voyages qui me tombent ſous la main, & la lecture fait ſur moi cet effet ſi commun de me jeter dans de continuelles incertitudes.

Je ſais bien que le démon *Aſmodée* eſt enchaîné dans la haute Egypte ; mais je doute que *Paul Lucas* lui ait parlé, l'ait vu mettre dans un ſac coupé en vingt tronçons, & l'en ait vu ſortir avec une peau ſans coutures. Il a vu auſſi & meſuré la tour de Babel. Pluſieurs curieux en avaient fait autant avant lui, & entr'autres le fameux juif *Benjamin Jonas*, natif de Tudèle dans la Navarre au douzième ſiècle. Non-ſeulement *Benjamin* avait reconnu les premiers étages de cette tour, mais il contempla long-temps la ſtatue de ſel en laquelle *Edith* femme de *Loth* fut changée ; & il remarqua, en naturaliſte attentif, que toutes les fois que les beſtiaux venaient la lécher, & diminuer par-là l'épaiſſeur de ſa taille, elle reprenait ſur le champ ſa groſſeur ordinaire. (*g*)

Que dirai-je du frère mineur *Plancarpin* & du frère prêcheur *Aſſelin*, envoyés avec d'autres frères par le pape *Innocent IV*, devers les princes de Gog & de Magog, qui ſont les kans des Tartares ?

Ce qu'on peut le plus obſerver dans le récit que fait le frère mineur de l'inauguration de ces princes, c'eſt que les mirza, appelés par *Plancarpin* les barons, ſont aſſeoir leurs majeſtés par terre ſur un grand

(*g*) Voyages de *Paul Lucas*.

feutre , & leur difent : *Si tu n'écoutes pas conseil , si tu gouvernes mal , il ne te reflera pas même ce feutre sur lequel tu t'assieds.* (*h*) C'est ainfi , dit-il , que les petits-fils de *Gengis* furent couronnés. Il y a dans cette cérémonie je ne fais quoi d'une philofophie anglaife qui ne déplaît pas. Mais , lorfqu'enfuite le moine ambaffadeur nous apprend que les montagnes caf-piennes , où il fe trouve de l'aimant , attiraient à elles toutes les flèches de Gog & de Magog ; qu'une nuée fe mettait au devant des troupes , & les empê-chait d'avancer ; qu'une armée d'ennemis marcha plufieurs milles fous terre pour attaquer l'empereur de Gog dans fon camp ; que le prêtre *Jean* , empe-reur de l'Inde , combattit *Gengis* avec des cavaliers de bronze , montés fur de grands chevaux , & remplis de foufre enflammé ; qu'un peuple à têtes de chien fe joignit à cette armée de bronze , &c. &c. alors on eft forcé de convenir que frère *Plancarpin* n'était pas philofophe.

Frère *Rubruquis* , envoyé chez le grand-kan par *St Louis* même , n'était guère mieux informé. (*i*) Ce fut le fort du plus pieux & du plus brave des rois d'être trompé & d'être battu.

Il ne faut pas croire non plus que le fameux *Marc Paul* ait écrit comme *Xénophon*, comme *Polybe*, ou de *Thou*. C'eft beaucoup que dans notre treizième fiècle , dans le temps de notre plus craffe ignorance

---

(*h*) Ambaffade de *Plancarpin*, page 16 ; in 4° , édition de *van-Deraa*.

(*i*) L'abbé *Prévoft* , dans fa rédaction des voyages , l'appelle *capucin ;* les révérends pères capucins ne font pourtant établis que de l'année 1528 , par le pape *Clément VII*.

& de notre plus ridicule barbarie , il fe foit trouvé
une famille de vénitiens affez hardis pour aller à
l'extrémité de la mer Noire , au-delà du pays de
Médée , & du terme où s'arrêtèrent les Argonautes ;
ce voyage ne fut que le prélude de la courfe immenfe
de cette famille errante. *Marc Paul* furtout pénétra
plus loin que *Zoroaftre* , *Pythagore* , & *Apollonius* de
Thyane ; il alla jufqu'au Japon , dont l'exiftence alors
était auffi ignorée de nous que celle de l'Amérique.
Quel divin génie mit dans l'ame de trois vénitiens
cette ardeur d'agrandir pour nous le globe ? rien
autre chofe que l'envie de gagner de l'argent. Son
père , fon oncle , & lui , étaient de bons marchands
comme *Tavernier* & *Chardin* : il ne paraît pas que
Marc Paul eût fait fortune : fon livre n'en fit point,
& on fe moqua de lui. Il eft difficile en effet de croire
que fitôt que le grand-kan *Coublaï* , fils de *Gengis* ,
fut informé de l'arrivée de meffer *Marco Polo* qui venait
vendre de la thériaque à fa cour , il envoya au-devant
de lui une efcorte de quarante mille hommes ; &
qu'enfuite il dépêcha ce vénitien comme ambaffadeur
auprès du pape , pour fupplier fa fainteté de lui
accorder des miffionnaires qui viendraient le baptifer
lui & les fiens , toute la famille de *Gengis* ayant une
extrême paffion pour le baptême.

Fefons ici une obfervation qui me paraît très-
curieufe : on trouve dans les notes du poëme de
l'empereur tartaro-chinois actuellement régnant , (*k*)
que le premier des ancêtres de ce monarque étant
né , comme on a vu , d'une vierge célefte , (*l*) s'alla

(*k*) Page 221 , & fuivantes.
(*l*) De la vierge fœur cadette de Dieu , grand'mère de l'empereur.

N 3

promener vers le pays de Moukden , fur un beau lac , dans un bateau qu'il avait conftruit lui-même : toute une nation était affemblée fur le bord du lac pour choifir un roi. Le fils de la vierge harangua le peuple avec tant d'éloquence qu'il fut élu unani- mement. Qui croirait que *Marc Paul* rapporte à-peu- près la même aventure plus de cinq cents ans aupa- ravant ? elle était donc dès-lors en vogue ; c'était donc un ancien dogme du pays ; l'empereur *Kien- long* n'a donc fait que fe conformer depuis à la créance commune , comme *Jules-Céfar* fefait graver l'étoile de Vénus fur fes médailles. *Céfar* fe plaifait à defcendre de la déeffe de l'amour: *Kien-long* veut bien fe croire iffu de fa vierge célefte ; & les d'*Hofiers* de la Chine n'en difconviennent pas.

Gonzales de Mendoza , de l'ordre de S*t Auguftin* , l'un des premiers qui nous ait donné des nouvelles fures de la Chine , nous apprend qu'avant l'aventure de la vierge célefte , une princeffe nommée *Hauzibon* (m) devint groffe d'un éclair; c'eft à-peu-près l'hiftoire de *Semelé* avec qui *Jupiter* coucha au milieu des éclairs & des tonnerres. Les Grecs font de tous les peuples ceux qui ont le plus multiplié ces imagi- nations orientales ; chaque pays a fes fables , on ne ment point quand on les rapporte : la partie la plus philofophique de l'hiftoire eft de faire connaître les fottifes des hommes. Il n'en eft pas ainfi de ces exagérations dont tant de voyageurs ont voulu nous éblouir.

(m) Dans fon ouvrage imprimé à Rome en 1586 , & dédié à *Sixte- Quint.*

On foupçonne *Marc Paul* d'un peu d'enflure, quand il nous dit : (*n*) *Moi Marc*, *j'ai été dans la ville de Kinfay*, *je l'ai examinée diligemment ; elle a cent milles de circuit & douze mille ponts de pierre*, *dont les arches font fi hautes que les plus grands vaiffeaux paffent deffous fans baiffer leurs mâts : la ville eft bâtie comme Venife. — On y voit trois mille bains. — C'eft la capitale de la province de Mangi*, *province partagée en neuf royaumes. Kinfay eft la métropole de cent quarante villes*, *& la province de Mangi en contient douze cents*, &c. &c.

On avoue que depuis la Jérufalem célefte, qui avait cinq cents lieues de long & de large, dont les murs étaient de rubis & d'émeraude, & les maifons d'or, il ne fut jamais de plus grande & de plus belle ville que Kinfay : c'eft dommage qu'elle n'exifte pas plus aujourd'hui que la Jérufalem.

Cette étonnante province de Mangi eft dans nos jours celle de Ichenguiam dont parle l'empereur dans fon poëme. Il n'y a plus, dit-on, que onze villes du premier ordre, & foixante & dix-fept du fecond. Les villages & les ponts font encore en grand nombre dans le pays ; mais on y cherche en vain l'admirable ville de Kinfay. *Marc Paul* peut l'avoir flattée, & les guerres l'avoir détruite.

Tous ceux qui nous ont donné des relations de la Chine conjecturent que de cette ancienne Babylone aux douze mille ponts, il en refte une petite ville nommée Cho-hing-fou, qui n'a qu'un million d'ha-bitans. On nous perfuade qu'elle eft percée des plus beaux canaux, plantée de promenades délicieufes, ornée de grands monumens de marbre, couverte de

(*n*) Page 16 & fuivantes, édition de *van-Dtraa*.

plus de ponts de pierre que Venife, Amfterdam, Batavia, & Surinam, n'en ont de bois : cela doit au moins nous confoler, & mérite que nous faffions le voyage.

Le phyfique & le moral de ce pays-là, le vrai & le faux, m'infpirent tant de curiofité, tant d'intérêt, que je vais écrire fur le champ à M. *Paw* : j'efpère qu'il levera tous mes doutes.

LETTRE III,

Adreffée à M. Paw, fur l'athéifme de la Chine.

MONSIEUR,

J'AI lu vos livres ; je ne doute pas que vous n'ayez été long-temps à la Chine, en Egypte, & au Mexique : de plus, vous avez beaucoup d'efprit ; avec cet avantage on voit & on dit tout ce qu'on veut. Je vous fais le compliment que les lettrés chinois fe font les uns aux autres : *Ayez la bonté de me communiquer un peu de votre doctrine.*

Je vous fais d'abord un aveu plus fincère que les actes de dom *Ruinard*, (*o*) c'eft que le poëme de fa majefté l'empereur de la Chine, & la théologie de *Confucius* m'ennuient au fond de l'ame autant qu'ils

---

(*o*) Les favans connaiffent les *actes fincères* de dom *Ruinard*, auffi fincères que la *Légende dorée* & *Robert le diable.*

ennuient M. *Gervais*, & que cependant je les admire.
Ma raifon pour m'être ennuyé avec le plus grand
monarque du monde, & même de fon vivant ; c'eft
qu'un poëme traduit en profe, produit d'ordinaire
cet effet , comme M. *Gervais* l'a bien fenti. Pour
Confucius, c'eft un bon prédicateur ; il eft fi verbeux
qu'on n'y peut tenir. Ce qui fait que je les admire
tous deux, c'eft que l'un étant roi ne s'occupe que
du bonheur de fes fujets , & que l'autre étant théologien n'a dit d'injures à perfonne. Quand je fonge
que tout cela s'eft fait à fix mille lieues de ma ville
de Romorantin, & à deux mille trois cents ans du
temps où je chante vêpres , je fuis en extafe.

Les révérends pères dominicains , les révérends
pères capucins , les révérends pères jéfuites , ont eu
de violentes difputes à Rome fur la théologie de la
Chine. Les capucins & les dominicains ont démontré,
comme on fait , que la religion de *Confucius* , de
l'empereur, & de tous les mandarins, eft l'athéifme :
les jéfuites qui étaient tous mandarins, ou qui afpi-
raient à l'être, ont démontré qu'à la Chine tout le
monde croit en DIEU , & qu'on n'y eft pas loin du
royaume des cieux. Ce procès, en cour de Rome, a
fait prefqu'autant de bruit que celui de *la Cadière*. On
y eft bien embarraffé.

Vous fouviendriez-vous , Monfieur , de celui qui
écrivait : *Les uns croient que le cardinal Mazarin eft
mort, les autres qu'il eft vivant , & moi je ne crois ni
l'un ni l'autre ?* Je pourrais vous dire : je ne crois, ni
que les Chinois admettent un Dieu, ni qu'ils foient
athées. Je trouve feulement qu'ils ont comme vous

beaucoup d'efprit, & que leur métaphyfique eft tout auffi embrouillée que la nôtre.

Je lis ces mots dans la préface de l'empereur; car les Chinois font des préfaces comme nous : *J'ai toujours ouï dire que fi l'on conforme fon cœur aux cœurs de fes père & mère, les frères vivront toujours enfemble de bonne intelligence; fi on conforme fon cœur aux cœurs de fes ancêtres, l'union régnera dans toutes les familles : & fi on conforme fon cœur aux cœurs du ciel & de la terre, l'univers jouira d'une paix profonde.*

Ce feul paffage me paraît digne de *Marc-Aurèle* fur le trône du monde. Qu'on fe conforme aux juftes défirs du père de famille, & la famille eft unie : qu'on fuive la loi naturelle, & tous les hommes font frères; cela eft divin. Mais par malheur cela eft athée dans nos langues d'Europe : car parmi nous que veut dire fe conformer au ciel & à la terre ? La terre & le ciel ne font point D I E U, ils font fes ouvrages brutes.

L'empereur pourfuit, il en appelle à *Confucius:* voici la décifion de *Confucius* qu'il cite : *Celui qui s'acquitte convenablement des cérémonies ordonnées pour honorer le ciel & la terre à l'équinoxe & au folftice, & qui a l'intelligence de ces rites, peut gouverner un royaume auffi facilement qu'on regarde dans fa main.*

On trouvera encore ici que ces lignes de *Confucius* fentent l'athée de fix mille lieues loin. Vous avez lu qu'elles ébranlèrent le cerveau chrétien de l'abbé *Boileau* frère de *Nicolas Boileau* le bon poëte. *Confucius* & l'empereur *Kien-long* auraient mal paffé leur temps à l'inquifition de Goa; mais comme il ne faut jamais condamner légèrement fon prochain, & encore moins un bon roi, confidérons ce que dit enfuite notre grand monarque : *De tels hommes devaient attirer fur eux des regards favorables du fouverain maître qui règne dans le plus haut des cieux.*

Certes le père *Bourdaloue* & *Maffillon* n'ont jamais rien dit de plus orthodoxe dans leurs fermons. Le père *Amiot* jure qu'il a traduit ce paffage à la lettre. Les ennemis des jéfuites diront que ce ferment même de frère *Amiot* eft très-fufpeḉt, & qu'on ne s'avifa jamais d'affirmer par ferment la fidélité de la traduḉion d'un endroit fi fimple ; *nimia præcautio dolus* , trop de précaution eft fourberie. Frère *Amiot* logé dans le palais, & fachant très-bien que fa majefté eft athée , aura voulu aller au-devant de cette accufation.

Si l'empereur croyait en DIEU, il dirait un mot de l'immortalité de l'ame : il n'en parle pas plus que *Confucius ;* (*p*) donc l'empereur n'eft qu'un athée vertueux & refpeḉtable. Voilà ce que diront les janféniftes, s'il en refte encore.

A cela les jéfuites répondront : On peut très-bien croire en DIEU fans être inftruit des dogmes de l'immortalité de l'ame, de l'enfer, & du paradis : la loi mofaïque n'annonça point ces grands dogmes ; elle les réferva pour des temps plus divins. Les faducéens , rigides théologiens, n'en ont rien cru : la croyance d'un DIEU fut de tout temps une vérité infpirée par la nature à tous les hommes vivans en fociété : le refte a été enfeigné par la révélation : de-là on conclut avec affez de vraifemblance que l'empereur *Kien-long* peut manquer de foi , mais qu'il ne manque pas de raifon.

(*p*) Page 103 du *poème de Moukden.*

Pour moi, Monfieur, je ne me fens ni affez hardi, ni affez compétent pour juger un auffi grand roi ; je préfume feulement que le mot *Tien* ou *Changti* ne comporte pas précifément la même idée, que le mot *al* donnait en arabe; *Jehova* en phénicien; *Knef* en égyptien; *Zeus* en grec; *Deus* en latin; *Gott* en ancien allemand. Chaque mot entraîne avec lui différens acceffoires en chaque langue : peut-être même fi tous les docteurs de la même ville voulaient fe rendre compte des paroles qu'ils prononcent , on ne trouverait pas deux licenciés qui attachaffent la même idée à la même expreffion. Peut-être enfin n'eft-il pas poffible qu'il y ait deux hommes fur la terre qui penfent abfolument de même.

Vous m'objecterez que fi la chofe était ainfi, les hommes ne s'entendraient jamais. Auffi en vérité ne s'entendent-ils guère : du moins je n'ai jamais vu de difpute dans laquelle les argumentans fuffent bien pofitivement de quoi il s'agiffait. Perfonne ne pofa jamais l'état de la queftion , fi ce n'eft cet hibernois qui difait : *Verum eft* , *contra fic argumentor ;* la chofe eft vraie, voici comme j'argumente contre.

Permettez-moi , Monfieur , de vous faire d'autres queftions dans ma première lettre. Je ne me ferai pas entendre de vous avec autant de plaifir que je vous ai entendu quand j'ai lu vos ouvrages.

LETTRE IV.

*Sur l'ancien chriſtianiſme qui n'a pas manqué de
fleurir à la Chine.*

JE vous ſupplie, Monſieur, de m'éclairer ſur une
difficulté qui intéreſſe l'empire de la Chine, tous les
Etats de la chrétienté, & même un peu les Juifs nos
pères. Vous ſavez ce que fit à la Chine le révérend
père *Ricci;* (*q*) ce nom eſt reſpeƈtable, mais n'eſt pas
heureux : il avait trouvé le moyen de s'introduire à
la Chine avec un jéſuite portugais nommé *Sémédo,* &
notre révérend père *Trigaut*, autre nom célébre,
qu'on a cru ſignificatif. Ces trois miſſionnaires feſaient
bâtir en 1625 une maiſon & une égliſe auprès de la
ville de Sigan-fou ; ils ne manquèrent pas de trouver
ſous terre une tablette de marbre longue de dix
palmes, couverte de caraƈtères chinois très-fins, &
d'autres lettres inconnues, le tout ſurmonté d'une
croix de Malthe, toute ſemblable à celle que d'autres
miſſionnaires avaient découverte auparavant dans le
tombeau de l'apôtre *Sᵗ Thomas* ſur la côte de Malabar. (*r*) Les caraƈtères inconnus furent reconnus bientôt
pour être de l'ancien hébreu reſſemblant au ſyriaque :

(*q*) Quatre diƈtionnaires, intitulés *Diƈtionnaires des grands-hommes*, le
font mourir à l'âge de cinquante-huit ans. L'abbé *Prévoſt*, dans ſa compi-
lation des voyages, le fait vivre juſqu'à quatre-vingt-huit. On ment beaucoup
ſur les grands-hommes.

(*r*) L'apôtre *ſaint Thomas* était charpentier : il alla à pied au Malabar,
portant un ſoliveau ſur l'épaule.

cette tablette difait que la foi chrétienne avait été prêchée à Sigan-fou, & dans toute la province de Kenfi, (*s*) dès l'an de notre falut 636; la date de ce monument n'eft que de l'année 782 de notre ère : de forte que ceux qui érigèrent autrefois ce marbre attendirent cent quarante-fix ans que la chofe fût bien conftatée pour la certifier à la poftérité.

L'authenticité de cette pièce était confirmée par plufieurs témoins qui gravèrent leurs noms fur la pierre : on fent bien que ces noms ne font aifés à prononcer ni en italien ni en français. Pour plus grande fureté, outre les noms gravés des premiers témoins oculaires de l'an de grâce 782, on a figné fur une grande feuille de papier foixante & dix autres noms de témoins de bonne volonté, comme *Aaron*, *Pierre*, *Job*, *Lucas*, *Matthieu*, *Jean* &c. qui tous font réputés avoir vu tirer le marbre de terre à Sigan-fou, en préfence du frère *Ricci* l'an 1625, *& qui ne peuvent avoir été ni trompeurs ni trompés.*

Maintenant il faut voir ce qu'atteftent les anciens témoins gravés de notre année 782, & les nouveaux témoins en papier de notre année 1625; ils dépofent *qu'un faint homme nommé Olopuen arriva de Judée à la Chine, guidé par des nuées bleues, par des vents, & par des cartes hydrographiques, fous le règne de Taïcum-veu-huamti* qui n'eft connu de perfonne ; c'était, dit le texte fyriaque, dans l'année mil quatre-vingt-douze *d'Alexandre aux deux cornes*, (*t*) c'eft l'ère des Séleucides, & elle revient à la nôtre 636. Les jéfuites, &

_____

(*s*) Sigan-fou eft la capitale de Kenfi.

(*t*) *Alexandre aux deux cornes* fignifie *Alexandre* vainqueur de l'Orient & de l'Occident.

furtout le père *Kirker*, commentateurs de cette pièce curieufe, difent que par la Judée il faut entendre la Méfopotamie, & qu'ainfi le juif *Olopuen* était un très-bon chrétien qui venait planter la foi dans le royaume de Cathay, ce qui eft prouvé par la croix de Malthe; mais ces commentateurs ne fongent pas que les chrétiens de la Méfopotamie étaient des neftoriens qui ne croyaient pas la fainte Vierge mère de DIEU. Par conféquent, en prenant *Olopuen* pour un chaldéen dépêché par les nuées bleues pour convertir la Chine, on fuppofe que DIEU envoya exprès un hérétique pour pervertir ce beau royaume.

Voilà pourtant ce qu'on nous a conté férieufement ; voilà ce qui a fi long-temps occupé les favans de Rome & de Paris ; voilà ce que le père *Kirker*, l'un de nos plus intrépides antiquaires, nous raconte dans fa *Sina illuftrata*. Il n'avait point vu la pierre, mais on lui en avait donné la copie d'une copie. *Kirker* était à Rome, & n'avait jamais été à la Chine qu'il illuftrait ; & ce ce qu'il y a de bon & d'affez curieux à mon gré, c'eft que le père *Sémédo*, qui avait vu ce beau monument à Sigan-fou, le rapporte d'une façon, & le père *Kirker* d'une autre.

Voici l'infcription de *Sémédo*, telle qu'il l'imprima en efpagnol dans fon hiftoire de la Chine, à Madrid chez *Jean Sanchès*, en 1642.

O que l'Eternel eft vrai & profond, incompréhenfible & fpirituel ! En parlant du temps paffé, il eft fans principe. En parlant du temps à venir, il eft fans fin. Il prit le rien, & avec lui il fit tout. Son principe eft trois en un : fans vrai principe il arrangea les quatre parties du monde en forme de croix. Il remua le chaos, & les deux principes

en furent tirés. L'abyme éprouva le changement, le ciel & la
terre parurent.

Après avoir ainsi fait parler l'auteur de l'inscription
chinoise dans le style des personnages de *Cervantes de*
Queledo; après avoir passé du péché d'*Adam* au déluge,
& du déluge au Messie, il vient enfin au fait. Il déclare
que du temps du roi *Taïcum-veu-huamti* qui gouvernait
avec prudence & sainteté, il vint de Judée un homme
de vertu supérieure nommé *Olopuen* qui, guidé par les
nuées, apporta la véritable doctrine. *Vinò desde un Judæo*
hombre de superior virtud, de nombre Olopuen, que guiado
de las nubes tauxò la verdadera dottrina.

Ensuite cette inscription qui n'est pas dans le style
lapidaire, nous instruit que l'évangile n'était bien
connu que dans le royaume de Taçin qui est la Judée;
que Taçin confine à la mer Rouge par le midi, avec
la montagne des perles par le Nord &c. que dans ce
pays d'évangile, les dignités ne se donnent qu'à la
vertu; que les maisons sont grandes & belles; que le
royaume est orné de bonnes mœurs.

Le prince *Caocum*, fils de l'empereur *Taïcum*, ordonna
bientôt qu'on bâtit des églises dans toute la Chine à
la façon de Taçin. Il honora *Olopuen*, & lui donna le
titre d'évêque de la grande loi : *Honrò a Olopuen dan-*
dole titulo de Obispo de la gran ley.

Ce n'est pas la peine de traduire le reste de cette
sage & éloquente pièce; *Kirker* a voulu en corriger le
fond & le style.

Le principe, dit-il, a toujours été le même, vrai,
tranquille, premier des premiers, sans origine, nécessaire-
ment le même, intelligent, & spirituel; le dernier des derniers,
être excellentissime. Il établit les pôles des cieux, & il opéra

excellemment

excellemment avec le rien .... *Enfin une femme vierge engendra le saint dans Taçin en Judée; & la constellation claire annonça la félicité.* ..... *Or du temps de Taïcum-veu, très-illustre & très-sage empereur de la Chine, arriva du royaume de Taçin en Judée un homme ayant une vertu suprême, nommé Olopuen, conduit par des nuées bleues, apportant les écritures de la vraie doctrine, contemplant la règle des vents pour résister aux dangers auxquels ses travaux l'exposaient. Il arriva à la cour. L'empereur commanda à un colao son sujet d'aller au devant du nouveau venu avec les bâtons rouges, (qui sont la marque d'honneur ;) & quand on eut introduit Olopuen dans le palais par l'occident, l'empereur fit apporter les livres de la doctrine de la loi. Il s'informa soigneusement de cette loi profonde dans son cabinet, & de cette droite vérité* .... *il ordonna qu'on la promulgât, & qu'on l'étendit par-tout.*

C'était, ajoute *Kirker*, l'an de *Christ* 639 ; en quoi il ne s'accorde pas avec *Sémédo.* Après quoi il poursuit ainsi dans sa traduction : *L'empereur ordonna qu'on bâtit une église à la manière de Taçin en Judée, & qu'on y établit vingt & un prêtres &c.*

Tout le reste est dans ce goût ; conciliera qui voudra le jésuite portugais *Sémédo* avec le jésuite allemand *Kirker.*

Les hérétiques disent que le voyage d'*Olopuen* à la Chine, conduit par les nuées bleues, n'approche pas encore du voyage de Notre-Dame de Lorette, qui vint depuis par les airs dans sa maison de Jéru-falem en Dalmatie, & de Dalmatie à la marche d'Ancone. Le jésuite *Bertier* a combattu vigoureuse-ment dans le Journal de Trévoux en faveur d'*Olopuen* & de son aventure. Il se trouvera encore quelque

Nonotte (*u*) qui prouvera la vérité de cette hiftoire, comme il s'en eft trouvé d'autres qui ont démontré la tranflation de la maifon de notre fainte Vierge.

Je dirais volontiers à ces meffieurs qui nous ont démontré tant de chofes, ce que dit à-peu-près *Théone* à *Phaéton* dans l'opéra du *Phénix de la poëfie chantante*, que j'aime toujours malgré ma robe.

> Ah ! du moins, bonze que vous êtes,
> Puifque vous me voulez tromper,
> Trompez-moi mieux que vous ne faites.

Ayez la bonté de me dire, Monfieur, ce que vous aimez le mieux, ou ces belles imaginations, ou les nouveaux fyftèmes de phyfique. Les pères du concile de Trente ayant entendu difcourir *Dominico Soto* & *Achille Gaillard* fur la grâce, dirent que cela était admirable, mais qu'ils donnaient la préférence à leurs cuifiniers. Je crois que *Dominico Soto* & *Achille Gaillard* étaient dans la bonne foi, & même que leurs difputes ne brifèrent point les liens de la charité. Je ne dois ni ne puis penfer autrement ; mais quand je viens à confidérer tous les autres charlatanifmes de ce monde, depuis les dogmes qui ont régné en Ethiopie jufqu'à l'immortalité du dalaï-lama au grand Thibet, & à la fainteté de fa chaife percée ; depuis

---

(*u*) Ce *Nonotte*, dans un beau livre intitulé *Erreurs de M. de Voltaire*, a démontré l'authenticité de l'apparition du labarum à *Conftantin*, la douce modération de ce bon prince, celle de *Théodofe*, la chafteté de tous les rois de France de la première race, les facrifices de fang humain offerts par *Julien* le philofophe, le martyre de la légion thébaine, &c. C'était un régent de fixième fort favant, & un jéfuite très-tolérant, grand prédicateur, & d'un efprit fin quoique profond.

le Xaca du Japon juſqu'aux anciens druides des Gaules & de l'Angleterre, je fuis épouvanté. Je conçois bien que tant de joueurs de gobelets ont voulu ſe faire payer en argent & en honneurs. On ne tromperait pas, dit-on, s'il n'y avait rien à gagner ; mais concevez-vous ceux qui payent ? comment ſe peut-il que parmi tant de millions d'hommes il n'y en eût pas deux qui ſe fuſſent laiſſé tromper ſur la valeur d'un écu , & que tous couruſſent au - devant des erreurs les plus groſ-ſières & les plus affreuſes, dont il leur importait tant d'être défabuſés ?

Ne voyez-vous pas comme moi avec conſolation qu'il y a au bout de l'Aſie une ſociété immenſe de lettrés, auxquels on n'a jamais reproché de ſuperſti-tion ridicule ou ſanguinaire ? & s'il ſe forme jamais ailleurs une compagnie pareille, ne la bénirez-vous pas ?

Je m'aperçois que je ne vous ai pas écrit tout-à-fait en enfant de S*t Idulphe*, vous me le pardonnerez, s'il vous plaît.

LETTRE V.

Sur les lois & les mœurs de la Chine.

MONSIEUR,

J'ai peine à me défendre d'un vif enthousiasme, quand je contemple cent cinquante millions d'hommes (*x*) gouvernés par treize mille six cents magistrats, divisés en différentes cours, toutes subordonnées à six cours supérieures, lesquelles sont elles-mêmes sous l'inspection d'une cour suprême. Cela me donne je ne sais quelle idée des neuf chœurs des anges de *St Thomas d'Aquin*.

Ce qui me plaît de toutes ces cours chinoises, c'est qu'aucune ne peut faire exécuter à mort le plus vil citoyen à l'extrémité de l'empire, sans que le procès ait été examiné trois fois par le grand conseil auquel préside l'empereur lui-même. Quand je ne connaîtrais de la Chine que cette seule loi, je dirais: Voilà le peuple le plus juste & le plus humain de l'univers.

(*x*) Plus ou moins ; mais par les mémoires envoyés de la Chine au père du *Halde* , il paraît que sous l'empereur *Cam-hi* on comptait environ soixante millions d'hommes entre l'âge de vingt & cinquante ans capables de porter les armes , sans parler des femmes , des filles , des jeunes gens , des vieillards , des lettrés , des familles nombreuses qui n'habitent que dans des bateaux ; le compte doit aller à plus de deux cents millions , surtout depuis les immenses conquêtes faites dans la Tartarie occidentale.

Si je creufe dans le fondement de leurs lois, tous les voyageurs, tous les miffionnaires, amis & ennemis, Efpagnols, Italiens, Portugais, Allemands, Français, fe réuniffent pour me dire que ces lois font établies fur le pouvoir paternel, c'eft-à-dire, fur la loi la plus facrée de la nature.

Ce gouvernement fubfifte depuis quatre mille ans, de l'aveu de tous les favans; & nous fommes d'hier; je fuis forcé de croire & d'admirer. Si la Chine a été deux fois fubjuguée par des Tartares, & fi les vainqueurs fe font conformés aux lois des vaincus, j'admire encore davantage.

Je laiffe là cette muraille de cinq cents lieues de long, bâtie deux cents vingt ans avant notre ère; c'eft un ouvrage auffi vain qu'immenfe, & auffi malheureux qu'il parut d'abord utile, puifqu'il n'a pu défendre l'empire. Je ne parle pas du grand canal de fix cents mille pas géométriques, qui joint le fleuve Jaune à tant d'autres rivières. Notre canal du Languedoc nous en donne quelque faible idée. Je paffe fous filence des ponts de marbre de cent arches (*y*) conftruits fur des bras de mer, parce qu'après tout nous avons bâti le pont Saint-Efprit fur le Rhône dans le temps que nous étions encore à demi barbares, & parce que les Egyptiens élevèrent leurs pyramides lorfqu'ils ne favaient pas encore penfer.

Je ne ferai nulle mention de la prodigieufe magnificence des cours chinoifes; car l'inftallation

(*y*) Je fuis fâché de ne pouvoir ni bien prononcer ni bien écrire Fou-tchou-fou, ville capitale de la grande province de Fokien : c'eft auprès de Fou-tchou-fou qu'eft ce beau pont, & ce qu'il y a de mieux, c'eft que les environs font couverts d'orangers, de citroniers, de cédras, & de cannes de fucre.

de quelques-uns de nos papes eut auffi quelque fplendeur ; & la promulgation de la bulle d'or à Nuremberg ne fut pas fans fafte.

J'ai plus de plaifir à lire les maximes de *Confucius*, prédéceffeur de *St Martin*, de plus de mille ans, qu'à contempler l'eftampe d'un mandarin, fefant fon entrée dans une ville à la tête d'une proceffion : permettez-moi de rapporter ici quelques-unes de ces fentences.

,, La raifon eft un miroir qu'on a reçu du ciel ; ,, il fe ternit ; il faut l'effuyer. Il faut commencer ,, par fe corriger pour corriger les hommes.

,, Je ne voudrais pas qu'on fût ma penfée ; ne ,, la difons donc pas. Je ne voudrais pas qu'on ,, fût ce que je fuis tenté de faire ; ne le fefons ,, donc pas.

,, Le fage craint quand le ciel eft ferein : dans ,, la tempête il marcherait fur les flots & fur les ,, vents.

,, Voulez-vous minuter un grand projet, écrivez- ,, le fur la pouffière, afin qu'au moindre fcrupule il ,, n'en refte rien.

,, Un riche montrait fes bijoux à un fage : Je ,, vous remercie des bijoux que vous me donnez, ,, dit le fage. Vraiment je ne vous les donne pas, ,, repartit le riche. Je vous demande pardon, ,, répliqua le fage ; vous me les donnez, car ,, vous les voyez, & je les vois ; j'en jouis comme ,, vous &c. ,,

Il y a plus de mille fentences pareilles de *Confucius*, de fes difciples, & de leurs imitateurs.

Ces maximes valent bien les fecs & faftidieux effais de *Nicole.*

On n'eft pas furpris qu'une nation fi morale ait été fubjuguée par des peuples féroces ; mais on s'étonne qu'elle ait été fouvent bouleverfée comme nous par des guerres inteftines : c'eft un beau climat qui a effuyé de violens orages.

(z) Ce qui étonne plus, c'eft qu'ayant fi long-temps cultivé toutes les fciences, ils foient demeurés au terme où nous étions en Europe aux dixième, onzième, & douzième, fiècles. Ils ont de la mufique, & ils ne favent pas noter un air, encore moins chanter en parties. Ils ont fait des ouvrages d'une mécanique prodigieufe, & ils ignoraient les mathématiques. Ils obfervaient, ils calculaient, les éclipfes ; mais les élémens de l'aftronomie leur étaient inconnus.

Leurs grands progrès anciens, & leur ignorance préfente, font un contrafte dont il eft difficile de rendre raifon. J'ai toujours penfé que leur refpeét pour leurs ancêtres, qui eft chez eux une efpèce de religion, était une paralyfie qui les empêchait de marcher dans la carrière des fciences. Ils regardaient leurs aïeux comme nous avons long-temps regardé *Ariflote.* Notre foumiffion pour *Ariflote* (qui n'était pourtant pas l'un de nos ancêtres) a été fi fuperfti-tieufe que, même dans l'avant dernier fiècle, le parlement de Paris défendit, fous peine de mort, qu'on fût en phyfique d'un avis différent de ce grec de Stagire. (aa) On ne menaçait pas à la Chine de

(z) Pourquoi les Chinois peu profonds dans les mathématiques ?
(aa) L'arrêt eft de 1624.

faire pendre les jeunes lettrés qui inventeraient des nouveautés en mathématiques ; mais un candidat n'aurait jamais été mandarin s'il avait montré trop de génie, comme parmi nous un bachelier fufpect d'héréfie courrait rifque de n'être pas évêque. L'habitude & l'indolence fe joignaient enfemble pour maintenir l'ignorance en poffeffion. Aujourd'hui les Chinois commencent à ofer faire ufage de leur efprit, grâce à nos mathématiciens d'Europe.

Peut-être, Monfieur, avez-vous trop méprifé cette antique nation ; peut-être l'ai-je trop exaltée : ne pourrions-nous pas nous rapprocher ?

Eft virtus medium vitiorum & utrimque reductum.

LETTRE VI.

Sur les difputes des révérends pères jéfuites à la Chine.

LA guerre de Troye, Monfieur, n'eft pas plus connue que les fuccès des révérends pères jéfuites à la Chine, & leurs tribulations. Je vous demande d'abord fi parmi toutes les nations du monde, excepté la juive, (*bb*) il y en a jamais eu une feule

(*bb*) Le Deutéronome des Juifs, chap. XIII, dit : Si un prophéte vous fait des prédictions, & fi ces prédictions s'accompliffent, & s'il vous dit : fervons le dieu d'un autre peuple. . . . . . & fi votre frère ou votre fils ou votre chère femme vous en dit autant, tuez-les auffitôt. *Le Clerc* foutient que dieux d'un autre peuple, dieux étrangers, *dii alieni*, ne fignifie que dieu d'un autre nom ; que le Dieu créateur du ciel & de la terre était partout le même, & qu'on doit entendre par *dii alieni*, dieux fecondaires, dieux locaux, demi-dieux, anges, puiffances aériennes &c.

qui eût pu perfécuter des gens honnêtes, prêchant
avec humilité un Dieu & la vertu, fecourant les
pauvres fans offenfer les riches, béniffant les peuples
& les rois? je foutiens que chez les anthropophages,
de tels miffionnaires feraient accueillis le plus
gracieufement du monde.

Si à la modeftie, au défintéreffement, à cette
vertu de la charité que *Cicéron* appelle *caritas humani
generis*, ils joignent une connaiffance profonde des
beaux arts & des arts utiles; s'ils vous apprennent
à pefer l'air, à marquer fes degrés de froid & de
chaud, à mefurer la terre & les cieux, à prédire
jufte toutes les éclipfes pour des milliers de fiècles,
enfin à rétablir votre fanté avec une écorce qu'ils
ont apportée du nouveau monde aux extrémités de
l'ancien; alors ne fe jette-t-on pas à genoux devant
eux, ne les prend-on pas pour des divinités bien-
fefantes?

Si après s'être montrés quelque temps fous cette
forme heureufe, ils font chaffés des quatre parties
du monde; n'eft-ce pas une grande probabilité que
leur orgueil a par-tout révolté l'orgueil des autres,
que leur ambition a réveillé l'ambition de leurs
rivaux, que leur fanatifme a enfeigné au fanatifme
à les perdre?

Il eft évident que fi les clercs de la brillante
Eglife de Nicomédie n'avaient pas pris querelle avec
les valets-de-pied du céfar *Galérius;* & fi un enthoufiafte infolent n'avait pas déchiré l'édit de *Dioclétien*,
protecteur des chrétiens; jamais cet empereur
jufque-là fi bon, & mari d'une chrétienne, n'aurait
permis la perfécution qui éclata les deux dernières

années de fon règne; perfécution que nos ridicules copiftes de légendes ont tant exagérée. Soyez tranquille, & on vous laiffera tranquille.

Du Halde rapporte dans fa collection des mémoires de la Chine, un billet du bon empereur *Cam-hi* aux jéfuites de Pékin, lequel peut donner beaucoup à penfer, le voici. (*cc*)

,, L'empereur (*dd*) eft furpris de vous voir fi ,, entêtés de vos idées. Pourquoi vous occuper fi ,, fort d'un monde où vous n'êtes pas encore? ,, jouiffez du temps préfent. Votre Dieu fe met ,, bien en peine de vos foins! n'eft-il pas affez ,, puiffant pour fe faire juftice fans que vous vous ,, en mêliez? ,,

Il paraît par ce billet que les jéfuites fe mêlaient un peu de tout à Pékin comme ailleurs.

Plufieurs d'entr'eux étaient parvenus à être mandarins; & les mandarins chinois étaient jaloux. Les frères prêcheurs & les frères mineurs étaient plus jaloux encore. N'était-ce pas une chofe plaifante de voir nos moines difputer humblement les premières dignités de ce vafte empire? Ne fut-il pas encore plus fingulier que le pape envoyât des évêques dans ce pays; qu'il partageât déjà la Chine en diocèfes fans que l'empereur en fût rien, & qu'il y dépêchât des légats pour juger qui favait le mieux le chinois, des jéfuites, ou des capucins, ou de l'empereur?

Le comble de l'extravagance était, fans doute, (& on l'a déjà dit affez) que les miffionnaires qui

---

(*cc*) Tome III de la collection de *du Halde*, page 129.
(*dd*) Billet fingulier de l'empereur *Cam-hi* aux jéfuites.

venaient tous enfeigner la vérité fuffent tous divifés entr'eux, & s'accufaffent réciproquement des plus puans menfonges. Il y avait bien un autre danger : ces miffionnaires avaient été dans le Japon la malheureufe caufe d'une guerre civile, dans laquelle on avait égorgé plus de trente mille hommes en l'an de grâce 1638. Bientôt les tribunaux chinois rappelèrent cette horrible aventure à l'empereur *Yont-chin* fils de *Cam-hi*, & père de *Kien-long* l'auteur du poëme de Moukden. Tous les prédicateurs d'Europe furent chaffés avec bonté par le fage *Yont-chin* en 1724. (*ee*) La cour ne garda que deux ou trois mathématiciens ; parce que d'ordinaire ce ne font pas ces gens-là qui bouleverfent le monde par des argumens théologiques.

Mais, Monfieur, fi les Chinois aiment tant les bons mathématiciens, pourquoi ne le font-ils pas devenus eux-mêmes ? pourquoi ayant vu nos éphémérides ne fe font-ils pas avifés d'en faire ? pourquoi font-ils toujours obligés de s'en rapporter à nous ? Le gouvernement met toujours fa gloire à faire recevoir fes almanachs par fes voifins, & il ne fait pas

(*ee*) Rien n'eft plus connu aujourd'hui que le difcours admirable de cet empereur aux jéfuites en les chaffant : *Que diriez-vous fi j'envoyais une troupe de bonzes & de lamas dans votre pays pour y prêcher leurs dogmes ? . . . . Les mauvais dogmes font ceux qui, fous prétexte d'enfeigner la vertu, foufflent la difcorde & la revolte : vous voulez que tous les Chinois fe faffent chrétiens, je le fais bien ; alors que deviendrons-nous ? les fujets de vos rois comme l'île de Manille. Mon père a perdu beaucoup de fa réputation chez les lettrés en fe fiant trop à vous. Vous avez trompé mon père, n'efpérez pas me tromper de même.* Après ce difcours févère & paternel, l'empereur renvoya tous les convertiffeurs en leur fourniffant de l'argent, des vivres, & des efcortes qui les défendirent des fureurs de tout un peuple déchaîné contre eux : il n'y eut point de dragonade. Voyez le XVII volume des *Lettres curieufes & édifiantes*.

encore en faire? ce ridicule honteux n'eſt-il pas l'effet de leur éducation? Les Chinois apprennent long-temps à lire & à écrire, & à répéter des leçons de morale; aucun d'eux n'apprend de bonne heure les mathématiques. On peut parvenir à ſe bien conduire ſoi-même, à bien gouverner les autres, à maintenir une excellente police, à faire fleurir tous les arts, ſans connaître la table des ſinus & les logarithmes. Il n'y a peut-être pas un ſecrétaire d'Etat en Europe qui fût prédire une éclipſe. Les lettrés de la Chine n'en ſavent pas plus que nos miniſtres & que nos rois.

Vous croyez que ce défaut vient des têtes chinoiſes encore plus que de leur éducation. Vous ſemblez penſer que ce peuple n'eſt fait pour réuſſir que dans les choſes faciles; mais qui ſait ſi le temps ne viendra pas où les Chinois auront des *Caſſini* & des *Newton*? Il ne faut qu'un homme ou plutôt qu'une femme. Voyez ce qu'ont fait de nos jours *Pierre I* & *Catherine II*.

LETTRE VII.

Sur la fantaisie qu'ont eue quelques favans d'Europe
de faire defcendre les Chinois des Egyptiens.

JE voudrais, Monfieur, dompter ma curiofité,
n'ayant pu la fatisfaire. J'ai vu chez mon père, qui
eft négociant, plufieurs marchands, facteurs, patrons
de navires, & aumôniers de vaiffeaux, qui revenaient
de la Chine, & qui ne m'en ont pas plus appris
que s'ils débarquaient du coche d'Auxerre. Un
commiffionnaire qui avait féjourné vingt ans à
Kanton, m'a feulement confirmé que les marchands
y font très-méprifés, quoique dans la ville la
plus commerçante de l'empire. Il avait été témoin
qu'un officier tartare, très-curieux des nouvelles de
l'Europe, n'avait jamais ofé donner à dîner dans
Kanton à un officier de notre compagnie des Indes,
parce qu'il fervait des marchands. Le capitaine
tartare avait peur de fe compromettre : il ne fe fami-
liarifa jufqu'à dîner avec ce capitaine français qu'à
fa maifon de campagne. Je foupçonne par parenthèfe
que ce mépris pour une profeffion fi utile eft la
fource de la friponnerie dont on accufe les marchands
chinois, & principalement les détailleurs; ils fe font
payer leur humiliation. De plus, ce dédain mandarinal
pour le commerce nuit beaucoup au progrès des
fciences.

N'ayant rien pu favoir par nos marchands, j'ai été encore moins éclairé par nos aumôniers qui ont pu argumenter depuis Goa jufqu'à Bornéo. Le capucin *Norberg* ne m'a appris autre chofe dans huit gros volumes, finon qu'il avait été perfécuté dans l'Inde par les jéfuites pourfuivis eux-mêmes par-tout.

Je me fuis adreffé à des favans de Paris qui n'étaient jamais fortis de chez eux : ceux-là n'ont fait aucune difficulté de m'expliquer le fecret de l'origine des Chinois, des Indiens, & de tous les autres peuples. Ils le favaient par les mémoires de *Sem*, *Cam*, & *Japhet*. L'évêque d'Avranches *Huet*, l'un de nos plus laborieux écrivains, fut le premier qui imagina que les Egyptiens avaient peuplé l'Inde & la Chine ; mais comme il avait imaginé auffi que *Moïfe* était *Bacchus*, *Adonis*, & *Priape*, fon fyftème ne perfuada perfonne.

Mairan, fecrétaire de l'académie des fciences, crut entrevoir avec les lunettes d'*Huet*, une grande conformité entre les fciences, les ufages, les mœurs, & même les vifages, des Egyptiens & des Chinois. Il fe figura que *Séfoftris* avait pu fonder des colonies à Pékin & à Délhi. Le père *Parennin* lui écrivit de la Chine une grande lettre auffi ingénieufe que favante qui dut le défabufer. (*ff*)

D'autres favans ont travaillé enfuite à tranfplanter l'Egypte à la Chine. Ils ont commencé par établir qu'on pouvait trouver quelque reffemblance entre d'anciens caractères de la langue phénicienne ou fyriaque, & ceux de l'ancienne Egypte, en y fefant les changemens requis ; il ne leur a pas été difficile de travestir enfuite ces caractères égyptiens en chinois.

(*ff*) Imprimée à la tête du XXVI tome des *Lettres curieufes & édifiantes.*

Cela fait, ils ont compofé des anagrammes avec les noms des premiers rois de la Chine. Par ces anagrammes ils ont reconnu que le roi chinois *Yu* eft évidemment le roi d'Egypte *Menès*, en changeant feulement *Y* en *me*, & *u* en *nès*. *Ki* eft devenu *Athoès*; *Kang* a été transformé en *Diabiès*; & encore *Diabiès* eft-il un mot grec. On fait affez que les Athéniens donnèrent des terminaifons grecques aux mots égyptiens. Il n'y a pas eu plus de Diabiès en Egypte, que de Memphis & d'Héliopolis ; Memphis s'appelait *Moph*, Héliopolis s'appelait *On*. C'eft áinfi que dans la fuite des fiècles ces Grecs s'avifèrent de donner le nom de Crocodilopolis à la ville d'Arfinoé. Tout cela ferait renoncer à la généalogie des noms & des hommes. Enfin il ne paraît pas que les Chinois foient venus d'Egypte plutôt que de Romorantin.

Je ne penfe pas pourtant qu'il fût honteux à la Chine d'avoir l'Egypte pour aïeule. La Chine eft, à la vérité, dix-huit fois (*gg*) auffi grande que fa prétendue grand'mère : & même on peut dire que l'Egypte n'eft pas d'une race fort ancienne ; car pour qu'elle figurât un peu dans le monde, il fallut des temps infinis : elle n'aurait jamais eu de blé, fi elle n'avait eu l'adreffe de creufer les canaux qui reçurent les eaux du Nil. Elle s'eft rendue fameufe par fes pyramides, quoiqu'elles n'euffent guère, felon *Platon* dans fa République, (*hh*) plus de dix mille ans d'antiquité.

_____

(*gg*) Je compte l'Egypte trois fois moins étendue que la France, & la France fix fois moins que la Chine. Ces mefures ne contredifent point celles de M. *Danville*, qui n'a confidéré que le terrain cultivable de l'Egypte : voyez fon *Egypte ancienne & moderne*.

(*hh*) Voyez *Platon* au livre II de fa *République*.

Enfin, on ne juge pas toujours des peuples par leur grandeur & leur puiffance. Athènes a été prefque égale à l'empire romain aux yeux des philofophes; mais malgré toute la fplendeur dont l'Egypte a brillé, furtout fous la plume de l'évêque *Boſſuet*, qu'il me foit permis de préférer un peuple adorateur pendant quatre mille ans du DIEU du ciel & de la terre, à un peuple qui fe profternait devant des bœufs, des chats, & des crocodiles, & qui finit par aller dire la bonne aventure à Rome, & par voler des poules au nom d'*Iſis*.

Vous avez vaillamment combattu ceux qui ont voulu faire paſſer ces Egyptiens pour les pères des Chinois, *laudo vos*. Mais fi vous regardez encore les Chinois avec mépris, *in hoc non laudo*.

LETTRE VIII.

Sur les dix anciennes tribus juives qu'on dit être à la Chine.

JE gourmande toujours inutilement cette curiofité infatiable & inutile. Si on m'apprend quelques vérités fur un coin des quatre parties du monde, je me dis : A quoi ces vérités me ferviront-elles? fi on m'accable de menfonges, comme cela m'arrive tous les jours, je gémis, & je fuis prêt à me mettre en colère.

Bénis foient les Chinois, Monfieur, qui ne s'informent jamais de ce qui fe paſſe hors de chez eux.

eux. M. *Gervais* a bien raiſon de remarquer que l'empereur n'a point fait ſon poëme pour nous, mais ſeulement pour ſes chers Tartares, & pour ſes chers Chinois. Un littérateur de notre pays a écrit à ſa majeſté chinoiſe ſur le danger qu'elle courait à Paris d'eſſuyer un réquiſitoire & un monitoire au ſujet de ſon poëme. L'empereur ne lui a pas répondu ; & il a bien fait.

Que chacun faſſe chez lui comme il l'entend. C'eſt ce qu'apprit à ſes dépens mon père le marchand *Jean du Chemin*, qui n'était pas riche. Il lui en coûta deux mille écus pour avoir été curieux lorſqu'il commerçait à Quanton, Canton, ou Kanton.

Vous avez entendu parler du révérend père *Gozzani*, (ii) auquel le révérend père *Joſeph Suarez* recommanda, en 1707, d'aller viſiter leurs frères les Juifs des dix tribus tranſplantées dans le pays de Gog & de Magog par *Salmanazar*, l'an 717 avant notre ère latine, juſte du temps de *Romulus*.

Le révérend père *Gozzani* qui était fort zélé, & qui n'avait pas un écu, alla trouver mon père *Jean du Chemin*, qui n'était pas riche. Venez avec moi, lui dit-il, & défrayez-moi, pour l'amour de DIEU, dans le voyage que père *Suarez* m'ordonne de la part du pape de faire à Caï-foum-fou dans la province de Honang, qui n'eſt pas loin d'ici. Vous aurez l'avan= tage de voir les dix tribus d'Iſraël chaſſées par *Salmanazar*, il y a deux mille quatre cents vingt-quatre ans, de l'admirable pays de Judée. Elles règnent dans la province de Honang, elles reviendront à la fin du

(ii) Voyez la lettre du frère *Gozzani* au VIIe recueil des lettres intitulées *édifiantes & curieuſes.*

Mélanges littér. Tome I.　　　　　P

monde dans la terre promife , avec les deux autres
tribus Juda & Benjamin , pour combattre l'ante-chrift,
& pour juger le genre-humain : elles nous recevront
à bras ouverts , & vous ferez une fortune immenfe
avant que vous foyez jugé. Mon père crut ce *Gozzani* ;
il acheta des chevaux , une voiture , des habits magnifiques pour paraître décemment devant les princes
des tribus de *Gad* , *Nephtali* , *Zabulon* , *Iffachar* , *Afer* ,
& autres , qui régnaient dans Caï-foum-fou capitale
de Honang. Il défraya fplendidement fon jéfuite.
Quand ils furent arrivés dans le royaume des dix
tribus , ils furent en effet introduits dans la fynagogue , où le fanhédrin s'affemblait. C'était une
douzaine de gueux qui vendaient des haillons. Le
voyage avait coûté à mon père deux mille écus de
cinq livres qu'on appelle *taels* à la Chine , & les *Gad*,
Nephtali , *Zabulon* , *Iffachar* , & *Afer* , lui volèrent le
refte de fon argent.

Frère *Gozzani* pour le confoler lui prouva que les
gens des tribus chaffées depuis deux mille quatre cents
vingt-quatre ans par *Salmanazar* de leur royaume
d'Ifraël , qui avait bien quinze lieues de long fur huit
de large , furent d'abord enchaînés deux à deux
comme des galériens par l'ordre de *Salmanazar* roi de
Chaldée , qu'ils furent conduits à coups de fourche
de Samarie à Sichem , de Sichem à Damas , de
Damas à Alep , d'Alep à Erzerum ; que dans la fuite
des temps cette grande partie du peuple chéri s'avança
vers Erivan ; que bientôt après elle marcha au fud de
la mer d'Hircanie , vulgairement la mer Cafpienne ;
qu'elle planta fes pavillons dans le Guilan , dans le
Tabeiftan ; qu'elle vécut long-temps de cailles dans

le grand défert falé, felon fon ancienne coutume; & qu'enfin de déferts en déferts, & de bénédictions en bénédictions, les dix tribus fondèrent le royaume de Caï-foum-fou, d'où ils ne reviendront que pour conduire les nations dans la voie droite. (*kk*) Cette doctrine confola fort mon père, mais ne le dédommagea pas.

J'avais dans ce temps-là même un coufin-germain bachelier de forbonne. Il fe chargea de faire le panégyrique des fix corps des marchands : la facrée faculté y trouva des propofitions mal-fonnantes, hérétiques, fentant l'héréfie, ce qui lui fit une affaire très-férieufe.

Ces aventures, & d'autres pareilles, firent connaître à la famille qu'elle ne devait jamais fe mêler des affaires d'autrui, qu'il fallait renoncer à la profe foutenue comme aux vers alexandrins, & qu'enfin rien n'était plus dangereux que de vouloir briller dans le monde.

En effet, quand le père *Caftel* fit une brochure pour raffurer l'*univers*, & une autre brochure pour inftruire l'*univers*, les honnêtes gens en rirent, & l'univers n'en fut rien. C'eft bien pis que fi l'univers avait ri. Tout cela était un avertiffement de me taire.

Vous pourrez me dire, Monfieur, que l'empereur *Kien-long* a pourtant voulu inftruire une grande partie du globe en vers tartares, & que tous les

(*kk*) On peut confulter fur une partie de ces belles chofes un profeffeur émérite du collége du Pleffis à Paris, lequel a fait parler fort favamment meffieurs les juifs *Jonathan*, *Mathataï*, & *Winker*. On peut voir auffi la réponfe à ces meffieurs, article *Juif*, dans le *Dictionnaire philofophique*.

lettrés de la Chine ont été à ses pieds. Vous ajouterez encore qu'il a fait imprimer une chanson sur le thé, (*ll*) & qu'il n'y a point de dame depuis Pékin jusqu'à Kanton qui n'ait chanté la chanson de son maître en déjeûnant. Mais s'il est permis à un empereur d'être bon poëte, un particulier risque trop. Il ne faut point se publier. Cachons-nous en vers & en prose. Il vous appartient, Monsieur, de paraître au grand jour, mais ne montrez pas mes lettres.

LETTRE IX.

Sur un livre des brachmanes, le plus ancien qui soit au monde.

NE parlons plus, Monsieur, du poëme de l'empereur de la Chine, quelque beau qu'il puisse être. J'ai à vous entretenir d'un ouvrage cent fois plus poëtique, & beaucoup plus ancien, fait autrefois dans l'Inde, & qui ne commence que de nos jours à être connu en Europe; c'est le Shasta-bad, le plus ancien livre de l'Indostan & du monde entier, écrit dans la langue sacrée du hanscrit, il y a près de cinq mille ans. C'est bien autre chose que les yking ou les yquim chinois, qui ne font que des lignes droites où personne n'a jamais rien compris. Deux gentilshommes anglais qui ont tous deux, pendant plus de

_____

(*ll*) Cette chanson à boire est traduite par le père *Amiot*, & imprimée à la suite du *poëme de Moukden*. C'est une chanson fort différente des nôtres: elle ne respire que la sobriété & la morale. Les chansonniers du bas étage, les seuls qui nous restent, n'en feraient pas contens.

vingt ans , étudié la langue facrée dans le Bengale,
langue connue feulement de quelques favans brames,
fe font donné la peine de lire & de traduire les
morceaux les plus précieux de ce Shafta-bad. L'un eft
M. *Holwell*, long-temps vice-gouverneur du principal
établiffement anglais fur le Gange, l'autre M. *Dow*,
colonel dans l'armée de la compagnie. J'avoue ,
Monfieur, que notre compagnie françaife ne s'eft pas
donné de pareils foins , & qu'elle n'a été ni fi favante
ni fi heureufe.

L'antiquité du Shafta-bad fait voir évidemment
que les brachmanes précédèrent de plufieurs fiècles
les Chinois qui précèdent le refte des hommes. Ce
qui furprend, ce n'eft pas que ce livre foit fi ancien ,
c'eft qu'il foit écrit dans le ftyle dont *Platon* écrivait
en Grèce , plus de deux mille ans après l'auteur
indien.

Vous connaiffez ce Shafta-bad fans doute ; mais
permettez-moi de vous en repréfenter ici les principaux traits. Vous verrez qu'ils n'ont été connus
d'aucuns de nos miffionnaires. Chacun d'eux nous
a conté ce qu'il entendait dire, & encore très-difficilement , dans la province où il féjourna peu de
temps. Toutes ces provinces ont des idiomes & des
catéchifmes différens. Suppofé que des indiens fuffent
affez défœuvrés, affez inquiets, affez déterminés, pour
venir en Europe s'informer de nos dogmes , & nous
inftruire des leurs , ils verraient à Pétersbourg
l'Eglife grecque qui diffère de la romaine ; en Suède,
en Danemarck, l'Eglife évangélique ou luthérienne
qui ne reffemble ni à la romaine ni à la grecque ; en
Pruffe, une autre religion. Il ferait bien difficile à ces

indiens de fe faire une idée nette de l'origine du christianifme. MM. *Holwell* & *Dow* ont puifé à la fource du brachmanifme ; & on verra que cette fource eft celle des croyances qui ont régné le plus anciennement fur notre hémifphère , & même à la Chine, où la métempfycofe indienne eft encore reçue chez le peuple , quoique méprifée chez les lettrés, & dans tous les tribunaux.

Voici le commencement du plus fingulier de tous les livres, (*mm*)

„ D I E U eft un , créateur de tout , fphère
„ univerfelle, fans commencement, fans fin. D I E U
„ gouverne toute la création par une providence
„ générale , réfultante de fes éternels deffeins. —
„ Ne recherche point l'effence & la nature de l'Eter-
„ nel qui eft un ; ta recherche ferait vaine & coupable,
„ C'eft affez que jour par jour , & nuit par nuit, tu
„ adores fon pouvoir, fa fageffe, & fa bonté, dans
„ fes ouvrages. „

J'avais dit tout-à-l'heure que le Shafta-bad était digne de *Platon*. Je me rétracte, *Platon* n'eft pas digne du Shafta-bad. Continuons.

„ L'Eternel voulut, dans la plénitude du temps,
„ communiquer de fon effence & de fa fplendeur à
„ des êtres capables de la fentir. Ils n'étaient pas
„ encore ; (*nn*) l'Eternel voulut, & ils furent. Il créa
„ *Birma , Vitfnou, & Sib.* „

(*mm*) Nous en avons déjà quelques extraits en français dans un abrégé de l'hiftoire de l'Inde , imprimé avec le procès mémorable du général *Lalli.* (Volume de l'*Hiftoire du parlement de Paris.*)

(*nn*) N'eft-ce pas là le vrai fublime ?

On voit enfuite comment D I E U forma d'autres fubftances nombreufes, fubordonnées à ces trois premières participantes de fa propre nature, &dominatrices avec lui. Ces puiffances fubordonnées, & d'un ordre inférieur, avaient à leur tête un génie célefte que l'on nomme *Moifazor*. Tous ces noms expriment dans la langue du hanfcrit des perfections différentes : ces perfections diverfes, & cette fubordination, produifirent dans les globes dont D I E U a rempli l'efpace, une harmonie & une félicité conftante pendant plufieurs fiècles.

Il eft clair que ces idées, toute fublimes qu'elles peuvent être, ne font cependant qu'une image d'un bon gouvernement parmi les hommes ; c'eft le terreftre épuré & tranfporté au ciel. C'eft encore ce que *Platon* a tant imité.

Enfin l'envie & l'ambition fe faififfent du cœur de *Moifazor* & de fes compagnons : ils joignent les imperfections aux perfections : ils pervertiffent l'ouvrage de l'Eternel : ils fe révoltent contre les trois êtres fupérieurs, tirés de fa fubftance divine ; la difcorde fuccède à l'harmonie ; le ciel fe divife ; les génies fidelles qui ont confervé la perfection fe déclarent contre les génies infidelles qui ont choifi l'imperfection : l'Eternel précipite *Moifazor* & les autres fubftances imparfaites & révoltées dans le globe des ténèbres, nommé l'*ondéra*.

Voilà probablement l'origine de la guerre des Titans contre les dieux en Egypte, de la deftruction de *Typhon*, de la punition de *Typhée* & d'*Encelade* enchaînés par les Grecs en Sicile (*oo*) fous le mont

(*oo*) Voyez l'abrégé de l'hiftoire de l'Inde, à la fuite de la cataftrophe du général *Lalli*.

Etna. Un autre aurait dit, *voilà infailliblement*, au lieu de voilà probablement. Car on fait que, dès qu'un beau conte eft inventé par une nation, il eft vîte copié par une autre : l'aventure d'*Amphitrion* & de *Sofie* eft originairement de l'Inde ; on l'a déjà remarqué ailleurs.

Si on ofait, on obferverait encore que cette hiftoire, ou cette théogonie, ou cette allégorie, parvint jufqu'aux Juifs, vers les temps d'*Archélaüs* & d'*Agrippa* ; car c'eft alors qu'il parut un livre juif fous le nom d'*Enoch*, dans lequel il était fait mention de la révolte & de la chute des anges. On nous a confervé quelques paffages de ce livre attribué à *Enoch*, *feptième homme après Adam*. On y trouve que deux cents anges principaux, ayant l'archange *Semexias* à leur tête, fe liguèrent enfemble fur le mont Hermon pour aller voler les hommes, & pour violer des filles. Le Seigneur ordonna à *Michaël* de lier le capitaine *Semexias*, & à *Gabriel* de lier *Azazel* le lieutenant : ils furent jetés avec leurs foldats dans le lieu d'obfcurité, comme y avaient été jetés les génies défobéiffans du Shafta-bad. C'eft même à cette chute des anges, rapportée dans le livre d'*Enoch*, que l'apôtre *St Jude* fait allufion, quand il dit dans fon épître, chapitre premier : *Qu'Enoch, feptième homme après Adam, prophétifa fur ces étoiles errantes, auxquelles une tempête noire eft réfervée pour l'éternité.* (*pp*) Il dit dans ce même chapitre : *Que ces anges font liés de chaînes à tout jamais,* (*qq*) quoique l'archange *Michaël* n'ofât maudire le diable, en lui difputant le corps de *Moïfe.*

(*pp*) Verf. 13.   (*qq*) Verf. 6.

C'eſt au père *Calmet* de notre congrégation d'expliquer ces myſtères ; c'eſt à lui ſeul de montrer
comment la chute des anges n'avait été annoncée
chez nous que dans un livre apocryphe : je dois me
borner à vous dire que cette chute était articulée
depuis des ſiècles dans le Shaſta - bad des anciens
brachmanes.

Vous ſavez , Monſieur, qu'il y a dans ce temps-ci
des doctes qui raiſonnent, ce qui n'était pas autrefois ſi commun : vous ſavez que parmi nos doctes
raiſonneurs modernes , il s'en trouve quelques-uns
d'aſſez téméraires pour oſer croire que le berceau du
chriſtianiſme fût dans l'Inde, il y a cinq mille ans
à-peu-près ; & voici comme ils tâchent d'argumenter.
L'origine de tout , diſent-ils , ſelon nous , & ſelon
les Indiens, c'eſt le diable. Car nous diſons que le
diable s'étant révolté dans le ciel, avant qu'il y eût
des hommes ſur la terre, & ayant été mis en enfer,
il en ſortit pour venir tenter nos premiers parens,
dès qu'il ſut qu'ils exiſtaient. Il fut la cauſe du
péché originel, & ce péché originel fut la cauſe de
tout ce qui eſt arrivé depuis. Donc le diable eſt la
cauſe de tout. Mais puiſqu'il n'eſt queſtion dans
aucun endroit de la Genèſe , ni du diable , ni de
ſon enfer , ni de ſon voyage ſur la terre , il eſt
évident que toute cette théologie eſt tirée de la
théologie des anciens brachmanes , qui ſeuls avaient
écrit l'hiſtoire du diable ſous le nom de *Moiſazor*.
Ce *Moiſazor* avait commencé par être favori de DIEU ;
puis avait été damné , puis était venu ſur la terre.

Nos commentateurs firent de ce diable chaſſé du
ciel un ſerpent ; enſuite ils en firent *Sathan , Belphégor ,*

Belzébuth &c. ; ils ont fini par l'appeler *Lucifer* d'un mot latin qui veut dire l'étoile de Vénus.

Et pourquoi ont-ils appelé le diable étoile de Vénus ? c'eſt que dans un ancien écrit juif (*rr*) on a déterré un paſſage traduit en latin. Ce paſſage regarde la mort d'un roi de Babylone, de qui les Juifs avaient été eſclaves. Les Juifs ſe réjouiſſaient d'avoir perdu ce monarque, comme fait le peuple preſque par-tout à la mort de ſon maître. L'auteur exhorte le peuple à ſe moquer de ce roi babylonien qu'on vient d'enterrer.

,, Allons, dit-il, chantez une parabole contre
,, le roi de Babylone. Dites : Que ſont devenus
,, ſes employés des gabelles ? que ſont devenus les
,, bureaux de ces gabelles ? le Seigneur a briſé le
,, ſceptre des impies, & les verges des dominateurs ;
,, la terre eſt maintenant tranquille & en ſilence :
,, elle eſt dans la joie. Les cèdres & les ſapins, ô roi !
,, ſe réjouiſſent de ta mort. Ils ont dit : Depuis que
,, tu es enterré, perſonne n'eſt plus venu nous
,, couper & nous abattre : tout le ſouterrain s'eſt
,, ému à ton arrivée ; les géans, les princes, ſe ſont
,, levés de leur trône ; ils diſent : Te voilà donc
,, percé comme nous ; te voilà ſemblable à nous ;
,, ton orgueil eſt tombé dans les ſouterrains avec
,, ton cadavre ; comment es-tu tombée du ciel, étoile
,, du matin, étoile de Vénus, *Lucifer* ? (en ſyriaque
,, *Hellel* ;) comment es-tu tombée en terre, toi qui
,, frappais les nations ? &c. ,,

Cette parabole eſt fort longue. Il a plu aux commentateurs d'entendre littéralement cette allégorie,

(*rr*) *nſaïe.*

comme il leur a plu d'expliquer allégoriquement le sens littéral de cent autres passages ; c'est ainsi que notre *St François de Paule* ayant fondé les minimes , on prêcha en Italie que son ordre était prédit dans la Genèse : *frater minimus cum patre nostro.* C'est ainsi que toute l'histoire de *St François d'Affise* se trouve mot à mot dans la Bible. De tout cela , Monsieur , nos commentateurs concluent que le serpent qui trompa notre *Eve* était le diable , & les Indiens concluent que le diable était leur *Moisazor* , qui fut ci-devant le premier des anges. Si on en croyait les anciens Perses , leur *Sathan* ferait d'une plus vieille date que notre serpent , & approcherait presque de l'antiquité de *Moisazor.* Chaque nation veut avoir son diable , comme chaque paroisse a son saint.

Je n'entre point dans ces profondeurs ; je remarquerai seulement que le gouverneur *Holwell* , après nous avoir donné une idée de ce livre si antique , & en avoir admiré le style , le compare au paradis perdu de Milton , *à cela près* , dit-il , *que Milton a été entraîné par son génie inventif & ingouvernable à semer dans son poëme des scènes trop grossières , trop bouffonnes , trop opposées aux sentimens qu'on doit avoir de l'être suprême.* (ss)

Poursuivons l'histoire de l'ancienne loi indienne. D I E U pardonne , après plusieurs milliers de siècles , aux génies délinquans ; il crée la terre comme un séjour d'épreuve , pour leur donner lieu d'expier leurs crimes : il les fait passer par plusieurs métamorphoses. D'abord ils sont vaches , afin que , lorsqu'ils feront

(ss) Page 64 , deuxième édition.

hommes , ils apprennent à ne point tuer leurs
nourrices , & à ne pas manger leurs pères nourriciers :
c'eſt ce qui établit cette doctrine de la métempſycoſe,
& cette abſtinence rigoureuſe de tout être à qui Dieu
a donné la vie ; doctrine que *Pythagore* embraſſa dans
l'Inde , & qu'il ne put faire recevoir à Crotone.

Quand ces génies céleſtes & punis ont ſubi pluſieurs métamorphoſes ſans commettre des crimes ,
ils retournent enfin avec leurs femmes dans le ciel
leur première patrie ; & c'eſt pour accompagner leurs
époux dans le ciel , que tant de femmes ſe brûlèrent ,
& ſe brûlent encore ſur le corps de leurs maris :
piété ancienne autant qu'affreuſe , qui nous montre
à quel excès de faibleſſe la ſuperſtition peut réduire
l'eſprit humain , & à quelle grandeur elle peut élever
le courage. *Cicéron* dit dans ſes Tuſculanes que cette
coutume ſubſiſtait de ſon temps dans toute ſa force.
Il s'en effraie , & il l'admire.

M. *Holwell* a vu dans ſon gouvernement , en 1743,
la plus belle femme de l'Inde , âgée de dix-huit ans ,
réſiſter aux prières & aux larmes de miladi *Ruſſell*,
femme de l'amiral anglais , qui la conjurait d'avoir
pitié d'elle-même & de deux enfans charmans qu'elle
allait laiſſer orphelins ; elle répondit à madame *Ruſſell :*
Dieu les a fait naître , Dieu en prendra ſoin. Elle
s'étendit ſur le bûcher , & y mit le feu elle-même avec
autant de ſérénité que des dévotes prennent le voile
parmi nous.

Il ajoute qu'un anglais , nommé *Charnoc* , étant
témoin du même épouvantable ſacrifice d'une jeune
indienne très-belle , deſcendit malgré les prêtres dans
la foſſe du bûcher , arracha du milieu des flammes

cette victime qui criait au ravisseur & à l'impie : qu'il eut une peine extrême à l'apaiser : qu'enfin il l'époufa, mais qu'il fut regardé par tout le peuple comme un monstre.

Les brachmanes eurent un autre dogme qui a fait plus de fortune dans tout notre occident ; c'est celui de nos quatre âges du monde, si bien chantés par *Ovide*, & qui figurent toujours dans nos opéra & dans nos tableaux. Le premier âge de la création de la terre pour sauver les ames de l'enfer fut de trois millions deux cents mille de nos années, ci. 3200000

Le second fut de 1600000

Le troisième de 800000

Le quatrième où nous sommes est de . 400000

Ainsi tout va toujours en diminuant & en empirant dans ce monde ; mais nous sommes plus discrets que les brachmanes. Nos âges ne sont pas si longs. Les Indiens appellent ces âges *Iogues* ; c'est dans le présent iogue qu'un roi des bords du Gange, nommé *Brama*, écrivit dans la langue sacrée le sacré Shasta-bad, il n'y a guère que cinq mille années : mais il ne s'écoula pas quinze siècles qu'un autre brachmane, qui pourtant n'était pas roi, donna une loi nouvelle du Veidam. Je lui en demande bien pardon ; ce Veidam est le plus ennuyeux fatras que j'aie jamais lu. Figurez-vous la légende dorée, les conformités de *S*[t] *François d'Assise*, les exercices spirituels de *S*[t] *Ignace*, & les sermons de *Menot* joints ensemble, vous n'aurez encore qu'une idée très-imparfaite des impertinences du Veidam.

L'Ezour-veidam eſt tout autre choſe. C'eſt l'ouvrage d'un vrai ſage qui s'élève avec force contre toutes les ſottiſes des brachmanes de ſon temps. Cet Ezour-veidam fut écrit quelque temps avant l'invaſion d'*Alexandre*. C'eſt une diſpute de la philoſophie contre la théologie indienne ; mais je parie que l'Ezour-veidam (*tt*) n'a aucun crédit dans ſon pays , & que le Veidam y paſſe pour un livre céleſte.

LETTRE X.

Sur le paradis terreſtre de l'Inde.

CE n'eſt pas aſſez , Monſieur , que deux anglais, dans les tréſors qu'ils ont rapportés de l'Inde , aient compté principalement cet ancien livre de la religion des brachmanes ; ils ont encore découvert le paradis terreſtre. Vous ſavez que de grands théologiens l'avaient placé les uns dans la Taprobane, les autres en Suède , quelques-uns même dans la lune. Mais il eſt réellement ſur un des bras du Gange. M. *Hôlwell* & quelques-uns de ſes amis y ont voyagé d'un bout à l'autre ; (*uu*) ce pays peut prendre ſon nom de ſa

(*tt*) L'Ezour-veidam eſt en effet un livre qui combat toutes les ſuperſtitions & qui détruit les fables dont on déshonore la Divinité ; c'eſt probablement le livre que le père *Pons* , miſſionnaire ſur la côte de Malabar en 1740, appelle l'*Ajour-veidam*. Il avait un peu appris la langue des brames modernes, mais non pas l'ancien hanſcrit, qui eſt pour eux ce qu'eſt l'Iliade d'*Homère* pour les grecs d'aujourd'hui. Voyez ſa lettre au père du *Halde* , dans le XXV tome des *Lettres curieuſes & édifiantes.*

(*uu*) Voyez *intereſting events relative to Bengale* , pages 197 & ſuivantes.

capitale Bishnapor ou Vitfnapor , où l'on adore
Vitfnou fils de Dieu de temps immémorial. Il eft à
quelques journées de Calcuta, chef-lieu de la domination anglaife , & on le trouve marqué fur toutes
les bonnes cartes des poffeffions de la compagnie des
Indes. Il n'eft guère qu'à neuf ou dix journées des
frontières du petit royaume de Patna. La contrée
vers la ville anglaife de Calcuta , & vers celle de
Vishnapor , eft arrofée des canaux du Gange qui
fertilifent la terre. Tous les fruits , tous les arbres ,
toutes les fleurs, y font entretenus par une fraîcheur
éternelle , qui tempère les chaleurs du Tropique dont
ce climat n'eft pas éloigné. Le peuple y eft encore
plus favorifé de la nature.

Ce peuple fortuné, dit la relation , a confervé la beauté
du corps fi vantée dans les anciens brachmanes, & toute la
beauté de l'ame , pureté , piété , équité , régularité , amour de
tous les devoirs. C'eft là que la liberté & la propriété font
inviolables. Là on n'entend jamais parler de vol , foit privé ,
foit public ; dès qu'un voyageur quel qu'il foit a touché les
limites du pays , il eft fous la garde immédiate du gouver-
nement. On lui envoie des guides qui répondent de fon
bagage & de fa perfonne , fans aucun falaire. Ces guides le
conduifent à la première ftation. Le premier officier du lieu
le loge & le défraie , puis le remet à d'autres guides qui en
prennent le même foin. Il n'a d'autre peine que de délivrer
de ville en ville , à fes conducteurs , un certificat qu'ils
ont rempli leur charge. Il eft entretenu de tout dans chaque
gîte pendant trois jours , aux dépens de l'Etat ; & s'il tombe
malade, on le garde , & on lui adminiftre tous les fecours
jufqu'à ce qu'il foit guéri ; fans qu'on reçoive de lui la
moindre récompenfe.

Si ce n'est pas là le paradis terrestre, je ne sais où il peut être.

Un philosophe sera moins surpris qu'un autre homme, quand il saura que les habitans de Vishnapor descendent des anciens brachmanes. C'est probablement ainsi que *Pythagore* fut reçu chez eux. Ils ont conservé depuis des siècles innombrables la simplicité & la générosité de leurs mœurs. Ajoutez à cela que cette province, presque aussi grande que la France ou l'Allemagne, a toujours été préservée du fléau de la guerre, tandis que ce fléau dévorait tout depuis Délhi, & depuis les rives du Gange, jusqu'aux sables de Pondichéri.

On demandera comment des peuples si doux & si vertueux n'ont pas été conquis par quelqu'un de ces voleurs de grand chemin, soit Marattes, soit Européens, soit *Thamas-Kouli-kan*, soit *Abdala*? c'est qu'on ne peut pas entrer chez eux si facilement que le diable entra, selon *Milton*, dans le paradis terrestre, en sautant les murs.

Le prince descendant des premiers rois brachmanes, qui règne dans Vishnapor, peut en moins d'un jour inonder tout le pays ; une armée serait noyée en arrivant. Vishnapor est aussi bien défendu qu'Amsterdam & Venise ; ces peuples qui n'ont jamais attaqué personne résisteraient à l'univers entier.

Probablement quelques français, soit à Romorantin, soit à Paris, prendront ce récit pour des contes d'*Hérodote*, ou pour d'autres contes ; tout est cependant de la plus exacte vérité : les témoins oculaires sont à Londres.

Pourquoi

Pourquoi n'en fait-on rien chez nous? pourquoi de foixante journaux qui paraiffent tous les mois, aucun n'a-t-il difcuté des merveilles fi étranges? on dit que le livre de M. *Holwell* a été traduit; mais ces faits, jetés en paffant dans des mémoires fur les intérêts de fa compagnie des Indes, n'ont été remarqués en France par perfonne. Un feul homme en a parlé, & on n'y a pas pris garde. On n'était occupé chez nous que de l'hiftoire parifienne du jour. Si on a jeté les yeux un moment fur l'Inde, ce n'a été que pour accufer de nos défaftres ceux qui avaient prodigué leur fang pour les finir. Aucun même des négocians, des commis, des employés, de notre malheureufe compagnie, n'a jamais entendu parler de Vishnapor ou Bishnapor. Ils ont été chaffés d'un climat que pendant cinquante ans ils n'avaient pu connaître. Le jéfuite *Lavaur*, qui revint de Pondichéri avec onze cents mille francs dans fa caffette, ne favait pas fi M. *Holwell* & M. *Dow* étaient au monde.

J'avoue que fi la route de Vishnapor était auffi fréquentée que celle d'Orléans & de Lyon., l'hofpitalité y ferait moins en honneur : c'eft une vertu qui coûte peu de chofe à ces peuples ; mais on m'avouera qu'ils exercent cette vertu quand l'occafion s'en préfente : une bonne action aifée à faire eft toujours une bonne action. Ce ferait le bonheur du genre-humain que la vertu fût par-tout d'une pratique facile. La *dévotion aifée* du père *le Moine* n'était point un fi ridicule titre de livre ; faudrait-il donc que la faine morale fût rebutante ?

Si les brachmanes furent les premiers théologiens de ce monde, ils furent auffi les premiers aftronomes.

Les nuits de leur pays , qui font plus belles que nos
beaux jours , dûrent néceffairement les engager à
obferver les aftres. Il n'eft pas à croire que cette
fcience ait été cultivée d'abord par des bergers ,
comme on le dit. Nous ne voyons pas que nos pâtres
s'occupent beaucoup des planètes & des étoiles fixes.
Probablement ceux qui gardaient les moutons en
Tartarie , aux Indes, en Chaldée , n'étaient pas plus
curieux que les payfans de nos contrées , & je ne
vois pas qu'il y ait jamais eu de *Newton* & de *Halley*
parmi nos bergers d'Allemagne , de France , &
d'Efpagne. Il faut favoir un peu de géométrie pour
être même un aftronome ignorant. Les brachmanes
étaient géomètres. Il eft donc de la plus grande
vraifemblance que la fcience du ciel eut fon origine
chez eux.

Il paraît qu'ils furent les premiers qui connurent
l'obliquité de l'écliptique. Leur première époque
aftronomique commençait à une conjonction de toutes
les planètes , & cette conjonction était arrivée vingt-
trois mille cinq cents & un ans avant notre ère. Je
n'examine pas s'ils fe font trompés fur cette époque ;
mais je dis qu'il faut une prodigieufe fcience & bien
des fiècles pour être en état de fe tromper dans un
tel calcul.

LETTRE XI.

Sur le grand-lama & la métempfycofe.

Après avoir voyagé fous vos ordres, Monfieur, en Egypte, à la Chine, & aux Indes, je veux faire un petit tour dans un coin de la Tartarie pour vous parler du grand-lama. Je veux bien croire qu'il y a des tartares affez bons pour pendre à leur cou quelques reliques de fon derrière, en forme de grains de chapelet : en vérité il y a dans les environs de Romorantin, & dans d'autres villes, des gens du peuple qui fe parent de reliques auffi fingulières. Je ne vois pas que ce qui fort du derrière d'un homme qu'on refpecte & qu'on aime, quand cela eft bien fec, bien mufqué, bien préparé, bien enchaffé dans de l'or ou de l'ivoire, foit plus dégoûtant que tel vieux haillon qui n'a jamais appartenu à un homme de mérite, ou tel vieux os pourri, ou tel nombril, ou tel prépuce, qu'on expofe encore dans plus d'un de nos villages à l'adoration des bonnes femmes.

Mais que dans tout le Thibet on penfe qu'il exifte un homme immortel, cela peut faire quelque peine à un philofophe. Peut-être ce dogme eft-il la fuite de cette recherche férieufe que des rois de la Chine firent autrefois du breuvage d'immortalité. Vous remarquez très-bien dans votre livre que plus d'un roi mourut fubitement de ce breuvage qui fefait vivre éternellement.

Q 2

Il y a , ce me femble, dans *Oléarius* un très-bon conte fur *Alexandre* qui chercha le breuvage d'immortalité , en paffant par le Thibet, lorfqu'il allait conquérir l'Inde. C'eft dommage que ce conte n'ait pas eu place dans les mille & une nuits ; mais il était trop philofophique pour ma fœur *Shézarade*. Voici donc ce qu'*Oléarius* lut en Perfe, dans une hiftoire d'*Alexandre* qui n'eft pas écrite par *Quinte-Curce*. (xx)

Alexandre après la mort de *Darah* , ou *Darius*, ayant vaincu les Tartares Usbecks , & fe trouvant de loifir , voulut boire de l'eau d'immortalité. Il fut conduit par deux frères qui en avaient bu largement, & qui vivent encore comme *Hénoch* & *Elie*. Cette fontaine eft dans une montagne du Caucafe, au fond d'une grotte ténébreufe. Les deux frères firent monter *Alexandre* fur une jument dont ils attachèrent le poulain à l'entrée de la caverne , afin que la mère qui portait le roi au milieu de ces profondes ténèbres , pût revenir d'elle-même à fon petit après qu'on aurait bu.

Quand on fut arrivé à tâtons au milieu de la grotte , on vit tout d'un coup une grande clarté ; une porte d'acier brillant s'ouvre ; un ange en fort en fonnant de la trompette. Qui es-tu? lui dit le héros. — Je fuis *Raphaël*. — Et toi? — Moi , je fuis *Alexandre*. — Que cherches-tu? — l'immortalité. — Tiens, lui dit l'ange, prends ce caillou, & quand tu en auras trouvé un autre précifément de même poids, reviens à moi, & je te ferai boire. Alors l'ange difparut, & les ténèbres furent plus épaiffes qu'auparavant.

(xx) Voyages d'*Oléarius* en Mofcovie & en Perfe, pages 169 & 170.

Alexandre fortit de la grotte à l'aide de fa jument qui courut après fon poulain. Tous les officiers, tous les valets d'*Alexandre* fe mirent à chercher des cailloux. On n'en trouva point qui fût exactement d'une pefanteur égale à celui de *Raphaël*; & cela fervit à prouver cette ancienne vérité, fur laquelle *Leibnitz* a tant infifté depuis, qu'il eft impoffible que la nature produife deux êtres abfolument femblables.

Enfin *Alexandre* prit le parti de faire ajouter une pincée de terre à fon caillou pour égaler le poids, & revint tout joyeux à fa grotte fur fa jument. La porte d'acier s'ouvre, l'ange reparaît; *Alexandre* lui montre les deux cailloux. L'ange les ayant confidérés lui dit : Mon ami, tu y as ajouté de la terre; tu m'as prouvé que tu en es formé, & que tu retourneras à ton origine.

Il faut que depuis on ait cru dans le Thibet qu'enfin le grand-lama avait trouvé les deux cailloux & la véritable recette. C'eft ainfi que nos ancêtres crurent qu'*Ogier* le danois avait bu de la fontaine de Jouvence. C'eft ainfi qu'en Grèce on avait imaginé que l'*Aurore* avait fait préfent à *Titon* d'une éternelle vieilleffe,

Mais ce qui me paraît plus vraifemblable, c'eft que la croyance de la métempfycofe, qui paffa depuis fi long-temps de l'Inde en Tartarie, eft l'origine de cette opinion populaire que la perfonne du grand-lama eft immortelle.

Je vous prie de vouloir bien d'abord obferver qu'il n'eft point du tout abfurde de croire à la métemp-fycofe. C'eft un dogme très-faux, je l'avoue; il

Q 3

n'eſt point approuvé parmi nous , il peut être un
jour déclaré hérétique, mais il n'a été jamais expreſſément condamné : on pouvait , ce me ſemble , ſup-
poſer en ſureté de conſcience que DIEU, le créateur
de toutes les ames , les feſait ſucceſſivement paſſer
dans des corps différens ; car que faire des ames de
tant de fœtus qui meurent en naiſſant , ou qui ne
parviennent pas à maturité ? Voilà des ames toutes
neuves qui n'ont point ſervi , ne feront-elles plus
bonnes à rien ? ne paraît-il pas très-raiſonnable de
leur donner d'autres corps à gouverner , ou ſi vous
l'aimez mieux , de les faire gouverner par d'autres
corps ?

Pour les ames qui ont habité des corps diſgraçiés,
& qui ont ſouffert avec eux dans leur demeure , n'eſt-
il pas encore très-raiſonnable qu'après être délogées
de leurs vilains étuis elles aillent en habiter de mieux
faits ?

Je dirais plus ; il n'y a perſonne qui , ſi on lui
propoſait de renaître après ſa mort , n'acceptât ce
marché de tout ſon cœur : *quàm vellent æthere in alto !*
Il paraît donc aſſez évident que ce ſyſtème ne répugne
ni au cœur humain ni à la raiſon humaine.

Il eſt encore évident que cette doĉtrine ne choque
point les bonnes mœurs ; car une ame qui ſe trouvera logée dans le corps d'un homme pour ſoixante
ou quatre-vingts ans tout au plus , devra prendre le
parti d'être une ame honnête , de peur d'aller habiter
après ſon décès le corps de quelque animal immonde
& dégoûtant.

Pourquoi ce ſyſtème ne fut-il reçu ni chez les
Grecs , ni chez les Romains , ni même en Egypte ,

ni en Chaldée? eft-ce parce qu'il n'était pas prouvé?
non, car tous ces peuples étaient infatués de dogmes
bien plus improbables. Il eft à croire plutôt que la
doctrine de la tranfmigration des ames fut rejetée,
parce qu'elle ne fut annoncée que par des philofophes.
Dans tout pays on difputa toujours contre le philofophe, & on recourut au forcier. *Pythagore* eut beau
dire en Italie :

O genus attonitum gelidæ formidine mortis,
Quid ftyga, quid tenebras, quid numina vana timetis,
Materiam vatum falfique piacula mundi?
Morte carent animæ, femperque priore reliclâ
Sede, novis domibus vivunt, habitantque recepta.
Ipfe ego, (nam memini) Trojani tempore belli,
Panthoïdes Euphorbus eram.

Ce que du *Bartas* a traduit ainfi dans fon ftyle naïf:

Pauvres humains effrayés du trépas,
Ne craignez point le Styx & l'autre monde ;
Tous vains propos dont notre fable abonde.
Le corps périt, l'ame ne s'éteint pas ;
Elle ne fait que changer de demeure,
Anime un corps, puis un autre fans fin.
Gardons-nous bien de penfer qu'elle meure ;
Elle voyage, & tel fut mon deftin,
J'étais Euphorbe à la guerre de Troye.

On laiffa dire *Pythagore*, on fe moqua d'*Euphorbe*,
on fe jeta à corps perdu à la tête de *Cerbère*, dans
le Styx, & dans l'Achéron, & l'on paya chèrement

des prêtres de *Diane* & d'*Apollon* qui vous en retiraient pour de l'argent comptant.

Les brachmanes & les lamas du Thibet furent presque les seuls qui s'en tinrent à la métempsycose. Il arriva qu'après la mort d'un grand - lama , celui qui briguait la succession prétendit que l'ame du défunt était passé dans son corps : il fut élu , & il introduisit la coutume de léguer son ame à son successeur. Ainsi tout grand-lama élève auprès de lui un jeune-homme , soit son fils , soit son parent , soit un étranger adopté qui prend la place du grand-prêtre dès que le siége est vacant. C'est ainsi que nous disons en France que le roi ne meurt point. C'est-là , si je ne me trompe , tout le mystère. Le mort saisit le vif, & le bon peuple qui ne voit ni les derniers momens du défunt , ni l'installation du successeur, croit toujours que son grand-lama est immortel , infaillible , & impeccable.

Le père *Gerberon*, qui accompagna si souvent l'empereur *Cam-hi* dans ses parties de chasse en Tartarie, nous a pleinement instruit des précautions que ces pontifes prenaient pour ne point mourir. Voici ce qu'il raconte dans une de ses lettres écrites en 1697 : (*yy*)

Le dalaï-lama , attaqué d'une maladie mortelle dans son palais de roseaux & de joncs au Thibet, ne pouvait laisser son sceptre & sa mître à un petit bâtard d'un an , le seul enfant qui lui restait : cette place demandait un enfant de seize ans , c'était l'âge

(*yy*) Voyez le tome IV de la collection de du *Halde* , page 466 , édition d'Hollande.

de la majorité. Il recommanda, fous peine de damnation, à fes prêtres de cacher fon décès pendant quinze années ; & il écrivit une lettre à l'empereur *Cam-hi* par laquelle *il le mettait dans la confidence, & le fuppliait de protéger fon fils.* Son clergé devait rendre la lettre au bout de ce temps par une ambaffade folemnelle, & cependant il était tenu de dire à tous ceux qui viendraient demander audience à fa fainteté, qu'elle ne voyait perfonne, & qu'elle était en retraite. On ne parlait en Tartarie & à la Chine que de cette longue retraite du dalaï-lama ; l'empereur y fut trompé lui-même.

Enfin ce monarque s'étant avancé jufqu'à la ville de Nianga auprès de la grande muraille, lorfque les quinze ans étaient écoulés, l'ambaffade facerdotale parut, & la lettre fut rendue ; mais les valets des ambaffadeurs avaient divulgué le myftère, & cent mille foldats qui fuivaient l'empereur dans fes chaffes raillaient déjà l'immortalité d'un homme enterré depuis quinze ans. *Cam-hi* dit à l'ambaffade : Mandez à votre maître que je lui ferai réponfe dès que je ferai mort. Cependant il eut la bonté de protéger le nouvel immortel qui avait fes feize ans accomplis; & la canaille du Thibet crut plus que jamais à l'éternité de fon pontife. (zz)

Toute cette affaire qui fe paffait moitié dans ce monde-ci, moitié dans l'autre, n'était donc au fond

(zz) Les miniftres *Claude* & *Jurieu* ont ofé comparer notre faint père le pape au grand-lama : ils ont dit qu'il n'eft pas moins ridicule d'être infaillible que d'être immortel. Je penfe que la comparaifon n'eft pas jufte : car il peut être arrivé qu'un pape à la tête d'un concile ait décidé que les cinq propofitions font dans *Janfénius*, & ne fe foit pas trompé ; mais il ne peut être arrivé que le même pape ne foit pas mort, lui & tout fon concile.

qu'une intrigue de cour. *Cam-hi* fefait reconnaître un immortel, & s'en moquait. Le défunt lama avait joué la comédie, même en mourant, & avait fait la fortune de fon bâtard. Il ne faut pas croire que des hommes d'Etat foient des imbécilles parce qu'ils font nés en Tartarie ; mais le peuple pourrait bien l'être.

Je fuis perfuadé que fi nous avions vécu du temps des adorateurs d'*Ifis*, d'*Apis*, & d'*Anubis*, nous aurions trouvé dans la cour de Memphis autant de bon fens & de fagacité que dans les nôtres, malgré la foule des docteurs du pays, payés pour pervertir ce bon fens.

Il eft contradictoire, dira-t-on, que les premiers d'une nation foient fages, habiles, polis, lorfque toute la jeuneffe eft élevée dans la démence & dans la barbarie. Oui, cela femble incompatible ; mais on a déjà remarqué que le monde ne fubfifte que de contradictions.

Informez un chinois homme d'efprit, ou un tartare de Moukden, ou un tartare du Thibet, de certaines opinions qui ont cours dans une certaine partie de l'Europe, ils nous prendront tous pour ces boffus qui n'ont qu'un œil & qu'une jambe, pour des finges manqués, tels qu'ils figuraient autrefois, aux quatre coins des cartes géographiques chinoifes, tous les peuples qui n'avaient pas l'honneur d'être de leur pays. Qu'ils viennent à Londres, à Rome, ou à Paris, ils nous refpecteront, ils nous étudie-ront, ils verront que dans toutes les fociétés d'hommes il vient un temps où l'efprit, les arts, & les mœurs, fe perfectionnent. La raifon arrive tard, elle trouve la place prife par la fottife ; elle ne chaffe pas l'ancienne maîtreffe de la maifon , mais elle vit avec elle en la fupportant , & peu-à-peu s'attire toute la confidération & tout le crédit. C'eft ainfi qu'on en ufe à Rome même ; les hommes d'Etat favent s'y plier à tout , & laiffent la canaille ergotante dans tous fes droits. C'eft ainfi que les dogmes les plus abfurdes peuvent fubfifter chez les peuples les plus inftruits.

Voyez ces Tartares Mantchoux qui conquirent la Chine le fiècle paffé. Dom *Jean de Palafox* évêque & vice-roi du Mexique, ce violent ennemi des jéfuites, qui pourtant n'a pas encore été canonifé, fut un des premiers qui écrivit une relation de cette conquête. Il regarde les Tartares Mantchoux comme des loups qui ont ravagé une partie des bergeries de ce monde. On ne voit d'abord chez eux qu'ignorance de tout bien , jointe à la rage de faire tout le mal poffible , infolence , perfidie , cruauté , débauche , portée à l'excès. Qu'eft-il arrivé? trois empereurs & le temps ont fuffi pour les rendre dignes de commenter le poëme de Moukden , & de l'imprimer en trente-deux nouveaux caractères différens.

L'empereur *Cam-hi* , grand-père de l'empereur poëte, avait déjà civilifé fes Tartares, non pas jufqu'à être éditeurs de poëmes , mais jufqu'à égaler les Chinois en fcience , en politeffe, en douceur de mœurs. On ne diftingue prefque plus aujourd'hui les deux nations.

Permettez-moi encore de vous dire que le père de l'empereur *Cam-hi* , tout jeune qu'il était, montrait une grande prudence en fefant couper les cheveux aux Chinois, afin que les vaincus reſſemblaſſent plus aux vainqueurs. *Palafox*, il eſt vrai, nous dit que pluſieurs chinois aimèrent mieux perdre leur tête que leur chevelure, ainſi que pluſieurs ruſſes ſous *Pierre le grand* aimèrent mieux perdre leur argent que leur barbe ; mais enfin tout ce qui tend à l'uniformité eſt toujours très-utile. Les derniers empereurs tartares n'ont fait qu'un ſeul peuple de deux grands peuples, & ils ſe ſont ſoumis, les armes à la main, aux anciennes lois chinoiſes. Une telle politique, ſoutenue depuis cent ans par un gouvernement équitable, vaut peut-être bien le travail aſſidu de calculer des éphémérides. Les brames d'aujourd'hui les calculent encore avec une facilité & une vîteſſe ſurprenante : mais ils vivent ſous le plus funeſte des gouvernemens ou plutôt des anarchies ; & les Tartaro-chinois jouiſſent de toute la portion de bonheur qu'on peut goûter ſur la terre.

Je conclus que politique & morale valent encore mieux que mathématique &c. &c.

LETTRE XII.

Sur le Dante, & ſur un pauvre homme nommé Martinelli.

J'ENTRETENAIS mon ami *Gervais* de toutes ces choſes curieuſes, & je lui feſais lire les lettres que j'avais écrites à M. *Paw*, à condition que M. *Paw* me donnerait enſuite la permiſſion de montrer les fiennes à M. *Gervais*, lorfqu'il arriva deux favans d'Italie à pied qui venaient par la route de Nevers.

L'un était M. *Vincenzio Martinelli*, maître de langue, qui avait dédié une édition du *Dante* à milord *Orfort*; l'autre était un bon violon. *Per tutti i fanti!* dit le fignor *Martinelli*, on eft bien barbare dans la ville de Nevers par où j'ai paffé : on n'y fait que des colifichets de verre, & perfonne n'a voulu imprimer mon *Dante* & mes préfaces, qui font autant de diamans.

Vous voilà bien à plaindre, lui dit M. *Gervais*, il y a quatre ans que je n'ai pu débiter dans Romo-rantin un exemplaire des vers d'un empereur chi-nois ; & vous qui n'êtes qu'un pauvre italien, vous ofez trouver mauvais qu'on n'imprime pas votre *Dante* & vos préfaces à Nevers ! Qu'eft-ce donc que ce *Dante*? C'eft, dit *Martinelli*, le divin *Dante*, qui manquait de chauffes au treizième fiècle, comme moi au dix-huitième. J'ai prouvé que *Bayle*, qui était un ignorant fans efprit, n'avait dit que des fottifes fur le *Dante* dans les dernières éditions de fon grand dictionnaire, *notizie fpurie diforme*. J'ai relancé vigou-reufement un autre *ciofo* (*a*) homme de lettres, qui s'eft avifé de donner à fes compatriotes français une idée des poëtes italiens & anglais, en traduifant quel-ques morceaux librement & fottement en vers d'un ftyle de *Polichinelle*, (*b*) comme je le dis expreffément. En un mot, je viens apprendre aux Français à vivre, à lire, & à écrire.

(*a*) Quelques gens de lettres italiens, qui ne favent pas vivre, appellent un français un *Ciofo*.

(*b*) Préface du *Dante* par le fignor *Martinelli* : c'eft de M. de *Voltaire* qu'il parle.

Le stupide orgueil d'un mercénaire, qui se croyait un homme considérable pour avoir imprimé le *Dante*, me causa d'abord une vive indignation. Mais j'eus bientôt quelque pitié du signor *Martinelli*; je me mêlai de la conversation, & je lui dis : Monsieur le maître de langues, vous ne me paraissez maître de goût ni de politesse. J'ai lu autrefois votre divin *Dante*; c'est un poëme très-curieux en Italie pour son antiquité. Il est le premier qui ait eu des beautés & du succès dans une langue moderne. Il y a même dans cet énorme ouvrage une trentaine de vers qui ne dépareraient pas l'*Arioste* : mais M. *Gervais* sera fort étonné quand il saura que ce poëme est un voyage en enfer, en purgatoire, & en paradis. M. *Gervais* recula de deux pas, & trouva le chemin un peu long.

Sachez, dis-je à mon ami *Gervais*, que le *Dante* ayant perdu par la mort sa maîtresse *Béatrice Portinari*, rencontre un jour à la porte de l'enfer *Virgile* & cette *Béatrice* auprès d'une lionne & d'une louve. Il demande à *Virgile* qui il est; *Virgile* lui répond que son père & sa mère sont de Lombardie, & qu'il le menera dans l'enfer, dans le purgatoire, & au paradis, si le *Dante* veut le suivre. Je te suivrai, lui dit le *Dante*, mène-moi où tu dis, & que je voie la porte de St *Pierre*.

      Che tu mi meni la dove or dicesti ;
      Si che vegga la porta di san Pietro.

Béatrice est du voyage. Le *Dante*, qui avait été chassé de Florence par ses ennemis, ne manque pas

de les voir en enfer , & de se moquer de leur damnation. C'est ce qui a rendu son ouvrage intéressant
pour la Toscane. L'éloignement du temps a nui à
la clarté ; & on est même obligé d'expliquer aujour-
d'hui son enfer comme un livre classique. Les
personnages ne sont pas si attachans pour le reste
de l'Europe. Je ne sais comment il est arrivé
qu'*Agamemnon* fils d'*Atrée* , *Achille* aux pieds légers ,
le pieux *Hector* , le beau *Pâris* , ont toujours plus de
réputation que le comte de *Montefeltro* , *Guido da
Polenta* , & *Paolo Lancilotto.*

Pour embellir son enfer , l'auteur joint les anciens
païens aux chrétiens de son temps. Cet assemblage
& cette comparaison de nos damnés avec ceux de
l'antiquité pourrait avoir quelque chose de piquant ,
si cette bigarrure était amenée avec art , s'il était
possible de mettre de la vraisemblance dans ce mélange
bizarre de christianisme & de paganisme , & surtout
si l'auteur avait su ourdir la trame d'une fable , & y
introduire des héros intéressans , comme ont fait
depuis l'*Arioste* & le *Tasse.* Mais *Virgile* doit être si
étonné de se trouver entre *Cerbère* & *Belzébuth* , & de
voir passer en revue une foule de gens inconnus ,
qu'il peut en être fatigué , & le lecteur encore
davantage.

M. *Gervais* sentit la vérité de ce que je lui disais , &
renvoya M. *Martinelli* avec ses commentaires. Nous
nous avouâmes l'un à l'autre que ce qui peut convenir à une nation est souvent fort insipide pour le
reste des hommes. Il faut même être très-réservé
à reproduire les anciens ouvrages de son pays. On
croit rendre service aux lettres en commentant

Coquillart & le roman de la Rofe. C'eſt un travail aufſi ingrat que bizarre de rechercher curieuſement des cailloux dans de vieilles ruines, quand on a des palais modernes.

Je me ſuis aviſé d'être libraire, me diſait M. *Gervais;* je quitterai bientôt le métier ; il y a trop de livres, & trop peu de lecteurs. Je m'en tiendrai à tenir café. Tous ceux qui viennent en prendre chez moi, diſent continuellement : J'ai bien à faire du roman de Mlle *Lucie*, des mémoires de M. le marquis de *trois étoiles*, de la nouvelle hiſtoire de *Céſar* & d'*Auguſte* dans laquelle il n'y a rien de nouveau ; & d'un dictionnaire des grands-hommes dans lequel ils ſont tous ſi petits ; & de tant de pièces de théâtre qu'on ne voit jamais au théâtre ; & de cette foule de vers où l'on fait tant d'efforts pour être naturel, & où l'on eſt de ſi mauvaiſe compagnie en cherchant le ton de la bonne com- pagnie : tout cela rebute les honnêtes gens, ils aiment mieux lire la gazette.

Ils ont raiſon, lui dis-je, il y a long-temps qu'on ſe plaint de la multitude des livres. Voyez l'Ecclé- ſiaſte, il vous dit tout net qu'on ne ceſſe d'écrire, *ſcribendi nullus eſt finis*. Tant de méditation n'eſt qu'une affliction de la chair, *frequens meditatio afflictio eſt carnis*. Ce n'eſt pas que je croie que du temps du roi *Salomoh* ou *Soleïman*, il y eût autant de livres qu'il y en eut dans Alexandrie, dont la bibliothèque royale poſſédait ſept cents mille volumes dont *Céſar* brûla la moitié.

Beaucoup de ſavans ont prétendu, & peut-être avec témérité, que cet Eccléſiaſte ne pouvait être du troiſième roi de la Judée, & qu'il fut compoſé

ſous

fous les *Ptolomées* par un juif d'Alexandrie , homme
d'efprit & philofophe. Mais le fait eft que la multitude de livres inlifibles dégoûte. Il n'y a plus moyen
de rien apprendre , parce qu'il y a trop de chofes à
apprendre. Je fuis occupé d'un problème de géométrie ; vient un roman de Clariffe en fix volumes , que
des anglomanes me vantent comme le feul roman
digne d'être lu d'un homme fage : je fuis affez fou
pour le lire ; je perds mon temps , & le fil de mes
études. Puis lorfqu'il m'a fallu lire dix gros volumes
du préfident de *Thou* , & dix autres de *Daniel* , &
quinze de *Rapin Thoyras* , & autant de *Mariana ;*
arrive encore un *Martinelli* qui veut que je le fuive en
enfer , en purgatoire, & en paradis , & qui me dit des
injures parce que je ne veux pas y aller! cela défefpère. La vue d'une bibliothèque me fait tomber en
fyncope.

Mais , me dit M. *Gervais* , penfez-vous qu'on fe
mette plus en peine dans ce pays-ci de vos Chinois
& de vos Indiens , que vous ne vous fouciez des
préfaces du fignor *Martinelli* ? Hé bien , M. *Gervais*
n'imprimez pas mes Chinois & mes Indiens.

M. *Gervais* les imprima.

DES DIVERS CHANGEMENS

ARRIVÉS A L'ART TRAGIQUE.

Qui croirait que l'art de la tragédie eſt dû en partie à *Minos* ? Si un juge des enfers eſt l'inventeur de cette poëſie, il n'eſt pas étonnant qu'elle ſoit un peu lugubre. On lui donne d'ordinaire une origine plus gaie. *Theſpis* & d'autres ivrognes paſſent pour avoir introduit ce ſpectacle chez les Grecs au temps des vendanges ; mais ſi nous en croyons *Platon*, dans ſon dialogue de *Minos*, on jouait déjà des pièces de théâtre du temps de ce prince. *Theſpis* promenait ſes acteurs dans une charrette ; mais en Grèce & dans d'autres pays, long-temps avant *Theſpis*, les acteurs ne jouaient que dans les temples. La tragédie fut dans ſon origine une choſe ſacrée ; & de-là vient que les hymnes des chœurs ſont preſque toujours les louanges des dieux dans les tragédies d'*Eſchyle*, de *Sophocle*, d'*Euripide*. Il n'était pas permis à un poëte de donner une pièce avant quarante ans ; ils s'appelaient *Tragedidaskaloi*, docteurs en tragédie. Ce n'était qu'aux grandes fêtes qu'on repréſentait leurs ouvrages ; l'argent que le public employait à ces ſpectacles était un argent ſacré.

Eubulus, ou *Eubolis*, ou *Ebylys*, fit paſſer en loi qu'on mettrait à mort quiconque propoſerait de détourner cette monnaie à des uſages profanes. C'eſt pourquoi *Démoſthènes*, dans ſa ſeconde *Olinthienne*, emploie tant de circonfpeétion & tant de détours pour engager les Athéniens à employer cet argent à la guerre contre *Philippe* ; c'eft comme fi on entreprenait en Italie de foudoyer des troupes avec le tréfor de Notre-Dame de Lorette.

Les fpeétacles étaient donc liés aux cérémonies de la religion. On fait que chez les Egyptiens les danfes, les chants, les repréfentations, furent une partie effentielle des cérémonies réputées faintes. Les Juifs prirent ces ufages des Egyptiens, comme tout peuple ignorant & groffier tâche d'imiter fes voifins favans & polis ; de-là ces fêtes juives, ces danfes des prêtres devant l'arche, ces trompettes, ces hymnes, & tant d'autres cérémonies entièrement égyptiennes.

Il y a bien plus ; les véritablement grandes tragédies, les repréfentations impofantes & terribles, étaient les myftères facrés qu'on célébrait dans les plus vaftes temples du monde, en préfence des feuls initiés ; c'était là que les habits, les décorations, les machines, étaient propres au fujet ; & le fujet était la vie préfente & la vie future.

C'était d'abord un grand chœur, à la tête duquel était l'hiérophante : ,, Préparez-vous, s'écriait-il, à ,, voir par les yeux de l'ame, l'arbitre de l'univers. ,, Il eft unique, il exifte feul par lui-même, & tous ,, les êtres doivent à lui feul leur exiftence ; il étend ,, par-tout fon pouvoir & fes œuvres ; il voit tout, ,, & ne peut être vu des mortels. ,,

Le chœur répétait cette ftrophe ; enfuite on gardait quelque temps le filence ; c'était-là un vrai prologue. La pièce commençait par une nuit répandue fur le théâtre ; des acteurs paraiffaient à la faible lueur d'une lampe ; ils erraient fur des montagnes , & defcendaient dans des abymes. Ils fe heurtaient, ils marchaient comme égarés. Leurs difcours , leurs geftes exprimaient l'incertitude des démarches des hommes , & toutes les erreurs de notre vie. La fcène changeait , les enfers paraiffaient dans toute leur horreur , les criminels avouaient leurs fautes , & atteftaient la vengeance célefte. C'eft ce que *Virgile* développe admirablement dans fon fixième livre de l'Enéide , qui n'eft autre chofe qu'une defcription des myftères ; & c'eft ce qui montre qu'il n'a pas tant de tort de mettre ces paroles dans la bouche de Phlégias : *Soyez juftes , mortels , & ne craignez qu'un* D I E U. Ce fou de *Scarron* fe trompe donc quand il dit :

> Cette fentence eft bonne & belle ,
> Mais en enfer de quoi fert-elle ?

Elle fervait aux fpectateurs. Enfin on voyait les champs élyfiens, la demeure des juftes. Ils chantaient la bonté de D I E U , d'un feul D I E U architecte du monde ; ils enfeignaient aux affiftans tous leurs devoirs. C'eft ainfi que *Stobée* parle de ces fpectacles fublimes , dont on retrouve encore quelques faibles traces dans des fragmens épars de l'antiquité.

Chez les Romains , la comédie fut admife après la première guerre punique , pour accomplir un vœu , pour détourner la contagion , pour apaifer les dieux, comme le dit *Tite-Live* au livre VII. Ce fut un acte très-folemnel de religion. Les pièces de *Livius*

Andronicus furent une partie de la cérémonie fainte des jeux féculaires. Jamais de théâtre fans fimulacres des dieux, & fans autels.

Les chrétiens eurent la même horreur que les Juifs pour les cérémonies païennes, quoiqu'ils en retinffent quelques-unes. Les premiers pères de l'Eglife voulurent féparer en tout les chrétiens des gentils; ils crièrent contre les fpectacles. Le théâtre, féjour des antiques divinités fubalternes, leur parut l'empire du diable. *Tertullien* l'africain dit, dans fon livre des fpectacles, que le diable élève les *acteurs fur des brodequins, pour donner un démenti à* JESUS-CHRIST, *qui affure que perfonne ne peut ajouter une coudée à fa taille.* St *Grégoire de Nazianze* inftitua un théâtre chrétien, comme nous l'apprend *Sozomène*; un St *Apollinaire* en fit autant; c'eft encore *Sozomène* qui nous en inftruit dans l'*Hiftoire eccléfiaftique*. L'ancien & le nouveau teftament furent les fujets de ces pièces; & il y a très-grande apparence que la tradition de ces ouvrages de théâtre, fut l'origine des myftères qu'on joua quelque temps après dans prefque toute l'Europe.

Caftelvetro certifie dans fa *poëtique* que la paffion de JESUS-CHRIST était jouée de temps immémorial dans toute l'Italie. Nous imitâmes ces repréfentations des Italiens, de qui nous tenons tout; & nous les imitâmes affez tard, ainfi que nous avons fait dans prefque tous les arts de l'efprit & de la main.

Nous ne commençâmes ces exercices qu'au quatorzième fiècle : les bourgeois de Paris firent leurs premiers effais à Saint-Maur. On joua les myftères à l'entrée de *Charles VI* à Paris, l'an 1380.

On croit communément que ces pièces étaient des turpitudes , des plaifanteries indécentes fur les myftères de notre fainte religion , fur la naiffance d'un Dieu dans une étable , fur le bœuf & fur l'âne , fur l'étoile des trois rois , fur ces trois rois même , fur la jaloufie de *Jofeph* , &c. On en juge par nos noëls , qui font en effet des plaifanteries , auffi comiques que blâmables , fur tous ces événemens ineffables. Il n'y a prefque perfonne qui n'ait entendu répéter les vers par lefquels on prétend qu'une de ces tragédies de la paffion commence :

> Matthieu ? — Plaît-il, Dieu ? —
> Prends ton épieu. —
> Prendrai-je auffi mon épée ? —
> Oui , & fuis-moi en Galilée.

On croit que dans la tragédie de la réfurrection un ange parle ainfi à D I E U le père :

> Père éternel , vous avez tort ,
> Et devriez avoir vergogne :
> Votre fils bien-aimé eft mort ,
> Et vous ronflez comme un ivrogne ! —
> Il eft mort ? — Foi d'homme de bien. —
> Diable emporte qui en favait rien.

Il n'y a pas un mot de tout cela dans les pièces des myftères qui font venues jufqu'à nous. Ces ouvrages étaient la plupart très-graves ; on n'y pouvait reprendre que la groffièreté de la langue qu'on parlait alors. C'était la fainte écriture en dialogues & en action ; c'étaient des chœurs qui chantaient les louanges de DIEU. Il y avait fur le théâtre beaucoup plus de pompe & d'appareil que nous n'en avons jamais vu : la troupe bourgeoise était composée de plus de cent acteurs, indépendamment des affiftans, des gagiftes, & des machiniftes. Auffi on y courait en foule, & une feule loge était louée cinquante écus pour un carême, avant même l'établiffement de l'hôtel de Bourgogne. C'eft ce qui fe voit par les regiftres du parlement de Paris de l'an 1541.

Les prédicateurs fe plaignirent que perfonne ne venait plus à leurs fermons, car le monologue fut en tout temps jaloux du dialogue : il s'en fallait beaucoup que les fermons fuffent alors auffi décens que ces pièces de théâtre. Si on veut s'en convaincre, on n'a qu'à lire les fermons de *Menot* & de tous fes contemporains,

Cependant, en 1541, le procureur-général, par fon réquifitoire du 9 novembre, prétend (article II) *que prédications font plus décentes que myftères, attendu qu'elles fe font par théologiens, gens doctes & de favoir, que ne font les actes que font gens indoctes.*

Sans entrer dans un plus long détail fur les myftères & fur les moralités qui leur fuccédèrent, il fuffira de dire que les Italiens, qui les premiers donnèrent ces jeux, les quittèrent auffi les premiers : le cardinal *Bibiena*, le pape *Léon* X, l'archevêque *Triffino*, reffufcitèrent, autant qu'ils le purent, le théâtre des Grecs ; & il ne fe trouva alors aucun petit pédant infolent, qui ofât croire qu'il pouvait flétrir l'art des *Sophocles* que les papes fefaient revivre dans Rome.

La ville de Vicence, en 1514, fit des dépenfes immenfes pour la repréfentation de la première tragédie qu'on eût vue en Europe depuis la décadence

R 4

de l'empire. Elle fut jouée dans l'hôtel-de-ville, & on
y accourut des extrémités de l'Italie. La pièce eſt de
l'archevêque *Triſſino;* elle eſt noble, elle eſt régulière,
& purement écrite. Il y a des chœurs; elle reſpire en
tout le goût de l'antiquité; on ne peut lui reprocher
que les déclamations, les défauts d'intrigue, & la langueur : c'étaient les défauts des Grecs; il les imita trop
dans leurs fautes, mais il atteignit à quelques-unes
de leurs beautés. Deux ans après, le pape *Léon X* fit
repréſenter à Florence la Roſamonda du *Rucelaï*, avec
une magnificence très-ſupérieure à celle de Vicence.
L'Italie fut partagée entre le *Rucelaï* & le *Triſſino.*

Long-temps auparavant la comédie ſortait du
tombeau par le génie du cardinal *Bibiena*, qui donna
la Calandra en 1482. Après lui on eut les comédies
de l'immortel *Arioſte*, la fameuſe Mandragore de
Machiavel, enfin le goût de la paſtorale prévalut.
L'Aminte du *Taſſe* eut le ſuccès qu'elle méritait, & le
Paſtor fido un ſuccès encore plus grand. Toute
l'Europe ſavait & ſait encore par cœur cent morceaux
du Paſtor fido ; ils paſſeront à la dernière poſtérité :
il n'y a de véritablement beau que ce que toutes
les nations reconnaiſſent pour tel. Malheur à un
peuple, comme on l'a déjà dit, qui ſeul eſt content
de ſa muſique, de ſes peintures, de ſon éloquence,
de ſa poëſie!

Tandis que le Paſtor fido enchantait l'Europe,
qu'on en récitait par-tout des ſcènes entières, qu'on
le traduiſait dans toutes les langues ; en quel état
étaient ailleurs les belles-lettres & les théâtres ? Ils
étaient dans l'état où nous étions tous, dans la barbarie. Les Eſpagnols avaient leurs *autos-ſacramentales*,

c'eſt-à-dire leurs actes ſacramentaux. *Lopez de Vega*, qui était digne de corriger ſon ſiècle, fut ſubjugué par ſon ſiècle. Il dit lui-même qu'il eſt obligé, pour plaire, d'enfermer ſous la clef les bons auteurs anciens, de peur qu'ils ne lui reprochent ſes ſottiſes.

Dans l'une de ſes meilleures pièces intitulée *Dom Raymond*, ce dom *Raymond*, fils d'un roi de Navarre, eſt déguiſé en payſan ; l'infante de *Léon*, ſa maîtreſſe, eſt déguiſée en bûcheron ; un prince de *Léon*, en pélerin. Une partie de la ſcène eſt chez un aubergiſte.

Pour les Français, quels étaient leurs livres & leurs ſpectacles favoris ? le chapitre des *torcheculs* de *Gargantua*, l'oracle de la *dive Bouteille*, les pièces de *Chrétien* & de *Hardy*.

Soixante & douze ans s'écoulèrent depuis *Jodelle* qui, ſous *Henri II*, avait très-vainement tenté de faire revivre l'art des Grecs, ſans que la France produiſît rien de ſupportable. Enfin *Mairet*, gentilhomme du duc de *Montmorenci*, après avoir lutté long-temps contre le mauvais goût, donna ſa tragédie de Sophonisbe qui ne reſſemblait point à celle de l'archevêque *Triſſino*. C'eſt une petite ſingularité que la renaiſſance du théâtre & l'obſervation des règles aient commencé en Italie & en France par une Sophonisbe. Cette pièce de *Mairet* eſt la première que nous ayons, dans laquelle les trois unités ne ſoient point violées ; elle ſervit de modèle à la plupart des tragédies qu'on donna depuis. Elle fut jouée en 1629, quelque temps avant que *Corneille* travaillât pour la ſcène tragique ; & elle fut ſi goûtée, malgré ſes défauts, que, lorſque *Corneille* lui-même voulut enſuite donner une Sophonisbe, elle tomba ; & celle de *Mairet* fe foutint encore long-temps. *Mairet* ouvrit donc la véritable carrière où *Rotrou* entra, & celui-ci alla plus loin que fon maître. On joue encore fa tragédie de Venceflas, pièce très-défeétueufe à la vérité, mais dont la première fcène, & prefque tout le quatrième aéte font des chef-d'œuvres.

Corneille parut enfuite; fa Médée, qui n'eft qu'une déclamation, eut un peu de fuccès ; mais le Cid imité de l'efpagnol, fut la première pièce qni franchit les bornes de la France, & qui obtint tous les fuffrages, excepté ceux du cardinal de *Richelieu* & de *Scudéri*. On fait affez jufqu'à quel point *Corneille* s'éleva dans les belles fcènes des Horaces & de Cinna, dans les perfonnages de *Cornélie*, de *Sévère*, dans le cinquième aéte de Rodogune. Si Médée, Pertharite, Théodore, Oedipe, Bérénice, Suréna, Othon, Sophonisbe, Pulchérie, Agéfilas, Attila, dom Sanche, la Toifon d'or, ont été indignes de lui & de tous les théâtres, fes belles pièces & les morceaux admirables répandus dans les médiocres, le feront toujours regarder avec juftice comme le père de la tragédie.

Il eft inutile de parler ici de celui qui fut fon émule & fon vainqueur, quand ce grand-homme commença à baiffer. Il ne fut plus permis alors de négliger la langue & l'art des vers dans les tragédies; & tout ce qui ne fut pas écrit avec l'élégance de *Racine* fut méprifé.

Il eft vrai qu'on nous reprocha avec raifon que notre théâtre était une école continuelle d'une galanterie & d'une coquetterie qui n'a rien de tragique. On a juftement condamné *Corneille* pour avoir fait

parler froidement d'amour *Théfée* & *Dircé* au milieu
de la pefte ; pour avoir mis de petites coquetteries
ridicules dans la bouche de *Cléopâtre;* & enfin, pour
avoir prefque toujours traité l'amour bourgeois dans
tous fes ouvrages, fans jamais en faire une paffion
forte, excepté dans les fureurs de *Camille*, & dans les
fcènes attendriffantes du Cid qu'il avait prifes dans
Guilain de Caftro & qu'il avait embellies. On ne
reprocha pas à l'élégant *Racine* l'amour infipide & les
expreffions bourgeoifes ; mais on s'aperçut bientôt
que prefque toutes fes pièces & celles des auteurs
fuivans, contenaient une déclaration, une rupture,
un raccommodement, une jaloufie. On a prétendu
que cette uniformité de petites intrigues froides aurait
trop avili les pièces de cet aimable poëte, s'il n'avait
pas fu couvrir cette faibleffe de tous les charmes de
la poëfie, des grâces de fa diction, de la douceur de
fon éloquence fage, & de toutes les reffources de
fon art.

Dans les beautés frappantes de notre théâtre, il y
avait un autre défaut caché dont on ne s'était pas
aperçu, parce que le public ne pouvait pas avoir
par lui-même des idées plus fortes que celles de ces
grands maîtres. Ce défaut ne fut relevé que par
St Evremont; il dit *que nos pièces ne font pas une impreffion
affez forte ; que ce qui doit former la pitié, fait tout au plus
de la tendreffe ; que l'émotion tient lieu de faififfement,
l'étonnement de l'horreur ; qu'il manque à nos fentimens
quelque chofe d'affez profond.*

Il faut avouer que *St Evremont* a mis le doigt dans
la plaie fecrète du théâtre français ; on dira tant
qu'on voudra que *St Evremont* eft l'auteur de la

pitoyable comédie de Sir Politik, & de celle des Opéra ;
que ſes petits vers de ſociété ſont ce que nous avons
de plus plat en ce genre ; que c'était un petit feſeur de
phraſes : mais on peut être totalement dépourvu de
génie, & avoir beaucoup d'eſprit & de goût. Certainement ſon goût était très-fin, quand il trouvait ainſi la
raiſon de la langueur de la plupart de nos pièces.

Il nous a preſque toujours manqué un degré de
chaleur ; nous avions tout le reſte. L'origine de cette
langueur, de cette faibleſſe monotone, venait en
partie de ce petit eſprit de galanterie, ſi cher alors
aux courtiſans & aux femmes, qui a transformé le
théâtre en converſations de *Clélie.* Les autres tragédies
étaient quelquefois de longs raiſonnemens politiques,
qui ont gâté Sertorius, qui ont rendu Othon ſi froid,
& Suréna & Attila ſi mauvais. Mais une autre raiſon
empêchait encore qu'on ne déployât un grand paté-
tique ſur la ſcène, & que l'action ne fût vraiment
tragique ; c'était la conſtruction du théâtre & la
meſquinerie du ſpectacle. Nos théâtres étaient, en
comparaiſon de ceux des Grecs & des Romains, ce
que ſont nos halles, notre place de Grève, nos
petites fontaines de village, où des porteurs d'eau
viennent remplir leurs ſeaux, en comparaiſon des
aqueducs & des fontaines d'Agrippa, du forum Tra-
jani, du Coliſée, & du Capitole.

Nos ſalles de ſpectacle méritaient bien ſans doute
d'être excommuniées, quand des bateleurs loüaient
un jeu de paume pour repréſenter Cinna ſur des
tréteaux ; & que ces ignorans, vêtus comme des
charlatans, jouaient Céſar & Auguſte en perruque
quarrée & en chapeau bordé.

Tout fut bas & fervile. Des comédiens avaient un privilége; ils achetaient un jeu-de-paume, un tripot; ils formaient une troupe comme des marchands forment une fociété. Ce n'était pas là le théâtre de *Périclès*. Que pouvait-on faire fur une vingtaine de planches chargées de fpectateurs? quelle pompe, quel appareil, pouvait parler aux yeux? quelle grande action théâtrale pouvait être exécutée? quelle liberté pouvait avoir l'imagination du poëte? Les pièces devaient être compofées de longs récits; c'étaient des converfations plutôt qu'une action. Chaque comédien voulait briller par un long monologue; ils rebutaient une pièce qui n'en avait point. Il fallut que *Corneille* dans Cinna débutât par l'inutile monologue d'*Emilie* qu'on retranche aujourd'hui.

Cette forme excluait toute action théâtrale, toutes grandes expreffions des paffions, ces tableaux frappans des infortunes humaines, ces traits terribles & per-çans qui arrachent le cœur; on le touchait, & il fallait le déchirer. La déclamation qui fut jufqu'à mademoifelle *le Couvreur* un récitatif mefuré, un chant prefque noté, mettait encore un obftacle à ces emportemens de la nature qui fe peignent par un mot, par une attitude, par un filence, par un cri qui échappe à la douleur.

Nous ne commençâmes à connaître ces traits que par mademoifelle *Dumefnil*, lorfque dans Mérope, les yeux égarés, la voix entrecoupée, levant une main tremblante, elle allait immoler fon propre fils; quand *Narbas* l'arrêta; quand, laiffant tomber fon poignard, on la vit s'évanouir entre les bras de fes femmes, & qu'elle fortit de cet état de mort avec les tranfports d'une mère; lorfqu'enfuite s'élançant aux yeux de *Polifonte*, traverfant en un clin d'œil tout le théâtre, les larmes dans les yeux, la pâleur fur le front, les fanglots à la bouche, les bras étendus, elle s'écria : *Barbare, il eft mon fils.* Nous avons vu *Baron ;* il était noble & décent, mais c'était tout. Mademoifelle *le Couvreur* avait les grâces, la jufteffe, la fimplicité, la vérité, la bienféance ; mais pour le grand pathétique de l'action, nous le vîmes la première fois dans mademoifelle *Dumefnil.*

Quelque chofe de fupérieur encore, s'il eft poffible, a été l'action de mademoifelle *Clairon* & de l'acteur qui joue Tancrède, au troifième acte de la pièce de ce nom, & à la fin du cinquième. Jamais les ames n'ont été tranfportées par des fecouffes fi vives ; jamais les larmes n'ont plus coulé. La perfection de l'art des acteurs s'eft déployée en ces deux occafions dans une force dont jufque-là nous n'avions point d'idée ; & mademoifelle *Clairon* eft devenue fans contredit le plus grand peintre de la nation.

Si, dans le quatrième acte de Mahomet, on avait de jeunes acteurs qui priffent ces grands traits pour modèle ; un *Séide* qui fût être à la fois enthoufiafte & tendre, féroce par fanatifme, humain par nature, qui fût frémir & pleurer ; une *Palmire* animée, attendrie, effrayée, tremblante du crime qu'on va commettre, fentant déjà l'horreur, le repentir, le défefpoir, à l'inftant que le crime eft commis ; un père vraiment père qui en eût les entrailles, la voix, le maintien ; un père qui reconnaît fes deux enfans dans fes deux meurtriers, qui les embraffe en verfant fes larmes avec fon fang, qui mêle fes pleurs avec ceux de fes enfans, qui fe foulève pour les ferrer entre fes bras, retombe, fe penche fur eux ; enfin, ce que la nature & la mort peuvent fournir à un tableau; cette situation ferait encore au-dessus de celles dont nous venons de parler.

Ce n'est que depuis quelques années que les acteurs ont enfin hasardé d'être ce qu'ils doivent être, des peintures vivantes : auparavant ils déclamaient. Nous savons, & le public le sait mieux que nous, qu'il ne faut pas prodiguer ces actions terribles & déchirantes; que plus elles font d'impression, bien amenées, bien ménagées, plus elles font impertinentes quand elles font hors de propos. Une pièce mal écrite, mal débrouillée, obscure, chargée d'incidens incroyables, qui n'a de mérite que celui d'un pantomime ou d'un décorateur, n'est qu'un monstre dégoûtant.

Placez un tombeau dans Sémiramis, osez faire paraître l'ombre de *Ninus*; que *Ninias* sorte de ce tombeau les bras teints du sang de sa mère, cela vous fera permis. Le respect pour l'antiquité, la mythologie, la majesté du sujet, la grandeur du crime, je ne sais quoi de sombre & de terrible répandu dès les premiers vers sur toute cette tragédie, transportent le spectateur hors de son siècle & de son pays ; mais ne répétez pas ces hardiesses : qu'elles soient rares, qu'elles soient nécessaires ; si elles font inutilement prodiguées, elles feront rire.

L'abus de l'action théâtrale peut faire rentrer la tragédie dans la barbarie. Que faut-il donc faire? craindre tous les écueils. Mais comme il est plus aisé de faire une belle décoration qu'une belle scène, plus aisé d'indiquer des attitudes que de bien écrire, il est vraisemblable qu'on gâtera la tragédie en croyant la perfectionner.

DE LA TRAGEDIE

ANGLAISE.

Les Anglais avaient déjà un théâtre, aussi-bien
que les Espagnols , quand les Français n'avaient
encore que des tréteaux. *Shakespeare* , que les Anglais
prennent pour un *Sophocle* , florissait à-peu-près dans
le temps de *Lopez de Vega* ; il créa le théâtre ; il avait
un génie plein de force & de fécondité , de naturel
& de sublime , sans la moindre étincelle de bon goût,
& sans la moindre connaissance des règles. Je vais
vous dire une chose hasardée , mais vraie : c'est que
le mérite de cet auteur a perdu le théâtre anglais ;
il y a de si belles scènes , des morceaux si grands & si
terribles répandus dans ses farces monstrueuses qu'on
appelle *tragédies* , que ces pièces ont toujours été
jouées avec un grand succès. Le temps , qui fait seul
la réputation des hommes , rend à la fin leurs défauts
respectables. La plupart des idées bizarres & gigan-
tesques de cet auteur ont acquis , au bout de cent
cinquante ans , le droit de passer pour sublimes. Les
auteurs modernes l'ont presque tous copié. Mais ce
qui réussissait dans *Shakespeare* est sifflé chez eux ; &
vous croyez bien que la vénération qu'on a pour cet
auteur augmente à mesure que l'on méprise les modernes. On ne fait pas réflexion qu'il ne faudrait pas
l'imiter ; & le mauvais succès des copistes fait seulement qu'on le croit inimitable.

Vous

Vous favez que dans la tragédie du Maure de Venife, pièce très-touchante, un mari étrangle fa femme fur le théâtre, & que quand la pauvre femme eſt étranglée, elle s'écrie qu'elle meurt très-injuſte-ment. Vous n'ignorez pas que dans Hamlet, des foſſoyeurs creufent une foſſe en buvant, en chantant des vaudevilles, & en fefant fur les têtes des morts qu'ils rencontrent, des plaifanteries convenables à gens de leur métier; mais ce qui vous furprendra, c'eſt qu'on a imité ces fottifes.

Sous le règne de *Charles II*, qui était celui de la politeſſe & l'âge des beaux arts, *Otwai*, dans fa Venife fauvée, introduit le fénateur *Antonio* & fa courtifanne *Naki*, au milieu des horreurs de la conf-piration du marquis de *Bedmar*. Le vieux fénateur *Antonio* fait auprès de fa courtifanne toutes les fingeries d'un vieux débauché impuiſſant & hors du bon fens. Il contrefait le taureau & le chien; il mord les jambes de fa maîtreſſe qui lui donne des coups de pied & des coups de fouet. On a retranché de la pièce d'*Otwai* ces bouffonneries faites pour la plus vile canaille; mais on a laiſſé dans le Jules-Céfar de *Shakefpeare* les plaifanteries des cordonniers & des favetiers romains, introduits fur la fcène avec *Caſſius* & *Brutus*. Vous vous plaindrez fans doute que ceux qui jufqu'à préfent vous ont parlé du théâtre anglais, & furtout de ce fameux *Shakefpeare*, ne vous aient encore fait voir que fes erreurs; & que perfonne n'ait traduit aucun de ces endroits frappans qui demandent grâce pour toutes fes fautes. Je vous répondrai qu'il eſt bien aifé de rapporter en profe les fottifes d'un poëte; mais très-difficile de traduire fes beaux vers. Tous ceux qui s'érigent en critiques des écrivains célébres, compilent des volumes. J'aimerais mieux deux pages qui nous fissent connaître quelques beautés ; car je maintiendrai toujours, avec tous les gens de bon goût, qu'il y a plus à profiter dans douze vers d'*Homère* & de *Virgile*, que dans toutes les critiques qu'on a faites de ces deux grands-hommes.

J'ai hasardé de traduire quelques morceaux des meilleurs poëtes anglais ; en voici un de *Shakespeare*. Faites grâces à la copie en faveur de l'original ; & souvenez-vous toujours, quand vous voyez une traduction, que vous ne voyez qu'une faible estampe d'un beau tableau. J'ai choisi le monologue de la tragédie de Hamlet, qui est su de tout le monde, & qui commence par ces vers :

To be, or not to be ! that is the question ! &c.

C'est *Hamlet*, prince de Danemarck, qui parle &c.

Demeure, il faut choisir, & passer à l'instant
De la vie à la mort, & de l'être au néant.
Dieux justes, s'il en est, éclairez mon courage.
Faut-il vieillir courbé sous la main qui m'outrage,
Supporter ou finir mon malheur & mon sort ?
Qui suis-je ? qui m'arrête ? & qu'est-ce que la mort ?
C'est la fin de nos maux, c'est mon unique asile ;
Après de longs transports, c'est un sommeil tranquille.
On s'endort, & tout meurt.... Mais un affreux réveil
Doit succéder peut-être aux douceurs du sommeil.
On nous menace ; on dit que cette courte vie
De tourmens éternels est aussitôt suivie.
O mort ! moment fatal ! affreuse éternité !
Tout cœur à ton seul nom se glace épouvanté.

Hé ! qui pourrait fans toi fupporter cette vie ?
De nos fourbes puiffans bénir l'hypocrifie ?
D'une indigne maîtreffe encenfer les erreurs ?
Ramper fous un miniftre , adorer fes hauteurs ?
Et montrer les langueurs de fon ame abattue
A des amis ingrats qui détournent la vue ?
La mort ferait trop douce en ces extrémités ;
Mais le fcrupule parle , & nous crie, arrêtez ;
Il défend à nos mains cet heureux homicide,
Et d'un héros guerrier fait un chrétien timide &c.

Après ce morceau de poëfie, les lecteurs font priés
de jeter les yeux fur la traduction littérale :

Etre ou n'être pas , c'eft-là la queftion ;
S'il eft plus noble dans l'efprit de fouffrir
Les piqûres & les flèches de l'affreufe fortune,
Ou de prendre les armes contre une mer de trouble,
Et en s'oppofant à eux, les finir ? Mourir , dormir,
Rien de plus ; & par ce fommeil, dire : Nous terminons
Les peines du cœur, & dix mille chocs naturels
Dont la chair eft héritière ; c'eft une confommation
Ardemment défirable. Mourir , dormir :
Dormir , peut-être rêver ! Ah , voilà le mal !
Car, dans ce fommeil de la mort, quels rêves aura-t-on,
Quand on a dépouillé cette enveloppe mortelle ?
C'eft-là ce qui fait penfer ; c'eft-là la raifon
Qui donne à la calamité une vie fi longue :
Car qui voudrait fupporter les coups , & les injures
    du temps,
Les torts de l'oppreffeur, les dédains de l'orgueilleux,
Les angoiffes d'un amour méprifé, les délais de la juftice,
L'infolence des grandes places, & les rebuts

S 2

Que le mérite patient effuie de l'homme indigne,
Quand il peut faire fon quietus ? (b)
Avec une fimple aiguille à tête, qui voudrait porter
   ces fardeaux,
Sanglotter, fuer fous une fatigante vie?
Mais cette crainte de quelque chofe après la mort,
Ce pays ignoré, des bornes duquel
Nul voyageur ne revient, embarraffe la volonté,
Et nous fait fupporter les maux que nous avons,
Plutôt que de courir vers d'autres que nous ne con-
   naiffons pas.
Ainfi la confcience fait des poltrons de nous tous ;
Ainfi la couleur naturelle de la réfolution
Eft ternie par les pâles teintes de la penfée ;
Et les entreprifes les plus importantes,
Par ce refpeft, tournent leur courant de travers,
Et perdent leur nom d'aftion. . . . .

Ne croyez pas que j'aie rendu ici l'anglais mot
pour mot ; malheur aux fefeurs de traduftions littérales, qui traduifant chaque parole énervent le fens !
C'eft bien là qu'on peut dire que la lettre tue, & que
l'efprit vivifie.

Voici encore un paffage d'un fameux tragique
anglais ; c'eft *Dryden*, poëte du temps de *Charles II*,
auteur plus fécond que judicieux, qui aurait une
réputation fans mélange, s'il n'avait fait que la
dixième partie de fes ouvrages.

Ce morceau commence ainfi :

   When I confider Life, 't is all a Cheat,
   Yet fool'd by Hope Men favour the Deceit, &c.

(b) Ce mot latin, qui fignifie *tranquille*, eft dans l'original : on s'en
fervait & on s'en fert encore pour exprimer quitte à quitte.

De deffeins en regrets, & d'erreurs en défirs,
Les mortels infenfés promènent leur folie,
Dans des malheurs préfens, dans l'efpoir des plaifirs.
Nous ne vivons jamais, nous attendons la vie.
Demain, demain, dit-on, va combler tous nos vœux.
Demain vient, & nous laiffe encor plus malheureux.
Quelle eft l'erreur, hélas ! du foin qui nous dévore !
Nul de nous ne voudrait recommencer fon cours.
De nos premiers momens nous maudiffons l'aurore;
Et de la nuit qui vient nous attendons encore
Ce qu'ont en vain promis les plus beaux de nos jours, &c.

C'eft dans ces morceaux détachés que les tragiques
anglais ont jufqu'ici excellé. Leurs pièces, prefque
toutes barbares, dépourvues de bienféance, d'ordre,
& de vraifemblance, ont des lueurs étonnantes au
milieu de cette nuit. Le ftyle eft trop ampoulé, trop
hors de la nature, trop copié des écrivains hébreux
fi remplis de l'enflure afiatique ; mais auffi les échaffes
du ftyle figuré, fur lefquelles la langue anglaife eft
guindée, élèvent l'efprit bien haut, quoique par une
marche irrégulière.

Il femble quelquefois que la nature ne foit pas
faite en Angleterre comme ailleurs. Ce même *Dryden*,
dans fa farce de dom Sébaftien roi de Portugal, qu'il
appelle *tragédie*, fait parler ainfi un officier à ce
monarque :

LE ROI SEBASTIEN.
Ne me connais-tu pas, traître, infolent ?

ALONZE.
Qui, moi ?
Je te connais fort bien, mais non pas pour mon roi.

S 3

Tu n'es plus dans Lisbonne, où ta cour méprifable
Nourriffait de ton cœur l'orgueil infupportable.
Un tas d'illuftres fots & de fripons titrés,
Et de gueux du bel air, & d'efclaves dorés,
Chatouillait ton oreille, & fafcinait ta vue ;
On t'entourait en cercle ainfi qu'une ftatue.
Quand tu difais un mot, chacun le cou tendu
S'empreffait d'applaudir fans t'avoir entendu ;
Et ce troupeau fervile admirait en filence
Ta royale fottife & ta noble arrogance:
Mais te voilà réduit à ta jufte valeur. . . .

Ce difcours eft un peu anglais ; la pièce d'ailleurs
eft bouffonne. Comment concilier, difent nos critiques , tant de ridicule & de raifon , tant de baffeffe &
de fublime ? Rien n'eft plus aifé à concevoir ; il faut
fonger que ce font des hommes qui ont écrit. La fcène
efpagnole a tous les défauts de l'anglaife , & n'en a
peut-être pas les beautés. Et de bonne foi qu'étaient
donc les Grecs ? qu'était donc *Euripide* qui, dans la
même pièce , fait un tableau fi touchant , fi noble,
d'*Alcefte* s'immolant à fon époux ; & met dans la bouche
d'*Admète* & de fon père des puérilités fi groffières que les
commentateurs mêmes en font embarraffés ? Ne faut-
il pas être bien intrépide pour ne pas trouver le fommeil d'*Homère* quelquefois un peu long, & les rêves de
ce fommeil affez infipides ? Il faut bien des fiècles pour
que le bon goût s'épure. *Virgile* chez les Romains ,
Racine chez les Français , furent les premiers dont le
goût fut toujours pur dans les grands ouvrages.

.M. *Addiffon* eft le premier anglais qui ait fait une
tragédie raifonnable. Je le plaindrais , s'il n'y avait

mis que de la raifon. Sa tragédie de Caton eft écrite
d'un bout à l'autre avec cette élégance mâle & énergique dont *Corneille* le premier donna chez nous
de fi beaux exemples dans fon ftyle inégal. Il me
femble que cette pièce eft faite pour un auditoire un
peu philofophe & très-républicain. Je doute que nos
jeunes dames & nos petits-maîtres euffent aimé *Caton*
en robe-de-chambre , lifant les dialogues de *Platon* ,
& fefant fes réflexions fur l'immortalité de l'ame.
Mais ceux qui s'élèvent au-deffus des ufages , des
préjugés , des faibleffes , de leur nation ; ceux qui font
de tous les temps & de tous les pays ; ceux qui préfèrent la grandeur philofophique à des déclarations
d'amour ; feront bien aifes de trouver ici une copie ,
quoiqu'imparfaite , de ce morceau fublime. Il femble
qu'*Addiffon* , dans ce beau monologue de *Caton* , ait
voulu lutter contre *Shakefpeare.* Je traduirai l'un
comme l'autre , c'eft-à-dire , avec cette liberté fans
laquelle on s'écarterait trop de fon original à force
de vouloir lui reffembler. Le fonds eft très-fidelle ; j'y
ajoute peu de détails. Il m'a fallu enchérir fur lui ,
ne pouvant l'égaler.

> Oui, Platon, tu dis vrai, notre ame eft immortelle.
> C'eft un Dieu qui lui parle, un Dieu qui vit en elle.
> Eh ! d'où viendrait fans lui ce grand preffentiment,
> Ce dégoût des faux biens , cette horreur du néant?
> Vers des fiècles fans fin je fens que tu m'entraines.
> Du monde & de mes fens je vais brifer les chaînes ,
> Et m'ouvrir , loin d'un corps dans la fange arrêté ,
> Les portes de la vie & de l'éternité.
> L'éternité ! quel mot confolant & terrible !
> O lumière ! ô nuage ! ô profondeur horrible !

Que fuis-je? où fuis-je? où vais-je? & d'où fuis-je tiré?
Dans quels climats nouveaux, dans quel monde ignoré,
Le moment du trépas va-t-il plonger mon être?
Où fera cet efprit qui ne peut fe connaître?
Que me préparez-vous, abymes ténébreux?
Allons, s'il eft un Dieu, Caton doit être heureux.
Il en eft un fans doute, & je fuis fon ouvrage.
Lui-même au cœur du jufte il empreint fon image.
Il doit venger fa caufe, & punir les pervers.
Mais comment? dans quel temps? & dans quel univers?
Ici la vertu pleure, & l'audace l'opprime;
L'innocence à genoux y tend la gorge au crime;
La fortune y domine, & tout y fuit fon char.
Ce globe infortuné fut formé pour Céfar.
Hâtons-nous de fortir d'une prifon funefte.
Je te verrai fans ombre, ô vérité célefte!
Tu te caches de nous dans nos jours de fommeil:
Cette vie eft un fonge, & la mort un réveil.

Dans cette tragédie d'un patriote & d'un philofophe, le rôle de *Caton* me paraît furtout un des plus
beaux perfonnages qui foient fur aucun théâtre. Le
Caton d'*Addiffon* eft, je crois, fort au-deffus de la
Cornélie de *Pierre Corneille;* car il eft continuellement
grand fans enflure; & le rôle de *Cornélie*, qui d'ailleurs
n'eft pas un perfonnage néceffaire, fent trop la
déclamation en quelqués endroits. Elle veut toujours
être héroïne, & *Caton* ne s'aperçoit jamais qu'il eft
un héros.

Il eft bien trifte que quelque chofe de fi beau ne
foit pas une belle tragédie; des fcènes découfues qui
laiffent fouvent le théâtre vide, des *à parte* trop longs

& fans art, des amours froids & infipides, une confpiration inutile à la pièce, un certain *Sempronius* déguifé & tué fur le théâtre ; tout cela fait de la fameufe tragédie de Caton, une pièce que nos comédiens n'oferaient jamais jouer, quand même nous penferions à la romaine ou à l'anglaife. La barbarie & l'irrégularité du théâtre de Londres ont percé jufque dans la fageffe d'*Addiffon*. Il me femble que je vois le czar *Pierre* qui, en réformant les Ruffes, tenait encore quelque chofe de fon éducation & des mœurs de fon pays.

La coutume d'introduire de l'amour à tort & à travers dans les ouvrages dramatiques, paffa de Paris à Londres vers l'an 1660 avec nos rubans & nos perruques. Les femmes, qui y parent les fpeétacles comme ici, ne veulent plus fouffrir qu'on leur parle d'autres chofes que d'amour. Le fage *Addiffon* eut la molle complaifance de plier la févérité de fon caractère aux mœurs de fon temps, & gâta un chef-d'œuvre pour avoir voulu plaire.

Depuis lui, les pièces font devenues plus régulières, le peuple plus difficile, les auteurs plus corrects & moins hardis. J'ai vu des pièces nouvelles fort fages, mais froides. Il femble que les Anglais n'aient été faits jufqu'ici que pour produire des beautés irrégulières. Les monftres brillans de *Shakefpeare* plaifent mille fois plus que la fageffe moderne. Le génie poëtique des Anglais reffemble jufqu'à préfent à un arbre touffu, planté par la nature, jetant au hafard mille rameaux, & croiffant inégalement avec force. Il meurt fi vous voulez forcer fa nature, & le tailler en arbre des jardins de Marly.

SUR LA COMEDIE
ANGLAISE.

SI dans la plupart des tragédies anglaifes les héros
font ampoulés , & les héroïnes extravagantes , en
récompenfe le ftyle eft plus naturel dans la comédie.
Mais ce naturel nous paraîtrait fouvent celui de la
débauche plutôt que celui de l'honnêteté. On y
appelle chaque chofe par fon nom. Une femme fâchée
contre fon amant lui fouhaite la v.... Un ivrogne,
dans une pièce qu'on joue tous les jours, fe mafque
en prêtre, fait du tapage, eft arrêté par le guet. Il fe
dit curé; on lui demande s'il a une cure; il répond
qu'il en a une excellente pour la chaude...... Une
des comédies les plus décentes, intitulée *Le mari
négligent*, repréfente d'abord ce mari qui fe fait gratter
la tête par une fervante affife à côté de lui; fa femme
furvient & s'écrie : A quélle autorité ne parvient-on
pas par être p....! Quelques cyniques prennent le
parti de ces expreffions groffières ; ils s'appuient fur
l'exemple d'*Horace* qui nomme par leur nom toutes
les parties du corps humain , & tous les plaifirs
qu'elles donnent. Ce font des images qui gagnent
chez nous à être voilées. Mais *Horace* qui femble
fait pour les mauvais lieux, ainfi que pour la cour,
& qui entend parfaitement les ufages de ces deux
empires, parle auffi franchement de ce qu'un honnête homme dans fes befoins peut faire à une jeune
fille, que s'il parlait d'une promenade ou d'un foupé.

On ajoute que les Romains, du temps d'*Augufte*, étaient auffi polis que les Parifiens ; & que ce même *Horace* qui loue l'empereur *Augufte* d'avoir réformé les mœurs, fe conformait fans honte à l'ufage de fon fiècle, qui permettait les filles, les garçons, & les noms propres. Chofe étrange (fi quelque chofe pouvait l'être) qu'*Horace*, en parlant le langage de la débauche, fût le favori d'un réformateur ; & qu'*Ovide*, pour avoir parlé le langage de la galanterie, fût exilé par un débauché, un fourbe, un affaffin, nommé *Octave*, parvenu à l'empire par des crimes qui méritaient le dernier fupplice ! (*a*)

Quoi qu'il en foit, *Bayle* prétend que les expreffions font indifférentes ; en quoi lui, les cyniques, & les ftoïciens, femblent fe tromper ; car chaque chofe a des noms différens qui la peignent fous divers afpects, & qui donnent d'elles des idées fort différentes. Les mots de *magiftrat* & de *robin*, de *gentilhomme* & de *gentillâtre*, d'*officier* & d'*aigrefin*, de *religieux* & de *moine*, ne fignifient pas la même chofe. La confommation du mariage & tout ce qui fert à ce grand œuvre fera différemment exprimé par le curé, par le mari, par le médecin, & par un jeune homme amoureux. Le mot dont celui-ci fe fervira réveillera l'image du plaifir ; les termes du médecin ne préfenteront que des figures anatomiques ; le mari fera entendre avec décence ce que le jeune indifcret aura dit avec audace ; & le curé tâchera de donner l'idée d'un facrement. Les mots ne font donc pas indifférens puifqu'il n'y a point de fynonymes.

(*a*) Voyez les caufes de la perfécution faite par *Octave* à *Ovide*, dans le *Dictionnaire philofophique*.

Il faut encore confidérer que fi les Romains per-
mettaient des expreffions groffières dans des fatires
qui n'étaient lues que de peu de perfonnes, ils ne
fouffraient pas des mots déshonnêtes fur le théâtre.
Car, comme dit la Fontaine, *chafles font les oreilles,
encor que les yeux foient fripons.* En un mot, il ne faut
pas qu'on prononce en public un mot qu'une honnête
femme ne puiffe répéter.

Les Anglais ont pris, ont déguifé, ont gâté, la
plupart des pièces de *Molière.* Ils ont voulu faire un
Tartuffe; il était impoffible que ce fujet réuffît à
Londres : la raifon en eft qu'on ne fe plaît guère
aux portraits des gens qu'on ne connaît pas. Un des
grands avantages de la nation anglaife, c'eft qu'il n'y
a point de Tartuffes chez elle. Pour qu'il y eût de
faux dévots, il faudrait qu'il y en eût de véritables.
On n'y connaît prefque pas le nom de *dévot*, mais
beaucoup celui d'honnête homme. On n'y voit
point d'imbécilles qui mettent leurs ames en d'autres
mains ; ni de ces petits ambitieux qui s'établiffent
dans un quartier de la ville un empire defpotique
fur quelques femmelettes autrefois galantes & toujours faibles, & fur quelques hommes plus faibles
& plus méprifables qu'elles. La philofophie, la
liberté, & le climat, conduifent à la mifanthropie.
Londres qui n'a point de *Tartuffes* eft plein de
Timons. Auffi le Mifanthrope, ou l'Homme au franc
procédé, eft une des bonnes comédies qu'on ait à
Londres : elle fut faite du temps que *Charles II* & fa
cour brillante tâchaient de défaire la nation de fon
humeur noire. *Wicherley*, auteur de cet ouvrage,
était l'amant déclaré de la ducheffe de *Cleveland*,

maîtreffe du roi. Cet homme qui paffait fa vie dans
le plus grand monde , en peignait les ridicules & les
faibleffes avec les couleurs les plus fortes. Les traits
de la pièce de *Wicherley* font plus hardis que ceux
de *Molière* , mais auffi ils ont moins de fineffe & de
bienféance. L'auteur anglais a corrigé le feul défaut
qui foit dans la pièce de *Molière ;* ce défaut eft le
manque d'intrigue & d'intérêt. La pièce anglaife eft
intéreffante, & l'intrigue en eft ingénieufe, mais trop
hardie pour nos mœurs.

C'eft un capitaine de vaiffeau, plein de valeur, de
franchife, & de mépris pour le genre-humain. Il a un
ami fage & fincère dont il fe défie , & une maîtreffe
dont il eft tendrement aimé , fur laquelle il ne daigne
pas jeter les yeux ; au contraire il a mis toute fa
confiance dans un faux ami qui eft le plus indigne
homme qui refpire , & il a donné fon cœur à la plus
coquette & à la plus perfide de toutes les femmes. Il
eft bien affuré que cette femme eft une *Pénélope*, & ce
faux ami un *Caton*. Il part pour aller fe battre contre
les *Hollandais* , & laiffe tout fon argent, fes pierre-
ries, & tout ce qu'il a au monde à cette femme de
bien , & recommande cette femme elle-même à cet
ami fidelle fur lequel il compte fi fort. Cependant le
véritable honnête-homme , dont il fe défie tant ,
s'embarque avec lui ; & la maîtreffe qu'il n'a pas feulement daigné regarder , fe déguife en page , & fait le
voyage fans que le capitaine s'aperçoive de fon fexe
de toute la campagne.

Le capitaine ayant fait fauter fon vaiffeau dans un
combat, revient à Londres fans fecours, fans vaiffeau,

& sans argent, avec son page & son ami, ne connaissant ni l'amitié de l'un ni l'amour de l'autre. Il
va droit chez la perle des femmes, qu'il compte
retrouver avec sa cassette & sa fidélité. Il la retrouve
mariée avec l'honnête fripon à qui il s'était confié ;
& on ne lui a pas plus gardé son dépôt que le reste.
Mon homme a toutes les peines du monde à croire
qu'une femme de bien puisse faire de pareils tours ;
mais, pour l'en convaincre mieux, cette honnête
dame devient amoureuse du petit page, & veut le
prendre à force : mais comme il faut que justice se
fasse, & que dans une pièce de théâtre le vice soit
puni, & la vertu récompensée, il se trouve à la fin
du compte que le capitaine se met à la place du
page, couche avec son infidelle, fait cocu son traître
ami, lui donne un bon coup d'épée au travers du
corps, reprend sa cassette, & épouse son page. Vous
remarquerez qu'on a encore lardé cette pièce d'une
comtesse de *Pimbesche*, vieille plaideuse, parente du
capitaine, laquelle est bien la plus plaisante créature
& le meilleur caractère qui soit au théâtre.

Wicherley a encore tiré de *Molière* une pièce non
moins singulière & non moins hardie, c'est une
espèce d'Ecole des femmes. Le principal personnage
de la pièce est un drôle à bonnes fortunes, la terreur
des maris de Londres, qui, pour être plus sûr de son
fait, s'avise de faire courir le bruit que dans sa
dernière maladie les chirurgiens ont trouvé à propos
de le faire eunuque. Avec cette belle réputation,
tous les maris lui amènent leurs femmes, & le pauvre
homme n'est plus embarrassé que du choix. Il donne
surtout la préférence à une petite campagnarde qui

a beaucoup d'innocence & de tempérament, & qui fait fon mari cocu avec une bonne foi qui vaut mieux que la malice des dames les plus expertes. Cette pièce n'eft pas, fi vous voulez, l'école des bonnes mœurs; mais en vérité c'eft l'école de l'efprit & du bon comique.

Un chevalier *van Brugh* a fait des comédies encore plus plaifantes, mais moins ingénieufes. Ce chevalier était un homme de plaifir, & par-deffus cela poëte & architecte. On prétend qu'il écrivait avec autant de délicateffe & d'élégance qu'il bâtiffait groffière-ment. C'eft lui qui a bâti le fameux château de Blenheim, pefant & durable monument de notre malheureufe bataille d'Hochftet. Si les appartemens étaient feulement auffi larges que les murailles font épaiffes, ce château ferait affez commode. On a mis dans l'épitaphe de *van Brugh*, qu'on fouhaitait que la terre ne lui fût point légère, attendu que de fon vivant il l'avait fi inhumainement chargée. Ce che-valier ayant fait un tour en France avant la belle guerre de 1701, fut mis à la baftille, & y refta quelque temps fans avoir jamais pu favoir ce qui lui avait attiré cette diftinction de la part de notre miniftère. Il fit une comédie à la baftille; & ce qui eft à mon fens fort étrange, c'eft qu'il n'y a dans cette pièce aucun trait contre le pays dans lequel il effuya cette violence.

Celui de tous les anglais qui a porté le plus loin la gloire du théâtre comique, eft feu M. *Congrève*. Il n'a fait que peu de pièces, mais toutes font excel-lentes dans leur genre. Les règles du théâtre y font

rigoureufement obfervées. Elles font pleines de carac-
téres nuancés avec une extrême fineffe : on n'y effuie
pas la moindre mauvaife plaifanterie : vous y voyez
par-tout le langage des honnêtes gens , avec des actions
de fripon ; ce qui prouve qu'il connaiffait bien fon
monde , & qu'il vivait dans ce qu'on appelle *la bonne
compagnie.* Ses pièces font les plus fpirituelles & les
plus exactes , celles de *van Brugh* les plus gaies , &
celles de *Wicherley* les plus fortes. Il eft à remarquer
qu'aucun de ces beaux efprits n'a mal parlé de *Molière;*
il n'y a que les mauvais auteurs anglais qui aient dit
du mal de ce grand-homme.

Au refte , ne me demandez pas que j'entre ici
dans le moindre détail de ces pièces anglaifes dont
je fuis fi grand partifan, ni que je vous rapporte
un bon mot ou une plaifanterie des *Wicherleys* & des
Congrèves : on ne rit point dans une traduction. Si
vous voulez connaître la comédie anglaife , il n'y a
d'autre moyen pour cela que d'aller à Londres, d'y
refter trois ans , d'apprendre bien l'anglais , & de
voir la comédie tous les jours. Je n'ai pas grand
plaifir en lifant *Plaute* & *Ariflophane;* pourquoi? c'eft
que je ne fuis ni grec ni romain. La fineffe des bons
mots , l'allufion, l'à-propos, tout cela eft perdu pour
un étranger.

Il n'en eft pas de même dans la tragédie. Il n'eft
queftion chez elle que de grandes paffions , & de
fottifes héroïques , confacrées par de vieilles erreurs
de fable ou d'hiftoire. Oedipe, Electre, appartiennent
aux Efpagnols, aux Anglais, & à nous comme aux
Grecs. Mais la bonne comédie eft la peinture par-
lante des ridicules d'une nation ; & fi vous ne
connaiffez

connaiffez pas la nation à fond, vous ne pouvez guère juger de la peinture.

On reproche aux Anglais leur fcène fouvent enfanglantée & ornée de corps morts ; on leur reproche leurs gladiateurs qui combattent à moitié nus devant de jeunes filles, & qui s'en retournent quelquefois avec un nez & une joue de moins. Ils difent pour leurs raifons qu'ils imitent les Grecs dans l'art de la tragédie, & les Romains dans l'art de couper des nez. Mais leur théâtre eft un peu loin de celui des *Sophocles* & des *Euripides;* & à l'égard des Romains, il faut avouer qu'un nez & une joue font bien peu de chofe, en comparaifon de cette multitude de victimes qui s'égorgeaient mutuellement dans le cirque, pour le plaifir des dames romaines.

Ils ont eu quelquefois des danfes dans leurs comédies, & ces danfes ont été des allégories d'un goût fingulier. Le pouvoir defpotique & l'Etat républicain furent repréfentés en 1709 par une danfe tout-à-fait galante. On voyait d'abord un roi qui, après un entrechat, donnait un grand coup de pied dans le derrière à fon premier miniftre, celui-ci le rendait à un fecond, le fecond à un troifième ; & enfin celui qui recevait le dernier coup, figurait le gros de la nation, qui ne fe vengeait fur perfonne ; le tout fe fefait en cadence. Le gouvernement républicain était figuré par une danfe ronde, où chacun donnait & recevait également. C'eft pourtant là le pays qui a produit des *Addiffons,* des *Popes,* des *Lockes,* & des *Newtons!*

DU THEATRE ANGLAIS,

PAR JEROME CARRÉ.

Deux petits livres anglais nous apprennent que cette nation célébre par tant de bons ouvrages & tant de grandes entreprifes, poffède de plus deux excel-lens poëtes tragiques ; l'un eft *Shakefpeare*, qu'on affure laiffer *Corneille* fort loin derrière lui ; & l'autre le tendre *Otwai*, très-fupérieur au tendre *Racine*.

Cette difpute étant une affaire de goût, il femble qu'il n'y ait rien à répliquer aux Anglais. Qui pour-rait empêcher une nation entière d'aimer mieux un poëte de fon pays que celui d'un autre ? On ne peut prouver à tout un peuple qu'il a du plaifir mal à pro-pos ; mais on peut faire les autres nations juges entre le théâtre de Paris & celui de Londres. Nous nous adreffons donc à tous les lecteurs depuis Pétersbourg jufqu'à Naples, & nous les prions de décider.

Il n'y a point d'homme de lettres, foit ruffe, foit italien, foit allemand, ou efpagnol, point de fuiffe ou de hollandais, qui ne connaiffe, par exemple, Cinna ou Phèdre ; & très-peu connaiffent les œuvres de *Shakefpeare* & d'*Otwai*. C'eft déjà un affez grand préjugé ; mais ce n'eft qu'un préjugé. Il faut mettre les pièces du procès fur le bureau. Hamlet eft une des pièces les plus eftimées de *Shakefpeare*, & des plus courues. Nous allons fidellement l'expofer aux yeux des juges.

Plan de la tragédie d'Hamlet.

Le sujet d'Hamlet, prince de Danemarck, est à-peu-près celui d'Electre.

Hamlet, roi de Danemarck, a été empoisonné par son frère *Claudius*, & par sa propre femme *Gertrude*, qui lui ont versé du poison dans l'oreille pendant qu'il dormait. *Claudius* a succédé au mort; & peu de jours après l'enterrement, la veuve a épousé son beau-frère.

Personne n'a eu le moindre soupçon de l'empoisonnement du feu roi *Hamlet* par l'oreille. *Claudius* règne tranquillement. Deux soldats étant en sentinelle à la porte du palais de *Claudius*, l'un dit à l'autre : Comment s'est passé ton heure de garde ? Fort bien ; je n'ai pas entendu une souris trotter. Après quelques propos pareils, un spectre paraît vêtu à-peu-près comme le feu roi *Hamlet ;* l'un des deux soldats dit à son camarade : Parle à ce revenant, toi, car tu as étudié. Volontiers, dit l'autre. Arrête & parle, fantôme, je te l'ordonne, parle. Le fantôme disparaît sans répondre. Les deux soldats étonnés raisonnent sur cette apparition. Le soldat docteur se ressouvient d'avoir ouï dire *que la même chose était arrivée à Rome du temps de la mort de César : les tombeaux s'ouvrirent, les morts dans leurs linceuls crièrent & sautèrent dans les rues de Rome. C'est sûrement un présage de quelque grand événement.*

A ces paroles le revenant reparaît encore. Une sentinelle lui crie : Fantôme, que veux-tu ? puis-je faire quelque chose pour toi ? viens-tu pour quelque trésor, caché ? *Alors le coq chante.* Le spectre s'en retourne à pas lents ; les sentinelles se proposent de lui donner un coup de hallebarde pour l'arrêter ; mais il s'enfuit, & ces soldats concluent que c'est l'usage que les esprits s'enfuient au chant du coq.

Car, disent-ils, *dans le temps de l'avent*, *la veille de Noël*, *l'oiseau du point du jour chante toute la nuit*, *& alors les esprits n'osent plus courir. Les nuits sont saines, les planètes n'ont point de mauvaise influence, les fées & les sorcières sont sans pouvoir, dans un temps si saint & si béni.*

Vous noterez que c'est-là un des beaux endroits que *Pope* a marqués avec des guillemets dans son édition de Shakespeare, pour en faire sentir la force.

Après cette apparition, le roi *Claudius*, *Gertrude* sa femme, & les courtisans, font conversation dans une salle du palais. Le jeune *Hamlet*, fils du monarque empoisonné, *Hamlet* le héros de la pièce, reçoit avec une tristesse morne & sévère, les marques d'amitié que lui donnent *Claudius* & *Gertrude* : ce prince était bien loin de soupçonner que son père eût été empoisonné par eux ; mais il trouvait fort mauvais dans le fond de son cœur que sa mère se fût remariée si vîte avec le frère de son premier mari. C'est en vain que *Gertrude* veut persuader à son fils de ne plus porter le deuil. *Ce n'est pas*, dit-il, *mon habit couleur d'encre, ce ne sont pas les apparences de la douleur qui font le deuil véritable : ce deuil est au fond de mon cœur, le reste n'est que vaine ostentation.* Il déclare qu'il veut quitter le Danemarck, & aller à l'école à Vittemberg. *Cher Hamlet, ne vâ point à l'école à Vittemberg, reste avec nous.* *Hamlet* répond qu'il tâchera d'obéir. Le roi *Claudius* en est charmé, & ordonne que tout le monde aille boire au bruit du canon , quoique la poudre ne fût point encore inventée.

Hamlet demeuré feul refte en proie à fes réflexions.

Quoi ! dit-il , ma mère que mon père aimait tant , ma mère pour qui mon père fentait toujours renaître fon appétit en mangeant , ma mère en époufe un autre au bout d'un mois ! un autre qui n'approche pas plus de lui qu'un fatyre n'approche du foleil ! à peine le mois écoulé ! un petit mois ! que dis-je , avant qu'elle eût ufé les fouliers avec lefquels elle fuivit le corps de mon pauvre père ! Ah ! la fragilité eft le nom de la femme. Mon cœur fe fend , car il faut que j'arrête ma langue. Pope avertit encore les lecteurs d'admirer ce morceau.

Cependant les deux fentinelles viennent informer le prince *Hamlet* qu'ils ont vu un fpectre tout fem-blable au roi fon père : cela donne une grande inquiétude au prince; il brûle de voir ce fantôme ; il jure de lui parler , quand l'enfer ouvert lui com-manderait de fe taire ; & il va chez lui attendre avec impatience que le jour finiffe.

Tandis qu'il eft dans fa chambre au palais , il y a une jeune perfonne nommée *Ophélie*, fille de milord *Polonius*, grand-chambellan , qui paraît dans la maifon de fon père avec fon frère *Laërte*. Ce *Laërte* va voyager; cette *Ophélie* fent un peu de goût pour le prince *Hamlet*. *Laërte* lui donne de très-bons confeils.

Voyez-vous , ma fœur ? un prince , un héritier d'un royaume ne doit pas couper fa viande lui-même ; il faut qu'on lui choififfe fes morceaux ; prenez garde de perdre avec lui votre cœur , & de laiffer votre chafte tréfor ouvert à fes violentes importunités. Il eft dangereux d'ôter fon mafque , même au clair de la lune. La putréfaction détruit fouvent

T 3

les enfans du printemps , avant que leurs boutons foient ouverts , & dans le matin & la rofée de la jeuneffe , les vents contagieux font fort à craindre.

OPHELIE répond.

Ah ! mon cher frère, ne fais pas avec moi comme font tant de curés maugracieux , qui montrent le chemin roide & épineux du ciel , tandis qu'eux-mêmes font de hardis libertins qui font le contraire de ce qu'ils prêchent.

Le frère & la sœur , ayant ainfi raifonné, laiffent la place au prince *Hamlet* , qui revient avec un ami, & les mêmes fentinelles qui avaient vu le revenant. Ce fantôme fe préfente encore devant eux. Le prince lui parle avec refpect & avec courage. Le fantôme ne lui répond qu'en lui fefant figne de le fuivre. Ah ! ne le fuivez pas, lui dit fon ami ; quand on a fuivi un efprit , on court rifque de devenir fou. N'importe, répond *Hamlet*, j'irai avec lui. On veut l'en empêcher, on ne peut en venir à bout : *Mon deftin me crie d'y aller, dit-il, & rend les plus petits de mes arteres auffi forts que le lion de Némée. Oui , je fuivrai , & je ferai un efprit de quiconque s'y oppofera.*

Il s'en retourne donc avec le fantôme , & ils reviennent enfuite familièrement tous deux enfemble. Le revenant lui apprend *qu'il eft en purgatoire, & qu'il va lui conter des chofes qui lui feront dreffer les cheveux comme les pointes d'un porc-épic. On croit, dit-il, que je fuis mort de la piqûre d'un ferpent dans mon verger ; mais le ferpent c'eft celui qui porte ma couronne, c'eft mon frère ; & ce qu'il y a de plus horrible , c'eft qu'il m'a fait mourir fans que je puffe recevoir l'extrême-onction; venge-moi. Adieu, mon fils, les vers luifans annoncent l'aurore; adieu, fouviens-toi de moi.*

Les amis du prince Hamlet reviennent, alors lui demander ce que lui a dit l'efprit. *C'eft un très-honnête efprit,* répond le prince; mais jurez-moi de ne rien révéler de ce qu'il m'a confié. On entend auffitôt la voix du fantôme qui crie aux amis : *Jurez.* Il faut, leur dit le prince, jurer par mon épée; le fantôme crie fous terre : *Jurez par fon épée.* Ils font le ferment, *Hamlet* s'en va avec eux fans prendre aucune réfolution.

Le lecteur qui lit cette hiftoire merveilleufe, peut fe fouvenir que ce même prince *Hamlet* était amoureux de mademoifelle *Ophélie,* fille de milord *Polonius,* grand-chambellan, & fœur du jeune *Laërte,* qui va en France pour fe former *l'efprit & le cœur.* Le bon homme *Polonius* recommande *Laërte* fon fils à fon gouverneur, lui dit en propres termes, que ce jeune homme va quelquefois au b'...., & qu'il faut le veiller de près. Tandis qu'il donne au gouverneur fes inftructions, fa fille *Ophélie* arrive toute effarée. *Ah ! milord,* lui dit-elle, *j'étais occupée à coudre dans mon cabinet; le prince Hamlet eft arrivé le pourpoint déboutonné, fans chapeau, fans jarretières, les bas fur les talons, les genoux tremblans & heurtans l'un contre l'autre, pâle comme fa chemife. Il m'a long-temps manié le vifage comme s'il voulait me peindre, m'a fecoué le bras, a branlé la tête, a pouffé de profonds foupirs, & s'en eft allé comme un aveugle qui cherche fon chemin à tâtons.*

Le chambellan *Polonius,* qui ne fait pas qu'*Hamlet* a vu un efprit, & qu'il peut en être devenu fou, croit que ce prince a perdu la cervelle par l'excès de

T 4

son amour pour *Ophélie* ; & les chofes en reftent là. Le roi & la reine raifonnent beaucoup fur la folie du prince. Des ambaffadeurs de (*a*) Norvège arrivent à la cour , & apprennent cet accident. Le bon homme *Polonius*, qui eft un vieux radoteur beaucoup plus fou que *Hamlet*, affure le roi qu'il aura grand foin du malade : *C'eft mon devoir* , dit-il , *car qu'eft-ce que le devoir ? c'eft le devoir, comme le jour eft le jour , la nuit eft la nuit , & le temps eft le temps ; ainfi , puifque la briéveté eft l'ame de l'efprit , & que la loquacité en eft le corps , je ferai court. Votre noble fils eft fou ; je l'appelle fou , car qu'eft-ce que la folie, finon d'être fou? Il eft donc fou , Madame. Cela eft , c'eft grand pitié ; mais c'eft grande pitié que cela foit vrai : il ne s'agit plus que de trouver la caufe de l'effet. Or , la caufe , c'eft que j'ai une fille.* Pour prouver que c'eft l'amour qui a ôté le fens commun au prince , il lit au roi & à la reine les lettres que *Hamlet* a écrites à *Ophélie*.

Tandis que le roi , la reine , & toute la cour, s'entretiennent ainfi du trifte état du prince , il arrive tout en défordre , & confirme par fes difcours l'opinion qu'on a de fa cervelle ; cependant il fait quelquefois des réponfes qui décèlent une ame profondément bleffée, lefquelles ont beaucoup de fens. Les chambellans , qui ont ordre de le divertir , lui propofent d'entendre une troupe de comédiens nouvellement arrivés. *Hamlet* parle de la comédie avec beaucoup d'intelligence ; les comédiens jouent une fcène devant lui , il en dit fort bien fon avis : &

(*a*) En France on s'avife d'imprimer *Norwège*, *Wirtemberg*, *Weftphalie*, c'eft que les imprimeurs français ne favent pas que le *w* tudefque vaut notre *v* confonne, enfuite quand il eſt feul , il déclare qu'il n'eſt pas ſi fou qu'il le paraît. *Quoi* , dit-il , *un comédien vient de pleurer pour Hécube ! Eh qu'eſt-ce que lui eſt Hécube ? Que ferait-il donc , ſi ſon oncle & ſa mère avaient empoiſonné ſon père , comme Claudius & Gertrude ont empoiſonné le mien ? Ah ! maudit empoiſonneur , aſſaſſin , p . . . . , traître , débauché , indigne vilain ! Et moi , quel âne je ſuis ! N'eſt-il pas vraiment brave à moi , moi le fils d'un roi empoiſonné , moi à qui le ciel & l'enfer demandent vengeance , de me borner à exhaler ma douleur en paroles comme une p . . . . , que je m'en tienne à des malédiƈtions comme une vraie ſalope, comme une gueuſe , un torchon de cuiſine ?*

Il prend alors la réſolution de ſe ſervir de ces comédiens , pour découvrir ſi en effet ſon oncle & ſa mère ont empoiſonné ſon père : car après tout , dit-il, le fantôme a pu me tromper ; c'eſt peut-être le diable qui m'a parlé ; il faut s'éclaircir. *Hamlet* propoſe donc aux comédiens de jouer une panto- mime dans laquelle un homme dormira , & un autre lui verſera du poiſon dans l'oreille. Il eſt bien ſûr que ſi le roi *Claudius* eſt coupable , il ſera fort étonné en voyant la pantomime ; il pâlira , ſon crime ſera ſur ſon viſage. *Hamlet* ſera certain du crime , & aura le droit de ſe venger.

Ainſi dit , ainſi fait. La troupe vient jouer cette ſcène muette devant le roi, la reine , & toute la cour ; & après la ſcène muette, il y en a une autre en vers. Le roi & la reine trouvent ces deux ſcènes fort impertinentes. Ils ſoupçonnent *Hamlet* d'avoir fait la pièce , & de n'être pas tout-à-fait auſſi fou qu'il le paraît ; cette idée les met dans une grande per- plexité ; ils tremblent d'être découverts. Quel parti prendre ? le roi *Claudius* fe réfout à envoyer *Hamlet* en Angleterre pour le guérir de fa folie , & écrit au roi d'Angleterre , fon bon ami, pour le prier de faire pendre le jeune voyageur auffitôt la préfente reçue.

Mais avant de faire partir *Hamlet*, la reine eft bien aife de l'interroger , de le fonder ; & de peur qu'il ne faffe quelque folie dangereufe , le vieux chambellan *Polonius* fe cache derrière une tapifferie, prêt à venir au fecours en cas de befoin.

Le prince fou , ou prétendu fou , vient parler à *Gertrude* fa mère. Chemin fefant il rencontre dans un coin le roi *Claudius* , à qui il a pris un petit remords ; il craint d'être un jour damné pour avoir empoifonné fon frère , époufé la veuve, & ufurpé la couronne. Il fe met à genoux , & fait une courte prière qui vaudra ce qu'elle pourra. *Hamlet* a d'abord envie de prendre ce temps-là pour le tuer ; mais fefant réflexion que le roi *Claudius* eft en état de grâce , puifqu'il prie DIEU, il fe donne bien de garde de l'affaffiner dans cette circonftance. *Que je ferais fot* ! dit-il , *je l'enverrais droit au ciel , au lieu qu'il a envoyé mon père en purgatoire. Allons , mon épée , attends pour paffer au travers de fon corps , qu'il foit ivre , ou qu'il joue, ou qu'il jure, ou qu'il foit couché avec quelque inceftueufe, ou qu'il faffe quelqu'autre aéion qui n'ait pas l'air d'opérer fon falut ; alors tombe fur lui , qu'il donne du talon au ciel , que fon ame foit damnée , & noire comme l'enfer où il defcendra.* C'eft encore là un morceau que les guillemets de *Pope* nous ordonnent d'admirer.

Hamlet ayant donc différé le meurtre du roi *Claudius*, dans l'intention de le damner , vient parler à fa mère, & lui fait, au milieu de fes propos infenfés ,

des reproches accablans, qu'elle reffent jufqu'au fond
du cœur. Le vieux chambellan *Polonius* craint que
les chofes n'aillent trop loin ; il crie au fecours
derrière la tapifferie. *Hamlet* ne doute pas que ce ne
foit le roi qui s'eft caché là pour l'entendre : Ah ! ma
mère, s'écrie-t-il, il y a un gros rat derrière la tapifferie ; il tire fon épée, court au rat, & tue le bon
homme *Polonius*. Ah ! mon fils que fais-tu ? *Ma mère,
eft-ce le roi que j'ai tué ? c'eft une vilaine aĉlion de tuer un
roi, & prefque auffi vilaine, ma bonne mère, que de tuer
un roi, & de coucher avec fon frère.* Cette converfation
dure très-long-temps ; & *Hamlet* en s'en allant,
marche fans y penfer fur le corps du vieux chambellan, & eft prêt de tomber.

Le bon homme milord chambellan était un vieux
fou, & donné pour tel, comme on l'a déjà vu. Sa
fille *Ophélie*, qui apparemment avait des difpofitions
au même tour d'efprit, devient folle à lier, quand
elle apprend la mort de fon père : elle accourt avec
des fleurs & de la paille fur la tête, chante des
vaudevilles, & va fe noyer. Ainfi voilà trois fous
dans la pièce, le chambellan, fa fille, & *Hamlet*,
fans compter les autres bouffons qui jouent leurs
rôles.

On repêche *Ophélie*, & on fe difpofe à l'enterrer.
Cependant le roi *Claudius* a fait embarquer le prince
pour l'Angleterre : déjà *Hamlet* était dans le vaiffeau,
& il fe doutait qu'on l'envoyait à Londres pour lui
jouer quelque mauvais tour ; il prend dans la poche
d'un des chambellans fes conduĉteurs, la lettre du
roi *Claudius* à fon ami le roi d'Angleterre, fcellée
du grand fceau ; il y trouve une inftante prière de le

dépêcher , & de le faire partir pour l'autre monde à
son arrivée. Que fait-il ? il avait heureusement le
grand sceau de son père dans sa bourse ; il jette la
lettre dans la mer, & en écrit une autre, dans laquelle
il signe *Claudius* , & prie le roi d'Angleterre de faire
pendre sur le champ les porteurs de la dépêche ; puis
il replie le tout fort proprement, & y applique le
sceau du royaume.

Cela fait, il trouve un prétexte de revenir à la
cour. La première chose qu'il y voit, c'est une couple
de fossoyeurs qui creusent une fosse pour enterrer
Ophélie ; ces deux manœuvres sont encore des bouffons de la tragédie. Ils agitent la question si *Ophélie*
doit être enterrée en terre sainte après s'être noyée ;
& ils concluent qu'elle doit être traitée en bonne
chrétienne, parce qu'elle est fille de qualité. Ensuite
ils prétendent que les manœuvres sont les plus
anciens gentilshommes de la terre, parce qu'ils sont
du métier d'*Adam.* Mais *Adam* était-il gentilhomme,
dit l'un des fossoyeurs ? Oui , répond l'autre, car
il est le premier qui ait porté les armes. Lui des
armes, dit un fossoyeur ! Sans doute , dit l'autre ;
peut-on remuer la terre sans avoir des pioches &
des hoyaux ? il avait donc des armes , il était donc
gentilhomme.

Au milieu de tous ces beaux discours , & des
chansons galantes que ces messieurs chantent dans
le cimetière de la paroisse du palais, arrive le prince
Hamlet avec un de ses amis , & tous ensemble se
mettent à considérer les têtes des morts qu'on trouve
en creusant. *Hamlet* croit reconnaître le crâne d'un
homme d'Etat capable de tromper DIEU, puis celui

d'un courtisan, d'une dame de la cour, d'un fripon d'homme de loi ; & il n'épargne pas les railleries aux défunts possesseurs de ces têtes. Enfin on trouve l'étui qui renfermait la cervelle du fou du roi, & on conclut qu'il n'y a pas grande différence entre les cervelles des *Alexandres*, des *Césars*, & celle de ce fou ; enfin en raisonnant & en chantant, la fosse est faite. Les prêtres arrivent avec de l'eau bénite : on apporte le corps d'*Ophélie*. Le roi & la reine suivent la bierre. *Laërte*, le frère d'*Ophélie*, accompagne sa sœur avec un long crêpe ; & quand on a mis le corps en terre, *Laërte*, outré de douleur, se jette dans la fosse. *Hamlet*, qui se souvient d'avoir aimé *Ophélie*, s'y jette-aussi. *Laërte*, indigné de voir avec lui dans la même fosse celui qui a tué le chambellan *Polonius* son père, en le prenant pour un rat, lui saute à la face ; ils se battent à coups de poing dans la fosse, & le roi les sépare pour maintenir la décence dans les cérémonies de l'Eglise.

Cependant le roi *Claudius*, qui est grand politique, voit bien qu'il se faut défaire d'un aussi dangereux fou que le prince *Hamlet* ; & puisque ce jeune prince n'est pas pendu à Londres, il est bien convenable de le faire périr en Danemarck.

Voici la façon dont l'adroit *Claudius* s'y prend. Il était accoutumé à empoisonner : Ecoute, dit-il au jeune *Laërte* : le prince *Hamlet* a tué ton père, mon grand-chambellan ; je vais te proposer, pour te venger, un petit divertissement de chevalerie. Je gagerai contre toi que de douze passes tu n'en feras pas trois à *Hamlet* ; tu combattras avec lui devant

toute la cour. Tu prendras adroitement un fleuret
aiguifé , dont j'ai trempé la pointe dans un poifon
très-fubtil. Si par malheur tu ne peux réuffir à frapper le prince , j'aurai foin de mettre pour lui une
bouteille de vin empoifonné fur la table. Il faut bien
boire quand on s'efcrime : *Hamlet* boira quelques
coups ; & de façon ou d'autre il eft mort fans rémif-
fion.... *Laërte* trouve le divertiffement & la vengeance
de la meilleure invention du monde.

Hamlet accepte le défi. On met des bouteilles &
des vidrecomes fur la table ; les deux champions
paraiffent le fleuret à la main en préfence de *Claudius*,
de madame *Gertrude* , & de la cour danoife. Ils fer-
raillent ; *Laërte* bleffe *Hamlet* avec fon fleuret empoifonné. *Hamlet* fe fentant bleffé crie *trahifon* , tous les
affiftans crient *trahifon*. *Hamlet* furieux arrache à
Laërte fon fleuret pointu, l'en frappe lui-même, &
en frappe le roi : la reine *Gertrude* épouvantée veut
boire un coup pour reprendre fes forces ; la voilà
auffi empoifonnée ; & tous quatre, c'eft-à-dire le roi
Glaudius , *Gertrude* , *Laërte* , & *Hamlet*, tombent morts.

Il eft à remarquer qu'on reçoit alors la nouvelle
que les deux chambellans qui avaient fait voile pour
l'Angleterre , avec le paquet fcellé du grand fceau
de Danemarck , ont été dépêchés en arrivant. Ainfi,
Dieu merci, il ne refte aucun des acteurs en vie:
mais pour remplacer les défunts il y a un certain
Fort-en-bras , parent de la maifon , qui a conquis la
Pologne , pendant qu'on jouait la pièce , & qui
vient à la fin fe propofer pour candidat au trône de
Danemarck.

Telle eft exactement la fameufe tragédie d'Hamlet, le chef-d'œuvre du théatre de Londres : tel eft l'ouvrage qu'on préfère à Cinna.

Il y a là deux grands problèmes à réfoudre : le premier , comment tant de merveilles fe font accumulées dans une feule tête ? car il faut avouer que toutes les pièces du divin *Shakefpeare* font dans ce goût ; le fecond , comment on a pu élever fon ame jufqu'à voir ces pièces avec tranfport , & comment elles font encore fuivies dans un fiècle qui a produit le Caton d'*Addiffon* ?

L'étonnement de la première merveille doit ceffer quand on faura que *Shakefpeare* a pris toutes fes tragédies de l'hiftoire ou des romans , & qu'il n'a fait que mettre en dialogues le roman de *Claudius*, de *Gertrude*, & d'*Hamlet*, écrit tout entier par *Saxon* le grammairien, à qui gloire foit rendue.

La feconde partie du problème, c'eft-à-dire le plaifir qu'on prend à ces tragédies, fouffre un peu plus de difficultés ; mais en voici la raifon felon les profondes réflexions de quelques philofophes.

Les porteurs de chaife , les matelots, les fiacres, les courtauds de boutique , les bouchers , les clercs même, aiment paffionnément les fpectacles ; donnez-leur des combats de coqs , ou de taureaux , ou de gladiateurs , des enterremens, des duels , des gibets, des fortiléges , des revenans, ils y courent en foule ; & il y a plus d'un feigneur auffi curieux que le peuple. Les bourgeois de Londres trouvèrent dans les tragédies de *Shakefpeare* tout ce qui peut plaire à des curieux. Les gens de la cour furent obligés de fuivre le torrent : comment ne pas admirer ce que

la plus faine partie de la ville admirait ? Il n'y eut
rien de mieux pendant cent cinquante ans ; l'admiration fe fortifia & devint une idolatrie. Quelques
traits de génie , quelques vers heureux , pleins de
naturel & de force, & qu'on retient par cœur malgré
qu'on en ait , ont demandé grâce pour le refte ; &
bientôt toute la pièce a fait fortune , à l'aide de
quelques beautés de détail.

Il y a , n'en doutons point , de ces beautés dans
Shakefpeare. M. de *Voltaire* eft le premier qui les ait
fait connaître en France ; c'eft lui qui nous apprit ,
il y a environ trente ans , les noms de *Milton* & de
Shakefpeare : mais les traductions qu'il a faites de
quelques paffages de ces auteurs font-elles fidelles ?
Il nous avertit lui-même que non ; il nous dit qu'il a
plutôt imité que traduit. Voici comme il a rendu en
vers le monologue d'*Hamlet*, qui commence la feconde
fcène du troifième acte :

Demeure, il faut choifir, & paffer à l'inftant &c. (*)

A travers les obfcurités de cette traduction fcrupuleufe , qui ne peut rendre le mot propre anglais par le
mot propre français , on découvre pourtant très-aifé-
ment le génie de la langue anglaife ; fon naturel qui
ne craint pas les idées les plus baffes ni les plus
gigantefques ; fon énergie que d'autres nations croiraient dureté ; fes hardieffes que des efprits peu
accoutumés aux tours étrangers prendraient pour du
galimatias. Mais fous ces voiles on découvrira de la

(*) Voyez ci-deffus page 274.

vérité ,

vérité , de la profondeur , & je ne fais quoi qui attache & qui remue beaucoup plus que ne ferait l'élégance ; auffi il n'y a prefque perfonne en Angleterre qui ne fache ce monologue par cœur. C'eft un diamant brut qui a des taches ; fi on le poliffait , il perdrait de fon poids.

Il n'y a peut-être pas un plus grand exemple de la diverfité des goûts des nations. Qu'on vienne après cela nous parler des règles d'*Ariflote* , & des trois unités , & des bienféances , & de la néceffité de ne laiffer jamais la fcène vide , & de ne faire ni fortir ni entrer aucun perfonnage fans une raifon fenfible; de lier une intrigue avec art, de la dénouer naturellement ; de s'exprimer en termes nobles & fimples; de faire parler les princes avec la décence qu'ils ont toujours, ou qu'ils voudraient avoir ; de ne jamais s'écarter des règles de la langue. Il eft clair qu'on peut enchanter toute une nation fans fe donner tant de peines.

Si *Shakefpeare* l'emporte par ces raifons fur *Corneille*, nous avouerons que *Racine* eft bien peu de chofe en comparaifon du tendre & élégant *Otwai*. Pour s'en convaincre, il ne faut que jeter les yeux fur ce petit précis de la tragédie intitulée l'*Orpheline*.

L'Orpheline , tragédie.

U N vieux gentilhomme bohème , nommé *Acafto*, eft retiré dans fon château avec fes deux fils, *Caftalio* & *Polidore*. Il eft vrai que ces noms-là ne font pas plus bohèmes que celui de *Claudius* n'eft danois. *Serine* fa fille demeure auffi dans la maifon ; de plus il a chez lui une orpheline nommée *Monime*, qui n'eſt pas la *Monime* de *Racine*. Cette *Monime* lui a été confiée par le défunt père de la demoiſelle. Il y a dans le château de monſeigneur *Acaſto* un chapelain, un page, & deux valets-de-chambre. Voilà le train du bon-homme, du moins celui qu'on voit ſur le théâtre. Joignez-y encore une ſervante de *Serine*; ajoutez à tout cela un frère de *Monime*, homme un peu violent, qui arrive de Hongrie ; & vous aurez tous les acteurs de cette tragédie.

Si celle d'Hamlet commence par deux ſentinelles, celle de l'Orpheline commence par deux valets-de-chambre; car il faut bien imiter les grands-hommes. Ces valets parlent de leur bon maître *Acaſto* qui a quitté le ſervice, & de ſes deux enfans *Polidore* & *Caſtalio*, qui paſſent leur temps à la chaſſe. Pour ne point amuſer le lecteur, il faut lui dire que s'il ſe doute que les deux frères ſont tous deux amoureux de *Monime*, comme dans *Racine*, il ne ſe trompe pas. Mais il ſera peut-être un peu étonné d'apprendre que *Caſtalio*, l'un des deux frères qui eſt aimé, permet à ſon cher *Polidore* de coucher, s'il peut, avec *Monime;* pourvu que lui *Caſtalio* puiſſe auſſi avoir le même droit, il eſt content : car il jure qu'il ne veut pas l'épouſer, *& qu'il ſe mariera quand il ſera vieux pour mortifier ſa chair.*

Cependant, immédiatement après avoir parlé ainſi contre le mariage, il épouſe ſecrétement *Monime*, & l'aumônier de la maiſon leur donne la bénédiction nuptiale. Sur ces entrefaites arrive de Hongrie M. *Chamont*, frère de *Monime;* c'eſt un homme bien étrange & bien difficile que ce M. *Chamont*. Il demande

d'abord à fa fœur fi elle a fon pucelage ? *Monime* lui jure qu'elle eft une perfonne d'honneur. ,, Hé !
,, pourquoi êtes-vous en doute de mon pucelage,
,, mon frère ? — Ecoute, ma fœur, il n'y a pas
,, long-temps que j'eus un rêve en Hongrie ; tout
,, mon lit remua, je te vis entre deux gens qui te
,, feftoyaient tour à tour ; je pris ma grande épée, je
,, courus à eux ; & en m'éveillant, je vis que j'avais
,, percé ma tapifferie à perfonnages, jufte dans l'en-
,, droit qui repréfente *Polinice* & *Etéocle*, les deux
,, frères thébains, fe tuant l'un l'autre.

,, Hé bien, mon frère, parce que vous avez été tour-
,, menté en fonge, il faut que vous me tourmentiez
,, éveillée ? — Oh ! ce n'eft pas tout, ma fœur, ne te
,, juftifie pas fi vîte. Comme je paffais mon chemin
,, l'autre jour en penfant à mon rêve, je rencontrai
,, une vieille fans dent, toute racornie, toute en
,, double ; fon dos voûté était couvert d'un vieux mor-
,, ceau de bergame, fes cuiffes à peine cachées par des
,, haillons de toutes couleurs, variété de gueuferie.
,, Elle ramaffait quelques copeaux de bois ; je lui
,, donnai l'aumône ; elle me demanda où j'allais, &
,, me dit d'aller vîte, fi je voulais fauver ma fœur.
,, Enfin elle me parla de *Caftalio* & de *Polidore*. ,,

Cette aventure étonne beaucoup *Monime*: elle lui avoue fur le champ qu'elle s'eft promife à *Caftalio* ; mais elle jure qu'elle n'a pas encore couché avec lui.

Cet aveu ne fatisfait point M. *Chamont* ; c'eft un rude homme, comme nous l'avons déjà infinué ; il s'en va trouver le chapelain : *Or ça*, lui dit-il, M. *Gravité, n'êtes-vous pas l'aumônier de la maifon ?*
— *Et vous, Monfieur, n'êtes-vous pas officier ? Oui*

l'ami. — Monsieur, j'ai été officier aussi ; mais mes parens m'ont mis dans l'Eglise, & je suis pourtant honnête homme, quoique je sois vêtu de noir. Je suis assez bien venu dans la famille ; je ne prétends pas en savoir plus que les autres ; je ne me mêle que de mes affaires ; je me lève matin, j'étudie un peu, je bois & mange gaiement ; aussi tout le monde a de la considération pour moi.

As-tu connu mon père, le vieux Chamont ? — Oui, j'ai été très-affligé de sa mort.

Quoi ! tu l'aimais ! je t'embrasserai volontiers. Dis-moi un peu, crois-tu que *Castalio* aime ma sœur ?

S'il aime votre sœur ?

Oui, oui, s'il aime ma sœur ?

Ma foi, je ne lui ai jamais demandé ; & je m'étonne que vous me fassiez une pareille question.

Ah, hypocrite ! tu es comme tous tes pareils, tu ne vaux rien, tu n'as pas le courage de dire la vérité, & tu prétends l'enseigner ! . . . . . Es-tu mêlé dans cette affaire ? Quelle part y as-tu ? la peste soit de la farce sérieuse du vilain ! tu roules les yeux tout juste comme les maquerelles : oui, les maquerelles ; elles parlent du ciel, elles ont les yeux dévots, elles mentent ; elles prêchent comme un prêtre ; & tu es une maquerelle.

Ce qu'il y a de bon, c'est que l'aumônier, gagné par ces douces paroles, lui avoue que le matin il a marié dans un grenier *Castalio* & *Monime*.

Le frère trouve la chose assez bien, & s'en va avec monsieur l'aumônier. Les deux mariés arrivent ; il s'agit de consommer le mariage. Les gens peu instruits croiraient, par tout ce qui s'est passé, que cette cérémonie va fe faire fur le théâtre ; mais la décente *Monime* fe contente de dire au nouveau marié de venir frapper trois coups à la porte de fa chambre, quand toute la maifon fera bien endormie.

Le frère *Polidore* dans la couliffe entend ce propos ; & ne fachant pas que fon frère *Caftalio* eft le mari de *Monime*, il prend fon parti de le prévenir, & d'aller vîte s'emparer des prémices de *Monime*. Il s'adreffe au petit fripon de page, lui promet des fucreries & de l'argent, s'il veut amufer fon frère *Caftalio* une partie de la nuit. Le page fait bien fa commiffion ; il parle à *Caftalio* de l'amour de *Monime*, de fes jarretières, de fa gorge ; il veut lui chanter une chanfon ; il lui fait perdre fon temps.

Polidore n'a pas perdu le fien ; il eft allé à la porte de *Monime*, il a frappé les trois petits coups, la fervante lui a ouvert, & le voilà couché avec la femme de fon frère.

Enfin, *Caftalio* arrive à cette porte, & frappe les trois coups ; la fervante qui aurait dû le reconnaître à la voix, & reconnaître auffi l'autre, ne s'avife feulement pas de craindre de fe méprendre ; elle croit que le faux mari qui fe préfente eft *Polidore*, & que c'eft le vrai mari *Caftalio* qui eft au lit ; elle le renvoie, lui dit qu'il eft un extravagant : il a beau fe nommer, on lui ferme la porte au nez ; il eft traité par la fuivante comme *Amphitrion* par *Sofie*.

Polidore ayant joui à fon aife du fruit de fa fupercherie, apparemment fans dire mot, a laiffé là fa conquête, & s'eft allé repofer. *Caftalio*, à qui on n'a point ouvert, fe défefpère, entre en fureur, fe roule

V 3

fur le plancher , dit des injures à tout le fexe ; &
conclut que depuis *Eve* , qui devint amoureufe du
diable , & damna le genre-humain , les femmes ont
été la caufe de tous les malheurs.

Monime qui s'eft levée en hâte pour retrouver fon
cher *Caftalio* , avec qui elle croit avoir paffé quelques
doux momens , le rencontre , & veut l'embraffer ; il
la traite de fcélérate , & la traîne par les cheveux hors
du théâtre.

M. *Chamont* fe fouvenant toujours de fon rêve &
de fa vieille forcière , vient gravement demander à
fa fœur des nouvelles de la confommation de fon
mariage. La pauvre femme lui avoue que fon mari ,
après l'avoir bien careffée , l'a traînée par les cheveux
fur le plancher.

Ce *Chamont* , qui n'entend pas raillerie , s'en va
vîte trouver le père (qui par parenthèfe était tombé
en faibleffe dans le courant de la tragédie par excès
de vieilleffe) il lui parle du même ton qu'il a parlé
à l'aumônier : *Savez-vous* , lui dit-il , *que votre fils
Caftalio a époufé ma fœur ? — J'en fuis fâché , répond le
bon-homme. — Comment fâché ? pardieu , il n'y a point de
grand-feigneur qui ne s'enorgueillît d'avoir ma fœur ,
entendez-vous? Mais , morbleu , il l'a maltraitée ; je veux
que vous lui appreniez à vivre , ou je mettrai le feu à la
maifon. — Hé bien , hé bien , je vous rendrai juftice. Adieu ,
fier garçon.*

Ce pauvre père va donc parler à *Caftalio* fon fils
pour favoir quelle eft cette aventure : pendant qu'il
lui parle , *Polidore* veut favoir de *Monime* comment
elle fe trouve de la nuit paffée ; il croit n'avoir joui que

de la maîtreffe de fon frère, en vertu de la permiffion que fon frère lui avait donnée. *Monime*, à fes difcours, fe doute de la méprife; enfin, *Polidore* lui avoue qu'il a eu fes faveurs. *Monime* tombe évanouie; elle ne reprend fes fens que pour s'abandonner à l'excès de fa jufle douleur.

Si un tel fujet, de tels difcours, & de telles mœurs, révoltent les gens de goût dans toute l'Europe; ils doivent pardonner à l'auteur. Il ne fe doutait pas qu'il eût rien fait de monftrueux. Il dédie fa pièce à la duchesse de *Cleveland*, avec la même naïveté qu'il a écrit fa tragédie; il félicite cette dame d'avoir eu deux enfans de *Charles II*.

Courtes réflexions.

N o u s fentons combien la *Monime* de *Racine*, dans *Mithridate*, eft au-deffous de la *Monime* de M. *Thomas Otwai*; c'eft le même qui fit Venife préfervée. Il eft défagréable qu'on ne nous ait pas traduit fidèlement cette Venife; on nous a privé d'un fénateur qui mord les jambes de fa maîtreffe, qui fait le chien, qui aboie, & qu'on chaffe à coups de fouet; nous aurions encore eu le plaifir de voir un échafaud, une roue, un prêtre qui veut exhorter à la mort le capitaine *Pierre*, & qu'on renvoie comme un gueux : il y a mille autres traits de cette force, que le traducteur a épargnés à notre fauffe délicateffe.

Nous ne pouvons trop nous plaindre que le traducteur nous ait privés, avec la même cruauté, des plus belles fcènes de l'Othello de *Shakefpeare*. Avec quel plaifir nous aurions vu la première fcène à

Venife, & la dernière en Chypre! Un maure enlève
d'abord la fille d'un fénateur. *Jago*, officier du maure,
court fous la fenêtre du père : le père paraît en chemife à cette fenêtre. ,, Tête-bleu , dit *Jago* , mettez
,, votre robe ; un bélier noir monte fur votre brebis
,, blanche ; allons, allons, debout , defcendez , ou
,, le diable va faire de vous un grand-père.

LE SENATEUR.

,, Quoi donc ? que veux-tu ? es-tu devenu fou ?

JAGO.

,, Hé ! mordieu , fignor , êtes-vous de ceux qui
,, n'oferaient fervir DIEU, fi le diable le leur défen-
,, dait ? Nous venons vous rendre fervice , & vous
,, nous prenez pour des ruffiens : je vous dis que
,, votre fille va être couverte par un cheval de Bar-
,, barie ; que vos petits-enfans henniront après vous ;
,, & que vous aurez pour coufins des rouffins
,, d'Afrique.

LE SENATEUR.

,, Quel profane coquin me parle ainfi ?

JAGO.

,, Hé ! oui ; fachez que votre fille *Defdémona* & le
,, maure *Othello* font à préfent la bête à deux dos. ,,

Ce même *Jago* accompagne à Chypre le maure
Othello & la fignora *Defdémona*, que le fénat a gracieufement accordée pour femme à ce maure, gouverneur
de Chypre , en dépit du père.

A peine font-ils arrivés dans cette île , que ce *Jago*
entreprend de rendre le maure jaloux de fa femme,
& de lui faire foupçonner fa fidélité. Le maure

commence déjà à fentir de l'inquiétude ; il fait fes réflexions. *Après tout*, dit-il, *quelle fenfation ai-je eue des plaifirs que d'autres ont pu lui donner, & de fa luxure ? Je ne l'ai point vu, cela ne m'a point bleffé ; j'ai dormi tout auffi-bien. Quand on nous vole une chofe dont nous n'avons pas befoin, fi nous l'ignorons, on ne nous a rien volé......
J'aurais été fort heureux fi toute l'armée, & jufqu'aux goujats, avaient tâté d'elle, & que je n'en euffe rien fu......
Oh ! non..... Adieu tout contentement ; adieu les troupes emplumées ; adieu la fière guerre, qui fait une vertu de l'ambition ; adieu les chevaux henniffans, & la trompette aiguë, & le fifre qui perce l'oreille, & le tambour qui anime le courage, & la bannière royale, & tous les grades, & l'orgueil, & la pompe, & les détails d'une guerre glorieufe ; & vous, engins mortels, dont le rude gofier imite ceux de l'immortel Jupiter, adieu ; Othello n'a plus d'occupation.*

C'eft encore là un des endroits admirables, enrichis par les guillemets de *Pope*.

J A G O.

,, Eft-il poffible., Monfeigneur !

O T H E L L O *le prenant à la gorge.*

,, Vilain, prouve-moi que ma femme eft une
,, p....; prouve-le-moi, donne-m'en une preuve
,, oculaire; ou par tout ce que vaut l'ame éternelle
,, de l'homme, il vaudrait mieux pour toi que tu
,, fuffes né un chien.

J A G O.

,, Cette fonction ne me plaît guère ; mais puifque
,, je me fuis fi fort avancé, par pure honnêteté &
,, par amitié pour vous, je pourfuivrai. J'étais

,, couché l'autre nuit avec votre lieutenant *Caffio*, &
,, je ne pouvais dormir à caufe d'une rage de dent.
,, Il y a des gens, comme vous favez, qui ont l'ame
,, fi relâchée, qu'ils parlent en dormant de leurs
,, affaires; *Caffio* eft un de ceux-là. Il difait dans fon
,, fommeil : Ma chère *Defdémona*, foyons bien pru-
,, dens, cachons bien nos amours. En parlant ainfi ,
,, il me prenait les mains, il me tâtonnait, il s'écriait:
,, Ah ! charmante créature ! & il me baifait avec
,, ardeur, comme s'il eût arraché par la racine des
,, baifers plantés fur mes lèvres ; & il mettait fes
,, cuiffes fur mes jambes, & il foupirait, il haletait,
,, il me baifait, il s'écriait : Damné de deftin qui t'a
,, donnée à ce maure ! ,,

Sur ces preuves fi décemment énoncées, & fur un
mouchoir de *Defdémona* que *Caffio* avait rencontré
par hafard, le capitaine maure ne manque pas
d'étrangler fa femme dans fon lit ; mais il lui donne
un baifer avant de la faire mourir. ,, Allons, dit-il ,
,, meurs , p..... — Ah ! monfeigneur, renvoyez-
,, moi, mais ne me tuez pas. — Meurs p.... — Ah!
,, tuez-moi demain, laiffez-moi vivre cette nuit. —
,, Gueufe, fi tu branles! — Une feule demi-heure.
,, — Non, quand cela fera fait, il n'y aura plus de
,, délai. — Mais que je dife au moins mes prières.
,, — Non, il eft trop tard...... ,, Il l'étrangle ; &
Defdémona, après avoir été bien étranglée, s'écrie
qu'elle eft innocente. Quand *Defdémona* eft morte,
le fénat rappelle *Othello* ; on vient le prendre pour le
mener à Venife où il doit être jugé. ,, Arrêtez, dit-il:
,, un mot ou deux..... Vous direz au fénat qu'un
,, jour dans Alep je trouvai un turc à turban qui

,, battait un vénitien, & qui fe moquait de la répu-
,, blique; je pris par la barbe ce chien de circoncis,
,, & je le frappai ainfi. ,, Il fe frappe alors lui-même.

Un traducteur français qui nous a donné des
efquiffes de plufieurs pièces anglaifes, & entre autres
du Maure de Venife, moitié en vers, moitié en profe,
n'a traduit aucun des morceaux effentiels que nous
avons mis fous les yeux des lecteurs ; il fait parler
ainfi *Othello* :

L'art n'eft pas fait pour moi; c'eft un fard que je hais.
Dites-leur qu'Othello, plus amoureux que fage,
Quoiqu'époux adoré, jaloux jufqu'à la rage,
Trompé par un efclave, aveuglé par l'erreur,
Immola fon époufe, & fe perça le cœur.

Il n'y a pas un mot de cela dans l'original. *L'art
n'eft pas fait pour moi* eft pris dans Zaïre ; mais le refte
n'en eft pas.

Le lecteur eft maintenant en état de juger le procès
entre la tragédie de Londres & la tragédie de Paris.

PARALLELE

D'HORACE, DE BOILEAU,

ET DE POPE.

LE *Journal encyclopédique*, l'un des plus curieux &
des plus inftructifs de l'Europe, nous inftruit d'un
parallèle entre *Horace*, *Boileau*, & *Pope*, fait en Angleterre. Il nous rappelle des vers adreffés au roi de
Pruffe, dans lefquels *Pope* a la préférence fur le français & fur le romain.

> Quelques traits échappés d'une utile morale,
> Dans leurs piquans écrits brillent par intervale ;
> Mais Pope approfondit ce qu'ils ont effleuré :
> D'un efprit plus hardi, d'un pas plus affuré,
> Il porta le flambeau dans l'abyme de l'être ;
> Et l'homme, avec lui feul, apprit à fe connaître.

Ces vers fe trouvent à la tête du poëme fur la
loi naturelle, ouvrage philofophique & moral, dans
lequel la poëfie reprend fon premier droit, celui
d'enfeigner la vertu, l'amour du prochain, l'indulgence ; & où l'auteur développe les principes de la
loi univerfelle que DIEU a mis dans tous les cœurs.
Nous convenons avec l'auteur que l'*Effai fur l'homme*
de l'illuftre *Pope* eft un très-bon ouvrage, & que ni
Horace, ni *Boileau*, ni aucun poëte, n'ont rien fait

dans ce genre. *Rouffeau* eft le feul qui ait tenté quel‑
que chofe d'approchant, dans une pièce de vers
intitulée, on ne fait pourquoi, *Allégorie* : il fait fes
efforts pour expliquer le fyftème de *Platon ;* mais que
cet ouvrage eft faible, languiffant ! ce n'eft ni de
la poëfie ni de la philofophie ; il ne prouve ni ne
peint.

> L'homme & les dieux de ton fouffle animés,
> Du même efprit diverfement formés,
> Furent doués, par ta bonté fertile,
> D'une chaleur plus vive ou moins fubtile,
> Selon les corps ou plus vifs ou plus lents
> Qui de leur feu retardent les élans.
> Par ces degrés de lumière inégale,
> Tu fus remplir le vide & l'intervale
> Qui fe trouvait, ô magnifique roi,
> De l'homme aux dieux, & des dieux jufqu'à toi ;
> Et dans cette œuvre, éclatante, immortelle,
> Ayant comblé ton idée éternelle,
> Tu fis du ciel la demeure des dieux,
> Et tu mis l'homme en ces terreftres lieux,
> Comme le terme & l'équateur fenfible
> De l'univers invifible & vifible.

Il n'eft pas étonnant que cette pièce foit demeurée
dans l'oubli ; c'eft, comme on voit, un galimatias de
termes impropres, un tiffu d'épithètes oifeufes en
profe dure & fèche que l'auteur a rimée.

Il n'en eft pas ainfi de l'*effai* de *Pope ;* jamais vers ne
rendirent tant de grandes idées en fi peu de paroles.
C'eft le plan des lords *Shaftesbury* & *Bolingbroke*,
exécuté par le plus habile ouvrier ; auffi eft-il traduit

dans prefque toutes les langues de l'Europe. Nous
n'examinons pas fi cet ouvrage , fi fort & fi plein ,
eft orthodoxe ; fi même fa hardieffe n'a pas contribué
à fon prodigieux débit ; s'il ne fape pas les fondemens
de la religion chrétienne , en tâchant de prouver que
les chofes font dans l'état où elles devaient être
originairement ; & fi ce fyftème ne renverfe pas le
dogme de la chute de l'homme , & les divines écritures. Nous ne fommes pas théologiens : nous leur
laiffons le foin de confondre *Pope* , *Shaftesbury* ,
Bolingbroke , *Leibnitz* , & d'autres grands-hommes ;
nous nous en tenons uniquement à la philofophie
& à la poëfie. Nous ofons , en cherchant à nous
éclairer , demander comment il faut expliquer ce
vers qui eft le précis de tout l'ouvrage :

All partial evilis a general good.

Tout mal particulier eft le bien général.

Voilà un étrange bien général que celui qui ferait
compofé des fouffrances de chaque individu ! Entendra cela qui pourra. *Bolingbroke* s'entendait-il bien
lui-même , quand il rédigeait ce fyftème ? Que veut
dire : *Tout eft bien* ? eft-ce pour nous ? non , fans
doute ; eft-ce pour DIEU ? il eft clair que DIEU ne
fouffre pas de nos maux. Quelle eft donc au fond
cette idée platonicienne ? un chaos comme tous les
autres fyftèmes ; mais on l'a orné de diamans.

Quant aux autres épîtres de *Pope* qui pourraient
être comparées à celles d'*Horace* & de *Boileau* , je
demanderai fi ces deux auteurs , dans leurs fatires ,
fe font jamais fervis des armes dont *Pope* fe fert. Les

gentilleffes dont il régale milord *Harvey* , l'un des
plus aimables hommes d'Angleterre , font un peu
fingulières ; les voici mot pour mot :

> Que Harvey tremble ! Qui ? cette chofe de foie ?
> Harvey , ce fromage mou fait de lait d'âneffe ?
> Hélas ! il ne peut fentir ni fatire ni raifon.
> Qui voudrait faire mourir un papillon fur la roue ?
> Pourtant je veux frapper cette punaife volante à ailes
>   dorées ,
> Cet enfant de boue qui fe peint & qui put,
> Dont le bourdonnement fatigue les beaux efprits &
>   les belles ,
> Qui ne peut tâter ni de l'efprit ni de la beauté :
> Ainfi l'épagneul bien élevé fe plaît civilement
> A mordiller le gibier qu'il n'ofe entamer.
> Son fourire éternel trahit fon vide,
> Comme les petits ruiffeaux fe rident dans leurs cours ;
> Soit qu'il parle avec fon impuiffance fleurie ;
> Soit que cette marionnette barbouille les mots que
>   le compère lui fouffle ;
> Soit que crapaud familier à l'oreille d'Eve ,
> Moitié écume, moitié venin , il fe crache lui-même
>   en compagnie,
> En quolibets, en politique, en contes, en menfonges,
> Son efprit roule fur des ouï-dire, entre ceci & cela ;
> Tantôt haut, tantôt bas, petit maître ou petite maîtreffe :
> Et lui-même n'eft qu'une vile antithèfe ;
> Etre amphibie, qui, en jouant les deux rôles,
> La tête frivole, & le cœur gâté,
> Fat à la toilette, flatteur chez le roi ,
> Tantôt trotte en ladi, tantôt marche en milord.

Ainſi les rabins ont peint le tentateur
Avec face de Chérubin & queue de ſerpent.
Sa beauté vous choque, vous vous défiez de ſon eſprit,
Son eſprit rampe, & ſa vanité lèche la pouſſière.

Il eſt vrai que *Pope* a la diſcrétion de ne pas nommer le lord qu'il déſigne ; il l'appelle honnête-ment *Sporus*, du nom d'un infame proſtitué de *Néron*. Vous obſerverez encore que la plupart de ces invec-tives tombent ſur la figure de milord *Harvey*, & que *Pope* lui reproche juſqu'à ſes grâces. Quand on ſonge que c'était un petit homme contrefait, boſſu par devant & par derrière, qui parlait ainſi ; on voit à quel point l'amour-propre & la colère ſont aveugles.

Les lecteurs pourront demander ſi c'eſt *Pope*, ou un de ſes porteurs de chaiſe qui a fait ces vers. Ce n'eſt pas là abſolument le ſtyle de *Deſpréaux*. Ne fera-t-on pas en droit de conclure que la politeſſe & la décence ne ſont pas les mêmes en tout pays ?

Pour mieux faire ſentir encore, s'il ſe peut, cette différence que la nature & l'art mettent ſouvent entre des nations voiſines, jetons les yeux ſur une traduc-tion fidelle d'un paſſage de la Dunciade de *Pope ;* c'eſt au chant ſecond. La bêtiſe a propoſé des prix pour celui de ſes favoris qui ſera vainqueur à la courſe. Deux libraires de Londres diſputent le prix : l'un eſt *Lintot*, perſonnage un peu peſant ; l'autre eſt *Curl*, homme plus délié : ils courent, & voici ce qui arrive :

Au milieu du chemin on trouve un bourbier
Que madame Curl avait produit le matin :

C'était

C'était fa coutume de fe défaire au lever de l'aurore
Du marc de fon fouper devant la porte de fa voifine.
Le malheureux Curl gliffe; la troupe pouffe un grand cri;
Le nom de Lintot réfonne dans toute la rue;
Le mécréant Curl eft couché dans la vilenie,
Couvert de l'ordure qu'il a lui-même fournie, &c.

Le portrait de la molleffe dans le Lutrin eft d'un autre genre ; mais on dit qu'il ne faut pas difputer des goûts.

Une autre conclufion que nous oferons tirer encore de la comparaifon des petits poëmes détachés, avec les grands poëmes, tels que l'épopée & la tragédie, c'eft qu'il faut les mettre à leur place. Je ne vois pas comment on peut égaler une épître, une ode, à une bonne pièce de théâtre. Qu'une épître, ou ce qui eft plus aifé à faire, une fatire, ou ce qui eft fouvent affez infipide, une ode, foit auffi-bien écrite qu'une tragédie, il y a cent fois plus de mérite à faire celle-ci, & plus de plaifir à la voir, que non pas à tranfcrire ou à lire des lieux communs de morale. Je dis lieux communs, car tout a été dit. Une bonne épître morale ne nous apprend rien; une bonne ode encore moins ; elle peut tout au plus amufer un quart-d'heure les gens du métier ; mais créer un fujet, inventer un nœud & un dénouement, donner à chaque perfonnage fon caractère, & le foutenir, faire en forte qu'aucun d'eux ne paraiffe & ne forte fans une raifon fentie de tous les fpectateurs, ne laiffer jamais le théâtre vide ; faire dire à chacun ce qu'il doit dire, avec nobleffe fans enflure, avec fimplicité fans baffeffe ; faire de beaux vers qui ne fentent point le poëte, & tels que le perfonnage aurait dû en faire s'il parlait en vers ; c'eft-là une partie des devoirs que tout auteur d'une tragédie doit remplir, fous peine de ne point réuffir parmi nous : & quand il s'eft acquitté de tous ces devoirs, il n'a encore rien fait. Efther eft une pièce qui remplit toutes ces conditions ; mais quand on l'a voulu jouer en public, on n'a pu en foutenir la repréfentation. Il faut tenir le cœur des hommes dans fa main, il faut arracher des larmes aux fpectateurs les plus infenfibles, il faut déchirer les ames les plus dures. Sans la terreur & fans la pitié, point de tragédie ; & quand vous auriez excité cette pitié & cette terreur, fi avec ces avantages vous avez manqué aux autres lois, fi vos vers ne font pas excellens, vous n'êtes qu'un médiocre écrivain qui avez traité un fujet heureux.

Qu'une tragédie eft difficile ! & qu'une épître, une fatire, font aifées ! Comment donc ofer mettre dans le même rang un *Racine* & un *Defpréaux* ! Quoi! on eftimerait autant un peintre de portrait qu'un *Raphaël* ? Quoi ! une tête de *Rimbrant* fera égale au tableau de la transfiguration, ou à celui des noces de Cana ?

Nous favons que la plupart des épîtres de *Defpréaux* font belles, qu'elles pofent fur le fondement de la vérité, fans laquelle rien n'eft fupportable ; mais pour les épîtres de *Rouffeau*, quel faux dans les fujets, & quelles contorfions dans le ftyle! qu'elles excitent fouvent le dégoût & l'indignation ! Que veut dire une épître à *Marot*, dans laquelle il prétend prouver qu'il n'y a que les fots qui foient méchans? Que ce paradoxe eft ridicule !

Sylla, *Catilina*, *Céfar*, *Tibère*, *Néron* même, étaient-ils des fots? Le fameux duc de *Borgia* était-il un fot? Et avons-nous befoin d'aller chercher des exemples dans l'hiftoire ancienne? Peut-on d'ailleurs fouffrir la manière dure & contrainte dont cette idée fauffe eft exprimée?

> Et fi par fois on vous dit qu'un vaurien
> A de l'efprit, examinez-le bien,
> Vous trouverez qu'il n'en a que le cafque,
> Et qu'en effet c'eft un fot fous le mafque.

Le cafque de l'efprit. Bon Dieu, eft-ce ainfi que *Defpréaux* écrivait? Comment fouffrir le langage de l'épître à M. le duc de *Noailles*, qu'il baptifa, dans fes dernières éditions, *d'épître à M. le comte de C...*

> Jaçoit qu'en vous gloire & haute naiffance
> Soient alliés à titres & puiffance,
> Que de fplendeurs & d'honneurs mérités
> Votre maifon luife de tous côtés;
> Si toutefois ne font-ce ces bluettes
> Qui vous ont mis en l'eftime où vous êtes.

Ce malheureux burlefque, ce mélange impertinent du jargon du feizième fiècle, & de notre langue, fi méprifé par les gens de goût, ne peut donner de prix à un fujet qui par lui-même n'apprend rien, ne dit rien, n'eft ni utile ni agréable.

Un des grands défauts de tous les ouvrages de cet auteur, c'eft qu'on ne fe retrouve jamais dans fes peintures; on ne voit rien *qui rende l'homme cher à lui-même*, comme dit *Horace* : point d'aménité, point de douceur. Jamais cet écrivain mélancolique n'a parlé au cœur. Presque toutes ses épîtres roulent sur lui-même, sur ses querelles avec ses ennemis ; le public ne prend aucune part à ces pauvretés : on ne se soucie pas plus de ses vers contre *la Motte*, que de ses roches de Salisburi : qu'importe ? ...

> ,, ... Qu'entre ces roches nues,
> ,, Qui par magie en ces lieux sont venues,
> ,, S'en trouve sept, trois de chacune part,
> ,, Une au-dessus ; le tout fait par tel art,
> ,, Qu'il représente une porte effective,
> ,, Porte vraiment bien faite & bien naïve ;
> ,, Mais c'est le tout : car qui voudrait y voir
> ,, Tours ou châtel, doit ailleurs se pourvoir.

Ces détestables vers, & ce malheureux sujet, peuvent-ils être comparés à la plus mauvaise tragédie que nous ayons ? Nous sommes rassasiés de vers : une denrée trop commune est avilie. Voilà le cas du *ne quid nimis*. Le théâtre où la nation se rassemble est presque le seul genre de poësie qui nous intéresse aujourd'hui ; encore ne faudrait-il pas avoir des poëmes dramatiques tous les jours :

Namque voluptates commendat rarior usus.

LETTRES

A SON ALTESSE

MONSEIGNEUR

LE PRINCE DE ***,

Sur Rabelais & fur d'autres auteurs accufés
d'avoir mal parlé de la religion chrétienne.

LETTRE PREMIERE.

SUR FRANÇOIS RABELAIS.

MONSEIGNEUR,

PUISQUE votre alteffe veut connaître à fond *Rabelais*, je commence par vous dire que fa vie imprimée au-devant de Gargantua eft auffi fauffe & auffi abfurde que l'hiftoire de Gargantua même. On y trouve que le cardinal du *Belley* l'ayant mené à Rome, & ce cardinal ayant baifé le pied droit du pape, & enfuite la bouche, *Rabelais* dit qu'il lui voulait baifer le derrière, & qu'il fallait que le St Père commençât par le laver. Il y a des chofes que le refpect du lieu, de la bienféance, & de la perfonne, rend impoffibles. Cette hiftoriette ne peut avoir été imaginée que par des gens de la lie du peuple dans un cabaret.

Sa prétendue requête au pape eft du même genre : on fuppofe qu'il pria le pape de l'excommunier, afin qu'il ne fût pas brûlé, parce que, difait-il, fon hôteffe ayant voulu faire brûler un fagot, & n'en pouvant venir à bout, avait dit que ce fagot était excommunié de la gueule du pape.

L'aventure qu'on lui fuppofe à Lyon eft auffi fauffe & auffi peu vraifemblable : on prétend que, n'ayant ni de quoi payer fon auberge, ni de quoi faire le voyage de Paris, il fit écrire par le fils de l'hôteffe ces étiquettes fur des petits fachets : *Poifon*

pour faire mourir le roi, poifon pour faire mourir la reine,
&c. Il ufa, dit-on, de ce ftratagème pour être conduit
& nourri jufqu'à Paris, fans qu'il lui en coûtât rien,
& pour faire rire le roi. On ajoute que c'était en 1536,
dans le temps même que le roi & toute la France
pleuraient le dauphin *François* qu'on avait cru empoifonné, & lorfqu'on venait d'écarteler *Montecuculi*
foupçonné de cet empoifonnement. Les auteurs de
cette plate hiftoriette n'ont pas fait réflexion que,
fur un indice auffi terrible, on aurait jeté *Rabelais*
dans un cachot, qu'il aurait été chargé de fers, qu'il
aurait fubi probablement la queftion ordinaire &
extraordinaire ; & que dans des circonftances auffi
funeftes, & dans une accufation auffi grave, une
mauvaife plaifanterie n'aurait pas fervi à fa juftifica-
tion. Prefque toutes les vies des hommes célèbres ont
été défigurées par des contes qui ne méritent pas plus
de croyance.

Son livre à la vérité eft un ramas des plus impertinentes & des plus groffières ordures qu'un moine
ivre puiffe vomir ; mais auffi il faut avouer que c'eft
une fatire fanglante du pape, de l'Eglife, & de tous
les événemens de fon temps. Il voulut fe mettre à
couvert fous le mafque de la folie ; il le fait affez
entendre lui-même dans fon prologue : *Pofez le cas,*
dit-il, *qu'au fens littéral vous trouvez matières affez
joyeufes & bien correfpondantes au nom ; toutefois pas
demeurer là ne faut, comme au chant des firènes, ains à
plus haut fens interprêter ce que par aventure cuidiez dit en
gayeté de cœur. Veites-vous oncques chien rencontrant
quelque os médullaire?* c'eft, *comme dit Platon* lib. II de
Rep. *la bête du monde plus philofophe. Si vous l'avez, vous*

avez pu noter de quelle dévotion il le guette, de quel foing il le garde, de quelle ferveur il le tient, de quelle prudence il l'entamme, de quelle affeétion il le brife, & de quelle diligence il le fugce. Qui l'induit à ce faire? quel eft l'efpoir de fon étude? quel bien prétend-il? rien plus qu'ung peu de moüelle.

Mais qu'arriva-t-il ? très-peu de lecteurs reffemblèrent au chien qui fuce la moëlle. On ne s'attacha qu'aux os, c'eft-à-dire aux bouffonneries abfurdes, aux obfcénités affreufes, dont le livre eft plein. Si malheureufement pour *Rabelais* on avait trop pénétré le fens du livre, fi on l'avait jugé férieufement; il eft à croire qu'il lui en aurait coûté la vie, comme à tous ceux qui dans ce temps-là écrivaient contre l'Eglife romaine.

Il eft clair que *Gargantua* eft *François I*, *Louis XII* eft *Grand-goufier*, quoiqu'il ne fût pas le père de *François ;* & *Henri II* eft *Pantagruel :* l'éducation de *Gargantua* & le chapitre des *torche-culs* font une fatire de l'éducation qu'on donnait alors aux princes : les couleurs blanc & bleu défignent évidemment la livrée des rois de France.

La guerre pour une charrette de fouaffes, eft la guerre entre *Charles V* & *François I*, qui commença pour une querelle très-légère entre la maifon de *Bouillon-la-Marck* & celle de *Chimay ;* & cela eft fi vrai que *Rabelais* appelle *Marckuet* le conducteur des fouaffes par qui commença la noife.

Les moines de ce temps-là font peints très-naïvement fous le nom de frère *Jean des Entomures*. Il n'eft pas poffible de méconnaître *Charles-Quint* dans le portrait de *Picrocole*.

A l'égard de l'Eglife , il ne l'épargne pas. Dès le premier livre au chapitre XXXIX, voici comme il s'exprime : ,, que DIEU eft bon qui nous donne ce ,, bon piot! j'advoue DIEU que fi j'euffe été au temps ,, de JESUS-CHRIST , j'euffe bien engardé que les ,, Juifs l'euffent prins au jardin d'Olivet. Enfemble ,, le diable me faille fi j'euffe failli à couper les jarrêts ,, à meffieurs les apôtres, qui fuirent tant lâchement ,, après qu'ils eurent bien foupé , & laifferent leur ,, bon maître au befoing. Je hais plus que poifon ,, un homme qui fuit quand il faut jouer des cou- ,, teaux. Hon , que je ne fuis roi de France pour ,, quatre-vingts ou cent ans ! par-Dieu , je vous ,, accoutrerais en chiens courtaults les fuyards de ,, Pavie. ,,

On ne peut fe méprendre à la généalogie de *Gargantua* , c'eft une parodie très-fcandaleufe de la généalogie la plus refpectable. *De ceux-là* , dit-il , *font venus les géans , & par eux Pantagruel ; le premier fut Calbrot, qui engendra Sarabroth ,*

    Qui engendra Faribroth ,

    Qui engendra Hurtaly, qui fut beau mangeur de foupe , & qui régna du temps du déluge ;

    Qui engendra Happe-mouche, qui le premier inventa de fumer les langues de bœuf ;

    Qui engendra Fout-ânon ,

    Qui engendra Vit-de-grain ,

    Qui engendra Grand-goufier ,

    Qui engendra Gargantua ,

    Qui engendra le noble Pantagruel mon maître.

On ne s'eſt jamais tant moqué de tous nos livres de théologie que dans le catalogue des livres que trouva *Pantagruel* dans la bibliothèque de Saint-Viĉtor, c'eſt *biga ſalutis*, *braguetta juris*, *pantoufla decretorum* ; la couille-barine des preux, le décret de l'univerſité de Paris ſur la gorge des filles ; l'apparition de *Gertrude* à une nonain en mal d'enfant, le moutardier de pénitence ; *tartareus de modo cacandi* ; l'invention de Sᵗᵉ Croix par les clercs de fineſſe, le couillage des promoteurs, la cornemuſe des prélats, la profiterole des indulgences ; *utrùm chimera in vacuo bombinans poſſit comedere ſecundas intentiones* ; *quæſtio debatuta per decem hebdomadas in concilio Conſtantienſi* ; les brimborions des céleſtins, la ratoire des théologiens ; *chacouillonis de magiſtro* ; les aiſes de la vie monacale, la patenôtre du ſinge, les gréſillons de dévotion, le viédaſe des abbés, &c.

Lorſque *Panurge* demande conſeil à frère *Jean des Entomures* pour ſavoir s'il ſe mariera & s'il fera cocu, frère *Jean* récite ſes litanies. Ce ne ſont pas les litanies de la Vierge. Ce ſont les litanies du c. mignon, c. moignon, c. patté, c. laité &c. Cette plate profanation n'eût pas été pardonnable à un laïque : mais dans un prêtre !

Après cela, *Panurge* va conſulter le théologal *Hipotadée*, qui lui dit qu'il fera cocu, s'il plaît à DIEU. *Pantagruel* va dans l'île des lanternois ; ces lanternois ſont les ergoteurs théologiques qui commencèrent, ſous le règne de *Henri II*, ces horribles diſputes dont naquirent tant de guerres civiles.

L'île de Tohu-Bohu, c'eſt-à-dire de la confuſion, eſt l'Angleterre qui changea quatre fois de religion depuis *Henri VIII*.

On voit affez que l'île de Papefiguière défigne les hérétiques. On connaît les papimanes ; ils donnent le nom de *Dieu* au pape. On demande à *Panurge* s'il eft affez heureux pour avoir vu le St Père ; *Panurge* répond qu'il en a vu trois, & qu'il n'y a guère profité. La loi de *Moïfe* eft comparée à celle de *Cybèle*, de *Diane*, de *Numa ;* les décrétales font appelées *décrotoires*. *Panurge* affure que, s'étant torché le cul avec un feuillet des décrétales appelées *clémentines*, il en eut des hémorrhoïdes longues d'un demi-pied.

On fe moque des baffes meffes qu'on appelle *meffes féches*, & *Panurge* dit qu'il en voudrait une mouillée, pourvu que ce fût de bon vin. La confeffion y eft tournée en ridicule. *Pantagruel* va confulter l'oracle de la dive bouteille pour favoir s'il faut communier fous les deux efpèces, & boire de bon vin après avoir mangé le pain facré. *Epiftémon* s'écrie en chemin : *Vivat, fifat, pipat, bibat ; c'eft le fecret de l'Apocalypfe.* Frère *Jean des Entomures* demande une charretée de filles pour fe réconforter en cas qu'on lui refufe la communion fous les deux efpèces. On rencontre des gaftrolacs, c'eft-à-dire des poffédés. *Gafter* invente le moyen de n'être pas bleffé par le canon ; c'eft une raillerie contre tous les miracles.

Avant de trouver l'île où eft l'oracle de la dive bouteille, ils abordent à l'île Sonnante, où font cagots, clergots, monagots, prêtregots, abbégots, évégots, cardingots, & enfin le papegot qui eft unique dans fon efpèce. Les cagots avaient conchié toute l'île Sonnante. Les capucingots étaient les animaux les plus puans & les plus maniaques de toute l'île.

La fable de l'âne & du cheval, la défenfe faite aux ânes de baudouiner dans l'écurie, & la liberté que fe donnent les ânes de baudouiner pendant le temps de la foire , font des emblèmes affez intelligibles du célibat des prêtres , & des débauches qu'on leur imputait alors.

Les voyageurs *font admis devant le papegot*. *Panurge* veut jeter *une pierre à un évégo* qui ronflait à la grand'-meffe ; maître *Editue* , c'eft-à-dire maître facriftain , l'en empêche en lui difant : *Homme de bien , frappe , féris, tue , & meurtris tous rois , princes du monde en trahi-ſon , par venin ou autrement quand tu voudras , déniche des cieux les anges, de tout auras pardon du papegot : ces facrés oifeaux ne touches.*

De l'île Sonnante on va au royame de Quintef-cence , ou Enteléchie ; or Enteléchie c'eft l'ame. Ce perfonnage inconnu , & dont on parle depuis qu'il y a des hommes , n'y eft pas moins tourné en ridicule que le pape ; mais les doutes fur l'exiftence de l'ame font beaucoup plus enveloppés que les railleries fur la cour de Rome.

Les ordres mendians habitent l'île des frères Fredons. Ils paraiffent d'abord en proceffion. L'un d'eux ne répond qu'en monofyllabes à toutes les queftions que *Panurge* fait fur leurs g. .... Combien font-elles ? *Vingt*. Combien en voudriez-vous ? *Cent*.

Le remuement des feffes quel eft-il ? *dru*.

Que difent-elles en culetant ? *mot*.

Vos cas quels font-ils .....? *grands*.

Quantes fois par jour ? *fix*. Et de nuit ? *dix*.

Enfin l'on arrive à l'oracle de la dive bouteille. La coutume alors dans l'Eglife était de préfenter de l'eau aux communians laïques pour faire paffer l'hoftie , &

c'eſt encore l'uſage en Allemagne. Les réformateurs
voulaient abſolument du vin pour figurer le ſang de
JESUS-CHRIST. L'Egliſe romaine ſoutenait que le ſang
était dans le pain auſſi-bien que les os & la chair.
Cependant les prêtres catholiques buvaient du vin,
& ne voulaient pas que les ſéculiers en buſſent. Il y
avait dans l'île de l'oracle de la dive bouteille une
belle fontaine d'eau claire. Le grand-pontife *Bacbuc* en
donna à boire aux pélerins en leur diſant ces mots :
,, Jadis ung capitaine juif, docte & chevaleureux,
,, conduiſant ſon peuple par les déſerts en extrême
,, famine, impétra des cieux la manne, laquelle leur
,, était de goût tel par imagination que paravant leur
,, étaient réellement les viandes. Ici de même beuvans
,, de cette liqueur mirifique ſentirez goût de tel vin
,, comme l'aurez imaginé. Or *imaginez*, & *beuvez* : ce
,, que nous feimes : puis s'écria *Panurge*, diſant :
,, Par-Dieu, c'eſt ici vin de Baune, meilleur que
,, oncques jamais je beus, ou je me donne à nonante
,, & ſeize diables. ,,

Le fameux doyen d'Irlande *Swift* a copié ce trait
dans ſon Conte du tonneau, ainſi que pluſieurs
autres. Milord *Pierre* donne à *Martin* & à *Jean* ſes
frères un morceau de pain ſec pour leur dîner, & veut
leur faire accroire que ce pain contient de bon bœuf,
des perdrix, des chapons, avec d'excellent vin de
Bourgogne.

Vous remarquerez que *Rabelais* dédia la partie de
ſon livre, qui contient cette ſanglante ſatire de
l'Egliſe romaine, au cardinal *Odet de Châtillon* qui
n'avait pas encore levé le maſque, & ne s'était pas
déclaré pour la religion proteſtante. Son livre fut

imprimé avec privilége ; & le privilége pour cette fatire de la religion catholique fut accordé en faveur des ordures, dont on fefait en ce temps-là beaucoup plus de cas que des papegots & des cardingots. Jamais ce livre n'a été défendu en France, parce que tout y eft entaffé fous un tas d'extravagances qui n'ont jamais laiffé le loifir de démêler le véritable but de l'auteur.

On a peine à croire que le bouffon qui riait fi hautement de l'ancien & du nouveau teftament était curé. Comment mourut-il? en difant : *Je vais chercher un grand peut-être.*

L'illuftre M. *le Duchat* a chargé de notes pédan-tefques cet étrange ouvrage dont il s'eft fait quarante éditions. Obfervez que *Rabelais* vécut & mourut chéri, fêté, honoré ; & qu'on fit mourir dans les plus affreux fupplices ceux qui prêchaient la morale la plus pure.

L E T T R E   I I.

Sur les prédéceffeurs de Rabelais en Allemagne , &
en Italie , & d'abord du livre intitulé Litteræ
virorum obſcurorum.

M O N S E I G N E U R ,

Votre alteſſe me demande ſi , avant *Rabelais*, on
avait écrit avec autant de licence. Nous répondons
que probablement ſon modèle a été le recueil des
lettres des *gens obſcurs* , qui parut en Allemagne au
commencement du ſeizième ſiècle : ce recueil eſt en
latin ; mais il eſt écrit avec autant de naïveté & de
hardieſſe que *Rabelais*. Voici une ancienne traduction
d'un paſſage de la vingt-huitième lettre.

,, Il y a concordance entre les ſacrés cahiers , & les
,, fables poëtiques , comme le pourrez noter du
,, ſerpent *Python*, occis par *Apollon* , comme le dit le
,, pſalmiſte : *Ce dragon qu'avez formé pour vous en*
,, *gauſſer. Saturne* , vieux père des dieux qui mange
,, ſes enfans, eſt en Ezéchiel , lequel dit : *Vos pères*
,, *mangeront leurs enfans. Diane* ſe pourmenant avec
,, force vierges eſt la bienheureuſe vierge *Marie* ,
,, ſelon le pſalmiſte, lequel dit : *Vierges viendront après*
,, *elle. Califto* déflorée par *Jupiter*, & retournant au
,, ciel, eſt en Matthieu , chap. XII : *Je reviendrai*
,, *dans la maiſon dont je ſuis ſortie. Aglaure* tranſmuée

,, en

» en pierre, fe trouve en Job chap. XLII : *Son cœur*
» *s'endurcira comme pierre. Europe* engroffée par *Jupiter*
» eft en Salomon : *Ecoute , fille , vois , & incline ton*
» *oreille; car le roi t'a concupifcée. Ezéchiel* a prophétifé
» d'*Aéléon* qui vit la nudité de *Diane : Tu étais nue ,*
» *j'ai paffé par-là , & je t'ai vue.* Les poëtes ont écrit
» que *Bacchus* eft né deux fois , ce qui fignifie le
» CHRIST , né *avant les fiècles & dans le fiècle. Sémélé*
» qui nourrit *Bacchus* eft le prototype de la bienheu-
» reufe vierge ; car il eft dit en Exode : *Prends cet*
» *enfant, nourris-le-moi , & tu auras falaire.* »

Ces impiétés font encore moins voilées que celles
de *Rabelais.*

C'eft beaucoup que dans ce temps-là on commençât
en Allemagne à fe moquer de la magie. On trouve
dans la lettre à maître *Acacius Lampirius* une raillerie
affez forte fur la conjuration qu'on employait pour
fe faire aimer des filles. Le fecret confiftait à prendre
un cheveu de la fille ; on le plaçait d'abord dans fon
haut-de-chauffe ; on fefait une confeffion générale ,
& l'on fefait dire trois meffes , pendant lefquelles on
mettait le cheveu autour de fon cou ; on allumait un
cierge béni au dernier évangile , & on prononçait cette
formule : *O cierge ! je te conjure par la vertu du* DIEU
tout-puiffant , par les neuf chœurs des anges , par la vertu
gofdriene , améne-moi icelle fille en chair & en os , afin que
je la faboule à mon plaifir &c.

Le latin macaronique dans lequel ces lettres font
écrites , porte avec lui un ridicule qu'il eft impoffible
de rendre en français ; il y a furtout une lettre de
Pierre de la Charité , meffager de grammaire à Ortoouin,
dont on ne peut traduire en français les équivoques

latines : il s'agit de favoir fi le pape peut rendre phy-
fiquement légitime un enfant bâtard. Il y en a une
autre de *Jean de Schwinfordt*, maître-ès-arts, où l'on
foutient que JESUS-CHRIST a été moine, *St Pierre*
prieur du couvent, *Judas Ifcariote* maître d'hôtel, &
l'apôtre *Philippe* portier.

Jean Schelontzique raconte dans la lettre qui eft fous
fon nom, qu'il avait trouvé à Florence *Jacques
Hoeftrat* (grande rue) ci-devant inquifiteur : Je lui
fis la révérence, dit-il, en lui ôtant mon chapeau, &
je lui dis : Père, êtes-vous révérend, ou n'êtes-vous
pas révérend? Il me répondit : *Je fuis celui qui fuis.*
Je lui dis alors : Vous êtes maître *Jacques Grande
rue* ; facré char d'*Elie*, dis-je, comment diable êtes-
vous à pied? c'eft un fcandale; *ce qui eft* ne doit pas fe
promener avec fes pieds en fange & en merde. Il me
répondit : *Ils font venus en chariots & fur chevaux, mais
nous venons au nom du Seigneur.* Je lui dis : Par le
Seigneur il eft grande pluie & grand froid. Il leva les
mains au ciel en difant : *Rofée du ciel, tombez d'en-haut,
& que les nuées du ciel pleuvent le jufte.*

Il faut avouer que voilà précifément le ftyle de
Rabelais ; & je ne doute pas qu'il n'ait eu fous les
yeux ces lettres des *gens obfcurs*, lorfqu'il écrivit fon
Gargantua & fon *Pantagruel*.

Le conte de la femme qui ayant ouï dire que tous
les bâtards étaient de grands-hommes, alla vîte
fonner à la porte des cordeliers pour fe faire faire un
bâtard, eft abfolument dans le goût de notre maître
François.

Les mêmes obfcénités, & les mêmes fcandales,
fourmillent dans ces deux finguliers livres.

Des anciennes facéties italiennes qui précédèrent Rabelais.

L'ITALIE, dès le quatorzième fiècle, avait produit plus d'un exemple de cette licence. Voyez feulement dans *Bocace* la confeſſion de *Ser Ciapelleto* à l'article de la mort. Son confeſſeur l'interroge ; il lui demande s'il n'eſt jamais tombé dans le péché d'orgueil : Ah ! mon père, dit le coquin, j'ai bien peur de m'être damné par un petit mouvement de complaiſance en moi-même, en réfléchiſſant que j'ai gardé ma virginité toute ma vie.—Avez-vous été gourmand ?—Hélas oui, mon père ; car outre les autres jours de jeûne ordonnés, j'ai toujours jeûné au pain & à l'eau trois fois par femaine; mais j'ai mangé mon pain quelquefois, avec tant d'appétit & de délice, que ma gourmandife a fans doute déplu à DIEU. — Et l'avarice, mon fils ? — Hélas! mon père, je fuis coupable du péché d'avarice, pour avoir fait quelquefois le commerce, afin de donner tout mon gain aux pauvres. — Vous êtes-vous mis quelquefois en colère ? — Oh tant! quand je voyais le fervice divin fi négligé, & les pécheurs ne pas obferver les commandemens de DIEU, comme je me mettais en colère !

Enfuite *Ser Ciapelleto* s'accufe d'avoir fait balayer fa chambre un jour de dimanche : le confeſſeur le raſſure, & lui dit que DIEU lui pardonnera; le pénitent fond en larmes, & lui dit que DIEU ne lui pardonnera jamais; qu'il fe fouvient qu'à l'âge de deux ans il s'était dépité contre fa mère, que c'était un crime irrémiſſible ; ma pauvre mère, dit-il, qui m'a porté neuf mois dans fon ventre le jour & la nuit, & qui me portait dans fes bras quand j'étais petit! Non, D I E U ne me pardonnera jamais d'avoir été un fi méchant enfant.

Enfin, cette confeffion étant devenue publique, on fait un faint de *Ciapelleto*, qui avait été le plus grand fripon de fon temps.

Le chanoine *Luigi Pulci* eft beaucoup plus licencieux dans fon poëme du *Morgante*. Il commence ce poëme par ofer tourner en ridicule les premiers verfets de l'évangile de *St Jean*.

> *In principio era il verbo appreffo a Dio,*
> *Ed era Iddio il Verbo, e il Verbo lui;*
> *Quefto era il principio, al parer mio &c.*

J'ignore après tout, fi c'eft par naïveté, ou par impiété que le *Pulci* ayant mis l'évangile à la tête de fon poëme, le finit par le *Salve Regina*; mais foit puérilité, foit audace, cette liberté ne ferait pas fouf-ferte aujourd'hui. On condamnerait plus encore la réponfe de *Morgante* à *Margutte* : ce *Margutte* demande à *Morgante* s'il eft chrétien ou mufulman.

> *E fe gli crede in Crifto ô in Maometto.*
> *Rifpofe allor Margutte, per dir te l' tofto,*
> *Io non credo più al nero che al azurro;*
> *Ma nel cappone o leffo o voglia arrofto.*
>
> . . . .
>
> *Ma fopra tutto nel buon vino ho fede.*
>
> . . . .
>
> *Or quefte fon' tre virtù cardinali:*
> *La gola, il dado, e'l culo, come io t'ho detto.*

Une chofe bien étrange , c'eſt que preſque tous les écrivains italiens des quatorzième, quinzième, & feizième fiècles, ont très-peu refpeêté cette même religion dont leur patrie était le centre ; plus ils voyaient de près les auguſtes cérémonies de ce culte , & les premiers pontifes , plus ils s'abandonnaient à une licence que la cour de Rome femblait alors auto- rifer par fon exemple. On pouvait leur appliquer ces vers du *Paſtor fido :*

> *Il longo converfar genera noia ,*
> *E la noia il faſtidio , e l'odio al fine.*

Les libertés qu'ont priſes *Machiavel* , l'*Arioſte* , l'*Aretin* , l'archevêque de Bénévent *la Cafa* , le cardinal *Bembo* , *Pomponace* , *Cardan* , & tant d'autres favans , font affez connues. Les papes n'y fefaient nulle attention ; & pourvu qu'on achetât des indulgences , & qu'on ne fe mêlât point du gouvernement , il était permis de tout dire. Les Italiens alors reffem- blaient aux anciens Romains qui fe moquaient impu- némentde leurs dieux , mais qui ne troublèrent jamais le culte reçu. (*a*) Il n'y eut que *Giordano Bruno* , qui ayant bravé l'inquiſiteur à Venife , & s'étant fait un ennemi irréconciliable d'un homme fi puiffant & fi dangereux , fut recherché pour fon livre *della beſtia trionfante ;* on le fit périr par le fupplice du feu , fupplice inventé parmi les chrétiens contre les héré- tiques. Ce livre très-rare eſt pis qu'hérétique; l'auteur n'admet que la loi des patriarches , la loi naturelle;

(*a*) Nous citons tous ces fcandales en les déteſtant , & nous efpérons faire paffer dans l'efprit du leêteur judicieux les fentimens qui nous animent.

Y 3

il fut compofé & imprimé à Londres chez le lord *Philippe Sidney* , l'un des plus grands-hommes d'Angleterre , favori de la reine *Elifabeth*.

Parmi les incrédules on range communément tous les princes & les politiques d'Italie des quatorzième , quinzième , & feizième fiècles. On prétend que fi le pape *Sixte IV* avait eu de la religion , il n'aurait pas trempé dans la conjuration des *Pazzi* , pour laquelle on pendit l'archevêque de Florence en habits pontificaux aux fenêtres de l'hôtel-de-ville. Les affaffins des *Médicis* , qui exécutèrent leur parricide dans la cathédrale , au moment que le prêtre montrait l'euchariftie au peuple , ne pouvaient , dit-on , croire à l'euchariftie. Il paraît impoffible qu'il y eût le moindre inftinct de religion dans le cœur d'un *Alexandre VI* , qui fefait périr par le ftylet , par la corde , ou par le poifon , tous les petits princes dont il raviffait les Etats ; & qui leur accordait des indulgences *in articulo mortis* , dans le temps qu'ils rendaient les derniers foupirs.

On ne tarit point fur ces affreux exemples. Hélas ! Monfeigneur , que prouvent-ils ? que le frein d'une religion pure , dégagée de toutes les fuperftitions qui la déshonorent , & qui peuvent la rendre incroyable , était abfolument néceffaire à ces grands criminels. Si la religion avait été épurée , il y aurait eu moins d'incrédulité & moins de forfaits. Quiconque croit fermement un D I E U rémunérateur de la vertu , & vengeur du crime , tremblera fur le point d'affaffiner un homme innocent ; & le poignard lui tombera des mains : mais les Italiens alors ne connaiffant le chriftianifme que par des légendes ridicules , par les fottifes

& les fourberies des moines ; s'imaginaient qu'il n'eft aucune religion , parce que leur religion ainfi déshonorée leur paraiffait abfurde. De ce que *Savonarole* avait été un faux prophète, ils concluaient qu'il n'y a point de DIEU; ce qui eft un fort mauvais argument. L'abominable politique de ces temps affreux leur fit commettre mille crimes : leur philofophie non moins affreufe étouffa leurs remords ; ils voulurent anéantir le DIEU qui pouvait les punir.

LETTRE III.

Sur Vanini.

MONSEIGNEUR,

Vous me demandez des mémoires fur *Vanini ;* je ne puis mieux faire que de vous renvoyer à la fection troifième de l'article *Athéifme* du Dictionnaire philofophique : j'ajouterai aux fages réflexions que vous y trouverez , qu'on imprima une vie de *Vanini* à Londres en 1717. Elle eft dédiée à milord *North and Grei.* C'eft un français réfugié fon chapelain qui en eft l'auteur. C'eft affez de dire. pour faire connaître le perfonnage, qu'il s'appuie dans fon hiftoire fur le témoignage du jéfuite *Garaffe* , le plus abfurde & le plus infolent calomniateur, & en même temps le plus ridicule écrivain, qui jamais ait été chez les jéfuites. Voici les paroles de *Garaffe* , citées par le chapelain,

& qui fe trouvent en effet dans la doctrine curieufe de ce jéfuite, page 144.

,, Pour *Lucile Vanin*, il était napolitain, homme ,, de néant, qui avait rodé toute l'Italie en chercheur ,, de repues franches, & une bonne partie de la ,, France en qualité de pédant. Ce méchant beliftre ,, étant venu en Gafcogne en 1617, fefait état d'y ,, femer avantageufement fon ivraie, & faire riche ,, moiffon d'impiété, cuidant avoir trouvé des efprits ,, fufceptibles de fes propofitions. Il fe gliffait dans ,, les nobleffes effrontément pour y piquer l'efcabelle ,, auffi franchement que s'il eût été domeftique, & ,, apprivoifé de tout temps à l'humeur du pays; mais ,, il rencontra des efprits plus forts & réfolus à la ,, défenfe de la vérité, qu'il ne s'était imaginé. ,,

Que pouvez-vous penfer, Monfeigneur, d'une vie écrite fur de pareils mémoires? Ce qui vous furprendra davantage, c'eft que lorfque ce malheureux *Vanini* fut condamné, on ne lui repréfenta aucun de fes livres, dans lefquels on a imaginé qu'était contenu le prétendu athéifme pour lequel il fut condamné. Tous les livres de ce pauvre napolitain étaient des livres de théologie & de philofophie, imprimés avec privilége, & approuvés par des docteurs de la faculté de Paris. Ses dialogues même qu'on lui reproche aujourd'hui, & qu'on ne peut guère condamner que comme un ouvrage très-ennuyeux, furent honorés des plus grands éloges en français, en latin, & même en grec. On voit furtout parmi ces éloges ces vers d'un fameux docteur de Paris:

Vaninus, vir mente potens, sophiæque magister
Maximus, Italiæ decus, & nova gloria gentis.

Ces deux vers furent imités depuis en français :

Honneur de l'Italie, émule de la Grèce,
Vanini fait connaître & chérir la sagesse.

Mais tous ces éloges ont été oubliés, & on se
souvient seulement qu'il a été brûlé vif. Il faut avouer
qu'on brûle quelquefois les gens un peu légérement;
témoin *Jean Hus*, *Jérôme de Prague*, le conseiller
Anne Dubourg, *Servet*, *Antoine*, *Urbain Grandier*, la
maréchale d'*Ancre*, *Morin*, & *Jean Calas;* témoin
enfin cette foule innombrable d'infortunés que presque
toutes les sectes chrétiennes ont fait périr tour à tour
dans les flammes ; horreur inconnue aux Persans,
aux Turcs, aux Tartares, aux Indiens, aux Chinois,
à la république romaine, & à tous les peuples de
l'antiquité ; horreur à peine abolie parmi nous, &
qui fera rougir nos enfans d'être sortis d'aïeux si
abominables.

LETTRE IV.

Sur les auteurs anglais ; & particulièrement de Warburton.

MONSEIGNEUR,

Votre alteffe demande qui font ceux qui ont eu l'audace de s'élever, non-feulement contre l'Eglife romaine, mais contre l'Eglife chrétienne ; le nombre en eft prodigieux, furtout en Angleterre. Un des premiers eft le lord *Herbert de Cherburi*, mort en 1648, connu par fes traités de la religion des laïques, & de celle des gentils.

Hobbes ne reconnut d'autre religion que celle à qui le gouvernement donnait fa fanction. Il ne voulait point deux maîtres. Le vrai pontife eft le magiftrat ; cette doctrine fouleva tout le clergé. On cria au fcandale, à la nouveauté. Pour du fcandale, c'eft-à-dire de ce qui fait tomber, il y en avait ; mais de la nouveauté, non ; car en Angleterre le roi était dès long-temps le chef de l'Eglife. L'impératrice de Ruffie en eft le chef dans un pays plus vafte que l'empire romain. Le fénat dans la république était le chef de la religion, & tout empereur romain était fouverain pontife.

Le lord *Shaftesbury* furpaffa de bien loin *Herbert* & *Hobbes* pour l'audace & pour le ftyle. Son mépris pour la religion chrétienne éclate trop ouvertement.

La religion naturelle de *Woolaſton* eſt écrite avec bien plus de ménagement ; mais n'ayant pas les agrémens de milord *Shaftesbury*, ce livre n'a été guère lu que des philoſophes.

De Toland.

Toland a porté des coups beaucoup plus violens. C'était une ame fière & indépendante ; né dans la pauvreté, il pouvait s'élever à la fortune s'il avait été plus modéré. La perſécution l'irrita ; il écrivit contre la religion chrétienne par haine & par vengeance.

Dans ſon premier livre intitulé *la religion chrétienne ſans myſtéres*, il avait écrit lui-même un peu myſtérieuſement, & ſa hardieſſe était couverte d'un voile. On le condamna, on le pourſuivit en Irlande : le voile fut bientôt déchiré. Ses *Origines judaiques*, ſon *Nazaréen*, ſon *Pantéiſticon*, furent autant de combats qu'il livra ouvertement au chriſtianiſme. Ce qui eſt étrange, c'eſt qu'ayant été opprimé en Irlande pour le plus circonſpeƈt de ſes ouvrages, il ne fut jamais troublé en Angleterre pour les livres les plus audacieux.

On l'accuſa d'avoir fini ſon *Pantéiſticon* par cette prière blaſphématoire qui ſe trouve en effet dans quelques éditions. *Omnipotens & ſempiterne Bacche, qui hominum corda donis tuis recreas, concede propitiùs ut qui heſternis poculis ægroti faƈti ſunt, hodiernis curentur, per pocula poculorum. Amen !*

Mais comme cette profanation était une parodie d'une prière de l'Egliſe romaine, les Anglais n'en furent point choqués. Au refte, il eft démontré que cette prière profane n'eft point de *Toland*; elle avait été faite deux cents ans auparavant en France par une fociété de buveurs; on la trouve dans le *Carême allégorifé*, imprimé en 1563. Ce fou de jéfuite *Garaſſe* en parle dans fa *Doɛͭrine curieufe*, livre II, page 201.

Toland mourut avec un grand courage en 1721. Ses dernières paroles furent *je vais dormir*. Il y a encore quelques pièces de vers en l'honneur de fa mémoire; ils ne font pas faits par des prêtres de l'Eglife anglicane.

De Locke.

C'EST à tort qu'on a compté le grand philofophe *Locke* parmi les ennemis de la religion chrétienne. Il eft vrai que fon livre du *chriſtianifme raifonnable* s'écarte aſſez de la foi ordinaire; mais la religion des primitifs appelés *trembleurs*, qui fait une fi grande figure en Penfilvanie, eft encore plus éloignée du chriftianifme ordinaire; & cependant ils font réputés chrétiens.

On lui a imputé de ne point croire l'immortalité de l'ame, parce qu'il était perfuadé que DIEU, le maître abfolu de tout, pouvait donner (s'il voulait) le fentiment & la penfée à la matière. M. de *Voltaire* l'a bien vengé de ce reproche. Il a prouvé que DIEU peut conferver éternellement l'atome, la monade, qu'il aura daigné favorifer du don de la penfée. C'était le fentiment du célébre & faint prêtre *Gaſſendi*, pieux défenfeur de ce que la doɛͭrine d'*Epicure* peut avoir de bon. Voyez fa fameufe lettre à *Defcartes*.

» D'où vous vient cette notion ? Si elle procède
» du corps , il faut que vous ne foyez pas fans
» extenfion. Apprenez-nous comment il fe peut faire
» que l'efpèce ou l'idée du corps , qui eft étendu,
» puiffe être reçue dans vous , c'eft-à-dire dans une
» fubftance non étendue.......... Il eft vrai que
» vous connaiffez que vous penfez ; mais vous igno-
» rez quelle efpèce de fubftance vous êtes , vous
» qui penfez , quoique l'opération de la penfée vous
» foit connue. Le principal de votre effence vous
» eft caché ; & vous ne favez point quelle eft la
» nature de cette fubftance , dont l'une des opéra-
» tions eft de penfer &c. »

Locke mourut en paix difant à Mme *Masham*, & à fes amis qui l'entouraient : *La vie eft une pure vanité*.

De l'évêque Tailor, & de Tindal.

ON a mis peut-être avec autant d'injuftice, *Tailor* évêque de Cannor parmi les mécréans , à caufe de fon livre du *Guide des douteurs*.

Mais pour le do6teur *Tindal* auteur du *Chriftianifme auffi ancien que le monde*, il a été conftamment le plus intrépide foutien de la religion naturelle , ainfi que de la maifon royale de *Hanovre*. C'était un des plus favans hommes d'Angleterre dans l'hiftoire. Il fut honoré jufqu'à fa mort d'une penfion de deux cents livres fterling. Comme il ne goûtait pas les livres de *Pope* , qu'il le trouvait abfolument fans génie & fans imagination , & ne lui accordait que le talent de vérifier & de mettre en œuvre l'esprit des autres, *Pope* fut son implacable ennemi. *Tindal* de plus était un whig ardent, & *Pope* un jacobite. Il n'est pas étonnant que *Pope* l'ait déchiré dans sa Dunciade, ouvrage imité de *Dryden*, & trop rempli de bassesses & d'images dégoûtantes.

De Collins.

UN des plus terribles ennemis de la religion chrétienne a été *Antoine Collins* grand-trésorier de la comté d'Essex, bon métaphysicien, & d'une grande érudition. Il est triste qu'il n'ait fait usage de sa profonde dialectique que contre le christianisme. Le docteur *Clarke*, célèbre socinien, auteur d'un très-bon livre où il démontre l'existence de D I E U, n'a jamais pu répondre aux livres de *Collins* d'une manière satisfesante, & a été réduit aux injures.

Ses *Recherches philosophiques* sur la liberté de l'homme, sur les fondemens de la religion chrétienne, sur les prophéties littérales, sur la liberté de penser, font malheureusement demeurées des ouvrages victorieux.

De Wolston.

LE trop fameux *Thomas Wolston*, maître-ès-arts de Cambridge, se distingua vers l'an 1726 par ses discours contre les miracles de JESUS-CHRIST ; & leva l'étendard si hautement qu'il fesait vendre à Londres son ouvrage dans sa propre maison. On en fit trois éditions coup sur coup de dix mille exemplaires chacune.

Perfonne n'avait encore porté fi loin la témérité & le fcandale. Il traite de contes puériles & extravagans les miracles & la réfurrection de notre Sauveur. Il dit que quand JESUS - CHRIST changea l'eau en vin pour des convives qui étaient déjà ivres , c'eft qu'apparemment il fit du punch. DIEU emporté par le diable fur le pinacle du temple, & fur une montagne dont on voyait tous les royaumes de la terre, lui paraît un blafphème monftrueux. Le diable envoyé dans un troupeau de deux mille cochons , le figuier féché pour n'avoir pas porté de figues quand ce n'était pas le temps des figues , la transfiguration de JESUS , fes habits devenus tout blancs , fa converfation avec *Moïfe* & *Elie* , enfin toute fon hiftoire facrée, eft traveftie en roman ridicule. *Wolfton* n'épargne pas les termes les plus injurieux & les plus méprifans. Il appelle fouvent notre Seigneur JESUS-CHRIST *The fellow* , ce compagnon, ce garnement, *a wanderer*, un vagabond , *a mendicant fryar*, un frère coupe-chou mendiant.

Il fe fauve pourtant à la faveur du fens myftique, en difant que ces miracles font de pieufes allégories. Tous les bons chrétiens n'en ont pas moins eu fon livre en horreur.

Il y eut un jour une dévote qui , en le voyant paffer dans la rue , lui cracha au vifage. Il s'effuia tranquillement, & lui dit : *C'eft ainfi que les Juifs ont traité votre* DIEU. Il mourut en paix en difant : *T'is a paff every man muft come to* , c'eft un terme où tout homme doit arriver. Vous trouverez dans le *Dictionnaire hiftorique portatif* de l'abbé *Ladvocat* , & dans un nouveau dictionnaire portatif, où les mêmes erreurs font copiées, que *Wolſton* eſt mort en priſon en 1733. Rien n'eſt plus faux ; pluſieurs de mes amis l'ont vu dans ſa maiſon ; il eſt mort libre chez lui.

De Warburton.

ON a regardé *Warburton* évêque de Gloceſter , comme un des plus hardis infidelles qui aient jamais écrit ; parce qu'après avoir commenté *Shakeſpeare*, dont les comédies , & même quelquefois les tragédies fourmillent de quolibets licencieux, il a ſoutenu dans ſa légation de *Moïſe* que DIEU n'a point enſeigné à ſon peuple chéri l'immortalité de l'ame. Il ſe peut qu'on ait jugé cet évêque trop durement , & que l'orgueil & l'eſprit ſatirique qu'on lui reprocha aient ſoulevé toute la nation. On a beaucoup écrit contre lui. Les deux premiers volumes de ſon ouvrage n'ont paru qu'un vain fatras d'érudition erronée , dans leſquels il ne traite pas même ſon ſujet ; & qui de plus ſont contraires à ſon ſujet , puiſqu'ils ne tendent qu'à prouver que tous les légiſlateurs ont établi pour principes de leurs religions , l'immortalité de l'ame ; en quoi même *Warburton* ſe trompe ; car ni *Sanchoniathon* le phénicien, ni le livre des *cinq Kings* chinois , ni *Confucius*, n'admettent ce principe.

Mais jamais *Warburton* dans tous ſes faux-fuyans n'a pu répondre aux grands argumens perſonnels dont on l'a accablé. Vous prétendez que tous les ſages ont poſé pour fondement de la religion l'immortalité de l'ame , les peines & les récompenſes

après

après la mort; or *Moïse* n'en parle ni dans fon Décalogue ni dans aucune de fes lois ; donc *Moïse*, de
votre aveu, n'était pas un fage.

Ou il était inftruit de ce grand dogme , ou il
l'ignorait. S'il en était inftruit, il eft coupable de ne
l'avoir pas enfeigné : s'il l'ignorait , il était indigne
d'être légiflateur.

Ou DIEU infpirait *Moïse*, ou ce n'était qu'un
charlatan. Si DIEU infpirait *Moïse*, il ne pouvait lui
cacher l'immortalité de l'ame ; & s'il ne lui a pas
appris ce que tous les Egyptiens favaient, DIEU l'a
trompé & a trompé tout fon peuple. Si *Moïse* n'était
qu'un charlatan, vous détruifez toute la loi mofaïque,
& par conféquent vous fapez par le fondement la
religion chrétienne bâtie fur la mofaïque. Enfin , fi
DIEU a trompé *Moïse* , vous faites de l'être infiniment
parfait un féducteur & un fripon. De quelque côté
que vous vous tourniez , vous blafphémez.

Vous croyez vous tirer d'affaire en difant que
DIEU payait fon peuple comptant , en le puniffant
temporellement de fes tranfgreffions, & en le récom-
penfant par les biens de la terre quand il était fidelle.
Cette évafion eft pitoyable ; car combien de tranf-
greffeurs ont paffé leurs jours dans les délices !
témoin *Salomon*. Ne faut-il pas avoir perdu le bon
fens ou la pudeur , pour dire que chez les Juifs
aucun fcélérat n'échappait à la punition temporelle ?
N'eft-il pas parlé cent fois du bonheur des méchans
dans l'Ecriture ?

Nous favions avant vous que ni le Décalogue ni le
Lévitique ne font mention de l'immortalité de l'ame,
ni de fa fpiritualité, ni des peines & des récompenfes

dans une autre vie ; mais ce n'était pas à vous à le dire. Ce qui eft pardonnable à un laïque ne l'eft pas à un prêtre ; & furtout vous ne devez pas le dire dans quatre volumes ennuyeux.

Voilà ce que l'on objecte à *Warburton* ; il a répondu par des injures atroces, & il a cru enfin qu'il avait raifon, parce que fon évêché lui vaut deux mille cinq cents guinées de rentes. Toute l'Angleterre s'eft déclarée contre lui malgré fes guinées. Il s'eft rendu odieux par la virulence de fon infolent caractère beaucoup plus que par l'abfurdité de fon fyftème.

De Bolingbroke.

MILORD *Bolingbroke* a été plus audacieux que *Warburton*, & de meilleure foi. Il ne cesse de dire dans fes *Oeuvres philofophiques* que les athées font beaucoup moins dangereux que les théologiens. Il raifonnait en miniftre d'Etat qui favait combien de fang les querelles théologiques ont coûté à l'Angleterre ; mais il devait s'en tenir à profcrire la théologie, & non la religion chrétienne dont tout homme d'Etat peut tirer de très-grands avantages pour le genre-humain, en la refferrant dans fes bornes, fi elle les a franchies. On a publié après la mort du lord *Bolingbroke* quelques-uns de fes ouvrages plus violens encore que fon *recueil philofophique* ; il y déploie une éloquence funefte. Perfonne n'a jamais écrit rien de plus fort ; on voit qu'il avait la religion chrétienne en horreur. Il eft trifte qu'un fi fublime génie ait voulu couper par la racine un arbre qu'il pouvait rendre très-utile en élagant fes branches, & en nettoyant fa mouffe.

On peut épurer la religion. On commença ce grand ouvrage il y a près de deux cents cinquante années ; mais les hommes ne s'éclairent que par degrés. Qui aurait prévu alors qu'on analyferait les rayons du foleil, qu'on électriferait avec le tonnerre, & qu'on découvrirait la loi de la gravitation univerfelle, loi qui préfide à l'univers ? Il eft temps, felon *Bolingbroke*, qu'on banniffe la théologie, comme on a banni l'aftrologie judiciaire, la forcellerie, la poffeffion du diable, la baguette divinatoire, la panacée univerfelle, & les jéfuites. La théologie n'a jamais fervi qu'à renverfer les lois, & qu'à corrompre les cœurs ; elle feule fait les athées, car le grand nombre des théologiens qui eft affez fenfé pour voir le ridicule de cette fcience chimérique, n'en fait pas affez pour lui fubftituer une faine philofophie. La théologie, difent-ils, eft, felon la fignification du mot, la fcience de DIEU. Or les poliffons qui ont profané cette fcience, ont donné de DIEU des idées abfurdes ; & de-là ils concluent que la Divinité eft une chimère, parce que la théologie eft chimérique. C'eft précifément dire qu'il ne faut ni prendre du quinquina pour la fièvre, ni faire diète dans la pléthore, ni être faigné dans l'apoplexie, parce qu'il y a eu de mauvais médecins ; c'eft nier la connaiffance du cours des aftres, parce qu'il y a eu des aftrologues ; c'eft nier les effets évidens de la chimie, parce que des chimiftes charlatans ont prétendu faire de l'or. Les gens du monde, encore plus ignorans que ces petits théologiens, difent : Voilà des bacheliers & des licenciés qui ne croient pas en DIEU, pourquoi y croirions-nous ? Voilà quelle eft la fuite funefte de l'efprit

Z 2

théologique. Une fauffe fcience fait les athées ; une vraie fcience profterne l'homme devant la Divinité ; elle rend jufte & fage celui que l'abus de la théologie a rendu inique & infenfé.

De Thomas Chubb.

Thomas Chubb eft un philofophe formé par la nature. La fubtilité de fon génie, dont il abufa, lui fit embraffer non-feulement le parti des fociniens qui ne regardent JESUS-CHRIST que comme un homme, mais enfin celui des théiftes rigides qui reconnaiffent un Dieu, & n'admettent aucun myftère. Ses égaremens font méthodiques : il voudrait réunir tous les hommes dans une religion qu'il croit épurée parce qu'elle eft fimple. Le mot de *chriftianifme* eft à chaque page dans fes divers ouvrages, mais la chofe ne s'y trouve pas. Il ofe penfer que JESUS-CHRIST a été de la religion de *Thomas Chubb* ; mais il n'eft pas de la religion de JESUS-CHRIST. Un abus perpétuel des mots eft le fondement de fa perfuafion. JESUS-CHRIST a dit : Aimez DIEU & votre prochain, voilà toute la loi, voilà tout l'homme. *Chubb* s'en tient à ces paroles, il écarte tout le refte. Notre Sauveur lui paraît un philofophe comme *Socrate*, qui fut mis à mort comme lui pour avoir combattu les fuperftitions & les prêtres de fon pays. D'ailleurs il a écrit avec retenue, il s'eft toujours couvert d'un voile. Les obfcurités dans lefquelles il s'enveloppe lui ont donné plus de réputation que de lecteurs.

LETTRE V.

Sur Swift.

IL eſt vrai, Monſeigneur, que je ne vous ai point parlé de *Swift ;* il mérite un article à part : c'eſt le ſeul écrivain anglais de ce genre qui ait été plaiſant. C'eſt une choſe bien étrange que les deux hommes à qui on doit le plus reprocher d'avoir oſé tourner la religion chrétienne en ridicule, aient été deux prêtres ayant charge d'ames. *Rabelais* fut curé de Meudon , & *Swift* fut doyen de la cathédrale de Dublin ; tous deux lancèrent plus de ſarcaſmes contre le chriſtia-niſme que *Molière* n'en a prodigué contre la médecine ; & tous deux vécurent & moururent paiſibles , tandis que d'autres hommes ont été perſécutés , pourſuivis , mis à mort , pour quelques paroles équivoques.

Mais ſouvent l'un ſe perd où l'autre s'eſt ſauvé ,
Et par où l'un périt un autre eſt conſervé.

Le *Conte du tonneau* du doyen *Swift* eſt une imita-tion des *trois anneaux.* La fable de ces trois anneaux eſt fort ancienne ; elle eſt du temps des croiſades. C'eſt un vieillard qui laiſſa en mourant une bague à chacun de ſes trois enfans ; ils ſe battirent à qui aurait la plus belle ; on reconnut enfin , après de longs débats , que les trois bagues étaient parfaite-ment ſemblables. Le bon vieillard eſt le théiſme ,

Z 3

les trois enfans font la religion juive, la chrétienne, & la mufulmane.

L'auteur oublia les religions des mages & des brach-manes, & beaucoup d'autres ; mais c'était un arabe qui ne connaiffait que ces trois fectes. Cette fable conduit à cette indifférence qu'on reprocha tant à l'em-pereur *Fréderic II*, & à fon chancelier *Vineis*, qu'on accufe d'avoir compofé le livre *de tribus impoftoribus*, qui, comme vous favez, n'a jamais exifté.

Le conte des *trois anneaux* fe trouve dans quelques anciens recueils : le docteur *Swift* lui a fubftitué trois juftaucorps. L'introduction à cette raillerie impie eft digne de l'ouvrage ; c'eft une eftampe où font repré-fentées trois manières de parler en public : la première eft le théâtre d'*Arlequin* & de *Gilles* ; la feconde eft un prédicateur dont la chaire eft la moitié d'une futaille ; la troifième eft l'échelle du haut de laquelle un homme qu'on va pendre harangue le peuple.

Un prédicateur entre *Gilles* & un pendu ne fait pas une belle figure. Le corps du livre eft une hiftoire allégorique des trois principales fectes qui divifent l'Europe méridionale, la romaine, la luthérienne, & la calvinifte ; car il ne parle pas de l'Eglife grecque, qui poffède fix fois plus de terrain qu'aucune des trois autres, & il laiffe là le mahométifme bien plus étendu que l'Eglife grecque.

Les trois frères à qui leur vieux bon-homme de père a légué trois juftaucorps tout unis, & de la même couleur, font, *Pierre*, *Martin*, & *Jean*, c'eft-à-dire, le pape, *Luther*, & *Calvin*. L'auteur fait faire plus d'ex-travagances à ces trois héros que *Cervantes* n'en attribue à fon dom *Quichotte*, & l'*Ariofte* à fon *Roland* ; mais milord *Pierre* eft le plus maltraité des trois frères. Le livre eft très-mal traduit en français; il n'était pas poffible de rendre le comique dont il eft affaifonné. Ce comique tombe fouvent fur des querelles entre l'Eglife anglicane & la presbytérienne, fur des ufages, fur des aventures, que l'on ignore en France, & fur des jeux de mots particuliers à la langue anglaife. Par exemple, le mot qui fignifie *une bulle du pape* en français fignifie auffi en anglais *un bœuf.* C'eft une fource d'équivoques & de plaifanteries entièrement perdues pour un lecteur français.

Swift était bien moins favant que *Rabelais*, mais fon efprit eft plus fin & plus délié ; c'eft le *Rabelais* de la bonne compagnie. Les lords *Oxford* & *Bolingbroke* firent donner le meilleur bénéfice d'Irlande, après l'archevêché de Dublin, à celui qui avait couvert la religion chrétienne de ridicule ; & *Abadie*, qui avait écrit en faveur de cette religion un livre auquel on prodiguait les éloges, n'eut qu'un malheureux petit bénéfice de village. Mais il eft à remarquer que tous deux font morts fous.

Z 4

L E T T R E V I.

Sur les Allemands.

M O N S E I G N E U R,

V OTRE Allemagne a eu auſſi beaucoup de grands
ſeigneurs & de philoſophes accuſés d'irréligion. Votre
célébre *Corneille Agrippa*, au XVe ſiècle, fut regardé
non-ſeulement comme un ſorcier, mais comme un
incrédule; cela eſt contradiſtoire, car un ſorcier croit
en D I E U, puiſqu'il oſe mêler le nom de D I E U dans
toutes ſes conjurations. Un ſorcier croit au diable,
puiſqu'il ſe donne au diable. Chargé de ces deux
calomnies comme *Apulée*, *Agrippa* fut bien heureux
de n'être qu'en priſon, & de ne mourir qu'à l'hôpital.
Ce fut lui qui le premier débita que le fruit défendu
dont avaient mangé *Adam* & *Eve*, était la jouiſſance
de l'amour, à laquelle ils s'étaient abandonnés avant
d'avoir reçu de D I E U la bénédiſtion nuptiale. Ce fut
encore lui qui après avoir cultivé les ſciences écrivit
le premier contre elles. Il décria le lait dont il avait
été nourri, parce qu'il l'avait très-mal digéré. Il
mourut dans l'hôpital de Grenoble en 1535.

Je ne connais votre fameux doſteur *Fauſtus* que par
la comédie dont il eſt le héros, & qu'on joue dans
toutes vos provinces de l'empire. Votre doſteur *Fauſtus*
y eſt dans un commerce ſuivi avec le diable. Il lui

écrit des lettres qui cheminent par l'air au moyen d'une ficelle ; il en reçoit des réponſes. On voit des miracles à chaque acte, & le diable emporte *Fauſtus* à la fin de la pièce. On dit qu'il était né en Suabe, & qu'il vivait ſous *Maximilien I.* Je ne crois pas qu'il ait fait plus de fortune auprès de *Maximilien* qu'auprès du diable ſon autre maître.

Le célébre *Eraſme* fut également ſoupçonné d'irréligion par les catholiques & par les proteſtans, parce qu'il ſe moquait des excès où les uns & les autres tombèrent. Quand deux partis ont tort, celui qui ſe tient neutre, & qui par conſéquent a raiſon, eſt vexé par l'un & par l'autre. La ſtatue qu'on lui a dreſſée dans la place de Roterdam ſa patrie, l'a vengé de *Luther* & de l'inquiſition.

Mélancton, *terre noire*, fut à-peu-près dans le cas d'*Eraſme*. On prétend qu'il changea quatorze fois de ſentiment ſur le péché originel, & ſur la prédeſtination. On l'appelait, dit-on, le *Prothée* d'Allemagne. Il aurait voulu en être le *Neptune* qui retient la fougue des vents.

Jam cœlum terramque meo ſine numine, venti,
Miſcere & tantas audetis tollere moles !

Il était modéré & tolérant. Il paſſa pour indifférent. Etant devenu proteſtant, il conſeilla à ſa mère de reſter catholique. De-là on jugea qu'il n'était ni l'un ni l'autre.

J'omettrai, ſi vous le permettez, la foule des ſectaires à qui l'on a reproché d'embraſſer des factions plutôt que d'adhérer à des opinions, & de croire à l'ambition & à la cupidité bien plutôt qu'à *Luther* &

au pape. Je ne parlerai pas des philofophes accufés de n'avoir eu d'autre évangile que la nature.

Je viens à votre illuftre *Leibnitz*. *Fontenelle*, en fefant fon éloge à Paris en pleine académie, s'exprime fur fa religion en ces termes : *On l'accufe de n'avoir été qu'un grand & rigide obfervateur du droit naturel : fes pafteurs lui en ont fait des réprimandes publiques & inutiles.*

Vous verrez bientôt, Monfeigneur, que *Fontenelle*, qui parlait ainfi, avait effuyé des imputations non moïns graves.

Volf, le difciple de *Leibnitz*, a été expofé à un plus grand danger : il enfeignait les mathématiques dans l'univerfité de Hall avec un fuccès prodigieux. Le profeffeur théologien *Lange*, qui gelait de froid dans la folitude de fon école, tandis que *Volf* avait cinq cents auditeurs, s'en vengea en dénonçant *Volf* comme un athée. Le feu roi de Pruffe *Fréderic-Guillaume*, qui s'entendait mieux à exercer fes troupes qu'aux difputes des favans, crut *Lange* trop aifément; il donna le choix à *Volf* de fortir de fes Etats dans vingt-quatre heures, ou d'être pendu. Le philofophe réfolut fur le champ le problème en fe retirant à Marbourg où fes écoliers le fuivirent, & où fa gloire & fa fortune augmentèrent. La ville de Hall perdit alors plus de quatre cents mille florins par an que *Volf* lui valait par l'affluence de fes difciples ; le revenu du roi en fouffrit, & l'injuftice faite au philofophe ne retomba que fur le monarque. Vous favez, Monfeigneur, avec quelle équité & quelle grandeur d'ame le fucceffeur de ce prince répara l'erreur dans laquelle on avait entraîné fon père.

Il eſt dit à l'article *Volf* dans un diſtionnaire, que Charles-Fréderic philoſophe couronné, ami de *Volf*, l'éleva à la dignité de vice-chancelier de l'univerſité de l'électeur de Bavière, & de baron de l'empire. Le roi dont il eſt parlé dans cet article eſt en effet un philoſophe, un ſavant, un très-grand génie, ainſi qu'un très-grand capitaine ſur le trône ; mais il ne s'appelle point *Charles* ; il n'y a point dans ſes Etats d'univerſité appartenante à l'électeur de Bavière ; l'empereur ſeul fait des barons de l'empire. Ces petites fautes, qui ſont trop fréquentes dans tous les diſtionnaires, peuvent être aiſément corrigées.

Depuis ce temps, la liberté de penſer a fait des progrès étonnans dans tout le nord de l'Allemagne. Cette liberté même a été portée à un tel excès qu'on a imprimé en 1766 un *Abrégé de l'hiſtoire eccléſiaſtique de Fleuri*, avec une préface d'un ſtyle éloquent, qui commence par ceś paroles :

» L'établiſſement de la religion chrétienne a eu, » comme tous les empires, de faibles commence- » mens. Un juif de la lie du peuple, dont la naiſ- » ſance eſt douteuſe, qui mêle aux abſurdités des » anciennes prophéties des préceptes de morale, » auquel on attribue des miracles, eſt le héros de » cette ſecte : douze fanatiques ſe répandent d'Orient » en Italie &c. »

Il eſt triſte que l'auteur de ce morceau, d'ailleurs profond & ſublime, ſe ſoit laiſſé emporter à une har- dieſſe ſi fatale à notre ſainte religion. Rien n'eſt plus pernicieux. Cependant cette licence prodigieuſe n'a preſque point excité de rumeurs. Il eſt bien à ſouhaiter que ce livre ſoit peu répandu. On n'en a tiré, à ce que je préfume, qu'un petit nombre d'exemplaires.

Le difcours de l'empereur *Julien* contre le chriftia-nifme, traduit à Berlin par le marquis d'*Argens* cham-bellan du roi de Pruffe, & dédié au prince *Ferdinand de Brunfwick*, ferait un coup non moins funefte porté à notre religion, fi l'auteur n'avait pas eu le foin de raffurer par des remarques favantes les efprits effarouchés. L'ouvrage eft précédé d'une préface fage & inftructive, dans laquelle il rend juftice (il eft vrai) aux grandes qualités & aux vertus de *Julien*, mais dans laquelle auffi il avoue les erreurs funeftes de cet empereur. Je penfe, Monfeigneur, que ce livre ne vous eft pas inconnu, & que votre chriftianifme n'en a pas été ébranlé.

LETTRE VII.

Sur les Français.

Vous avez, je crois, très-bien deviné, Monfeigneur, qu'en France il y a plus d'hommes accufés d'impiété que de véritables impies; de même qu'on y a vu beaucoup plus de foupçons d'empoifonnemens que d'empoifonneurs.

L'inquiétude, la vivacité, la loquacité, la pétu-lance françaife, fuppofa toujours plus de crimes qu'elle n'en commit. C'eft pourquoi il meurt rare-ment un prince chez *Mézerai* fans qu'on lui ait donné le boucon. Le jéfuite *Garaffe*, & le jéfuite *Hardouin*, trouvent par-tout des athées. Force moines, ou gens pires que moines, craignant la diminution de leur crédit, ont été des fentinelles, criant toujours qui vive, l'ennemi eft aux portes. Grâces foient rendues à DIEU de ce que nous avons bien moins de gens niant DIEU qu'on ne l'a dit.

De Bonaventure Defperriers.

UN des premiers exemples en France de la perfécution fondée fur des terreurs paniques, fut le vacarme étrange qui dura fi long-temps au fujet du *cymbalum mundi*, petit livret d'une cinquantaine de pages tout au plus. L'auteur, *Bonaventure Defperriers*, vivait au commencement du feizième fiècle. Ce *Defperriers* était domeftique de *Marguerite de Valois* fœur dè *François I*. Les lettres commençaient alors à renaître. *Defperriers* voulut faire en latin quelques dialogues dans le goût de *Lucien* : il compofa quatre dialogues très-infipides fur les prédictions, fur la pierre philofophale, fur un cheval qui parle, fur les chiens d'*Actéon*. Il n'y a pas affurément dans tout ce fatras de plat écolier, un feul mot qui ait le moindre & le plus éloigné rapport aux chofes que nous devons révérer.

On perfuada à quelques docteurs qu'ils étaient défignés par les chiens & par les chevaux. Pour les chevaux ils n'étaient pas accoutumés à cet honneur. Les docteurs aboyèrent ; auffitôt l'ouvrage fut recherché, traduit en langue vulgaire, & imprimé ; & chaque fainéant d'y trouver des allufions ; & les docteurs de crier à l'hérétique, à l'impie, à l'athée. Le

livret fut déféré aux magiftrats, le libraire *Morin* mis
en prifon, & l'auteur en de grandes angoiffes.

L'injuftice de la perfécution frappa fi fortement
le cerveau de *Bonaventure*, qu'il fe tua de fon épée
dans le palais de *Marguerite*. Toutes les langues des
prédicateurs, toutes les plumes des théologiens
s'exercèrent fur cette mort funefte. Il s'eft défait lui-
même; donc il était coupable; donc il ne croyait point
en DIEU; donc fon petit livre, que perfonne n'avait
pourtant la patience de lire, était le catéchifme des
athées: chacun le dit, chacun le crut : *credidi propter
quod locutus fum*, j'ai cru parce que j'ai parlé, eft la
devife des hommes. On répéte une fottife, & à force
de la redire on en eft perfuadé.

Le livre devint d'une rareté extrême ; nouvelle
raifon pour le croire infernal. Tous les auteurs
d'anecdotes littéraires, & de dictionnaires, n'ont pas
manqué d'affirmer que le *cymbalum mundi* eft le pré-
curfeur de *Spinofa*.

Nous avons encore un ouvrage d'un confeiller
de Bourges, nommé *Catherinot*, très-digne des armes
de Bourges. Ce grand juge dit : Nous avons deux
livres impies que je n'ai jamais vus, l'un *de tribus
impoftoribus*, l'autre le *cymbalum mundi*. Eh! mon ami,
fi tu ne les a pas vus, pourquoi en parles-tu?

Le minime *Merfenne*, ce facteur de *Defcartes*, le
même qui donne douze apôtres à *Vanini*, dit de
Bonaventure Defperriers : *C'eft un monftre & un fripon,
d'une impiété achevée*. Vous remarquerez qu'il n'avait
pas lu fon livre. Il n'en reftait plus que deux exemplaires dans l'Europe quand *Profper Marchand* le
réimprima à Amfterdam en 1711. Alors le voile

fut tiré ; on ne cria plus à l'impiété, à l'athéifme ; on cria à l'ennui, & on n'en parla plus.

De Théophile.

Il en a été de même de *Théophile*, très-célébre dans fon temps ; c'était un jeune-homme de bonne compagnie, fefant très facilement des vers médiocres, mais qui eurent de la réputation ; très-infruit dans les belles-lettres, écrivant purement en latin ; homme de table autant que de cabinet ; bien venu chez les jeunes feigneurs qui fe piquaient d'efprit ; & furtout chez cet illuftre & malheureux duc de *Montmorenci* qui, après avoir gagné des batailles, mourut fur un échafaud.

S'étant trouvé un jour avec deux jéfuites, & la converfation étant tombée fur quelques points de la malheureufe philofophie de fon temps, la difpute s'aigrit. Les jéfuites fubftituèrent les injures aux raifons. *Théophile* était poëte & gafcon, *genus irritabile vatum & Vafconum*. Il fit une petite pièce de vers où les jéfuites n'étaient pas trop bien traités ; en voici trois qui coururent toute la France :

Cette grande & noire machine,
Dont le fouple & le vafte corps
Etend fes bras jufqu'à la Chine.

Théophile même les rappelle dans une épître en vers, écrite de fa prifon au roi *Louis XIII*. Tous les jéfuites fe déchaînèrent contre lui. Les deux plus furieux, *Garaffe* & *Guérin*, déshonorèrent la chaire &

violèrent les lois en le nommant dans leurs sermons, en le traitant d'athée & d'homme abominable, en excitant contre lui toutes leurs dévotes.

Un jésuite plus dangereux, nommé *Voisin*, qui n'écrivait ni ne prêchait, mais qui avait un grand crédit auprès du cardinal de *la Rochefoucauld*, intenta un procès criminel à *Théophile*; & suborna contre lui un jeune débauché nommé *Sajeot* qui avait été son écolier, & qui passait pour avoir servi à ses plaisirs infames, ce que l'accusé lui reprocha à la confrontation. Enfin le jésuite *Voisin* obtint, par la faveur du jésuite *Caussin* confesseur du roi, un décret de prise de corps contre *Théophile* sur l'accusation d'impiété & d'athéisme. Le malheureux prit la fuite, on lui fit son procès par contumace, il fut brûlé en effigie en 1621. Qui croirait que la rage des jésuites ne fut pas encore assouvie? *Voisin* paya un lieutenant de la connétablie, nommé *le Blanc*, pour l'arrêter dans le lieu de sa retraite en Picardie. On l'enferma chargé de fers dans un cachot, aux acclamations de la populace à qui *le Blanc* criait : C'est un athée que nous allons brûler. De là on le mena à Paris à la conciergerie, où il fut mis dans le cachot de *Ravaillac*. Il y resta une année entière, pendant laquelle les jésuites prolongèrent son procès pour chercher contre lui des preuves.

Pendant qu'il était dans les fers, *Garasse* publiait sa *Doctrine curieuse*, dans laquelle il dit que *Pasquier*, le cardinal *Volsey*, *Scaliger*, *Luther*, *Calvin*, *Bèze*, le roi d'Angleterre, le landgrave de Hesse, & *Théophile*, font des *belistres d'athéistes & de carpocratiens*. Ce *Garasse* écrivait dans son temps comme le misérable ex-jésuite

Nonotte

Nonotte a écrit dans le fien : la différence eſt que l'infolence de *Garaſſe* était fondée fur le crédit qu'avaient
alors les jéfuites, & que la fureur de l'abſurde *Nonotte*
eſt le fruit de l'horreur & du mépris où les jéfuites
font tombés dans l'Europe ; c'eſt le ferpent qui veut
mordre encore quand il a été coupé en tronçons.
Théophile fut furtout interrogé fur le *Parnaſſe fatirique*,
recueil d'impudicités dans le goût de *Pétrone*, de
Martial, de *Catulle*, d'*Aufone*, de l'archevêque de
Bénévent *la Caza*, de l'évêque d'Angoulême *Octavien
de St Gelais*, & de *Mélin de St Gelais* fon fils, de l'*Aretin*,
de *Chorier*, de *Marot*, de *Verville*, des épigrammes de
Rouſſeau, & de cent autres fottifes licencieufes. Cet
ouvrage n'était pas de *Théophile*. Le libraire avait
raſſemblé tout ce qu'il avait pu de *Maynard*, de
Colletet, de *Frénicle* magiſtrat, & depuis de l'académie
des fciences, & de quelques feigneurs de la cour. Il fut
avéré que *Théophile* n'avait point de part à cette édition,
contre laquelle lui-même avait préfenté requête.
Enfin les jéfuites, quelque puiſſans qu'ils fuſſent alors,
ne purent avoir la confolation de le faire brûler, & ils
eurent même beaucoup de peine à obtenir qu'il fût
banni de Paris. Il y revint malgré eux, protégé par
le duc de *Montmorenci*, qui le logea dans fon hôtel où
il mourut en 1626 du chagrin auquel une fi cruelle
perfécution le fit enfin fuccomber.

De Des-Barreaux.

LE confeiller au parlement *Des-Barreaux*, qui dans
fa jeuneſſe avait été ami de *Théophile*, & qui ne l'avait
pas abandonné dans fa difgrace., paſſa conſtamment

Mélanges littér. Tome I. A a

pour un athée : & fur quoi? fur un conte qu'on fait
de lui , fur l'aventure de l'*omelette au lard*. Un jeune
homme à faillies libertines peut très-bien dans un
cabaret manger gras un famedi , & pendant un orage
mêlé de tonnerres , jeter le plat par la fenêtre , en
difant : *voilà bien du bruit pour une omelette au lard* , fans
pour cela mériter l'affreufe accufation d'athéifme.
C'eft fans doute une très-grande irrévérence ; c'eft
infulter l'Eglife dans laquelle il était né ; c'eft fe
moquer de l'inftitution des jours maigres ; mais ce
n'eft pas nier l'exiftence de Dieu.

Ce qui lui donna cette réputation , ce fut principalement l'indifcrète témérité de *Boileau* , qui dans fa
Satire des femmes , laquelle n'eft pas fa meilleure , dit
qu'il a vu plus d'une *Capanée* ,

> Du tonnerre dans l'air bravant les vains carreaux,
> Et nous parlant de Dieu du ton de Des-Barreaux.

Jamais ce magiftrat n'écrivit rien contre la Divinité. Il n'eft pas permis de flétrir du nom d'*athée* un
homme de mérite contre lequel on n'a aucune preuve ;
cela eft indigne. On a imputé à *Des-Barreaux* le
fameux fonnet qui finit ainfi :

> Tonne, frappe, il eft temps ; rends-moi guerre pour guerre :
> J'adore en périffant la raifon qui t'aigrit ;
> Mais deffus quel endroit tombera ton tonnerre ,
> Qui ne foit tout couvert du fang de Jéfus-Chrift ?

Ce fonnet ne vaut rien du tout. JESUS-CHRIST
en vers n'eft pas tolérable ; *rends-moi guerre* , n'eft pas
français ; *guerre pour guerre* eft très-plat ; & *deffus quel
endroit* , eft déteftable. Ces vers font de l'abbé de

Lavau ; & *Des-Barreaux* fut toujours très-fâché qu'on les lui attribuât. C'eſt ce même abbé de *Lavau* qui fit cette abominable épigramme ſur le mauſolée élevé dans St Euſtache à l'honneur de *Lulli.*

Laiſſez tomber, ſans plus attendre,
Sur ce buſte honteux votre fatal rideau ;
Et ne montrez que le flambeau
Qui devrait avoir mis l'original en cendre.

De la Mothe le Vayer.

LE ſage *la Mothe le Vayer*, conſeiller d'État, précepteur de *Monſieur* frère de *Louis XIV*, & qui le fut même de *Louis XIV* près d'une année, n'eſſuya pas moins de ſoupçons que le voluptueux *Des-Barreaux*. Il y avait encore peu de philoſophie en France. Le traité de *la vertu des païens*, & les dialogues d'*Orazius Tubero*, lui firent des ennemis. Les janſéniſtes ſurtout, qui ne regardaient, après *St Auguſtin*, les vertus des grands-hommes de l'antiquité que comme des *péchés ſplendides*, ſe déchaînèrent contre lui. Le comble de l'inſolence fanatique eſt de dire : *nul n'aura de vertu que nous & nos amis ; Socrate, Confucius, Marc-Aurèle, Epiclète, ont été des ſcélérats, puiſqu'ils n'étaient pas de notre communion.* On eſt revenu aujourd'hui de cette extravagance ; mais alors elle dominait. On a rapporté dans un ouvrage curieux, qu'un jour un de ces énergumènes voyant paſſer *la Mothe le Vayer* dans la galerie du louvre, dit tout haut : Voilà un homme ſans religion. *Le Vayer*, au lieu de le faire punir, ſe

A a 2

retourna vers cet homme, & lui dit : *Mon ami, j'ai tant de religion que je ne suis pas de ta religion.*

De Saint-Evremont.

On a donné quelques ouvrages contre le chriftianifme fous le nom de *Saint-Evremont*, mais aucun n'eft de lui. On crut après fa mort faire paffer ces dangereux livres à l'abri de fa réputation, parce qu'en effet on trouve dans fes véritables ouvrages plufieurs traits qui annoncent un efprit dégagé des préjugés de l'enfance. D'ailleurs fa vie épicurienne, & fa mort toute philofophique, fervirent de prétexte à tous ceux qui voulaient accréditer de fon nom leurs fentimens particuliers.

Nous avons furtout une *analyfe de la religion chrétienne* qui lui eft attribuée. C'eft un ouvrage qui tend à renverfer toute la chronologie, & prefque tous les faits de la fainte écriture. Nul n'a plus approfondi que l'auteur l'opinion où font quelques théologiens, que l'aftronome *Phlégon* avait parlé des ténèbres qui couvrirent toute la terre à la mort de notre Seigneur JESUS-CHRIST. J'avoue que l'auteur a pleinement raifon contre ceux qui ont voulu s'appuyer du témoignage de cet aftronome ; mais il a grand tort de vouloir combattre tout le fyftème chrétien, fous prétexte qu'il a été mal défendu.

Au refte, *St Evremont* était incapable de ces recherches favantes. C'était un efprit agréable & affez jufte ; mais il avait peu de fcience, nul génie, & fon goût était peu fûr : fes difcours fur les Romains lui firent une réputation dont il abufa pour faire les plus plates comédies, & les plus mauvais vers, dont on ait jamais fatigué les lecteurs , qui n'en font plus fatigués aujourd'hui puifqu'ils ne les lifent plus. On peut le mettre au rang des hommes aimables & pleins d'efprit qui ont fleuri dans les temps brillans de *Louis XIV;* mais non pas au rang des hommes fupérieurs. Au refte ceux qui l'ont appelé *athéifte* font d'infames calomniateurs.

De Fontenelle.

Bernard de Fontenelle , depuis fecrétaire de l'académie des fciences, eut une fecouffe plus vive à foutenir. Il fit inférer , en 1686, dans la *République des Lettres de Bayle* , une relation de l'île de Bornéo fort ingénieufe ; c'était une allégorie fur Rome & Genève; elles étaient défignées fous le mom de deux fœurs , *Mero* & *Enegu. Mero* était une magicienne tyrannique ; elle exigeait que fes fujets vinffent lui déclarer leurs plus fecrètes penfées , & qu'enfuite ils lui apportaffent tout leur argent. Il fallait, avant de venir baifer fes pieds , adorer des os de morts; & fouvent, quand on voulait déjeûner , elle fefait difparaître le pain. Enfin fes fortiléges & fes fureurs foulevèrent un grand parti contre elle; & fa fœur *Enegu* lui enleva la moitié de fon royaume.

Bayle n'entendit pas d'abord la plaifanterie ; mais l'abbé *Terfon* , l'ayant commentée , elle fit beaucoup de bruit. C'était dans le temps de la révocation de l'édit de Nantes. *Fontenelle* courait rifque d'être enfermé à la baftille. Il eut la baffeffe de faire d'affez mauvais vers à l'honneur de cette révocation , & à celui des jéfuites ; on les inféra dans un mauvais recueil intitulé *le Triomphe de la religion fous Louis le grand*, imprimé à Paris chez l'*Anglois* en 1687.

Mais ayant depuis rédigé en français avec un grand fuccès la favante *Hiftoire des oracles* de *Vandale*, les jéfuites le perfécutèrent. *Le Tellier* confeffeur de *Louis XIV*, rappelant l'allégorie de *Mero* & d'*Enegu*, aurait voulu le traiter comme le jéfuite *Voifin* avait traité *Théophile*. Il follicita une lettre de cachet contre lui. Le célèbre garde-des-fceaux d'*Argenfon*, alors lieutenant de police, fauva *Fontenelle* de la fureur de *le Tellier*. S'il avait fallu choifir un *athéifte* entre *Fontenelle* & *le Tellier*, c'était fur le calomniateur *le Tellier* que devait tomber le foupçon.

Cette anecdote eft plus importante que toutes les bagatelles littéraires dont l'abbé *Trublet* a fait un gros volume concernant *Fontenelle*. Elle apprend combien la philofophie eft dangereufe quand un fanatique, ou un fripon, ou un moine qui eft l'un & l'autre, a malheureufement l'oreille du prince. C'eft un danger, Monfeigneur, auquel on ne fera jamais expofé auprès de vous.

De l'abbé de Saint-Pierre.

L'*Allégorie du mahométifme* par l'abbé de *Saint-Pierre*, fut beaucoup plus frappante que celle de *Mero*. Tous les ouvrages de cet abbé, dont plufieurs paffent pour des rêveries, font d'un homme de bien, & d'un citoyen zélé ; mais tout s'y reffent d'un pur théifme. Cependant il ne fut point perfécuté ; c'eft qu'il écrivait d'une manière à ne rendre perfonne jaloux :

fon ftyle n'a aucun agrément ; il était peu lu. Il ne prétendait à rien ; ceux qui le lifaient fe moquaient de lui , & le traitaient de bon homme. S'il eût écrit comme *Fontenelle* , il était perdu , furtout quand les jéfuites régnaient encore.

De Bayle.

CEPENDANT s'élevait alors , & depuis plufieurs années , l'immortel *Bayle* , le premier des dialecticiens & des philofophes fceptiques. Il avait déjà donné fes *Penfées fur la comète* , fes *Réponfes aux queftions d'un provincial* , & enfin fon *Dictionnaire de raifonnement*. Ses plus grands ennemis font forcés d'avouer qu'il n'y a pas une feule ligne dans fes ouvrages qui foit un blafphème évident contre la religion chrétienne ; mais fes plus grands défenfeurs avouent que dans les articles de controverfe il n'y a pas une feule page qui ne conduife le lecteur au doute , & fouvent à l'incrédulité. On ne pouvait le convaincre d'être impie ; mais il fefait des impies , en mettant des objections contre nos dogmes dans un jour fi lumineux qu'il n'était pas poffible à une foi médiocre de n'être pas ébranlée ; & malheureufement la plus grande partie des lecteurs n'a qu'une foi très-médiocre.

Il eft rapporté dans un de ces dictionnaires hiftoriques , où la vérité eft fi fouvent mêlée avec le menfonge , que le cardinal de *Polignac* , en paffant par Roterdam , demanda à *Bayle* s'il était anglican , ou luthérien , ou calvinifte , & qu'il répondit : *Je fuis proteftant , car je protefte contre toutes les religions*. En premier lieu, le cardinal de *Polignac* ne paſſa jamais par Roterdam que lorſqu'il alla conclure la paix d'Utrecht en 1713, après la mort de *Bayle*.

Secondement, ce ſavant prélat n'ignorait pas que *Bayle* né calviniſte au pays de Foix, & n'ayant jamais été en Angleterre ni en Allemagne, n'était ni anglican ni luthérien.

Troiſièmement, il était trop poli pour aller demander à un homme de quelle religion il était. Il eſt vrai que *Bayle* avait dit quelquefois ce qu'on lui fait dire; il ajoutait qu'il était comme *Jupiter* aſſemble-nuages d'*Homère*. C'était d'ailleurs un homme de mœurs réglées & ſimples, un vrai philoſophe dans toute l'étendue de ce mot. Il mourut ſubitement après avoir écrit ces mots : *Voilà ce que c'eſt que la vérité*.

Il l'avait cherchée toute ſa vie, & n'avait trouvé par-tout que des erreurs.

Après lui on a été beaucoup plus loin. Les *Maillet*, les *Boulainvilliers*, les *Boulangers*, les *Meſliers*, le ſavant *Fréret*, le dialecticien du *Marſais*, l'intempérant *la Métrie*, & bien d'autres, ont attaqué la religion chrétienne avec autant d'acharnement que les *Porphyres*, les *Celſes*, & les *Juliens*.

J'ai ſouvent recherché ce qui pouvait déterminer tant d'écrivains modernes à déployer cette haine contre le chriſtianiſme. Quelques-uns m'ont répondu que les écrits des nouveaux apologiſtes de notre religion les avaient indignés; que ſi ces apologiſtes avaient écrit avec la modération que leur cauſe devait leur inſpirer, on n'aurait pas penſé à s'élever contre eux; mais que leur bile donnait de la bile;

que leur colère fefait naître la colère ; que le mépris qu'ils affectaient pour les philofophes excitait le mépris ; de forte qu'enfin il eft arrivé entre les défenfeurs & les ennemis du chriftianifme, ce qu'on avait vu entre toutes les communions ; on a écrit de part & d'autre avec emportement ; on a mêlé les outrages aux argumens.

De mademoifelle Huber.

MADEMOISELLE *Huber* était une femme de beaucoup d'efprit, & fœur de l'abbé *Huber* très-connu de monfeigneur votre père. Elle s'affocia avec un grand métaphyficien pour écrire vers l'an 1740 le livre intitulé *la religion effentielle à l'homme*. Il faut convenir que malheureufement cette religion effentielle eft le pur théifme, tel que les noachides le pratiquèrent, avant que DIEU eût daigné fe faire un peuple chéri dans les déferts de Sinaï & d'Oreb, & lui donner des lois particulières. Selon mademoifelle *Huber* & fon ami, la religion effentielle à l'homme doit être de tous les temps, de tous les lieux, & de tous les efprits. Tout ce qui eft myftère eft au-deffus de l'homme, & n'eft pas fait pour lui ; la pratique des vertus ne peut avoir aucun rapport avec le dogme. La religion effentielle à l'homme eft dans ce qu'on doit faire, & non dans ce qu'on ne peut comprendre. L'intolérance eft à la religion effentielle ce que la barbarie eft à l'humanité, la cruauté à la douceur. Voilà le précis de tout le livre. L'auteur eft très-abftrait : c'eft une fuite de lemmes & de théorèmes qui répandent quelquefois plus d'obfcurité que de lumières. On a

peine à fuivre cette marche. Il eft étonnant qu'une
femme ait écrit en géomètre fur une matière fi intéreffante : peut-être a-t-elle voulu rebuter des lecteurs
qui l'auraient perfécutée, s'ils l'avaient entendue , &
s'ils avaient eu du plaifir en la lifant. Comme elle
était proteftante, elle n'a guère été lue que par des
proteftans. Un prédicant nommé *Deroches* l'a réfutée,
& même affez poliment pour un prédicant. Les miniftres proteftans, Monfeigneur, devraient, ce me femble,
être plus modérés avec les théiftes , que les évêques
catholiques , & les cardinaux ; car fuppofé un moment,
ce qu'à DIEU ne plaife , que le théifme prévalût,
qu'il n'y eût qu'un culte fimple fous l'autorité des
lois & des magiftrats , que tout fût réduit à l'adoration de l'être fuprême rémunérateur & vengeur ;
les pafteurs proteftans n'y perdront rien ; ils refteront
chargés de préfider aux prières publiques faites à l'être
fuprême , & feront toujours des maîtres de morale ;
on leur confervera leurs penfions, où s'ils la perdent,
cette perte fera bien modique. Leurs antagoniftes,
au contraire , ont de riches prélatures ; ils font
comtes, ducs, princes ; ils ont des fouverainetés ;
& quoique tant de grandeurs & de richeffes conviennent mal peut-être aux fucceffeurs des apôtres , ils
ne fouffriront jamais qu'on les en dépouille : les droits
temporels même qu'ils ont acquis font tellement liés
aujourd'hui à la conftitution des Etats catholiques,
qu'on ne peut les en priver que par des fecouffes
violentes.

Or le théifme eft une religion fans enthoufiafme,
qui par elle-même ne caufera jamais de révolution.
Elle eft erronée , mais elle eft paifible. Tout ce qui

eft à craindre, c'eft que le théifme fi univerfellement répandu, ne difpofe infenfiblement tous les efprits à méprifer le joug des pontifes, & qu'à la première occafion la magiftrature ne les réduife à la fonction de prier Dieu pour le peuple ; mais tant qu'ils feront modérés, ils feront refpectés : il n'y a jamais que l'abus du pouvoir qui puiffe énerver le pouvoir. Remarquons en effet, Monfeigneur, que deux ou trois cents volumes de théifme n'ont jamais diminué d'un écu le revenu des pontifes catholiques romains, & que deux ou trois écrits de *Luther* & de *Calvin* leur ont enlevé environ cinquante millions de rente. Une querelle de théologie pouvait, il y a deux cents ans, bouleverfer l'Europe ; le théifme n'attroupa jamais quatre perfonnes. On peut même dire que cette religion, en trompant les efprits, les adoucit, & qu'elle apaife les querelles que la vérité mal entendue a fait naître. Quoi qu'il en foit, je me borne à rendre à votre alteffe un compte fidelle. C'eft à vous qu'il appartient de juger.

De Barbeirac.

Barbeirac eft le feul commentateur dont on faffe plus de cas que de fon auteur. Il traduifit & commenta le fatras de *Puffendorf;* mais il l'enrichit d'une préface qui fit feule débiter le livre. Il remonte, dans cette préface, aux fources de la morale ; & il a la candeur hardie de faire voir que les pères de l'Eglife n'ont pas toujours connu cette morale pure, qu'ils l'ont défigurée par d'étranges allégories ; comme lorfqu'ils difent que le lambeau de drap rouge expofé à la fenêtre par la cabaretière *Raab*, est visiblement le sang de JESUS-CHRIST ; que *Moïse* étendant les bras pendant la bataille contre les Amalécites, est la croix sur laquelle JESUS expire; que les baisers de la Suna-mite font le mariage de JESUS-CHRIST avec son Eglise; que la grande porte de l'arche de *Noé* désigne le corps humain, la petite porte désigne l'anus &c. &c.

Barbeirac ne peut souffrir, en fait de morale, qu'*Augustin* devienne persécuteur après avoir prêché la tolérance. Il condamne hautement les injures gros-sières que *Jérôme* vomit contre ses adversaires, & surtout contre *Rufin*, & contre *Vigilantius*. Il relève les contradictions qu'il remarque dans la morale des pères ; il s'indigne qu'ils aient quelquefois inspiré la haine de la patrie, comme *Tertullien* qui défend positivement aux chrétiens de porter les armes pour le salut de l'empire.

Barbeirac eut de violens adversaires qui l'accu-sèrent de vouloir détruire la religion chrétienne, en rendant ridicules ceux qui l'avaient soutenue par des travaux infatigables. Il se défendit : mais il laisse paraître dans sa défense un si profond mépris pour les pères de l'Eglise; il témoigne tant de dédain pour leur fausse éloquence, & pour leur dialectique; il leur préfère si hautement *Confucius*, *Socrate*, *Zaleucus*, *Cicéron*, l'empereur *Antonin*, *Epictète;* qu'on voit bien que *Barbeirac* est plutôt le zélé partisan de la justice éternelle, & de la loi naturelle donnée de DIEU aux hommes, que l'adorateur des saints mystères du christianisme. S'il s'est trompé en pensant que DIEU est le père de tous les hommes, s'il a eu le malheur de ne pas voir que DIEU ne peut aimer que les chrétiens foumis de cœur & d'efprit ; fon erreur eft du moins d'une belle ame ; & puifqu'il aimait les hommes, ce n'eft pas aux hommes à l'infulter : c'eft à DIEU de le juger. Certainement il ne doit pas être mis au nombre des athéiftes.

De Fréret.

L'ILLUSTRE & profond *Fréret* était fecrétaire perpétuel de l'académie des belles-lettres de Paris. Il avait fait dans les langues orientales, & dans les ténèbres de l'antiquité, autant de progrès qu'on en peut faire. En rendant juftice à fon immenfe érudition, & à fa probité, je ne prétends point excufer fon hétérodoxie. Non-feulement il était perfuadé avec *St Irénée* que JESUS était âgé de plus de cinquante ans, quand il fouffrit le dernier fupplice ; mais il croyait avec le *Targum* que JESUS n'était point né du temps d'*Hérode*, & qu'il faut rapporter fa naiffance au temps du petit roi *Jannée* fils d'*Hircan*. Les Juifs font les feuls qui aient eu cette opinion fingulière ; M. *Fréret* tâchait de l'appuyer, en prétendant que nos évangiles n'ont été écrits que plus de quarante ans après l'année où nous plaçons la mort de JESUS ; qu'ils n'ont été faits qu'en des langues étrangères, & dans des villes très-éloignées de Jérufalem, comme Alexandrie, Corinthe, Ephèfe, Antioche, Ancire, Theffalonique ; toutes villes d'un grand commerce, remplies de thérapeutes, de difciples de *Jean*, de judaïtes, de galiléens divifés en plufieurs fectes. De-là vient, dit-il, qu'il y eut un très-grand nombre d'évangiles tout différens les uns des autres , chaque fociété particulière & cachée voulant avoir le fien. *Fréret* prétend que les quatre qui font reftés canoniques ont été écrits les derniers. Il croit en rapporter des preuves inconteftables : c'eft que les premiers pères de l'Eglife citent très-fouvent des paroles qui ne fe trouvent que dans l'évangile des Egyptiens , ou dans celui des Naza-réens , ou dans celui de *St Jacques*; & que *Juftin* eft le premier qui cite expreffément les évangiles reçus.

Si ce dangereux fyftème était accrédité , il s'en-fuivrait évidemment que les livres intitulés de *Matthieu*, de *Jean* , de *Marc*, & de *Luc* , n'ont été écrits que vers le temps de l'enfance de *Juftin* , environ cent ans après notre ère vulgaire. Cela feul renverferait de fond en comble notre religion. Les mahométans qui virent leur faux prophète débiter les feuilles de fon Koran , & qui les virent après fa mort rédigées folemnellement par le calife *Abubeker* , triompheraient de nous ; ils nous diraient : *Nous n'avons qu'un Alcoran ; & vous avez eu cinquante Evangiles : nous avons précieufement confervé l'original; & vous avez choifi au bout de quelques fiècles quatre Evangiles dont vous n'avez jamais connu les dates. Vous avez fait votre religion pièce à pièce ; la nôtre a été faite d'un feul trait , comme la création. Vous avez cent fois varié , & nous n'avons changé jamais.*

Grâces au ciel nous ne fommes pas réduits à ces termes funeftes. Où en ferions-nous , fi ce que *Fréret* avance était vrai ? Nous avons affez de preuves de l'antiquité des quatre Evangiles : *St Irénée* dit expref-fément qu'il n'en faut que quatre.

J'avoue que *Fréret* réduit en poudre les pitoyables raifonnemens d'*Abadie*. Cet *Abadie* prétend que les premiers chrétiens mouraient pour les Evangiles , & qu'on ne meurt que pour la vérité. Mais cet *Abadie* reconnaît que les premiers chrétiens avaient fabriqué de faux évangiles. Donc, felon *Abadie* même , les premiers chrétiens mouraient pour le menfonge. *Abadie* devait confidérer deux chofes effentielles ; premièrement qu'il n'eft écrit nulle part que les premiers martyrs aient été interrogés par les magiftrats fur les Evangiles ; fecondement qu'il y a des martyrs dans toutes les communions. Mais fi *Fréret* terraffe *Abadie* , il eft renverfé lui-même par les miracles que nos quatre faints Evangiles véritables ont opéré. Il nie les miracles , mais on lui oppofe une nuée de témoins ; il nie les témoins , & alors il ne faut que le plaindre.

Je conviens avec lui qu'on s'eft fervi fouvent de fraudes pieufes ; je conviens qu'il eft dit dans l'appendix du premier concile de Nicée , que pour diftinguer tous les livres canoniques des faux , on les mit pêle-mêle fur une grande table , qu'on pria le St Efprit de faire tomber à bas tous les apocryphes ; auffitôt ils tombèrent , & il ne refta que les véritables. J'avoue enfin que l'Eglife a été inondée de fauffes légendes. Mais de ce qu'il y a eu des menfonges & de la mauvaife foi , s'enfuit-il qu'il n'y ait eu ni vérité ni candeur ? Certainement *Fréret* va trop loin ; il renverfe tout l'édifice , au lieu de le réparer ; il conduit comme tant d'autres le lecteur à l'adoration d'un feul DIEU , fans la médiation du CHRIST. Mais du moins fon livre refpire une modération qui lui ferait prefque pardonner fes erreurs ; il ne prêche

que l'indulgence & la tolérance ; il ne dit point
d'injures cruelles aux chrétiens comme milord
Bolingbroke ; il ne se moque point d'eux comme le
curé *Rabelais* , & le curé *Swift*. C'est un philosophe
d'autant plus dangereux qu'il est très-instruit , très-
conséquent , & très-modeste. Il faut espérer qu'il se
trouvera des savans qui le réfuteront mieux qu'on n'a
fait jusqu'à présent.

Son plus terrible argument est que si DIEU avait
daigné se faire homme & juif , & mourir en Pales-
tine par un supplice infame , pour expier les crimes
du genre-humain , & pour bannir le péché de la
terre ; il ne devait plus y avoir ni péché ni crime :
cependant, dit-il, les chrétiens ont été des monstres
cent fois plus abominables que tous les sectateurs
des autres religions ensemble. Il en apporte pour
preuve évidente les massacres , les roues , les gibets ,
& les bûchers , des Cévènes , & près de cent mille
hommes égorgés dans cette province sous nos yeux ;
les massacres des vallées de Piémont ; les massacres de
la Valteline du temps de *Charles Borromée ;* les massacres des anabaptistes massacreurs & massacrés en
Allemagne ; les massacres des luthériens & des papistes
depuis le Rhin jusqu'au fond du Nord ; les massacres
d'Irlande , d'Angleterre , & d'Ecosse , du temps de
Charles I massacré lui-même ; les massacres ordonnés
par *Marie* & par *Henri VIII* son père ; les massacres
de la Saint-Barthelemi en France , & quarante ans
d'autres massacres depuis *François II* jusqu'à l'entrée
de *Henri IV* dans Paris ; les massacres de l'inquisition,
peut-être plus abominables encore , parce qu'ils se
font juridiquement ; enfin les massacres de douze

millions

millions d'habitans du nouveau monde, exécutés le crucifix à la main ; fans compter tous les maffacres faits précédemment au nom de JESUS-CHRIST depuis *Conflantin* ; & fans compter encore plus de vingt fchifmes & de vingt guerres de papes contre papes, & d'évêques contre évêques, les empoifonnemens, les affaffinats, les rapines des papes *Jean XI*, *Jean XII*, des *Jean XVIII*, des *Grégoire VII*, des *Boniface VIII*, des *Alexandre VI*, & de quelques autres papes qui paffèrent de fi loin en fcélérateffe les *Néron* & les *Caligula*. Enfin il remarque que cette épouvantable chaîne prefque perpétuelle de guerres de religion, pendant quatorze cents années, n'a jamais fubfifté que chez les chrétiens ; & qu'aucun peuple, hors eux, n'a fait couler une goutte de fang pour des argumens de théologie.

On eft forcé d'accorder à M. *Fréret* que tout cela eft vrai. Mais en fefant le dénombrement des crimes qui ont éclaté, il oublie les vertus qui fe font cachées ; il oublie furtout que les horreurs infernales dont il fait un fi prodigieux étalage, font l'abus de la religion chrétienne, & n'en font pas l'efprit. Si JESUS-CHRIST n'a pas détruit le péché fur la terre, qu'eft-ce que cela prouve ? On en pourrait inférer tout au plus, avec les janféniftes, que JESUS-CHRIST n'eft pas venu pour tous, mais pour plufieurs, *pro vobis & pro multis*. Mais fans comprendre les hauts myftères, contentons-nous de les adorer, & furtout n'accufons pas cet homme illuftre d'avoir été athéifte.

De Boulanger.

Nous aurions plus de peine à juſtifier le ſieur *Boulanger* , directeur des ponts & chauſſées. Son *Chriſtianiſme dévoilé* n'eſt pas écrit avec la méthode & la profondeur d'érudition & de critique, qui caractériſent le ſavant *Fréret*. *Boulanger* eſt un philoſophe audacieux qui remonte aux ſources ſans daigner ſonder les ruiſſeaux. Ce philoſophe eſt auſſi chagrin qu'intrépide, Les horreurs dont tant d'Egliſes chrétiennes ſe ſont ſouillées depuis leur naiſſance ; les lâches barbaries des magiſtrats qui ont immolé tant d'honnêtes citoyens aux prêtres ; les princes qui, pour leur plaire , ont été d'infames perſécuteurs ; tant de folies dans les querelles eccléſiaſtiques , tant d'abominations dans ces querelles ; les peuples égorgés ou ruinés ; les trônes de tant de prêtres compoſés des dépouilles , & cimentés du ſang , des hommes ; ces guerres affreuſes de religion dont le chriſtianiſme ſeul a inondé la terre ; ce chaos énorme d'abſurdités & de crimes , remue l'imagination du ſieur *Boulanger* avec une telle puiſſance , qu'il va , dans quelques endroits de ſon livre , juſqu'à douter de la Providence divine. Fatale erreur que les bûchers de l'inquiſition , & nos guerres religieuſes excuſeraient peut-être, ſi elle pouvait être excuſable ; mais nul prétexte ne peut juſtifier l'athéiſme. Quand tous les chrétiens ſe feraient égorgés les uns les autres ; quand ils auraient dévoré les entrailles de leurs frères aſſaſſinés pour des argumens ; quand il ne reſterait qu'un ſeul chrétien ſur la terre ; il faudrait qu'en regardant le ſoleil il reconnût

& adorât l'être éternel ; il pourrait dire dans sa douleur : Mes pères & mes frères ont été des monstres,
mais DIEU est DIEU.

De Montesquieu.

LE plus modéré & le plus fin des philosophes a
été le président de *Montesquieu*. Il ne fut que plaisant
dans ses *Lettres persanes ;* il fut délié & profond dans
son *Esprit des lois.* Cet ouvrage rempli d'ailleurs de
choses excellentes , & de fautes , semble fondé sur
la loi naturelle , & sur l'indifférence des religions :
c'est-là surtout ce qui lui fit tant de partisans & tant
d'ennemis. Mais les ennemis cette fois furent vaincus
par les philosophes. Un cri long-temps retenu s'éleva
de tous côtés. On vit enfin à découvert les progrès
du théisme qui jetait depuis long-temps de profondes
racines. La sorbonne voulut censurer l'*Esprit des lois ;*
mais elle sentit qu'elle ferait censurée par le public ,
elle garda le silence. Il n'y eut que quelques misérables
écrivains obscurs , comme un abbé *Guyon* & un
jésuite , qui dirent des injures au président de *Montesquieu ;* & ils en devinrent plus obscurs encore ,
malgré la célébrité de l'homme qu'ils attaquaient.
Ils auraient rendu plus de service à notre religion ,
s'ils avaient combattu avec des raisons ; mais ils ont
été de mauvais avocats d'une bonne cause.

De la Métrie.

DEPUIS ce temps, ce fut un déluge d'écrits contre .
le chriſtianiſme. Le médecin *la Métrie* , le meilleur
commentateur de *Boerhaave*, abandonna la médecine
du corps, pour ſe dònner, diſait-il, à la médecine
de l'ame. Mais ſon *Homme machine* fit voir aux théologiens qu'il ne donnait que du poiſon. Il était lecteur
du roi de Pruſſe , & membre de ſon académie de
Berlin. Le monarque , content de ſes mœurs & de
ſes ſervices , ne daigna pas ſonger ſi *la Métrie* avait
eu des opinions erronées en théologie ; il ne penſa
qu'au phyſicien, à l'académicien; & en cette qualité
la Métrie eut l'honneur que ce héros philoſophe
daignât faire ſon éloge funéraire. Cet éloge fut lu à
l'académie par un ſecrétaire de ſes commandemens.
Un roi gouverné par un jéſuite eût pu proſcrire *la
Métrie* & ſa mémoire ; un roi qui n'était gouverné que
par la raiſon , ſépara le philoſophe de l'impie , &
laiſſant à DIEU le ſoin de punir l'impiété , protégea
& loua le mérite.

Du curé Meſlier.

LE curé *Meſlier* eſt le plus ſingulier phénomène
qu'on ait vu parmi tous ces météores funeſtes à la
religion chrétienne. Il était curé du village d'Etre-
pigni en Champagne près de Rocroy , & deſſervait
auſſi une petite paroiſſe annexe nommée *But*. Son
père était un ouvrier en ſerge du village de Mazerni
dépendant du duché de Rethel. Cet homme de

mœurs irréprochables, & affidu à tous fes devoirs, donnait tous les ans aux pauvres de fes paroiffes ce qui lui reftait de fon revenu. Il mourut en 1733, âgé de cinquante-cinq ans. On fut bien furpris de trouver chez lui trois gros manufcrits de trois cents foixante & fix feuillets chacun, tous trois de fa main, & fignés de lui, intitulés *mon teflament*. Il avait écrit fur un papier gris qui enveloppait un des trois exemplaires adreffés à fes paroiffiens, ces paroles remarquables :

,, J'ai vu & reconnu les erreurs, les abus, les ,, vanités, les folies, les méchancetés, des hommes. ,, Je les hais & détefte; je n'ai ofé le dire pendant ,, ma vie, mais je le dirai au moins en mourant; ,, & c'eft afin qu'on le fache que j'écris ce préfent ,, mémoire, afin qu'il puiffe fervir de témoignage ,, à la vérité, à tous ceux qui le verront & qui le ,, liront, fi bon leur femble. ,,

Le corps de l'ouvrage eft une réfutation naïve & groffière de tous nos dogmes, fans en excepter un feul. Le ftyle eft très-rebutant, tel qu'on devait l'attendre d'un curé de village. Il n'avait eu d'autre fecours pour compofer cet étrange écrit, contre la Bible & contre l'Eglife, que la Bible elle-même, & quelques pères. Des trois exemplaires, il y en eut un que le grand-vicaire de Reims retint; un autre fut envoyé à M. le garde-des-fceaux *Chauvelin*; le troifième refta au greffe de la juftice du lieu. Le comte de *Cailus* eut quelque temps entre les mains une de ces trois copies; & bientôt après il y en eut plus de cent dans Paris, que l'on vendait dix louis la pièce. Plufieurs curieux confervent encore ce trifte & dangereux monument. Un prêtre qui s'accuſe en mourant d'avoir profeſſé & enſeigné la religion chrétienne , fit une impreſſion plus forte ſur les eſprits que les *Penſées de Paſcal.*

On devait plutôt, ce me ſemble, réfléchir ſur le travers d'eſprit de ce mélancolique prêtre , qui voulait délivrer ſes paroiſſiens du joug d'une religion prêchée vingt ans par lui-même. Pourquoi adreſſer ce teſta-ment à des hommes agreſtes qui ne ſavaient pas lire? & s'ils avaient pu lire , pourquoi leur ôter un joug ſalutaire , une crainte néceſſaire qui ſeule peut préve-nir les crimes ſecrets ? La croyance des peines & des récompenſes après la mort eſt un frein dont le peuple a beſoin. La religion bien épurée ſerait le premier lien de la ſociété.

Ce curé voulait anéantir toute religion , & même la naturelle. Si ſon livre avait été bien fait , le carac-tère dont l'auteur était revêtu en aurait trop impoſé aux lecteurs. On en a fait pluſieurs petits abrégés , dont quelques-uns ont été imprimés ; ils ſont heu-reuſement purgés du poiſon de l'athéiſme.

Ce qui eſt encore plus ſurprenant , c'eſt que dans le même temps il y eut un curé de Bonne-nouvelle auprès de Paris, qui oſa de ſon vivant écrire contre la religion qu'il était chargé d'enſeigner ; il fut exilé ſans bruit par le gouvernement. Son manuſcrit eſt d'une rareté extrême.

Long-temps avant ce temps-là l'évêque du Mans, *Lavardin*, avait donné en mourant un exemple non moins ſingulier : il ne laiſſa pas à la vérité de teſta-ment contre la religion qui lui avait procuré un évêché ; mais il déclara qu'il la déteſtait ; il refuſa les facremens de l'Eglife ; & jura qu'il n'avait jamais confacré le pain & le vin en difant la meffe , ni eu aucune intention de baptifer les enfans , & de donner les ordres , quand il avait baptifé des chrétiens , & ordonné des diacres & des prêtres. Cet évêque fe fefait un plaifir malin d'embarraffer tous ceux qui auraient reçu de lui les facremens de l'Eglife : il riait en mourant des fcrupules qu'ils auraient , & il jouif-fait de leurs inquiétudes : on décida qu'on ne rebap-tiferait & qu'on ne réordonnerait perfonne ; mais quelques prêtres fcrupuleux fe firent ordonner une feconde fois. Du moins l'évêque *Lavardin* ne laiffa point après lui de monument contre la religion chré-tienne : c'était un voluptueux qui riait de tout ; au lieu que le curé *Meflier* était un homme fombre , & un enthoufiafte ; d'une vertu rigide, il eft vrai, mais plus dangereux par cette vertu même.

LETTRE VIII.

Sur l'Encyclopédie.

MONSEIGNEUR,

VOTRE alteffe demande quelques détails fur l'Encyclopédie ; j'obéis à vos ordres. Cet immenfe projet fut conçu par meffieurs *Diderot* & d'*Alembert* , deux philofophes qui font honneur à la France : l'un a été diftingué par les générofités de l'impératrice de Ruffie ; & l'autre par le refus d'une fortune écla-tante offerte par cette impératrice , mais que fa philofophie même ne lui a pas permis d'accepter. M. le chevalier de *Jaucourt*, d'une ancienne maifon qu'il illuftre par fes vaftes connaiffances comme par fes vertus, fe joignit à ces deux favans, & fe fignala par un travail infatigable.

Ils furent aidés par M. le comte d'*Hérouville*, lieutenant-général des armées du roi, profondément inftruit de tous les arts qui peuvent tenir à votre grand art de la guerre; par M. le comte de *Treffan* auffi lieutenant-général, dont les différens mérites font univerfellement reconnus; par M. de *Saint-Lambert* ancien officier, qui en fefant des vers-mieux que *Chapelle*, n'en a pas moins approfondi ce qui regarde les armes. Plufieurs autres officiers-généraux ont donné d'excellens mémoires de tactique.

D'habiles ingénieurs ont enrichi ce dictionnaire de tout ce qui concerne l'attaque & la défenfe des places. Des préfidens & des confeillers des parlemens ont fourni plufieurs articles fur la jurifprudence. Enfin, il n'y a point de fcience, d'art, de profeffion, dont les plus grands maîtres n'aient à l'envi enrichi ce dictionnaire. C'eft le premier exemple, & le dernier peut-être fur la terre, qu'une foule d'hommes fupérieurs fe foient empreffés fans aucun intérêt, fans aucune vue particulière, fans même celle de la gloire, (puifque quelques-uns fe font cachés,) à former ce dépôt immortel des connaiffances de l'efprit humain.

Cet ouvrage fut entrepris fous les aufpices & fous les yeux du comte d'*Argenfon*, miniftre d'Etat capable de l'entendre, & digne de le protéger. Le veftibule de ce prodigieux édifice eft un difcours préliminaire composé par M. d'*Alembert*. J'ose dire hardiment que ce discours, applaudi de toute l'Europe, parut supérieur à la méthode de *Descartes*, & égal à tout ce que l'illustre chancelier *Bacon* avait écrit de mieux. S'il y a dans le cours de l'ouvrage des articles frivoles, & d'autres qui sentent plutôt le déclamateur que le philosophe, ce défaut est bien réparé par la quantité prodigieuse d'articles profonds & utiles. Les éditeurs ne purent refuser quelques jeunes gens qui voulurent, dans cette collection, mettre leurs essais à côté des chef-d'œuvres des maîtres. On laissa gâter ce grand ouvrage par politesse; c'est le sallon d'*Apollon* où des peintres médiocres ont quelquefois mêlé leurs tableaux à ceux des *Vanlo* & des *Lemoine*. Mais votre altesse a bien dû s'apercevoir, en parcourant l'Encyclopédie, que cet ouvrage est précifément le contraire des autres collections, c'est-à-dire que le bon l'emporte de beaucoup sur le mauvais.

Vous sentez bien que dans une ville telle que Paris, plus remplie de gens de lettres que ne le furent jamais Athènes & Rome, ceux qui ne furent pas admis à cette entreprise importante s'élevèrent contre elle. Les jésuites commencèrent; ils avaient voulu travailler aux articles de théologie, & ils avaient été refusés. Il n'en fallait pas plus pour accuser les encyclopédistes d'irréligion, c'est la marche ordinaire. Les janséniftes voyant que leurs rivaux sonnaient l'alarme, ne restèrent pas tranquilles. Il fallait bien montrer plus de zèle que ceux auxquels ils avaient tant reproché une morale commode.

Si les jésuites crièrent à l'impiété, les janséniftes hurlèrent. Il se trouva un convulfionnaire ou

convulfionifte nommé *Abraham Chaumeix*, qui préfenta à des magiftrats une accufation en forme, intitulée *Préjugés légitimes contre l'Encyclopédie*, dont le
premier tome paraiffait à peine ; c'était un étrange
affemblage que ces mots de *préjugé*, qui fignifie proprement illufion, & *légitime* qui ne convient qu'à ce
qui eft raifonnable. Il pouffa fes préjugés très-illé-
gitimes jufqu'à dire que fi le venin ne paraiffait pas
dans le premier volume, on l'apercevrait fans doute
dans les fuivans. Il rendait les encyclopédiftes coupables, non pas de ce qu'ils avaient dit, mais de ce
qu'ils diraient.

Comme il faut des témoins dans un procès criminel, il produifait *St Auguftin* & *Cicéron ;* & ces témoins
étaient d'autant plus irréprochables qu'on ne pouvait
convaincre *Abraham Chaumeix* d'avoir eu avec eux le
moindre commerce. Les cris de quelques énergumènes, joints à ceux de cet infenfé, excitèrent une
affez longue perfécution ; mais qu'eft-il arrivé ? la
même chofe qu'à la faine philofophie, à l'émétique,
à la circulation du fang, à l'inoculation : tout cela
fut profcrit pendant quelque temps ; & a triomphé
enfin de l'ignorance, de la bêtife, & de l'envie ; le
Dictionnaire encyclopédique, malgré fes défauts, a fubfifté ; & *Abraham Chaumeix* eft allé cacher fa honte à
Mofcou. On dit que l'impératrice l'a forcé à être
fage ; c'eft un des prodiges de fon règne.

LETTRE IX.

Sur les Juifs.

DE tous ceux qui ont attaqué la religion chrétienne dans leurs écrits, les Juifs feraient peut-être les plus à craindre; & fi on ne leur oppofait pas les miracles de notre Seigneur JESUS-CHRIST, il ferait fort difficile à un favant médiocre de leur tenir tête. Ils fe regardent comme les fils aînés de la maifon, qui en perdant leur héritage ont confervé leurs titres. Ils ont employé une fagacité profonde à expliquer toutes les prophéties à leur avantage. Ils prétendent que la loi de *Moïfe* leur a été donnée pour être éternelle; qu'il eft impoffible que DIEU ait changé, & qu'il fe foit parjuré; que notre Sauveur lui-même en eft convenu. Ils nous objectent que felon JESUS-CHRIST aucun point, aucun iota de la loi ne doit être tranfgreffé; que JESUS était venu pour accomplir la loi, & non pour l'abolir; qu'il en a obfervé tous les commandemens; qu'il a été circoncis; qu'il a gardé le fabbat, folemnifé toutes les fêtes; qu'il eft né juif; qu'il a vécu juif, qu'il eft mort juif; qu'il n'a jamais inftitué une religion nouvelle; que nous n'avons pas une feule ligne de lui; que c'eft nous, & non pas lui, qui avons fait la religion chrétienne.

Il ne faut pas qu'un chrétien hafarde de difputer contre un juif, à moins qu'il ne fache la langue hébraïque comme fa langue maternelle; ce qui feul peut le mettre en état d'entendre les prophéties, &

de répondre aux rabbins. Voici comme s'exprime *Joseph Scaliger* dans ses *Excerpta* : ,, Les Juifs font ,, fubtils ; que *Juſtin* a écrit miférablement contre ,, *Triphon* ! & *Tertullien* plus mal encore ! Qui veut ,, réfuter les Juifs , doit connaître à fond le judaïfme. ,, Quelle honte ! Les chrétiens écrivent contre les ,, chrétiens , & n'ofent écrire contre les Juifs. ,,

Le *Toldos Jeſchut* eſt le plus ancien écrit juif qui nous ait été tranfmis contre notre religion. C'eſt une vie de JESUS-CHRIST toute contraire à nos faints Evangiles ; elle paraît être du premier fiècle , & même écrite avant les Evangiles ; car l'auteur ne parle pas d'eux , & probablement il aurait tâché de les réfuter s'il les avait connus. Il fait JESUS fils adultérin de *Miriah* ou *Mariah* , & d'un foldat nommé *Joseph Panter ;* il raconte que lui & *Judas* voulurent chacun fe faire chef de feɛte ; que tous deux femblaient opérer des prodiges , par la vertu du nom de *Jéhova* qu'ils avaient appris à prononcer comme il le faut pour faire les conjurations. C'eſt un ramas de rêveries rabbiniques fort au-deffous des *Mille & une nuits. Origène* le réfuta , & c'était le feul qui le pouvait faire ; car il fut prefque le feul père grec favant dans la langue hébraïque.

Les juifs théologiens n'écrivirent guère plus raifonnablement jufqu'au onzième fiècle : alors éclairés par les Arabes devenus la feule nation favante , ils mirent plus de jugement dans leurs ouvrages : ceux du rabbin *Abén-Efra* furent très-eſtimés : il fut chez les Juifs le fondateur de la raifon , autant qu'on la peut admettre dans les difputes de ce genre. *Spinoſa* s'eſt beaucoup fervi de fes ouvrages.

Long-temps après *Aben-Efra* , vint *Maimonides* au treizième fiècle : il eut encore plus de réputation. Depuis ce temps-là jufqu'au feizième , les Juifs eurent des livres intelligibles , & par conféquent dangereux ; ils en imprimèrent quelques-uns dès la fin du fiècle quinzième. Le nombre de leurs manufcrits était confidérable. Les théologiens chrétiens craignirent la féduction ; ils firent brûler les livres juifs fur lefquels ils purent mettre la main ; mais ils ne purent ni trouver tous les livres , ni convertir jamais un feul homme de cette religion. On a vu, il eft vrai, quelques juifs feindre d'abjurer , tantôt par avarice, tantôt par terreur ; mais aucun n'a jamais embraffé le chriftianifme de bonne foi : un carthaginois aurait plutôt pris le parti de Rome , qu'un juif ne fe ferait fait chrétien. *Orobio* parle de quelques rabbins efpagnols & arabes qui abjurèrent , & devinrent évêques en Efpagne ; mais il fe garde bien de dire qu'ils euffent renoncé de bonne foi à leur religion.

Les Juifs n'ont point écrit contre le mahométifme ; ils ne l'ont pas à beaucoup près dans la même horreur que notre doctrine ; la raifon en eft évidente ; les mufulmans ne font point un Dieu de JESUS-CHRIST.

Par une fatalité qu'on ne peut affez déplorer, plufieurs favans chrétiens ont quitté leur religion pour le judaïfme. *Rittangel* profeffeur des langues orientales à Konigsberg, dans le dix-feptième fiècle , embraffa la loi mofaïque. *Antoine*, miniftre à Genève, fut brûlé pour avoir abjuré le chriftianifme en faveur du judaïfme en 1632. Les Juifs le comptent parmi les martyrs qui leur font le plus d'honneur. Il fallait que fa malheureufe perfuafion fût bien forte, puifqu'il aima mieux fouffrir le plus affreux fupplice que fe rétraĉter.

On lit dans le *Niffachon Vetus*, c'eft-à-dire le livre de l'ancienne viĉtoire, un trait concernant la fupériorité de la loi mofaïque fur la chrétienne & fur la perfane, qui eft bien dans le goût oriental. Un roi ordonne à un juif, à un galiléen, & à un mahométan, de quitter chacun fa religion ; & leur laiffe la liberté de choifir une des deux autres ; mais s'ils ne changent pas, le bourreau eft là qui va leur trancher la tête. Le chrétien dit : Puifqu'il faut mourir ou changer, j'aime mieux être de la religion de *Moïfe* que de celle de *Mahomet ;* car les chrétiens font plus anciens que les mufulmans, & les Juifs plus anciens que JESUS ; je me fais donc juif. Le mahométan dit : Je ne puis me faire chien de chrétien, j'aime encore mieux me faire chien de juif, puifque ces juifs ont le droit de primauté. Sire, dit le juif, votre majefté voit bien que je ne puis embraffer ni la loi du chrétien, ni celle du mahométan, puifque tous deux ont donné la préférence à la mienne. Le roi fut touché de cette raifon, renvoya fon bourreau, & fe fit juif. Tout ce qu'on peut inférer de cette hiftoriette, c'eft que les princes ne doivent pas avoir des bourreaux pour apôtres.

Cependant les Juifs ont eu des doĉteurs rigides & fcrupuleux, qui ont craint que leurs compatriotes ne fe laiffaffent fubjuguer par les chrétiens. Il y a eu entre autres un rabbin nommé *Beccai*, dont voici les paroles. *Les fages défendent de prêter de l'argent à un chrétien, de peur que le créancier ne foit corrompu par le débiteur. Mais*

*un juif peut emprunter d'un chrétien, sans crainte d'être
séduit par lui ; car le débiteur évite toujours son créancier.*

Malgré ce beau conseil, les Juifs ont toujours prêté
à une grosse usure aux chrétiens, & n'en ont pas été
plus convertis.

Après le fameux *Niffachon Vetus*, nous avons la
relation de la dispute du rabbin *Zéchiel*, & du domi-
nicain frère *Paul* dit *Ciriaque*. C'est une conférence
tenue entre ces deux savans hommes en 1263, en
présence de dom *Jacques* roi d'Arragon, & de la reine
sa femme. Cette conférence est très-mémorable. Les
deux athlètes étaient savans dans l'hébreu, & dans
l'antiquité. Le *Talmud*, le *Targum*, les archives du
sanhédrin, étaient sur la table. On expliquait en
espagnol les endroits contestés. *Zéchiel* soutenait que
JESUS avait été condamné sous le roi *Alexandre Jannée*,
& non sous *Hérode* le tétrarque, conformément à ce
qui est rapporté dans le *Toldos Jeschut*, & dans le
Talmud. Vos évangiles, disait-il, n'ont été écrits que
vers le commencement de votre second siècle, & ne
sont point authentiques comme notre *Talmud*. Nous
n'avons pu crucifier celui dont vous nous parlez du
temps d'*Hérode* le tétrarque, puisque nous n'avions
pas alors le droit du glaive ; nous ne pouvons l'avoir
crucifié, puisque ce supplice n'était point en usage
parmi nous. Notre *Talmud* porte que celui qui périt
du temps de *Jannée* fut condamné à être lapidé. Nous
ne pouvons pas plus croire vos Evangiles que les
lettres prétendues de *Pilate* que vous avez supposées.
Il était aisé de renverser cette vaine érudition rabbi-
nique. La reine finit la dispute en demandant aux
juifs pourquoi ils puaient ?

Ce même *Zéchiel* eut encore plusieurs autres confé-
rences dont un de ses disciples nous rend compte.
Chaque parti s'attribua la victoire, quoiqu'elle ne
pût être que du côté de la vérité.

Le *Rempart de la foi* écrit par un juif nommé *Isaac*,
trouvé en Afrique, est bien supérieur à la relation de
Zéchiel, qui est très-confuse, & remplie de puérilités.
Isaac est méthodique & très-bon dialecticien : jamais
l'erreur n'eut peut-être un plus grand appui. Il a
rassemblé sous cent propositions toutes les difficultés
que les incrédules ont prodiguées depuis.

C'est là qu'on voit les objections contre les deux
généalogies de JESUS-CHRIST qui sont différentes
l'une de l'autre.

Contre les citations des passages des prophètes qui
ne se trouvent point dans les livres juifs.

Contre la divinité de JESUS-CHRIST, qui n'est pas
expressément annoncée dans les Evangiles, mais qui
n'en est pas moins prouvée par les saints conciles.

Contre l'opinion que JESUS n'avait point de frères
ni de sœurs.

Contre les différentes relations des évangélistes que
l'on a cependant conciliées.

Contre l'histoire du *Lazare*.

Contre les prétendues falsifications des anciens
livres canoniques.

Enfin les incrédules les plus déterminés n'ont
presque rien allégué qui ne soit dans ce *Rempart de la
foi* du rabbin *Isaac*. On ne peut faire un crime aux Juifs
d'avoir essayé de soutenir leur antique religion aux
dépens

dépens de la nôtre : on ne peut que les plaindre ; mais quels reproches ne doit-on pas faire à ceux qui ont profité des difputes des chrétiens & des Juifs , pour combattre l'une & l'autre religion ! Plaignons ceux qui, effrayés de dix-fept fiècles de contradictions , & laffés de tant de difputes , fe font jetés dans le théifme, & n'ont voulu admettre qu'un Dieu avec une morale pure. S'ils ont confervé la charité, ils ont abandonné la foi ; ils ont cru être hommes au lieu d'être chrétiens. Ils devaient être foumis, & ils n'ont afpiré qu'à être fages! Mais combien la folie de la croix eft-elle fupérieure à cette fageffe! comme dit l'apôtre *Paul*.

D'Orobio.

Orobio était un rabbin fi favant qu'il n'avait donné dans aucune des rêveries qu'on reproche à tant d'autres rabbins ; profond fans être obfcur, poffédant les belles-lettres, homme d'un efprit agréable, & d'une extrême politeffe. *Philippe Limborch*, théologien du parti des arminiens dans Amfterdam, fit connaif-fance avec lui vers l'an 1685 : ils difputèrent long-temps enfemble, mais fans aucune aigreur, & comme deux amis qui veulent s'éclairer. Les converfations éclairciffent bien rarement les fujets qu'on traite ; il eft difficile de fuivre toujours le même objet, & de ne pas s'égarer ; une queftion en amène une autre. On eft tout étonné au bout d'un quart d'heure de fe trouver hors de fa route. Ils prirent le parti de mettre par écrit les objections & les réponfes, qu'ils firent enfuite imprimer tous deux en 1687. C'eft peut-être la

première dispute entre deux théologiens dans laquelle
on ne se soit pas dit des injures ; au contraire, les deux
adversaires se traitent l'un & l'autre avec respect.

Limborch réfute les sentimens du très-savant &
très-illustre juif, qui réfute avec les mêmes formules
les opinions du très-savant & très-illustre chrétien.
Orobio même ne parle jamais de JESUS-CHRIST
qu'avec la plus grande circonspection. Voici le précis
de la dispute.

Orobio soutient d'abord que jamais il n'a été
ordonné aux Juifs par leur loi de croire à un messie.

Qu'il n'y a aucun passage dans l'ancien Testament
qui fasse dépendre le salut d'Israël de la foi au messie.

Qu'on ne trouve nulle part qu'Israël ait été menacé
de n'être plus le peuple choisi, s'il ne croyait pas au
futur messie.

Que dans aucun endroit il n'est dit que la loi
judaïque soit l'ombre & la figure d'une autre loi ;
qu'au contraire il est dit par-tout que la loi de *Moïse*
doit être éternelle.

Que tout prophète même qui ferait des miracles
pour changer quelque chose à la loi mosaïque, devait
être puni de mort.

Qu'à la vérité quelques prophètes ont prédit aux
Juifs, dans leurs calamités, qu'ils auraient un jour un
libérateur ; mais que ce libérateur serait le soutien de
la loi mosaïque, au lieu d'en être le destructeur.

Que les Juifs attendent toujours un messie, lequel
serait un roi puissant & juste.

Qu'une preuve de l'immutabilité éternelle de la
religion mosaïque est que les Juifs dispersés sur toute
la terre n'ont jamais cependant changé une seule

virgule à leur loi ; & que les Ifraélites de Rome,
d'Angleterre, de Hollande, d'Allemagne, de Pologne,
de Turquie, de Perfe, ont conftamment tenu la même
doctrine depuis la prife de Jérufalem par *Titus*, fans
que jamais il fe foit élevé parmi eux la plus petite
fecte, qui fe foit écartée d'une feule obfervance &
d'une feule opinion de la nation ifraélite.

Qu'au contraire, les chrétiens ont été divifés entre
eux dès la naiffance de leur religion.

Qu'ils font encore partagés en beaucoup plus de
fectes qu'ils n'ont d'Etats ; & qu'ils fe font pourfuivis
à feu & à fang, les uns les autres pendant plus de
douze fiècles entiers. Que fi l'apôtre *Paul* trouva bon
que les Juifs continuaffent à obferver tous les préceptes
de leur loi, les chrétiens d'aujourd'hui ne devaient
pas leur reprocher de faire ce que l'apôtre *Paul* leur
a permis.

Que ce n'eft point par haine & par malice qu'Ifraël
n'a point reconnu JESUS ; que ce n'eft point par des
vues baffes & charnelles que les Juifs font attachés à
leur loi ancienne ; qu'au contraire, ce n'eft que dans
l'efpoir des biens céleftes qu'ils lui font fidelles,
malgré les perfécutions des Babyloniens, des Syriens,
des Romains ; malgré leur difperfion & leur opprobre ;
malgré la haine de tant de nations ; & que l'on ne doit
point appeler *charnel* un peuple entier qui eft le martyr
de DIEU depuis près de quarante fiècles.

Que ce font les chrétiens qui ont attendu des biens
charnels, témoin prefque tous les premiers pères de
l'Eglife, qui ont efpéré de vivre mille ans dans une
nouvelle Jérufalem, au milieu de l'abondance & de
toutes les délices du corps.

Qu'il eſt impoſſible que les Juifs aient crucifié le vrai meſſie, attendu que les prophètes diſent expreſſément que le meſſie viendra purger Iſraël de tout péché , qu'il ne laiſſera pas une ſeule ſouillure en Iſraël ; que ce ferait le plus horrible péché & la plus abominable ſouillure , ainſi que la contradiction la plus palpable , que DIEU envoyât ſon meſſie pour être crucifié.

Que les préceptes du Décalogue étant parfaits , toute nouvelle miſſion était entiérement inutile.

Que la loi moſaïque n'a jamais eu aucun ſens myſtique.

Que ce ferait tromper les hommes de leur dire des choſes que l'on devrait entendre dans un ſens différent de celui dans lequel elles ont été dites.

Que les apôtres chrétiens n'ont jamais égalé les miracles de *Moïſe*.

Que les évangéliſtes & les apôtres n'étaient point des hommes ſimples , puiſque *Luc* était médecin , que *Paul* avait étudié ſous *Gamaliel*, dont les Juifs ont conſervé les écrits.

Qu'il n'y avait point du tout de ſimplicité & d'idiotiſme à ſe faire apporter tout l'argent de leurs néophytes ; que *Paul*, loin d'être un homme ſimple , uſa du plus grand artifice en venant ſacrifier dans le temple , & en jurant devant *Feſtus Agrippa* qu'il n'avait rien fait contre la circonciſion, ni contre la loi du judaïſme.

Qu'enfin les contradictions qui ſe trouvent dans les Évangiles prouvent que ces livres n'ont pu être inſpirés de DIEU.

Limborch répond à toutes ces affertions par les argumens les plus forts que l'on puiffe employer. Il eut tant de confiance dans la bonté de fa caufe, qu'il ne balança pas à faire imprimer cette célébre difpute; mais comme il était du parti des arminiens, celui des gomariftes le perfécuta : on lui reprocha d'avoir expofé les vérités de la religion chrétienne à un combat dont fes ennemis pourraient triompher. *Orobio* ne fut point perfécuté dans la fynagogue.

D'Uriel Acofta.

IL arriva à *Uriel Acofta*, dans Amfterdam, à-peu-près la même chofe qu'à *Spinofa* : il quitta dans Amf-terdam le judaïfme pour la philofophie. Un efpagnol & un anglais s'étant adreffés à lui pour fe faire juifs, il les détourna de ce deffein, & leur parla contre la religion des Hébreux : il fut condamné à recevoir trente-neuf coups de fouet à la colonne, & à fe prof-terner enfuite fur le feuil de la porte ; tous les affiftans pafsèrent fur fon corps.

Il fit imprimer cette aventure dans un petit livre que nous avons encore ; & c'eft là qu'il profeffe n'être ni juif, ni chrétien, ni mahométan, mais adorateur d'un DIEU. Son petit livre eft intitulé : *Exemplaires de la vie humaine.* Le même *Limborch* réfuta *Uriel Acofta*, comme il avait réfuté *Orobio;* & le magif-trat d'Amfterdam ne fe mêla en aucune manière de ces querelles.

LETTRE X.

Sur *Spinosa*.

MONSEIGNEUR,

IL me semble qu'on a souvent aussi mal jugé la
personne de *Spinosa* que ses ouvrages. Voici ce qu'on
dit de lui dans deux dictionnaires historiques :

,, *Spinosa* avait un tel désir de s'immortaliser,
,, qu'il eût sacrifié volontiers à cette gloire la vie
,, présente, eût-il fallu être mis en pièces par un
,, peuple mutiné. Les absurdités du spinosisme ont
,, été parfaitement réfutées par *Jean Bredembourg*
,, bourgeois de Roterdam. ,,

Autant de mots, autant de faussetés. *Spinosa* était
précisément le contraire du portrait qu'on trace de
lui. On doit détester son athéisme, mais on ne doit
pas mentir sur sa personne. Jamais homme ne fut
plus éloigné en tout sens de la vaine gloire, il le faut
avouer ; ne le calomnions pas en le condamnant. Le
ministre *Colerus*, qui habita long-temps la propre
chambre où *Spinosa* mourut, avoue, avec tous ses
contemporains, que *Spinosa* vécut toujours dans une
profonde retraite, cherchant à se dérober au monde,
ennemi de toute superfluité, modeste dans la conversation, négligé dans ses habillemens, travaillant de
ses mains, ne mettant jamais son nom à aucun de
ses ouvrages : ce n'est pas là le caractère d'un ambitieux de gloire.

A l'égard de *Bredembourg* , loin de le réfuter parfaitement bien , j'ofe croire qu'il le réfuta parfaitement mal ; j'ai lu cet ouvrage , & j'en laiffe le jugement
à quiconque comme moi aura la patience de le lire.
Bredembourg fut fi loin de confondre nettement *Spinofa*,
que lui-même, effrayé de la faibleffe de fes réponfes,
devint malgré lui le difciple de celui qu'il avait attaqué : grand exemple de la mifère & de l'inconftance
de l'efprit humain.

La vie de *Spinofa* eft écrite affez en détail , & affez
connue pour que je n'en rapporte rien ici. Que votre
alteffe me permette feulement de faire avec elle une
réflexion fur la manière dont ce juif jeune encore
fut traité par la fynagogue. Accufé par deux jeunes
gens de fon âge de ne pas croire à *Moïfe*, on commença ,
pour le remettre dans le bon chemin , par l'affaffiner
d'un coup de couteau au fortir de la comédie ;
quelques-uns difent au fortir de la fynagogue; ce qui
eft plus vraifemblable.

Après avoir manqué fon corps, on ne voulut pas
manquer fon ame ; il fut procédé à l'excommunication
majeure, au grand anathème, au chammata. *Spinofa*
prétendit que les Juifs n'étaient pas en droit d'exercer
cette efpèce de jurifdiction dans Amfterdam. Le
confeil de ville renvoya la décifion de cette affaire au
confiftoire des pafteurs ; ceux-ci conclurent que fi la
fynagogue avait ce droit, le confiftoire en jouirait à
plus forte raifon : le confiftoire donna gain de caufe
à la fynagogue.

Spinofa fut donc profcrit par les Juifs avec la
grande cérémonie : le chantre juif entonna les paroles

C c 4

d'exécration ; on fonna du cors , on renverfa goutte à
goutte des bougies noires dans une cuve pleine de
fang ; on dévoua *Benoit Spinofa* à *Belzébuth* , à *Sathan* ,
& à *Aftaroth* , & toute la fynagogue cria *Amen* !

Il eft étrange qu'on ait permis un tel acte de jurifdiction qui reffemble plutôt à un fabbat de forciers
qu'à un jugement intègre. On peut croire que , fans
le coup de couteau & fans les bougies noires éteintes
dans le fang , *Spinofa* n'eût jamais écrit contre *Moïfe*
& contre D i e u. La perfécution irrite ; elle enhardit
quiconque fe fent du génie ; elle rend irréconciliable
celui que l'indulgence aurait retenu.

Spinofa renonça au judaïfme , mais fans fe faire
jamais chrétien. Il ne publia fon traité des cérémonies
fuperftitieufes, autrement *Tractatus theologico-politicus* ,
qu'en 1670 , environ huit ans après fon excommunication. On a prétendu trouver dans ce livre les
femences de fon athéïfme, par la même raifon qu'on
trouve toujours la phyfionomie mauvaife à un homme
qui a fait une méchante action. Ce livre eft fi loin de
l'athéïfme , qu'il y eft fouvent parlé de Jesus-Christ
comme de l'envoyé de D i e u. Cet ouvrage eft très-
profond, & le meilleur qu'il ait fait ; j'en condamne
fans doute les fentimens, mais je ne puis m'empêcher
d'en eftimer l'érudition. C'eft lui, ce me femble, qui
a remarqué le premier que le mot hébreu *Ruhag*, que
nous traduifons par *ame* , fignifiait chez les Juifs le
vent , le fouffle, dans fon fens naturel ; que tout ce
qui eft grand portait le nom de divin ; les cèdres de
D i e u ; les vents de D i e u ; la mélancolie de *Saül* ,
mauvais efprit de D i e u ; les hommes vertueux ,
enfans de D i e u.

C'eſt lui qui le premier a développé le dangereux ſyſtème d'*Aben-Eſra*, que le Pentateuque n'a point été écrit par *Moïſe*, ni le livre de Joſué par *Joſué* : ce n'eſt que d'après lui que *le Clerc*, pluſieurs théologiens de Hollande, & le célébre *Newton*, ont embraſſé ce ſentiment.

Newton diffère de lui ſeulement en ce qu'il attribue à *Samuël* le livre de *Moïſe*, au lieu que *Spinoſa* en fait *Eſdras* auteur. On peut voir toutes les raiſons que *Spinoſa* donne de ſon ſyſtème dans ſes VIII, IX, & X^e chapitres; on y trouve beaucoup d'exactitude dans la chronologie; une grande ſcience de l'hiſtoire, du langage, & des mœurs de ſon ancienne patrie; plus de méthode & de raiſonnement que dans tous les rabbins enſemble. Il me ſemble que peu d'écrivains avant lui avaient prouvé nettement que les Juifs reconnaiſſaient des prophètes chez les Gentils : en un mot, il a fait un uſage coupable de ſes lumières; mais il en avait de très-grandes.

Il faut chercher l'athéiſme dans les anciens philoſophes; on ne le trouve à découvert que dans les œuvres poſthumes de *Spinoſa*. Son traité de l'athéiſme n'étant point ſous ce titre, & étant écrit dans un latin obſcur, & d'un ſtyle très-ſec, M. le comte de *Boulainvilliers* l'a réduit en français ſous le titre de *Réfutation de Spinoſa* : nous n'avons que le poiſon; *Boulainvilliers* n'eut pas le temps apparemment de donner l'antidote.

Peu de gens ont remarqué que *Spinoſa*, dans ſon funeſte livre, parle toujours d'un être infini & ſuprême; il annonce DIEU en voulant le détruire. Les argumens dont *Bayle* l'accable me paraîtraient ſans réplique, fi en effet *Spinofa* admettait un DIEU; car ce DIEU n'étant que l'immenfité des chofes; ce DIEU étant à la fois la matière & la penfée, il eft abfurde, comme *Bayle* l'a très-bien prouvé, de fuppofer que DIEU foit à la fois agent & patient, caufe & fujet, fefant le mal & le fouffrant; s'aimant, fe haïffant lui-même; fe tuant, fe mangeant. Un bon efprit, ajoute *Bayle*, aimerait mieux cultiver la terre avec les dents & les ongles, que de cultiver une hypothèfe auffi choquante & auffi abfurde; car, felon *Spinofa*, ceux qui difent: Les Allemands ont tué dix mille turcs, parlent mal & fauffement; ils doivent dire : DIEU modifié en dix mille allemands, a tué DIEU modifié en dix mille turcs.

Bayle a très-grande raifon fi *Spinofa* reconnaît un DIEU; mais le fait eft qu'il n'en reconnaît point du tout, & qu'il ne s'eft fervi de ce mot facré que pour ne pas trop effaroucher les hommes.

Entêté de *Defcartes*, il abufe de ce mot également célèbre & infenfé de *Defcartes* : *Donnez-moi du mouvement & de la matière, & je vais former un monde.*

Entêté encore de l'idée incompréhenfible & anti-phyfique que tout eft plein, il s'eft imaginé qu'il ne peut exifter qu'une feule fubftance, un feul pouvoir qui raifonne dans les hommes, fent & fe fouvient dans les animaux, étincèle dans le feu, coule dans les eaux, roule dans les vents, gronde dans le tonnerre, végète fur la terre, eft étendu dans tout l'efpace.

Selon lui, tout eft néceffaire, tout eft éternel; la création eft impoffible; point de deffein dans la ftructure de l'univers, dans la permanence des efpèces, & dans la fucceffion des individus. Les oreilles ne font plus faites pour entendre , les yeux pour voir , le cœur pour recevoir & chaſſer le ſang , l'eſtomac pour digérer , la cervelle pour penſer , les organes de la génération pour donner la vie ; & des deſſeins divins ne ſont que les effets d'une néceſſité aveugle.

Voilà au juſte le ſyſtème de *Spinoſa*. Voilà , je crois , les côtés par leſquels il faut attaquer ſa citadelle ; citadelle bâtie , ſi je ne me trompe , ſur l'ignorance de la phyſique, & ſur l'abus le plus monſtrueux de la métaphyſique.

Il ſemble , & on doit s'en flatter , qu'il y ait aujourd'hui peu d'athées. L'auteur de la Henriade a dit : *Un catéchiſte annonce* DIEU *aux enfans , & Newton le démontre aux ſages.* Plus on connaît la nature , plus on adore ſon auteur.

L'athéiſme ne peut faire aucun bien à la morale , & peut lui faire beaucoup de mal. Il eſt preſque auſſi dangereux que le fanatiſme. Vous êtes , Monſeigneur, également éloigné de l'un & de l'autre , & c'eſt ce qui autoriſe la liberté que j'ai priſe de mettre la vérité ſous vos yeux ſans aucun déguiſement. J'ai répondu à toutes vos queſtions , depuis ce bouffon ſavant de *Rabelais*, juſqu'au téméraire métaphyſicien *Spinoſa.*

J'aurais pu joindre à cette liſte une foule de petits livres qui ne ſont guère connus que des bibliothé-caires ; mais j'ai craint qu'en multipliant le nombre des coupables , je ne paruſſe diminuer l'iniquité. J'eſpère que le peu que j'ai dit affermira votre alteſſe dans ſes ſentimens pour nos dogmes & pour nos écritures , quand elle verra qu'elles n'ont été com-battues que par des ſtoïciens entêtés , par des ſavans enflés de leur ſcience , par des gens du monde qui

412   LETTRE SUR SPINOSA.

ne connaissent que leur vaine raison, par des plaisans qui prennent des bons mots pour des argumens ; par des théologiens enfin qui, au lieu de marcher dans les voies de Dieu, se sont égarés dans leurs propres voies.

Encore une fois, ce qui doit consoler une ame aussi noble que la vôtre, c'est que le théisme, qui perd aujourd'hui tant d'ames ne peut jamais nuire ni à la paix des Etats, ni à la douceur de la société. La controverse a fait couler par-tout le sang, & le théisme l'a étanché. C'est un mauvais remède, je l'avoue, mais il a guéri les plus cruelles blessures. Il est excellent pour cette vie, s'il est détestable pour l'autre. Il damne sûrement son homme, mais il le rend paisible.

Votre pays a été autrefois en feu pour des argumens, le théisme y a porté la concorde. Il est clair que si *Poltrot*, *Jacques Clément*, *Jaurigni*, *Balthazar Gérard*, *Jean Châtel*, *Damiens*, *le jésuite Malagrida*, &c. &c. &c. avaient été des théistes, il y aurait eu moins de princes assassinés.

A Dieu ne plaise que je veuille préférer le théisme à la sainte religion des *Ravaillacs*, des *Damiens*, des *Malagrida*, qu'ils ont méconnue & outragée ! Je dis seulement qu'il est plus agréable de vivre avec des théistes qu'avec des *Ravaillacs* & des *Brinvilliers* qui vont à confesse ; & si votre altesse n'est pas de mon avis, j'ai tort.

CONSEILS

A UN JOURNALISTE,

Sur la philofophie, l'hiftoire, le théâtre, les pièces de poëfie, les mélanges de littérature, les anecdotes littéraires, les langues, & le ftyle.

L'OUVRAGE périodique auquel vous avez deffein de travailler, Monfieur, peut très-bien réuffir, quoi-qu'il y en ait déjà trop de cette efpèce. Vous me demandez comment il faut s'y prendre pour qu'un tel journal plaife à notre fiècle & à la poftérité. Je vous répondrai en deux mots : *Soyez impartial.* Vous avez la fcience & le goût; fi avec cela vous êtes jufte, je vous prédis un fuccès durable. Notre nation aime tous les genres de littérature, depuis les mathématiques jufqu'à l'épigramme. Aucun des journaux ne parle communément de la partie la plus brillante des belles-lettres, qui font les pièces de théâtre, ni de tant de jolis ouvrages de poëfie, qui foutiennent tous les jours le caractère aimable de notre nation. Tout peut entrer dans votre efpèce de journal, jufqu'à une chanfon qui fera bien faite, rien n'eft à dédaigner. La Grèce, qui fe vante d'avoir fait naître *Platon*, fe glorifie encore d'*Anacréon ;* & *Cicéron* ne fait point oublier *Catulle.*

Sur la philosophie.

Vous avez affez de géométrie & de phyfique pour rendre un compte exaɛt des livres de ce genre ; & vous avez affez d'efprit pour en parler avec cet art qui leur ôte leurs épines , fans les charger de fleurs qui ne leur conviennent pas.

Je vous confeillerais furtout, quand vous ferez des extraits de philofophie, d'expofer d'abord au leɛeur une efpèce d'abrégé hiftorique des opinions qu'on propofe, ou des vérités qu'on établit.

Par exemple, s'agit-il de l'opinion du *vide* ? dites en deux mots comment *Epicure* croyait le prouver ; montrez comment *Gaffendi* l'a rendu plus vraifem-blable ; expofez les degrés infinis de probabilité que *Newton* a ajouté enfin à cette opinion , par fes raifon-nemens, par fes obfervations, & par fes calculs.

S'agit-il d'un ouvrage fur la nature de l'*air* ? il eft bon de montrer d'abord qu'*Ariftote* & tous les philo-fophes ont connu fa pefanteur, mais non fon degré de pefanteur. Beaucoup d'ignorans qui voudraient au moins favoir l'hiftoire des fciences, les gens du monde, les jeunes étudians, verront avec avidité par quelle raifon & par quelles expériences le grand *Galilée* combattit le premier l'erreur d'*Ariftote* au fujet de l'*air ;* avec quel art *Torricelli* le pefa, ainfi qu'on pèfe un poids dans une balance ; comment on connut fon reffort ; comment enfin les admirables expériences de MM. *Hale* & *Boerhaave* ont découvert des effets de l'*air* , qu'on eft prefque forcé d'attribuer à des pro-priétés de la matière, inconnues jufqu'à nos jours.

Paraît-il un livre hériffé de calculs & de problèmes fur la *lumière* ? Quel plaifir ne faites - vous pas au public de lui montrer les faibles idées que l'éloquente & ignorante Grèce avait de la *réfraction;* ce qu'en dit l'arabe *Alhazen*, le feul géomètre de fon temps ; ce que devine *Antonio de Dominis ;* ce que *Defcartes* met habilement & géométriquement en ufage , quoiqu'en fe trompant ; ce que découvre ce *Grimaldi* , qui a trop peu vécu ; enfin , ce que *Newton* pouffe jufqu'aux vérités les plus déliées & les plus hardies auxquelles l'efprit humain puiffe atteindre ; vérités qui nous font voir un nouveau monde , mais qui laiffent encore un nuage derrière elles ?

Compofera-t-on quelque ouvrage fur la *gravitation* des aftres, fur cette admirable partie des démonftrations de *Newton* ? Ne vous aura-t-on pas obligation fi vous rendez l'hiftoire de cette *gravitation* des aftres, depuis *Copernic* qui l'entrevit, depuis *Kepler* qui ofa l'annoncer comme par inftinct , jufqu'à *Newton* qui a démontré à la terre étonnée, qu'elle pèfe fur le foleil, & le foleil fur elle ?

Rapportez à *Defcartes* & à *Harrot* l'art d'appliquer l'algèbre à la mefure des courbes, le calcul intégral & différentiel à *Newton*, & enfuite à *Leibnitz*. Nommez dans l'occafion les inventeurs de toutes les découvertes nouvelles. Que votre ouvrage foit un regiftre fidelle de la gloire des grands-hommes.

Surtout en expofant des opinions, en les appuyant, en les combattant, évitez les paroles injurieufes qui irritent un auteur, & fouvent toute une nation, fans éclairer perfonne. Point d'animofité , point d'ironie. Que diriez-vous d'un avocat-général qui, en réfumant tout un procès , outragerait par des mots piquans la partie qu'il condamne ? Le rôle d'un journaliſte n'eſt pas ſi reſpectable ; mais ſon devoir eſt à-peu-près le même. Vous ne croyez point l'harmonie préétablie , faudra-t-il pour cela décrier *Leibnitz?* Inſulterez-vous à *Locke* , parce qu'il croit DIEU aſſez puiſſant pour pouvoir donner , s'il le veut , la penſée à la matière ? Ne croyez-vous pas que DIEU qui a tout créé , peut rendre cette matière & ce don de penſer éternels? que s'il a créé nos ames , il peut encore créer des millions d'êtres différens de la matière & de l'ame? qu'ainſi le ſentiment de *Locke* eſt reſpectueux pour la Divinité , ſans être dangereux pour les hommes ? Si *Bayle* , qui ſavait beaucoup, a beaucoup douté, ſongez qu'il n'a jamais douté de la néceſſité d'être honnête - homme. Soyez-le donc avec lui , & n'imitez point ces petits eſprits qui outragent par d'indignes injures un illuſtre mort qu'ils n'auraient oſé attaquer pendant ſa vie.

Sur l'hiſtoire.

CE que les journaliſtes aiment peut-être le mieux à traiter, ce ſont les morceaux d'hiſtoire; c'eſt-là ce qui eſt le plus à la portée de tous les hommes , & le plus de leur goût. Ce n'eſt pas que dans le fond on ne ſoit auſſi curieux pour le moins de connaître la nature, que de ſavoir ce qu'a fait *Séſoſtris* ou *Bacchus ;* mais il en coûte de l'application pour examiner, par exemple, par quelle machine on pourrait fournir beaucoup d'eau à la ville de Paris ; ce qui nous importe pourtant aſſez ; & on n'a qu'à ouvrir les yeux pour lire les anciens contes qui nous ſont tranſmis ſous le nom

d'*hiſtoires,*

d'*hiſtoires*, leſquels on nous répète tous les jours, &
qui ne nous importent guère.

Si vous rendez compte de l'hiſtoire ancienne,
proſcrivez, je vous en conjure, toutes ces déclamations contre certains conquérans. Laiſſez *Juvénal* &
Boileau donner du fond de leur cabinet des ridicules à
Alexandre, qu'ils euſſent fatigué d'encens s'ils euſſent
vécu ſous lui ; qu'ils appellent *Alexandre* inſenſé ;
vous, philoſophe impartial, regardez dans *Alexandre*
ce capitaine-général de la Grèce ; ſemblable à-peu-
près à un *Scanderberg*, à un *Huniade*, chargé comme
eux de venger ſon pays, mais plus heureux, plus
grand, plus poli, & plus magnifique. Ne le faites pas
voir ſeulement ſubjuguant tout l'empire de l'ennemi
des Grecs, & portant ſes conquêtes juſqu'à l'Inde, où
s'étendait la domination de *Darius*; mais repréſentez-le
donnant des lois au milieu de la guerre, formant des
colonies, établiſſant le commerce, fondant Alexandrie
& Scanderon, qui ſont aujourd'hui le centre du
négoce de l'Orient. C'eſt par-là ſurtout qu'il faut
conſidérer les rois; & c'eſt ce qu'on néglige. Quel bon
citoyen n'aimera pas mieux qu'on l'entretienne des
villes & des ports que *Céſar* a bâtis, du calendrier
qu'il a réformé &c., que des hommes qu'il a fait
égorger ?

Inſpirez ſurtout aux jeunes gens plus de goût pour
l'hiſtoire des temps récens, qui eſt pour nous de
néceſſité, que pour l'ancienne, qui n'eſt que de
curioſité; qu'ils ſongent que la moderne a l'avantage
d'être plus certaine, par cela même qu'elle eſt
moderne.

Mélanges littér. Tome I.   D d

Je voudrais furtout que vous recommandaffiez de commencer férieufement l'étude de l'hiftoire, au fiècle qui précède immédiatement *Charles - Quint* , *Léon X* , *François I.* C'eft là qu'il fe fait dans l'efprit humain, comme dans notre monde, une révolution qui a tout changé.

Le beau fiècle de *Louis XIV* achève de perfectionner ce que *Léon X* , tous les *Médicis* , *Charles - Quint* , *François I* , avaient commencé. Je travaille depuis long-temps à l'hiftoire de ce dernier fiècle, qui doit être l'exemple des fiècles à venir ; j'effaie de faire voir le progrès de l'efprit humain , & de tous les arts, fous *Louis XIV.* Puiffé-je , avant de mourir , laiffer ce monument à la gloire de ma nation ! J'ai bien des matériaux pour élever cet édifice. Je ne manque point de mémoires fur les avantages que le grand *Colbert* a procurés , & voulait faire à la nation & au monde ; fur la vigilance infatigable , fur la prévoyance d'un miniftre de la guerre , né pour être le miniftre d'un conquérant ; fur les révolutions arrivées dans l'Europe ; fur la vie privée de *Louis XIV*, qui a été dans fon domeftique l'exemple des hommes , comme il a été quelquefois celui des rois. J'ai des mémoires fur des fautes inféparables de l'humanité , dont je n'aime à parler que parce qu'elles font valoir les vertus ; & j'applique déjà à *Louis XIV* ce beau mot de *Henri IV* qui difait à l'ambaffadeur dóm Pèdre : *Quoi donc ! votre maître n'a-t-il pas affez de vertu pour avoir des défauts?* Mais j'ai peur de n'avoir ni le temps ni la force de conduire ce grand ouvrage à fa fin,

Je vous prierai de bien faire fentir que fi nos hiftoires modernes écrites par des contemporains font plus certaines en général que toutes les hiſtoires anciennes, elles ſont quelquefois plus douteuſes dans les détails ; je m'explique. Les hommes diffèrent entre eux d'état, de parti, de religion. Le guerrier, le magiſtrat, le janféniſte, le moliniſte, ne voient point les mêmes faits avec les mêmes yeux ; c'eſt le vice de tous les temps. Un carthaginois n'eût point écrit les guerres puniques dans l'efprit d'un romain, & il eût reproché à Rome la mauvaiſe foi dont Rome accuſait Carthage. Nous n'avons guère d'hiſtoriens anciens qui aient écrit les uns contre les autres ſur le même événement : ils auraient répandu le doute ſur des choſes que nous prenons aujourd'hui pour inconteſtables. Quelque peu vraiſemblables qu'elles foient, nous les refpectons pour deux raiſons ; parce qu'elles ſont anciennes, & parce qu'elles n'ont point été contredites.

Nous autres hiſtoriens contemporains, nous ſommes dans un cas bien différent ; il nous arrive ſouvent la même choſe qu'aux puiſſances qui ſont en guerre. On a fait à Vienne, à Londres, à Verſailles, des feux de joie pour des batailles que perſonne n'avait gagnées : chaque parti chante victoire, chacun a raiſon de ſon côté. Voyez que de contradictions ſur *Marie Stuart*, ſur les guerres civiles d'Angleterre, ſur les troubles de Hongrie, ſur l'établiſſement de la religion proteſtante, ſur le concile de Trente. Parlez de la révocation de l'édit de Nantes à un bourgmeſtre hollandais, c'eſt une tyrannie imprudente ; confultez un miniſtre de la cour de France, c'eſt une politique ſage. Que dis-je ? la même nation, au bout de vingt ans, n'a plus les mêmes idées qu'elle avait ſur le même événement &

fur la même perfonne; j'en ai été témoin au fujet du feu roi *Louis XIV*. Mais quelles contradictions n'aurai-je pas à effuyer fur l'hiftoire de *Charles XII !* J'ai écrit fa vie fingulière fur les mémoires de M. de *Fabrice* qui a été huit ans fon favori ; fur les lettres de M. de *Fierville* , envoyé de France auprès de lui; fur celles de M. de *Villelongue* , long-temps colonel à fon fervice ; fur celles de M. de *Poniatowski.* J'ai confulté M. de *Croiffi* ambaffadeur de France auprès de ce prince &c. J'apprends à préfent que M. *Norberg* , chapelain de *Charles XII* , écrit une hiftoire de fon règne. Je fuis fûr que le chapélain aura vu fouvent les mêmes chofes avec d'autres yeux que le favori & l'ambaffadeur. Quel parti prendre en ce cas ? celui de me corriger fur le champ dans les chofes où ce nouvel hiftorien aura évidemment raifon , & de laiffer les autres au juge-ment des lecteurs défintéreffés. Que fuis-je en tout cela ? je ne fuis qu'un peintre qui cherche à repré-fenter d'un pinceau faible , mais vrai, les hommes tels qu'ils ont été. Tout m'eft indifférent de *Charles XII* & de *Pierre le grand* , excepté le bien que le dernier a pu faire aux hommes. Je n'ai aucun fujet de les flatter ni d'en médire. Je les traiterai comme *Louis XIV* , avec le refpect qu'on doit aux têtes couronnées qui viennent de mourir , & avec le refpect qu'on doit à la vérité qui ne mourra jamais.

Sur la comédie.

VENONS aux belles-lettres , qui feront un des principaux articles de votre journal. Vous comptez parler beaucoup des pièces de théâtre. Ce projet eft d'autant plus raifonnable que le théâtre eft plus épuré

parmi nous, & qu'il eſt devenu une école de mœurs.
Vous vous garderez bien ſans doute de ſuivre l'exemple
de quelques écrivains périodiques, qui cherchent à
rabaiſſer tous leurs contemporains, & à décourager
les arts dont un bon journaliſte doit être le ſoutien.
Il eſt juſte de donner la préférence à *Molière* ſur les
comiques de tous les temps & de tous les pays; mais
ne donnez point d'excluſion. Imitez les ſages Italiens
qui placent *Raphaël* au premier rang, mais qui
admirent les *Paul Véronèſe*, les *Caraches*, les *Corrèges*,
les *Dominicains* &c. *Molière* eſt le premier; mais il
ferait injuſte & ridicule de ne pas mettre le Joueur à
côté de ſes meilleures pièces. Refuſer ſon eſtime aux
Ménechmes, ne pas s'amuſer beaucoup au Légataire
univerſel, ferait d'un homme ſans juſtice & ſans goût;
& qui ne ſe plaît pas à *Regnard*, n'eſt pas digne d'admirer *Molière*.

Oſez avouer avec courage que beaucoup de nos
petites pièces, comme le Grondeur, le Galant jardinier, la Pupille, le Double veuvage, l'Eſprit de contradiction, la Coquette de village, le Florentin &c.
ſont au-deſſus de la plupart des petites pièces de
Molière; je dis au-deſſus, pour la fineſſe des caractères,
pour l'eſprit dont la plupart ſont affaiſonnées, &
même pour la bonne plaiſanterie.

Je ne prétends point ici entrer dans le détail de
tant de pièces nouvelles, ni déplaire à beaucoup de
monde par des louanges données à peu d'écrivains,
qui peut-être n'en feraient pas ſatisfaits; mais je dirai
hardiment que quand on donnera des ouvrages pleins
de mœurs, & où l'on trouve de l'intérêt, comme le
Préjugé à la mode; quand les Français feront aſſez

Dd 3

heureux pour qu'on leur donne une pièce telle que
le Glorieux , gardez-vous bien de vouloir rabaisser
leur succès , sous prétexte que ce ne sont pas des
comédies dans le goût de *Molière*; évitez ce malheureux
entêtement qui ne prend sa source que dans l'envie;
ne cherchez point à proscrire les scènes attendrissantes
qui se trouvent dans ces ouvrages : car lorsqu'une
comédie , outre le mérite qui lui est propre, a encore
celui d'intéresser , il faut être de bien mauvaise
humeur pour se fâcher qu'on donne au public un
plaisir de plus.

J'ose dire que si les pièces excellentes de *Molière*
étaient un peu plus intéressantes , on verrait plus de
monde à leurs représentations ; le Misanthrope serait
aussi suivi qu'il est estimé. Il ne faut pas que la comédie
dégénère en tragédie bourgeoise : l'art d'étendre ses
limites , sans les confondre avec celles de la tragédie ,
est un grand art qu'il serait beau d'encourager , &
honteux de vouloir détruire. C'en est un que de savoir
bien rendre compte d'une pièce de théâtre. J'ai toujours reconnu l'esprit des jeunes gens , au détail qu'ils
fesaient d'une pièce nouvelle qu'ils venaient d'entendre ; & j'ai remarqué que tous ceux qui s'en acquittaient
le mieux , ont été ceux qui depuis ont acquis le plus
de réputation dans leurs emplois. Tant il est vrai
qu'au fond l'esprit des affaires , & le véritable esprit
des belles-lettres , est le même.

Exposer en termes clairs & élégans un sujet qui
quelquefois est embrouillé ; & sans s'attacher à la
division des actes , éclaircir l'intrigue & le dénouement,
les raconter comme une histoire intéressante , peindre
d'un trait les caractères , dire ensuite ce qui a paru

plus ou moins vraifemblable, bien ou mal préparé ; retenir les vers les plus heureux, bien faifir le mérite ou le vice général du ftyle ; c'eft ce que j'ai vu faire quelquefois, mais ce qui eft fort rare chez les gens de lettres même qui s'en font une étude : car il eft plus facile à certains efprits de fuivre leurs propres idées, que de rendre compte de celles des autres.

De la tragédie.

JE dirai à-peu-près de la tragédie ce que j'ai dit de la comédie. Vous favez quel honneur ce bel art a fait à la France : art d'autant plus difficile, & d'autant plus au-deffus de la comédie, qu'il faut être vraiment poëte pour faire une belle tragédie ; au lieu que la comédie demande feulement quelque talent pour les vers.

Vous, Monfieur, qui entendez fi bien *Sophocle* & *Euripide*, ne cherchez point une vaine récompenfe du travail qu'il vous en a coûté pour les entendre, dans le malheureux plaifir de les préférer, contre votre fentiment, à nos grands auteurs français. Souvenez-vous que quand je vous ai défié de me montrer, dans les tragiques de l'antiquité, des morceaux comparables à certains traits des pièces de *Pierre Corneille*, je dis de fes moins bonnes, vous avouâtes que c'était une chofe impoffible. Ces traits dont je parle étaient, par exemple, ces vers de la tragédie de Nicomède. Je veux, dit *Prufias*, (*a*)

> Ecouter à la fois l'amour & la nature,
> Etre père & mari dans cette conjonĉture.

(*a*) *Nicomède*, tragédie, aĉe IV, fcène III.

NICOMEDE.

Seigneur, voulez-vous bien vous en fier à moi?
Ne foyez l'un ni l'autre.

PRUSIAS.

Eh! que dois-je être?

NICOMEDE.

Roi.

Reprenez hautement ce noble caractère.
Un véritable roi n'eft ni mari ni père :
Il regarde fon trône, & rien de plus. Régnez;
Rome vous craindra plus que vous ne la craignez.

Vous n'inférerez point que les dernières pièces de
ce père du théâtre foient bonnes, parce qu'il s'y trouve
de fi beaux éclairs : avouez leur extrême faibleffe avec
tout le public.

Agéfilas & Suréna ne peuvent rien diminuer de
l'honneur que Cinna & Polyeucte font à la France.
M. de *Fontenelle*, neveu du grand *Corneille*, dit, dans
la vie de fon oncle, que fi le proverbe, *cela eft beau
comme le Cid* ; paffa trop tôt, il faut s'en prendre aux
auteurs qui avaient intérêt à l'abolir. Non, les auteurs
ne pouvaient pas plus caufer la chute du proverbe
que celle du Cid. C'eft *Corneille* lui-même qui le
détruit; c'eft à Cinna qu'il faut s'en prendre. Ne dites
point avec l'abbé de *Saint-Pierre*, que dans cinquante
ans on ne jouera plus les pièces de *Racine*. Je plains
nos enfans, s'ils ne goûtent pas ces chef-d'œuvres
d'élégance. Comment leur cœur fera-t-il donc fait,
fi *Racine* ne les intéreffe pas?

Il y a apparence que les bons auteurs du fiècle de
Louis XIV dureront autant que la langue françaife.

Mais ne découragez pas leurs fucceffeurs, en affurant que la carrière eft remplie , & qu'il n'y a plus de place. *Corneille* n'eft pas affez intéreffant ; fouvent *Racine* n'eft pas affez tragique. L'auteur de Venceflas, celui de Radamifte & d'Electre, avec leurs grands défauts , ont des beautés particulières qui manquent à ces deux grands-hommes ; & il eft à préfumer que ces trois pièces refteront toujours fur le théâtre français, puif-qu'elles s'y font foutenues avec des acteurs différens , car c'eft la vraie épreuve d'une tragédie. Que dirai-je de Manlius , pièce digne de *Corneille* , & du beau rôle d'*Ariane*, & du grand intérêt qui règne dans Amafis ? Je ne vous parlerai point des pièces tragiques faites depuis vingt années : comme j'en ai compofé quel-ques-unes, il ne m'appartient pas d'ofer apprécier le mérite des contemporains qui valent mieux que moi; & à l'égard de mes ouvrages de théâtre , tout ce que je peux en dire , & vous prier d'en dire aux lecteurs , c'eft que je les corrige tous les jours.

Mais quand il paraîtra une pièce nouvelle , ne dites jamais comme l'auteur odieux des *Obfervations* & de tant d'autres brochures : *La pièce eft excellente* , ou *elle eft mauvaife;* ou *tel acte eft impertinent , un tel rôle eft pitoyable.* Prouvez folidement ce que vous en penfez , & laiffez au public le foin de prononcer. Soyez fûr que l'arrêt fera contre vous toutes les fois que vous déci-derez fans preuve, quand même vous auriez raifon ; car ce n'eft pas votre jugement qu'on demande, mais le rapport d'un procès que le public doit juger.

Ce qui rendra furtout votre journal précieux , c'eft le foin que vous aurez de comparer les pièces nouvelles avec celles des pays étrangers qui feront fondées fur

le même fujet. Voilà à quoi l'on manqua dans le
fiècle paffé , lorfqu'on fit l'examen du Cid : on ne
rapporta que quelques vers de l'original efpagnol ; il
fallait comparer les fituations. Je fuppofe qu'on nous
donne aujourd'hui Manlius de *la Foffe* pour la première fois ; il ferait très-agréable de mettre fous les
yeux du lecteur la tragédie anglaife dont elle eft tirée.
Paraît-il quelque ouvrage inftructif fur les pièces de
l'illuftre *Racine*? détrompez le public de l'idée où l'on
eft que jamais les Anglais n'ont pu admettre le fujet
de Phèdre fur leur théâtre. Apprenez aux lecteurs que
la Phèdre de *Smith* eft une des plus belles pièces qu'on
ait à Londres. Apprenez-leur que l'auteur a imité tout
de *Racine*, jufqu'à l'amour d'*Hippolyte* ; qu'on a joint
enfemble l'intrigue de Phèdre & celle de Bajazet , &
que cependant l'auteur fe vante d'avoir tiré tout
d'*Euripide*. Je crois que les lecteurs feraient charmés
de voir fous leurs yeux la comparaifon de quelques
fcènes de la Phèdre grecque , de la latine, de la françaife, & de l'anglaife. C'eft ainfi à mon gré que la fage
& faine critique perfectionnerait encore le goût des
Français, & peut-être de l'Europe. Mais quelle vraie
critique avons-nous depuis celle que l'académie françaife fit du Cid , & à laquelle il manque encore autant
de chofes qu'au Cid même?

Des pièces de poëfie.

VOUS répandrez beaucoup d'agrément fur votre
journal , fi vous l'ornez de temps en temps de ces
petites pièces fugitives marquées au bon coin , dont
les porte-feuilles des curieux font remplis. On a des

vers du duc de *Nevers*, du comte *Antoine Hamilton*, né en France, qui respirent tantôt le feu poëtique, tantôt la douce facilité du style épistolaire. On a mille petits ouvrages charmans de MM. *Duffé*, de *St Aulaire*, de *Ferrand*, de *la Faye*, de *Fieubet*, du préfident *Hénault*, & de tant d'autres. Ces fortes de petits ouvrages dont je vous parle, fuffifaient autrefois à faire la réputation des *Voiture*, des *Sarafin*, des *Chapelle*. Ce mérite était rare alors. Aujourd'hui qu'il eft plus répandu, il donne peut-être moins de réputation; mais il ne fait pas moins de plaifir aux lecteurs délicats. Nos chanfons valent mieux que celles d'*Anacréon*, & le nombre en eft étonnant. On en trouve même qui joignent la morale avec la gaieté, & qui, annoncées avec art, n'aviliraient point du tout un journal férieux. Ce ferait perfectionner le goût fans nuire aux mœurs, de rapporter une chanfon auffi jolie que celle-ci, qui eft de l'auteur du Double veuvage.

Philis plus avare que tendre,
Ne gagnant rien à refufer,
Un jour exigea de Lifandre
Trente moutons pour un baifer.

Le lendemain nouvelle affaire,
Pour le berger le troc fut bon,
Car il obtint de la bergère
Trente baifers pour un mouton.

Le lendemain Philis plus tendre,
Craignant de déplaire au berger,
Fut trop heureufe de lui rendre
Trente moutons pour un baifer.

Le lendemain Philis plus fage,
Aurait donné moutons & chien,
Pour un baifer que le volage
A Lifette donnait pour rien.

Comme vous n'avez pas tous les jours des livres nouveaux qui méritent votre examen, ces petits morceaux de littérature rempliront très-bien les vides de votre journal. S'il y a quelques ouvrages de profe ou de poëfie qui faffent beaucoup de bruit dans Paris, qui partagent les efprits, & fur lefquels on fouhaite une critique éclairée, c'eft alors qu'il faut ofer fervir de maître au public fans le paraître ; & le conduifant comme par la main, lui faire remarquer les beautés fans emphafe, & les défauts fans aigreur. C'eft alors qu'on aime en vous cette critique qu'on détefte & qu'on méprife dans d'autres.

Un de mes amis examinant trois épîtres de *Rouffeau* en vers décafyllabes, qui excitèrent beaucoup de murmure il y a quelque temps, fit de la feconde, où tous nos auteurs font infultés, l'examen fuivant, dont voici un échantillon qui paraît diété par la jufteffe & la modération. Voici le commencement de la pièce qu'il examinait.

Tout inftitut, tout art, toute police
Subordonnée au pouvoir du caprice,
Doit être auffi conféquemment pour tous,
Subordonnée à nos différens goûts.
Mais de ces goûts la diffemblance extrême,
A le bien prendre, eft un faible problême ;
Et quoi qu'on dife, on n'en faurait jamais
Compter que deux, l'un bon, l'autre mauvais.

Par des talens que le travail cultive,
A ce premier pas à pas on arrive;
Et le public que fa bonté prévient,
Pour quelque temps s'y fixe & s'y maintient.
Mais éblouis enfin par l'étincelle
De quelque mode inconnue & nouvelle,
L'ennui du beau nous fait aimer le laid,
Et préférer le moindre au plus parfait, &c.

Voici l'examen.

Ce premier vers, *Tout inflitut*, *tout art*, *toute police*, femble avoir le défaut, je ne dis pas d'être profaïque, car toutes ces épîtres le font ; mais d'être une profe un peu trop faible , & dépourvue d'élégance & de clarté.

La *police* femble n'avoir aucun rapport au goût dont il eft queftion. De plus, le terme de *police* doit-il entrer dans des vers ?

Conféquemment eft à peine admis dans la profe noble.

Cette répétition du mot *fubordonnée* ferait vicieufe , quand même le terme ferait élégant , & femble infup-portable ; puifque ce terme eft une expreffion plus convenable à des affaires qu'à la poëfie.

La *diffemblance* ne paraît pas le mot propre. La *diffemblance des goûts eft un faible problème* : je ne crois pas que cela foit français.

A le bien prendre paraît une expreffion trop inutile & trop baffe.

Enfin, il femble qu'un *problème* n'eft ni faible ni fort : il peut être aifé ou difficile , & fa folution peut être faible, équivoque, erronée.

Et quoi qu'on dife, on n'en faurait jamais
Compter que deux, l'un bon, l'autre mauvais.

Non-feulement la poëfie aimable s'accommode peu
de cet air de dilemme, & d'une pareille féchereffe ;
mais la raifon femble peu s'accommoder de voir en
huit vers, *que tout art eft fubordonné à nos différens goûts,*
& que cependant il n'y a que deux goûts. Arriver au goût
pas à pas eft encore, je crois, une façon de parler peu
convenable, même en profe.

Et le public, que fa bonté prévient.

Eft-ce la bonté du public ? eft-ce la bonté du goût ?

L'ennui du beau nous fait aimer le laid,
Et préférer le moindre au plus parfait.

1. *Le beau & le laid* font des expreffions réfervées
au bas comique. 2. Si on aime le laid, ce n'eft pas la
peine de dire enfuite qu'on préfère le *moins parfait.*
3. Le moindre n'eft pas oppofé grammaticalement au
plus parfait. 4. Le *moindre* eft un mot qui n'entre
jamais dans la poëfie &c.

C'eft ainfi que ce critique fefait fentir fans amertume
toute la faibleffe de ces épîtres. Il n'y avait pas trente
vers dans tous les ouvrages de *Rouffeau* faits en
Allemagne, qui échappaffent à fa jufte cenfure. Et
pour mieux inftruire les jeunes gens, il comparait à
cet ouvrage un autre ouvrage du même auteur fur un
fujet de littérature à-peu-près femblable. Il rapportait
les vers de l'épître aux Mufes, imitée de *Defpréaux ;*
& cet objet de comparaifon achevait de perfuader
mieux que les difcuffions les plus folides & les plus
fubtiles.

De l'expofé de tous ces vers décafyllabes, il prenait occafion de faire voir qu'il ne faut jamais confondre les vers de cinq pieds avec les vers marotiques. Il prouvait que le ftyle qu'on appelle de *Marot*, ne doit être admis que dans une épigramme & dans un conte, comme les figures de *Calot* ne doivent paraître que dans des grotefques. Mais quand il faut mettre la raifon en vers, peindre, émouvoir, écrire élégamment ; alors ce mélange monftrueux de la langue qu'on parlait il y a deux cents ans, & de la langue de nos jours, paraît l'abus le plus condamnable qui fe foit gliffé dans la poëfie. *Marot* parlait fa langue, il faut que nous parlions la nôtre. Cette bigarrure eft auffi révoltante pour les hommes judicieux que le ferait l'archi-tecture gothique mêlée avec la moderne. Vous aurez fouvent occafion de détruire ce faux goût. Les jeunes gens s'adonnent à ce ftyle, parce qu'il eft malheureu-fement facile.

Il en a coûté peut-être à *Defpréaux* pour dire élégamment :

Faites choix d'un cenfeur folide & falutaire,
 Que la raifon conduife & le favoir éclaire,
 Et dont le crayon fûr d'abord aille chercher
 L'endroit que l'on fent faible, & qu'on veut fe cacher.

Mais s'il eft bien difficile, eft-il bien élégant de dire ?

Donc fi Phœbus fes échecs vous adjuge,
 Pour bien juger confultez tout bon juge.
 Pour bien jouer, hantez les bons joueurs ;
 Surtout craignez le poifon des loueurs ;
 Acoftez-vous de fidelles critiques.

Ce n'eſt pas qu'il faille condamner des vers familiers dans ces pièces de poëſie; au contraire, ils y ſont néceſ-ſaires, comme les jointures dans le corps humain, ou plutôt comme des repos dans un voyage.

> *Nam ſermone opus eſt, modò triſti, ſæpè jocoſo,*
> *Defendente vices modò rhetoris, atque poëtæ*
> *Interdum urbani parcentis viribus, atque*
> *Extenuantis eas conſultò.*

Tout ne doit pas être orné, mais rien ne doit être rebutant. Un langage obſcur & groteſque n'eſt pas de la ſimplicité; c'eſt de la groſſièreté recherchée.

Des mélanges de littérature, & des anecdotes littéraires.

Je raſſemble ici, ſous le nom de *mélanges de litté-rature*, tous les morceaux détachés d'hiſtoire, d'élo-quence, de morale, de critique, & ces petits romans qui paraiſſent ſi ſouvent. Nous avons des chef-d'œuvres en tous ces genres. Je ne crois pas qu'aucune nation puiſſe ſe vanter d'un ſi grand nombre d'auſſi jolis ouvrages de belles-lettres. Il eſt vrai qu'aujour-d'hui ce genre facile produit une foule d'auteurs; on en compterait quatre ou cinq mille depuis cent ans. Mais un lecteur en uſe avec les livres comme un citoyen avec les hommes. On ne vit pas avec tous ſes contemporains, on choiſit quelques amis. Il ne faut pas plus s'effaroucher de voir cent cinquante mille volumes à la bibliothèque du roi, que de ce qu'il y a ſept cents mille hommes dans Paris. Les ouvrages de pure littérature, dans leſquels on trouve ſouvent des choſes agréables, amuſent ſucceſſivement

les

les honnêtes gens, délaffent l'homme férieux dans l'intervalle de fes travaux , & entretiennent dans la nation cette fleur d'efprit & cette délicateffe qui fait fon caractère.

Ne condamnez point avec dureté tout ce qui ne fera pas *la Rochefoucauld* ou *la Fayette*, tout ce qui ne fera pas auffi parfait que la confpiration de Venife de l'abbé de *St Real*, auffi plaifant & auffi original que la converfation du père *Canaye* & du maréchal d'*Hocquincourt*, écrite par *Charleval*, & à laquelle *St Evremont* a ajouté une fin moins plaifante, & qui languit un peu ; enfin tout ce qui ne fera pas auffi naturel , auffi fin , auffi gai que le voyage , quoique un peu inégal , de *Bachaumont* & de *la Chapelle.*

Non , fi primores mæonius tenet
Sedes Homerus , pindaricæ latent
Cææique , & alcoi minaces ,
Steficorique graves camænæ ;

Nec fi quid olim lufit Anacreon ,
Delevit ætas , fpirat adhuc amor ,
Vivuntque commiffi calores
Æoliæ fidibus puellæ.

Dans l'expofition que vous ferez de ces ouvrages ingénieux , badinant à leur exemple avec vos lecteurs , & répandant les fleurs avec ces auteurs dont vous parlerez , vous ne tomberez pas dans cette févérité de quelques critiques , qui veulent que tout foit écrit dans le goût de *Cicéron* ou de *Quintilien*. Ils crient que l'éloquence eft énervée , que le bon goût eft perdu , parce qu'on aura prononcé dans une académie un difcours brillant qui ne ferait pas convénable au barreau. Ils voudraient qu'un conte fût écrit du ftyle de *Bourdaloue*. Ne diftingueront-ils jamais les temps, les lieux, & les perfonnes? Veulent-ils que *Jacob*, dans le Payfan parvenu, s'exprime comme *Péliffon* ou *Patru*? Une éloquence mâle, noble, ennemie de petits ornemens, convient à tous les grands ouvrages. Une penfée trop fine ferait une tache dans le *Difcours fur l'hiftoire univerfelle* de l'éloquent *Boffuet*. Mais dans un ouvrage d'agrément, dans un compliment, dans une plaifanterie, toutes les grâces légères, la naïveté ou la fineffe, les plus petits ornemens, trouvent leur place. Examinons-nous nous-mêmes. Parlons-nous d'affaires du ton des entretiens d'un repas? Les livres font la peinture de la vie humaine; il en faut de folides, & on en doit permettre d'agréables.

N'oubliez jamais, en rapportant les traits ingénieux de tous ces livres, de marquer ceux qui font à-peu-près femblables chez les autres peuples, ou dans nos anciens auteurs. On nous donne peu de penfées que l'on ne trouve dans *Sénèque*, dans *Gratien*, dans *Montagne*, dans *Bacon*, dans le Spectateur anglais. Les comparer enfemble (& c'eft en quoi le goût confifte,) c'eft exciter les auteurs à dire, s'il fe peut, des chofes nouvelles; c'eft entretenir l'émulation, qui eft la mère des arts. Quelle fatisfaction pour un lecteur délicat, de voir d'un coup d'œil ces idées qu'*Horace* a exprimées dans des vers négligés, mais avec des paroles fi expreffives; ce que *Defpréaux* a rendu d'une manière fi correcte; ce que *Dryden* & *Rochefter* ont renouvelé avec le feu de leur génie! Il en eft de ces parallèles comme de l'anatomie comparée, qui fait connaître la nature. C'eft par-là que vous ferez voir fouvent, non-feulement ce qu'un auteur a dit , mais ce qu'il aurait pu dire ; car fi vous ne faites que le répéter, à quoi bon faire un journal?

Il y a furtout des anecdotes littéraires fur lefquelles il eft toujours bon d'inftruire le public, afin de rendre à chacun ce qui lui appartient. Apprenez, par exemple, au public, que le *chef-d'œuvre d'un inconnu* , ou *Mathanafius*, eft de feu M. de *Sallengre*, & d'un illuftre mathématicien confommé dans tout genre de littérature, & qui joint l'efprit à l'érudition ; enfin de tous ceux qui travaillaient à la Haye au *Journal littéraire;* & que M. de *St Hiacynthe* fournit la chanfon avec beaucoup de remarques. Mais fi on ajoute à cette plaifanterie une infame brochure digne de la plus vile canaille , & faite fans doute par un de ces mauvais français qui vont dans les pays étrangers déshonorer les belles-lettres & leur patrie, faites fentir l'horreur & le ridicule de cet affemblage monftrueux.

Faites-vous toujours un mérite de venger les bons écrivains des *Zoïles* obfcurs qui les attaquent; démêlez les artifices de l'envie ; publiez, par exemple , que les ennemis de notre illuftre *Racine* firent réimprimer quelques vieilles pièces oubliées, dans lefquelles ils inférèrent plus de cent vers de ce poëte admirable, pour faire accroire qu'il les avait volés. J'en ai vu une intitulée *St Jean-Baptifle*, dans laquelle on retrouvait une fcène prefque entière de *Bérénice*. Ces malheureux, aveuglés par leur paffion , ne fentaient pas même la différence des ftyles, & croyaient qu'on s'y méprendrait; tant la fureur de la jaloufie eft fouvent abfurde !

En défendant les bons auteurs contre l'ignorance & l'envie qui leur imputent de mauvais ouvrages, ne permettez pas non plus qu'on attribue à de grands-hommes des livres peut-être bons en eux-mêmes, mais qu'on veut accréditer par des noms illuftres auxquels ils n'appartiennent point. L'abbé de *St Pierre* renouvelle un projet hardi, & fujet à d'extrêmes difficultés; il le met fous le nom d'un dauphin de France. Faites voir modeftement qu'on ne doit pas, fans de très-fortes preuves, atttribuer un tel ouvrage à un prince né pour régner.

Ce projet de la prétendue paix univerfelle attribué à *Henri IV* par les fecrétaires de *Maximilien de Sulli*, qui rédigèrent fes mémoires, ne fe trouve en aucun autre endroit. Les mémoires de *Villeroi* n'en difent mot; on n'en voit aucune trace dans aucun livre du temps. Joignez à ce filence la confidération de l'état où l'Europe était alors, & voyez fi un prince auffi fage que *Henri le grand* a pu concevoir un projet d'une exécution impoffible.

Si on réimprime, comme on me le mande, le livre fameux connu fous le nom de *Teftament politique du cardinal de Richelieu*, montrez combien on doit douter que ce miniftre en foit l'auteur.

I. Parce que jamais le manufcrit n'a été vu ni connu chez fes héritiers, ni chez les miniftres qui lui fuccédèrent.

II. Parce qu'il fut imprimé trente ans après fa mort, fans avoir été annoncé auparavant.

III. Parce que l'éditeur n'ofe pas feulement dire de qui il tient le manufcrit, ce qu'il eft devenu, en quelle main il l'a dépofé.

IV. Parce qu'il eft d'un ftyle très-différent des autres ouvrages du cardinal de *Richelieu*.

V. Parce qu'on lui fait figner fon nom d'une façon dont il ne fe fervait pas.

VI. Parce que dans l'ouvrage il y a beaucoup d'expreffions & d'idées peu convenables à un grand miniftre qui parle à un grand roi. Il n'y a pas d'apparence qu'un homme auffi poli que le cardinal de *Richelieu* eût appelé la dame d'honneur de la reine *la du Fargis*, comme s'il eût parlé d'une femme publique. Eft-il vraifemblable que le miniftre d'un roi de quarante ans, lui faffe des leçons plus propres à un jeune dauphin qu'on élève, qu'à un monarque âgé de qui l'on dépend ?

Dans le premier chapitre, il prouve qu'il faut être chafte. Eft-ce un difcours bienféant dans la bouche d'un miniftre qui avait eu publiquement plus de maîtreffes que fon maître, & qui n'était pas foupçonné d'être auffi retenu avec elles ? Dans le fecond chapitre, il avance cette nouvelle propofition, que la raifon doit être la règle de la conduite. Dans un autre il dit que l'Efpagne, en donnant un million par an aux proteftans, rendait les Indes, qui fourniffaient cet argent, *tributaires de l'enfer :* expreffion plus digne d'un mauvais orateur, que d'un miniftre fage tel que ce cardinal. Dans un autre, il appelle le duc de Mantoue, *ce pauvre prince*. Enfin, eft-il vraifemblable qu'il eût rapporté au roi des bons mots de *Bautru*, & cent minuties pareilles dans un teftament politique ?

VII. Comment celui qui a fait parler le cardinal de *Richelieu* peut-il lui faire dire (dans les premières pages) que dès qu'il fut appelé au confeil, il promit au roi d'abaiffer fes ennemis, les huguenots, & les grands du royaume ? Ne devait-on pas fe fouvenir que le cardinal de *Richelieu*, remis dans le conseil par les bontés de la reine-mère, n'y fut que le second pendant plus d'un an , & qu'il était alors bien loin d'avoir de l'ascendant sur l'esprit du roi , & d'être premier ministre ?

VIII. On prétend (dans le chapitre deuxième du livre premier) que pendant cinq ans le roi dépensa pour la guerre soixante millions par an , qui en valent environ six-vingts de notre monnaie , & cela sans cesser de payer les charges de l'État , & sans moyens extraordinaires. Et d'un autre côté (dans le chap. IX , partie seconde) il dit qu'en temps de paix il entrait par an à l'épargne environ trente-cinq millions, dont il fallait encore rabattre beaucoup. Ne paraît-il pas entre ces deux calculs une contradiction évidente ?

IX. Est-il d'un ministre d'appeler à tout moment les rentes à huit, à six, à cinq pour cent, des rentes au denier huit , au denier six, au denier cinq ? Le denier cinq est vingt pour cent , & le denier vingt est cinq pour cent : ce sont des choses qu'un apprenti ne confondrait pas.

X. Est-il vraisemblable que le cardinal de *Richelieu* ait appelé les parlemens *cours souveraines* , & qu'il propose (chapitre IX , partie II) de faire payer la taille à ces cours souveraines ?

XI. Est-il vraisemblable qu'il ait proposé de supprimer les gabelles ? & ce projet n'a-t-il pas été fait par un politique oisif , plutôt que par un homme nourri dans les affaires ?

XII. Enfin, ne voit-on pas combien il est incroyable qu'un ministre, au milieu de la guerre la plus vive , ait intitulé un chapitre, *Succincte narration des actions du roi jufqu'à la paix?*

Voilà bien des raifons de douter que ce grand miniftre foit l'auteur de ce livre. Je me fouviens d'avoir entendu dire dans mon enfance à un vieillard très-inftruit, que le *Teftament politique* était de l'abbé *Bourzeys*, l'un des premiers académiciens, & homme très-médiocre. Mais je crois qu'il eft plus aifé de favoir de qui ce livre n'eft pas, que de connaître fon auteur. Remarquez ici quelle eft la faibleffe humaine. On admire ce livre, parce qu'on le croit d'un grand miniftre. Si on favait qu'il eft de l'abbé de *Bourzeys*, on ne le lirait pas. En rendant ainfi juftice à tout le monde, en pefant tout dans une balance exacte, élevez-vous furtout contre la calomnie.

On a vu, foit en Hollande, foit ailleurs, de ces ouvrages périodiques deftinés en apparence à inftruire, mais compofés en éffet pour diffamer; on a vu des auteurs que l'appât du gain & la malignité ont trans-formés en fatiriques mercenaires, & qui ont vendu publiquement leurs fcandales, comme *Locufte* vendait les poifons. Parmi ceux qui ont ainfi déshonoré les lettres & l'humanité, qu'il me foit permis d'en citer un qui, pour prix du plus grand fervice qu'un homme puiffe peut-être rendre à un autre homme, s'eft déclaré pendant tant d'années mon plus cruel ennemi. On l'a vu imprimer publiquement, diftribuer, & vendre lui-même, un libelle infame, digne de toute la févérité des lois : on l'a vu enfuite, de la même main dont il avait écrit & diftribué ces calomnies, les défavouer prefque avec autant de honte qu'il les avait publiées. *Je me croirais déshonoré*, dit-il dans fa déclaration

Ee 4

donnée aux magiftrats , *je me croirais déshonoré , fi j'avais eu la moindre part à ce libelle , entièrement calomnieux , écrit contre un homme pour qui j'ai tous les fentimens d'eftime &c.* Signé *l'abbé* DESFONTAINES.

C'eft à ces extrémités malheureufes qu'on eft réduit, lorfqu'on fait de l'art d'écrire un fi déteftable ufage.

J'ai lu dans un livre qui porte le titre de *Journal,* qu'il n'eft pas étonnant que les jéfuites prennent quelquefois le parti de l'illuftre *Wolf ,* parce que les jéfuites font tous athées.

Parlez avec courage contre ces exécrables injuftices, & faites fentir à tous les auteurs de ces infamies, que le mépris & l'horreur du public feront éternellement leur partage.

Sur les langues.

IL faut qu'un bon journalifte fache au moins l'anglais & l'italien; car il y a beaucoup d'ouvrages de génie dans ces langues , & le génie n'eft prefque jamais traduit. Ce font, je crois, les deux langues de l'Europe les plus néceffaires à un français. Les Italiens font les premiers qui aient retiré les arts de la barbarie; & il y a tant de grandeur , tant de force d'imagination jufque dans les fautes des Anglais , qu'on ne peut trop confeiller l'étude de leur langue.

Il eft trifte que le grec foit négligé en France; mais il n'eft pas permis à un journalifte de l'ignorer. Sans cette connaiffance, il y a un grand nombre de mots français dont il n'aura jamais qu'une idée

confuse ; car depuis l'arithmétique jufqu'à l'aftronomie , quel eft le terme d'art qui ne dérive de cette
langue admirable ? A peine y a-t-il un mufcle , une
veine, un ligament, dans notre corps , une maladie ,
un remède, dont le nom ne foit grec. Donnez-moi
deux jeunes gens , dont l'un faura cette langue, &
dont l'autre l'ignorera ; que ni l'un ni l'autre n'ait la
moindre teinture d'anatomie ; qu'ils entendent dire
qu'un homme eft malade d'un *diabétés*, qu'il faut faire
à celui-ci une *paracentèfe*, que cet autre a une *anchilofe*
ou un *bubonocèle ;* celui qui fait le grec entendra tout
d'un coup de quoi il s'agit , parce qu'il voit de quoi
ces mots font compofés ; l'autre ne comprendra abfolument rien.

Plufieurs mauvais journaliftes ont ofé donner la
préférence à l'Iliade de *la Motte* fur l'Iliade d'*Homère*.
Certainement, s'ils avaient lu *Homère* en fa langue ,
ils euffent vu que la traduction eft autant au-deffous
de l'original , que *Segrais* eft au-deffous de *Virgile.*

Un journalifte verfé dans la langue grecque ,
pourra-t-il s'empêcher de remarquer , dans les traductions que *Toureil* a faites de *Démofthènes*, quelques
faibleffes au milieu de fes beautés ? *Si quelqu'un ,* dit
le traducteur, *vous demande : Meffieurs les Athéniens ,
avez-vous la paix ? Non de par Jupiter ,* répondez-vous ;
nous avons la guerre avec Philippe. Le lecteur , fur cet
expofé , pourrait croire que *Démofthènes* plaifante à
contre-temps ; que ces termes familiers , & réfervés
pour le bas comique , *meffieurs les Athéniens , de par
Jupiter,* répondent à de pareilles expreffions grecques.
Il n'en eft pourtant rien , & cette faute appartient
toute entière au traducteur. Ce font mille petites

inadvertances pareilles qu'un journaliste éclairé peut faire obferver, pourvu qu'en même temps il remarque encore plus les beautés.

Il ferait à fouhaiter que les favans dans les langues orientales nous euffent donné des journaux des livres de l'Orient. Le public ne ferait pas dans la profonde ignorance où il eft de l'hiftoire de la plus grande partie de notre globe; nous nous accoutumerions à réformer notre chronologie fur celle des Chinois; nous ferions plus inftruits de la religion de *Zoroaftre*, dont les fectateurs fubfiftent encore quoique fans patrie, à-peu-près comme les juifs, & quelques autres fociétés fuperftitieufes répandues de temps immémorial dans l'Afie. On connaîtrait les reftes de l'ancienne philo-fophie indienne; on ne donnerait plus le nom faftueux d'*hiftoire univerfelle* à des recueils de quelques fables d'Egypte, des révolutions d'un pays grand comme la Champagne, nommé la Grèce, & du peuple romain, qui, tout étendu & tout victorieux qu'il a été, n'a jamais eu fous fa domination tant d'Etats que le peuple de *Mahomet*, & qui n'a jamais conquis la dixième partie du monde.

Mais auffi, que votre amour pour les langues étrangères ne vous faffe pas méprifer ce qui s'écrit dans votre patrie; ne foyez point comme ce faux délicat à qui *Pétrone* a fait dire :

> *Ales phafiacis petita Colchis,*
> *Atque afræ volucres placent palato,*
> *Quidquid quæritur optimum videtur.*

On ne trouva de poëte français dans la bibliothèque de l'abbé de *Longuerue*, qu'un tome de *Malherbe*. Je

voudrais, encore une fois , en fait de belles - lettres ,
qu'on fût de tous les pays , mais furtout du fien.
J'appliquerai à ce fujet des vers de M. de *la Motte ;*
car il en a quelquefois fait d'excellens.

> C'eft par l'étude que nous fommes
> Contemporains de tous les hommes ,
> Et citoyens de tous les lieux.

Du ſtyle d'un journaliſte.

QUANT au ſtyle d'un journaliſte , *Bayle* eſt peut-
être le premier modèle, s'il vous en faut un ; c'eſt
le plus profond dialecticien qui ait jamais écrit ; c'eſt
preſque le feul compilateur qui ait du goût. Cependant dans fon ſtyle toujours clair & naturel , il y a
trop de négligence , trop d'oubli des bienféances ,
trop d'incorrection. Il eſt diffus : il fait à la vérité
converfation avec fon lecteur , comme *Montagne ;* &
en cela il charme tout le monde ; mais il s'abandonne
à une molleffe de ſtyle , & aux expreffions triviales
d'une converfation trop fimple ; & en cela il rebute
fouvent l'homme de goût.

En voici un exemple qui me tombe fous la main ;
c'eſt l'article d'*Abailard* dans fon dictionnaire. *Abailard,*
dit-il , *s'amufait plus à tâtonner & à baifer fon écolière ,
qu'à lui expliquer un auteur.* Un tel défaut lui eſt trop
familier, ne l'imitez pas.

> Nul chef-d'œuvre par vous écrit jufqu'aujourd'hui,
> Ne vous donne le droit de faillir comme lui.

N'employez jamais un mot nouveau, à moins qu'il
n'ait ces trois qualités ; d'être néceffaire, intelligible,

& fonore. Des idées nouvelles, furtout en phyfique,
exigent des expreffions nouvelles. Mais fubftituer à
un mot d'ufage un autre mot qui n'a que le mérite
de la nouveauté, ce n'eft pas enrichir la langue,
c'eft la gâter. Le fiècle de *Louis XIV* mérite ce refpeƈt
des Français, que jamais ils ne parlent une autre
langue que celle qui a fait la gloire de ces belles
années.

Un des plus grands défauts des ouvrages de ce
fiècle, c'eft le mélange des ftyles, & furtout de vouloir
parler des fciences comme on en parlerait dans une
converfation familière. Je vois les livres les plus
férieux déshonorés par des expreffions qui femblent
recherchées par rapport au fujet, mais qui font en
effet baffes & triviales. Par exemple, *la nature fait les
frais de cette dépenfe.* Il faut mettre *fur le compte du
vitriol romain un mérite dont nous* fefons *honneur à l'an-
timoine.* Un fyftème *de mife. Adieu l'intelligence des
courbes, fi on néglige le calcul &c.*

Ce défaut vient d'une origine eftimable; on craint
le pédantifme; on veut orner des matières un peu
fèches : mais *in vitium ducit culpæ fuga, fi caret arte.* Il
me femble que tous les honnêtes gens aiment mieux
cent fois un homme lourd, mais fage, qu'un mauvais
plaifant. Les autres nations ne tombent guère dans
ce ridicule. La raifon en eft que l'on y craint moins
qu'en France, d'être ce que l'on eft. En Allemagne,
en Angleterre, un phyficien eft phyficien; en France,
il veut encore être plaifant. *Voiture* fut le premier qui
eut de la réputation par fon ftyle familier. On s'écriait:
Cela s'appelle *écrire en homme du monde, en homme de
cour; voilà le ton de la bonne compagnie.* On voulut

enfuite écrire fur des chofes férieufes de ce ton de la bonne compagnie, lequel fouvent ne ferait pas fupportable dans une lettre.

Cette manie a infecté plufieurs écrits, d'ailleurs raifonnables. Il y a en cela plus de pareffe encore que d'affectation ; car ces expreffions plaifantes qui ne fignifient rien, & que tout le monde répète fans penfer, ces lieux communs, font plus aifés à trouver qu'une expreffion énergique & élégante. Ce n'eft point avec la familiarité du ftyle épiftolaire, c'eft avec la dignité du ftyle de *Cicéron*, qu'on doit traiter la philofophie. *Mallebranche*, moins pur que *Cicéron*, mais plus fort & plus rempli d'images, me paraît un grand modèle dans ce genre ; & plût à Dieu qu'il eût établi des vérités auffi folidement qu'il a expofé fes opinions avec éloquence!

Locke, moins élevé que *Mallebranche*, peut-être trop diffus, mais plus élégant, s'exprime toujours dans fa langue avec netteté & avec grâce. Son ftyle eft charmant, *puroque fimillimus amni*. Vous ne trouvez dans ces auteurs aucune envie de briller à contre-temps, aucune pointe, aucun artifice. Ne les fuivez point fervilement, *ô imitatores, fervum pecus!* mais, à leur exemple, rempliffez-vous d'idées profondes & juftes. Alors les mots viennent aifément, *rem verba fequuntur*. Remarquez que les hommes qui ont le mieux penfé, font auffi ceux qui ont le mieux écrit.

Si la langue françaife doit bientôt fe corrompre, cette altération viendra de deux fources; l'une eft le ftyle affecté des auteurs qui vivent en France ; l'autre eft la négligence des écrivains qui réfident dans les pays étrangers. Les papiers publics & les journaux font. infectés continuellement d'expreffions impropres, auxquelles le public s'accoutume à force de les relire.

Par exemple , rien n'eft plus commun dans les gazettes que cette phrafe : Nous apprenons que les affiégeans *auraient* un tel jour battu en brèche : on dit que les deux armées fe *feraient* approchées ; au lieu de, les deux armées fe *font* approchées, les affiégeans *ont battu* en brèche &c.

Cette conftruction très-vicieufe eft imitée du ftyle barbare qu'on a malheureufement confervé dans le barreau & dans quelques édits. On fait, dans ces pièces , parler au roi un langage gothique. Il dit : On nous *aurait* remontré, au lieu de, on nous *a* remontré ; Lettres *Royaux* , au lieu de Lettres *Royales :* *Voulons* & *nous plaît* , au lieu de toute autre phrafe plus méthodique & plus grammaticale. Ce ftyle gothique des édits & des lois eft comme une cérémonie, dans laquelle on porte des habits antiques ; mais il ne faut point les porter ailleurs. On ferait même beaucoup mieux de faire parler le langage ordinaire aux lois , qui font faites pour être entendues aifément. On devrait imiter l'élégance des *inftitutes* de *Juftinien*. Mais que nous fommes loin de la forme & du fond des lois romaines !

Les écrivains doivent éviter cet abus , dans lequel donnent tous les gazetiers étrangers. Il faut imiter le ftyle de la gazette qui s'imprime à Paris ; elle dit au moins correctement des chofes inutiles.

La plupart des gens de lettres qui travaillent en Hollande, où fe fait le plus grand commerce de livres, s'infectent d'une autre efpèce de barbarie , qui vient du langage des marchands : ils commencent à écrire *par contre*, pour *au contraire ;* cette *préfente*, au lieu de cette *lettre ;* le *change*, au lieu de *changement.* J'ai vu des traductions d'excellens livres remplies de ces expreffions. Le feul expofé de pareilles fautes doit fuffire pour corriger les auteurs. Plût à Dieu qu'il fût auffi aifé de remédier au vice qui produit tous les jours tant d'écrits mercenaires, tant d'extraits infidelles, tant de menfonges, tant de calomnies, dont la preffe inonde la république des lettres !

C O N S E I L S

A M. R A C I N E,

Sur son poëme de la religion, par un amateur des belles-lettres.

En lisant le poëme de la religion du fils de notre illustre *Racine*, j'ai remarqué des beautés ; mais j'ai senti un défaut qui règne dans tout l'ouvrage : c'est la monotonie. On peut remédier aisément dans une seconde édition à toutes les autres fautes ; on rectifie une idée fausse, on embellit des vers négligés, on éclaircit une phrase obscure, on ajoute des beautés ; mais il sera un peu plus difficile de changer l'uniformité répandue sur tout l'ouvrage, en cette variété piquante, qui seule peut donner du plaisir. Je me souviens d'un vers charmant de feu M. de *la Motte* :

L'ennui naquit un jour de l'uniformité.

Cependant j'ose exhorter l'estimable auteur de ce poëme à faire les plus grands efforts pour atteindre à cette beauté absolument nécessaire. J'ai ouï dire à M. *Silhouette* que *la boucle de cheveux* de M. *Pope* n'eut d'abord qu'un médiocre succès, parce qu'il n'y avait point d'invention ; mais qu'il réussit, lorsque l'auteur eut embelli ce badinage en y introduisant des génies, des sylphes, & des ondins. Ce n'est pas de pareilles fictions, sans doute, que je demande à M. *Racine* ; mais plus de chaleur, plus de figures, & des tableaux plus frappans.

Tantôt

Tantôt je voudrais qu'il interrogeât la fageffe
éternelle qui lui répondrait du haut des cieux ; tantôt
que le verbe lui - même defcendu fur la terre vînt y
confondre *Mahomet*, *Confucius*, *Zoroaftre*, appelés un
moment du fein des ténèbres pour l'entendre ; ici, je
voudrais que l'abyme s'entr'ouvrît, j'aimerais à y defcendre en idée pour interroger les fages de l'antiquité,
& pour arracher d'eux l'aveu qu'ils n'ont pas connu
la fageffe.

Là, je ferais l'hiftoire d'un prince qui dans les
grandeurs, dans les victoires, & dans les plaifirs, cher-
chât inutilement le bonheur, qui le trouvât enfuite
dans la folitude. Plus loin je peindrais un homme
que l'enivrement du monde rendrait dur & malheureux ; devenu enfuite compatiffant, indulgent, bien-
fefant, & par conféquent heureux. Cent images dans
ce goûtréveilleraient l'efprit du lecteur que l'hiftorique
affoupit, & que le dogmatique endort.

J'exhorte encore l'auteur à penfer de lui-même ; il
en eft capable. Il ne faut point toujours mettre en
vers *Pafcal*, *S* *Auguftin*, *Arnauld*. Cet afferviffement
de l'efprit le gêne trop dans fa marche. Trop d'imitation éteint le génie. S'il veut commencer par donner
l'effor à fon ame, alors il fera temps de le prier de
corriger les négligences de ftyle. Alors je prendrai la
liberté de lui faire remarquer que le premier chant
commence un peu languiffamment ; non qu'il faille
des vers trop forts dans un début, mais il ne faut pas
ramper.

L'idée d'un *appui véritable* que la raifon *rend aimable*
n'eft pas à beaucoup près affez grande. Il s'agit
du bonheur de tous les hommes, & d'un bonheur

éternel; les paroles doivent peindre. D'ailleurs eft-ce une grande merveille que notre appui véritable nous devienne aimable? La difficulté, la beauté confifte à rendre aimable un joug, une fervitude qui nous gêne, & non un appui qui nous raffure.

Je lui dirai encore que dès la première page on ne doit pas fe négliger au point de dire : *les droits*, *la gloire t'eft chère*. Ces fautes de grammaire font trop remarquables, & révoltent trop les oreilles les moins délicates.

Mais ce n'eft qu'après avoir refondu l'ouvrage avec génie, qu'il faudra revoir les détails avec fcrupule. Je me flatte d'autant plus qu'il l'embellira, que je vois des chofes dans le fecond chant qui me paraiffent devoir lui fervir de modèle pour tout le refte.

Qu'il ne dife point, comme dans le quatrième chant, qu'il veut imiter *Sannazar*. Ce poëte italien défigura fon ouvrage, médiocre d'ailleurs, par des fictions indécentes & puériles; & je propofe à M. *Racine* de fe rendre très-fupérieur à *Sannazar*, en embelliffant fon poëme par des images nobles & intéreffantes.

Non fatis eft pulchra effe poëmata; dulcia funto.

Moins les raifonnemens font convaincans, plus on a befoin de féduire par les grâces du difcours; par exemple, voici, page 130, un argument propofé en vers didactiques :

,, Quand votre Dieu pour vous n'aurait qu'indifférence,
,, Pourrait-il, oubliant fa gloire qu'on offenfe,
,, Permettre à cette erreur, qu'il femble autorifer,
,, D'abufer de fon nom pour vous tyrannifer?

On fent combien cet argument eft faux ; car Dieu permet que les hommes foient trompés par le maho-métifme dont les préceptes font extrêmement févères, puifqu'ils ordonnent la prière cinq fois par jour , la plus rigoureufe abftinence , l'aumône du dixième de fon bien fous peine de damnation. Jesus-Christ permet encore que les hommes foient trompés dans la plus belle partie de la terre depuis près de trois mille ans par l'admirable & auftère morale de *Confucius*. Ainfi un argument fi faux, préfenté fi fèchement , eft capable de faire un grand tort au fond de l'ouvrage.

Il y en a malheureufement quelques-uns de ce genre ; je confeillerais donc, encore une fois, à l'eftimable auteur d'argumenter moins , & d'embellir davantage. Pourquoi dire qu'il y a plus de chrétiens que de mufulmans fur la terre ? on fait que le fait eft au moins très-douteux. Que prouverait-il quand il ferait vrai ? nulle erreur , nulle mauvaife preuve ne doit entrer dans un ouvrage confacré à la divine vérité. Je ne veux point blâmer le projet de mettre en vers les *Penfées de Pafcal ;* mais en rimant ces *Penfées*, il faut & les ennoblir, & être exaƈt, & en inventer de nouvelles.

» Je demande où l'on va, d'où l'on vient, qui nous fommes ?
» Et je les vois courir , peu touchés de nos maux ,
» A des amufemens qu'ils nomment leurs travaux.
» On détruit, on élève, on s'intrigue, on projette.

Le leƈteur s'attend alors à une defcription de ces travaux, de ces deftruƈtions, de ces intrigues, & de ce torrent qui entraîne tous les hommes loin

d'eux-mêmes ; mais au lieu de cette idée grande &
nécessaire, voici ce qu'on trouve :

> » Sans cesse l'on écrit, & sans cesse on répète.
> » L'un jaloux de ses vers, vains fruits d'un doux repos,
> » Croit que Dieu ne l'a fait que pour ranger des mots ;
> » L'autre assis pour entendre & juger nos querelles,
> » Dicte un amas d'arrêts qui les rend éternelles.

S'arrêter à ces petites images, non-seulement c'est
tomber, mais c'est s'écarter de son chemin en tombant :
il peint deux occupations sédentaires, au lieu de faire
passer sous mes yeux le rapide spectacle de la roue de
la fortune qui emporte le genre-humain ; il confond
un amusement avec l'occupation la plus digne des
hommes, qui est celle de rendre la justice ; de plus
il est faux qu'un arrêt du parlement, en jugeant un
procès, l'éternise.

> » Cent fois j'ai souhaité (j'en fais l'aveu honteux)
> » Pouvoir de mes malheurs me distraire comme eux,
> » Et risquant sans remords mon ame infortunée,
> » Attendre du hasard ma triste destinée.

Premièrement, comment a-t-il souhaité pouvoir se
distraire comme ceux qui font des vers, dans le temps
même qu'il fait des vers ? Secondement, quelle alter-
native ou de faire des vers, ou de juger des procès ?
Troisièmement, tous les juges risquent-ils sans
remords leur ame infortunée ? Quatrièmement, qui
est-ce qui attend sa triste destinée du hasard, tandis
que les écoliers de seconde savent aujourd'hui que le

hafard n'eft qu'un nom. C'eft donc à tort que dès le commencement de fon poëme, à la page 6, il dit :

O toi qui vainement fais ton Dieu du hafard.

Car, encore une fois, il n'y a aucun livre écrit depuis cent ans où l'on attribue quelque chofe au hafard. Le grand fyftème des matérialiftes eft la néceffité.

J'apporte à M. *Racine* ce petit exemple entre plufieurs autres, ne doutant pas qu'un efprit comme le fien ne fente de quel prix eft la jufteffe, & ne remédie à ces légers défauts par-tout où il les trouvera dans fon livre.

Il néglige dans fon poëme fur notre religion le grand fondement de cette religion même, qui eft la néceffité d'un rédempteur ; & au lieu de parler de cette néceffité, il apporte en preuve de la miffion de JESUS-CHRIST je ne fais quel bruit qui ne courut que du temps de *Vefpafien*, que l'empire romain ferait à un homme qui viendrait de Judée ; c'eft expofer notre fainte religion au mépris des déiftes dont la terre eft couverte. Ils dédaignent nos bonnes raifons quand on leur en rapporte de fi mauvaifes ; la caufe de notre Sauveur JESUS-CHRIST s'affaiblit par l'inattention du poëte.

C'eft ainfi que nous avons vu depuis quelque temps le Mercure galant rempli d'étranges differtations fur JESUS-CHRIST & les prophètes, par des hommes un peu incompétens, qui voulaient expliquer des prophéties que *Grotius*, *Huet*, *Calmet*, *Hardouin*, n'ont pu entendre. On a vu avec une extrême douleur les

F f 3

chofes facrées ainfi profanées & livrées à l'injufte
dérifion des efprits forts. Je conjure donc inftamment
M. *Racine* d'employer de meilleures preuves avec
l'éloquence dont il eft capable. Je ne veux que la
perfection de l'ouvrage, la gloire de l'auteur, le bien
des lettres & du public.

Je prends la liberté de l'engager à faire encore de
nouveaux efforts quand il lutte contre les anciens &
les modernes dans fes defcriptions. Par exemple,
M. de *Voltaire*, dans un de fes difcours en vers, s'eft
ainfi expliqué :

> Le fage du Faï parmi fes plants divers,
> Végétaux raffemblés des bouts de l'univers,
> Me dira-t-il pourquoi la tendre fenfitive
> Se flétrit fous nos mains, honteufe & fugitive?
> Pourquoi ce ver changeant fe bâtit un tombeau,
> S'enterre, & reffufcite avec un corps nouveau;
> Et le front couronné tout brillant d'étincelles,
> S'élance dans les airs en déployant fes ailes?

Ce même ver, dit M. *Racine*,

> Chez fes frères rampans, qu'il méprife aujourd'hui,
> Sur la terre autrefois traînant fa vie obfcure,
> Semblait vouloir cacher fa honteufe figure;
> Mais les temps font changés; fa mort fut un fommeil;
> On le vit plein de gloire à fon brillant réveil,
> Laiffant dans fon tombeau fa dépouille groffière,
> Par un fublime effor voler vers la lumière.

M. *Racine* a l'efprit trop jufte pour ne pas convenir
fans peine que ces vers ont encore befoin d'être un
peu retouchés. Il ne dit pas précifément ce qu'il doit

dire. Il dit : *Sa mort fut un fommeil*, & il n'a pas parlé auparavant de cette prétendue mort. *Les temps font changés* eft une expreffion qui convient aux événemens de la fortune, & non pas à un effet phyfique. On ne doit pas dire d'une mouche qu'elle eft *pleine de gloire*, ni que *fon effor eft fublime*. C'eft dire mal que de dire trop; c'eft énerver que d'exagérer. Choififfons quelques autres endroits où il fe rencontre avec le même auteur.

M. DE VOLTAIRE.

Demandez à Sylva par quel fecret myftère,
Ce pain, cet aliment dans mon corps digéré,
Se transforme en un lait doucement préparé;
Comment, toujours filtré dans fes routes certaines,
En longs ruiffeaux de pourpre il coùt enfler mes veines? &c.

M. RACINE.

Mais qui donne à mon fang cette ardeur falutaire?
Sans mon ordre il noùrrit ma chaleur néceffaire;
D'un mouvement égal il agite mon cœur;
Dans ce centre fécond il forme fa liqueur,
Et vient me réchauffer par fa rapide courfe.

M. DE VOLTAIRE.

Rome enfin fe découvre à fes regards cruels;
Rome jadis fon temple & l'effroi des mortels;
Rome dont le deftin, dans la paix, dans la guerre,
Eft d'être en tous les temps maîtreffe de la terre:
Par le droit des combats on la vit autrefois
Sur leurs trônes fanglans enchaîner tous les rois.
L'univers fléchiffait fous fon aigle terrible :
Elle exerce en nos jours un pouvoir plus paifible;

On la voit fous fon joug affervir fes vainqueurs,
Gouverner les efprits, & commander aux cœurs;
Ses avis font fes lois, fes décrets font fes armes, &c.

M.   R A C I N E.

Cette ville autrefois maîtreffe de la terre,
Rome, qui par le fer & le droit de la guerre,
Commandait autrefois à toute nation,
Rome commande encor par la religion
Avec plus de douceur, & non moins d'étendue.
Son empire établi frappe d'abord ma vue.
Des peuples, de fon fein par l'orage écartés,
Contre fon Dieu du moins ne font pas révoltés;
Tout le Nord eft chrétien, tout l'Orient encore, &c.

M.   D E   V O L T A I R E.

Tu n'as pas oublié ces facrés homicides
Qu'à tes indignes dieux préfentaient tes druides.

M.   R A C I N E.

Les Gaulois déteftant les honneurs homicides
Qu'offre à leurs dieux cruels le fer de leurs druides.

M.   D E   V O L T A I R E.

Le crime a fes héros, l'erreur a fes martyrs, &c.

M.   R A C I N E.

L'erreur a fes martyrs, le bonze follement, &c.

M.   D E   V O L T A I R E.

Sur les pompeux débris de Bellone & de Mars,
Un pontife eft affis au trône des Céfars.
Des prêtres fortunés foulent d'un pied tranquille
Le tombeau des Catons, & la cendre d'Emile.

Le trône eft fur l'autel, & l'abfolu pouvoir
Met dans les mêmes mains le fceptre & l'encenfoir.

M. R A C I N E.

Terrible par fes clefs & fon glaive invifible,
Tranquillement affis dans un palais paifible,
Par l'anneau du pêcheur autorifant fes lois,
Au rang de fes enfans un prêtre met nos rois.

M. D E V O L T A I R E.

Vous dont la main favante & l'exacte mefure
De la terre étonnée ont fixé la figure,
Dévoilez les refforts qui font la pefanteur;
Vous connaiffez les lois qu'établit fon auteur;
Parlez, enfeignez-moi comment fes mains fécondes
Font tourner tant de cieux, graviter tant de mondes....
Vous ne le favez point, &c.

M. R A C I N E.

Vous que de l'univers l'architecte fuprême
Eût pu charger du foin de l'éclairer lui-même,
Des travaux qu'avec vous je ne puis partager
Si j'ofe vous diftraire & vous interroger,
Dites-moi quel attrait à la terre rappelle
Ces corps que dans les airs il lance fi loin d'elle?
La pefanteur ... déjà ce mot vous trouble tous..

M. D E V O L T A I R E.

Vers un centre commun tout gravite à la fois.

M. R A C I N E.

Vers un centre commun tous pèfent à la fois.

M. D E V O L T A I R E

Et périffe à jamais l'affreufe politique,
Qui prétend fur les cœurs un pouvoir defpotique;

Qui veut le fer en main convertir les mortels;
Qui du fang hérétique arrofe les autels,
Et fuivant un faux zèle, ou l'intérêt pour guides,
Ne fert un Dieu de paix que par des homicides!

M. RACINE.

Quel Dieu contraire au nôtre aurait pu nous apprendre
Qu'en foutenant un dogme il faut pour le défendre,
Armés de fer, faifis d'un long emportement,
Dans un cœur obftiné plonger fon argument?

M. DE VOLTAIRE.

Déjà de la carrière
L'augufte vérité vient m'ouvrir la barrière;
Déjà ces tourbillons l'un par l'autre preffés,
Se mouvant fans efpace, & fans règle entaffés,
Ces fantômes favans à mes yeux difparaiffent;
Un jour plus pur me luit, les mouvemens renaiffent;
L'efpace qui de Dieu contient l'immenfité,
Voit rouler dans fon fein l'univers limité;
Cet univers fi vafte à notre faible vue,
Et qui n'eft qu'un atome, un point dans l'étendue.

M. RACINE.

Là d'un indigne amas, berceau de la nature,
Sortent trois élémens de diverfe figure.
Là ces angles qu'entre eux brife leur frottement,
Quand Dieu qui dans le plein met tout en mouvement,
Pour la première fois fit tourner la matière.
Newton ne la voit pas, mais il voit ou croit voir
Dans un vide étendu tous les corps fe mouvoir.

M. D E V O L T A I R E.

Il adoucit les traits de fa main vengereffe ;
Il ne fait point punir des momens de faibleffe,
Des plaifirs paffagers, pleins de trouble & d'ennui,
Par des tourmens affreux, éternels comme lui.

M. R A C I N E.

Mais pour quelque douceur rapidement goûtée,
Qui confole en fa foif une ame tourmentée,
Croirons-nous qu'en effet il s'irrite fi fort ?
Et pour un peu de miel nous juge-t-il à mort ?

J'omets quelques autres exemples, & je ne veux point
entrer dans le détail des vers qu'il faut abfolument
que l'auteur corrige, parce que je l'eftime affez pour
croire qu'il les fentira lui-même, ou qu'il confultera
quelqu'un de nos académiciens qui ont le plus de
goût. Ce n'eft pas toujours les poëtes qu'il faut
confulter en poëfie. M. *Patru* était le confeil de
M. *Defpréaux.* Il paraît que M. *Racine* ne devait pas
s'adreffer à *Rouffeau* fur un tel ouvrage. Le peu de nos
vers alexandrins que *Rouffeau* a faits, prouvent qu'il
n'avait pas le goût de ce genre de verfification, & fes
épîtres font voir que le raifonnement n'était pas
tout-à-fait de fon reffort. En effet dans fes meilleures
épîtres, comme dans celle à *Marot*, il y a trop de
parallogifmes ; & celle qu'on vient d'imprimer à la
fuite du poëme de la religion, n'eft pas affurément ce
qu'il a fait de mieux en fait de raifon & de poëfie.

Rouffeau dans cette épître attaque toujours la fecte
ancienne qui attribuait tout au hafard. Encore une

fois, il ne faut pas fe battre contre ces fantômes ; il
faut attaquer dans leur fort, mais avec une extrême
charité, ces incrédules ; lefquels admettent un Dieu
tout puiffant & tout bon, qui n'a rien fait que de
bien, & qui nous donne la mefure de connaiffances
& de félicités proportionnées à notre nature; qui ne
peut jamais changer, qui imprime dans tous les
cœurs la loi naturelle, qui eft & qui a toujours été
le père de tous les hommes; n'ayant point de prédi-
lection pour un peuple, ne regardant point les autres
créatures dans fa fureur, ne nous ayant point donné
la raifon pour exiger que l'on croie ce que cette
raifon réprouve, ne nous éclairant point pour nous
aveugler &c.

Voilà les dogmes monftrueux, voilà les fubtilités
fi évidemment criminelles qu'il fallait détruire; mais
en vérité *Rouffeau* en était-il capable? en était-il
digne? & le ton d'autorité, le langage des *Bourdaloue*
& des *Maffillons*, convenait-il à une bouche fouillée de
ce que jamais la fodomie & la beftialité ont fourni de
plus horrible à la licence. *Quare enarras juftitias meas?*
Rouffeau ne devrait employer le refte de fa vie qu'à
demander humblement pardon à DIEU & aux
hommes; & non à parler en docteur de ce qui lui
était fi étranger. Qu'eût-on dit de *la Fontaine* s'il eût
pris le ton févère pour prêcher la pudeur? *caftigas*
turpia turpis. Auffi cette épître de *Rouffeau* eft une
des plus faibles déclamations en ftyle marotique qu'il
ait faites depuis fon exil de France.

Ce que M. *Racine* veut faire approuver de cette
épître fert même à la faire condamner. Eft-il poffible
qu'on puiffe y goûter *des bruyantes armées d'efprits*

subtils, *qui pygmées ingénieux se hauſſent burleſquement*
contre le ciel ſur des montagnes d'argumens entaſſés? N'eſt-ce
pas là réunir à la fois le guindé du père *le Moine* &
le bas comique? N'eſt-ce pas un double monſtre?
Certes, vouloir accréditer ce ſtyle, pire mille fois que
le ſtyle précieux qu'on a tant condamné, ce ferait
ruiner entièrement le peu de bon goût qui reſte en
France.

M. *Racine* a fait imprimer auſſi ſa réponſe en vers à
Rouſſeau; il eſt à ſouhaiter que M. *Racine* travaille
cette épître auſſi-bien que ſon poëme, qu'il la varie
davantage, qu'il lui ôte ce ton déclamateur qui eſt
l'oppoſé de ce genre d'écrire, qu'il y ſème plus de ces
vers aiſés qu'on retient par cœur & qui deviennent
proverbes. Je lui demande encore un peu plus de
politeſſe. On peut, on doit réfuter *Bayle*, & je ſouhaite
que ceux qui s'en mêlent ſoient aſſez dialecticiens
pour l'entreprendre; mais s'il faut combattre ſes
erreurs, il ne faut pas l'appeler cœur cruel, homme
affreux. Les injures atroces n'ont jamais fait de tort
qu'à ceux qui les ont dites. Qui ſe met ainſi en
colère a trop l'air de n'avoir pas raiſon. Tu prends
ton tonnerre, au lieu de répondre, dit *Ménippe* à
Jupiter, tu as donc tort. Mais ſi *Jupiter* a tort, combien
ſommes-nous condamnables lorſque nous inſultons
ainſi à la mémoire d'un philoſophe qui, après tout,
a rendu tant de ſervices à la littérature, & dont les
ouvrages ſont le fondement des bibliothèques chez
toutes les nations de l'Europe.

Je finirai par prier M. *Racine*, pour l'intérêt de ſa
gloire, de ne point tant invectiver contre les auteurs
ſes confrères. Cette indécence n'eſt plus d'uſage; les

honnêtes gens la réprouvent. Il faut imiter la plupart des phyficiens de toutes les académies, qui rapportent toujours avec éloge les opinions de ceux même qu'ils combattent. Si *Defpréaux* revenait au monde, il condamnerait lui-même fes premières fatires.

Je me flatte que M. *Racine* recevra avec charité ce que la charité m'a infpiré, & qu'il fentira qu'on ne prend la liberté de donner des confeils qu'à ceux qu'on eftime.

UTILE EXAMEN

DES TROIS DERNIERES EPITRES

DU SIEUR ROUSSEAU.

Les efprits fages, dans le fiècle où nous vivons, font peu d'attention aux petits ouvrages de poëfie. L'étude férieufe des mathématiques & de l'hiftoire, dont on s'occupe plus que jamais, laiffe peu de temps pour examiner fi une ode nouvelle ou une petite épître font bonnes ou mauvaifes. Il n'y a guère que les grands ouvrages tels qu'un poëme épique, comme la Henriade, & des tragédies telles que Rhadamifte & Alzire, qu'on veut examiner avec foin. Cependant rien n'eft à méprifer dans les belles-lettres, & le goût peut s'exercer à proportion fur les plus petits ouvrages comme fur les plus grands.

Voici deux règles, regardées comme infaillibles par de très-bons efprits, pour juger du mérite de ces petites pièces de poëfie. Premièrement, il faut examiner fi ce qu'on y dit eft vrai, & d'une vérité affez importante & affez neuve pour mériter d'être dit. Secondement, fi ce vrai eft énoncé d'un ftyle élégant & convenable au fujet.

Les nouvelles épîtres de *Rouffeau* qu'on débite depuis peu ne paraiffent rien contenir qui mérite l'attention du public; ce n'eft pas la peine de faire mille vers pour dire qu'il y a de mauvaifes pièces de théâtre, & des ouvrages que l'on voudrait rabaiffer; c'eft feulement dire en mille vers : *Je fuis mécontent &*

jaloux. Or en cela il n'y a rien de neuf ni d'important ; c'eft une vérité très-reconnue & très-peu intéreffante qu'un auteur eft jaloux d'un autre auteur.

On a toujours reproché à *Rouffeau* d'avoir peu de génie inventif, & de ne mettre en vers que les penfées des autres. Ce reproche femble affez bien fondé ; car fi vous examinez la neuvième fatire de *Defpréaux*, adreffée *à fon efprit*, dans laquelle il dépeint fi naïvement les inconvéniens de la poëfie fatirique, vous verrez que les épîtres *aux Mufes* & à *Marot*, compofées par *Rouffeau*, n'en font que des copies. Lifez la fatire de *Defpréaux* à *Valincourt*, vous y verrez comment le faux honneur eft venu fur la terre prendre les traits & le nom de l'honneur véritable. Cette idée eft répétée dans la plupart de ces pièces que *Rouffeau* appelle fes allégories.

Un auteur fait excufer en lui ce peu de fécondité, quand il ajoute au moins quelque chofe à ce qu'il emprunte ; mais quand *Rouffeau* mêle de fon fond à ces idées, il y mêle des erreurs.

Y a-t-il, par exemple, rien de plus faux que de dire ?

> Et cherchez bien *de Paris jufqu'à Rome*,
> *Onc* ne verrez *fot qui foit honnête homme.*

Je ne relève point cette façon de parler, *de Paris jufqu'à Rome ;* je ne relève que l'erreur groffière & dangereufe qui règne dans ces vers & dans tout le refte de l'ouvrage. Qui ne fait, par une trifte expérience, que beaucoup de gens d'efprit ont été de très-méchans hommes, & qu'un honnête homme eft fouvent un efprit fort borné ?

L'erreur

L'erreur en profe eft un monftre, & en vers un monftre ridicule. Les ornemens recherchés de la rime ne rendent pas vrai ce qui eft faux, mais le rendent impertinent.

Ce n'eft pas affez que le vrai foit la bafe des ouvrages ; il faut que la matière foit importante, il faut dire des chofes intéreffantes & neuves. Quel miférable emploi de paffer fa vie à dire du mal de trois ou quatre auteurs, à parler de tragédies, de comédies, à fe déchaîner contre fes rivaux ! quel bien peut-on faire aux hommes en choififfant de tels fujets ? à qui plaira-t-on ? quelle gloire peut-on acquérir ? Quelques perfonnes lifent ces petites fatires : elles difent, après les avoir lues, qu'il vaudrait beaucoup mieux inftruire en fefant une bonne tragédie & une bonne comédie, qu'en parlant mal de ceux qui en font ; mais cette manière d'inftruire ferait plus difficile.

Il faudrait au moins fauver la petiteffe de ces fujets par l'élégance du ftyle : c'eft la feule reffource quand le génie eft médiocre. Mais le ftyle des dernières épîtres de *Rouffeau* eft, ce me femble, beaucoup plus répréhenfible encore que les fujets mêmes, & c'eft fur quoi on peut faire ici quelques réflexions utiles.

Le ftyle doit être propre au fujet. Le grand mérite des bons auteurs du fiècle de *Louis XIV* eft d'avoir tout traité convenablement. *Defpréaux*, en traitant des fujets fimples, ne tombe point dans le bas ; il eft familier, mais toujours élégant. Les termes de fa langue lui fuffifent ; il ne va point chercher dans la langue qu'on parlait du temps de *François I*, de quoi exprimer fa penfée, ni un terme ufité par la populace, pour tâcher d'être plus comique. Lifez ce qu'il dit à

M. *Racine* dans cette belle épître qu'il lui adreſſe :

> Cependant laiſſe ici gronder quelques cenſeurs
> Qu'aigriſſent de tes vers les charmantes douceurs.

Vous ne verrez dans cette ſimplicité que les termes les plus nobles.

C'eſt une juſtice encore que l'on rend à l'auteur de la Henriade de n'avoir mis dans ce poëme rien de bas ni d'ampoulé. Dans la deſcription la plus pompeuſe il eſt ſimple.

> Alors on n'entend plus ces foudres de la guerre,
> Dont les bouches de bronze épouvantaient la terre :
> Un farouche ſilence, enfant de la terreur,
> A ces bruyans éclats ſuccède avec horreur.
> D'un bras déterminé, d'un œil brûlant de rage,
> Parmi ſes ennemis chacun s'ouvre un paſſage.
> On ſaiſit, on reprend, par un contraire effort,
> Ce rempart teint de ſang, théâtre de la mort.
> Dans ſes fatales mains la fortune incertaine
> Tient encor près des lis l'étendard de Lorraine.
> Les aſſiégeans ſurpris ſont par-tout terraſſés,
> Cent fois victorieux, & cent fois renverſés ;
> Pareils à l'Océan pouſſé par les orages,
> Qui couvre à chaque inſtant, & qui fuit ſes rivages.

On voit que l'imagination eſt là dans les choſes mêmes, & non dans une expreſſion recherchée.

Qu'on jette les yeux ſur les images les plus communes ; par exemple, quand l'auteur dit que Paris n'était pas ſi grand alors qu'aujourd'hui :

> Paris n'était point tel en ces temps orageux,
> Qu'il paraît en nos jours aux Français trop heureux.

Cent forts qu'avaient bâtis la fureur & la crainte,
Dans un moins vaste espace enfermaient son enceinte.
Ces faubourgs aujourd'hui si pompeux & si grands,
Que la main de la paix tient ouverts en tout temps,
D'une immense cité superbes avenues,
Où cent palais dorés se perdent dans les nues,
. N'étaient que des hameaux de remparts entourés, &c.

Toute cette image est ennoblie sans le secours d'aucun mot inusité ; & c'est-là une preuve bien convaincante que la langue française suffit à tout.

Quand le même auteur veut exprimer que *Gabrielle d'Estrées* était jeune, & qu'elle n'avait point eu d'amant, il dit :

Elle entrait dans cet âge, hélas ! trop redoutable,
Qui rend des passions le joug inévitable :
Son cœur fait pour aimer, mais fier & généreux,
D'aucun amant encor n'avait reçu les vœux ;
Semblable en son printemps à la rose nouvelle,
Qui renfermé en son sein sa beauté naturelle,
Cache aux vents amoureux les trésors de son sein,
Et s'ouvre aux doux regards d'un jour pur & serein.

Enfin, on peut dire que le caractère propre d'un auteur raisonnable est de n'être jamais gêné dans ses expressions, soit qu'il soit tendre, soit qu'il soit sublime, soit qu'il soit plaisant, ou qu'il prenne le ton didactique.

On voit dans *Rousseau* tout le contraire de ce style aisé & naturel ; il semble qu'il lui coûte d'écrire en français.

Lorsque *Despréaux*, dans son art poëtique, parle des auteurs du théâtre, quelle simplicité & quelle élégance !

Vous donc qui d'un beau feu pour le théâtre épris,
Venez en vers pompeux y difputer le prix,
Voulez-vous fur la fcène étaler des ouvrages,
Où tout Paris en foule apporte fes fuffrages,
Et qui toujours plus beaux, plus ils font regardés,
Soient au bout de vingt ans encor redemandés, &c.

Rouffeau, qui veut l'imiter, dit dans une de fes nouvelles épîtres :

De fes beautés nous déterrer la fource,
Et démêler les détours finueux
De ce dédale oblique & tortueux,
Ouvert jadis par la fœur de Thalie, &c.

Ces trois épithètes *oblique*, *finueux*, & *tortueux*, données au *dédale* de la tragédie, font auffi forcées qu'inutiles; & *la fœur de Thalie*, au lieu de *Melpomène*, eft une affectation que la rime juftifierait, fi la rime était une excufe. *Defpréaux* dit, avec fon harmonie charmante :

Que devant Troie en flamme Hécube défolée
Ne vienne point pouffer une plainte ampoulée.
Il faut dans la douleur que vous vous abaiffiez;
Pour me tirer des pleurs il faut que vous pleuriez :
Et ces pompeux amas d'expreffions frivoles
Sont d'un déclamateur amoureux de paroles.

Voici comme s'exprime le copifte :

Cet emphatique & burlefque étalage
D'un faux fublime enté fur l'affemblage
De ces grands mots, clinquans de l'oraifon,
Enflés de vent, & vides de raifon,
N'eft qu'un vain bruit, une fotte fanfare.

Il n'y a rien de plus rude que ces vers, ni de plus louche que ces expreſſions : *Un clinquant enflé de vent, enté ſur un aſſemblage*, qui *eſt une ſotte fanfare*, eſt une phraſe digne de *Chapelain*. C'eſt le fort des copiſtes d'imiter les geſtes de leurs maîtres par des contorſions.

Voilà ce que le ſtyle de *Rouſſeau* eſt très-ſouvent par rapport à celui de *Deſpréaux*. Il était permis dans l'enfance de la littérature de dérober quelque choſe aux anciens, & de reſter au-deſſous d'eux ; mais ſi l'on veut imiter un moderne, on n'évite guère le nom de plagiaire qu'en ſurpaſſant ſon modèle. Mais on le ſurpaſſe rarement : il y a toujours un tour lâche ou contraint dans le pinceau de l'imitateur.

Voici, par exemple, un endroit de la Henriade qu'il faut comparer à l'imitation que *Rouſſeau* en a faite quelques années après l'impreſſion de ce poëme :

> Loin du faſte de Rome & des pompes mondaines,
> Des temples conſacrés aux vanités humaines,
> Dont l'appareil ſuperbe impoſe à l'univers,
> L'humble religion ſe cache en des déſerts :
> Elle y vit avec Dieu dans une paix profonde ;
> Cependant que ſon nom, profané dans le monde,
> Eſt le prétexte faint des fureurs des tyrans,
> Le bandeau du vulgaire, & le mépris des grands.

Rouſſeau, dans une de ſes dernières allégories, dit de la vertu :

> Dans un déſert éloigné des mortels,
> D'un peu d'encens offert ſur ſes autels,
> Et des douceurs de ſon humble retraite,
> Elle vivait contente & ſatisfaite.

Là pour défenfe & pour divinité,
Elle n'avait que fa fécurité.

On ne peut rien de plus faible que ces vers; d'ailleurs
tout y manque de juftefle. Si le défert eft éloigné des
hommes, on n'y peut faire fumer d'encens. Et la
divinité de la vertu eft-elle la fécurité?

Ces comparaifons mèneraient trop loin. Le peu
qu'on vient de dire fuffit pour engager les jeunes
auteurs à ofer penfer d'après eux-mêmes. Celui qui
imite toujours ne mérite affurément pas d'être imité.

On les exhorte furtout à refpecter la langue dans
leurs écrits. La plupart des expreffions de *Rouffeau* ne
font pas françaifes.

*Des débiles phofphores qui brillent dans de grands
météores; un docteur intrépide; un océan d'écrits perfides;
des aigrefins fur le Parnaffe errans; un babil qui tient la
joie en échec; une mer de langueurs &c. &c.*

Tout eft plein de ces phrafes barbares, dans
lefquelles on fent l'effort d'un auteur qui veut fuppléer
par des termes finguliers à la féchereffe des idées.

Mais le défaut qu'il faut le plus foigneufement
éviter, & celui qui caractérife le plus un efprit faux,
c'eft de commencer une phrafe par une image, & de
la finir par une autre image. En voici un exemple
dans les épîtres nouvelles:

De tout le vent que peut faire fouffler
Fatuité fur fottife greffée,
Dans les fourneaux d'une tête échauffée.

Cette phrafe, *fatuité greffée*, eft certainement très-
mauvaife; mais *une greffe qui fait fouffler du feu dans*

un fourneau, eft le comble de la déraifon. *Rouffeau*
tombe très-fouvent dans cette faute d'écolier : témoin
ce *fublime enté qui eft du clinquant & une fanfare.*

Dans un autre endroit il dit : *L'orgueil aveugle*
préfentant de perfides amorces , mine les forces par degrés
d'un corps orné d'embonpoint. On ne fauroit trop recom-
mander aux jeunes gens d'éviter cet écueil. La jufteffe
eft la principale qualité qu'il faut acquérir dans
l'efprit. *Sapere eft principium & fons.*

La convenance des ftyles dépend auffi de cette
jufteffe ; c'eft en manquer que de fe fervir d'expreffions
baffes ; de dire , par exemple , que la fureur d'écrire

> *Eft une gale , un ulcère tenace ,*
> *Qui de fon fang corrompt toute la maffe.*

Le génie de la comédie émancipé par Térence , l'intégrité
du théâtre romain , pour dire le bon goût du théâtre
romain ; la *diffemblance ,* pour la différence ; *le flanc*
d'une façade ; un mur avancé qu'il faut *enfoncer ,* au
lieu de reculer ; *une fymétrie qui vieillit dans la pédan-*
terie ; un génie dans un berceau qui manque d'un maître
habile à l'effayer.

On trouve à chaque ligne de pareilles phrafes. Ce
n'eft pas là, dit-on, le plus grand défaut qui y règne ;
l'uniformité didactique eft encore plus ennuyeufe que
ces expreffions ne font révoltantes. Mais j'obferverai
que cette uniformité & ces termes vicieux partent du
même principe : je veux dire, du manque d'invention,
du défaut d'idées ; car celui qui a beaucoup d'idées
nettes , a certainement beaucoup d'idées différentes ;
il exprime naturellement, & d'une manière variée, ce
qu'il penfe naturellement. Mais celui qui ne penfe

point ne peut varier fon ftyle , puifqu'en effet il n'a rien à dire.

Je ne connais effectivement rien de plus vide que ces trois épîtres nouvelles. Mais le plus grand défaut que j'y trouve, c'eft le manque de bienféance. Il me femble qu'un poëte qui, pour tous ouvrages de théâtre, a fait le Café , la Ceinture magique , Jafon , Adonis , le Capricieux, le Flatteur, & furtout les Aïeux chiméri- ques , ouvrages tous ignorés, devait au public le refpect de parler avec modeftie de l'art dramatique. Il faut avoir eu bien des fuccès pour être en droit de donner des leçons. Rien n'eft fi révoltant aux yeux des hon- nêtes gens qu'un homme qui donne des règles fur un métier auquel il n'a pas réuffi.

C'eft pécher encore davantage contre cette bien- féance fi néceffaire que de parler *de fa vertu*. Cet éloge de foi-même n'eût pas été fouffert dans la vertu même. Quand on a eu le malheur de faire de très- grandes fautes pour lefquelles on a été puni par les tribunaux fuprêmes , on doit marquer pour toute vertu , du repentir & de l'humilité.

Les jeunes auteurs doivent donc fonger que les mauvaifes mœurs font encore plus dangereufes que le mauvais ftyle ; ils doivent apprendre à imiter *Boileau*, non-feulement dans l'art d'écrire, mais même dans fa vie.

SUR L'ANTI-MACHIAVEL. (a)

J E crois rendre fervice aux hommes en publiant l'*Effai de critique fur Machiavel*. L'illuftre auteur de cette réfutation eft une de ces grandes âmes que le ciel forme rarement, pour ramener le genre-humain à la vertu par leurs exemples. Il mit par écrit fes penfées, il y a quelques années, dans le feul deffein d'écrire des vérités que fon cœur lui dictait. Il était encore très-jeune ; il voulait feulement fe former à la fageffe, à la vertu. Il comptait ne donner des leçons qu'à foi-même ; mais ces leçons qu'il s'eft données, méritent d'être celles de tous les rois, & peuvent être la fource du bonheur des hommes. Il me fit l'honneur de m'envoyer fon manufcrit ; je crus qu'il était de mon devoir de lui demander la permiffion de le publier. Le poifon de *Machiavel* eft trop public, il fallait que l'antidote le fût auffi. On s'arrachait à l'envi les copies manufcrites, il en courait déjà de très-fautives, & l'ouvrage allait paraître défiguré, fi je n'avais eu le foin de fournir cette copie exacte, à laquelle j'efpère que les libraires à qui j'en ai fait préfent fe conformeront. On fera fans doute étonné quand j'apprendrai aux lecteurs que celui qui écrit en français d'un ftyle fi noble, fi énergique, & fouvent fi pur, eft un jeune étranger, qui n'était jamais venu en France. On trouvera même qu'il s'exprime mieux qu'*Amelot de la Houffaie* que je fais imprimer à côté de la réfutation. C'eft une chofe inouïe, je l'avoue ; mais c'eft ainfi que celui dont je publie l'ouvrage a

(a) Préface de l'éditeur de l'*Anti-Machiavel*, publié par M. de *Voltaire* en 1740.

réuffi dans toutes les chofes auxquelles il s'eft appliqué.
Qu'il foit anglais, efpagnol, ou italien, il n'importe;
ce n'eft pas de fa patrie, mais de fon livre qu'il s'agit
ici. Je le crois mieux fait & mieux écrit que celui de
Machiavel; & c'eft un bonheur pour le genre-humain,
qu'enfin la vertu ait été mieux ornée que le vice.
Maître de ce précieux dépôt, j'ai laiffé exprès quelques expreffions qui ne font pas françaifes, mais qui
méritent de l'être; & j'ofe dire que ce livre peut à la
fois perfectionner notre langue & nos mœurs. Au
refte, j'avertis que tous les chapitres ne font pas
autant de réfutations de *Machiavel*; parce que cet
italien ne prêche pas le crime dans tout fon livre. Il
y a quelques endroits de l'ouvrage que je préfente,
qui font plutôt des réflexions fur *Machiavel* que contre
Machiavel; voilà pourquoi j'ai donné au livre le titre
d'*Effai critique fur Machiavel*.

L'illuftre auteur ayant pleinement répondu à
Machiavel, mon partage fera ici de répondre en peu
de mots à la préface d'*Amelot de la Houffaie*. Ce
traducteur a voulu fe donner pour un politique;
mais je puis affurer que celui qui combat ici *Machiavel*,
eft véritablement ce qu'*Amelot* veut paraître. Ce
qu'on peut dire peut-être de plus favorable pour
Amelot, c'eft qu'il traduifit le *Prince de Machiavel*, &
en foutint les maximes plutôt dans l'intention de
débiter fon livre que dans celle de perfuader. Il parle
beaucoup de raifon d'Etat dans fon épître dédica-
toire; mais un homme qui, ayant été fecrétaire
d'ambaffade, n'a pas eu le fecret de fe retirer de la
mifère, entend mal, à mon gré, la raifon d'Etat.
Il veut juftifier fon auteur par le témoignage de

Jufte-Lipfe, qui avait, dit-il, autant de piété & de religion que de favoir & de politique. Sur quoi je remarquerai 1º. que *Jufte-Lipfe* & tous les favans dépoferaient en vain en faveur d'une doctrine funefte au genre-humain ; 2º. que la piété & la religion, dont on fe pare ici très-mal-à-propos, enfeignent tout le contraire; 3º. que *Jufte-Lipfe*, né catholique, devenu luthérien, puis calvinifte, & enfin redevenu catholique, ne paffa jamais pour un homme religieux, malgré fes très-mauvais vers pour la fainte Vierge ; 4º. que fon gros livre de politique eft le plus méprifé de fes ouvrages, tout dédié qu'il eft aux empereurs, rois & princes; 5º. qu'il dit précifément le contraire de ce qu'*Amelot* lui fait dire. Plût-à-Dieu, dit *Jufte-Lipfe*, page 6 de l'édition de *Plantin*, que *Machiavel* eût conduit fon prince au temple de la vertu & de l'honneur; mais en ne fuivant que l'utile, il s'eft trop écarté du chemin royal de l'honnête, *utinam principem fuum reſtà duxiffet ad templum virtutis & honoris &c.* *Amelot* a fupprimé exprès ces paroles. La mode de fon temps était encore de citer mal-à-propos; mais altérer un paffage auffi effentiel, ce n'eft pas être pédant, ce n'eft pas fe tromper, c'eft calomnier. Le grand-homme dont je fuis l'éditeur, ne cite point ; mais je me trompe fort, ou il fera cité à jamais par tous ceux qui aimeront la raifon & la juftice. *Amelot* s'efforce de prouver que *Machiavel* n'eft point impie ; il s'agit bien ici de piété ! un homme donne au monde des leçons d'affaffinat & d'empoifonnement, & fon traducteur ofe nous parler de fa dévotion! Les lecteurs ne prennent point ainfi le change. *Amelot* a beau dire que fon auteur a beaucoup loué les cordeliers & les jacobins; il n'est point ici question de moines , mais de souverains à qui l'auteur veut enseigner l'art d'être méchans , qu'on ne savait que trop sans lui. D'ailleurs ; croirait-on bien justifier *Mirivits* , *Cartouche* , *Jacques Clément* , ou *Ravaillac* , en disant qu'ils avaient de très-bons sentimens sur la religion ? & se servira-t-on toujours de ce voile sacré pour couvrir ce que le crime a de plus monstrueux ? *César Borgia* , dit encore le traducteur , est un bon modèle pour les princes nouveaux , c'est-à-dire pour les usurpateurs. Mais premièrement tout prince nouveau n'est point usurpateur. Les *Médicis* étaient nouvellement princes , & on ne pouvait leur reprocher d'usurpation. Secondement , l'exemple de ce bâtard d'*Alexandre VI* , toujours détesté , & souvent malheureux , est un très-méchant modèle pour tout prince. Enfin , *la Houssaie* prétend que *Machiavel* haïssait la tyrannie : sans doute tout homme la déteste ; mais il est bien lâche & bien affreux de la détester & de l'enseigner. Je n'en dirai pas davantage ; il faut écouter le vertueux auteur dont je ne ferais qu'affaiblir les sentimens & les expressions.

P. S. Dans le temps qu'on finissait cette édition , il en parut deux autres : l'une est intitulée de Londres , chez *Jean Mayer ;* l'autre à la Haye , chez *van Duren.* Elles sont très-différentes du manuscrit original ; ce qu'il est aisé de connaître aux indications suivantes. 1°. Dans ces éditions , le titre est : *Anti-Machiavel* ou *Examen du prince* &c. & celui-ci est intitulé : *Anti-Machiavel* ou *Essai de critique sur le prince de Machiavel.* 2°. Le premier chapitre dans ces éditions a pour titre : *Combien il y a de sortes de principautés* &c. & ici le titre

eft : *Des différens gouvernemens.* Le fecond chapitre de
ces éditions eft : *Des principautés héréditaires ;* & ici :
Des Etats héréditaires. Il y a d'ailleurs des omiffions
confidérables, des interpolations, des fautes en très-
grand nombre dans ces éditions que j'indique; ainfi,
lorfque les libraires qui les ont faites voudront réimprimer ce livre, je les prie de fuivre en tout la préfente
copie.

C'eft une belle réfutation de *Machiavel* que le livre
du roi de Pruffe ; mais on en pourra voir quelque
jour une réfutation encore plus belle, ce fera l'hiftoire
de la vie de ce prince. Etre fon hiftoriographe fera
un emploi auffi agréable que glorieux.

J'aime un livre dont la lecture me laiffe une idée
grande & aimable du caractère, des fentimens, des
mœurs de celui qui l'a compofé. J'aime un ouvrage
férieux qui ne foit point écrit trop férieufement. Le
férieux de celui-ci n'a rien de trifte, rien d'auftère,
rien de guindé. C'eft le férieux d'un philofophe qui a
la maturité d'un homme de cinquante ans, avec la fleur
de la jeuneffe ; & qui joint à un efprit orné, à un jugement folide, à un difcernement peu commun, une
imagination féconde & agréable, une férénité riante
(fi j'ofe ainfi dire) & quelquefois même enjouée, qui
eft peut-être un des caractères effentiels d'une belle
ame, furtout dans un âge comme celui de vingt à
trente ans, & dans un de ces hommes nés pour le
trône, que la féduction du trône ne porte fouvent que
trop à étouffer un enjouement qui, au gré de l'orgueil,
marque trop d'humanité.

On pourrait appliquer à ce livre ce qu'a dit
la Bruyère, p. m. 85, dans le chapitre des ouvrages

d'efprit. Voici fes paroles : ,, Quand une lecture
,, vous élève l'efprit, & qu'elle vous infpire des fen-
,, timens nobles & courageux, ne cherchez pas une
,, autre règle pour juger de l'ouvrage ; il eft bon &
,, fait de main d'ouvrier. La critique après cela peut
,, s'exercer fur les petites chofes, relever quelques
,, expreffions, corriger des phrafes, parler de fyntaxe,
,, épiloguer fur certaines penfées incidentes, & décider
,, que l'auteur pouvait dire encore tellé ou telle chofe,
,, & que telle ou telle autre pouvait être dite en
,, autres termes. ,,

Il y a tel prince qui a écrit, mais moins en prince
qu'en pédant ; de façon qu'on y reconnaît moins un
auteur qui eft prince, qu'un prince qui eft auteur.
Celui qui a fait l'*Anti-Machiavel* écrit véritablement
en homme de qualité, & cela fans qu'on puiffe lui
reprocher de fe donner certains petits airs de qualité,
qui ne font au fond qu'une nouvelle efpèce de pédanterie plus choquante peut-être ou plus vifible que
celle de l'école ou du cloître. Je me fouviens d'un
endroit où il infinue quelque chofe touchant fon illuftre
naiffance ; mais il le fait d'une manière qui n'a rien que
de très-aimable. Lifez ce qu'il dit aux pages 128 & 129 :
,, Un homme élevé à l'empire par fon courage n'a
,, plus de parens ; on fonge à fon pouvoir, & non
,, à fon extraction. *Aurélien* était fils d'un maréchal
,, de village, *Probus* d'un jardinier, *Dioclétien* d'un
,, efclave, *Valentinien* d'un cordier ; ils furent tous
,, refpectés. Le *Sforze* qui conquit Milan était un
,, payfan ; *Cromwell*, qui affujettit l'Angleterre, & fit
,, trembler l'Europe, était un fimple citoyen ; le grand
,, *Mahomet*, fondateur de l'empire le plus floriffant de

„ l'univers, avait été un garçon marchand ; *Samon*,
„ premier roi d'Efclavonie, était un marchand fran-
„ çais; le fameux *Piaft*, dont le nom eft fi révéré en
„ Pologne, fut élu roi, ayant encore aux pieds fes
„ fabots, & il a vécu refpecté jufqu'à cent ans. Que de
„ généraux d'armée, que de miniftres & de chance-
„ liers roturiers ! l'Europe en eft pleine, & n'en eft
„ que plus heureufe, car ces places font données au
„ mérite; je ne dis pas cela pour méprifer le fang des
„ *Witikinds*, des *Charlemagnes*, des *Ottomans*; je dois
„ au contraire par plus d'une raifon aimer le fang
„ des héros, mais j'aime encore plus le mérite. „ Il
n'y a guère qu'un des premiers gentilshommes du
monde qui puiffe parler fur ce ton-là.

MEMOIRE

SUR LA SATIRE,

A l'occasion d'un libelle de l'abbé Desfontaines contre l'auteur, 1739.

IL eſt honteux pour l'eſprit humain que ſous un gouvernement de ſageſſe & de paix, qui ſemble faire de la France une ſeule famille, la diſcorde règne dans les belles-lettres, & que la ſociété ne ſoit troublée que par ceux qui devraient en faire la douceur principale.

Un libelle infame ayant révolté le public il y a quelques mois, j'ai cru qu'il ne ſerait pas inutile de propoſer ici quelques idées ſur la ſatire, accompagnées de l'hiſtoire récente des injuſtices, des crimes même, & des malheurs qu'elle a produits de nos jours. Je tâcherai de parler en philoſophe & en hiſtorien, & de montrer la vérité la plus exacte dans les réflexions comme dans les faits.

Je commencerai d'abord par examiner la nature de la critique; enſuite je donnerai une hiſtoire, peut-être utile, de la ſatire & de ſes effets, à prendre ſeulement depuis *Boileau* juſqu'au dernier libelle diffamatoire qui a paru depuis peu : ce qui fera un tableau dont le premier trait ſera l'abus que *Boileau* a fait de la critique; & le dernier ſera l'excès horrible où la ſatire s'eſt portée de nos jours.

Peut-être que les jeunes gens qui liront cet eſſai apprendront à déteſter la ſatire. Ceux qui ont embraſſé

ce

ce genre funefte d'écrire en rougiront ; & les magiftrats qui veillent fur les mœurs , regarderont peut-être cet effai comme une requête préfentée au nom de tous les honnêtes gens pour réprimer un abus intolérable.

De la critique permife.

J'ESPERE que ce fiècle fi éclairé permettra d'abord que j'entre un moment dans l'intérieur de l'homme ; car c'eft fur cette connaiffance que toute la vie civile eft fondée.

Je crois qu'il y a dans tous les hommes une horreur pour le mépris , auffi néceffaire pour la confervation de la fociété & pour le progrès des arts , que la faim & la foif le font pour nous conferver la vie. L'amour de la gloire n'eft pas fi général , mais l'impoffibilité de fupporter le mépris paraît l'être. Il n'eft pas plus dans la nature qu'un homme puiffe vivre avec des hommes qui lui feront fentir des dédains continuels, qu'avec des meurtriers qui lui feraient tous les jours des bleffures.

Ce que je dis là n'eft point une exagération : & il eft très-vraifemblable que DIEU , qui a voulu que nous vécuffions en fociété, nous a donné ce fentiment ineffaçable, comme il a donné l'inftinct aux fourmis & aux abeilles pour vivre en commun.

Auffi toute la politeffe des hommes ne confifte qu'à fe conformer à cette horreur invincible que la nature humaine aura toujours pour ce qui porte le caractère de mépris. La première règle de l'éducation dans tous

Mélanges littér. Tome I.   H h

les pays eſt de ne jamais rien dire de choquant à
perſonne.

Les Français ont été plus loin en cela que les autres
peuples. Ils ont preſque fait une loi de la ſociété, de
dire des choſes flatteuſes.

Il ſerait donc bien étrange que dans la nation la plus
polie de l'Europe, il fût permis d'écrire, d'imprimer,
de publier d'un homme, à la face de tout le monde,
ce qu'on n'oſerait jamais dire à lui-même, ni en préſence d'un tiers, ni en particulier.

Il n'eſt permis de critiquer par écrit, ſans doute,
que de la même façon dont il eſt permis de contre-
dire dans la converſation. Il faut prendre le parti de
la vérité ; mais faut-il bleſſer pour cela l'humanité ?
faut-il renoncer à ſavoir vivre, parce qu'on ſe flatte
de ſavoir écrire ?

Depuis le beau règne de *Louis XIV*, où tout s'eſt
perfeĉtionné en France, les magiſtrats qui veillent ſur
la littérature, ont eu ſoin, autant qu'ils ont pu, que
les Français ne démentiſſent point par leurs écrits ce
caraĉtère de politeſſe qu'ils ont dans le commerce. Il
n'y a point aujourd'hui de cenſeur de livres qui pût
donner ſon approbation à un écrit mordant, à moins
peut-être que cet ouvrage ne fût une réponſe à un
aggreſſeur. Il eſt triſte qu'il ait fallu tant de temps
pour établir dans la littérature ce qui l'a toujours été
dans le commerce des hommes, & qu'on ſe ſoit aperçu
ſi tard que des injures ne ſont pas des raiſons.

Il ſe trouva dans le ſiècle paſſé un homme qui
donna un bel exemple de la critique la plus judicieuſe
& la plus ſage : c'eſt *Vaugelas*. On croit qu'il n'a donné
que des leçons de langage ; il en a donné de la plus

parfaite politeffe ; il critique trente auteurs , mais il n'en nomme, ni n'en défigne aucun ; il prend fouvent même la peine de changer leurs phrafes en y laiffant feulement ce qu'il condamne , de peur qu'on ne reconnaiffe ceux qu'il cenfure. Il fongeait également à inftruire & à ne pas offenfer ; & certainement il s'eft acquis plus de gloire en ne voulant pas flétrir celle des autres, que s'il s'était donné le malheureux plaifir de faire paffer des injures à la poftérité.

Il me convient mal de parler de moi , & je me garderais bien d'en demander la permiffion , fi je ne me trouvais dans une circonftance qui autorife cette extrême liberté. L'excès des horribles calomnies dont on a voulu me noircir dans le libelle le plus odieux, excufera peut-être une hardieffe que je ne me permets ici qu'avec peine.

Je me crus obligé , il y a quelques années , de m'élever contre un homme d'un mérite très-diftingué, contre feu M. de *la Motte*, qui fe fervait de tout fon efprit pour bannir du théâtre les règles & même les vers. J'allai le trouver avec M. de *Crébillon*, intéreffé plus que moi à foutenir l'honneur d'un art dans lequel je ne l'égalais pas. Nous demandâmes tous deux à M. de *la Motte* la permiffion d'écrire contre fes fentimens. Il nous la donna ; M. de *Crébillon* voulut bien que je tinffe la plume.

Deux jours après je portai mon écrit à M. de *la Motte*. C'eft une préface qu'on a mife à la nouvelle édition d'Oedipe. Enfin on vit ce que je ne penfe pas qu'on eût vu encore dans la république des lettres : un auteur, cenfeur royal , devenir l'approbateur d'un ouvrage écrit contre lui-même.

Encore une fois, je fuis bien loin d'ofer me citer pour exemple, mais il me femble qu'on peut tirer de-là une règle bien fûre pour juger fi un homme s'eft tenu dans les bornes d'une critique honnête : *Ofez montrer votre ouvrage à celui même que vous cenfurez.*

Il y a encore un meilleur parti à prendre, furtout dans les ouvrages de goût & de fentiment : c'eft de ne critiquer qu'en effayant de mieux faire. Je conviens qu'en phyfique, en hiftoire, en philofophie, on eft obligé de relever des erreurs. Ce n'eft pas affez à M. l'abbé *Dubos* d'établir avec l'érudition la plus exacte & la plus grande vraifemblance l'origine des Français, il faut abfolument qu'il réfute des opinions moins probables. Il a fallu montrer que *Defcartes* avait donné fix règles fauffes du mouvement, lorf-qu'on a établi les véritables règles. Mais en fait d'arts, c'eft, je crois, tout autre chofe. Un peintre, un fculpteur, un muficien, n'auraient pas bonne grâce à écrire contre leurs confrères. Pourquoi cette diffé-rence ? c'eft que les hommes ne peuvent favoir fi *Defcartes* & *Mezerai* ont tort fans le fecours de la cri-tique : mais il fuffit d'avoir des yeux & des oreilles pour juger d'un beau tableau & d'une bonne mufique. Auffi je ne vois point que les *Deftouches* aient écrit contre les *Campra*, ni les *Girardons* contre les *Pugets* : chacun a tâché de furpaffer fon émule. Les poëtes, & ceux qu'on nomme littérateurs, font prefque les feuls artiftes auxquels on puiffe reprocher ce ridicule de fe déchirer mutuellement fans raifon.

Lorfque *Scudéri* porta au cardinal de *Richelieu* fa très-mauvaife cenfure de la belle, mais imparfaite tragédie du Cid, pourquoi le cardinal ne dit-il pas à *Scudéri* & à fes confrères : Meffieurs, qui méprifez tant le Cid, écrivez fur le même fujet, & traitez-le mieux que *Corneille.* On fentait apparemment que cette manière de critiquer n'était pas à la portée des cenfeurs. C'était pourtant la feule dont *Corneille* s'était fervi contre fes rivaux ; & ce fut la feule que *Racine* employa contre *Corneille* même.

L'auteur de Cinna & de Polyeucte était homme : il y avait quelques défauts dans fes meilleures pièces : il était un peu déclamateur ; il ne parlait pas purement fa langue ; il n'allait pas toujours affez au cœur. On aurait écrit en vain des volumes contre fes défauts. Il vint un homme qui, fans écrire contre lui & en le refpectant, donna des tragédies plus intéreffantes, plus purement écrites, & moins pleines de déclamations.

Avant nos bons avocats, on citait les pères de l'Eglife au barreau, quand il s'agiffait du loyer d'une maifon : avant nos bons prédicateurs, on parlait en chaire de *Plutarque*, de *Cicéron*, & d'*Ovide.* Ceux qui ont banni ce mauvais goût en ont-ils purgé la France en fe moquant des orateurs leurs contemporains ? non ; ils ont marché dans la bonne route, & alors on a quitté la mauvaife.

J'aurais bien d'autres exemples à donner pour faire voir que ce n'eft point par des fatires, mais par des ouvrages écrits dans le bon goût, qu'on réforme le goût des hommes. Mais cette vérité étant fuffifamment prouvée, je paffe à l'hiftoire de la fatire que j'ai promife, à fes effets, & à fes progrès. Je commence par *Boileau*, car en France, quand il s'agit des arts, je crois qu'il n'y a guère d'autre époque à prendre que le règne de *Louis XIV.*

De Despréaux.

L'A B B É *Furetière*, homme cauftique, & médiocre
écrivain, fefait des fatires dans le goût de *Régnier*.
Il les montrait à *Boileau* jeune encore : le difciple, né
avec plus de talent que le maître , profita trop bien
dans cette école dangereufe. Il y avait alors à Paris
un homme d'une érudition immenfe, qui écrivait en
profe avec affez de grâce & de juftelfe, qui paffait pour
bon juge, qui était l'ami & même le protecteur de
tous les gens de lettres. S'attendrait-on à voir le nom
de *Chapelain* au bas de ce portrait ? Tout cela eft
pourtant exactement vrai : & *Chapelain* auràit joui
d'une grande réputation s'il n'avait pas voulu en avoir
davantage. La Pucelle & *Boileau* firent un écrivain
très-ridicule d'un homme d'ailleurs très-eftimable.

Malgré cette malheureufe Pucelle , *Chapelain* était
un fi galant homme & fi confidéré que le grand *Colbert*,
lorfqu'il engagea *Louis XIV* à donner des penfions
aux gens de lettres, chargea *Chapelain* de faire la lifte
de ceux qui méritaient les bienfaits du roi.

Cette faveur de *Chapelain* irrita le jeune *Boileau* qui,
dans la première édition de fa première fatire , fit
imprimer ces vers, lefquels ne font pas fes meilleurs :

> Enfin je ne faurais , pour faire un jufte gain,
> Aller bas & rampant, fléchir fous Chapelain.

Voilà donc l'origine de la querelle : un peu d'envie &
de penchant à médire. Ce goût pour la médifance
était dans lui, du moins en ce temps-là , fi dominant

& fi injufte que dans la même fatire il traite de para-
fite (*) un honnête homme qui fouffrait la pauvreté
avec courage, & qui la rendait refpectable en n'allant
jamais manger chez perfonne : il s'appelait *Pelletier*.

> Tandis que Pelletier, crotté jufqu'à l'échine,
> Va chercher fon diné de cuifine en cuifine.

Je demande à tout efprit raifonnable en quoi ces
traits, affez bas & affez indignes d'un homme de
mérite, pouvaient contribuer à établir en France le
bon goût? Quel fervice *Boileau* rendait-il aux lettres
en difant dans fa feconde fatire :

> Si je veux d'un galant dépeindre la figure,
> Ma plume pour rimer trouve l'abbé de Pure;
> Si je penfe exprimer un auteur fans défaut,
> La raifon dit Virgile, & la rime Quinault.

J'ai déjà montré quelque part combien ce trait eft
injufte de toutes façons. *Quinault* ne rime point affez
bien avec *défaut*, pour que ce nom foit amené par la
rime; & la raifon n'a jamais dit que *Virgile* foit fans
défaut : la raifon dit feulement que *Virgile*, malgré
tout ce qui lui manque, eft le plus grand poëte de
Rome.

Il eft bien indubitable que ce n'eft point un zèle
trop vif pour le bon goût, mais un efprit de fatire &
de cabale qui acharnait ainfi *Boileau* contre *Quinault*;
car dans une fatire qui parut bientôt après, il dit:

> Je ne fais pas pourquoi l'on vante l'Alexandre,
> Ce n'eft qu'un glorieux qui ne dit rien de tendre :
> Les héros chez Quinault parlent bien autrement.

(*) Voyez les commentaires mêmes de *Boileau*.

H h 4

L'Alexandre du célébre *Racine* ne valait peut-être guère mieux que l'Aftrate ; il était infiniment moins intéreffant. J'ai ouï conter même à un homme de ce temps-là qu'un vieux comédien dit à M. *Racine : Vous ne réuffirez jamais fi vous ne traitez pas l'amour auffi tendrement que le jeune Quinault ; vous faites des vers mieux que lui : fi vous traitez les paffions, vous furpafferez Corneille.* Ce comédien avait raifon ; & je fuis perfuadé que fans *Quinault*, *Racine* qui avait méconnu fon talent dans Théagène, dans les Frères ennemis, & même dans Alexandre, eût pu continuer à s'égarer.

Mais j'infifte encore, & je demande comment *Boileau* pouvait infulter fi indignement & fi fouvent l'auteur de la Mère coquette ; comment il ne demanda pas enfin pardon à l'auteur d'Atis, de Roland, d'Armide ; comment il n'était pas touché du mérite de *Quinault*, & de l'indulgence fingulière du plus doux de tous les hommes, qui fouffrit trente ans, fans murmure, les infultes d'un ennemi qui n'avait d'autre mérite par deffus lui que de faire des vers plus corrects & mieux tournés, mais qui certes avaient moins de grâce, de fentiment, & d'invention ?

Eft-ce enfin par l'amour du bon goût que *Defpréaux* fe croyait forcé à louer *Ségrais* que perfonne ne lit, & à ne jamais prononcer le nom de *la Fontaine* qu'on lira toujours ? eft-ce à fes fatires qu'on doit la perfection où les mufes françaifes s'élevèrent ? pour lors *Molière* & *Corneille* n'avaient-ils pas déjà écrit ?

Boileau a-t-il appris à quelqu'un que la Pucelle eft un mauvais ouvrage ? non, fans doute. A quoi donc ont fervi fes fatires ? à faire rire aux dépens de dix ou douze gens de lettres ; à faire mourir de chagrin deux hommes qui ne l'avaient jamais offenfé ; à lui fufciter enfin des ennemis qui le pourfuivirent prefque jufqu'au tombeau , & qui l'auraient perdu plus d'une fois , fans la protection de *Louis XIV*.

Auffi, quelle ferait fa réputation s'il n'avait couvert ces fautes de fa jeuneffe par le mérite de fes belles épîtres & de fon admirable Art poëtique. Je ne connais de véritablement bons ouvrages que ceux dont le fuccès n'eft point dû à la malignité humaine.

De la fatire après le temps de Defpréaux.

Boileau dans fes fatires , quoique cruelles , avait toujours épargné les mœurs de ceux qu'il déchirait. Quelques perfonnes qui fe mêlèrent de poëfie après lui, pouffèrent plus loin la licence. Un ftyle qu'on appelle marotique fut quelque temps à la mode. Ce ftyle eft la pierre fur laquelle on aiguife aifément le poignard de la médifance. Il n'eft pas propre aux fujets férieux , parce qu'étant privé d'articles , & étant hériffé de vieux mots , il n'a aucune dignité ; mais , par ces raifons-là même , il eft très-propre aux contes cyniques & à l'épigramme.

On vit donc paraître beaucoup d'épigrammes & de fatires dans ce ftyle : on y ajouta des couplets encore plus infames. On appelait *couplets* certaines chanfons parodiées des opéra. Perfonne, je crois , ne s'avifera de dire que c'était l'amour du vrai , le goût de la faine antiquité , le refpect pour les anciens, qui obligeaient les auteurs de ces infamies à les écrire. C'eft pourtant ce que ces auteurs ofaient dire pour leur défenfe : tant on cherche à couvrir les fautes de quelque ombre de raifon.

Pour moi qui, quoique très-jeune alors, ai vu naître toutes ces horreurs, je fais très-bien que l'envie en fut la feule caufe. Et quelle envie encore? quelle fource ridicule de tant de difgrâces férieufes? de quoi s'agiffait-il? d'un opéra qui n'avait pas réuffi! Il n'y a point d'autre origine de la haine qui fit faire cette pièce infame, intitulée : *la Francinade*, & ces foixante & douze couplets qui défolèrent long-temps plufieurs gens de lettres, & des familles entières, & ceux que l'auteur avoua lui-même contre les fieurs *Danchet*, *Berrin*, & *Pécour*; enfin ceux qui furent la caufe de ce fameux procès rapporté très-exactement dans le livre des caufes célébres.

MM. de *la Motte*, *Danchet*, *Saurin*, & le fieur *Rouffeau*, étaient amis. MM. de *la Motte* & *Danchet* donnèrent des opéra qui eurent du fuccès; ceux de *Rouffeau* n'en auraient point eu : joignez à cela la chute de la comédie du Capricieux, & ne cherchez point ailleurs ce qui attira tant de crimes & une condamnation fi publique.

Mais voici quelque chofe qui doit frapper bien davantage. Il eft certain qu'un homme flétri pour avoir abufé à ce point du talent de la poëfie, pour avoir fait les fatires les plus horribles, & qui cherchait à laver cette tache, ne devait jamais fe permettre la moindre raillerie contre perfonne. Et cependant qu'a-t-il fait pendant trente années de banniffement ? de nouvelles fatires auxquelles il ne manque que d'être bien écrites pour être auffi odieufes que les premières.

Je ne diffimule point qu'étant outragé par lui comme tant d'autres, j'ai perdu patience; & que furtout dans une pièce contre la calomnie, (*) j'ai marqué toute mon indignation contre le calomniateur. J'ai cru être en droit de venger & mes injures, & celles de tant d'honnêtes gens. J'aurais mieux fait peut-être d'abandonner au mépris & à l'horreur du public les crimes que j'ai attaqués; mais enfin, fi c'eft une faute d'écrire contre le perturbateur du repos public, c'eft une faute bien excufable; c'eft, j'ofe le dire, celle d'un citoyen.

Ce fut alors que les journaux, deftinés à l'honneur des lettres, devinrent le théâtre de l'infamie. L'homme dont je parle, & dont je voudrais fupprimer ici abfolument le nom pour ne me plaindre que du crime, & non du criminel, ofa faire imprimer dans la *Bibliothèque françaife*, en 1736, un tiffu de calomnies. Il ofait alléguer entre autres raifons de fa conduite envers moi, qu'autrefois en paffant par Bruxelles, j'avais voulu le perdre dans l'efprit de M. le duc d'*Aremberg* fon protecteur. Quel a été le fruit de cette impofture? M. le duc d'*Aremberg* en eft inftruit: il me fait auffitôt l'honneur de m'écrire pour défavouer cette calomnie; il chaffe de fa maifon celui qui en eft l'auteur. On publie la lettre de ce prince; le calomniateur eft confondu; & enfin les auteurs du journal de la *Bibliothèque françaife* me font des excufes publiques.

Je ne me réfous à rapporter ce qui va fuivre que comme un exemple fatal de cette opiniâtreté malheureufe qui porte l'iniquité jufqu'au tombeau. Ce même homme prend enfin le parti de vouloir couvrir tant

(*) Voyez l'épitre XXVII à madame *du Châtelet*; volume d'*Epîtres*.

de fautes & de difgrâces, du voile de la religion ; il écrit des épîtres morales & chrétiennes ; (ce n'eſt pas ici le lieu d'examiner fi c'eſt avec fuccès.) Il follicite enfin fon retour à Paris , & fa grâce : il veut apaifer le public & la juſtice ; on le voit proſterné aux pieds des autels , & dans le même temps il trempe dans le fiel fa main moribonde. A l'âge de foixante & douze ans il fait de nouveaux vers fatiriques : il les envoie à un homme qui tient un bureau public de ces horreurs : on les imprime. Les voici. La meilleure cenfure qu'on en puiſſe faire , c'eſt de les rapporter.

Petit rimeur anti-chrétien ,
On reconnaît dans tes ouvrages
Ton caractère & non le mien.
Ma principale faute , hélas ! je m'en fouvien,
Vint d'un cœur qui , féduit par tes patelinages,
Crut trouver un ami dans un parfait vaurien ;
Charme des fous , horreur des fages,
Quand par lui mon efprit aveuglé , j'en convien,
Hafardait pour toi fes fuffrages;
Mais je ne me reproche rien
Que d'avoir fali quelques pages
D'un nom auffi vil que le tien.

Un pareil exemple prouve bien que quand on n'a pas travaillé de bonne heure à dompter la perverfité de fes penchans , on ne fe corrige jamais ; & que les inclinations vicieufes augmentent encore à mefure que la force d'efprit diminue.

Des fatires nommées calottes.

Au milieu des délices pour lefquelles feules on femble refpirer à Paris , la médifance & la fatire en ont corrompu fouvent la douceur. L'on y change de mode dans l'art de médire & de nuire comme dans les ajuftemens. Aux fatires en vers alexandrins fuccé-dèrent les couplets ; après les couplets vinrent ce qu'on appelle *les calottes.* Si quelque chofe marque fenfiblement la décadence du goût en France , c'eft cet empreffement qu'on a eu pour ces miférables ouvrages. Une plaifanterie ignoble, toujours répétée , toujours retombant dans les mêmes tours, fans efprit, fans imagination , fans grâce, voilà ce qui a occupé Paris pendant quelques années ; & pour éternifer notre honte , on en a imprimé deux recueils , l'un en quatre, & l'autre en cinq volumes, monumens infames de méchanceté & de mauvais goût, dans lefquels , depuis les princes jufqu'aux artifans, tout eft immolé à la médifance la plus atroce & la plus baffe, & à la plus platte plaifanterie. Il eft trifte pour la France , fi féconde en écrivains excellens , qu'elle foit le feul pays qui produife de pareils recueils d'ordures & de bagatelles infames.

Les pays qui ont porté les *Copernic*, les *Ticho-Brahé*, les *Ottoguérick*, les *Leibnitz*, les *Bernouilli*, les *Volf*, les *Huyghens ;* ces pays où la poudre , les télefcopes, l'im-primerie, les machines pneumatiques, les pendules&c. ont été inventés ; ces pays que quelques-uns de nos petits-maîtres ont ofé méprifer parce qu'on n'y fefait pas la révérence fi bien que chez nous ; ces pays, dis-je, n'ont rien qui reffemble à ces recueils, foit de chanfons infames, foit de calottes, &c. Vous n'en trouvez pas un feul en Angleterre, malgré la liberté & la licence qui y règnent. Vous n'en trouverez pas même en Italie, malgré le goût des Italiens pour les pafquinades.

Je fais exprès cette remarque afin de faire rougir ceux de nos compatriotes qui, pouvant faire mieux, déshonorent notre nation par des ouvrages fi malheureufement faciles à faire, auxquels la malignité humaine affure toujours un prompt débit, mais qu'enfin la raifon qui prend toujours le deffus, & qui domine dans la faine partie des Français, condamne enfuite à un mépris éternel.

Des calomnies contre les écrivains de réputation.

Il s'eft gliffé dans la république des lettres une pefte cent fois plus dangereufe. C'eft la calomnie qui va effrontément fous le nom de juftice & de religion foulever les puiffances & le public contre des philofophes, contre les plus paifibles des hommes, incapables de jamais nuire, par cela même qu'ils font philofophes.

J'ai entendu demander fouvent : Pourquoi *Charron* a-t-il été calomnié & perfécuté; & que *Montagne*, le libre, le pyrrhonien, le hardi *Montagne*, & *Rabelais* même ne l'ont jamais été? pourquoi *Socrate* a-t-il été condamné à mort, & *Spinofa* a-t-il vécu tranquille? pourquoi *la Mothe-le-Vayer* cent fois plus hardi, plus cynique que *Bayle*, a-t-il été précepteur de deux enfans de *Louis XIII*, & que *Bayle* a été accablé? pourquoi *Defcartes* & *Volf*, les deux lumières de leur fiècle, ont-ils été chaffés l'un d'Utrecht, & l'autre de l'univerfité de Hall, & que tant d'autres qui ne les valaient pas ont été comblés d'honneurs? On rapportait tous ces événemens à la fortune, &c.

Et moi je dis : Examinez bien les fources des perfécutions qu'ont effuyées ces grands-hommes, vous trouverez que ce font des gens de lettres, des fophiftes, des profeffeurs, des prêtres qui les ont excitées : lifez, fi vous pouvez, toutes les injures qu'on a vomies contre les meilleurs écrivains, vous ne trouverez pas un feul libelle qui n'ait été écrit par un rival. On appelle les belles-lettres *humaniores litteræ*, les lettres humaines ; mais, dit un homme d'efprit, en voyant cette fureur réciproque de ceux qui les cultivent, on les appellera plutôt les lettres inhumaines. Je ne veux point m'étendre ici fur les perfécutions qui ont privé de leur liberté, de leur patrie, ou de la vie même, tant de grands perfonnages dont les noms font confacrés à la poftérité : je ne veux parler ici que de cette perfécution fourde que fait continuellement la calomnie, de cet acharnement à compofer des libelles, à diffamer ceux qu'on voudrait détruire.

La jaloufie, la pauvreté, la liberté d'écrire, font trois fources intariffables de ce poifon. Je conferve précieufement, parmi plufieurs lettres affez fingulières que j'ai reçues dans ma vie, celle d'un écrivain qui a fait imprimer plus d'un ouvrage. La voici :

Monfieur, étant fans reffource, j'ai compofé un ouvrage contre vous ; mais fi vous voulez m'envoyer deux cents écus, je vous remettrai fidellement tous les exemplaires &c. &c.

Je rappellerai encore ici la réponſe que fit, il y a quelques années, un de ces malheureux écrivains à un magiſtrat qui lui reprochait ſes libelles ſcandaleux: *Monſieur*, dit-il, *il faut que je vive.*

Il s'eſt trouvé réellement des hommes aſſez perdus d'honneur pour faire un métier public de ces ſcandales : ſemblables à ces aſſaſſins à gages, ou à ces monſtres du ſiècle paſſé qui gagnaient leur vie à vendre des poiſons.

Mais je ne crois pas que depuis que les hommes ſont méchans & calomniateurs, on ait jamais mis au jour un libelle auſſi déshonorant pour l'humanité, que celui qui a paru à Paris au mois de janvier de cette année 1739, ſous le titre de *Voltairomanie*, ou *Mémoire d'un jeune avocat*.

C'eſt de quoi je ſuis obligé, par toutes les lois de l'honneur, de dire un mot ici ; & je prie tout lecteur attentif de vouloir bien examiner une cauſe qui devient l'affaire de tout honnête-homme : car quel homme de bien n'eſt pas expoſé à la calomnie plus ou moins publique ? Tout lecteur ſage eſt, en de pareilles circonſtances, un juge qui décide de la vérité & de l'honneur en dernier reſſort, & c'eſt à ſon cœur que l'injuſtice & la calomnie crient vengeance.

Examen d'un libelle calomnieux intitulé : La Voltai-romanie, ou Mémoire d'un jeune avocat.

Il eſt juſte en premier lieu de laver l'opprobre que l'on fait au corps reſpectable des avocats, en imputant à l'un de leurs membres un malheureux libelle où

les

les injures & les calomnies les plus atroces tiennent lieu de raifons : un libelle où l'on traite avec indignité M. *Audri* qui travaille avec applaudiffement depuis trente ans au journal des favans fous M. l'abbé *Bignon* : un libelle où l'on appelle M. de *Fontenelle* ridicule ; celui-ci *therfite* de la faculté ; celui-là *cyclope ;* cet autre *faquin* : un libelle enfin qui, pour me fervir des expreffions d'un des plus eftimables hommes de Paris, eft l'ouvrage des furies, fi les furies n'ont point d'efprit.

Quand on s'abaiffe à parler d'un libelle, je crois qu'il n'en faut parler que papiers juftificatifs en main, foit devant les juges, foit devant le public. Voici donc la lettre d'un des plus anciens & des meilleurs avocats de Paris, qui prouve qu'il eft impoffible qu'un avocat foit l'auteur de ce libelle puniffable.

A Paris, ce 12 février 1739.

,, J'ai vu, Monfieur, un imprimé qui a couru
,, ici, intitulé : *La Voltairomanie , ou lettre d'un jeune*
,, *avocat en forme de mémoire ;* j'ai vu au palais la
,, plupart de meffieurs les avocats. Après avoir parlé
,, à M. *Deniau ,* qui eft à préfent notre bâtonnier ,
,, je puis vous affurer, Monfieur, qu'il n'y a qu'un
,, cri de blâme & d'indignation contre les calomnies
,, atroces répandues dans ce libelle. Le fentiment
,, commun eft qu'il n'eft pas poffible qu'un ouvrage
,, fi méchant foit imputé à un avocat , ni même à
,, quelqu'un qui connaîtrait les lois de cette profef-
,, fion , dont le premier devoir eft la fageffe. Je vous
,, protefte au nom de tous ceux à qui j'ai parlé (&

Mélanges littér. Tome I. I i

,, c'eſt encore une fois la meilleure partie du palais)
,, que, bien loin que quelqu'un s'en avoue l'auteur,
,, tous le condamnent comme extrêmement ſcanda-
,, leux. Je vous ajouterai même que c'eſt avec une
,, vraie peine que la plupart vous ont vu ſi inju-
,, rieuſement traité que vous l'êtes dans cet écrit ;
,, car nous feſons gloire, Monſieur, d'honorer les
,, grands génies, & vos ouvrages ſont dans nos mains.
,, Tout cela vous ferait atteſté par monſieur le bâtonnier
,, au nom de l'ordre, ſans la difficulté de convoquer
,, une aſſemblée générale. Si de pareilles brochures,
,, diſtribuées ſous le nom vague d'un avocat, deve-
,, naient fréquentes, nous ſerions expoſés ſans ceſſe
,, à nous mettre en mouvement pour les déſavouer ;
,, mais pour ſuppléer à une atteſtation en forme, je
,, me ſuis chargé de vous rendre compte du ſentiment
,, général ; & je le fais de l'aveu de tous ceux à qui
,, j'en ai parlé. Je m'en acquitte avec d'autant plus
,, de ſatisfaction, que c'eſt ce que j'avais penſé à la
,, vue du libelle.

,, Je ſuis avec toute l'eſtime , &c.

Signé PAGEAU.

Il n'y a perſonne qui ayant lu cette lettre, & ayant
remarqué que le libelle eſt tout entier en faveur du
ſieur abbé *Guyot Desfontaines*, & plein d'anecdotes
qui le regardent, juſque-là même que ſa généalogie
y eſt rapportée ; il n'y a perſonne, dis-je, qui ne voie
évidemment par cent autres raiſons, qu'aucun avocat
n'a compoſé cet ouvrage. Mais qui donc pourrait en
être l'auteur ?

Quoique l'abbé *Guyot Desfontaines* foit depuis quelque temps mon plus cruel ennemi, cependant je me garderai bien d'imputer à un homme de fon âge, à un prêtre, une fi infame pièce : je croirais lui faire une trop grande injure. Je l'en crois incapable, & en voici les raifons :

Il eft dit dans ce libelle, en termes exprès, que je fuis *un voleur, un brutal, un enragé, un athée, le petit-fils d'un payfan, &c. &c.*

Or je foutiens qu'un homme de lettres, quelque méchant qu'il puiffe être, ne peut vomir de pareilles injures : celles de *voleur*, d'*enragé*, d'*athée*, de *brutal*, font des termes horribles, mais vagues, qui ne peuvent fouiller la plume d'un homme auquel il refterait la moindre pudeur & la moindre étincelle d'efprit.

Il eft encore bien peu probable qu'un écrivain reproche à un autre écrivain fa naiffance : l'auteur de la Henriade doit peu s'embarraffer quel a été fon grand-père. Uniquement occupé de l'étude, je ne cherche point la gloire de la naiffance. Content, comme *Horace*, de mes parens, je n'en ai jamais demandé d'autres au ciel, & je ne réfuterais point ici ce vain menfonge, fi je n'avais parmi mes proches parens des magiftrats & des officiers-généraux qui s'intérefferont peut-être davantage à l'honneur d'une famille outragée. Pour moi je fens qu'un tel reproche, s'il était vrai, ne pourrait jamais m'affliger. Je me fuis confacré à l'étude dès ma jeuneffe ; j'ai refufé la charge d'avocat du roi à Paris, que ma famille, qui a exercé long-temps des charges de judicature en province, voulait m'acheter. En un mot, l'étude fait tous mes titres , tous mes honneurs , toute mon ambition.

Voici des preuves encore plus fortes que cet infame écrit ne peut être de l'homme à qui tout Paris l'impute.

On ofe avancer dans ce libelle que ce fervice fignalé qu'avait rendu fi publiquement autrefois le fieur de *Voltaire* au fieur *Desfontaines* , il ne l'avait rendu que pour obéir à M. le préfident de *Bernière* fon patron , qui le nourriffait & le logeait par bonté , & que par conféquent le fieur *Desfontaines* n'avait aucune obligation au fieur de *Voltaire*.

Premièrement, comment fe pourrait-il faire qu'un homme de bon fens raifonnât ainfi ? Quoi! il ferait permis d'infulter fon bienfaiteur , parce qu'il aurait été logé & nourri chez un autre ? eft-ce là la logique de l'ingratitude ? En fecond lieu, l'abbé *Desfontaines* ne favait-il pas que j'ai long-temps loué chez M. de *Bernière* un appartement affez connu ? faut-il lui apprendre que j'ai en main l'acte fait double du 4 de mai 1723 , par lequel je payais 1800 livres de penfion pour moi & pour un de mes amis? faudrait-il enfin dire ici que le chef de la juftice & plufieurs autres magiftrats ont vu la lettre de la veuve du préfident de *Bernière* , qui dément d'une manière fi forte toutes les impoftures du libelle? nous ne la rapportons point ici , parce que nous n'en avons point demandé la per-miffion ; comme nous avions demandé celle de la faire voir à monfieur le chancelier.

Enfin , comment fe pourrait-il faire que l'abbé *Desfontaines* ofât dire qu'il n'a jamais eu aucune obli-gation au fieur de *Voltaire*?

On n'a qu'à lire la lettre qu'il m'écrivit en fortant de l'endroit d'où je l'avais tiré ; elle eft écrite & fignée de fa main ; le cachet eft même prefque entier.

De Paris , ce 31 mai.

,, Je n'oublierai jamais les obligations infinies que ,, je vous ai. Votre bon cœur eft bien au - deffus de ,, votre efprit. Vous êtes l'ami le plus généreux qui ,, ait jamais été. Que ne vous dois-je point, &c. &c.

,, L'abbé *Nadal*, l'abbé de *Pons*, *Danchet*, *Fréret*, ,, fe réjouiffent ; ils traitent ma perfonne comme je ,, traiterai toujours leurs indignes écrits. Ne pourriez- ,, vous pas faire en forte que l'ordre qui m'exile à ,, trente lieues foit levé Voilà , mon cher ami, ce ,, que je vous conjure d'obtenir encore pour moi. Je ,, ne me recommande qu'à vous feul , qui m'avez ,, fervi, &c. &c.

Après tant de preuves je foutiendrai toujours qu'il faudrait que l'abbé *Desfontaines* au moins eût abfolu- ment perdu la mémoire , pour avancer contre un homme qui lui a rendu de tels fervices, des impoftures fi horribles & fi aifées à confondre.

Mais , me dira-t-on , fi vers le temps même où il vous avait les plus grandes obligations qu'un homme puiffe avoir à un homme, il fit un libelle contre vous; fi vous avez plufieurs lettres des perfonnes auxquelles il montra cet écrit ; fi l'on fait qu'il était intitulé : *Apologie de M. de Voltaire*, & que cette apologie ironique & fanglante était un libelle diffamatoire contre vous & contre feu M. de *la Motte ;* fi lui-même, dans un autre libelle intitulé : *Pantalo Phebeana* , page 73 , a

I i 3

eu l'imprudence de citer cette apologie ironique; enfin s'il a été capable d'une telle ingratitude quand le fervice était récent, que n'a-t-il point pu faire après plus de treize années? j'avoue que cette objection eft preffante; mais voici ce que j'ai à répondre.

Je ne crois pas qu'il foit permis d'accufer fans preuves juridiques un citoyen, de quelque faute que ce puiffe être : or j'ai, à la vérité, des preuves juridiques, des témoignages fubfiftans, que la première chofe qu'il fit au fortir de bicêtre, ce fut un libelle contre moi; (*) mais je n'ai aucune preuve affez forte pour l'accufer du malheureux libelle qui a paru cette année; je n'ai que la voix publique. Elle fuffit pour devoir attribuer à un homme une bonne action; mais elle ne fuffit pas pour lui imputer un crime.

(*) *Extrait des lettres de M. Thiriot.*

Du 16 août 1726.

Il a fait du temps de bicêtre un ouvrage contre vous, intitulé : *Apologie de M. de Voltaire*, que je l'ai forcé avec bien de la peine à jeter dans le feu. C'eft lui qui a fait à Evreux une édition du poëme de *la ligue*, dans lequel il a inféré des vers de fa façon contre M. de *la Motte*, &c.

Du 31 décembre 1738.

Je me fouviens très-bien qu'à la Rivière-Bourdet, chez feu M. le préfident de *Bernière*, il fut queftion d'un écrit contre M. de *Voltaire*, que l'abbé *Desfontaines* me fit voir, & que je l'engageai de jeter au feu, &c.

Du 14 janvier 1739.

Je démens les impoftures d'un calomniateur ; je méprife les éloges qu'il me donne ; je témoigne ouvertement mon eftime, mon amitié, ma reconnaiffance pour vous, &c.

Je pourrais pourfuivre , & faire voir jufqu'à quel comble d'horreur la calomnie a été pouffée dans cet écrit ; mais mon deffein n'eft pas de répondre en détail à des difcours dignes de la plus vile canaille ; ce ferait trop mal employer un temps précieux. J'ai voulu feulement, pour l'honneur des lettres , effayer de faire voir combien il eft difficile de croire qu'un homme de lettres fe foit fouillé d'un opprobre fi aviliffant.

J'écris ici dans la vue d'être utile à la littérature encore plus qu'à moi-même. Plût-à-DIEU que toutes ces haines flétriffantes, ces querelles également affreufes & ridicules fuffent éteintes parmi des hommes qui font profeffion, non - feulement de cultiver leur raifon, mais de vouloir éclairer celle des autres ! plût-à-DIEU que les exemples que j'ai rapportés puffent rendre fages ceux qui font tentés de les fuivre !

Faudra-t-il donc que les lettres, qu'on prétend avoir adouci les mœurs des hommes , ne fervent quelque-fois qu'à les rendre malins & farouches ? Si je pouvais exciter le repentir dans un cœur coupable de ces hor-reurs, je ne croirais pas avoir perdu ma peine en compofant ce petit écrit, que je préfente à tous les gens de lettres comme un gage de mon amour pour leurs études & pour le bien de la fociété.

LE PRESERVATIF. (*)

I.

IL eft jufte de détromper le public, quand il eft à craindre qu'on ne l'abufe. On ne connaît que trop les guerres des auteurs. La plupart des journaliftes qui s'érigent en arbitres, font fouvent eux-mêmes les plus violens actes d'hoftilité. Je puis dire, par l'expérience que j'ai dans la littérature, qu'il fe forme autant d'intrigues pour faire valoir ou pour détruire un livre, dont fouvent perfonne ne fe foucie, que pour obtenir un pofte important.

On fait que le journal des favans de Paris, père de cette multitude de journaux, enfans très-fouvent peu femblables à leur père, s'eft affez préfervé de la contagion des cabales.

Mais parmi les auteurs de ces petites gazettes volantes qu'on débite tantôt fous le nom de *Nouvellifte du Parnaffe*, tantôt fous le nom d'*Obfervations*, on ne trouve ni le même goût, ni la même fcience, ni la même équité. J'ai donc cru rendre quelque fervice aux amateurs des lettres, en affemblant des bévues que j'ai trouvées dans plufieurs feuilles intitulées *Obfervations*, que j'ai lues par hafard.

Nombre 100. Le fefeur d'obfervations dit qu'un grand prince a condamné le genre comique larmoyant dans la pièce de dom Sanche d'Arragon de *Pierre Corneille*, & affure que ce goût ne doit point fubfifter parmi nous, après cette condamnation.

(*) La première édition de cet ouvrage a paru fous le nom de M. le chevalier de *Mouhi*.

Il y a en cela trois fautes : la première, que le goût d'un prince ne fuffit pas pour régler celui du public ; la feconde, que le dom Sanche d'Arragon de *Pierre Corneille*, n'eft point d'un genre comique attendriffant, & qui faffe verfer des larmes, comme certaines fcènes du Bourreau de foi-même de *Térence*, la fcène très-tendre entre une mère & une fille dans Efope à la cour, celle du Préjugé à la mode, de l'Enfant prodigue, &c. Dom Sanche d'Arragon eft une comédie héroïque & non larmoyante, comme le dit l'*Obfervateur*. Ce fut la froideur & non l'intérêt qui la fit tomber : jamais une pièce intéreffante ne tombe.

La troifième faute, & plus grande, eft de s'ériger en juge d'un art qu'on ne connaît pas, & de dire avec hardieffe, que ce qui a plu dans Paris & dans l'ancienne Rome n'a pas dû plaire. Des fcènes attendriffantes ont toujours été bien reçues à la comédie de tous les temps, parce que les actions des particuliers peuvent être touchantes auffi-bien que ridicules, & on peut leur appliquer ce que dit *Horace :*

Interdùm vocem comædia tollit.

I I.

DANS la même feuille, l'auteur rapporte une longue critique fur un problème d'optique qu'il n'entend point ; on lui fait accroire qu'il s'agiffait dans ce problème de la trifection de l'angle, & il n'en eft point du tout queftion. L'auteur que le critique reprend, fans le comprendre, eft M. de *Voltaire*. J'ai lu foigneufement l'endroit en queftion dans la préface de l'édition de Londres des Elémens de *Newton*.

L'*Obfervateur* n'a point lu cet ouvrage qu'il ofe critiquer ; car il reproche à M. de *Voltaire* d'avoir donné des règles pour partager un angle en trois avec le compas, & c'eft de quoi M. de *Voltaire* n'a pas dit un mot dans fes Elémens. L'*Obfervateur* s'eft fié en cela à un géomètre qui s'eft moqué de lui ; il a cru que M. de *Voltaire* ne favait pas qu'on ne peut trouver la trifeEtion de l'angle que par les feEtions coniques ou par l'algèbre ; il a rapporté de bonne foi dans fa feuille une critique qu'on lui a fuggérée pour le faire donner dans le panneau : c'eft un exemple pour ceux qui parlent de ce qu'ils ignorent. (1)

I I I.

J E prends les feuilles de l'*Obfervateur* indifférem- ment à mefure qu'on me les prête à lire : je trouve une étrange bévue dans la lettre vingt-feptième. *Brutus*, dit-il, *plus quaker que floïcien, a des fentimens plus monf- trueux qu'héroïques.* Ne dirait-on pas, à ces paroles, que les quakers font une feEte d'hommes fanguinaires ? Cependant tout le monde fait qu'une des premières lois des quakers eft de ne porter jamais d'armes offen- fives, fous quelque prétexte que ce foit, & de ne jamais repouffer une injure. La méprife eft auffi grande que s'il avait dit : *Le cruel Brutus, plus capucin que floïcien.*

(1) Les diamètres apparens des objets font comme les cordes des angles fous lefquels ils font vus, & non comme ces angles à une diftance triple ; les diamètres apparens, & par conféquent les cordes des angles font trois fois plus petits ; mais l'angle n'eft point partagé en trois. Comme en général dans les expériences ou dans les raifonnemens que font les phyficiens fur cet objet, ils confidèrent de petits angles, & qu'alors on peut fubftituer fans erreur fenfible le rapport des angles à celui des cordes ; on dit ordinai- rement que la grandeur apparente des objets eft proportionnelle à l'angle fous lequel ils font vus. C'eft une mauvaife plaifanterie d'un géomètre fur cette manière de parler inexaEte en elle-même, mais généralement reçue, que l'abbé *Desfontaines*, qui était fort ignorant, a prife pour une critique férieufe.

I V.

NOMBRE 199. En rendant compte d'une hypothèfe de M. l'abbé de *Molière*, il dit que *ce phyficien fe conforme aux expériences de Newton, par exemple, que les corps parcourent en tombant, quinze pieds dans la première feconde, & qu'à des diftances différentes du centre de la terre, le même mobile n'aurait pas le même degré de vîteffe accélératrice.*

Il y a ici trois fautes. *Newton* n'a point trouvé par expérience que les corps tombent de quinze pieds dans la première feconde : c'eft *Huyghens* qui a déterminé cette chute dans fes beaux théorèmes fur le pendule, après que *Galilée* en eut donné une valeur approchée par des expériences directes, mais moins précifes.

Secondement, ce n'eft qu'à des diftances très-confidérables & inacceffibles aux hommes que cette différence ferait fenfible.

Troifièmement, cette différence de la force accélératrice à des diftances différentes n'eft fondée fur aucune expérience, mais fur une démonftration géométrique. Voilà les bévues où l'on s'expofe quand on veut juger de ce qui n'eft pas à notre portée.

V.

NOMBRE 17. L'*Obfervateur* rapporte une ancienne difpute littéraire entre M. *Dacier* & le marquis de *Sévigné*, au fujet de ce paffage d'*Horace* :

> *Difficile eft propriè communia dicere....*

Il rapporte le factum ingénieux de M. de *Sévigné*: *Et pour M. Dacier*, dit-il, *il fe défend en favant, & c'eft tout dire : des expreffions mauffades & injurieufes font les ornemens de fon érudition.*

Il y a dans ce difcours de l'*Obfervateur* trois fautes bien étranges.

Premièrement , il eft faux que ce foit le caractère des favans du fiècle de *Louis XIV*, d'employer des injures pour toutes raifons.

Secondement , il eft très-faux que M. *Dacier* en ait ufé ainfi avec le marquis de *Sévigné* : il le comble de louanges, & il conclut fon mémoire par lui demander fon amitié : apparemment que l'*Obfervateur* n'a pas lu cet écrit.

Troifièmement, il eft indubitable que M. *Dacier* a raifon pour le fond , & qu'il a très-bien traduit ce vers d'*Horace :*

Difficile eft propriè communia dicere....

Il eft très-difficile de bien traiter des fujets d'invention... Car fi vous mettez fous les yeux du lecteur la phrafe entière d'*Horace*, vous verrez que la fin explique le commencement.

Difficile eft propriè communia dicere , tuque
Rectiùs Iliacum carmen deducis in actus ,
Quàm fi proferres ignota , indictaque primus.

Il eft difficile de bien traiter un fujet d'invention, & vous compoferez plus aifément une tragédie tirée de l'Iliade , que de votre propre tête.

Voilà qui fait un fens clair , & qui prouve que *commune* veut dire en cet endroit *intactum* , un fujet neuf.

Ainfi l'abbé *Desfontaines* n'a pas entendu *Horace*, n'a pas lu l'écrit de M. *Dacier* qu'il critique , & a tort dans tous les points.

V I.

NOMBRE 201 &c. Il dit que *Cicéron* est moins ferré que *Sénèque*, & que *Sénèque* est plus verbeux. Peu importe, à la vérité, au public, qu'on ait tort ou raison sur cette bagatelle : mais les jeunes gens qui étudient seraient trompés, s'ils croyaient que *Sénèque* exprime sa pensée en plus de mots que *Cicéron ;* car c'est ce que signifie *verbeux*. Il n'y a personne qui ne sache que le défaut de *Sénèque* est d'être, au contraire, trop précis dans ses expressions.

V I I.

MEME nombre. *Si les Anglais, dit-il, continuent d'encenser encore leur vide, & d'attribuer de merveilleuses propriétés au néant &c.*

Qui a jamais dit que M. *Newton* ait encensé le vide ? cette expression est très-mauvaise en tout sens. Il est faux que M. *Newton* ait attribué de merveilleuses propriétés au vide ; il a démontré que les corps, & non le vide agissent à des distances immenses les uns sur les autres, dans un milieu non résistant. Il faudrait au moins se faire informer de l'état de la question, avant que d'insulter de grands-hommes dont on n'a lu ni pu lire les ouvrages.

V I I I.

NOMBRE 87. Il se fait écrire une lettre par un anglais pour se louer lui-même, & il fait proposer dans cette lettre de faire une nouvelle édition d'un libelle de sa façon, intitulé *Dictionnaire néologique :* ce libelle est l'ouvrage auquel il donne le plus d'éloge dans sa gazette littéraire. Il est bon qu'on sache que ce dictionnaire néologique est une satire dans laquelle on prend la peine inutile de relever des fautes connues de tout le monde, & de critiquer de très-belles chofes à la faveur des mauvaifes qu'on reprend. C'eft un libelle où l'auteur veut faire paffer fa fauffe monnaie parmi la bonne qui n'eft pas de lui. Je vais en donner quelques exemples.

M. de *Fontenelle* dans fes éloges des académiciens, livre plein d'efprit & de raifon, & qui rend les fciences refpeƈtables, dit dans l'éloge de M. de *Varignon* : *Nos journées paffaient comme des momens, grâce à ces plaifirs qui ne font pourtant pas compris dans ce qu'on appelle ordinairement les plaifirs. Nous parlions à nous quatre une bonne partie des différentes langues de l'empire des lettres, & nous fommes difperfés de-là dans toutes les académies.*

Ailleurs il dit très-à-propos :

N'eft-il pas jufte en effet que la fcience ait des ménagemens pour l'ignorance, qui eft fon aînée, & qu'elle trouve toujours en poffeffion ?

Mallebranche fait un partage fi net entre la raifon & la foi, & affigne à chacune des objets fi féparés, qu'elles ne peuvent plus avoir aucune occafion de fe brouiller.

On ne ferait pas tout ce que l'on peut, fans l'efpérance de faire plus qu'on ne pourra.

Il ne s'inftruifait pas par une grande leƈture, mais par une profonde méditation ; un peu de leƈture jetait dans fon efprit des germes de penfées que la méditation fefait enfuite éclore, & qui rapportaient au centuple. Il devinait, quand il en avait befoin, ce qu'il eût trouvé dans les livres ; & pour s'épargner la peine de les lire, il fe les fefait lire.

Il femblait ne plus voir par fes yeux, mais par fa raifon feule. La perfuafion artificielle de la philofophie, quoique formée par de longs circuits , égalait en lui la perſuaſion la plus naturelle , & cauſée par les impreſſions les plus promptes & les plus vives : les autres croient ce qu'ils voient ; pour lui , ce qu'il croyait , il le voyait.

M. de Varignon m'a fait l'honneur de me léguer tous ſes papiers par ſon teſtament , j'en rendrai au public le meilleur compte qu'il me ſera poſſible : du reſte je promets de ne rien détourner à mon uſage particulier des tréſors que j'ai entre les mains , & je compte que j'en ſerai cru ; il faudrait un plus habile homme pour faire ſur ce ſujet quelque mauvaiſe action avec quelque eſpérance de ſuccès.

Ce ſont là les morceaux qu'un écrivain tel que l'abbé *Desfontaines* oſe eſſayer de tourner en ridicule. Le plus grand des ridicules eſt aſſurément d'en vouloir donner à ceux à qui on eſt ſi prodigieuſement inférieur.

I X.

DANS ce même dictionnaire néologique il reprend *génie conſéquent , eſprit conſéquent :* il ne ſait pas que c'eſt une expreſſion très-juſte & très-uſitée.

Il veut tourner en ridicule ces vers de feu M. de *la Motte ,* ſous prétexte que dans Richelet le mot *contemporain* n'eſt pas féminin.

> D'une eſtime contemporaine
> Mon cœur eût été plus jaloux ;
> Mais , hélas ! elle eſt auſſi vaine
> Que celle qui vient après nous.

Il trouve impertinens ces deux vers très-ſenſés :

> Et notre être même eſt un point
> Que nous ſentons ſans connaiſſance.

Il ridiculife encore cette belle expreffion de M. *Racine* le fils, dans une épître didactique :

Les fignes du plaifir, les couleurs de la joie.

Il ne voit pas que, dans cette expreffion, il y a à la fois de la vérité & de l'imagination, & que par conféquent elle eft belle.

Il reprend le père *Catrou* d'avoir dit que les pourceaux *paiffent le gland*, & il ajoute qu'ils paiffent encore quelque chofe qu'il ne peut pas dire. C'eft ainfi qu'avec la plus baffe des groffiéretés, il reprend une expreffion noble ; mais revenons aux *Obfervations*.

X.

NOMBRE 197. En fefant l'extrait d'une certaine harangue latine de M. *Turrettin*, *il fe plaint de la difette des Mécénas*, & de la malheureufe fituation des favans; & il répète cette plainte dans tous fes livres.

Il devrait favoir que jamais les fciences n'ont été plus encouragées en France. Le voyage au pôle & à l'équateur, entrepris à fi grand frais ; les penfions données à M. de *Réaumur*, à M. de *Voltaire*, à nos meilleurs auteurs, & en dernier lieu à M. de *Crébillon*, en font une preuve. Il eft vrai qu'un homme qui n'a de mérite que celui de la fatire eft très-méprifé parmi nous, & eft fouvent puni au lieu d'être récompenfé ; & cela eft très-jufte.

X I.

NOMBRE 185. Un homme de goût avait trouvé peu de jufteffe dans cette phrafe de l'oraifon funèbre de la reine d'Angleterre, par M. *Boffuet* : *L'Angleterre eft*

plus

*plus agitée en fa terre & en fes ports mêmes , que l'Océan
qui l'environne.* Il eft clair qu'*agitée en fa terre* n'eft pas
une bonne expreſſion ; il eft clair que s'il y a de l'agi-
tation , elle doit être dans les ports , comme au milieu
des terres , & que cette phrafe n'eft pas digne de l'éloquent & admirable M. *Boffuet.*

L'*Obfervateur* fe moque du goût de celui qui a
repris avec raifon cette phrafe ; ainfi l'*Obfervateur* fe
trompe , & quand il approuve & quand il condamne.

X I I.

NOMBRE 202. En rendant compte du voyage de
meſſieurs les académiciens au cercle polaire : *Vénus,*
dit-il , *a été obfervée au méridien au-deffous du pôle.* Il
ignore qu'une planète n'eft ni au-deſſus ni au-deſſous
du pôle , mais toujours dans le zodiaque , & tantôt
feptentrionale , tantôt méridionale. Il ne fallait pas
changer les expreſſions de M. de *Maupertuis,* pour lui
faire dire une telle abfurdité. Quand on ignore les
chofes dont on parle , il faut copier mot à mot les
gens du métier , ou fe taire.

X I I I.

NOMBRE 88. Il fait l'éloge d'une ancienne gazette,
intitulée *le Nouvellifle du Parnaffe* , & il la compare
modeftement aux premiers journaux des favans , parce
qu'elle eft de lui ; ce n'eft pas la moins confidérable
de fes fautes.

X I V.

NOMBRE 200, tome 14. Il protefte fur fon honneur
qu'il n'a point écrit contre les médecins de Paris ;
mais en 1736 , il protefta fur fon honneur à M. l'abbé

Mélanges littér. Tome I. K k

d'*Olivet*, dans une lettre lue publiquement à l'académie française, qu'il n'avait point eu de part au libelle contre plusieurs membres de cette académie : cependant il fut convaincu à la chambre de l'arsenal, d'avoir vendu trois louis au libraire *Ribou*, ce libelle qu'il avait désavoué sur son honneur ; il fut condamné, & n'obtint que très-difficilement sa grâce.

X V.

NOMBRE 190. Il dit, en parlant d'une épître sur l'égalité des conditions, *qu'il y a des maux légers, & des maux insupportables dans la vie :* on le sait bien. *Mais où est l'égalité des conditions?* dit-il. Il n'a pas compris que les accidens de la vie ne sont pas des conditions. Une maladie incurable, ou bien le mépris & la haine du public, ne sont attachés à aucune condition ; mais dans tous les états on peut être méchant, méprisé, & misérable. Il dit dans la même feuille qu'après la mort du maréchal d'*Ancre*, le peuple se repentit de sa barbarie, & lui rendit justice. C'est un fait absolument faux : le peuple ne donna aucun signe de repentir. Dans la même feuille il rapporte ces vers connus :

Le bonheur est le port où tendent les humains,
Les écueils sont fréquens, les vents sont incertains,
Le ciel, pour aborder cette rive étrangère,
Accorde à tout mortel une barque légère.

Si ce port du bonheur., dit-il, *est une rive étrangère, le bonheur n'est donc plus dans moi.* C'est raisonner très-mal, car l'art du pilote est dans moi ; & l'on n'est heureux qu'autant que l'on conduit sagement sa barque. Un médifant, un ingrat, un calomniateur, un homme qui a des mœurs infames, conduit fa barque très-mal, & fon malheur eft dans lui.

X V I.

NOMBRE 166. Je prends toujours ces feuilles fans ordre, & la fuite de *numéro* eft inutile, puifque cet ouvrage eft fans aucune liaifon ; voici une preuve de fon bon goût. *On m'a envoyé*, dit-il, *depuis peu une très-belle ode. On y fait ainfi parler les déiftes :*

> Ils ont dit : de mille chimères
> Une abfurde combinaifon,
> Un tiffu de fombres myftères,
> Ne tient pas devant la raifon.
> Tranquille au haut de l'empyrée,
> Par cette interprète facrée,
> Dieu daigna fe manifefter.
> Loin de nous tout dogme apocryphe ;
> La raifon, voilà le pontife,
> L'apôtre qu'il faut écouter.

Toute l'ode eft dans ce ftyle, & c'eft-là le ftyle de l'*Obfervateur*, dans un gros recueil de vers de fa façon, qu'il a donné *incognito* au public ; mais il dit que c'eft ainfi qu'il faut écrire.

X V I I.

NOMBRE 171. C'eft avec le même goût qu'il donne les vers fuivans pour une belle traduction de ce vers d'*Horace* :

> *Verfus inopes rerum, nugæque canoræ.*
> Un emphatique & burlefque étalage
> D'un faux fublime, enté fur l'affemblage
> De ces grands mots, clinquant de l'oraifon,
> Enflés de vent, & vides de raifon.

Nous n'avons guère de plus mauvais vers dans notre langue; figurez-vous ce que c'eſt qu'un *clinquant enflé de vent*, *étalage burleſque enté ſur un aſſemblage* : nous dirons en paſſant que ce ſtyle marotique, qui raſſemble les expreſſions de tous les genres, eſt monſtrueux quand il s'agit de parler ſérieuſement.

> Ce jargon dans un conte eſt encor ſupportable,
> Mais le vrai veut un air, un ton plus reſpectable;
> Le ſage Deſpréaux laiſſe aux eſprits malfaits
> L'art de moraliſer du ton de Rabelais.

Ces vers d'un de mes amis ſont un peu plus raiſonnables, & doivent ſervir à faire voir le miſérable abus du ſtyle marotique dans des ouvrages qui demandent une éloquence véritable.

XVIII.

NOMBRE 136. C'eſt avec le même goût, la même intelligence qu'il blâme *Horace* d'une choſe qu'*Horace* n'a jamais penſée.

Horace a eu tort, dit-il, *de s'exprimer ainſi, en parlant du ſiècle d'Auguſte* :

> *Venimus ad ſummum fortunæ; pingimus, atque*
> *Pſallimus, & luctamus, Achivis doctiùs unctis?*

Le ſens de ces vers eſt : *Nous ſommes donc à ce compte ſupérieurs en tout; la peinture, la muſique, la lutte, ſont donc plus perfectionnés chez nous que chez les Grecs? Qui oſera le dire ?* Tous les bons traducteurs d'*Horace* ont rendu ainſi ces vers, & il eſt impoſſible qu'ils aient un autre ſens.

Horace n'a point eu tort de dire, comme le prétend le fieur *Desfontaines*, que les Romains l'emportaient fur les Grecs; car il dit expreffément le contraire. Si quelqu'un, par exemple, difait : Ce mauvais critique eft un *Defpréaux*, un *Pétau*, un *Varron*, ne devrait-on pas voir qu'il parlerait ironiquement?

X I X.

DANS le même nombre, par un autre excès d'igno-rance, il dit que les peintres n'étaient que des barbouil-leurs du temps d'*Horace*, & il le dit fans aucune preuve. Nous avons des ftatues de ce temps-là faites par des Romains; leur beauté prouve que l'art du deffin était très-connu, & on fait que la peinture eft toujours en honneur, quand la fculpture eft perfectionnée; car ce font deux branches de l'art du deffin.

X X.

C'EST avec la même juftefle d'efprit que louant, nombre 73, un fatirique de nos jours, il fait un long éloge de trois épîtres, écrites dans un ftyle barbare, & pleines de chofes communes dites longuement.

Quel lecteur peut fupporter, par exemple, que *Rouffeau* traduife en onze vers, & quels vers! cette feule ligne d'*Horace*?

Omne tulit punctum qui mifcuit utile dulci.

Quel auteur donc peut fixer leurs génies?
Celui-là feul qui formant le projet
De réunir & l'un & l'autre objet,
Sait rendre à tous l'utile délectable,
Et l'attrayant utile & profitable.
Voilà le centre & l'immuable point,
Où toute ligne aboutit & fe joint.

Kk 3

> Or ce grand but, ce point mathématique,
> C'eſt le vrai ſeul, le vrai qui nous l'indique ;
> Tout, hors de lui, n'eſt que futilité,
> Et tout en lui devient ſublimité.

Deſpréaux a dit : *Le vrai ſeul eſt aimable ;* qui peut ſouffrir qu'on alonge ainſi cette vieille penſée?

> Dans ton hiſtoire eſt un ſublime eſſai,
> Où tout eſt beau parce que tout eſt vrai,
> Non d'un vrai ſec & crument hiſtorique.

C'eſt inſulter au public que d'oſer prodiguer de l'encens à de ſi mauvais vers.

X X I.

JE tombe dans le moment ſur le nombre 139. *L'idée de M. Mairan*, dit-il, *eſt imitée du ſyſtème de M. Newton ſur la lumière.* Il faut lui apprendre que jamais *Newton* n'a fait de ſyſtème ſur la lumière. Il a donné un recueil d'expériences & de démonſtrations mathématiques, ſans autre ordre que celui dans lequel il a fait ſes expériences : parler de ces découvertes comme d'un ſyſtème, c'eſt comme ſi on diſait, le ſyſtème d'*Euclide*.

X X I I.

DANS le même nombre, après avoir fait ſi mal le phyſicien avec *Newton*, il fait le muſicien avec *Rameau*, & il accuſe ſon livre d'*être inutile, parce qu'il eſt vrai :* il voudrait que M. *Rameau* eût plus de goût, & il l'inſinue ſouvent ; il devait ſe ſouvenir de la fable d'un certain animal peſant & à longues oreilles, qui ſe plaignait du peu d'harmonie du roſſignol.

Il s'est transporté, dit-il nombre 147, *dans une maison où il a vu agir une pompe qui élève cent mille muids d'eau par jour à la hauteur de cent trente pieds, avec peu d'efforts & de dépense.* Il est bon qu'il sache que quand on voit ainsi, on est très-peu propre à faire voir aux autres. S'il avait la moindre connaissance des mécaniques, il aurait su que le produit de la force par la vîtesse, ou par l'espace parcouru, est toujours égal au produit de la résistance par la vîtesse ou par l'espace parcouru ; que pour élever à cent trente pieds cent mille muids d'eau par jour, il faudrait à chaque seconde élever le poids d'environ cent quarante-huit livres ; que la force d'un homme, pour élever des fardeaux, n'est estimée que vingt-cinq livres, & celle d'un cheval cent septante-cinq ; que le chemin ou la vîtesse de ces fardeaux est de trois pieds par seconde dans la main des hommes ou avec le pas des chevaux ; qu'enfin, suivant ce calcul, en allouant encore très-peu de chose pour les frottemens, il faudrait la force de quinze cents hommes, ou de deux cents quinze chevaux par seconde, pour faire réussir cette machine. On ne peut que louer l'effort d'un bon citoyen qui cherche à rendre service à l'Etat par des machines nouvelles ; mais on ne peut que rire d'un journaliste qui fait le savant, & qui dit de telles sottises.

X X I I I.

Au nombre 52, l'auteur des *observations* s'avise de parler de guerre ; il a l'insolence de dire que feu M. le maréchal de *Tallard* gagna la bataille de Spire contre toutes les règles, par une méprise, & parce qu'il avait la vue courte, *circonstance*, dit-il, *qu'il savait depuis*

Kk 4

long-temps. Il faut apprendre à cet homme, ci-devant
jésuite & curé , ce que c'est que la bataille de Spire.
Voici ce qu'en dit dans une de ses lettres un des meilleurs lieutenans-généraux qu'ait eu la France.

   ,, M. le maréchal de *Tallard* ayant assiégé Landau ,
,, M. le prince de *Hesse* & M. de *Nassau-Neubourg*,
,, à la tête de l'armée des alliés , forcèrent plusieurs
,, marches pour secourir la ville ; je marchais cepen-
,, dant pour joindre l'armée du siége , & il était à
,, craindre que les alliés se portant entre M. de *Tallard*
,, & moi , ne lui coupassent les vivres. La situation
,, était embarrassante ; les ennemis n'avaient plus que
,, deux marches à faire pour attaquer M. de *Tallard;*
,, il prit sa résolution sur le champ ; il m'envoie dire
,, de marcher en toute diligence avec ma cavalerie
,, vers le Spireback que les ennemis passaient , & il
,, fait lui-même deux marches forcées pour aller atta-
,, quer ceux qui comptaient le surprendre. Un espion,
,, auquel il donna mille écus, l'instruisit de l'état de
,, l'armée ennemie ; je le joignis avec deux mille che-
,, vaux, mon infanterie suivait. Nous arrivâmes au Spi-
,, reback dans le temps que les généraux alliés étaient
,, à table. Leur armée se rangea en bataille avec beau-
,, coup de confusion, & nous fondîmes sur eux pendant
,, qu'ils se formaient , quoique toutes nos troupes ne
,, fussent pas arrivées. Je n'ai jamais vu tant de célérité
,, dans l'exécution : les ennemis firent un feu très-vif,
,, & obligèrent même M. de *Puiguion* de reculer à leur
,, droite ; mais monsieur le maréchal fit charger la
,, baïonnette au bout du fusil, méthode excellente , &
,, qui nous réussit presque toujours ; alors les ennemis
,, ne firent plus aucune résistance. ,,

Hé bien, monfieur le journalifte, eft-ce là gagner une bataille par méprife ? M. de *Feuquières*, ennemi perfonnel de M. de *Tallard*, a pu le dire ; il a fait par envie ce que vous faites par ignorance.

X X I V.

L'*Obfervateur* , nombre 69 , parle de vers comme de guerre & de philofophie ; il critique ce vers de M. *Greffet :*

Au fein des mers, dans une île enchantée.

Le fein de la mer, dit-il, *ne peut s'entendre de fa furface :* il devrait au moins favoir qu'en poëfie on dit : *Au fein des mers*, au lieu d'*au milieu des mers ; au fein de la France*, au lieu d'*au milieu de la France ; au fein des beaux arts* dont on médit ; *au fein de la baffeffe*, *de l'envie*, *de l'ignorance*, *de l'avarice*, *&c.*

X X V.

N o m b r e 8. On m'apporte dans le moment cette feuille : elle eft curieufe, & mérite une attention fingulière. Voici comme il parle d'un livre intitulé : *Le petit philofophe.*

J'en ai trop dit pour vous faire méprifer un livre qui dégrade également l'efprit & la probité de l'auteur ; c'eft un tiffu de fophifmes libertins , forgés à plaifir pour détruire les principes de la morale, de la politique, & de la religion. Comment pourrait-on être féduit par un écrivain qui franchit toutes fortes de bornes, & qui avoue d'un air cavalier, qu'il n'a étudié que dans les cafés & dans les cabarets ?

Ne croirait-on pas fur cet expofé que cet ouvrage, intitulé *le petit philofophe* ou *Alciphron*, eft la production de quelque coquin enfermé dans un hôpital pour fes

mauvaifes mœurs ? On fera bien furpris quand on
faura que c'eft un livre faint, rempli des plus forts
argumens contre les libertins, compofé par M. l'évêque de Cloyne, ci-devant miffionnaire en Amérique.
Celui qui a fait cet infame portrait de ce faint livre,
fait bien voir par-là qu'il n'a lu aucun des livres dont
il a la hardieffe de parler.

X X V I.

AYANT lu dans ces *obfervations* plufieurs traits contre
M. de *Voltaire*, & une lettre qu'il fe vante que M. de
Voltaire lui a écrite, j'ai pris la liberté d'écrire moi-
même à M. de *Voltaire* fans le connaître ; voici ce qu'il
m'a répondu.

,, Je ne connais l'abbé *Guyot Desfontaines* que parce
,, que M. *Thiriot* l'amena chez moi en 1724, comme
,, un homme qui avait été ci-devant jéfuite, & qui,
,, par conféquent, était un homme d'étude ; je le
,, reçus avec amitié, comme je reçois tous ceux qui
,, cultivent les lettres. Je fus étonné au bout de quinze
,, jours de recevoir une lettre de lui, datée de bicêtre
,, où il venait d'être renfermé. J'appris qu'il avait
,, été mis trois mois auparavant au châtelet pour le
,, même crime dont il était accufé ; & qu'on lui fefait
,, fon procès dans les formes. J'étais alors affez heu-
,, reux pour avoir quelques amis très-puiffans que
,, la mort m'a enlevés. Je courus à Fontainebleau,
,, tout malade que j'étais, me jeter à leurs pieds ; je
,, preffai, je follicitai de toutes parts ; enfin j'obtins
,, fon élargiffement, & la difcontinuation du procès
,, où il s'agiffait de fa vie : je lui fis avoir la permif-
,, fion d'aller à la campagne chez M. le préfident de

,, *Bernière* mon ami. Il y alla avec M. *Thiriot*. Savez-
,, vous ce qu'il y fit ? un libelle contre moi. Il le
,, montra même à M. *Thiriot*, qui l'obligea de le jeter
,, dans le feu ; il me demanda pardon, en me difant
,, que le libelle était fait un peu avant la date de
,, bicêtre. J'eus la faibleffe de le lui pardonner, &
,, cette faibleffé m'a valu en lui un ennemi mortel,
,, qui m'a écrit des lettres anonymes, & qui a envoyé
,, vingt libelles en Hollande contre moi. Voilà,
,, Monfieur, une partie des chofes que je puis vous
,, dire fur fon compte, &c. ,,

Je ne crois pas qu'une pareille lettre ait befoin de
commentaire, auffi je n'en ferai point.

XXVII.

ON m'apporte le nombre 17. Le fatirique auteur
effaie d'avilir la Mérope du marquis *Maffei*. Cette
tragédie a fans doute des défauts, mais ce n'eft pas
ceux que le fatirique lui reproche. Il traduit *gentile
afpetto*, afpeĉt aimable, par *jolie figure* ; *genitori innocenti*,
les auteurs vertueux de mes jours, par mes *parens gens
de bien* ; *ben compleffo*, taille avantageufe, par *bonne
complexion*. Ainfi dans une traduĉtion que ce critique
fit en français d'un ouvrage anglais de M. de *Voltaire*,
il prit le mot *Cake*, qui fignifie *gâteau*, pour le géant
Cacus.... Il eft plaifant, il faut l'avouer, qu'un pareil
homme s'avife de juger les autres.

XXVIII.

VOICI les expreffions qu'on m'a fait voir dans fes
feuilles :

La fréquence faftidieufe d'un clinquant métaphyfique.

Les rustiques contempteurs qui méprisent les révolutions de Pologne, le second *Gulliver*, le nouvelliste du Parnasse, &c.

Un sage militaire enchanté d'un auteur connu par les admirables saillies d'une délicate inintelligibilité.

Une hypocrisie corporifiée par la grâce.

La nouvelle faculté d'un esprit paradoxal, érigée dans le beau monde.

Un savoyard qui décrote des lambeaux de métaphysique.

La vérité habilement distillée par un avocat-général qui en tire l'essence du problématique judiciaire.

Je n'en copierai pas davantage ; je me contenterai de demander s'il sied bien à l'auteur de ce *galimatias* plein de bassesse, d'insulter au style de M. de *Marivaux*, & à tant d'autres ?

XXIX.

Je crains de fatiguer le public par les citations d'un ouvrage dont les feuilles sont oubliées à mesure qu'elles paraissent. Je crois que le peu que j'ai dit servira de *préservatif*. Je continuerai si la chose est nécessaire ; j'avertis, en attendant, que le même auteur donne sous main, depuis quelque temps, une autre brochure intitulée : *Réflexions sur les ouvrages de littérature.* On dit qu'il combat souvent dans cette feuille, ce qu'il a dit dans les *Observations*. Cela fait souvenir de gens d'une profession à-peu-près semblable, qui font semblant de se battre pour ameuter les passans. N'est-il pas déplorable de voir un tel brigandage dans les lettres ?

COURTE REPONSE

AUX LONGS DISCOURS

D'UN DOCTEUR ALLEMAND.

JE m'étais donné à la philofophie, croyant y trouver
le repos que *Newton* appelle *rem prorfùs fubftantialem ;*
mais je vis que la racine quarrée du cube des révolutions des planètes , & les quarrés de leurs diftances,
fefaient encore des ennemis. Je m'aperçois que j'ai
encouru l'indignation de quelques docteurs allemands.
J'ai ofé mefurer toujours la force des corps en mouvement par $m + v$. J'ai eu l'infolence de douter des
monades, de l'harmonie préétablie, & même du grand
principe des indifcernables. Malgré le refpect fincère
que j'ai pour le beau génie de *Leibnitz* , pouvais-je
efpérer du repos, après avoir voulu ébranler ces fondemens de la nature ? On a employé , pour me
convaincre, de longs fophifmes & de groffes injures ,
felon la refpectable coutume introduite depuis long-
temps dans cette fcience qu'on appelle *philofophie* ,
c'eft-à-dire *amour de la fageffe.*

Il eft vrai qu'une perfonne infiniment refpectable
à tous égards, & qui a beaucoup de fortes d'efprit,
a daigné en employer une à éclaircir & à orner le
fyftème de *Leibnitz ;* elle s'eft amufée à décorer d'un
beau portique ce bâtiment vafte & confus. J'ai été
étonné de ne pouvoir la croire en l'admirant ; mais

j'en ai vu enfin la raifon ; c'eft qu'elle-même n'y croyait guère , & c'eft ce qui arrive fouvent entre ceux qui s'imaginent vouloir perfuader, & ceux qui s'efforcent de fe laiffer perfuader.

Plus je vais en avant, & plus je fuis confirmé dans l'idée que les fyftèmes de métaphyfique font pour les philofophes ce que les romans font pour les femmes. Ils ont tous la vogue les uns après les autres , & finiffent tous par être oubliés. Une vérité mathématique refte pour l'éternité, & les fantômes métaphyfiques paffent comme des rêves de malades.

Lorfque j'étais en Angleterre , je ne pus avoir la confolation de voir le grand *Newton*, qui touchait à fa fin. Le fameux curé de Saint-James, *Samuel Clarke*, l'ami, le difciple , & le commentateur de *Newton*, daigna me donner quelques inftructions fur cette partie de la philofophie , qui veut s'élever au-deffus du calcul & des fens. Je ne trouvai pas, à la vérité, cette anatomie circonfpecte de l'entendement humain, ce bâton d'aveugle avec lequel marchait le modefte *Locke* , cherchant fon chemin , & le trouvant ; enfin cette timidité favante qui arrêtait *Locke* fur le bord des abymes. *Clarke* fautait dans l'abyme , & j'ofai l'y fuivre. Un jour, plein de ces grandes recherches qui charment l'efprit par leur immenfité , je dis à un membre très-éclairé de la fociété : *M. Clarke eft un bien plus grand métaphyficien que M. Newton*. Cela peut être, me répondit-il froidement ; c'eft comme fi vous difiez que l'un joue mieux au ballon que l'autre. Cette réponfe me fit rentrer en moi-même. J'ai depuis ofé percer quelques-uns de ces ballons de la métaphyfique, & j'ai vu qu'il n'en eft forti que du vent. Auffi,

quand je dis à M. de *s'Gravefande* : *Vanitas vanitatum,*
& metaphyfica vanitas; il me répondit : *Je fuis bien fâché*
que vous ayez raifon.

Le père *Mallebranche*, dans fa *Recherche de la vérité*,
ne concevant rien de beau, rien d'utile que fon
fyftème, s'exprime ainfi : ,, Les hommes ne font
,, pas faits pour confidérer des moucherons ; & on
,, n'approuve pas la peine que quelques perfonnes fe
,, font donnée de nous apprendre comment font faits
,, certains infectes, la transformation des vers, &c.
,, Il eft permis de s'amufer à cela, quand on n'a rien
,, à faire, & pour fe divertir. ,, Cependant *cet amu-*
fement à cela pour fe divertir nous a fait connaître les
reffources inépuifables de la nature, qui rendent à
des animaux les membres qu'ils ont perdus, qui
reproduifent des têtes après qu'on les a coupées, qui
donnent à tel infecte le pouvoir de s'accoupler l'inftant
d'après que fa tête eft féparée de fon corps, qui per-
mettent à d'autres de multiplier leur efpèce fans le
fecours des deux fexes. Cet *amufement à cela* a développé
un nouvel univers en petit, & des variétés infinies de
fageffe & de puiffance ; tandis qu'en quarante ans
d'études le père *Mallebranche* a trouvé *que la lumière eft*
une vibration de preffion fur de petits tourbillons mous, &
que nous voyons tout en DIEU.

J'ai dit que *Newton* favait douter ; & là-deffus on
s'écrie : Oh! nous autres nous ne doutons pas; nous
favons, de fcience certaine, que l'ame eft je ne fais
quoi deftinée néceffairement à recevoir je ne fais
quelles idées, dans le temps que le corps fait néceffairement certains mouvemens, fans que l'un ait la
moindre influence fur l'autre ; comme lorfqu'un

homme prêche, & que l'autre fait des geftes ; & cela s'appelle l'*harmonie préétablie.* Nous favons que la matière eft compofée d'êtres qui ne font pas matière , & que dans la patte d'un ciron il y a une infinité de fubftances fans étendue , dont chacune a des idées confufes qui compofent un miroir concentré de tout l'univers ; & cela s'appelle le *fyftème des monades.* Nous concevons auffi parfaitement l'accord de la liberté & de la néceffité ; nous entendons très-bien *comment tout étant plein , tout a pu fe mouvoir.* Heureux ceux qui peuvent comprendre des chofes fi peu compréhenfibles, & qui voient un autre univers que celui où nous vivons !

J'aime à voir un docteur qui vous dit d'un ton magiftral & ironique : ,, Vous errez, vous ne favez ,, pas qu'on a découvert depuis peu que *ce qui eft* ,, *eft poffible, & que tout ce qui eft poffible n'eft pas actuel ;* ,, *& que tout ce qui eft actuel eft poffible; & que les effences* ,, *des chofes ne changent pas.* ,, Ah ! plût à DIEU que l'effence des docteurs changeât ! Hé bien , vous nous apprenez donc qu'il y a des effences , & moi je vous apprends que ni vous ni moi n'avons l'honneur de les connaître; je vous apprends que jamais homme fur la terre n'a fu & ne faura ce que c'eft que la matière, ce que c'eft que le principe de la vie & du fentiment, ce que c'eft que l'ame humaine, s'il y a des ames dont la nature foit feulement de fentir fans raifonner , ou de raifonner en ne fentant point , ou de ne faire ni l'un ni l'autre ; fi ce qu'on appelle *matière* a des fenfations comme elle a la gravitation ; fi, &c.

Quant à la difpute fur la mefure de la force des corps en mouvement, il me paraît que ce n'eft qu'une

difpute

difpute de mots ; & je fuis fâché qu'il y en ait de telles en mathématique. Que l'on exprime comme l'on voudra la force par mv , ou par mv^2 , rien ne changera dans la mécanique ; il faudra toujours la même quantité de chevaux pour tirer les fardeaux , la même charge de poudre pour les canons ; & cette querelle eft le fcandale de la géométrie.

Plût au ciel encore , qu'il n'y eût point d'autre querelle entre les hommes ! nous ferions des anges fur la terre. Mais ne reffemble-t-on pas quelquefois à ces diables que *Milton* nous repréfente dévorés d'ennui, de rage , d'inquiétude, de douleur , & raifonnant encore fur la métaphyfique au milieu de leurs tourmens ?

    ,, Tels dans l'amas brillant des rêves de Milton ,
    ,, On voit les habitans du brûlant Phlégéton,
    ,, Entourés de torrens de bitume & de flamme,
    ,, Raifonner fur l'effence , argumenter fur l'ame ,
    ,, Sonder les profondeurs de la fatalité,
    ,, Et de la prévoyance, & de la liberté.
    ,, Ils creufent vainement dans cet abyme immenfe.

. . . . . . *and reafon'd high*
Of providence foreknowledge, will, and fate :
Fix't fate, free will, foreknowledge abfolute :
And foud non end , &c.

PETIT COMMENTAIRE

SUR L'ELOGE DU DAUPHIN DE FRANCE,

COMPOSÉ PAR M. THOMAS.

JE viens de lire dans l'éloquent difcours de M. *Thomas* ces paroles remarquables :

„ Le dauphin lifait avec plaifir ces livres où la
„ douce humanité lui peignait tous les hommes,
„ & même ceux qui s'égarent, comme un peuple de
„ frères. Aurait-il donc été lui-même ou perfécuteur
„ ou cruel ? Aurait-il adopté la férocité de ceux qui
„ comptent l'erreur parmi les crimes, & veulent
„ tourmenter pour inftruire ? *Ah !* dit-il plus d'une
„ fois, *ne perfécutons point.* „

Ces mots ont pénétré dans mon cœur ; je me fuis écrié : Quel fera le malheureux qui ofera être perfécuteur, quand l'héritier d'un grand royaume a déclaré qu'il ne faut pas l'être ? Ce prince favait que la perfécution n'a jamais produit que du mal ; il avait lu beaucoup : la philofophie avait percé jufqu'à lui. Le plus grand bonheur d'un Etat monarchique eft que le prince foit éclairé. *Henri IV* ne l'était point par les livres ; car excepté *Montagne*, qui n'a rien d'arrêté, & qui n'apprend qu'à douter, il n'y avait alors que de miférables livres de controverfe, indignes d'être lus par un roi. Mais *Henri IV* était inftruit

par l'adverfité, par l'expérience de la vie privée & de
la vie publique ; enfin , par fes propres lumières.
Ayant été perfécuté, il ne fut point perfécuteur. Il
était plus philofophe qu'il ne penfait , au milieu du
tumulte des armes , des factions du royaume , des
intrigues de la cour , & de la rage de deux fectes enne-
mies. *Louis XIII* ne lut rien, ne fut rien , & ne vit
rien ; il laiffa perfécuter.

Louis XIV avait un grand fens , un amour de la
gloire qui le portait au bien , un efprit jufte , un cœur
noble ; mais le cardinal *Mazarin* ne cultiva point un
fi beau caractère. Il méritait d'être inftruit , il fut
ignorant; fes confeffeurs enfin le fubjuguèrent ; il per-
féчuta , il fit du mal. Quoi! les *Sacis*, les *Arnaulds*, &
tant d'autres grands-hommes emprifonnés , exilés ,
bannis! Et pourquoi ? parce qu'ils ne penfaient pas
comme deux jéfuites de la cour : & enfin fon royaume
en feu pour une bulle! Il le faut avouer, le fanatifme
& la friponnerie demandèrent la bulle, l'ignorance
l'accepta , l'opiniâtreté la combattit. Rien de tout
cela ne ferait arrivé fous un prince en état d'apprécier ce que vaut une grâce efficace,une grâce fuffifante,
& même encore une verfatile.

Je ne fuis pas étonné qu'autrefois le cardinal de
Lorraine ait perfécuté des gens affez mal avifés pour
pouvoir ramener les chofes à la première inftitution
de l'Eglife ; le cardinal aurait perdu fept évêchés , &
de très-groffes abbayes dont il était en poffeffion.
Voilà une très-bonne raifon de pourfuivre ceux qui
ne font pas de notre avis. Perfonne affurément ne
mérite mieux d'être excommunié que ceux qui veulent
nous ôter nos rentes. Il n'y a pas d'autre fujet de

guerre chez les hommes ; chacun défend fon bien
autant qu'il le peut.

Mais que dans le fein de la paix il s'élève des guerres
inteftines pour des billevefées incompréhenfibles de
pure métaphyfique ; qu'on ait fous *Louis XIII*, en
1624, défendu, fous peine de galères, de penfer
autrement qu'*Ariflote;* qu'on ait anathématifé les idées
innées de *Defcartes*, pour les admettre enfuite; que de
plus d'une queftion digne de *Rabelais* on ait fait une
queftion d'Etat; cela eft barbare & abfurde.

On a demandé fouvent pourquoi depuis *Romulus*
jufqu'au temps où les papes ont été puiffans, jamais
les Romains n'ont perfécuté un feul philofophe pour
fes opinions? On ne peut répondre autre chofe finon
que les Romains étaient fages.

Cicéron était très-puiffant. Il dit dans une de fes
lettres : *Voyez à qui vous voulez que je faffe tomber les
Gaules en partage.* Il était très-attaché à la fecte des
académiciens ; mais on ne voit pas qu'il lui foit
jamais tombé dans la tête de faire exiler un ftoïcien,
d'exclure des charges un épicurien, de molefter un
pythagoricien.

Et toi, malheureux *Jurieu*, fugitif de ton village,
tu voulus opprimer le fugitif *Bayle* dans fon afile &
dans le tien ; tu laiffas en paix *Spinofa* dont tu n'étais
point jaloux; mais tu voulais accabler ce refpectable
Bayle qui écrafait ta petite réputation par fa renommée éclatante.

Le defcendant & l'héritier de trente rois a dit:
Ne perfécutons point ; & un bourgeois d'une ville
ignorée, un habitué de paroiffe, un moine dirait :
Perfécutons !

Ravir aux hommes la liberté de penſer ! juſte ciel ! Tyrans fanatiques, commencez donc par nous couper les mains qui peuvent écrire, arrachez-nous la langue qui parle contre vous, arrachez-nous l'ame qui n'a pour vous que des ſentimens d'horreur.

Il y a des pays où la ſuperſtition également lâche & barbare abrutit l'eſpèce humaine; il y en a d'autres où l'eſprit de l'homme jouit de tous ſes droits. Entre ces deux extrémités, l'une céleſte, l'autre infernale, il eſt un peuple mitoyen chez qui la philoſophie eſt tantôt accueillie, & tantôt proſcrite; chez qui *Rabelais* a été imprimé avec privilége, mais qui a laiſſé mourir le grand *Arnauld* de faim dans un village étranger; un peuple qui a vécu dans des ténèbres épaiſſes depuis les temps de ſes druides, juſqu'au temps où quelques rayons de lumière tombèrent ſur lui de la tête de *Deſcartes.* Depuis ce temps, le jour lui eſt venu d'Angleterre. Mais croira-t-on bien que *Locke* était à peine connu de ce peuple, il y a environ trente ans? Croira-t-on bien que lorſqu'on lui fit connaître la ſageſſe de ce grand-homme, des ignorans en place opprimèrent violemment celui qui apporta le premier ces vérités de l'île des philoſophes dans le pays des frivolités ?

Si on a pourſuivi ceux qui ont éclairé les ames, on a pouſſé la manie juſqu'à s'élever contre ceux qui ſauvaient les corps. En vain il eſt démontré que l'inoculation peut conſerver la vie à vingt-cinq mille perſonnes par année dans un grand royaume; il n'a pas tenu aux ennemis de la nature humaine qu'on n'ait traité ſes bienfaiteurs d'empoiſonneurs publics. Si on avait eu le malheur de les écouter, que ſerait-il arrivé ? les peuples voifins auraient conclu que la nation était fans raifon & fans courage.

Heureufement les perfécutions font paffagères, elles font perfonnelles , elles dépendent du caprice de trois ou quatre énergumènes qui voient toujours ce que les autres ne verraient pas fi on ne corrompait point leur entendement ; ils cabalent, ils ameutent, on crie quelque temps , enfuite on eft étonné d'avoir crié , & puis on oublie tout.

Un homme ofe dire , non-feulement après tous les phyficiens, mais après tous les hommes, que fi la Providence ne nous avait pas accordé des mains , il n'y aurait fur la terre ni artiftes ni arts. Un vinaigrier, devenu maître d'école , dénonce cette propofition comme impie ; il prétend que l'auteur attribue tout à nos mains , & rien à notre intelligence. Un finge n'oferait intenter une telle accufation dans le pays des finges ; cette accufation réuffit chez les hommes. L'auteur eft perfécuté avec fureur ; au bout de trois mois on n'y penfe plus. Il en eft de la plupart des livres philofophiques comme des contes de *la Fontaine ;* on commença par les brûler , on a fini par les repréfenter à l'opéra comique. Pourquoi en permet - on les repréfentations ? c'eft qu'on s'eft aperçu enfin qu'il n'y avait là que de quoi rire. Pourquoi le même livre qu'on a profcrit refte-t-il paifiblement entre les mains des lecteurs ? c'eft qu'on s'eft aperçu que ce livre n'a troublé en rien la fociété ; qu'aucune penfée abftraite, ni même aucune plaifanterie, n'a ôté à aucun citoyen la moindre prérogative ; qu'il n'a point fait renchérir les denrées ; que les moines mendians n'en ont pas moins rempli leur beface ; que le train du monde n'a changé en rien, & que le livre n'a fervi précifément qu'à occuper le loifir de quelques lecteurs.

En vérité, quand on perfécute, c'eſt pour le plaifir de perfécuter.

Paffons de l'oppreffion paffagère que la philofo- phie a effuyée mille fois parmi nous , à l'oppreffion théologique qui eſt plus durable. Dès les premiers fiècles on difpute ; les deux partis contraires s'ana- thématifent. Qui a raifon des deux ? c'eſt le plus fort. Des conciles combattent contre des conciles, jufqu'à ce qu'enfin l'autorité & le temps décident. Alors les deux partis réunis perfécutent un troifième parti qui s'élève, & celui-ci en opprime un quatrième. On ne fait que trop que le fang a coulé pendant quinze cents ans pour ces difputes ; mais ce qu'on ne fait pas affez, c'eſt que fi on n'avait jamais perfécuté , il n'y aurait jamais eu de guerres de religion.

Répétons donc mille fois avec un dauphin tant regretté : *Ne perfécutons perfonne.*

QUELQUES PETITES HARDIESSES

DE M. CLAIR,

A l'occasion d'un panégyrique de St Louis.

EN lisant le panégyrique de *St Louis* prononcé par M. *Mauri* devant notre illustre académie, je croyais, à l'article des Croisades, entendre ce *Cucupietre* ou *Pierre l'ermite*, changé en *Démosthène* & en *Cicéron*. Il donne presque envie de voir une croisade. J'avoue que je ne serais pas fâché qu'on en fît une contre l'empire ottoman. J'aime l'Eglise grecque ; elle est la mère de l'Eglise latine. J'ai ouï dire qu'il y a quelques princes qui, dans l'occasion, s'uniraient pour relever (non pas trop haut, mais sur ses pieds) le patriarche de Constantinople écrasé par le muphti. Je verrais avec plaisir la belle Grèce, la patrie d'*Alcibiade* & d'*Anacréon*, délivrée de son long esclavage. Il serait doux de souper dans Athènes libre avec *Aspasie* & *Périclès*, au sortir d'une tragédie de *Sophocle*.

Mais pour aller faire la guerre vers Immaüs & Corozaïm, je confesse que ce n'est pas mon goût.

Tous les premiers historiens des croisades semblent mordus des mêmes tarentules que les croisés. Il semble, à les entendre, qu'on rendait un service important à D I E U , en abandonnant la culture des terres les plus fertiles de l'Occident, en portant fon or & fon argent dans un pays aride, en vifitant les faints lieux fur un cheval de charrette avec fa maîtreffe en croupe , & en fe fefant tuer par des Turcs & par des Sarrazins à dix-huit cents lieues de fa patrie.

De droit , on n'en avait aucun. Quelle fut donc l'origine de cette fureur épidémique qui dura deux cents années, & qui fut toujours fignalée par toutes les cruautés , toutes les perfidies , toutes les débauches , toute la démence dont la nature humaine eft capable ?

L'arme pietofe e'l capitano , che grand fepolcro liberò di Crifto col fenno e con la mano eft fort bon dans un poëme épique ; mais il n'en eft pas de même dans l'hiftoire telle que le *fenno* l'exige aujourd'hui.

Je hàfarde de dire avec foumiffion, & en me trompant peut-être, que les papes conçurent ce vafte & hardi deffein de tranfporter l'Europe militaire en Afie. Les pélerinages étaient fort à la mode ; ils avaient commencé dans l'Orient à la Mecque , où les favans arabes prétendaient qu'*Abraham* & *Ifmaël* étaient enterrés. On avait imité ces émigrations paffagères dans l'Occident. On allait vifiter à Rome les tombeaux de *St Pierre* & de *St Paul*, dont les corps repofent dans cette ville , felon les favans occidentaux; mais l'opinion répandue depuis très - long - temps parmi les chrétiens, que le monde allait finir, avait, depuis près de cent ans , détourné les fidelles du pélerinage de Rome au pélerinage de Jérufalem. Le tombeau de J E S U S - C H R I S T l'emportait, comme de raifon , fur

le tombeau de ſes diſciples , quoiqu'après tout la
ſaine critique n'ait pas plus de preuve démonſtrative
de l'endroit précis où notre Seigneur fut enſeveli ,
que de celui où gît le corps d'*Abraham*.

Le monde ne finiſſant point, & les Turcs maîtres
de Jéruſalem , rançonnant les pélerins , ces pieux
voyageurs latins ſe plaignirent non-ſeulement des
Turcs qui leur feſaient payer trop cher leur dévotion ,
mais encore plus des Arabes qui les dépouillaient ,
& beaucoup plus des Grecs chrétiens qui ne les
aſſiſtaient pas à leur retour par Conſtantinople. Car
les malheureux & les imprudens s'irritent plus contre
leurs frères qui ne les ſecourent pas , que contre les
ennemis qui les dépouillent.

Le premier qui imagina d'armer l'Occident contre
l'Orient , ſous prétexte d'aider les pélerins & de
délivrer les ſaints lieux , fut ce pape *Grégoire VII*, ce
moine ſi audacieux, cet homme ſi fourbe à la fois
& ſi fanatique , ſi chimérique & ſi dangereux , cet
ennemi de tous les rois, qui établit ſa chaire de *St Pierre*
ſur des trônes renverſés. On voit par ſes lettres
qu'il s'était propoſé de publier une croiſade contre
les Turcs ; mais cette croiſade devait néceſſairement
être dirigée contre l'empire chrétien de Conſtantinople. On ne pouvait rétablir l'Egliſe latine en Aſie
que ſur les ruines de la grecque ſa rivale éternelle ;
& on ne pouvait écraſer cette Egliſe, qu'en prenant
Conſtantinople.

Urbain II eut le même deſſein. C'eſt cet *Urbain II* qui
aggrava la perſécution, commencée par *Grégoire VII*,
contre le grand & infortuné empereur *Henri IV*. C'eſt
lui qui arma le fils contre le père , & qui ſanctifia ce

crime. C'eft lui qui, né fujet du roi de France *Philippe I*, ofa excommunier fon fouverain dans la France même, où il prêcha la croifade.

Le deffein était fi bien pris de s'emparer de Conf-tantinople, que l'évêque *Monteil*, légat du pape & guerrier, voulut abfolument qu'on commençât l'expé-dition par le fiége de cette capitale, & qu'on exterminât les chrétiens grecs avant d'aller aux Turcs. Le comte *Bohemondo*, qui était dans le fecret, n'eut jamais d'autre avis. *Hugues*, frère du roi de France, n'ayant ni troupe ni argent, ayant hautement foutenu ce projet, fut affez imprudent pour aller faire une vifite à l'empereur *Alexis Comnène* qui le fit arrêter, & qui eut enfuite la générofité de le relâcher. Enfin ce *Goffreddo*, qui n'était point du tout le chef des croifés, comme on l'a cru, attaqua les faubourgs de la ville impériale *col fenno e con la mano*, pour fon premier exploit ; mais trop heureux de faire fa paix avec l'empereur, il obtint enfin la permiffion d'aller à Jérufalem, dont le comte de Touloufe & le prince de Tarente lui ouvrirent le chemin par la prife, ou plutôt par la furprife d'Antioche. En un mot, le but de cette croifade était fi bien de fe faifir de l'empire grec, que les croifés s'en emparèrent en 1204, & en furent les maîtres pendant environ cinquante ans.

Si tout cela fut jufte, je m'en rapporte à *Grotius*, *de jure belli & pacis*.

Alors les papes fe virent élevés à ce point de gran-deur dont les califes defcendaient. Ces califes avaient commencé par porter le glaive & l'encenfoir : les papes qui commencèrent par l'encenfoir, fe fervirent enfuite du glaive des princes. S'ils s'en étaient armés eux-mêmes, ils auraient peut-être, à l'aide du fanatifme de ces temps, réuni fous leurs lois les empires d'Orient & d'Occident du même bras dont ils terraffaient *Henri IV*, *Fréderic Barberouffe*, & *Fréderic II;* mais ils reſtèrent dans Rome, & ils ne combattirent qu'avec des bulles.

On fait comment les Grecs chaffèrent les Latins, & reprirent leur malheureux empire : on fait comment les mufulmans exterminèrent tous les croifés dans l'Afie mineure & dans la Syrie. Il ne reſta de ces multitudes de barbares émigrans, que quelques ordres religieux qui firent vœu au Dieu de paix de verfer le fang humain.

Ce fut dans ces circonſtances que *St Louis* eut le malheur de faire le même vœu à Paris dans un accès de fièvre, pendant lequel il crut entendre une voix célefte qui lui ordonnait d'entreprendre une croifade. Il devait bien plutôt écouter la véritable voix célefte, celle de la raifon, qui lui ordonnait de reſter chez lui; de continuer à faire fleurir dans fon royaume l'agriculture, le commerce, & les lois; d'être le père de fon peuple, & l'arbitre de fes voifins. Il jouiffait de cette gloire; & s'il voulait conquérir, il pouvait être plus à propos de prendre la Guienne que d'aller lui-même fe faire prendre en Egypte, en appauvriffant & en dépeuplant fon royaume.

Il fuivait, dit-on, le préjugé du temps. C'était à fa grande ame de fe mettre au-deffus du préjugé. Il lui appartenait de changer fon fiècle. Il avait déjà donné cet utile exemple en réſiſtant avec piété aux entreprifes de la cour de Rome. Que ne réfiftait-il de même à la démence des croifades, lui qui regardait le bien de fon Etat comme fon premier devoir ? Qu'eft-ce donc que la France avait à démêler avec Jérufalem ? Quel intérêt, quelle raifon, quel traité l'appelaient en Egypte ? S'il y avait quelques Français efclaves dans cette contrée, le vieux & fage *Melecfala*, qui demandait la paix, les lui aurait rendus pour mille & mille fois moins d'argent que ne lui coûta fa fatale entreprife. Nulle nation ne le preffait d'aller faire en Egypte une guerre qui l'aurait ruiné, quand même elle eût été heureufe. Au contraire, toutes les nations de l'Europe étaient laffes de ces croifades ridicules & affreufes, à commencer par Rome même.

On reproche à notre fiècle de ne condamner fa croifade que parce qu'il était un faint; mais c'eft (nous ofons le dire) parce qu'il était un faint, qu'il ne devait pas l'entreprendre. Il la fit en faint & en héros fans doute ; mais s'il eût employé autrement fes grandes vertus, il eût été plus faint & plus héros.

C'eft parce que nous révérons fa mémoire avec amour, que nous pleurons fur lui, qui fe rendit le plus malheureux des hommes ; fur fa femme qui accoucha dans une prifon de l'Egypte, dans la crainte continuelle de la mort ; fur fon fils qui périt avec le père dans ces entreprifes funeftes ; fur fon frère le comte d'*Artois*, dont les vainqueurs portèrent la tête au bout d'une lance ; fur la fleur de la chevalerie égorgée à fes yeux ; fur cinquante mille Français perdus dans cette expédition défaftreufe.

Nous chériffons fa mémoire, nous nous profter-
nons devant fes autels ; mais qu'on nous permette
d'eftimer fon vainqueur *Almoadan* qui le fit guérir
de la pefte, & qui lui remit deux cents mille *befans*
d'or de fa rançon. On le fait, & on doit le dire : les
Orientaux étaient alors les peuples inftruits & civi-
lifés ; & nous étions les barbares.

Enfin *Blanche* fa mère, qui favait gouverner,
défapprouva hautement cette croifade ; & l'on peut
faire gloire de penfer comme la reine *Blanche*.

Je fuppofe maintenant qu'on raconte à un homme
de bon fens l'hiftoire de cette croifade de St *Louis*,
& qu'on lui dife tout ce qu'il a fait de fage, de
grand, de beau, c'eft-à-dire de jufte, avant cette
héroïque imprudence. (*a*) L'homme de bon fens dira
fans doute : ce grand roi n'en commettra pas une
feconde. Mais qu'il fera étonné ! quand vous lui
apprendrez qu'il retourne encore en Afrique ; qu'il
fait encore une croifade plus funefte que la première,
puifqu'elle coûta à la France le meilleur de fes rois,
& le plus grand-homme de l'Europe. Ce n'eft plus
en Egypte qu'il porte la guerre, c'eft à Tunis. Et
pour qui va-t-il faire cette guerre funefte ? pour un
de fes frères, à la vérité ; mais pour un ufurpateur,
pour un barbare fouillé lâchement du fang de

(*a*) L'abbé *Véli* avoue dans fon hiftoire qu'on la traita de *picufe
extravagance*, & qu'un roi fage ne devait ni l'autorifer ni la protéger.

Joinville s'exprime bien plus fortement. Voici fes paroles : *J'ai ouï dire
que ceux qui confeillèrent au bon roi cette entreprife firent un très-grand mal,
& péchèrent mortellement.*

Au refte il faut favoir que le *Joinville* que nous lifons eft une traduction
faite du temps de *François I.* Le jargon de *Joinville* ne s'entend plus.

Conradin, légitime héritier des deux Siciles, & du duc d'Autriche ; pour un monftre, (appelons les chofes par leur nom, fi nous efpérons d'effrayer les tyrans,) pour un monftre qui fit fervir la religion & la juftice, le pape & les bourreaux au fupplice de deux têtes couronnées, innocentes & refpeftables.

Ce *Charles d'Anjou* réclamait un petit fubfide que lui devait le roi de Tunis ; & dans la vue de recouvrer ce peu d'argent pour Naples, on chargea la France d'impôts fi accablans, que le peuple fit entendre partout fes cris de douleur, & que tout le clergé refufa long-temps de payer.

Charles d'Anjou fit accroire à fon frère que le roi de Tunis voulait fe faire chrétien, & qu'il n'attendait que l'armée françaife pour déclarer fa converfion. *St Louis* partit fur cette étrange efpérance.

Il voulait de Tunis aller vers la Paleftine ; il n'y avait plus de chrétiens dans ce trifte pays, nul refte de ces multitudes innombrables, finon quelques efclaves qui avaient renoncé à leur religion.

Le fameux *Bondocdar*, (*b*) autrefois l'un des émirs qui avaient le plus fervi aux défaites de *St Louis*,

(*b*) *N. B. Véli* dans fon hiftoire de France fait dire à ce *Bondocdar qu'il aimait mieux un petit nombre de gens fobres, qu'une multitude d'efféminés : vils efclaves, plus propres à briller dans l'obfcurité des tavernes & des ruelles, que dans les nobles champs du dieu Mars.* Il n'eft guère probable qu'un foudan ait tenu un tel difcours ; qu'il ait parlé du dieu Mars, des tavernes, & des ruelles, que les mufulmans ne connaiffaient pas. Il n'y avait point chez eux de tavernes, encore moins de ruelles. L'abbé *Véli* lui prête fon langage, ou plutôt le langage des écrivains des charniers du temps de *Louis XIII.* Il y a des morceaux bien faits dans *Véli* ; on lui doit des éloges & de la reconnaiffance, mais il faudrait avoir le ftyle de fon fujet ; & pour faire une bonne hiftoire de France il ne fuffirait pas d'avoir du difcernement & du goût, il faudrait affembler long-temps tous fes matériaux à Paris, & aller faire imprimer fon ouvrage en Hollande.

était foudan de Damas, de la Syrie, & de l'Egypte. Ses armées montaient, dit-on, à trois cents mille hommes : il avait toujours été vainqueur. Nos chroniqueurs en parlent comme d'un brigand ; tous les Orientaux le regardent comme un héros égal aux *Saladins*, aux *Omars*, & aux *Alexandres*.

C'était contre ce grand-homme que S*t* *Louis* avait le courage d'aller combattre fur les offemens de deux millions de croifés morts en Syrie, avec une faible armée déjà découragée par les défaites de celles qui l'avaient précédée ; il n'eut pas le malheur de parvenir jufqu'à *Bondocdar* ; il mourut de la pefte fur les fables de l'Afrique, & laiffa fon royaume dans la défolation & dans la pauvreté : quels fentimens doit-il infpirer ? il faut le révérer à jamais, le chérir, l'admirer, & le plaindre. (*c*)

Nous avons parlé des guerres de ce prince infortuné : parlons des lois de ce prince jufte ; on lui attribue une pragmatique-fanction, & les établiffemens qui portent fon nom. Mais comment n'avons-nous pas du moins une copie authentique & légale de ces deux fameufes pièces, quand nous en avons de fes fimples ordonnances ? Comment peut-on croire que S*t* *Louis* ait cité le code & le digefte qui n'étaient nullement connus de fon temps en France ?

On fe fonde fur l'opinion commune qui lui attribua ces lois plufieurs années après fa mort. Mais n'a-t-on pas imputé au cardinal de *Richelieu* le teftament

(*c*) *Véli* dit *que faint Louis fongeait à rendre fon fils Philippe digne du premier fceptre du monde.* Cela n'eft pas poli pour l'empereur, ni pour l'impératrice de Ruffie, ni pour le grand-feigneur, ni pour le grand-mogol, ni pour l'empereur de la Chine. Le fceptre de la France était un très-beau fceptre, mais la modeftie l'aurait embelli encore.

ridicule

ridicule qui déshonorait fa mémoire s'il était de lui, & qu'on n'a reconnu trop tard pour n'être pas fon ouvrage?

A Dieu ne plaife que *St Louis* ait fait un code où l'on ordonnait de brûler vive une pauvre femme qui recélait un petit vol pour lequel le voleur était pendu.

Qu'il ait privé les enfans de la fucceffion mobiliaire d'un père mort, malheureufement fans être confeffé, après huit jours de maladie.

Qu'il ait fait arracher les yeux à ceux qui *emblent un cheval.*

Qu'il ait permis qu'on excommuniât pour dettes.

Qu'il ait condamné à la corde tout gentilhomme qui fe ferait fauvé de prifon.

Qu'on coupât le poing au fabricant qui vendrait du drap trop étroit.

Ce font-là des lois de *Dracon*, & non des lois de *St Louis.* N'outrageons point fa mémoire jufqu'à l'en croire l'auteur.

Défions-nous de tout ce qu'on a écrit dans ces temps d'ignorance & de barbarie. Comparons un moment ces nuits de ténèbres à nos beaux jours ; comparons la multitude de nos floriffantes villes avec ces prifons qu'on appelait fertés , châtels , roches, bafties, baftilles ; nos arts perfectionnés à la difette de tous les arts ; la politeffe à la groffièreté ; les fcandales fanglans & abominables de Rome à la paix, à la décence, à la politique circonfpecte qui rendent aujourd'hui le féjour de Rome délicieux ; l'abfurde atrocité anglaife au fiècle de *Newton ;* la raifon humaine perfectionnée à l'inftinct humain abruti ; nos mœurs douces & polies aux mœurs agreftes & féroces. *St Louis* en fera plus grand pour s'être élevé dans fes domaines peu étendus, au-deffus de la fange où l'Europe était plongée. Mais nous en ferons plus heureux en confidérant que nous n'avons été que des barbares dans un fi grand nombre de fiècles, & que nous ne le fommes plus.

Fin du Tome premier.

TABLE

DES PIECES

CONTENUES DANS CE VOLUME.

Fin de la Table du premier volume.

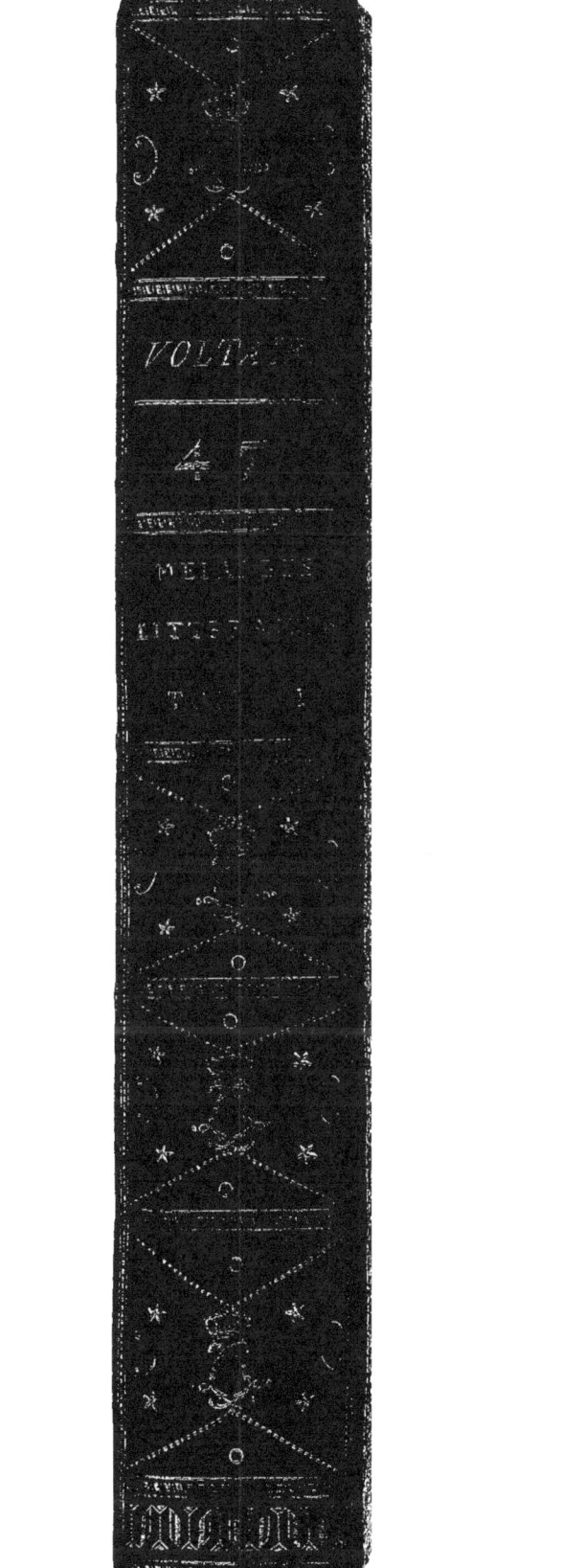

VOLTAIRE

45

MÉLANGES

LITTÉRAIRES

T. I

www.ingramcontent.com/pod-product-compliance
Lightning Source LLC
Chambersburg PA
CBHW070349030726
47504CB00001B/113